OUT

Né un dimanche d'avril en Provence, Pierre Rey a abordé le journalisme par le biais des Beaux-Arts — ses dessins ont été publiés par la plupart des grands journaux français. Débuts à Paris-Presse, *rubrique spectacles. Chroniqueur parisien à* Paris-Jour *en 1959 — Prix de la Chronique parisienne en 1963 — il devient en 1965, à la demande de Jean Prouvost, rédacteur en chef puis directeur de* Marie-Claire. *A navigué pendant des années dans les eaux agitées du* Jet-Set *international. Sa pratique de la natation et de la boxe, ses deux sports favoris, lui a permis d'en sortir indemne et de publier* Le Grec, *son premier livre.*

D'un côté, les banques suisses. Dans le secret de leurs caves blindées, sous l'anonymat de leurs comptes à numéros, elles détiennent le quart des richesses mondiales. Protégées par le fameux « secret bancaire », ces fabuleuses richesses font de la Suisse le coffre-fort de la planète. De l'autre, la Mafia. Cosa Nostra possède ou contrôle, par le biais de sociétés-écrans, 65 p. 100 au moins de toutes les entreprises européennes et américaines réunies. Chiffre d'affaires pour l'exercice 1974 : 20 000 milliards d'anciens francs. L'argent n'a pas d'odeur, c'est connu. Sauf quand la guerre totale éclate entre ces deux super-puissances occultes, le jour où les banques suisses défient la Mafia. Ce jour-là, l'argent prend l'odeur du sang. Car si rien ne résiste à Italo Bebe Volpone et à Don Ettore Gabelotti, les tout-puissants chefs de famille ... u monde ne peut ... e banquier de Zuric...

ŒUVRES DE PIERRE REY

Dans Le Livre de Poche :

LE GREC.
LA VEUVE.
PALM BEACH.

PIERRE REY

Out

ROMAN

LAFFONT

« Si vous voyez un banquier suisse sauter d'une fenêtre, sautez derrière lui. Il y a sûrement de l'argent à gagner. »

VOLTAIRE.

A un bout de la chaîne
Celui qui veut plus d'or ;
A l'autre bout de la chaîne
Celui qui creuse jusqu'à la mort.
Lequel des deux meurt le premier
Si Dieu ferme les yeux ?

Pueblo... Pueblo...
Chant de mineurs boliviens

PROLOGUE

A LA sortie de la courbe, Roland freina trop sèchement. Dans ses mains, qui étreignaient le levier de commande, et dans sa colonne vertébrale, il sentit vibrer lourdement la masse des sept cent cinquante tonnes.

« Tu restes avec nous ce soir ? » demanda Luciano.

Roland abaissa progressivement la manette qui amortissait la puissance de la locomotive.

« J'aimerais bien, mais...

— Elle est jolie ?

— Tu parles, c'est ma mère !

— Je croyais qu'elle ne quittait jamais Lausanne ?

— Quand je dors à Zurich, elle me retrouve parfois.

— Baisse encore... »

Le glissement du train ralentit dans un chuintement doux. Pour la première fois depuis le départ, les parallèles métalliques de la voie ne se rejoignirent plus : on arrivait. La main toujours rivée sur le levier, Roland enregistra machinalement le béton des quais progressivement encombré de chariots, de colis et de groupes de voyageurs dont les rangs se resserraient à mesure que le convoi entrait en gare.

« Qu'est-ce qu'ils ont ?

— Qui ?

— Ils en font une gueule ! »

La locomotive se situait maintenant à une centaine de mètres des butoirs. Chose curieuse, tous les regards de ceux qui étaient à quai dévisageaient Roland et Luciano avec une expression bizarre. Un bref clin d'œil étonné, incrédule presque, suivi d'une grimace de dégoût qui se figeait sur le visage, même lorsque les têtes pivotaient pour suivre le mouvement de la motrice.

« Dis donc, s'inquiéta Luciano, j'ai de la sauce tomate sur le front ou quoi ?

— Et moi ? » interrogea Roland.

Le train roulait à dix à l'heure lorsqu'il pénétra sous la marquise vitrée où se tassaient des grappes humaines montant la garde devant leurs bagages.

« Le train 127 Genève-Zurich entre en gare... Ecartez-vous des quais ! » modula une voix d'homme dont le timbre fut renvoyé par dix haut-parleurs dont les sons se chevauchèrent.

Roland vit une dame corpulente vêtue de vert lâcher son sac à main, ne pas se baisser pour le ramasser, pointer un doigt vers lui et se couvrir le bas du visage de la paume, en un geste effaré.

« Merde ! jura-t-il, mal à l'aise, qu'est-ce que ça veut dire ? »

Partout, la même mimique de surprise. Autre chose aussi, qui aurait suffi à alerter les deux conducteurs. Là où le train passait, l'espace devenait silence. Habituellement, le grouillement des quais sécrète son propre vacarme : bruits de métal, chocs, rumeurs, cris. Mais à cet instant, rien. Simplement, ce mouvement de retrait silencieux et ces yeux qui s'agrandissaient.

« Bloque... »

Roland tira sur le frein. La motrice vint effleurer le bout des butoirs. Luciano coupa le courant. Sur le quai, personne ne bougeait. Deux employés se concertèrent à voix basse. Le plus petit se dirigea en courant vers le bureau du chef de gare. L'autre, que Roland connaissait vaguement de vue, escalada les marches de la locomotive et entra dans l'habitacle. Gêné, il observa tour à tour Luciano et Roland sans mot dire. Puis, se raclant la gorge :

« Où est-ce que vous avez ramassé ça ?

— Quoi, ça ? jeta Roland avec agressivité.

— Comment, quoi ça ? s'étonna l'employé.

— Dites donc, aboya Luciano, on n'est pas sorciers ! J'ai pas envie de jouer aux devinettes !

— Suivez-moi ! »

Sur le quai, personne n'avait bronché. On n'entendait que le halètement sourd d'une antique machine à vapeur qui hoquetait sur une voie de garage. D'un coup de reins, Luciano et Roland se retrouvèrent sur l'asphalte. C'est en se plaçant devant leur locomotive — qu'ils avaient affectueusement surnommée Marguerite — qu'ils comprirent.

Sur le tablier, comme posée avec délicatesse par un décorateur macabre, il y avait une jambe d'homme sectionnée à la hauteur de l'aine. On voyait à peine une ombre de sang couleur rouille souillant le tissu sombre du pantalon, là où les os avaient dû être tranchés. Stupidement, Roland fut traversé par l'idée qu'il s'agissait d'une jambe élégante. Peut-être le cuir luxueux de la chaussure noire, la soie de la chaussette assortie ? En y regardant mieux, il vit aussi qu'un filet de sang coulait sur la chaussette, se répandait sur le soulier et s'étalait en une flaque brunâtre sur le tablier d'acier de Marguerite.

A cet instant, ni Roland ni les autres témoins ne pouvaient se douter qu'elle allait s'étendre à une vitesse stupéfiante sur plusieurs continents. Pour devenir un bain de sang.

PREMIÈRE PARTIE

ZURICH-EXPRESS

1

En présence de sa femme, Morty O'Broin n'allait jamais jusqu'au bout de ses gestes. Judith le terrifiait. Elle avait au coin des lèvres un pli d'amertume sarcastique qu'aucun maquillage ne parvenait à masquer. Ses éclats de voix donnaient à Morty l'envie de se liquéfier, mais, plus terribles encore étaient ses silences, lourds de mépris contenu ou d'une revendication à la migraine qui lui conférait, d'autorité, les égards dus à une femme qui souffre.

Depuis des années, Morty avait renoncé à renouer un dialogue que des lustres de chambre à part, d'absence de tout rapport sexuel, voire même de confidences, avaient réduit à un énorme échange d'onomatopées où revenaient le plus souvent le mot « migraine », l'adjectif « ridicule », le verbe « payer », l'adverbe « combien ». Pourtant, aux débuts de leur union, Morty avait espéré voir Judith s'intéresser à ses affaires, à ses succès : peine perdue ! Il s'était rendu compte qu'elle ne stigmatisait que ses échecs, ne faisant jamais de commentaires sur ses triomphes, comme s'ils allaient de soi. Rapidement, une espèce d'hostilité sourde et muette s'était instaurée, chacun se claquemurant dans ses pensées, Judith ne prenant plus la peine de se plaindre, sauf par ses mimiques, Morty gardant prudemment pour lui ses réussites professionnelles qu'elle aurait été trop heureuse de réduire à zéro d'un mot cruel ou d'une moue méprisante. Quatre ans plus tôt, alors qu'il était déjà l'un des avocats financiers les plus réputés de New York, il avait failli lui crier sa joie d'avoir été engagé pour démêler certaines affaires du Syndicat. A la dernière seconde, mû par un pressentiment, il s'en était abstenu. De toute façon, ce pactole nouveau qui allait lui échoir n'allait rien changer — momentanément — à la vie de Judith. Ses armoires regorgeaient de fourrures coûteuses, ses tiroirs débordaient de bijoux, comme si ces dons multiples avaient pu pallier l'absence de mots qui avait rongé leur couple, jeter un pont fragile entre leurs deux silences.

Mais le nom de Gabelotti n'aurait pas été plus évocateur pour Judith que celui de Cranach aux oreilles d'un valet de ferme.

Elle alluma sa vingtième cigarette de la matinée, éteignit la flamme de l'allumette dans la tasse de café posée sur le plateau du petit déjeuner auquel elle avait à peine touché. Morty vérifiait la fermeture de sa légère valise. Elle dit :

« Tu t'en vas ?

— Oui.

— Mais tu arrives à peine d'Europe ! Mon Dieu, j'ai la migraine.

— Prends donc tes cachets.

— Tu vas où ? »

Interloqué, il se redressa : elle ne lui posait jamais ce genre de questions, affectant d'être indifférente à tous ses actes. Il faillit répondre : « Qu'est-ce que ça peut te foutre ? » retint la phrase in extremis et se contenta de grommeler :

« A Nassau. »

Machinalement, elle versa le résidu de sa tasse de café bourrée d'allumettes dans le verre à demi plein de jus de pamplemousse et jeta dans le mélange sa cigarette à peine entamée.

« Tu as de la chance... »

Inquiet, il chercha ses yeux et fut soulagé de n'y lire que la morne expression habituelle d'ennui.

Il lança avec ironie :

« Si tu peux être prête dans cinq minutes, je t'emmène.

— C'est ridicule. J'ai la migraine. »

Si elle avait pu savoir ! Lui, qu'elle n'avait pas vu grandir, qu'elle prenait toujours pour le minable petit avocat de ses débuts, quand il devait pratiquement mendier pour être accepté comme stagiaire dans une étude ! Lui, qu'elle avait pensé avoir rendu impuissant à force de le châtrer ! Aurait-elle pu concevoir, même s'il le lui avait avoué, ce qu'il était sur le point de réaliser ? Il toussa.

« Bon, voilà... »

Il se pencha sur elle pour un adieu, arrêta son mouvement au milieu de sa course...

« Il faut que j'y aille... »

Normalement, il aurait dû être bouleversé, éprouver des sentiments définitifs et pathétiques, comme ceux qui assaillent les héros de roman lorsqu'ils tirent un trait définitif sur une union de vingt ans. Mais non, rien de tout cela... Morty O'Broin était aussi calme que s'il devait rentrer chez lui le soir même, pour le dîner. La pensée qu'ils n'avaient pas d'enfant le remplit brusquement d'une allégresse jubilatoire : ils n'avaient rien construit, il ne détruisait rien. En la laissant ainsi, il n'abandonnait, tout compte fait, qu'une partie de lui-même, un morceau poisseux de sa vie dont l'évocation le gênait car il avait attendu trop longtemps d'avoir le courage de fuir. Avant quarante-huit heures, il serait ailleurs, avec l'autre, dans un endroit de rêve dont nul au monde ne pouvait soupçonner l'existence. Et lui, Mortimer O'Broin, serait devenu l'homme le plus riche de la planète, riche comme aucun être humain ne l'avait jamais été, riche bien au-delà de ce que pouvait imaginer le cerveau le plus délirant. Il était à deux pas de la porte, sa valise à la main, quand elle lui jeta :

« Morty ! En sortant, demande à Margaret de m'apporter de l'eau fraîche et mes cachets. »

Il approuva de la tête, traversé par l'idée que le dernier mot qu'il aurait entendu de sa bouche aurait été « cachet ». Il lui tourna le dos, elle ne soupçonna pas son sourire : il ne la reverrait jamais.

Le petit avion en était à sa troisième boucle. De nouveau, il piqua sur l'artère principale de Chiavenna, la prit pour axe, rasa les toits ocrés dans une vibration puissante et redressa à gauche du clocher de l'église. Tous les habitants de la petite ville, tête dressée, virent alors une multitude de petits papiers tanguer dans le vent, flotter en pirouette et descendre gracieusement, avec des mouvements hésitants de feuille morte, pour se poser sur les pavés, les toits des voitures, les balcons, les dais de toile aux couleurs vives abritant l'éventaire des marchands ambulants. Il était midi, le marché n'avait lieu qu'une fois par semaine, la rue était bourrée de monde et la brise douce de ce jeudi d'avril, venue du lac de Côme, tout près, un peu au sud, laissait deviner avec précision les formes souples des femmes les plus jeunes qui, les premières avaient sorti leurs robes légères de la naphtaline.

Deux ou trois garçons ramassèrent ce qu'ils avaient pris d'abord pour un prospectus, le retournèrent avec hésitation entre leurs doigts et se consultèrent du regard, n'osant y croire. Ce fut un gosse de douze ans, le fils du boulanger, qui résuma ce que chacun pouvait voir de ses yeux mais n'osait formuler. S'accrochant les pieds dans son émotion, il fonça vers la boulangerie paternelle, serrant sur son cœur une poignée de billets tombés du ciel et criant d'une voix étranglée à l'adresse de ses parents, attirés sur le seuil de leur boutique par le vacarme de l'appareil :

« C'est de l'argent ! Papa ! Maman ! Venez vite ! Il pleut des billets de banque ! »

Alors, même les plus méfiants, ceux qui avaient pris l'expression blasée de ceux à qui on ne la fait pas, se sentirent électrisés. Chacun se propulsa dans le carrousel des voitures qui encombraient la rue, le dos courbé pour la pêche miraculeuse, dans un concert de crissements de freins, de vociférations, de conseils hurlés par des familles à leurs membres les plus agiles, de menaces, de protestations, d'encouragements brutalement couverts par le bruit effroyable de l'avion soudain revenu et dont s'échappait encore — « Miracle ! Miracle ! » psalmodièrent en se signant quelques femmes vraiment très âgées — une seconde manne ! Des grappes d'enfants, retenus aux basques par des aînés plus vigoureux, tentèrent de se jucher dans les arbres dont les feuilles naissantes fleurissaient brusquement de billets de banque. Il s'agissait de billets suisses, de beaux et bons billets de la Schweizerische Nationalbank à la délicate teinte mauve, dont la valeur s'étageait de dix à cinquante francs. La ruée devint plus violente, des bagarres éclatèrent.

Renata redressa son appareil et éclata de rire : vue d'en haut, la scène évoquait un poulailler dont les volailles, prises de folie, se seraient mises à picorer en accéléré des grains imaginaires.

« Tu es dégueulasse ! » lui lança Kurt avec rancune, hurlant à pleins poumons pour couvrir le grondement du moteur et la fureur du vent.

A sa grande terreur, elle lâcha le manche pour refermer d'un coup sec le cockpit de plexiglas. L'avion fit une embardée, ce qui eut pour effet d'augmenter le rire de Renata. Elle lui jeta un regard en biais :

« Il ne fallait pas me défier ! »

Sous eux, défilaient de petites vallées verdoyantes tachées çà et là par le vert sombre des sapins s'agrippant à leur flanc.

« Accroche-toi, on pique ! dit Renata.

— Renata ! » cria Kurt.

Le Piper tomba comme une pierre sur le troupeau de vaches que Renata avait pris pour cible, parut frôler leur dos pendant qu'elles s'égaillaient dans la nature, poursuivies par deux énormes chiens. Une seconde à peine, mais suffisante pour que Kurt voie le berger gesticuler et agiter le poing dans leur direction. Kurt essaya de prendre une voix très calme :

« Tu veux me prouver quoi ? »

Jouant maintenant à saute-mouton avec de légers et minuscules nuages que le vent effilochait, Renata reprit un air plus sérieux.

« Que tu as tort sur toute la ligne, que tu n'as pas l'honnêteté de mettre un nom sur tes désirs. Tu les as vus courir et se battre quand j'ai lâché ma monnaie ? Tu prétendais que personne ne bougerait, que c'était dégradant, que j'insultais les populations laborieuses ! Qui avait raison ? »

Kurt se rencogna dans son siège et feignit de ne pas avoir entendu. Il avait vaguement la nausée. Il craignait aussi, en lui tenant tête, de la pousser à ce genre d'excentricités de pilotage qui transformait entre ses mains une voiture en stock-car, un appareil de tourisme en un scenic railway de cauchemar. Renata n'était que défi, mieux valait ne pas les relever en certaines circonstances dangereuses. Kurt n'oublierait jamais le jour atroce où, l'ayant invitée au dîner anniversaire de son collège, elle lui avait chuchoté à l'oreille : « Mon voisin est un raseur. Chiche que je lui renverse mon assiette de spaghetti sur la chemise ! » Distrait ou imprudent, il avait prononcé « chiche ! » provoquant le désastre d'une coulée de sauce tomate, de parmesan râpé et de pâtes fraîches sur le complet immaculé de son camarade de promotion...

« Tu ne réponds rien ? »

Pour protester contre son silence, elle amorça immédiatement une montée en chandelle qui lui coupa le souffle et lui colla le dos à son baquet dans une position parallèle à la ligne d'horizon. Ensuite, il eut droit à un nouveau piqué, deux ou trois tonneaux où le ciel et la terre basculèrent, une longue glissade tête en bas et une flèche ironique :

« Si, comme tu le prétends, l'argent était de la merde, les populations ne se mettraient pas à quatre pattes pour le ramasser ! »

Il serra les dents pour tenter de se contrôler. Si cette dingue n'écrasait pas l'avion dans les prochaines minutes, il avait une chance infime de se retrouver vivant au point de départ de leur équipée : Zurich. Zurich où dans trois jours, très exactement le 26 avril, allait se célébrer leur mariage.

En toute sincérité, Zaza Finney ne comprenait pas pourquoi nul producteur ne l'avait jamais arrêtée dans la rue pour lui faire signer un contrat à vie de grand premier rôle : elle se trouvait parfaite. Aucune ombre, aucune ride ne venait altérer la peau lisse et tendue de son visage éclairé par deux yeux cobalt qu'elle jugeait extraordinaires et mystérieux. Nue devant la glace, elle en fit pivoter l'un des vantaux pour se contempler de dos après s'être longuement admirée de face et de profil. Elle fut éblouie par l'harmonie des proportions entre sa taille mince et ses hanches pleines, le satiné velouté de sa peau hâlée, la minceur de ses chevilles, la courbe légère et douce de ses cuisses. Les larmes lui vinrent aux yeux devant tant de beauté. Une fois de plus, elle se demanda si elle avait fait un bon calcul en liant momentanément sa vie à ce petit homme terne et quelconque qui semblait pourtant faire fleurir l'or sous ses pas, comme par magie. Elle l'avait connu d'une façon bizarre, six mois plus tôt... A la passion qu'elle portait à son image s'ajoutait une ambition démesurée d'actrice. Elle était certaine, en apparaissant à l'écran ou sur scène, de faire jaillir à volonté les pleurs des spectateurs ou leurs rires, et de jouer de la gamme complète de leurs émotions par la subtilité de sa mimique, l'intensité de ses sentiments.

Il faut bien débuter : elle avait posé pour des photos destinées à agrémenter le conditionnement d'une boîte de potage aux asperges. Après avoir couché avec elle, le photographe avait réalisé des clichés plus intimes destinés, lui avait-il juré, à rester dans ses archives personnelles. Folle d'orgueil, elle les avait vus reproduits trois mois plus tard dans un magazine grivois, comprenant dans le même élan le parti qu'elle pouvait tirer de cette trahison pour peu qu'elle feigne d'en être indignée. Un mini-scandale peut en entraîner un gros qui lui-même, avec un peu de chance, déclenche une réaction publicitaire en chaîne. Elle avait demandé à une amie l'adresse du meilleur avocat de la ville, décidée à donner un maximum d'éclat à cet « abus de confiance ».

Elle s'était retrouvée dans le cabinet de Mortimer O'Broin, où un stagiaire à l'air grognon lui avait déclaré « qu'il ignorait où était son patron ». Elle y était revenue deux fois. La troisième, un petit homme terne s'était immiscé dans sa conversation avec le stagiaire, le genre de type qu'une femme ne remarque jamais à moins qu'il ne se balade avec un couteau dans le dos ou le chiffre de sa fortune affiché sur la poitrine. A sa grande surprise, le stagiaire avait manifesté une immense considération pour l'ectoplasme et déclaré, avec un sourire servile : « M. O'Broin en personne va s'occuper de votre cas. » Voilà... C'est comme ça que tout avait commencé entre eux. Rapidement, elle s'était aperçue que l'aspect chétif du personnage était compensé par une générosité extravagante qu'une première nuit d'amour n'avait pas tarie. A l'époque, Zaza vivait dans une chambre minable dont elle était menacée en permanence de se faire éjecter, faute de n'en pas payer le loyer. Son capital consistait en une valise bon marché, une robe du soir sublime, un ensemble sport et sa trousse de maquillage.

Les largesses de Mortimer l'avaient éblouie, autant que l'avaient déçue ses étreintes, des étreintes de lapin qui laissaient pourtant l'avocat dans des épuisements amoureux proches de l'extase mystique. Bien entendu, pour l'hygiène, Zaza s'accordait autant d'aventures furtives et brutales que le lui permettaient les visites de Mortimer, après qu'il l'eut installée dans une suite somptueuse du Waldorf où, magie, elle pouvait commander tout ce qui lui passait par la tête. Elle avait alors multiplié ses exigences, s'équipant en une semaine d'une garde-robe à faire pâlir une star. Puis, pour tester son amant, pour vérifier la solidité des liens qui l'attachaient à elle, elle avait voulu des bijoux. Il s'était exécuté avec un empressement timide, allant bien au-delà de ce qu'elle aurait imaginé. Aucune demande ne semblait le surprendre et il paraissait prendre plaisir à combler ses désirs avant même qu'elle ne les exprime. En échange, il ne lui demandait que sa présence au cours d'interminables soirées lugubres qui la rasaient à en mourir. Parfois, il lui prenait la main — à la grande honte de Zaza lorsqu'elle se sentait observée par des tiers — la gardait dans la sienne et la contemplait avec une expression soumise d'une stupidité infinie.

Il lui parlait peu de ses affaires, se bornant à la couvrir d'argent et de cadeaux, jusqu'au jour où, un mois plus tôt, il avait prononcé cette phrase sibylline : « J'aimerais qu'on vive ensemble tous les deux, seuls, toi et moi. Es-tu prête ? » Zaza, qui le savait marié, avait eu un frisson de répugnance à l'idée de ce tête-à-tête permanent. Elle avait immédiatement demandé conseil, sur la conduite à tenir, à Jimmy, le photographe, qu'elle avait revu entre-temps et qui acceptait sans manières excessives les « prêts » qu'elle lui consentait. Il avait insisté pour lui faire comprendre les avantages de sa liaison, étonné par ailleurs qu'un homme de la finesse d'O'Broin s'amourache de ce veau narcissique et parfumé dont il voyait défiler à longueur de journée dans son studio des dizaines de stéréotypes. Mais, comme toutes les petites putains qui ne veulent pas payer le prix de ce qu'elles obtiennent par la grâce momentanée de leur cul, Zaza, qui ne voyait pas plus loin que le bout du sien, se contenta de lui répondre :

« On voit bien que ce n'est pas toi qui te tapes ce légume. »

Seul argument de Jimmy qui avait fini par la surprendre, sinon l'impressionner :

« Celui que tu prends pour un légume règle les affaires les plus épineuses du Syndicat ! »

Elle avait éclaté de rire : Mortimer, un gangster ! Pourtant, en faisant un gros effort, il lui arrivait de temps en temps, l'espace de dix secondes, de considérer O'Broin à travers les yeux de Jimmy. La veille, tout s'était précipité. Mortimer avait formulé à nouveau, d'une façon pressante, la question posée un mois plus tôt : « Es-tu prête ? »

Dûment chapitrée par Jimmy, elle avait répondu oui.

Elle écarta le rideau de la baie vitrée et jeta un regard distrait dans la rue où s'écoulait, comme un flot lent dans la fournaise, la marée humaine des touristes. Elle avait toujours rêvé de connaître Nassau et d'arpenter Bay Street : elle y était, et en éprouvait une impression d'ennui mortel. Morty ne serait là que dans une heure, leurs billets étaient prêts, mais pour une destination qu'il ne lui avait pas confiée. « Dans l'endroit où nous irons, tu seras une espèce de reine. Je te mets au défi de demander quoi que ce soit que tu ne puisses obtenir sur-le-champ ! » Elle avait répondu d'une voix morne : « Un éléphant ? » Et Morty avait conclu d'une voix enfantine : « Je suppose que tu veux parler d'un éléphant en or massif ! » Vaguement inquiète, elle retourna dans la salle de bain, supputant, pour se remonter le moral, le nombre de jours qu'elle devrait passer avec Morty avant de trouver le moyen de mettre la main sur une bonne partie de son magot, et de filer rejoindre Jimmy.

Ce qui l'écœurait le plus, avec Mortimer, c'était non pas qu'il usât de ses fesses, mais qu'il se permît de lui prendre la main et d'attendre d'elle cette chose immonde et gluante : la tendresse.

Les camions militaires étaient partis de Genève, Nyon, Morges, Lausanne, Fribourg, Berne, Lucerne, Zug et Zurich pour déposer la troupe. Chaque homme avait pour mission d'explorer un secteur de trois cents mètres de voie tout en passant au crible la végétation des bas-côtés sur une largeur de dix mètres. Pour une fois d'accord, la police et l'armée helvétiques avaient estimé qu'un cadavre humain, même amputé de la jambe droite, risquait de faire désordre dans la riante campagne suisse. La police menait l'enquête, l'armée prêtait ses soldats. Ordre absolu de poursuivre les recherches jusqu'à ce que le reste du corps soit retrouvé. A la tombée de la nuit, les sous-officiers du génie ordonnèrent d'allumer les projecteurs.

Quant à la jambe découverte sur le tablier de la locomotive de l'express Genève-Zurich, elle avait déjà livré aux enquêteurs quelques-uns de ses mystères. La chaussure portait la marque d'un bottier de New York, « Biasca's ». Les policiers zurichois avaient immédiatement alerté par téléphone leurs collègues américains. Ils avaient déjà commencé leurs investigations. Avec un peu de chance, on apprendrait rapidement l'identité de son propriétaire. Dans la poche du pantalon, outre une liasse roulée de cinq mille dollars, les inspecteurs avaient découvert un billet poinçonné à Zurich. Et ils étaient réellement chiffonnés qu'une jambe baladeuse pût faire son entrée à Zurich, alors qu'elle aurait dû arriver à Genève en même temps que l'autre jambe, la tête et le reste du corps de son détenteur légitime.

Bien calé entre Vittorio Pizzu et Moshe Yudelman, Italo « Bébé » Volpone toisa les onze hommes assis autour de la table de conférence. Occuper le fauteuil de son frère lui donnait la sensation d'une autorité tranquille que démentait le va-et-vient incessant de ses prunelles, deux éclats de houille insoutenables embusqués derrière les paupières mi-closes. Il se méfiait de sa voix, qui allait devoir rester posée, alors qu'elle ne pouvait atteindre la totalité de sa tessiture que dans le registre de l'agressivité ou de la menace.

Il fit un nouvel effort pour se mettre dans la peau du personnage provisoire qu'il devait jouer, ordonnant à ses mains de ne plus tripoter son stylo en or massif, à ses yeux de cesser leur éternelle sarabande.

Par compensation, il glissa deux doigts dans la poche de sa veste, à l'emplacement du cœur, pour un contact furtif et rassurant avec le jeu de cinquante-deux cartes dont il ne se séparait jamais. Elles assuraient pour lui une fonction double, tour à tour matériel de jeu — le jeu l'avait toujours fait vivre, il ne vivait que pour le jeu — et dispensatrices de son destin, annonciatrices de ses bonnes et mauvaises fortunes. Lorsqu'il était en voyage, il emportait aussi avec lui une roulette miniature. Quand il en relançait la bille d'ivoire pour établir d'interminables et passionnantes martingales, ni le jour, ni la nuit, ni le temps n'avaient cours. Il entrait alors dans un univers sans durée dont les chiffres étaient rois. Son record était de trois jours, quatre nuits, à Las Vegas, dans un salon privé. A intervalles réguliers, des loufiats déposaient devant lui des nourritures et des boissons qu'il avalait machinalement, dans l'éclat vif des lumières artificielles illuminant le vert bouteille du tapis. Quand il avait quitté la table, il s'était étiré pour dégourdir ses muscles. De la moquette où il s'était affalé, dormant comme un bienheureux, on l'avait transporté directement dans son appartement. Il ne s'était éveillé que quatorze heures plus tard.

Sans quitter ses cartes du bout des doigts, il dit :

« Notre ami O'Broin, votre représentant, débarque à l'instant de Zurich. Tout est en ordre. Voici d'ailleurs le télégramme de Don Genco que je viens de recevoir. »

Il sortit de sa poche le morceau de papier froissé qu'il avait relu cent fois avant de se référer aux instructions de son frère : lancer ses convocations et annoncer la nouvelle.

Ettore Gabelotti y jeta un coup d'œil, le passa sans un mot à Simeone Ferro qui le tendit à Joseph Dotto. Pendant qu'à leur tour, Carmine Crimello, Vittorio Pizzu, Angelo Barba, Vicente Bruttore, Thomas Merta, Aldo Amalfi, Carlo Badaletto et Frankie Sabatini en prenaient connaissance, Italo songea qu'il assistait à un événement historique : la rencontre pacifique, après vingt ans de guerre froide ou d'explosions meurtrières, des deux plus puissantes « familles » du Syndicat, les Gabelotti et les Volpone. Son regard glissa d'un visage à l'autre, enregistrant le tressaillement de satisfaction non maîtrisé qui craquelait, fugace, le vernis artificiel leur servant de masque social. Ayant fait de main en main le tour de la table, le télégramme revint se poser devant lui.

« Quoi d'autre ? » demanda Carlo Badaletto avec insolence.

Il détestait Italo et ne manquait jamais une occasion de le défier. Cinq ans plus tôt, quand Italo était retourné de Londres, Badaletto faisait encore partie du clan Volpone. En guise de bienvenue, il lui avait lancé ironiquement : « Come va, speranzaritu ? » ce qui lui avait valu une double fracture de la mâchoire ainsi que la perte de ses incisives dont l'une, après le coup de tête aveugle d'Italo, était restée fichée dans le haut de son front.

« Speranzaritu », c'était le mot dédaigneux utilisé en Sicile pour désigner les enfants du pays ayant fui à l'étranger. Or, si Italo avait été contraint à un exil de deux ans en Angleterre, aucun chef d'une des grandes familles de New York ou de la Côte Ouest n'ignorait que c'était sur l'ordre formel de son frère. Zu Genco Volpone était le Don, le moindre de ses clins d'œil avait valeur d'oracle et son cadet n'avait pas à discuter ses décisions.

« Rien », dit Italo en foudroyant Badaletto du regard.

Il aurait voulu lui faire subir cet ascendant naturel que quiconque ressentait en présence de son frère, sans qu'il eût à faire quoi que ce soit pour l'imposer. Certes, Italo était craint, mais Genco avait quelque chose en plus : il était respecté. Son apparente douceur, son bon sourire franc et ses dons innés de conciliateur dissimulaient à merveille sa nature impitoyable et avide. Italo, au contraire, était incapable de contenir longtemps la rage bouillante qui l'habitait en permanence sans motif conscient. Ses impulsions meurtrières le poussaient à assouvir ses désirs tout de suite, qu'ils fussent d'ordre privé, sentimental ou économique. Peu doué pour la parole, dévoré par ses passions, sa tendance à remplacer les discours par l'action brutale l'aurait condamné, n'eût été la position de son frère, à végéter dans dans un emploi subalterne de « punk », d'homme de main. Les grands du Syndicat se méfiaient de son manque de sang-froid, de sa prédilection pour les méthodes primaires et violentes. Les temps avaient bien changé depuis Al Capone, non que les coups durs fussent moins nombreux, mais leur exécution avait lieu en souplesse, d'une façon feutrée, accomplie par des anonymes que des intermédiaires payaient sans qu'ils pussent savoir pour quoi ni pour qui ils remplissaient leur contrat. Ainsi, n'existait-il pas le moindre lien qui pût faire remonter les enquêteurs de la victime à son bourreau : aucun rapport entre les deux, pas de mobile. Au bout de la chaîne, tout « capo » devait avoir la façade irréprochable d'un homme d'affaires pour pratiquer son industrie à l'abri du fisc américain, de la police et de la concurrence. Aujourd'hui, les investissements des familles offraient l'apparence et la structure sans défaut d'une multinationale aux ramifications infinies, gérée par une armée de juristes plaçant les fantastiques gains illégaux de leurs rackets, chantages, assassinats et délits divers à grande échelle, dans des entreprises au-dessus de tout soupçon. Il n'était pas rare, en effet, que les bénéfices du trafic de drogue, après un circuit mystérieux et secret, aboutissent au financement d'un hôpital pour enfants handicapés dont l'inauguration se déroulait en grande pompe, en présence de tous les officiels de la ville, avec la bénédiction des autorités, la reconnaissance du gouvernement et les remerciements émus de la population. Zu Genco Volpone ne faisait pas exception à la règle. Son brain-trust se composait de la fine fleur des grandes écoles de Droit international, comme si le fait d'engager à prix d'or les meilleurs éléments de chaque promotion compensait à ses yeux la disgrâce d'avoir été illettré lui-même jusqu'à l'âge de dix-huit ans. Mais quand on considérait les résultats ayant abouti à créer ce gigantesque réseau de circulation occulte de la richesse, on devait s'incliner et reconnaître que la méthode avait du bon. Moshe Yudelman prit la parole :

« La première phase de l'opération est terminée. Avant trois mois, nos revenus seront blanchis. »

Issu en droite ligne du Bronx, le quartier miséreux de New York, Yudelman, qui avait fait ses études universitaires en fauchant des légumes à l'étalage et en jouant aux machines à sous avec les voyous de sa rue, avait reçu des dieux une faveur sans égale : il pouvait surclasser en rapidité et en efficacité le gouverneur le plus retors de n'importe quelle banque centrale. Né avec le don des chiffres comme d'autres ont les yeux bleus, il savait sans avoir appris, comprenait avant d'avoir réfléchi et ne cherchait jamais : il trouvait. Ce sens aigu de la finance se doublait de son génie de l'arnaque. Aucun dossier, fût-il le plus tortueux, ne lui résistait plus de cinq minutes. Il en discernait immédiatement la faille, le détail infime, la virgule manquante qui allait permettre, le plus légalement du monde, de ne pas tenir ses engagements sans même que l'on songeât à le suspecter de mauvaise foi ou de malhonnêteté. Mieux qu'un ordinateur, il avait en tête la liste exacte des bénéfices des familles rivales faisant partie de la « commissione », cette association au plus haut niveau des onze « capi » régnant sur le trafic mondial et dont Zu Genco Volpone n'était pas le moindre fleuron. Quand Yudelman était entré dans la famille, Genco avait dû batailler contre les siens pour l'imposer. Les Siciliens grand teint qui en composaient l'aréopage admettaient difficilement la présence d'un juif parmi eux. Farouchement attachés aux traditions ancestrales du vieux pays, ils éprouvaient une méfiance viscérale pour tout ce qui était étranger à leur clan, à leur ethnie, mettant dans un même sac les Irlandais, les nègres, les juifs, les Chinois, et les protestants. Au début, Moshe Yudelman avait essayé de se faire oublier, n'intervenant que lorsqu'on lui demandait son avis, ne prenant jamais parti pour quiconque, ne disant jamais de mal de qui que ce fût. Il était là, un point c'est tout, comme un meuble devenu peu à peu familier, mais dont on sait qu'on le trouvera à sa place le jour où on en aura besoin. Il était trop perspicace pour ne pas voir ce que certaines lois implicites régissant le clan avaient de caduc, trop intelligent pour en faire part ou émettre la moindre critique, ayant fait sienne une fois pour toutes la devise de saint François d'Assise : « N'essaie pas de changer le monde. Change de monde. » Mais de cela, il n'avait aucune envie. L'univers souterrain dans lequel il évoluait était le seul à pouvoir combler sa faim de puissance, ses appétits d'éminence grise. Ses facultés stupéfiantes de comptable et de gestionnaire avaient fait le reste.

Alors que les familles s'entre-tuaient fréquemment pour de vaines questions de prestige, il avait non seulement réussi à se maintenir en vie, mais à occuper une place que nul ne songeait à lui contester parmi les membres mêmes de la suprême

« commissione ». Il devait tout à Genco, qui l'avait connu minable et désarmé, mais grâce à lui, Don Zu Volpone avait pu renforcer son prestige et son autorité. Désormais, le rôle de « consigliere » privé qui lui était dévolu s'étendait à tous les secteurs des activités du Syndicat qui avait fait de Moshe, pour les affaires délicates, une espèce d'arbitre, de sage. Ces responsabilités ne l'avaient pas empêché de fonder sa propre fortune multipliée jour après jour par des placements judicieux, des décisions foudroyantes, un flair imparable de grand rapace pour détecter tout ce qui battait de l'aile dans l'univers de la Bourse, du jeu, des machines à sous, de l'alimentation, des transports, de la confection, des restaurants, bars, brasseries, de l'immobilier, des distributeurs automatiques, de l'alcool clandestin, de la loterie à numéros, des grands matches de boxe, du chantage, de l'usure et du proxénétisme. N'ignorant pas que pour ne pas mordre, les lions doivent être repus, il apportait dans un premier temps tous ses soins à ce que soient comblés ses employeurs ; dans un second, après avoir sollicité une certaine liberté de manœuvre, il consolidait l'échafaudage de sa propre richesse.

C'est sur ses conseils que Genco avait consenti à faire alliance — pour combien de temps ? — avec celui qu'il considérait comme son rival numéro un : Ettore Gabelotti. Moshe lui jeta un coup d'œil à la dérobée. Masque romain, lourdes poches sous les yeux dont il s'appliquait constamment à masquer l'autorité et la vivacité, Ettore pesait cent vingt kilos, affectait volontiers un maintien paterne et bon enfant que démentaient périodiquement ses terribles colères assorties de condamnations à mort sans appel. Parce que, dans ses débuts difficiles, sa propre vie lui avait semblé trop lourde à supporter, la mort des autres lui était légère. Pour un oui ou un non, il faisait passer de vie à trépas ceux qui osaient lui déplaire, s'élever contre ses décisions.

Il avait fallu des trésors de diplomatie à Moshe pour lui faire admettre qu'au-delà de la diversité de leurs buts, ses intérêts convergeaient avec ceux de Genco Volpone quand il s'agissait de la ventilation de leurs revenus. Le persuader de les mettre en commun n'avait pas été une mince affaire, les deux hommes étant séparés par les innombrables cadavres dont chacun, à la suite de litiges obscurs, avait parsemé le camp de l'autre. Mais aujourd'hui, l'accord était conclu et allait donner naissance à la plus fantastique opération financière jamais réalisée par le Syndicat.

Gabelotti, qui n'avait pas dit un mot jusqu'à présent, dut sentir que Yudelman l'observait. Il lui jeta un regard aigu qu'il camoufla immédiatement sous un sourire. Moshe lui sourit aussi et détourna les yeux.

« Repasse-moi le télégramme ! » demanda Ettore.

Du bout des doigts, on le fit voler jusqu'à lui d'une extrémité de la table à l'autre. Gabelotti s'en empara et eut un gros rire à l'adresse du cadet des Volpone.

« Dis donc, Bébé, ton frère n'a pas dû se ruiner en frais d'envoi ! »

Tout le monde s'esclaffa bruyamment. Italo, sur la défensive, fit chorus avec les autres quand il comprit que la phrase d'Ettore ne contenait aucune ironie souterraine blessante pour lui. Il faut dire que le télégramme, dont le dos portait l'adresse du bureau de poste de Zurich, Schaffhäuserstrasse, d'où il avait été émis, ne comportait qu'un mot, un seul, de trois lettres : « OUT. »

Mais trois lettres qui représentaient l'aboutissement de l'effort commun de tous les participants de la réunion pour l'exercice 1976 de leurs activités criminelles.

Très exactement, la somme effarante de deux milliards de dollars.

Ines prétendait que durant son enfance, elle avait été exclusivement nourrie de lait et de sang. Dans sa tribu, les hommes mesuraient jusqu'à deux mètres vingt, les femmes, un mètre quatre-vingt-dix, et quand ils étaient confrontés à des guerriers « normaux », leurs mensurations dépassaient tellement la mesure que ces derniers avaient l'air de nains. Elle disait aussi qu'elle était fille de roi, et qu'elle avait huit frères tous plus beaux les uns que les autres. Au moment des cérémonies d'initiation marquant leur passage dans le monde adulte, ils devaient, pour montrer leur courage, s'infliger des blessures graves dans la zone des organes génitaux, renouvelant ainsi sans le savoir — car leur culture, bien que très étendue, fut purement orale — le geste des jeunes Athéniens se tailladant le phallus jusqu'à ce que les bourrelets cicatriciels les rendissent semblables à des totems sculptés.

Lando, à qui rien de ce qui était phallique n'était étranger, écoutait ces histoires bouche bée, ne sachant si c'était du lard ou du cochon, incapable de discerner dans les récits d'Ines la frontière floue séparant le vrai du faux. Il insista :

« Tu veux dire que tes frères s'entaillaient la bitte à coups de rasoir ? »

Ines allongea le bras et cueillit une mandarine dans une coupe posée sur le pantalon de Lando, à même la moquette.

« Exactement.

— Faut être dingue... soupira Lando. De vrais sauvages ! »

Il contempla du coin de l'œil l'immense corps au repos de sa maîtresse. Pieds nus, elle était rigoureusement de la même taille que lui, ce qui lui évitait des crampes au mollet quand il lui faisait l'amour debout. Pourtant, les deux saisons où il avait été footballeur professionnel, il était rare qu'il rencontrât, dans sa propre équipe ou parmi ses adversaires, des garçons plus grands que lui. Il se tourna vers elle :

« Dans le fond, tu mesures 1,80 m ?

— Oui.

— Et pourtant, c'est marrant, tu fais pas du tout girafe ! »

Elle lui lança une œillade mi-amusée, mi-méprisante.

« Tout est relatif, mon pauvre Lando. Dans mon pays, même toi tu paraîtrais courtaud. »

Elle venait du Burundi, d'une ville nommée Bujumbura. Très souvent, elle avait montré du bout de ses doigts effilés, chair chocolat et ongles rouges, l'endroit exact sur une carte, un point abstrait pour Lando, une chiure de mouche coincée entre le Kenya, le Congo, l'Ouganda et la Tanzanie.

« Et là, la rivière, près de ton bled ? interrogeait Lando en désignant un filet bleu sur la terre ocre du planisphère... C'est grand ?

— A peine un ruisseau... Mille kilomètres de long, cent de large. C'est le Tanganyika.

— Tu blagues ?

— A peine. »

Son vrai nom, c'était Kibondo, princesse Kibondo. Allez savoir avec ces gens-là... Elle lui avait raconté que c'était un couturier italien qui l'avait rebaptisée Ines, avant son arrivée en Suisse.

Elle était mannequin vedette à Rome, mais sa renommée s'étendait à Londres, à Paris, à New York où on la payait à prix d'or pour des séances de photo. Sa prestance était si magnifique qu'elle se payait le culot de porter des talons de dix centimètres. Elle ne passait pas inaperçue ! Mais jamais une nuance d'ironie dans les regards qui la dévoraient, une espèce d'étonnement admiratif, celui qu'on éprouve envers une chose inconnue, qui vient d'une autre planète et dont on sait qu'elle est belle, sublimement belle, bien que ne se référant à aucun des canons esthétiques en vigueur : autre chose.

Lando laissa courir sa main sur la cuisse nue qui n'en finissait plus de monter, satinée comme un galet roulé par la mer pendant mille ans, couleur de bronze chaud, à la fois déliée, musclée mais charnelle, brûlante sous la paume. Confusément, il était fier qu'une telle créature contribuât à le faire vivre, non qu'il n'en eût expressément besoin — sa profession non avouée couvrait largement ses dépenses — mais pour le principe. L'argent ou les cadeaux dont elle le couvrait depuis qu'elle faisait la putain, elle le lui donnait comme une reine jette une bourse à un serf. Sans servilité, sans contrepartie, sans jérémiade, simplement parce qu'elle le voulait bien, qu'elle daignait le faire et que tel était son bon plaisir. Doucement, elle ôta la main de Lando de sa cuisse.

« Plus le temps. J'ai rendez-vous à sept heures.

— Ton vieux ?

— Quand nous sommes debout face à face, ses lunettes arrivent à la hauteur de mes seins.

— Et quand vous êtes couchés ?

— Au lit, nous sommes tous égaux. Enfin, presque...

— Laisse-le poireauter un peu.

— Non, c'est un maniaque de l'exactitude. Et quand je travaille, je suis toujours à l'heure. »

Elle se déplia, s'étira comme un félin, esquissa un bâillement. Troublé par les larges pièces de cuivre mauve auréolant les pointes dures de sa poitrine, Lando insista :

« Juste une minute... Tu veux ? »

Un comble ! Lui, l'homme, dont la verge eût dû être ressentie comme une insigne faveur par toute femelle, était intimidé par une négresse décidant à sa place si oui ou non elle était d'accord ! Elle lui glissa un coup d'œil pensif.

« Pour un Blanc, tu ne fais pas trop mal l'amour...

— Tu me préférerais noir ?

— Ce n'est pas ta couleur qui compte, Lando...

— Alors quoi ?

— Ce que tu as dans le pantalon. »

Lando se cabra : il avait l'orgueil de ses attributs célébrés par des centaines de femmes qu'il avait abandonnées, brisées, épuisées, vieillies, après quelques prestations érotiques de haute volée. Mais Ines, malgré les certitudes inébranlables qu'il avait en son pouvoir de faire jouir n'importe qui, parvenait par ses sous-entendus à jeter le doute dans son âme inquiète. La première nuit, après l'avoir prise cinq fois consécutives en huit heures de plaisir ininterrompu, il avait attendu un commentaire de sa part, vaguement déçu qu'elle ne songeât pas à lui manifester son admiration. Comme elle ne disait rien, il était allé à la pêche d'un compliment :

« Tu as aimé ?

— Pas mal...

— Comment, pas mal ? »

Il avait la sensation d'être vidé, de pouvoir dormir dix années entières pour récupérer. Elle avait hoché la tête, sa tête fine bouffée par des yeux sombres et immenses comme calés sur la saillie des pommettes, et lui avait dit du bout des lèvres :

« Pas mal pour un Blanc. »

Il était certain qu'elle bluffait. Aucune femme au monde ne pouvait résister à un traitement pareil sans être conduite en réanimation dans un hôpital. Il avait sombré dans un sommeil écrasant, écœuré par tant d'ingratitude. Le lendemain, elle lui avait remis une extraordinaire montre en platine, de chez Vacheron — il en avait déjà des dizaines de toutes marques, que ses prouesses sexuelles lui avaient valu de la part d'anonymes, prêtes à bien d'autres sacrifices s'il avait consenti à les revoir. Aujourd'hui encore, il ne comprenait pas comment Ines, princesse Kibondo, fille de roi, se complaisait à lui refiler l'argent dont la couvraient quelques amants richissimes en échange de son corps fabuleux. Le petit garçon, c'était lui, et malgré son insistance, il n'était jamais parvenu à forcer en elle un domaine secret dont elle avait la clef.

Elle s'assit sur le bord du lit et enfila lentement une paire de bottes fauves. L'une des deux perruches siffla dans la cage.

« Tu as acheté ces piafs ?

— On me les a donnés. Tu aimes les oiseaux ? »

Orlando Baretto se leva à son tour, étirant sa puissante carcasse d'athlète que pas un gramme de graisse ne venait alourdir. Depuis qu'il avait cessé de faire du sport, sa seule nourriture, ou presque, était l'alcool dont il consommait, selon les jours mais sans jamais être ivre, une ou deux bouteilles.

« Je les adore. »

Il s'approcha de la cage dorée, la titilla de ses mains musclées, en ouvrit le loquet et farfouilla à l'intérieur du bout des doigts. Les perruches se réfugièrent le plus loin possible. Avec tendresse, Lando en ramena une qui se débattit et le mordit sans qu'il en parût incommodé. Il la prit doucement dans le creux de la main et lui ébouriffa la tête d'une bouffée d'air chaud, les lèvres posées contre le plumage. Il sourit à Ines.

« Je suis fou de toutes les bêtes. »

Puis sans transition, d'un seul coup de dents, il décapita la perruche.

2

La secrétaire s'effaça pour laisser entrer le nouveau venu. Homer Kloppe, qui s'était courtoisement levé pour le recevoir, ignora la main tendue et inclina brièvement la tête en guise d'accueil. Il désigna un fauteuil de cuir, dans lequel l'autre s'installa du bout des fesses, et regagna son propre siège derrière son bureau dont la surface immaculée ne s'encombrait d'aucun objet, dossier ou crayon, à l'exception d'une carte de visite mentionnant le nom et la qualité du visiteur : « André Levain, administrateur de sociétés. »

Levain se racla la gorge et esquissa un sourire. C'était un homme d'une soixantaine d'années, extrêmement élégant, au visage bronzé encadré de longs cheveux blancs dont les reflets bleutés laissèrent penser à Kloppe que leur couleur devait beaucoup à un artiste capillaire. Homer eut une expression discrète qui pouvait passer pour un encouragement. Comme Levain ne disait toujours mot, Homer croisa ses mains potelées bien à plat sur la table, non sans avoir jeté un furtif regard à sa montre.

« Je vous remercie de m'avoir reçu, attaqua Levain. J'aurais dû prendre rendez-vous, mais je suis de passage et l'affaire qui m'amène est assez délicate et importante pour que je me sois permis de vous déranger. »

Il tira sur les plis de son pantalon, tapota sa sobre cravate noire et en un geste inconscient, lissa sa belle chevelure du bout des doigts.

« Voilà... enchaîna-t-il après une hésitation. J'ai là quelques avoirs dont j'aimerais vous confier la garde... »

Il effleura instinctivement la valise noire posée à ses pieds sur la moquette, épongea son front curieusement emperlé de sueur avec un mouchoir de soie prune tiré de la poche de sa veste, gêné brusquement par le regard fixe de Homer Kloppe dont pas une seconde, les yeux bleus de myope n'avaient cillé, vigilants et neutres, embusqués derrière les verres épais de ses lunettes à fine monture d'or.

Ne sachant plus quoi dire devant ce silence, Levain changea de position sur son fauteuil, croisa les jambes et posa la main sur sa valise, déconcerté par l'austérité de la pièce dont rien ne venait égayer le côté fonctionnel. Ce n'était pas ainsi qu'il avait imaginé le saint des saints, le bureau directorial d'une des plus discrètes et plus puissantes banques de Zurich. Les murs étaient tendus de tapisserie beige, la moquette était grise, et par-dessus les toits de la Stampfenbachstrasse, il apercevait, à travers la fenêtre, les bâtiments de la gare au-delà d'une place que bordaient les eaux de la Limmat s'enfouissant sous les frondaisons du parc. Il prit une longue inspiration.

« Il s'agit de huit millions de francs français. »

Kloppe ne broncha pas. Alors, Levain ajouta précipitamment :

« Un million six cent mille dollars. »

Le banquier hocha lentement la tête.

« Le fruit de mon travail depuis vingt-cinq ans. Vous comprenez... s'il m'arrivait quelque chose... je ne voudrais pas que tout cela s'évanouît en fumée, en droits de succession. »

Kloppe approuva. Levain sembla se détendre.

« Je vais vous expliquer... »

Kloppe eut un petit geste sec de la main en même temps que passait sur son visage une ombre de contrariété.

« Vous êtes administrateur de sociétés, monsieur Levain ?

— Exactement ! Si vous voulez bien me permettre... »

Il extirpa un portefeuille en crocodile noir qu'il déplia de ses longues mains nerveuses pour en sortir différentes pièces d'identité, et sur un ton d'excuse :

« J'aurais dû commencer par là... »

Kloppe s'en saisit et les examina avec attention.

« Votre visite m'honore, monsieur Levain. Puis-je savoir les motifs qui vous ont amené à choisir ma banque ?

— Votre banque ? »... bégaya Levain, ahuri qu'un financier pût recevoir avec une telle méfiance un homme porteur de huit millions.

Une heure plus tôt, en débarquant de l'aéroport, il s'était cru le maître du monde. Comme convenu, le passeur l'attendait dans un bar de la Wasserwerkstrasse. Pour prix des risques encourus pour l'acheminement de la précieuse valise — dont Levain ignorait par quels chemins elle était arrivée de Lyon à Zurich, ni par quels modes de locomotion — il lui avait remis deux pour cent de la somme transportée, soit cent soixante mille francs. Et maintenant, alors qu'on aurait dû le traiter en vainqueur, le cajoler, lui dérouler des tapis rouges pour avoir l'honneur d'accepter son magot, on lui demandait pourquoi il avait choisi la Trade Zurich Bank ! Un instant, il fut tenté de reprendre sa valise, d'envoyer promener ce petit homme glacial. Après tout, la ville regorgeait de banques et des centaines d'établissements financiers seraient prêts à l'accueillir à bras ouverts. Mais il ne fit pas un mouvement et répondit avec politesse :

« A Paris, des amis m'ont parlé de vous. »

Kloppe haussa les sourcils, qu'il avait roux.

« Comment se nomment-ils, monsieur Levain ?

— Lombard. Edouard Lombard.

— Je connais M. Lombard en effet. Eh bien, monsieur Levain, comment envisagez-vous de faire travailler vos capitaux ? Souhaitez-vous vous constituer un portefeuille, acheter des devises, investir à la Bourse ?

— Rien de tel pour le moment. Je souhaiterais dans un premier temps vous laisser la somme en dépôt pour un délai de trois mois. Quel intérêt pourriez-vous me servir ?

— Bloqué à trois mois ? (Il appuya sur un bouton et dit :) Garnheim, le taux pour des francs français bloqués à trois mois ? Oui... Merci !... (Se retournant vers Levain :) 9,25 pour 100. »

Levain eut une moue dépitée.

« C'est peu. J'avais espéré davantage.

— Désirez-vous convertir vos capitaux en une autre monnaie ?

— Par exemple ?

— Du dollar, du mark, du franc suisse...

— Les taux sont plus élevés ?

— Pires, sauf pour le dollar qui n'est pas très sûr en ce moment en attendant la publication de la balance commerciale.

— Combien pour le mark ?

— 4,50 pour 100. Evidemment, il faut combiner

les incertitudes du franc avec d'autres facteurs. Mieux vaut percevoir un pourcentage minime sur une devise qui monte que des dividendes élevés sur une monnaie qui descend.

— Que feriez-vous à ma place, monsieur Kloppe?

— Je ne suis pas à votre place, monsieur Levain.

— Je souhaiterais avoir un compte à numéro.

— Comme il vous plaira. Qui en connaîtra le chiffre en dehors de vous-même ? »

Levain eut l'air surpris. Kloppe ajouta :

« Nous sommes tous mortels, monsieur Levain. A qui devrais-je remettre vos fonds au cas où vous disparaîtriez ?

— Justement, à ce propos, je voulais vous dire... Je suis marié... »

Kloppe sortit une feuille blanche d'un tiroir et s'apprêta à noter.

« Je suppose que c'est donc à Mme Levain...

— Non ! non ! le coupa son vis-à-vis. Pas elle ! »

Le visage de Homer Kloppe se ferma imperceptiblement.

« Qui d'autre alors ? insista-t-il.

— Ma filleule !

— Quel nom ?

— Lily ! Je veux dire Eliane... Eliane Gournay.

— C'est donc de Mme Gournay que vous souhaitez faire votre légataire ?

— Mlle Gournay. Oui, c'est ça.

— Son adresse ?

— 118, rue de Grenelle à Paris.

— Arrondissement ?

— Sixième je crois... je ne suis pas sûr.

— Profession ?

— Secrétaire de direction.

— Née le ?

— 27 décembre.

— Année ? »

Levain eut l'air de se jeter à l'eau.

« 1953. »

Kloppe eut un bref regard de désapprobation.

« Nom de la firme qui l'emploie ?

— Mlle Gournay est ma secrétaire privée.

— Ah !... Je vais donc vous demander, monsieur Levain, d'ouvrir immédiatement avec votre filleule un compte joint.

— Joint ?

— Mlle Gournay aura accès à votre compte... expliqua patiemment Kloppe.

— Mais si... si... bafouilla Levain.

— Si quoi, monsieur ?

— Si par exemple elle et moi nous nous fâchions... Comment éviter qu'elle ?... Enfin, vous connaissez les femmes !

— Dois-je comprendre que Mlle Gournay n'a pas votre entière confiance ?

— Pas au point de lui laisser le libre accès à huit millions de francs ! » se révolta Levain.

Homer Kloppe se leva brusquement.

« Dans ces conditions, je ne vois pas pourquoi moi-même ou mes associés pourrions lui accorder le moindre crédit !

— Mais monsieur... lança Levain, interloqué.

— Je vous remercie d'avoir pensé à notre établissement. Je regrette, monsieur.

— Vous n'allez tout de même pas refuser un dépôt de un million six cent mille dollars !

— Au revoir, monsieur. Vous trouverez certainement dans la ville d'autres établissements honorés de vous accueillir. »

Pour mieux montrer que l'entretien était terminé, il déchira la feuille sur laquelle il avait pris ses notes. Levain se redressa, empoigna sa valise, lança un dernier regard à Homer Kloppe, mais ce qu'il lut dans ses yeux ne l'incita pas à tenter de renouer le dialogue. Piteusement, il épousseta son revers de poussières imaginaires et prit la porte.

Homer attendit qu'il fût sorti pour aller se camper devant la fenêtre. Il passait sa vie à éconduire ce genre de types. L'amour jaloux des vieux beaux pour leur secrétaire était une source d'ennuis infinis pour tout financier digne de ce nom. Comme la plupart de ses confrères helvétiques, Homer Kloppe considérait que sa profession, dont il se faisait l'idée la plus haute, n'était ni un métier ni une vocation, mais un véritable sacerdoce, une religion dont lui-même et ses pairs étaient les prêtres rigoureux. L'argent méritait les plus grands égards, on ne parlait de lui qu'en termes respectueux, à voix étouffée, comme de Dieu dans un sanctuaire. Le manipuler, le gérer, le multiplier, le placer, le compter et le recompter étaient choses sacrées dont ne pouvaient s'acquitter que des servants à la moralité irréprochable. Le cénacle ne s'entrouvrait jamais pour les parvenus douteux de la fortune, malgré les idioties colportées dans le monde entier sur la Suisse dont de bons apôtres, fortement politisés, voulaient faire le coffre-fort de l'univers, le receleur des grands rapaces du coup d'Etat, le paradis fiscal de gérontes ayant déjà un pied dans la tombe. Sur le nombre immense d'affaires traitées, il était, certes, fatal qu'il y eût des bavures. Périodiquement, on ramenait sur le tapis l'histoire des biens israélites que leurs propriétaires avaient eu le plus grand mal à récupérer à la fin des hostilités. Ces avoirs, placés sur des comptes à numéro au moment où les menaces de Hitler incitaient la communauté juive à les mettre à l'abri, étaient devenus l'objet de litiges dont certains duraient encore avec quelques survivants des camps d'extermination ou les héritiers des disparus. L'affaire Trujillo, elle aussi, avait donné lieu à une bien fâcheuse contre-publicité. Où étaient donc passés ces cinq cents millions de dollars en or et en devises que les fils de l'ex-dictateur avaient transférés à Genève et que le gouvernement de la République de Saint-Domingue essayait toujours de récupérer ? Et le trésor de guerre du F.L.N. — cinquante millions de francs suisses dont les intérêts, depuis 1962, avaient dû faire des petits — dont nul, depuis la mort de Mohammed Khidder, n'avait retrouvé la trace ? Paradoxalement, ces mauvais coups qui entachaient la Suisse, n'étaient que le négatif inversé de sa vertu première, le silence, érigé dans toute transaction financière à la hauteur d'une institution, comme l'indique l'article 47 de la « Loi fédérale sur les banques et les caisses d'épargne », credo que tout banquier helvétique, Homer Kloppe en tête, aurait pu réciter par cœur :

« Celui qui, en sa qualité de membre d'un organe, d'employé mandataire, de liquidateur ou de commissaire de la banque, d'observateur de la Commission des banques, ou encore de membre d'un organe ou d'employé d'une institution de révision agréée, aura révélé un secret à lui confié ou dont il avait eu connaissance à raison de sa charge ou de son emploi, celui qui aura incité autrui à violer le secret professionnel, sera puni de l'emprisonnement pour six mois au plus ou de l'amende jusqu'à concurrence de 50 000 francs. La violation du secret demeure punissable alors même que la charge ou l'emploi a pris fin ou que le détenteur du secret n'exerce plus sa profession. »

Malheureusement, s'il y a une morale de la loi, il ne saurait y avoir une morale de l'argent. Qui peut se vanter de savoir d'où vient celui qu'il encaisse et dont il a la garde ? En quoi l'argent, qui est éternel, devrait-il livrer le mystère de sa provenance devant les humeurs de l'Histoire, les convulsions de la politique, éphémères et changeantes par définition, comme la fantaisie des hommes ? En revanche, à cause de ce silence qui provoquait tant de ragots, on ne parlait jamais des services rendus, des gouvernements renfloués par ceux-là mêmes qu'ils dénigraient, du sens du devoir, de la rigueur morale, de la probité. Secrètement, Homer Kloppe souffrait que les motivations de ses pairs ne fussent pas mieux comprises mais sa discrétion lui interdisait de s'expliquer sur elles. Comme la plupart de ses collègues, en bon protestant, il finançait indifféremment les cinq confessions de l'Eglise protestante, faisant pleuvoir sa manne sur les congréganistes, les méthodistes, les réformés, les baptistes ou les luthériens, bien qu'il appartînt lui-même à la branche d'Ulrich Zwingli, l'une des plus intransigeantes du calvinisme. Quand les affaires étaient bonnes — et elles l'étaient chaque jour davantage — il entretenait l'allégresse de son cœur en versant de généreux pourcentages aux presbytères (il faisait partie d'un collège d'anciens) et aux délégations d'assemblées synodales, jamais avare non plus de son temps pour aller porter la bonne parole ou commenter à l'usage des fidèles les exégèses de l' « Institution de la religion chrétienne » de Jean Calvin, de la Bible, du Décalogue ou de la « Sommaire et Briefve Déclaration », textes sacrés mais familiers où il puisait les enseignements de sa vie morale.

Evidemment, tant de vertu nécessitait quelques compensations d'ordre privé, dont ne devaient jamais pâtir bien entendu les institutions, la famille, la moralité et les activités professionnelles.

Quand l'homme d'âge mur, pondéré, solide, a la certitude de ne jamais devenir le jouet de ses passions, il peut se permettre sans danger certains accommodements avec son éthique personnelle. Comme l'avait si bien dit quelques années plus tôt l'un de ses éminents confrères, le docteur Reinhardt, président de la Direction générale du crédit suisse : « Aucun élément n'est toxique en soi. C'est la dose qui fait le poison. »

Homer Kloppe n'avait pas attendu qu'on lui rappelle cet aphorisme de Paracelse pour savoir user sans abuser, se lever de table avant d'être repu, fumer un cigare par jour, un seul — les Punch Culebras de chez Davidoff — et accorder à son corps les satisfactions épisodiques que ne lui donnait plus celui de son épouse, Chimène Kloppe. En tout, il savait s'arrêter à temps, en paix avec sa conscience, consolé de son manque de séduction, de son corps grassouillet, de son crâne dégarni, de ses jambes trop courtes, par l'idée, devenue certitude avec les années, que l'argent était une compensation magnifique de ces disgrâces banales, un substitut du charme, de l'esprit, de l'aisance et de la facilité que le Seigneur n'avait pas daigné lui accorder. En revanche, Il l'avait doté d'une dentition si parfaite que certains de ses collaborateurs, témoins d'un de ses rares sourires lors de la publication d'un bilan particulièrement satisfaisant, l'avaient crue fausse. Homer Kloppe lui prodiguait des soins jaloux et amoureux, n'hésitant pas à aller deux fois par semaine chez le stomatologue le plus fameux — et le plus cher — de Zurich, le réputé professeur Strolh. Homer, pour ne courir aucun risque de souillure par contamination d'un lavage précédent, n'utilisait jamais deux fois la même brosse à dents. Il en possédait des paquets en réserve, de toutes formes, dont les nuances dans leurs différents emplois auraient été trop subtiles pour être comprises du profane, octogonales, biseautées en pinceaux, plates, dégradées, pointues à dix brins, pour les interstices parondontaux, mafflues et souples, pour le lustrage, en soies végétales, en nylon, en crins animaux, sans parler des appareils à jets de force réglable, préventifs de la carie, ennemis de la plaque dentaire. Mais à quoi bon ouvrir la bouche, et devant qui ? Son carnet de chèques, sa position et son intégrité fracturaient mieux les portes, les coffres et les cuisses que n'auraient pu le faire le plus redoutable des escrocs, le plus menteur des Don Juan. Il était tellement plus simple de payer que de s'échiner à plaire ! Homer était à l'âge — cinquante-deux ans — où l'homme arrivé ne se pose plus de questions sur le sens du monde, mais en jouit avec simplicité. Et le temps, ce temps qui désormais lui était compté à rebours, plus que jamais, devenait de l'argent. L'avant-veille, il avait dû faire appel à tout son sang-froid pour ne pas tressaillir devant l'énormité des capitaux que lui avait confiés l'un de ses clients, un Italo-Américain du nom de Genco Volpone, dont les correspondants new-yorkais de la Trade Zurich Bank, après une longue et discrète enquête, avaient révélé à Homer qu'il « passait pour être », bien qu'en façade ses affaires fussent irréprochables, l'un des chefs occultes du Syndicat. Kloppe avait enfoui le renseignement dans sa mémoire et croyait l'avoir oublié. Mais huit ans après, c'est-à-dire deux jours plus tôt, il lui était revenu avec force, comme un coup de poing. Il revécut avec acuité la scène, vieille à peine de quelques heures.

« Que puis-je faire pour vous, monsieur Volpone ?

— M'ouvrir un compte à numéro.
— Vous ne souhaitez pas utiliser celui que vous avez déjà dans notre maison ?
— Non.
— Parfaitement.
— Dans moins d'une heure, vous allez recevoir un avis de virement de votre succursale de Nassau qui a touché les fonds ce matin même.
— De quelle somme s'agit-il ?
— Deux milliards de dollars. »
Pour garder un visage de marbre à l'énoncé de ce chiffre extravagant, Homer avait ôté ses lunettes qu'il avait feint de nettoyer. Sa profession l'avait habitué à l'infini des nombres, mais à l'échelon d'un continent, d'affaires groupées, réparties sur une certaine durée. Là, il s'agissait d'une masse en bloc, d'une traite, manipulée par un seul homme ! Genco Volpone avait ajouté d'une voix calme :
« Je veux que ces fonds travaillent pendant la durée de leur dépôt.
— Certainement !
— Quel intérêt pouvez-vous me verser ?
— Il varie selon la durée du dépôt.
— Faites-moi un taux au jour le jour. Vous aurez les fonds à disposition pendant vingt-quatre heures au moins, quarante-huit au plus.
— 6 pour 100.
— 7.
— Le taux au jour le jour est de 6.
— Que voulez-vous que ça me fasse ? J'en veux 7.
— D'accord. Vos instructions pour la suite ?
— Transférez les fonds à Panama, Chemical Inter Trust. Nous avons pouvoir tous les deux. »
C'est alors que Homer Kloppe avait regardé le quinquagénaire malingre flanquant Genco Vol-

pone. Volpone le lui avait présenté comme Mortimer O'Broin, conseiller financier et fondé de pouvoir de son associé. Naturellement, Kloppe n'avait posé aucune question sur l'identité de cet « associé ». En revanche, il connaissait de réputation l'étude d'O'Broin, très cotée dans les milieux d'affaires internationaux. Il fut surpris par l'aspect falot de son animateur.

« Sous quel nom de code me transmettrez-vous vos ordres, monsieur Volpone ?

— « Mamma ».

— J'en prends note. Messieurs, pouvez-vous me fournir un échantillon de vos signatures... pour « Mamma », je veux dire...

— A quoi bon ? énonça Volpone. Nous vous ferons signe par téléphone.

— Simple formalité d'administration interne... » dit Kloppe en leur tendant un stylo et une feuille vierge.

O'Broin et Volpone y paraphèrent le mot « Mamma ».

Kloppe s'en empara.

« Lequel de vous deux me donnera l'ordre de virer les fonds, M. Volpone ou M. O'Broin ? »

Volpone s'était autorisé son premier sourire.

« Ce sera moi. Mais qu'importe, puisque désormais, vous ne connaissez plus que Mamma.

— Vous avez tout à fait raison. Il ne me reste plus qu'à vous attribuer un numéro...

— Inutile. Je l'ai déjà choisi à Nassau.

— Puis-je en prendre note ?

— 828384.

— Excellent.

— Bien entendu, vous virerez les intérêts de notre dépôt sur un compte à part.

— Bien entendu.

— Il s'agit, vous l'aurez compris, de nos frais.

Quels sont les vôtres en échange du service ?
— 0,125 p. 100 du capital négocié.
— Pas mal... J'aurais dû me faire banquier !
— La profession a aussi ses contraintes, monsieur Volpone.
— Je vous téléphonerai probablement demain.
— A votre disposition. »
Comme les deux hommes se levaient, Homer avait ajouté :
« Je vous souhaite un bon séjour en Suisse.
— Merci pour moi. J'y reste encore quarante-huit heures. Mais O'Broin repart immédiatement pour les Etats-Unis. »
Se déroula alors quelque chose de très rapide et d'infiniment curieux. Genco Volpone, qui avait déjà remis son chapeau, se retrouva nez à nez avec Homer Kloppe. Chacun des deux fit un pas latéral pour éviter l'autre, mais le hasard voulut qu'ils le fissent du même côté. Embarrassé, le banquier vit l'Américain lui adresser un sourire d'excuse qu'il confirma en lui tapotant amicalement les épaules. Et soudain, Kloppe se sentit enlacé pour un « abbracio » à la sicilienne, Volpone posant alternativement ses deux joues contre ses propres joues tout en prolongeant son étreinte. Machinalement, Homer, ne sachant que faire de ses mains, les posa lui aussi sur les épaules de son étrange client. Ils se dégagèrent d'un même mouvement et le banquier referma sa porte, troublé comme peut l'être un calviniste devant la démonstration trop chaleureuse d'une amitié latine.
Reprenant ses esprits, il appela sur-le-champ Eugène Schneelbling, l'une des puissances occultes les plus efficaces de la finance mondiale. Il existe à Schaan, non loin de Vaduz, au Liechtenstein, un bâtiment parfaitement anonyme et terne, ne por-

tant sur la porte principale aucune plaque. Rien de spécial ne différencie ces quatre étages des immeubles environnants. Chaque jour, à dix-sept heures, les employés quittent la bâtisse comme s'ils avaient accompli un quelconque travail de bureau. En fait, leur seule différence avec des fonctionnaires réside dans l'énormité des capitaux qu'ils manipulent. C'est à Schaan en effet que se situe la « banque des banquiers ». Collecté par des centaines de millions d'hommes, l'argent est remis quotidiennement à des milliers de banques qui l'investissent immédiatement dans les différentes sociétés dont elles sont actionnaires ; ces sociétés le font transiter, le plus légalement du monde, dans leurs filiales installées dans des pays où les avantages de tous ordres, fiscaux entre autres, leur permettent de poursuivre leur expansion sans être trop étranglées. A leur tour, ces holdings des Bahamas, de Suisse, de Nassau, du Liechtenstein, de Panama, du Luxembourg ou d'une des innombrables îles des tropiques transformées en paradis financiers indépendants — avec la bénédiction secrète des grandes puissances économiques qui ont tout intérêt à ce qu'elles existent, ne serait-ce que pour y mener discrètement elles-mêmes leurs propres affaires — ces holdings bouclent le circuit en confiant leurs avoirs à d'autres banques — les mêmes parfois d'où ils étaient partis au début de leur périple — en une ronde étourdissante où l'argent, par la force d'inertie de son seul mouvement, croît, se multiplie, s'enfle, hydre abstraite que rien ne vient matérialiser, sinon des ordres d'achat ou de vente aboutissant, aux bouts extrêmes de la chaîne, en mort violente, en jouissance, en ruine, en bien-être, en esclavage ou en liberté. Entre-temps, comme essoufflé, il s'arrête un certain temps à Schaan d'où il repartira de plus belle pour le circuit sans fin des réinvestissements, après que ses origines auront été oubliées, et « lavée » sa provenance. Connu des seuls banquiers et des gouvernements, l'établissement ne fait pas le détail. Les plus grands pays du monde ont recours à ses services pour emprunter, prêter ou dissimuler d'incroyables masses d'argent pour des durées variant de vingt-quatre heures — l'échéance d'un budget national — à plusieurs années — le financement d'une longue guerre civile, d'une révolution, d'une restructuration économique nationale.

C'est à Schaan qu'aboutissent fatalement, un jour ou l'autre, pour un séjour plus ou moins long, les capitaux qui courent, sans que l'établissement financier qui les ventile à nouveau, débarrassés de toutes les impuretés de leur voyage, en voie jamais la couleur. C'est donc à Schaan que Homer Kloppe, comme ses confrères, avait placé « au jour le jour » les fonds que venait de lui confier Genco Volpone. « Placer » signifiait qu'il avait déclaré à Schmeelbling, l'un des responsables, que la Trade Zurich Bank tenait à sa disposition un capital de deux milliards de dollars, opération qu'avait instantanément concrétisée un échange de courrier « sur parole ». A son tour, par des circuits connus de lui seul, Schmeelbling ferait « travailler » ses fonds à un taux supérieur à celui qu'il accordait au banquier. Libre à lui, songea Kloppe...

Il refit mentalement ses calculs. Il avait accordé 7 p. 100 à Genco Volpone — « Mamma », se reprit-il en un accès de bonne humeur. Deux milliards de dollars placés à 7 p. 100 constituent un intérêt à servir de 383 561,643 dollars par jour, soit 383 562 dollars. La même somme, replacée à 9 p. 100 lui procurait un revenu quotidien de

493 150 dollars et des poussières. Bénéfice net pour lui : 109 588 dollars, ce qui n'est pas négligeable, même pour l'argent de poche d'un grand financier ! A quoi venait s'ajouter, mais cela pour les livres de comptes de la banque, le 0,125 p. 100 du service rendu sur la somme totale à faire transiter, ce qui donnait très exactement deux millions et demi de dollars ! Il est certains jours où l'on se sent l'enfant chéri du Seigneur ! Or, Volpone ou son fondé de pouvoir, qui auraient dû appeler la veille, n'avaient toujours pas donné signe de vie. La journée légale allait se terminer, doublant ainsi les 109 588 dollars de bénéfice du jour précédent. « Qu'ils me les laissent en dépôt encore un mois... » implora Homer en s'adressant à une divinité imprécise. Il n'osait pas invoquer carrément le nom de Dieu quand il s'agissait de dollars.

Dans son dos, la porte claqua avec violence.

« Je parie que tu penses à une femme ! »

Homer sursauta, comme pris en flagrant délit.

« Tu pourrais frapper avant d'entrer.

— Ça sera répété à maman ! »

La jeune fille l'enlaça et lui fit faire un tour de valse.

« Je viens d'inventer un jeu marrant !

— Raconte... » dit-il avec méfiance.

Les foucades de sa fille l'enchantaient secrètement, bien qu'elles fussent parfois dangereuses. Il ne pouvait qu'enregistrer avec amertume que Renata avait pleins pouvoirs sur lui, qu'il lui passait tous ses caprices.

Peut-être parce qu'elle était l'antithèse vivante de sa mère, peut-être à cause de la cascade souple de sa chevelure auburn, de sa silhouette mince — comment pouvait-elle avoir d'aussi longues jambes avec un père tel que lui ? — de ses yeux violets qui mettaient les hommes mal à l'aise, quand son visage devenait grave soudain et qu'elle vrillait son regard dans le leur pour une question muette jamais formulée. Pourquoi, entre tous ceux qui la courtisaient, avait-elle choisi le seul qui ne fut pas de son milieu ? Le père de Kurt Heinz, son fiancé, avait été caissier de banque. Irréprochable, certes, mais caissier de banque tout de même, et pendant trente-cinq ans. Dans une semaine aujourd'hui, Homer devrait faire danser Utte Heinz, la peu décorative épouse de Joseph Heinz. Et ce mariage de sa fille, qu'il avait voulu étincelant, digne de ses Gauguin et de ses Fragonard, serait entaché par la présence médiocre et gauche des parents de son gendre. Sans parler des ahurissantes modalités de la cérémonie, fixées par Renata qui n'avait pas voulu en démordre, et dont on parlerait encore dans trois siècles, si toutefois la confédération existait toujours en l'an 2277. Là aussi, Kloppe s'était incliné...

« C'est un jeu débile et merveilleux ! Ça s'appelle la manne volante ! »

Un pli vertical se creusa entre les sourcils du banquier.

Il répéta machinalement :

« La manne volante ?...

— C'est à cause de Kurt et de ses théories à la gomme, que le fric est mauvais en soi, pourrisseur et tout...

— Je ne comprends pas...

— Mon futur mari ne comprenait pas non plus ! J'ai pris mon avion, j'ai survolé Chiavenna en plein comice agricole et j'ai bombardé les ploucs à coups de billets de banque ! Tu aurais vu cette ruée ! »

Devant l'expression tragique de son père, elle pouffa.

« Ne fais pas cette tête ! Il faut bien que Kurt s'habitue à l'opulence ! A quoi nous servirait notre pognon si on ne pouvait pas s'amuser un peu ? »

Pietro Biasca n'avait qu'un regret dans la vie : que son père fût mort avant d'assister à son triomphe. C'est au vieux Guiseppe que Pietro devait sa réussite, à ses conseils, à l'acharnement qu'il avait mis à contraindre son fils unique à étudier le profil d'une chaussure comme on détaille celui d'une femme aimée. « Tu verras, lui disait-il, un jour, tout ce qui t'ennuie maintenant fera ta fortune. » Il avait raison. A quarante-huit ans, Pietro était riche, ce qui n'est pas rien quand on a eu faim pendant son enfance. Mais il y avait mieux, il était célèbre, respecté et ne vendait ses œuvres d'art qu'à ceux qu'il jugeait dignes d'être ses clients. Invité aux premières, aux cocktails, aux vernissages, il était devenu l'un des visages familiers du Tout-New York. Les stars l'appelaient par son prénom, les financiers lui tapotaient amicalement l'épaule, et il n'était pas rare qu'une comédienne de premier plan, désireuse de se concilier ses faveurs, lui accordât les siennes. Le secret de sa réussite était fondé sur deux éléments. Le premier : perpétuer la tradition de l'artisanat alors que seuls, les monstres industriels parvenaient à survivre. Le second, dont il était plus fier encore, reposait sur une idée de génie : conférer au pied la même noblesse qu'à la main. Car dans les ateliers de Biasca, on ne fabriquait pas de chaussures, on taillait amoureusement dans les cuirs les plus fins et les plus coûteux, des « gants pour les pieds », selon l'expression qui lui avait assuré sa renommée. Au fil des années, Biasca avait perfectionné sa méthode, les tâtonnements du début avaient fait place à une maîtrise totale et sa boutique de la 6e Avenue était devenue une espèce de club privé dont aucun des membres n'aurait songé à discuter les prix exorbitants que Pietro ne mentionnait d'ailleurs jamais. Quand, timidement, un client lui demandait sa facture, il s'arrangeait pour que le mot « argent » ne fût pas prononcé, tout au plus suggéré par un euphémisme de bon ton. Biasca, un sourire éblouissant éclairant sa face sombre, répondait alors qu'il y songerait « dès qu'il aurait un peu de temps ». Il poussait parfois la coquetterie jusqu'à se laisser relancer à plusieurs reprises avant de condescendre à préciser le montant du chèque.

Curieusement, le fait de ne jamais demander d'argent lui avait toujours valu d'être payé rubis sur l'ongle. Sauf, une fois, une vedette de cinéma, dont il avait appris qu'elle s'était suicidée en absorbant des barbituriques, ce que Pietro avait jugé choquant — son père lui avait enseigné que nul ne doit mourir volontairement avant d'avoir payé ses dettes.

La déception de Biasca n'avait duré que trois mois : la succession réglée, il avait hérité de deux Renoir — tout ce qu'il y a de plus authentiques — qui ornaient maintenant le mur de son salon d'essayage, au-dessus du bar où officiait un spécialiste chargé de l'abreuver et de nourrir, caviar compris, les célébrités composant sa pratique. Il est vrai que les prix de ses chaussures oscillaient entre cinq cents et mille dollars, ou plus, selon la fantaisie du client dont certains exigeaient que les boucles fussent d'or véritable titrant dix-huit carats. Repu, abreuvé de compliments, surchargé d'amitiés chaleureuses, certain d'être devenu quelqu'un, Pietro, luxe suprême, tenait à jouer les modestes, insistant pour être appelé « cordonnier ». « Je suis le seul cordonnier des Etats-Unis possédant des Renoir », se plaisait-il à répéter.

Il entra dans l'atelier où s'essayait un apprenti. Le garçon, un jeune Italien à la chevelure bouclée s'entraînait à prendre les mesures du pied d'un camarade. Biasca s'avança, grisé comme toujours par la subtile odeur de cuir régnant dans la pièce où s'affairaient une dizaine d'hommes, le parfum discret de l'intérieur d'une Rolls. Sentencieusement, il laissa tomber :

« N'oublie pas que la ligne n'est rien ! Ce qui est important, c'est le volume. Imagine toujours le pied dans son volume. Crois-tu que Michel-Ange procédait autrement ? »

Il passa son chemin, admirant sur les étagères courant le long des murs les moules parfaits auxquels avaient droit ses clients après leurs deux premiers achats. Il se retourna vers l'apprenti :

« Tu vois, ces pieds, ils me sont encore plus familiers que les visages de leur propriétaire. Même les yeux bandés, rien qu'en les caressant, je peux te dire à qui ils appartiennent ! »

L'apprenti sourit. Une immense blonde, en robe de bon faiseur, passa la tête dans l'entrebâillement de la porte.

« Signore Biasca... » (Pendant les heures de travail, Pietro exigeait que ses employés lui donnent du « signore ».)

Il eut un mouvement de menton interrogateur.

« Deux messieurs vous demandent », ajouta-t-elle.

Pietro passa dans la boutique. Au premier regard, il comprit que c'étaient des flics, bien que l'un d'eux eût l'air plutôt distingué. « Maintenant, pour être flic, il faut passer par Harvard », songea-t-il avec un rien d'amertume.

« Messieurs ?

— Monsieur Biasca, dit le distingué qui avait un paquet à la main, puis-je vous poser une question ?

— Si je puis vous aider, répondit Pietro pendant que le deuxième inspecteur lui exhibait discrètement sa carte.

— Pourriez-vous identifier l'un de vos clients d'après sa chaussure ?

— Si elle vient de chez moi, évidemment.

— Elle vient de chez vous. »

Le flic ôta le foulard qui enveloppait la chaussure.

Biasca n'eut même pas à la prendre en main.

« Elle appartient à mon ami (il insista sur le mot « ami ») Genco Volpone. »

Comme traversés par une décharge électrique, les deux flics échangèrent un bref regard incrédule. Celui qui avait parlé le premier déglutit.

« Quel nom avez-vous dit, monsieur Biasca ?

— Volpone. Genco Volpone ! répéta Pietro avec condescendance, sachant très bien qu'entre ces minables et lui, le nom magique venait de creuser un abîme.

— En êtes-vous certain, monsieur Biasca ?

— Je chausse mon ami Volpone depuis près de dix ans, se rengorgea Biasca. Ces chaussures lui ont été livrées il y a trois mois à peine. Je peux même vous dire... (Son visage trahit les affres du praticien confronté au secret professionnel.)

— Dites, monsieur Biasca...

— J'ai fait breveter le procédé qui permet à mon client d'avoir des talons de neuf centimètres, alors qu'en apparence, ils n'en ont que quatre. D'ailleurs, si vous voulez voir ses pieds...

— Ses pieds ?

— Le moulage de ses pieds. J'ai dans mon atelier les moulages de deux mille six cents pieds, treize cents pieds gauches, treize cents pieds droits.

— Pas d'unijambiste ? » ne put s'empêcher d'ironiser à froid le plus petit.

Son camarade le coupa :

« Votre certitude est absolue ?

— Ma tête à couper ! Mais pourquoi...

— Nous vous remercions, monsieur Biasca. Nous nous permettrons de repasser dans une heure. »

Déjà, ils repartaient avec leur paquet. Biasca les vit se bousculer pour franchir plus vite le seuil de sa porte. Qu'est-ce que ça voulait dire ? Comment la chaussure du grand Genco Volpone était-elle tombée entre les mains de la police ?

Fébrile soudain, il se dirigea à grands pas vers son bureau, en ouvrit la porte à la volée, la claqua derrière lui et se précipita sur le téléphone.

Lorsque la trotteuse de sa montre chevaucha le chiffre 7, Homer Kloppe appuya de l'index sur un contacteur électronique enfoui dans sa poche. La porte de service s'ouvrit toute seule. C'est par là qu'entraient chaque matin, à huit heures trente précises, les employés de la Trade Zurich Bank. De mémoire de Suisse, jamais une seule banque n'avait été cambriolée dans la Confédération. Où donc seraient allés les voleurs ? Où se seraient-ils cachés, alors que la population entière, instantanément, aurait été prête à collaborer avec la police ? Et même, comment auraient-ils pu sortir du pays, à supposer qu'ils aient réussi à forcer les coffres ? C'était pratiquement impossible. L'absence de précédent n'empêchait pas les établissements financiers de veiller sur leur or, leurs secrets et leurs liquidités, par des procédés techniques inviolables. A Berne, à Genève, à Lausanne, à Fribourg, à Zurich, les sociétés spécialisées dans la protection des établissements bancaires faisaient fortune. Les gadgets les plus sophistiqués, essayés en laboratoire, étaient périodiquement proposés par des spécialistes qui en faisaient la démonstration.

Pour peu qu'ils fussent plus perfectionnés que le système en place, on envoyait impitoyablement les autres à la casse, quoi qu'il en coûtât.

Quand la porte blindée eut fini sa rotation silencieuse, Ines marqua un infime temps d'arrêt sur le seuil simplement pour que le banquier enregistre en instantané la noblesse de sa stature magnifiée par un manteau de vison noir balayant le sol, entrouvert sur des bottes de cuir fauve. Ebloui par ce soleil noir, Homer Kloppe leva la tête, accrocha le regard froid d'Ines et s'effaça pour la laisser entrer, Il repoussa la porte et pressa le contacteur qui bloquait instantanément toutes les sorties. Puis, à petits pas raides et dignes, il la suivit dans le long corridor, tortue mécanisée sur les traces d'une gazelle souple aux immenses enjambées. Il ne savait ce qu'il devait le plus admirer, sa taille fantastiquement élancée, son port de tête ou ce cou immense, s'échappant des épaules comme la tige d'une fleur. Ils traversèrent encore deux couloirs sans échanger un mot. Quand ils furent dans la salle des guichets, étrangement vide dans ce temple déserté par ses servants, il eut une mimique interrogative. Elle lui renvoya un clignement d'yeux rapide et approbateur. Ils reprirent leur marche silencieuse, descendirent un escalier qui les conduisit dans les sous-sols. Kloppe, derrière Ines, maîtrisait mal une fantastique envie de la toucher. S'il avait osé, il lui aurait demandé de soulever les pans de son manteau, ceux de sa jupe, pour la voir rouler des hanches devant lui, ses longues cuisses dénudées. Mais il est des choses que l'argent lui-même n'autorise pas à dire, non qu'elles soient moins concevables que d'autres, mais parce que, en révélant le désir qui les motive, en mettant un nom sur ce désir, elles laissent sans défense celui qui les dévoile. Ils arrivèrent devant la dernière porte. Ayant grand mal à masquer le tremblement qui agitait ses mains, Homer tripota son contacteur pour y former un mot de cinq lettres, dont l'assemblage allait permettre le jeu de la combinaison chiffrée donnant accès à la salle des coffres, tout système d'alarme provisoirement débranché.

Ils furent dans la chambre forte, une pièce rectangulaire de vingt mètres de long sur huit de large, où venaient méditer les clients désireux de s'isoler. Plafond, plancher et murs étaient en acier massif capable de résister à une explosion atomique. Le parfum d'Ines sembla envahir les lieux, quelque chose de chaud et vivant sur le froid mortel du métal.

« Fais mon lit ! » ordonna-t-elle.

Homer Kloppe tira deux nouvelles clefs de sa poche et fourragea dans un coffre portant le numéro 829, son coffre personnel. Immobile comme une statue, Ines le regardait faire, hautaine, hiératique, amusée intérieurement par le trouble qu'elle provoquait et qui finissait par la gagner à son tour : rien de plus excitant pour une femme que ce pouvoir d'exciter, quelle que soit l'apparence du partenaire.

« Dollars ? bredouilla le banquier.

— Dollars, marks, francs suisses et quelques lingots ! répondit-elle d'une voix sèche, sur un ton de commandement.

— Voulez-vous enlever votre manteau ?

— Si je veux. »

Homer lui tourna le dos et farfouilla dans le coffre dont il tira des liasses à pleines poignées. Il les jeta à terre. Ines les tapota de la pointe de ses escarpins.

« Encore ! »

Maladroitement, il sortit plusieurs lingots dont l'un lui glissa des bras, ce dont il s'excusa immédiatement sur un ton coupable. Elle se borna à hausser les épaules, le toisant toujours comme un lézard contemplant une fourmi. Un demi-mètre cube de billets jonchaient maintenant le sol. Homer se mit à genoux et défit les liasses. Du bout du pied, comme distraitement, Ines les éparpilla en un tas que remodelait Homer Kloppe et qui prit vaguement la forme d'une couche. Quand le tapis d'argent atteignit une hauteur de vingt centimètres, Ines allongea la jambe et Homer, à genoux, s'étala. Elle daigna sourire.

« Ça a quelle odeur ?

— Vous pourriez venir le sentir avec moi... balbutia-t-il.

— Pas encore. Déshabillez-vous !

— Tout de suite ? »

Elle s'éloigna de quelques pas.

« Regarde, je vais te montrer quelque chose... »

Elle s'affaissa sur le dos, retroussa sa jupe, éleva les jambes en V, des jambes infiniment longues, infiniment parfaites, dont une partie était sanglée par ses bottes. Bouleversé, Kloppe, la gorge sèche, articula d'une voix rauque :

« Ines !... »

Elle répéta, avec dureté cette fois :

« Déshabille-toi ! »

Homer se redressa à demi sur son tas de billets et entreprit de dégrafer son pantalon. Il était toujours vêtu de complets gris fer, cravaté et chaussé de noir, chemise blanche. Sa seule fantaisie vestimentaire résidait dans le choix de ce qui restait toujours caché aux yeux de sa femme, de ses proches ou de ses collaborateurs : ses caleçons. Ils étaient rouge vif, à pois blancs, bien que leur coupe, de la taille aux genoux, restât classique.

« Enlève-les », dit Ines.

Il comprit soudain le sens de cette scène en forme de messe noire, Dieu étant figuré par l'argent, sa propre action symbolisant le sacrilège. Depuis qu'il voyait Ines — le Diable en personne ! — le même rituel érotique se reproduisait. De bonne foi, il avait cru que c'était elle qui en avait fait la mise en scène — n'avait-elle pas prononcé la première les mots qui allaient l'ordonner ? Mais là, en un éclair, couché sur son matelas de dollars dans la chambre forte de sa propre banque sous le regard de cette Noire fabuleuse, les jambes écartées, pointées vers le plafond, il se rendit compte, frappé par l'étrangeté de la scène et cherchant confusément à lui donner un sens, qu'il l'avait lui-même suggérée et fait naître.

« Ne bouge plus, petit Blanc ! » intima Ines.

A son tour, il écarta légèrement les cuisses. Elle rampa vers ses jambes, les lèvres en avant, les avant-bras plongés dans les billets dont certains lui caressaient doucement le visage.

Le hall du palace ressemblait à la place d'un village un jour de foire. Les grosses mères en bermuda violet, cellulite au vent, s'esclaffaient, debout contre le bar, sirotant des chopes de bière brune ou les lampant cul sec, comme un homme. Les tee-shirts de leurs compagnons s'ornaient de cocotiers aux couleurs criardes, quand ce n'étaient pas des reproductions de la Joconde dont le sourire, qui avait bavé à l'impression, était devenu rictus. Mortimer O'Broin, en nage, se fraya un chemin dans la foule vociférante et désœuvrée. Il dut crier pour se faire entendre par l'un des concierges.

« Je suis Erwin Kelly, appartement 879. »

Avant qu'il ait pu ajouter un mot, l'employé se précipitait sur sa case et retournait vers lui, une feuille à la main.

« Votre clef n'est pas sur le tableau, monsieur Kelly. Mme Kelly est en haut. Vous avez un message. »

Mortimer le mit dans sa poche sans le lire. Le cœur battant, l'œil aux aguets, il gagna l'un des ascenseurs. Quand il en sortit dans le couloir du huitième étage, il fit quelques pas, se retourna, s'aperçut qu'il était seul. Alors, il déplia le papier froissé qu'il n'avait pas cessé de tripoter dans sa poche et y jeta un bref regard. Il était adressé à « Erwin Kelly, hôtel Excelsior, Nassau, Bahamas. » Le tampon portait le cachet d'un bureau de poste de Londres. Le texte était bref : « Prière de rappeler Judith. » Un soupir de soulagement, une grimace. Il avisa un cendrier sur pied à l'angle du couloir, mit le feu au message, le jeta dans le cendrier, attendit qu'il fût consumé et en broya les cendres du bout des doigts. Du revers de la manche de sa veste, il s'essuya le visage. Puis, il posa sa serviette, resserra son nœud de cravate sous le col de sa chemise trempée et se dirigea vers le 879 où l'attendait Zaza. Même s'il avait eu la moindre hésitation, il n'aurait pas pu reculer. Le message reçu coupait les derniers ponts le reliant à sa vie passée. Il signifiait mort d'homme, et au choix, selon qu'il aurait de la chance ou non, son propre décès ou une fortune extravagante. Désormais, tout était question de minutage. Impossible d'appeler de son appartement. Il décida de téléphoner de l'aéroport, juste avant le décollage. En tenant compte du décalage horaire, il serait alors seize heures à Zurich. Arrivé devant le 879, il frappa doucement à la porte, faisant des vœux pour que Zaza soit prête et l'attende dans le vestibule, son bagage à la main.

Italo Bébé Volpone chassa d'un revers de la main la fille nue qui lui savonnait le dos sous la douche. Il s'essuya les mains à un peignoir de bain, saisit délicatement son havane resté sur le rebord du lavabo, en tira une goulée et jeta d'une voix étonnée dans le combiné du téléphone :

«Répète ! »

A l'autre bout du fil, Angela, sa toute jeune femme qu'il avait dû laisser à New York. Il était fou d'elle, jaloux à en mourir. Quand il était contraint de la quitter pendant quarante-huit heures ; ils l'accablait d'appels pour ne rien lui dire, simplement heureux d'entendre sa voix. Avant d'avoir rencontré Angela, la « Femme » n'existait pas pour Italo. Certes, cohabitaient avec le clan des mâles deux catégories distinctes de créatures privées de pénis, la mère et les putes. La mère, être mythique, sacré, pourvue de toutes les vertus, tour à tour consolatrice, conseillée, protectrice, objet du plus profond respect chez les truands d'origine latine qui ne respectaient pourtant pas grand-chose. Elle cristallisait en sa personne ce que chacun d'eux gardait d'enfance, recelait de tendresse et d'amour. En dehors de la mère — les épouses, sacralisées dès qu'elles mettaient au monde leur premier enfant, devenaient mères à leur tour — il y avait les putes, c'est-à-dire toutes les autres, utilisées indifféremment pour assouvir le trop-plein d'énergie physique, recensées comme des numéros lorsqu'elles rapportaient de l'argent en se prostituant, rejetées comme des animaux indésirables quand elles se faisaient payer pour un moment d'extase. Et Bébé Volpone avait rencontré Angela. La Femme... Dans le seul endroit au monde où il n'était jamais allé de sa vie, une bibliothèque. Il faut dire, à son corps défendant, qu'il y était entré par le plus grand des hasards. Non pour y consulter un livre, mais pour semer deux affreux qui en avaient après lui dans Londres, du côté de Chelsea. Espérant les avoir lâchés, il se tenait derrière la porte d'entrée principale, le cœur battant, la main crispée sur son arme dans la poche de son pantalon.

« Est-ce que je peux vous aider ? »

Malgré la voix douce et grave, il avait sursauté. A la seconde où il s'était retourné, il avait su que ce serait elle. La terre pouvait crouler, on pouvait lui tirer douze balles dans la peau, lui promettre la prison à vie, le torturer sur place, rien n'aurait pu l'ébranler dans sa foudroyante certitude que cette femme était née pour lui, qu'il était venu au monde pour elle et que personne, jamais, ne pourrait plus les séparer. Pendant le long regard qu'ils avaient échangé avant qu'Angela ne baisse les yeux, tout avait été dit sans qu'un mot fût prononcé. Trop intuitive pour ne pas percevoir ce que l'instant avait de rare et de définitif, elle avait demandé, avec une gaucherie qui avait bouleversé Italo :

« Quel genre de livre cherchez-vous ? »

Tout en pensant qu'elle n'avait jamais rencontré d'homme de cette espèce. Très athlétique, élégant, une espèce d'expression sauvage lui tenait lieu de beauté, émanant de sa personne comme un parfum. Avec un sourire qui avait dévoilé deux rangées de dents éclatantes, il avait répondu :

« Existe-t-il un manuel me donnant la recette pour me débarrasser de deux emmerdeurs ?

— Ici, c'est une bibliothèque philosophique.

— Y a-t-il une porte donnant sur l'arrière ? »

Elle l'y avait conduit. Au moment de la quitter, il lui avait pris la main.

« Merci. »

Comme elle ne retirait pas assez vite la sienne, il avait ajouté :

« Si vous êtes libre ce soir, voulez-vous que nous dînions ensemble ? Je vous expliquerai. »

Il y a des moments qui ne se représentent jamais. Il faut savoir dire oui ou non tout de suite.

« Oui, avait-elle murmuré.

— Je vous prends à huit heures ici. O.K. ? »

Cinnquante-huit jours plus tard, Italo Volpone l'épousait à New York, l'arrachant à sa thèse de doctorat en philologie anglaise. Elle avait mis plusieurs heures à lui expliquer en quoi consistaient ses études mais elle n'avait toujours pas compris, après six mois de mariage, quelle était la profession exacte de son mari. A toutes ses questions, il avait opposé une mine rigolarde.

« Une affaire de famille. Je seconde mon frère Genco. On bricole... On vend des fruits, des légumes... »

Mais l'argent qu'il dépensait à poignées autant que l'appartement luxueux dans lequel ils s'étaient installés, Park Avenue, l'avaient laissée rêveuse...

« Angela, cara mia, répète encore... » dit-il.

Pourtant, la communication entre Nassau et les Etats-Unis était bonne. Quand il fut sûr d'avoir compris, il hurla de rire, son ventre musclé secoué de soubresauts, l'index titillant machinalement la vieille cicatrice, souvenir d'une balle perdue à

Porto Rico qui lui creusait à droite des reins un deuxième nombril.

Mais Angela revenait à la charge, sur un débit rapide et inquiet.

« Tu dois m'écouter, Italo ! Ils m'ont dit que c'était grave et urgent !

— Non, mais tu me vois, moi !... Appelant les flics ! »

L'idée lui sembla si cocasse qu'il repartit dans un fou rire.

« Et ils t'ont dit pourquoi je devais les appeler ?

— Non ! Ils n'ont rien voulu me dire d'autre ! Tu dois contacter immédiatement le commissaire de la 6e Avenue... »

Italo pouffa de nouveau : lui, Bébé Volpone, se mettre en rapport avec des paysans en uniforme !

« Tu leur as dit où j'étais ?

— Non, non ! J'ai dit que je n'en savais rien...

— Ecoute-moi, chérie, je suis sous la douche... Je suis crevé... »

La fille congédiée entrebâilla la porte et eut un sourire sans équivoque tout en soulevant ses seins dans les paumes de la main. Italo lui fit signe d'aller l'attendre ailleurs. Où qu'il aille, des hommes de son clan lui préparaient un comité d'accueil solidement nanti de fesses et de mamelles. Il n'avait qu'à puiser dans le tas, jusqu'à ce qu'il s'endorme. D'ailleurs, par plaisanterie, ses hommes et lui avaient baptisé les putes du nom de « somnifère ». Italo avait une telle vitalité que sur le plan d'hygiène très strict, le « somnifère » lui était nécessaire. Bien entendu, il n'avait jamais considéré comme une tromperie envers Angela le fait de passer quelques heures avec une de ces vaches.

« Angela, je t'assure, il faut que je me change... J'ai une réunion d'affaires... »

D'un coup de pouce machinal, il mit en mouvement sa roulette miniature, lança la bille et joua mentalement le 9.

« Italo, je t'en prie ! Tu DOIS les appeler ! Je les ai vus, ils avaient l'air sérieux !

— Tu les as vus ? s'étrangla Volpone.

— Ils sont venus à la maison... Qu'est-ce que ça te coûte ?

— Et tu les as laissés entrer ! Chez moi !

— Bébé, qu'est-ce que tu voulais que je fasse ? »

La bille, après avoir longuement hésité, se décida pour le 31 où elle s'immobilisa.

« Merde ! dit-il plus pour lui que pour elle. D'accord, je vais les contacter !... Je te rappellerai... »

lI raccrocha sèchement, se rinça, enfila son peignoir, téta une bouffée de cigare, avala une gorgée de scotch, s'empara du téléphone et fit le 8 pour obtenir le standard.

« Ici le 1003. Passez-moi New York ! Je veux le commissariat de la 6e Avenue... »

Il se rendit dans la chambre. La fille, à plat ventre sur le lit, prit une expression boudeuse en le voyant. Il lui claqua les fesses distraitement et eut le plaisir de voir, dans l'instant même, l'empreinte de sa main lui rougir la chair.

« Tu m'as fait mal ! reprocha la fille.

— Comment tu t'appelles ?

— Tu es trop méchant ! Je ne te le dirai pas !

— Pour ce que j'en ai à foutre, dit-il avec indifférence, en se servant une nouvelle rasade de whisky. Allez, salope, vas-y ! Occupe-toi de moi ! »

Elle se tourna sur le dos.

« Et si toi tu t'occupais d'abord de moi ? »

Grelot du téléphone. Elle lui prit son verre des doigts et y porta les lèvres.

« Commissariat de la 6e Avenue ?... Comment

voulez-vous que je le sache ? C'est vous qui avez demandé à ma femme d'entrer en rapport ! (Il se contracta légèrement.) Italo Volpone... oui... D'accord... »

Il s'empara de la main de la fille dont il referma les doigts sur son sexe. Puis, il la prit par la nuque et lui fit plier la tête jusqu'à son ventre.

« Oui... Volpone... Comment ?... Pourquoi ?... »

Brusquement, son visage s'était contracté, les muscles de son corps s'étaient tendus.

« Qu'est-ce que vous dites ?... » bégaya-t-il.

Il écouta trente secondes encore, et ses lèvres devinrent une ligne rectiligne, blanchâtre et dure. Au changement de ton, la fille leva la tête pour le dévisager. Il la repoussa d'un coup de pied.

« Barre-toi ! » siffla-t-il sans la regarder, en obstruant de la main le transmetteur.

Elle voulut le prendre de haut.

« Tu n'as pas le droit de me parler sur ce ton ! »

Il la gifla sauvagement. Ahurie, elle le contempla, ses yeux gris pleins de peur et de larmes. Italo prit une liasse de dollars dans le tiroir de la table de nuit et la lui jeta au visage.

« Calte ! Tu as vingt secondes ! »

Elle se baissa pour ramasser les billets, et en un éclair, devant le spectacle qu'elle lui offrait dans cette position, il regretta de ne pouvoir profiter d'elle. Il dit : « Je prends le premier avion », et raccrocha. Puis, à la fille :

« J'ai à faire dans la salle de bain. Tâche de ne plus être là quand je reviendrai ! »

Dès qu'il eut disparu, elle compta rapidement les billets, se frotta la joue et sourit dans le vague. A ce prix-là, elle était prête à se faire bousculer davantage ! Trois minutes plus tard, elle était partie.

Italo appela ses gardes du corps, précisant que

l'un d'eux devrait l'attendre dans la voiture en bas de l'hôtel, tandis que l'autre réserverait des places dans le prochain avion pour New York.

Ensuite, il eut son avocat en ligne et lui raconta qu'il allait se rendre au commissariat de la 6e Avenue où lui-même devrait l'attendre. Enfin, il ordonna à son secrétaire de lui dénicher immédiatement Mortimer O'Broin et de le ramener à l'aéroport. Bien qu'au sommet de la hiérarchie, tout-puissant et intouchable, Bébé avait gardé des réflexes de petit truand débutant. Il achetait à prix d'or de très hauts fonctionnaires de la police, mais la vue d'un flic de la circulation l'emplissait de malaise, comme s'il avait toujours quatorze ans. D'énervement, il cassa son lacet en mettant sa chaussure, et pensa avec un frisson à celle de Genco que ces pourris de flics lui affirmaient avoir trouvée, sans vouloir lui dire où ni comment. Or, son frère était capable de n'importe quoi, mais pas de perdre ses godasses !

3

Mortimer O'Broin accompagna Zaza jusqu'au bar et la pria de l'attendre. Il lui précisa qu'ils décolleraient dans quarante minutes. A toutes ses questions sur leur destination, il opposa un silence farouche et des sourires mystérieux plaqués sur un visage agité de tics. Elle le sentit si tendu qu'elle n'osa insister, lui marquant toutefois sa réprobation en plongeant son nez dans un verre de champagne tiède qu'un serveur dégouttant de transpiration avait déposé devant elle avec la même désinvolture que s'il se fût agi d'un vulgaire demi de bière. Mortimer se perdit rapidement dans la foule pour affronter l'avant-dernière épreuve de son fantastique coup de poker. S'il la réussissait, il se faisait fort de passer victorieusement la dernière, s'évanouir à jamais dans la nature. Son cœur se mit à cogner dans sa poitrine. A plusieurs reprises, il fut happé par des groupes de voyageurs en quête de leur charter, badge accroché à la chemise, puant l'alcool. Il se perdit entre différents stands, revint sur ses pas, consulta nerveusement sa montre et comprit qu'il avait dû passer deux ou trois fois sans le voir devant ce qu'il cherchait, le standard téléphonique. La préposée parvenait à mener de front de multiples conversations simultanées tout en se faisant les ongles.

« Mademoiselle, je voudrais appeler la Suisse...

— Ç'est aux Etats-Unis ?

— En Europe ! A côté de la France, l'Allemagne, l'Angleterre, l'Italie !... »

Elle lui jeta un regard meurtrier, méprisant :

« Numéro ?

— 83-65-92 à Zurich.

— Cabine 3.

— Ce sera long ?

— Cabine 3 ! »

Il referma la porte sur lui, comme si quelqu'un avait pu entendre la conversation qu'il n'avait pas encore commencée. Sur les parois, les habituelles inscriptions pornographiques, les professions de foi politiques, les numéros oubliés, les credos théologiques suivis d'inscriptions vengeresses. Il s'épongea le visage. Son mouchoir était trempé, sa chemise à tordre. Tout lui collait à la peau. Il se demandait si la chaleur était seule responsable, ou la peur.

Au début, son plan n'avait été que jeu de l'esprit, divertissement dialectique, énumération de causes et d'effets s'emboîtant admirablement sans aucun raté. Puis soudain, à son grand étonnement, la théorie était devenue mise en actes, sans qu'il eût conscience précise qu'il en avait lui-même ordonné la mise en branle. Sa rencontre avec Zaza, en lui ouvrant une dimension sensuelle dont il ignorait qu'elle existât, lui avait fait comprendre la répugnance inavouée qu'il éprouvait pour sa femme. Autre chose qui le taraudait, ses cinquante-sept ans passés à vivre la vie des autres, sans que rien vînt faire exploser la sienne. Il était temps désormais de commettre toutes les folies qu'il ne s'était pas offertes à l'époque où elles auraient présenté moins de danger. Tant pis pour la terreur, si elle était nécessaire à l'accomplissement de cette seconde naissance. Avec un dédain vague, il imagina Judith allongée dans son lit moite, se bourrant d'aspirine, morte pour elle-même et pour les autres depuis si longtemps, sans le savoir. Mortimer aurait utilisé son nom une dernière fois, au bas d'un message qu'elle n'avait pas rédigé.

Le grelot du téléphone le fit bondir. L'ébonite glissa de ses mains trempées quand il porta le récepteur à son oreille. Une voix féminine marmonnait quelque chose d'incompréhensible en allemand. Il se racla la gorge pour affermir sa voix, mais peine perdue. En chevrotant, il parvint à articuler en anglais :

« Trade Zurich Bank ? »

De l'autre côté du monde, on lui répondit affirmativement.

« Qui voulez-vous ? »

Alors, conscient que sa vie et sa mort se jouaient à pile ou face à l'instant même, il jeta :

« Homer Kloppe. Urgent et personnel !

— Certainement. Je vais voir si M. Kloppe est là. Qui dois-je annoncer ? »

Morty fit un effort pour déglutir. Puis à peu près normalement, il parvint à prononcer les deux syllabes du mot magique :

« Mamma. »

Par ordre croissant, le capitaine Kirpatrick détestait en bloc les femmes, les hommes, le genre humain, les animaux domestiques et les Américains d'origine sicilienne. Il trouvait scandaleux qu'ils eussent le droit d'être catholiques et aurait volontiers promulgué une loi pour les empêcher d'entrer dans une église, d'avoir un passeport ou de sortir d'un ghetto, genre Harlem, où on les aurait parqués. Il va sans dire que ses chefs exploitaient au mieux cette haine de leur subordonné. Pas une affaire concernant le Syndicat qui ne lui passe entre les mains, pas le moindre comparse, le plus petit truand, sur lequel il n'ait possédé un dossier complet. Malheureusement, les coffrer était une autre affaire. Les salauds payaient grassement à l'année des armées d'avocats prêts à remuer ciel et terre si la police touchait à un seul de leurs cheveux. Aussi crut-il défaillir de joie lorsqu'on vint lui annoncer qu'une jambe baladeuse, retrouvée près de Zurich sur une locomotive, appartenait peut-être à l'intouchable Genco Volpone.

Un chausseur, Biasca — faisant lui-même partie de l'engeance vomie — avait formellement identifié le mocassin et son propriétaire.

C'était à la fois maigre et énorme. Un chef de gang ne perd jamais une jambe sans que d'importants remous ne se produisent. Mais lorsqu'il s'agit d'un Volpone, les remous deviennent tremblements de terre, déclenchant des réactions en chaîne imprévisibles, qui, en faisant exploser les différentes familles du Syndicat, font le jeu de la police beaucoup plus que des années d'enquête. Il allait falloir ne plus les lâcher d'une semelle en attendant que « quelque chose » se produisît. Quoi ? Kirpatrick l'ignorait pour l'instant. Mais si par bonheur, Genco Volpone n'était plus en vie, si par chance, on l'avait assassiné, tous les espoirs étaient permis ! De joie, il se frotta les mains et les passa en guise de peigne dans la broussaille de ses cheveux roux. Puis, toisant son adjoint Finnegan d'un air rêveur :

« Vous vous rendez compte... Dans moins d'une

heure, un Volpone s'assoira sur cette chaise ! »

Finnegan eut une moue dubitative.

« Entre nous, capitaine, vous y croyez vraiment ?

— Non. Mais on peut toujours espérer.

— Qu'est-ce qu'il vous a dit, exactement, au téléphone ?

— Il a dit : « J'arrive. »

— Et s'il vient vraiment ?

— Une chance sur dix, mais réelle. Après tout, il s'agit de son frère, et c'est nous qui avons la godasse.

— Il aura pris conseil de ses avocats. A mon sens, il va filer directement en Suisse pour identifier la jambe.

— Vous pourriez identifier une jambe, vous ?

— Si c'est celle d'une belle fille...

— Attendons. Vous êtes paré ?

— Oui.

— Où qu'il aille, quoi qu'il fasse, je veux que vos hommes lui collent au cul dès qu'il sortira de ce bureau !

— S'il y entre.

— S'il y entre... » répéta Kirpatrick avec nostalgie.

Il secoua la tête, son visage brusquement illuminé de douceur.

« Imaginez Finnegan, imaginez qu'on le coince... qu'il fasse une connerie... qu'on le condamne à la chaise. Eh bien, je vais vous dire... Je donnerais dix ans de ma paie pour qu'on m'accorde la faveur d'abaisser moi-même la manette. »

Chaque fois qu'il avait eu des rapports sexuels — une fois par semaine — Homer Kloppe intensifiait le brossage de ses dents pendant une période minimale de quarante-huit heures. Il fallait bien ça pour venir à bout des milliards de microbes proliférant dans la région buccale à la suite du contact de ses lèvres avec les surfaces impures de la peau de ses partenaires. Il en était à son huitième lávage de la journée, s'acharnant depuis dix minutes à tuer l'ennemi avec son matériel hautement sophistiqué, lorsqu'il daigna entendre le ronflement discret du téléphone. Il recracha dans le lavabo la gorgée d'antiseptique qu'il roulait dans sa bouche pour un rinçage final, s'essuya les lèvres, jeta un regard satisfait sur la minuscule salle d'eau attenante à son bureau — il l'avait fait aménager à l'usage exclusif de l'hygiène dentaire — et alla décrocher.

« C'est urgent, personnel, et ce monsieur a donné comme nom Mamma... dit la standardiste. Est-ce que vous êtes là ?

— Passez-moi la communication. »

Il y eut un déclic et durant deux secondes, le banquier perçut très nettement le halètement d'une respiration oppressée. Instinctivement, il fut sur ses gardes. La pratique de l'argent lui avait donné un sixième sens. Il flairait, sans jamais se tromper, les affaires saines des magouillages faisandés, parfois uniquement à la vue des chiffres, parfois, au ton de la voix, à une expression fugace de son vis-à-vis, mis en alerte par un simple frémissement de la paupière, un tic nerveux imperceptible pour tout autre que lui.

« Allô ?

— Allô... Monsieur Kloppe ?

— Lui-même.

— Mamma. »

Ce n'était pas la voix de Genco Volpone. Il ne pouvait donc s'agir que de son fondé de pouvoir, le petit malingre, Mortimer O'Broin. Curieux : Volpone avait bien précisé qu'il appellerait lui-même... Prudemment, Homer confirma sa présence.

« Je vous écoute.

— Vous savez qui je suis ?

— Oui.

— Vous allez faire le virement comme convenu.

— Parfait.

— Il y a un petit changement. »

La main qui tenait l'appareil se crispa légèrement : Kloppe ne s'était pas trompé, il y avait du coup fourré dans l'air.

« Quel changement ?

— Sur la destination des fonds.

— Où dois-je les adresser ?

— Banque Centrale de Genève. Dans l'instant même.

— C'est ennuyeux.

— Pardon ? »

A nouveau, Kloppe sentit s'intensifier le souffle rauque d'O'Broin.

« Je dis que c'est ennuyeux. Je ne peux effectuer le transfert à cette nouvelle adresse qu'avec une décharge de l'un des deux ayants droit.

— Comment ? Mais nous sommes pressés ! Nous étions convenus... »

Kloppe laissa tomber froidement :

« Nos conventions ne peuvent jouer que si les termes du contrat initial sont respectés. Or, vous souhaitez changer la destination initialement prévue.

— Très bien. Que dois-je faire ?

— Une formalité qui vous prendra une minute. J'ai simplement besoin de votre signature.

— Mais je ne suis plus en Suisse !

— Désolé. La personne que j'ai reçue avec vous s'y trouve-t-elle toujours ? »

Hésitation à peine marquée au bout du fil :

« Je ne pense pas. Elle doit être en route pour me rejoindre. »

Homer sut que l'avocat mentait. Sa fonction première était de protéger ses clients. Dans ce cas précis, bien que n'ayant aucune preuve de ce qu'il subodorait, il jugea que son devoir était de gagner du temps. Il n'était pas homme à relâcher deux milliards de dollars dans la nature sans s'entourer de quelques précautions élémentaires ! Il fit une relance :

« Je comprends fort bien votre situation. Envoyez-moi un mot signé de votre main et vos ordres seront exécutés immédiatement.

— Je vous répète que c'est urgent ! cria O'Broin.

— J'aurai le mot dans quarante-huit heures.

— C'est trop long ! »

Il y eut un silence de quelques secondes.

O'Broin reprit, d'une voix qu'il s'efforçait visiblement de maîtriser.

« Ecoutez... Etant donné l'urgence... Vous ne me facilitez pas les choses. Mon client sera mécontent...

— Croyez bien, monsieur, que je suis navré. Mais je n'ai pas le choix.

— Alors j'arrive ! Je m'embarque sur le premier vol ! Je serai chez vous ce soir !

— Ce soir ? D'où m'appelez-vous ?

— Nassau.

— Quelle heure avez-vous ?

— Midi.

— Savez-vous, monsieur, qu'il est dix-neuf heures à Zurich et qu'il est tout à fait exceptionnel que je sois encore à mon bureau ?

— Monsieur Kloppe, rugit O'Broin, pour une affaire de ce volume, le jour ou la nuit ne comptent guère !

— N'en croyez rien, monsieur. J'ai des obligations antérieures pour ma soirée.

— Vous pourriez peut-être me recevoir plus tard ?

— La banque est fermée jusqu'à demain huit heures trente. Même si vous aviez un vol immédiatement, il ne me serait pas possible de vous rencontrer en dehors des heures ouvrables de mon établissement.

— Mais la nuit !... La nuit... Il ne s'agit pour vous que d'une minute, une simple signature ! Permettez-moi d'insister !

— La nuit, monsieur, je ne traite pas d'affaires. J'ai pour règle absolue de ne jamais me coucher après vingt-trois heures. Je suis désolé.

— Je serai chez vous demain matin, s'inclina O'Broin avec du désespoir dans la voix.

— Encore mille excuses. Je vous attends. »

Homer Kloppe reposa le combiné sur sa fourche saisi soudain par une impérieuse envie de se laver les dents.

En entrant dans le commissariat, les trois avocats reniflèrent. Ça puait les pieds, le vieux sandwich, la sueur et la bière. Deux flics noirs en uniforme ne semblèrent même pas les voir. L'un d'eux tapait d'un seul doigt sur une antique machine ; l'autre, planté les mains derrière le dos devant le grillage de la cage, écoutait en rigolant les insultes que lui lançait une putain. Au fond, vautré sur un bat-flanc, un clodo cuvait son vin avec des ronflements sonores.

« S'il vous plaît !... » lança Johnny Kieffe avec une autorité méprisante.

Il s'était avancé de deux pas pendant que ses confrères, Hubert Murdle et Chester Henley, entouraient Italo Volpone. Kieffe, Murdle et Henley étaient les avocats les plus chers de New York. Selon la tête du client, tous trois évaluaient leur temps entre cinq cents et mille dollars l'heure. Evidemment, ce genre de détail ne comptait pas pour le Syndicat qui leur versait un forfait annuel assez énorme pour qu'ils aient accepté de lâcher toute affaire en cours au moindre signe.

« Oui ? dit le flic sans lever les yeux de sa machine.

— Nous avons rendez-vous avec le capitaine Kirpatrick », laissa tomber Johnny Kieffe d'un air plein de morgue.

Le flic ne parut guère s'émouvoir.

« Nous ? Qui ça, nous ? »

Kieffe lui glissa sa carte sous le nez.

« Dites donc, mon vieux, vous allez vous dépêcher ? »

Le Noir s'empara de la carte, la tourna sous tous ses angles, feignit d'en déchiffrer le texte et se leva avec nonchalance.

« Je vais voir. »

Il disparut par une porte derrière le comptoir. Quand il revint, il dit à l'avocat :

« Le capitaine est très occupé. Il a un rendez-vous. Il vous prie de revenir ou de l'appeler.

— Comment ! se révolta Kieffe. Il dérange mon client et ne daigne pas nous recevoir !

— Votre client ? Qui est votre client ?

— M. Volpone ! intervint Henley. Italo Volpone !

— Lequel de vous est Volpone ? demanda le flic.

— Ça suffit ! hurla Kieffe. Allez prévenir votre patron ! »

Et tandis que l'agent s'éclipsait une seconde fois, il marmonna à plusieurs reprises « scandaleux ! » approuvé par ses confrères.

« Le commissaire vous attend », lança le Noir en tenant la porte ouverte.

Ils le suivirent dans un couloir et s'engouffrèrent dans le bureau de Kirpatrick comme des taureaux pénètrent dans une arène. Le capitaine se leva pour les accueillir.

« Désolé, maître. J'ignorais que vous accompagniez M. Volpone. Mon gardien n'a pas compris.

— Maître Henley, Maître Murdle, M. Italo Volpone, déclara Johnny Kieffe avec sécheresse.

— Veuillez vous asseoir, messieurs.

— Non, merci. Nous préférons rester debout, dit Hubert Murdle.

— Comme vous voudrez, dit Kirpatrick en passant machinalement la main dans sa tignasse flamboyante. Monsieur Volpone, je crains qu'un accident ne soit arrivé à votre frère. Biasca est formel. La chaussure que nos collègues suisses ont retrouvée sur cette jambe arrachée a appartenu à votre frère, Genco. Je ne dis pas pour autant que la jambe en question soit celle de votre frère. Puis-je vous demander... Votre frère était-il à Zurich ces jours derniers ?

— Pouvons-nous voir la chaussure ? le coupa Kieffe.

— Dans un instant, maître. Pouvez-vous me répondre, monsieur Volpone ?

— Ecoutez, intervint Henley, Genco Volpone est effectivement passé en Suisse ces jours derniers. »

Kirpatrick gardait ses yeux rivés dans ceux d'Italo, dont le regard roulait à toute allure, sans se fixer sur rien.

« Monsieur Volpone ? » insista Kirpatrick en négligeant l'interruption.

Italo se racla la gorge.

« Mon frère était à Zurich pour un rendez-vous d'affaires.

— Vous n'êtes pas obligé de donner des détails, reprocha Murdle.

— Montrez-moi la chaussure », dit Volpone.

Kirpatrick ouvrit un tiroir de son bureau, déplia l'objet enveloppé dans du papier de soie et le tendit à Italo, qui le contempla longuement.

« Il se peut que cette chaussure ait appartenu à mon frère.

— En êtes-vous certain ?

— Comment pourrait-il l'être ? plaida Kieffe en haussant les épaules. Pourriez-vous vous-même identifier avec certitude un objet appartenant à l'un de vos proches ?

— Commissaire, je ne comprends pas très bien, ironisa Henley. Notre client prenait deux jours de vacances aux Bahamas, vous le faites revenir spécialement...

— Je l'ai simplement prié de revenir, l'interrompit Kirpatrick sans lâcher Italo du regard. Pour aider notre enquête. M. Volpone n'a jamais été obligé de déférer à ma demande. J'avoue par ailleurs, monsieur Volpone, que je ne m'attendais pas à vous voir encadré d'avocats pour une formalité aussi bénigne.

— Quand avez-vous retrouvé la jambe ? interrogea Italo.

— Il y a trente-six heures. Elle était posée sur le tablier d'une locomotive entrant en gare de Zurich.

— Allons-nous-en, dit Italo avec nervosité.

— En ce qui concerne votre frère, je suis contraint de lancer un avis de recherche international. Il se peut également qu'à un moment ou à un autre de l'enquête j'aie besoin de votre témoignage.

— Vous savez où joindre M. Volpone, dit Kieffe.

— Monsieur Volpone, avez-vous l'intention de quitter New York ces jours prochains ? demanda Kirpatrick.

— Pardon ? s'étouffa Murdle. Qu'est-ce à dire ?

— Rien de particulier, maître. J'ai simplement besoin de savoir où je peux toucher votre client en cas de nécessité.

— Je pars pour la Suisse par le premier avion, grommela Italo d'un air morne, tête baissée. S'il est arrivé quelque chose à mon frère, je veux le savoir.

— Espérons qu'il ne s'agit pas de lui, monsieur Volpone. Il y a quelque chose aussi qui chiffonne mes collègues suisses. Dans la poche du pantalon... je veux dire du pantalon de la jambe, on a retrouvé un aller simple Zurich-Genève, poinçonné à Zurich vingt minutes avant la découverte de l'accident.

— Eh bien ? dit Murdle.

— Maître... prononça Kirpatrick sur un ton de reproche. Une personne non encore identifiée prend le train Zurich-Genève, et la jambe sectionnée de cette personne se retrouve vingt minutes plus tard à Zurich, son point de départ.

— Et alors, capitaine ?

— En toute logique, la jambe aurait dû aboutir à Genève, non ?

— Ça change quoi ? Tant qu'on n'aura pas identifié celui à qui elle appartient...

— Allons-nous-en ! dit Volpone.

— Monsieur Volpone, conclut Kirpatrick, si vous avez la moindre nouvelle de votre frère, tenez-moi au courant. Si j'ai du nouveau de mon côté, je vous préviendrai. »

Il y eut de brefs signes de tête de part et d'autre. Italo Volpone et ses avocats sortirent du bureau. La porte à peine refermée, Finnegan passa la tête.

« Finnegan ! dit Kirpatrick joyeusement, ils s'énervent déjà ! Que vos gars vérifient si ce voyou prend bien l'avion pour Zurich. Je veux que deux de mes hommes soient dans l'appareil ! Désignez Cavanaugh et Mahonney ! »

Il roula sous elle, tenta de se défendre, détourna le visage quand elle voulut lui baiser les lèvres en riant et se dégagea brusquement :

« On nous attend !

— Et alors ? Ça peut être amusant !

— J'aime pas être en retard.

— Si tu savais ce que tu m'excites quand tu fais semblant d'avoir peur que je te viole ! Mais peut-être as-tu peur réellement ? »

Kurt s'essuya la bouche du dos de la main. Renata surprit son geste.

« Mon rouge à lèvres ne marque pas. Tu veux que j'essaie encore ? »

Kurt battit en retraite. Issu d'une famille de petits-bourgeois, il était perpétuellement mal dans sa peau, déchiré entre ses origines populaires — qu'il feignait de revendiquer hautement pour ne pas être pris de court si on les lui avait flanquées au visage — son désir de confort, ses discours révolutionnaires, son goût du luxe et son mépris affiché de l'argent (joint à son immense soif de le posséder) et de tout le système capitaliste en général. Cohabitaient en lui, en une bouillante révolte permanente, tous les inconciliables. Jusqu'à son prochain mariage dont le sens profond lui échappait ! Renata Kloppe incarnait tout ce qu'il déclarait vomir : l'insouciance, la fortune, la beauté insolente et une absence totale d'intérêt pour les grands problèmes planétaires, la faim dans le monde, l'écologie, le marxisme, l'idéal des masses ouvrières.

Dans les cours de linguistique qu'il donnait à la faculté de Zurich, Kurt Heinz entretenait plus volontiers ses étudiants de Lénine que de Troubetskoï ou de Saussure. Il prêchait la liberté sexuelle absolue, vilipendait la famille, la religion, l'hypocrisie, les trusts, les hégémonies économiques.

Dans le privé, il était timide, ainsi qu'avaient pu le constater les plus délurées de ses élèves dont il avait repoussé les avances. En fait, Kurt n'avait pas le courage de mettre ses théories en pratique. Il n'osait jamais le geste libérateur qu'il conseillait aux autres, celui qui l'aurait peut-être mis en accord avec lui-même.

Dès le premier jour de leur rencontre, Renata avait pigé au quart de tour, avec un coup d'œil infaillible, l'articulation de ces mécanismes contradictoires. Son sadisme inconscient avait trouvé son compte dans la fureur verbale de Kurt : elle n'était là que pour masquer son manque d'audace érotique. Renata avait alors multiplié les provocations de toutes sortes, jouant à le choquer par sa liberté de langage, l'agressant sur ses idées, ses origines, sa profession, lui lançant mille défis, comblée lorsqu'elle parvenait à le faire rougir par un mot trop cru, une allusion trop précise, un geste trop hardi.

Pour alimenter cette délicieuse sensation de puissance, elle était capable de n'importe quoi, lui ouvrir la braguette sous la table à un dîner de famille, se balader nue devant lui en présence de Manuella, sa femme de chambre, retrousser sa jupe jusqu'aux cuisses sur la banquette arrière d'un taxi dont le chauffeur, les yeux rivés à son rétroviseur, grimpait bientôt sur les trottoirs.

Le peu de poids qu'il avait sur elle, paradoxalement, l'avait poussé à ne pas rompre leurs relations. Le pouvoir qu'elle avait sur lui, au lieu de la décourager, l'avait incitée à les rendre plus durables : ils s'étaient fiancés, à la grande consternation de leurs familles réciproques qui considéraient cette future union comme un mariage d'une carpe et d'un lapin. Bien entendu, Kurt haïssait son futur beau-père. Homer Kloppe symbolisait pour lui ce qu'il y avait de pire dans l' « establishment », ayant le tort d'être à la fois une puissance financière, un bon père, un bon mari, un bon citoyen, un calviniste convaincu, un faiseur d'aumônes, un donneur de leçons, un tabernacle de certitudes, d'idées reçues jamais remises en question. En un mot, Kloppe était écœurant de bonheur ! Le type humain par excellence que Kurt vouait à la vindicte de ses élèves, banquier, voleur légal, parasite de la société de consommation, verrue du système.

« Et je le soutiens ! leur répétait-il avec flamme. Les entreprises font partir le salaire de leurs employés le 23 de chaque mois. Ces salaires arrivent le lendemain à la banque. Essayez donc, si vous êtes ouvrier, de récupérer votre dû avant le 1er du mois suivant ! Le banquier prétendra qu'il n'a encore rien reçu, que votre compte est à découvert, que les ordinateurs ne l'ont pas encore versé à votre crédit ! Pendant ce temps, il fera travailler VOTRE argent à son compte personnel. Et ce salaud tirera profit de votre sueur ! D'autres exemples ?... »

Il en était bourré. Un jour qu'il avait un peu bu, il s'était ouvert de son indignation à son futur beau-père :

« Même si vous êtes sincère dans vos convictions, même si vous croyez pratiquer le bien, vous gangrenez l'ordre social, vous le pourrissez ! »

Kloppe l'avait toisé d'un air sévère, comme on regarde les fous, et Renata, ravie, avait hurlé de rire. Elle avait ramené son fiancé chez elle. Dans sa chambre, il s'était lancé dans une étincelante démonstration où il était prouvé que la Suisse, à travers ses trusts alimentaires, ses banques, sa prétendue neutralité, portait en fait la responsabilité des plus grands désastres mondiaux, de la mort d'Allende aux étranglements économiques de gouvernements populaires, en passant par les guerres, les famines, le trafic d'armes, le recel des devises et l'établissement de dictatures. Renata qui le guignait d'un air gourmand, avait murmuré :

« Oui, mon petit Kurt, oui... Tu as raison... Fais-moi l'amour ! »

Comme d'habitude, elle avait fait les avances, pris l'initiative. Et Kurt avait subi. En grommelant, mais subi. Comme d'habitude...

« Kurt, j'ai coincé la fermeture de ma robe. Tu m'aides ? »

Elle était assise sur le lit, et la petite chose de Balenciaga qui la déshabillait savamment avait dû coûter ce qu'un mineur de fond colombien ne gagnait pas en vingt ans. Il essaya maladroitement de débloquer le fermoir.

« Je n'y arrive pas.

— Heureusement que je ne t'ai jamais laissé le soin de me foutre à poil ! Je serais toujours vierge, mon pauvre Kurt. Manuella !... »

Elle cria de nouveau :

« Manuella !.. Qu'est-ce qu'elle fait ? Cette conne est en pleine fureur amoureuse ! Son Jules fait fortune au Botswana, dans le diamant.

— Et elle est femme de chambre ?

— A dire vrai, il est parti depuis trois mois seulement.

— Il a des mines ?

— Il creuse. Il est portugais comme elle. Il s'est enflammé sur une petite annonce et il a foutu le camp. Quand il reviendra, riche bien sûr, il l'épousera, lui fera onze enfants et la bouclera à la maison. Que veux-tu, elle l'aime son Julio. En attendant, je ne peux plus rien tirer d'elle ! Quand il la baisait, ça durait dix minutes ; maintenant, elle passe ses journées à lire ses lettres ou à lui écrire ! Manuella !

— Madame ? »

Elle était là, petite, presque maigre, les cheveux courts, l'œil noir et du duvet sur les jambes, les avant-bras, au-dessus des lèvres, jolie pourtant, quelque chose d'enfantin, d'animal, de naïf.

« Vous étiez au Botswana, chérie ? »

Manuella sourit, aux anges. Elle se confiait souvent à sa patronne. Renata Kloppe était toujours disponible pour entendre les peines de cœur des autres. Elle donnait de bons conseils, arrondissait généreusement les fins de mois et traitait davantage sa femme de chambre en copine qu'en employée. Manuella l'adorait — ne lui permettait-elle pas, quand Julio était encore chauffeur de grande livrée à Zurich, de le rencontrer dans sa chambre ?

« En quoi puis-je vous aider ?

— Kurt a essayé de me violer. Cet idiot a coincé la fermeture de ma robe. Vous pouvez arranger ça ? »

En pouffant, Manuella répara prestement les dégâts. Renata, dans le miroir, chercha Kurt des yeux : le grand dadais faisait mine de regarder par la fenêtre pour qu'on ne voie pas qu'il avait rougi !

« Ce pourri de rouquin de sale petit flic de merde d'Irlandais ! Tu parles s'il jubilait ! Un Volpone dans son bureau ! Genco ne me le pardonnera jamais ! »

Yudelman baissa les yeux, gêné. Italo lui parlait comme si cette histoire de jambe n'existait pas. Chaque fois qu'il avait essayé de le ramener sur le sujet, le cadet des Volpone avait immédiatement détourné la conversation.

« Je suis inquiet, Bébé, très inquiet... J'ai fait faire des recherches en Suisse, ton frère est introuvable. Ne crois pas que je veuille jouer les oiseaux de malheur, mais si cette jambe...

— La ferme ! C'est pas lui, je te dis ! Tu t'imagines que Genco est assez con pour passer sous un train ? »

Moshe Yudelman marmonna en se mordant les lèvres :

« Et si on l'a aidé ? »

Italo l'agrippa soudain par les revers de sa veste et le fixa durement pendant trois secondes.

« Je te dis que c'est pas lui ! Il aura fait un crochet en Italie pour baiser une salope ! Je connais mon frère, non ? »

Mais Yudelman ne pouvait s'en tenir à cette profession de foi. L'affaire était trop grave. Il avait besoin de certitudes. Il prit son courage à deux mains, car il était l'un des rares à connaître la puissance sauvage et destructrice des réactions aveugles d'Italo Bébé Volpone.

« Ne te fâche pas, Bébé, et écoute-moi... Tu sais que je suis le consigliere de ta famille depuis près de dix ans. Genco a-t-il jamais eu à se plaindre de mes avis ?

— Oh ! arrête.

— Réponds seulement à une seule question, une seule !...

— Accouche !

— S'il s'agissait vraiment de la jambe du Zu, pourrais-tu la reconnaître ? »

Italo explosa.

« Et pourquoi tu crois que je vais faire le con en Suisse ?

— Tu as un moyen de l'identifier ?

— Oui, merde ! Quand on était mômes, le vieux nous avait offert une bicyclette, une pour deux. Il la tenait d'un type soûl qui s'était fait rafler son fric au poker, un cave... Pour se refaire, il avait vendu sa bécane à mon père pour cinquante *cents* ! Genco a voulu l'essayer tout de suite. Moi, j'étais sur le porte-bagages. On s'est cassé la gueule. Genco a pris le pédalier sous la cheville. Il a toujours gardé la cicatrice. Il faut savoir qu'elle est là ! »

Moshe, de plus en plus gêné, se racla la gorge : « Cheville gauche ou droite ? »

Bébé le foudroya du regard.

« Droite ! Quand est mon avion ?

— Dans deux heures. Il y a autre chose qui me tracasse... Je devais voir O'Broin ce matin. Il n'était pas à son bureau.

— Et alors ?

— Rien. J'ai téléphoné chez lui. Il n'y était pas non plus. Sa femme ne l'a plus revu depuis Nassau.

— Qu'est-ce que ça peut nous foutre ?

— Attends la suite... O'Broin a une poule, Zaza Finney.

— Je sais, je sais !...

— Elle a disparu aussi. »

Volpone jeta à Yudelman un regard intrigué.

« Moshe !... Qu'est-ce que tu cherches à me dire ?

— Je trouve bizarre que le dépositaire d'un compte à numéro de deux milliards de dollars s'évanouisse brusquement dans la nature. C'est tout. »

Italo le considéra avec stupéfaction.

« Si O'Broin disparaît, c'est pas mes oignons ! C'est son patron que ça regarde, c'est Ettore Gabelotti ! »

Yudelman secoua la tête avec patience.

« Une seconde... Tu sais pourquoi Gabelotti ne s'est pas rendu en personne à Zurich avec ton frère ?

— Tout le monde sait que ce con a toujours eu la trouille de mettre ses grosses fesses dans un avion !

— Exact ! C'est pourquoi il a délégué ses pouvoirs à Mortimer O'Broin. Pour l'instant, deux hommes seulement peuvent toucher à l'argent : Don Genco et Mortimer O'Broin. »

Italo éclata de rire. Un rire forcé et faux.

« Dis-moi tout de suite que cette demi-portion veut se tirer avec le fric du Syndicat !

— Je ne te dis rien de tel. Je te rappelle seulement qu'il s'agit de deux milliards de dollars.

— Un homme mort ne peut même pas profiter de trois *cents* !

— O'Broin n'est pas mort. Il est simplement introuvable... » dit Yudelman d'une voix douce.

Italo haussa nerveusement les épaules.

« O'Broin ! Ce pauvre minable qui a peur de son ombre !

— Avec deux milliards de dollars, plus personne n'est minable, plus personne n'a peur. »

Italo lança un regard soupçonneux à Moshe pour voir s'il plaisantait : mais non... Il avait l'air sérieux. Il s'emporta :

« Toute grosse tête que tu sois, il y a un détail qui t'échappe ! Tu t'imagines peut-être que Gabelotti est assez idiot pour n'avoir pas demandé le numéro du compte à O'Broin ?

— Possible... concéda Yudelman. C'est même certain.

— Alors ? Pourquoi tu te fais tout ce cinéma ?

— O.K. ! Oublie ça... Faut pas m'en vouloir. J'ai tellement bossé pour que cette opération se réalise. Je suis un peu à cran... Je vois des embrouilles partout...

— Sûrement pas O'Broin qui pourrait nous en faire ! Il n'a rien dans le pantalon ! Il oserait pas ! Tu le vois en train de doubler Gabelotti ?... Moshe !... s'interrompit soudain Volpone. Et si cette ordure de Gabelotti ?

— Non, non ! le coupa Yudelman. Gabelotti n'aurait rien à y gagner ! On s'est assez fait la guerre ! Pas Gabelotti !... S'il y avait un pépin, si par malheur Don Genco... Excuse-moi, je déraille encore... mais ça ne pourrait venir que d'O'Broin.

— Puisque tu as ça dans le crâne, cracha Italo avec irritation, va en parler à Gabelotti ! Va lui demander, vas-y !

— Il faut que je t'avoue... Si O'Broin avait envie de déconner, il serait intercepté avant même d'avoir pu lever le petit doigt. J'ai prévenu Orlando Baretto à Zurich. Il a l'œil ! Ici, j'ai posté des hommes devant son domicile. D'autres se relaient devant l'appartement de sa pouffiasse... Fais pas attention, Italo, t'occupe pas.... Va en Suisse et rassure-moi vite sur Genco... On y va ?

— Je peux te demander une chose pendant mon absence ? Fais descendre Biasca.

— Biasca ? Pourquoi ? s'insurgea Yudelman.

— C'est à lui que je dois d'avoir été convoqué chez les flics !

— Il n'avait peut-être pas le choix...

— M'en fous ! Fais-le descendre ! Il n'avait qu'à la fermer et me prévenir !

— On verra, on verra... »

Italo le toisa avec une expression glaciale.

« Tu le fais descendre ou je m'en charge moi-même ?

— Calme-toi ! On lui donnera une petite leçon ! Il y a des choses plus urgentes !

— Non ! J'aime régler mes comptes à chaud !

— Et notre fric, tu y penses ?

— Il est bien là où il est ! Fais-moi buter Biasca, je m'occuperai du reste !

— Oui, biaisa Moshe, oui... »

Mieux valait ne jamais heurter Italo de front ! Lorsque la rage le prenait, il était capable de n'importe quoi, notamment de sacrifier des intérêts énormes pour assouvir une crise de colère puérile.

« Italo, ajouta Yudelman, appelle-moi dès que tu seras arrivé... Si tu as la moindre difficulté, je saute dans le premier avion... »

Il lut une telle violence sur le visage de Volpone qu'il préféra battre en retraite.

« Comme tu voudras, dit-il avec empressement, comme tu voudras... Je t'accompagne à l'aéroport... »

Manuella alluma un petit cigarillo — elle s'en autorisait trois ou quatre par jour en dehors des heures de service. Puis, les pieds posés sur le rebord de sa coiffeuse, elle relut sa lettre :

Julio adoré, Julio à Manuella

Je pourrais réciter ta lettre par cœur à force de l'avoir lue. Elle m'a fait peur. Je ne savais pas que ton travail était aussi dangereux. Aussi, je te le demande, abandonne ! (elle avait souligné deux fois « abandonne »). *Tant pis pour l'argent ! Je ne veux pas qu'il t'arrive quelque chose. Après tout, on était très heureux ici, et c'est plus important d'être heureux vivant que d'être riche et mort. Tu aurais dû refuser à l'ingénieur de faire ce travail. Tu penses bien que s'ils te paient autant pour le faire, c'est qu'ils ne trouvent personne d'autre. Alors reviens ! On restera encore un an ou deux à Zurich, ma patronne te trouvera un travail tranquille, et on rentrera à Albufeira, en s'y mettant à deux, on pourra acheter notre magasin. Et puis, Julio, qu'est-ce que je ferais avec mon enfant dans le ventre si son père avait un accident avant de m'épouser ? Reprends le premier avion, tant pis ce que ça coûte, reviens, Julio ! Après tout, on s'en fout de l'argent. J'ai aidé au service d'un dîner hier soir chez M. Kloppe. Eh bien, je peux te dire que tous ces gens bourrés d'argent ont l'air de s'emmerder, et ils doivent pas faire l'amour souvent, crois-moi ! En tout cas, pas comme nous, mon Julio, on a l'impression qu'ils se touchent avec des pincettes et qu'ils se donnent des baisers avec des Kleenex devant la bouche pour éviter la contagion. Même M. Kurt et Mlle Renata qui se marient pourtant jeudi prochain, dans les conditions que tu sais : toute la ville en parle ! Tu me manques, Julio, je t'en prie, écoute-moi pour une fois et fais ce que je te dis, REVIENS ! Ne remets plus les pieds dans cette mine et reviens prendre ta petite Manuella dans tes bras, elle en a bien besoin ! Je vais relire ta lettre une fois de plus avant de m'endormir, mais je suis sûre qu'elle va me donner des cauchemars ! J'ai froid sans toi dans le lit. Je t'aime.*

Ta Manuella pour la vie.

Manuella prit une enveloppe dans le tiroir de la coiffeuse et écrivit l'adresse de son fiancé :

Monsieur Julio Almeida
Wassenaar's Consolidated
CHUKUDU Botswana
(Afrique du Sud)

Puis elle glissa la lettre dans l'enveloppe, passa sa langue sur le rebord gommé et posa l'enveloppe sur la coiffeuse. Elle la posterait demain à la première heure, comme elle faisait chaque jour pour chaque lettre qu'elle envoyait à Julio. En s'allongeant sur son lit, elle se demanda si ce serait pour ce soir. Une de ses amies lui avait confié qu'à partir du troisième ou quatrième mois de la grossesse, les futures mères pouvaient sentir leur enfant bouger dans leur ventre. Or, elle était enceinte depuis trois mois et demi déjà.

Quand les trois hommes pénétrèrent dans la luxueuse boutique, Pietro Biasca sut qu'il avait affaire à des truands. Ils étaient très jeunes, avec des allures d'étudiants mais quelque chose de dur et de cruel dans le regard. Le plus grand, comme dans une caricature des vieux films sur Scarface, portait une boîte à violon. Qui contenait quoi ? s'interrogea Biasca. Il était en règle aussi bien avec la police qu'avec les pontes des différentes familles de New York. En outre, ses relations avec Zu Genco Volpone étaient assez connues de tous pour que nul n'ose s'attaquer à lui. Après la visite des flics, il avait vainement essayé d'appeler le domicile du Don. Par une bizarrerie du téléphone, le numéro soit sonnait occupé, soit ne répondait pas. Il avait renoncé au bout de deux heures d'efforts infructueux, passant le relais à sa secrétaire qui n'avait pas eu plus de chance.

« Messieurs ? Puis-je vous aider ?

— Vous êtes Pietro Biasca ?

— Lui-même », dit-il en se rengorgeant, conscient brusquement de sa puissance, de l'efficacité de ses hautes relations, de la présence à ses côtés de son nombreux personnel.

Ce n'est pas à son âge, arrivé comme il l'était, qu'il allait se laisser bousculer par de vagues « demi-sel » anonymes de troisième zone !

« Nous voudrions vous passer commande de chaussures, dit l'homme à la boîte à violon.

— Il faudra que vous preniez rendez-vous avec mon secrétariat. Avant tout, mes ouvriers ont besoin de posséder une empreinte en volume de vos pieds.

— En voici un échantillon », répondit l'homme.

Il fit pivoter brusquement Biasca et lui botta violemment les fesses. Dans la boutique, clients et employés témoins de la scène s'étaient figés, abasourdis. Le rouge de la honte monta au front de Biasca. Comprenant que de sa réaction dépendait son prestige futur, il fit face.

« Vous ne savez pas à qui vous vous attaquez ! »

L'un des voyous sortit un Colt Magnum de sa poche et le laissa pendre nonchalamment au bout de son bras, après s'être placé devant la porte d'entrée. D'un coup sec, l'autre arracha les fils du téléphone.

« Alors, ces mesures, tu les prends ? » demanda gentiment le type à la boîte, assortissant sa demande d'un second coup de pied qui n'atteignit pas son but, mais frappa douloureusement Pietro dans la région de l'aine.

Il résista encore :

« Je ne sais pas qui vous êtes, ni qui est assez fou pour vous envoyer chez moi, mais vous le paierez cher ! »

Nouveau coup de pied.

« Tu te dépêches ou je dois te porter ?

— Zu Genco Volpone, ça vous dit quelque chose ? » défia Biasca en jetant sa dernière carte dans la bataille.

Celui qui avait arraché les fils s'approcha.

« Dis donc, vieux, j'ai beaucoup marché. Il y a de la poussière sur mes godasses. Tu veux pas me les cirer ? »

Il posa son pied sur une liasse de billets restée sur la caisse.

« Allez, vas-y ! Cire ! »

Comme Biasca ne bougeait pas, il lui assena un coup de poing en travers de la bouche. Puis, tirant sans méchanceté sur le corsage de la caissière, il en arracha un morceau qui se déchira comme du buvard pourri et le tendit au bottier.

« Cire ! »

Pour donner plus de poids à sa demande, il lui braqua sur la tempe un Harrington & Richardson calibre 22. Les yeux pleins de rage et de peur, Biasca s'empara du bout de tissu qu'il promena sur l'escarpin au talon de six centimètres. « Chaussure de parvenu ! » ne put-il s'empêcher de penser malgré la précarité de sa position.

« Frotte plus fort ! Mets-toi à genoux ! Tu feras du meilleur boulot si tu as ma pompe devant la gueule. Je veux que ça brille ! »

Pietro s'agenouilla et astiqua le cuir.

« Ça suffit ! intervint le type à la boîte après quelques secondes. Viens prendre nos mesures ! »

Une cliente, profitant de la fascination exercée par la scène sur les témoins, se dirigea vers la porte.

« Je passais. Je n'ai rien à voir avec vos affaires. Je veux sortir !

— Tsst tsst ! » fit l'homme au Colt Magnum.

Du bout de son arme, il lui indiqua de reprendre sa place.

« Puis-je au moins savoir ce que vous me voulez ? interrogea Biasca qui commençait à avoir sérieusement peur.

— On te l'a déjà dit. Des godasses. Avance !

— Hé ! lança le truand qui gardait la porte. On ferme ? »

Celui qui avait fait agenouiller Biasca s'adressa à la caissière :

« Allez tirer les rideaux de la vitrine. »

Terrifiée, elle quitta son pupitre, tentant de masquer de ses deux mains la déchirure de son corsage à travers laquelle on voyait pointer le bout d'un sein trop lourd. Il la rappela :

« Colle ça bien en vue des passants... »

Il lui tendit un calicot sorti de sa poche. Elle le déploya et tout le monde put lire : « Fermé pour cause de travaux. » Tranquillisés, les deux autres poussèrent Biasca dans l'arrière-boutique. A leur entrée, aucun des cordonniers ne pipa, ce qui n'empêcha pas leur patron de leur jeter :

« N'essayez pas de me défendre. Ils sont armés !

— C'est quoi, ça ? » interrogea le truand à la boîte en désignant les centaines de moulages s'étirant sur des rayonnages.

Son copain, adossé à la porte, couvrait de son arme la dizaine de collaborateurs qui s'étaient immobilisés, les yeux ronds, plutôt pâles.

« Les empreintes de mes clients, dit Biasca. Maintenant, pouvez-vous m'expliquer...

— Va m'en chercher une ! »

Pietro la lui rapporta. Tout en l'examinant, le truand demanda :

« Tu en as beaucoup ?

— Deux mille six cents, bougonna Pietro.

— C'est en quoi ?

— Du plâtre.

— Pourquoi as-tu écrit dessus « Paul Newman » ?

— Parce que c'est son empreinte.

— Ben dis donc, siffla l'autre avec admiration, tu chausses pas des fauchés ! »

Biasca eut un mouvement d'épaule exaspéré :
« Ecoutez, on joue à quoi ?

— Toi et toi ! ordonna l'homme en pointant son index sur deux apprentis qui s'approchèrent. Prenez les bâtons, là-bas, et foutez-moi tous ces pieds par terre !

— Ah ! non, cria Biasca. Vous n'avez pas le droit ! »

En deux pas, celui qui s'était fait cirer les chaussures fut sur lui. D'un coup de crosse, il lui balafra la joue. Sonné, Biasca s'effondra en gémissant :

« Ne faites pas ça... C'est tout mon capital...

— Alors, ça vient ? » dit l'homme à la boîte sur un ton glacé et impatient.

Du bout de leur canne, les apprentis, après s'être jeté un regard impuissant, balayèrent les étagères. Les moulages s'écrasèrent sur le sol dans un bruit de poteries brisées.

« Aidez-les, vous autres ! »

Chaque apprenti s'y mit, détournant soigneusement les yeux pour ne pas voir couler les larmes et le sang sur les joues de leur patron.

« Maintenant, piétinez ! Ecrabouillez-moi ça !... Il en reste un sur l'étagère du haut ! En bas ! »

Le plus âgé des hommes s'interposa :

« Pas celui-là... C'est Marilyn !

— Marilyn ? Sans blague !

— Je vous en prie !...

— Garde-la, ta Marilyn ! Après tout, là où elle est, elle doit pas user beaucoup de godasses. Ecrasez ! Ecrasez !... »

Le visage caché dans ses mains, Biasca, toujours prostré, osa regarder ses propres collaborateurs, ses enfants en quelque sorte, piétiner les empreintes uniques qui avaient fait sa richesse, et qu'il mettrait des années à reconstituer — si toutefois on voulait bien lui laisser la vie.

« Maintenant, montre-moi ta réserve de pompes ! »

Biasca hocha la tête en direction d'une porte au fond de l'arrière-boutique, envahie par des nuages de poussière épaisse. Il se leva péniblement, trébuchant sur les plâtres, ne pouvant s'empêcher de lire sur un fragment intact « Henry Kissinger ». Côté personnel, nul ne bronchait. Il fit tourner la poignée donnant accès à la réserve. Elle était bourrée de cuirs précieux, venus d'Italie ou d'Angleterre, de chaussures à livrer ou manufacturées. Paisiblement, l'homme ouvrit sa boîte à violon. A la grande surprise de Biasca, elle ne contenait nulle mitraillette, mais un chalumeau oxhydrique branché sur une mini-bonbonne de gaz.

« Vous n'allez pas mettre le feu ? » demanda Pietro, incrédule.

Sans répondre, son bourreau éparpilla les boîtes à chaussures à grands coups de pied. Il daigna laisser tomber :

« Pas le feu. Je veux tout juste roussir un peu ta camelote. »

Il manipula une molette. Le gaz s'échappa du chalumeau en sifflant. Il y mit le feu à l'aide d'un briquet. La flamme jaillit, s'allongea et alla lécher les premières boîtes de carton qui se consumèrent.

« Vous voulez de l'argent ? demanda Pietro, spectateur d'un cauchemar qui le laissait sans défense.

— Non, non, pas d'argent...

— Quoi alors ?

— Rien. Mets-toi pieds nus. »

Machinalement, Biasca se déchaussa. Il n'avait plus peur maintenant, tout lui était égal, que pouvait-il lui arriver de pire ? Ses moulages étaient en poussière, on l'avait humilié publiquement et ses stocks de marchandise étaient irrémédiablement perdus. Au-delà de l'inquiétude, il dit mécaniquement :

« Pourquoi ?

— Tu as un moulage de tes propres pieds ?

— Non.

— Tant mieux. Tu n'aurais pas pu l'utiliser.

— Pourquoi ? »

En un mouvement imprévisible et redoublé, le lourd chalumeau vint écraser ses deux pieds nus dont il perçut avec une netteté horrible, le craquement des os broyés.

« Parce qu'ils n'auront plus jamais la même forme », lui jeta le truand avec une courtoisie gentille.

Quand l'onde de douleur le parcourut et qu'il songea à hurler, Biasca s'aperçut qu'il était seul dans la réserve.

4

En quittant Kennedy Airport où il venait de déposer Italo Bébé Volpone, Moshe Yudelman demanda à son chauffeur de le ramener chez lui aussi vite que possible, sans pour autant enfreindre les règlements de la circulation de l'Etat de New York. Mieux que quiconque, il savait que vivre en marge de la loi exige une soumission aveugle aux mille minuscules lois absurdes régissant l'existence des citoyens ordinaires. Vouloir y échapper était le lot de tous les faibles destinés à périr écrasés par le système. Quelques années plus tôt, il avait lu un fait divers dans un journal italien : un ministre, arrêté par un motard pour excès de vitesse, avait menacé le fonctionnaire des pires sanctions. Bête et discipliné, le flic ne s'en était pas laissé compter et avait verbalisé. L'affaire s'était ébruitée, car le ministre faisait des pieds et des mains pour qu'on limoge le motard tandis que ce dernier, refusant à ses chefs de déchirer sa contravention, alertait son syndicat, l'opinion publique, le garde des Sceaux. Au bout du compte, le pot de terre avait terrassé le pot de fer. Le motard était resté motard, mais le ministre avait dû démissionner : navrante histoire, mais combien exemplaire !

Elle ne risquait pas d'arriver à Moshe. Il s'était

fait une règle absolue de donner aux obscurs ce que la société leur refusait : de la considération. Plus étaient humbles et minables ceux à qui il avait affaire, plus il leur témoignait une politesse exquise, des attentions sans faille. Malheureusement, cette façon d'agir restait sans effet au plus haut niveau. Les chefs des grandes familles du Syndicat étaient aussi dangereux à manier que des barils de dynamite. Leur pouvoir n'était jamais le fait d'une passation quelconque, mais d'une série de meurtres, de leurs propres mains ou par tueurs interposés, destinés à décimer ceux qui étaient plus haut sur les barreaux de l'échelle. Avant de se faire assassiner eux-mêmes comme ils avaient tué les autres, en une morne litanie de sang et de morts violentes. Paranoïaques à l'état pur, les « capi » ne souffraient pas la contradiction, se sentaient le centre d'un réseau de menaces, n'avaient confiance en personne. Si Yudelman avait pu garder jusque-là sa neutralité, c'est qu'il était assez intelligent pour faire des analyses à long terme, prévoyant les trahisons, les ruptures d'alliances, l'objet des litiges futurs, tirant toujours à temps son épingle du jeu. Avec amertume, il pensa que les ennuis allaient commencer. Il n'avait pas osé dévoiler toutes ses craintes à Italo. Il savait d'instinct, sans en avoir la preuve formelle, qu'une cascade de coups fourrés se préparait. En dehors d'une immense compétence professionnelle, il ne reconnaissait aucune qualité d'homme à Mortimer O'Broin. Il le jugeait faible, indécis et trop puritain d'apparence pour qu'on pût lui accorder la moindre confiance. L'escroc parfait capable de retourner sa veste pour le sourire d'une putain de hasard.

Si la jambe était bien celle de Genco Volpone, si le Don était réellement mort du côté de Zurich, il y avait de fortes chances pour que ce ne fût pas accidentellement. A qui profitait le crime ?

Moshe écarta d'emblée la « famille » Gabelotti. Son « capo », Ettore, n'était pas assez idiot pour passer à l'attaque avant que ne soit réglée la délicate partie bancaire qui allait se jouer dans les semaines à venir. En outre, les problèmes de succession posés par la disparition de Genco seraient si épineux qu'ils entraîneraient fatalement un arbitrage de la toute-puissante « Commissione ».

Pour l'instant, nul n'avait intérêt, au Syndicat, à ce que fût remise en cause la paix fragile instaurée d'un commun accord depuis trois ans déjà. Gabelotti savait tout cela. Il n'ignorait pas non plus que ses pairs ne lui pardonneraient pas d'avoir rallumé une guerre qui ne faisait l'affaire de personne. Restait O'Broin.

Yudelman le croyait assez délirant pour avoir pu espérer mettre la main sur les gains du Syndicat sans y laisser sa peau, alors qu'il se condamnait à mort aussi irrémédiablement que s'il s'était tiré une balle dans la tête. Malheureusement, c'était Moshe lui-même qui avait persuadé Volpone et Gabelotti d'accepter cette alliance momentanée pour une unique opération exceptionnelle. Par une insigne malchance, il était donc à l'origine de leur accord que la folie d'un minus inconscient risquait de transformer en une cascade de meurtres.

Cette perspective l'angoissa tellement qu'il faillit dire à son chauffeur de le conduire immédiatement chez Ettore Gabelotti. Pourquoi pas ? Il lui ferait part de ses soupçons avec franchise, lui demanderait s'il savait où se trouvait O'Broin, s'il possédait lui-même le numéro du compte de Zurich. Si Gabelotti comprenait le sens de sa démarche, il serait assez sage pour téléphoner en

Suisse et vérifier que les deux milliards n'avaient pas bougé.

Il y renonça. Sa qualité de « consigliere » du clan Volpone rendrait instantanément ses propos suspects. Ettore était retors et méfiant. Il fallait d'abord attendre qu'Italo ait donné de ses nouvelles, avoir la certitude qu'il était arrivé malheur à Don Genco. Il serait toujours temps ensuite d'aviser... Si les fonds ne s'étaient pas envolés de la banque !

Moshe songea avec écœurement que si Gabelotti n'avait pas eu une telle épouvante de prendre l'avion, il se serait rendu à Zurich avec Volpone pour y partager leur secret. O'Broin ne serait jamais entré dans le circuit de l'opération OUT. Lui, Yudelman, se poserait en triomphateur. Et Italo Volpone ne serait pas lâché dans la nature comme un fauve solitaire, capable par impulsivité de toutes les gaffes, par orgueil, de toutes les fausses manœuvres. Le cadet des Volpone ne prenait jamais l'avis de quiconque avant de passer à l'action. Seule, la crainte respectueuse qu'il éprouvait pour son aîné l'avait empêché jusqu'à présent de commettre des actes irréparables. Il ne rêvait que de violences, prêt à profiter du moindre litige pour déterrer la hache de guerre et régler le contentieux qui, trop longtemps à son goût, avait opposé son propre clan à la famille Gabelotti.

A grand mal, Moshe avait réussi à lui faire accepter d'être accompagné par deux gardes du corps. Pas pour le protéger des autres, mais de lui-même. Yudelman avait chapitré longuement Folco Mori et Pietro Bellinzona sur la conduite à tenir en cas de coup de tête de leur patron. Tout cela était déprimant...

Quand le chauffeur freina devant l'immeuble, Moshe, plongé dans un océan de pensées lugubres, resta un long moment immobile, sans même voir la portière qu'on lui tenait ouverte.

Si ses pressentiments ne le trompaient pas, de très graves emmerdements allaient bientôt pleuvoir sur tout le monde.

« Entrez, cher ami, entrez... »

Homer Kloppe serra vigoureusement la main de son visiteur. C'était un homme d'une quarantaine d'années à l'allure juvénile malgré ses cheveux blancs coupés très court.

« Vous avez fait un bon voyage ?

— Excellent, merci.

— Puis-je vous proposer de prendre un verre ? Whisky ?

— Avec plaisir. »

Homer s'empara de deux gobelets d'argent sur une étagère.

« Asseyez-vous... Vous restez longtemps à Zurich ?

— Je repars pour Detroit dans trois heures.

— C'est idiot. J'espérais vous garder pour dîner. »

Homer ouvrit un tiroir de son bureau et en sortit un flacon d'encre Waterman. Il en dévissa le goulot, emplit les gobelets d'une encre claire.

« Non, ne vous inquiétez pas, dit-il en souriant, même les Suisses ne boivent pas de l'encre. C'est du middleton irlandais, trente ans d'âge. Goûtez... »

L'homme aux cheveux blancs renifla avec méfiance. Il s'appelait Melwin Bost et dirigeait les services administratifs de la Continental Motor Cars, une usine de construction automobile créée au lendemain de la guerre. Edmond-Lucien Kloppe, père de Homer, et lui-même arrière-petit-fils d'Honoré Kloppe, fondateur de la Trade Zurich

Bank, avait participé au financement de la firme à ses débuts. A l'époque — en 1946 — Lucien-Edmond avait pris, à égalité avec quatre autres partenaires, l'Union des Banques suisses, le Crédit suisse, la Chase Manhattan et le Morgan Guaranty Trust, une participation de 20 p. 100 au capital de départ. Misant sur le désir de compensation de ceux qui avaient pris part au conflit, ils avaient soutenu à fond une jeune équipe d'ingénieurs et de stylistes américains, bouillant de lancer sur le marché une voiture de prestige capable de concurrencer Rolls Royce et Cadillac. En moins de dix ans, la petite affaire artisanale de trois cents ouvriers était devenue un énorme complexe en employant six mille. Entre-temps, les actions faisaient un bond prodigieux pour atteindre 1 200 p. 100 de leur valeur initiale. La Chase, le Crédit, l'Union et le Morgan dégageaient une partie de leur capital et vendaient à la hausse.

Par la force des choses, Edmond-Lucien, qui n'avait pas touché à son portefeuille, se retrouvait alors actionnaire majoritaire avec le cinquième de la valeur globale de la C.M.C. Pour le meilleur et pour le pire...

« Votre coup de téléphone m'a surpris. Qu'avez-vous donc à me dire de si secret qui ne puisse être prononcé qu'en tête-à-tête ? »

Melwin Bost esquissa une grimace d'embarras.

« Il y a eu un autre accident. »

Machinalement, il tendit son verre à Kloppe qui lui versa une rasade généreuse de Waterman.

« Un autre ?

— Le septième en seize mois. Même cause. Rupture de la colonne de direction. »

La petite bouche rose de Homer subit une torsion légère.

« Qu'a donné l'enquête ?

— On connaît la cause. Un défaut dans la trempe de l'acier des colonnes de direction équipant toutes les Beauty Ghost P9.

— Pourquoi toutes ?

— La pièce est usinée chez nous. Nous avions racheté à la baisse un stock d'acier pour trois ans.

— Changez d'acier !

— C'est fait, monsieur.

— Avez-vous intenté un procès à votre fournisseur ?

— Dès le premier jour, quand la veuve de ce type qui s'était tué sur une P9 nous a collé une armée d'avocats sur le dos.

— Elle a gagné ?

— Elle va gagner. Il lui a été facile de prouver que la responsabilité de l'accident n'incombait pas à son mari, mais était due à une défaillance mécanique. Ce n'est pas tout... Les héritiers des six autres victimes nous attaquent également.

— D'après vous, Bost, qu'est-ce qu'il faut faire ?

— Je n'en sais rien, monsieur. C'est pour vous le demander que je suis ici.

— Combien de Beauty Ghost P9 sont en circulation ?

— Dans le monde ? 482 326.

— Etes-vous certain que ces accidents ne sont pas le fait d'un pur hasard ?

— Sept accidents pour des raisons identiques, ce n'est plus un hasard, c'est une habitude. »

Homer Kloppe poussa un profond soupir.

« Qui nous prouve qu'il y en aura d'autres ?

— Nous avons posé la question aux ordinateurs. Statistiquement parlant, il devrait y avoir une rupture de colonne pour dix mille véhicules en moyenne. Soit, en gros, quarante-huit accidents sur les 482 326 P9 en circulation.

— Mais c'est effrayant !

— Il s'agit de statistiques, monsieur. Rien ne prouve que ces accidents auront lieu dans le réel. Je vous signale simplement qu'ils PEUVENT arriver.

— Je ne le permettrai pas ! Nous devons prévenir tous les propriétaires de P9 dans le monde !

— Que suggérez-vous ?

— Vous allez effectuer gratuitement un échange standard de la pièce défectueuse !

— Nous y avons pensé, monsieur. Mais c'est une possibilité réellement hors de prix.

— Qu'en savez-vous ? Votre geste de loyauté aura un tel impact publicitaire qu'il nous amènera toute une nouvelle clientèle !

— A mon avis, monsieur, peu de publicités valent cent cinquante millions de dollars. »

Homer renversa de surprise une partie du contenu de son gobelet.

« Pardon ? Combien avez-vous dit ?

— Cent cinquante millions de dollars », répéta Melwin Bost d'une voix calme.

Homer faillit s'étouffer en calculant à la vitesse de l'éclair que sa contribution personnelle se monterait à trente millions de dollars. Qui pouvait se permettre de débourser une pareille somme ?

« Voyez-vous, monsieur, poursuivit Melwin Bost, je m'attendais à cette réaction d'honnêteté de votre part. Je dois néanmoins vous prévenir que ce geste de probité commerciale sera le dernier de notre firme. Nous sautons.

— Je ne vais tout de même pas laisser courir un risque mortel à quarante-huit personnes !

— Six mille employés au chômage, cinq cents cadres privés d'emploi, des ingénieurs à la rue... Je n'ai voulu prendre aucune décision avant de vous avoir consulté.

— Je suis atterré...

— Il y a de quoi. Il nous est impossible de faire les choses à moitié. Si nous informons le public, nous devons aller jusqu'au bout sous peine de nous couler définitivement. Malheureusement, si nous allons jusqu'au bout, la C.M.C. est en faillite pour cessation de paiements.

— Que faire ?... Que faire ?...

— A mon avis, monsieur, rien. Il se peut que plus un seul accident ne se produise. Sans le procès de cette veuve, nous aurions probablement ignoré ce vice de construction. Tentons la chance... »

Kloppe le toisa d'un air sévère.

« Il ne s'agit pas de notre chance, Melwin ! Nous n'avons pas le droit.

— Je vous signale que sur les sept accidents, quatre accidents seulement ont été mortels. »

Homer hocha la tête avec amertume.

« Seulement...

— Deux autres ont occasionné des blessures relativement graves, le dernier n'a provoqué que des contusions. Si vous voulez bien m'écouter, monsieur, j'ai une idée à vous soumettre. Elle vaut ce qu'elle vaut... Voilà... Si d'ici à trois mois il n'arrive aucun nouveau pépin, nous laissons courir. Sinon, j'aurai eu le temps d'envisager toutes les possibilités de sauver la firme... au cas où il en existerait une en procédant au changement massif des colonnes de direction. Qu'en pensez-vous ? »

Homer Kloppe se plongea dans une longue méditation. Melwin Bost la respecta pendant deux minutes d'une longueur infinie. Puis il revint à la charge.

« Dans la conjoncture, je crois, monsieur, que ce serait la solution la plus sage. D'autant plus que les nouvelles P9 qui sortiront dans moins d'un mois seront rigoureusement sans danger. »

Apparurent chez Homer ses deux incisives éclatantes qui mordillèrent sa bouche de bébé. Il dit :

« Faites pour le mieux, Melwin... Faites pour le mieux... »

Le capitaine Kirpatrick se fichait d'Interpol comme de sa première paire de menottes. Il avait une confiance relative envers les hommes qu'il avait formés. Et encore ! Il connaissait trop les tentations auxquelles sont exposés les jeunes inspecteurs qui n'ont pas encore le feu sacré. Le Syndicat, par de larges pots-de-vin, tentait de corrompre tout ce qui était corruptible. Quand on gagne cinq cents dollars par mois et que les tickets de métro ne sont pas toujours remboursés, comment ne pas écouter d'une oreille complaisante le chant des sirènes ? C'est pourquoi il avait choisi Patrick Mahonney et Dave Cavanaugh, Irlandais comme lui, durs à cuire et jalousement éduqués par ses soins.

Avec eux, pas de problème: ils ne lâcheraient pas Italo Bébé Volpone, dussent-ils le suivre en enfer. Quand il avait sollicité de l'intendance deux billets New York-Zurich pour ses inspecteurs, le préposé avait renâclé, objectant que pour une simple affaire de filature, les policiers suisses feraient aussi bien l'affaire. L'air menaçant de Kirpatrick l'avait incité à débloquer des crédits.

Il avait tenu à escorter Dave et Patrick jusqu'à l'aéroport, leur serinant ses dernières recommandations :

« Dans la mesure du possible, travaillez séparément. Il doit se douter qu'il est filé. Méfiez-vous. Il essaiera de vous semer. Que l'un de vous soit toujours sur ses talons pendant que l'autre vérifie ce qu'il vient de faire. Gaffe aux flics suisses ! Ils détestent qu'on vienne fourrer le nez dans leurs plates-bandes. Si vous avez des ennuis, je ne pourrai pas grand-chose pour vous. Et n'oubliez pas... Je veux que vous me les coinciez ! »

Mahonney et Cavanaugh l'avaient écouté poliment, excédés de se voir rabâcher ce qu'ils n'auraient même pas osé dire à un débutant.

Ils avaient longuement contemplé les photos de Bébé Volpone, gravant dans leur mémoire ces yeux durs et vifs embusqués derrière le double rempart des paupières, ces cheveux brillants noir corbeau. Maintenant, ils grimpaient séparément dans le 747 après avoir feint de ne pas se connaître. Cavanaugh en « touriste », Mahonney en « première » — ainsi l'avait décidé leur tirage au sort.

Mahonney avait trente-deux ans, Cavanaugh, vingt-neuf. Ils étaient les flics les plus coriaces de la Brigade et avaient envisagé malgré la mission à accomplir, ce petit séjour en Suisse comme une partie de plaisir. Les événements allaient leur donner tort.

Chimène Kloppe avait deux doubles mentons, l'œil bleu porcelaine, les cheveux châtains et la chair pâle, délicate, nacrée, avec par endroits des transparences rosées. Sa vie était une succession de bonheurs tranquilles et minuscules, scandée par l'heure du thé, l'heure des repas, l'heure de la prière, l'heure de voir des amies, l'heure de dormir. Qu'il n'y eût plus d'heure de l'amour avait cessé de la surprendre, comme si ses pulsions anciennes se fussent diluées dans l'assouplissement paisible qui avait succédé à son mariage.

Une existence à la fois remplie de vie et pleine

comme un œuf, fondée sur des évidences calmes : l'argent, la religion, la nécessité d'aider autrui, la soumission à son époux, la dévotion pour sa fille, la justice pour les domestiques, l'absence de racisme — elle n'hésitait pas à employer des étrangers, Italiens, Français ou Portugais, prête même, et c'était sa fierté, à engager en cas de besoin une femme de chambre métisse ou une cuisinière arabe. Ses amies, épouses de banquiers comme elle, frémissaient discrètement de tant d'audace. « Il faut vivre avec son temps ! » répondait hardiment Chimène en se rengorgeant délicieusement troublée par son propre libéralisme. Les chocs de la rue ne l'atteignaient pas, ni les événements politiques, ni tous ces petits besoins qui font la fureur du monde et qui n'avaient pour elle pas plus de réalité que les caractères d'imprimerie lui renvoyant, dans les journaux, les échos des convulsions de la planète. Enfermée dans le cocon chaud qu'avait tissé Homer autour d'elle, elle n'éprouvait aucune envie envers quiconque, possédait raisonnablement des bijoux, avait un chauffeur comme tout le monde et tâchait de se faire pardonner ce bonheur non ostentatoire en donnant généreusement son temps et une partie de son argent à de bonnes œuvres.

« Homer, vous quittez déjà la table ?

— Je dois travailler encore avant de m'endormir. Voulez-vous m'excuser ?

— Dois-je vous faire monter votre tisane dans votre chambre ?

— Un café, plutôt.

— Ce n'est pas raisonnable. Il est déjà neuf heures et demie.

— J'ai pas mal de dossiers à relire avant demain. Où est Renata ?

— Avec Kurt, je crois. »

Homer Kloppe fit subrepticement la grimace. Chimène feignit de ne pas la voir. Cent fois, ils avaient eu des discussions vives sur leur futur gendre. Chimène trouvait charmant qu'on le jugeât révolté, Homer s'en prenait aux fondements mêmes de sa révolte qu'il taxait d'infantile, d'irréaliste et de négative, bien que la situation universitaire de Kurt Heinz lui en imposât en secret.

« Je vous souhaite le bonsoir. »

Chimène sourit comme il sied à une bonne épouse. Elle ajouta, une nuance d'inquiétude dans la voix :

« Vous travaillez trop, Homer... Vous verrai-je demain au petit déjeuner ? Je voudrais vous faire part des dernières dispositions que j'ai prises pour la cérémonie... »

Kloppe lui lança un regard aigu qu'elle feignit de ne pas voir. Sans qu'ils se fussent consultés, l'ordonnance fixée par Renata pour son propre mariage était devenue un sujet tabou. « Malheur à celui par qui le scandale arrive ! » disaient les textes sacrés.

« N'oubliez pas que c'est jeudi, reprit Chimène en gardant les yeux baissés.

— Aucune chance que je l'oublie, grommela Homer. Bonne nuit. »

En le voyant disparaître, elle pensa qu'il était un bon mari, un bon chrétien, un bon citoyen, un bon père — il fallait l'être pour avoir accepté, dans sa position sociale, l'aberrant caprice de sa fille pour ses noces ! Mais Homer n'avait jamais oublié l'anniversaire de Chimène, n'était jamais rentré en retard pour le dîner. Même au temps où il était encore séduisant, il n'avait jamais non plus levé les yeux sur une autre femme qu'elle.

Une fois de plus, elle se demanda si elle oserait lui poser des questions sur ces photos (trouvées par le plus grand des hasards) dans la poche d'un pardessus qu'elle avait voulu ranger dans une armoire.

Elles représentaient une femme de couleur prenant des poses dans un monokini. D'après les supputations de Chimène, il était impossible que cette femme ne travaillât pas dans un cirque : elle paraissait plus grande qu'une tour !

Malgré les protestations de l'intéressé, Moshe Yudelman avait exigé que le cadet des Volpone fût accompagné par deux « punks ». Mais pas n'importe lesquels. Pour des raisons différentes et complémentaires, Folco Mori et Pietro Bellinzona avaient toute sa confiance. Mori, resté simple homme de main malgré des qualités remarquables, semblait se complaire dans cet état de subordination d'où sa vivacité d'esprit, son mépris du danger et sa sauvagerie naturelle auraient pu le faire sortir. Malheureusement, ses dons mêmes, auxquels s'ajoutait une dextérité unique au monde pour manier le couteau, le faisaient redouter de ses chefs qui le tenaient injustement à l'écart d'un poste de responsabilité. Les « capiregime », qui affectaient ouvertement envers lui une familiarité forcée, le craignaient en secret comme un serpent à sonnettes. Sous prétexte qu'il en faisait toujours un peu trop dans le sens de la cruauté — frappant quand il suffisait de menacer, torturant là où il eût simplement fallu corriger, estropiant au lieu d'infliger une blessure bénigne — ils le cantonnaient dans des rôles de représailles strictes à l'égard de ceux qui ne se pliaient pas assez vite à la loi de la famille Volpone. Mais quand Folco était lancé, le plaisir de l'action primait toute autre considération : plus rien ne pouvait l'arrêter.

Pietro Bellinzona était beaucoup plus simple. Il s'acquittait des missions les plus délicates sans rechigner, ne cherchant jamais à savoir pourquoi il devait les accomplir. Il avait une cinquantaine d'années. Ses formidables épaules de lutteur masquaient un embonpoint que maintenait sa prédilection, héritée de l'enfance, pour les gâteaux et les sucreries. Le fait de boire une bouteille de whisky par jour ne l'avait jamais empêché de toucher sa cible. Au service de Genco Volpone depuis vingt ans, il était heureux de son sort, ravi de n'avoir pas à penser pour son propre compte et d'exécuter les ordres qu'on lui donnait, quels qu'ils fussent. Moshe Yudelman en personne lui avait recommandé de rester en permanence à portée de main d'Italo Bébé Volpone, il y resterait. Folco Mori, en revanche, avait été chargé de veiller en couverture sur la sécurité du frère du Don et de n'intervenir qu'en cas de danger. Dommage... Pietro Bellinzona adorait la compagnie de Folco. Ils avaient souvent travaillé ensemble et chacune de ces expériences avait été pour lui une source d'enrichissement professionnel.

Mori avait le chic pour agir en artiste. Qui ne l'avait vu casser la jambe d'un payeur récalcitrant d'un seul coup de batte de base-ball, n'avait rien vu. Bellinzona admirait cette finesse. Sa tendance naturelle le poussait plutôt à démolir et à écraser sans faire durer le plaisir.

Il passa avec Volpone le contrôle des douanes, se retenant à temps pour ne pas adresser un clin d'œil à Folco plongé dans la lecture d'un magazine économique. Il eut une pensée nostalgique pour le Walther PP resté bien au chaud dans son studio de Manhattan, planqué amoureusement derrière la tuyauterie de la salle de bain. Yudelman, arguant que les flics passaient au détecteur tous les passagers, lui avait interdit de le prendre. L'époque n'était plus ce qu'elle était. Des dingues en tous genres détournaient les avions pour un oui ou un non, ne profitant même pas des sommes que leur rapportait leur chantage. Bellinzona, qui aimait l'ordre profondément, ne comprenait pas que des amateurs excités viennent gâcher le métier pour des motivations politiques vaseuses. Il se consola à l'idée qu'un homme du Syndicat lui fournirait un flingue semblable au sien dès sa descente d'avion.

Du coin de l'œil, il aperçut Folco Mori, dix mètres en arrière, leur emboîter le pas après avoir tendu son passeport. Il semblait toujours absorbé par son foutu journal. Quant au grand patron, il représentait une énigme. C'est bien simple, depuis le début de leur rencontre, Italo Volpone ne lui avait pas adressé la parole ni fait l'aumône du moindre regard. En le voyant gravir avec raideur les marches de la passerelle conduisant à l'appareil, Pietro Bellinzona pensa qu'il ressemblait à un boxeur dangereusement dopé entrant dans le ring.

La première bouffée de son Punch Culebra lui parut amère. La seconde aussi. Dégoûté, Homer Kloppe écrasa le cigare dans un cendrier. La visite éclair de Melwin Bost l'avait laissé dans un état de malaise. Avec sincérité, il se demanda une fois encore comment concilier ses stricts principes moraux et la bonne marche des affaires. Ne valait-il pas mieux courir un risque improbable que réduire des milliers d'employés à la perte de leur emploi ? Mélancoliquement, il songea qu'il était bien seul dans ce genre de débat intérieur. Sa femme et sa fille s'imaginaient que la conduite d'une banque était une espèce de routine quotidienne, pasteurisée, sans à-coups. Renata, qui n'avait jamais manqué du superflu, affichait devant son père une indifférence totale pour l'argent. Kurt Heinz, son pâlot fiancé, l'encourageait dans ces idées irréalistes. Il était facile à Kurt, qui n'avait pas un rond, de s'en prendre en paroles à la fortune des autres.

En guise de malédiction, Homer lui souhaita mentalement la disgrâce de devenir riche. Quant à Chimène, perdue dans l'ordonnance sans faille de ses thés et des mille petits riens dont l'addition ne parviendrait jamais à faire quelque chose, les activités professionnelles de son mari lui semblaient découler d'une évidence : tout homme bien né ne pouvait être que banquier. Et le premier devoir d'un banquier était de ménager à son épouse une existence quiète et luxueuse. Peu lui importait que son seigneur et maître fût en proie aux affres de l'indécision. Car il n'y avait pas que les ennuis survenus à la Continental Motor Cars ! Le matin même, un autre problème grave était venu s'abattre sur le bureau de Homer Kloppe, sous forme d'un télex « top-secret » arrivé d'Afrique du Sud :

« Sécurité insuffisante dans les conditions actuelles d'exploitation. Menace de grève du personnel. Durée des travaux pour parfaire la protection du chantier : huit mois. Mise de fonds nécessaire : quatre millions de dollars. Attendons instructions d'urgence sur la marche à suivre. »

Le télex était signé : « Eric Mortaeld, directeur de la Wassenaar's Consolidated, Chukudu, Botswana. »

Pourtant, jusqu'à ce jour, la Wassenaar's Consolidated apparaissait comme une belle aventure. Il s'agissait d'une société minière hollandaise dont les géologues avaient repéré en Afrique du Sud, dans un coin impossible du Botswana, un sol ayant toutes les chances de receler un fort pourcentage de diamants. La Wassenaar's étant trop modeste pour financer la totalité de l'opération, la Trade Zurich Bank avait accepté de participer au démarrage des travaux pour une somme de dix millions de dollars. Etant bien entendu qu'elle se réservait le droit de s'approprier toutes les pierres de l'exploitation jusqu'à concurrence des capitaux avancés majorés de leurs intérêts (14,7 p. 100, Kloppe avait parfaitement le chiffre en tête).

Les premières fouilles avaient été encourageantes. Eric Mortaeld avait engagé du personnel supplémentaire recruté à grand renfort de petites annonces parues dans les journaux européens. — « Car, comme il l'avait précisé à son bailleur de fonds en faisant la moue, s'il fallait ne compter que sur les nègres !... »

Apparemment, avec ou sans eux, tout semblait remis en question d'après ce foutu message. « Sécurité insuffisante »... Pour qui ? Pour les employés ou pour le banquier ? Kloppe fut traversé par un soupçon : Eric Mortaeld n'essayait-il pas de soutirer de l'argent de son commanditaire en faisant vibrer sa corde sensible ? Il était impensable que dix millions de dollars déjà investis par sa propre banque eussent été dilapidés en vain dans les bourbiers d'Afrique du Sud. Pas question de faire une nouvelle relance de quatre millions sans avoir la certitude de les récupérer.

Une seule solution s'imposait : poursuivre l'exploitation tant que les premiers résultats n'auraient pas couvert l'investissement initial. Ensuite, on verrait ce qu'il conviendrait de faire au mieux de toutes les parties prenantes du contrat. Homer, par simple respect des clients dont il avait charge de fortune, ne pouvait pas plus ordonner la fermeture des chantiers qu'engager quatre nouveaux millions avant d'avoir vu la couleur des diamants.

Ce qui était une pure image. Parce que la couleur des diamants, il la connaissait. Il alla dans un coin de sa chambre, souleva la moquette et ouvrit un coffre scellé dans le plancher. Il se saisit d'une petite sacoche de cuir noir, en défit les lacets et mit au jour un blanc-bleu superbe qui autorisait tous les espoirs. La pierre était parfaite, incolore, dépourvue de cristaux, givres, matières charbonneuses ou autres impuretés. Homer, la tenant entre le pouce et l'index, l'éleva dans la lumière et la contempla en transparence. Elle devait peser une trentaine de carats. Elle arrivait du fond des âges, avait traversé les grandes ères géologiques, roulé peut-être pendant des millions de siècles dans le lit de rivières inconnues avant d'offrir son éclat dur et incomparable à l'admiration des hommes. Elle ne mourrait jamais. Kloppe en fit jouer les différentes facettes dont les flèches pures de lumière se croisèrent, comme en un duel de beauté, libérant leurs feux contenus en une éblouissante et brève fête polychrome, un chatoiement d'éclats fulgurants.

Il la replaça dans la sacoche, se secoua. Puis prenant son stylo, il rédigea sa réponse à Mortaeld :

« Aménagements de sécurité non souhaitables actuellement sous peine de clôture de l'exploitation. Suggère de continuer les travaux jusqu'à ce que les résultats autorisent le nouvel appel de fonds demandé. »

Il passa dans la salle de bain, se brossa les dents pendant dix minutes. La fascination éprouvée pour son diamant — le premier extrait de la mine de

Chukudu avait failli lui faire oublier que dans quelques heures, il allait devoir affronter ce petit bonhomme douteux, Mortimer O'Broin. Il envisagea les moyens légaux de lui refuser ce qu'il n'exécuterait que d'ordre personnel de Genco Volpone : le transfert de deux milliards de dollars.

Quand, trois ans plus tôt, Carlo Badaletto avait fait ses adieux à Genco Volpone pour rallier la famille Gabelotti, les soldats de son nouveau clan n'avaient pas manqué de jouer sur la similitude phonétique de leurs deux noms. Pour détendre une partie de poker par exemple, le gag était de lancer à pleins poumons sur l'air de « O Sole Mio » :

O Badaletto, O Gabelotti
Tu vaï a letto
Io vad'aï frutti...

Evidemment, nul homme ne se serait permis une telle plaisanterie en présence de l'un ou de l'autre. Ettore Gabelotti, dont les fées avaient comblé le berceau de toutes les grâces propres à faciliter l'ascension d'un futur « capo » — dureté, vice, hypocrisie, absence de scrupules, rancune et intelligence remarquable — manquait totalement du sens de l'humour. Ombrageux, renfermé, il interprétait le moindre clin d'œil comme une atteinte personnelle à sa dignité. Quant à Badaletto, son goût de la violence était célèbre avant même qu'il quittât Genco Volpone, et nul n'avait envie de le provoquer. Promu par Ettore au rang de « consigliere », il lui avait recommandé d'ouvrir l'œil après la première phase de la transaction :

« En principe, Zu Genco est régulier mais son frère est pourri ! »

Et machinalement, il caressait du bout des doigts sa mâchoire, là où le coup de tête d'Italo lui avait fait jadis sauter toutes les dents de devant. Il revint à la charge sur le même leitmotiv :

« Tu peux me dire ce que ce salaud de Bébé est allé faire en Suisse ? Et comme par hasard, après avoir rendu une visite à Kirpatrick avec une horde d'avocats ? »

Ettore Gabelotti prit un air paterne et répondit avec douceur :

« Ne t'énerve pas, mio figlio. Après tout, les déplacements d'Italo Volpone ne nous regardent pas. Quant aux flics, il a peut-être reçu une convocation pour des contraventions impayées ? »

La drôlerie de la phrase était si rare dans sa bouche, si inattendue, que Carlo, sans se forcer, éclata de rire.

Il eut tort. Ettore explosa :

« Méfie-toi, connard ! Si ce pourri d'Italo cherche à me faire la moindre entourloupette, je t'en tiendrai pour responsable ! »

Déjà porté aux colères soudaines et sans motif apparent, Gabelotti, depuis quelques jours, devenait d'une agressivité constante. Son médecin, déplorant ses cent vingt kilos, lui avait ordonné un régime sévère d'où étaient exclus pizzas et spaghetti, ses deux plats favoris. Sans parler du vin dont ce docteur imbécile avait réduit la consommation à un litre par jour, alors qu'il en buvait cinq à l'exclusion de toutes ces saloperies d'alcool dont il flétrissait l'absorption chez les autres. Il avait feint d'être étonné par la méfiance de Carlo. En secret, il la partageait, et d'un commun accord avec son consigliere, il avait chargé un contractuel de passage à New York, Rico Gatto, inconnu dans la ville, de coller une ombre aux pas de Volpone. Par un homme du Syndicat qui lui était dévoué et qui travaillait à l'aéroport Kennedy, il avait su que Bébé avait pris un billet à son nom sur le vol 311 New York-Zurich. Rico devait tenir Gabelotti au courant de tous les déplacements d'Italo en Suisse. Il avait eu l'air déçu, Rico, qu'on lui confie une mission aussi fade. En général, ses contrats se terminaient toujours par la mort violente. La mort des autres, ceux qu'on lui avait désignés pour qu'il les abatte. Les primes encaissées étaient proportionnelles à la qualité du client à occire et au nombre des victimes. Rico, qui était un artiste, se plaisait à improviser. Il était rare qu'il employât deux fois la même méthode pour tuer, comme certains fonctionnnaires de l'assassinat agissant en robots, sans plaisir ni répugnance. Avant chaque contrat, Rico se sentait saisi de la fièvre qui étreint les artistes sur le point d'entrer en scène. Non pas qu'il eût des comptes à rendre à quiconque, ou à mériter la faveur d'un public, la louange de la critique. Simplement, il se respectait trop pour ne pas avoir le trac et son amour-propre le poussait sans cesse à expérimenter de nouvelles et brillantes improvisations qui le surprenaient lui-même.

« Tu es sûr de ce Rico ? demanda Badaletto.

— T'occupe ! Je l'ai déjà fait travailler sur des boulots plus difficiles. Et si on en arrivait aux représailles, il serait à la hauteur. »

Gabelotti fut ravi de constater que Carlo avait été vexé. Il aurait voulu lui-même surveiller Bébé, qu'il haïssait. Mais Ettore lui avait ri au nez avec dédain :

« C'est tout ce que tu as trouvé pour nous faire repérer ? »

Avec un sentiment de mélancolie jalouse, Carlo imagina Rico Gatto, confortablement installé dans son avion, les yeux fixés sur la nuque de son gibier, Italo Bébé Volpone.

Rico Gatto détacha sa ceinture pour aller pêcher, au-dessus de sa tête, le paquet de Philip Morris oublié dans la poche de son imperméable. En un bref coup d'œil indifférent, il aperçut la nuque puissante d'Italo Bébé Volpone et ses cheveux brillants d'un noir absolu. Il empocha ses cigarettes et se rassit, non sans avoir embrassé la totalité du compartiment « première » du 747 en une vision circulaire.

Son œil aigu d'homme tour à tour gibier ou chasseur repéra immédiatement le visage d'un type d'une trentaine d'années, blond filasse. Il ne pouvait être, en aucun cas, celui d'un homme d'affaires ou d'un gigolo, seules catégories sociales à pouvoir se payer des billets de première sur un trajet aussi long. Il devait donc s'agir soit d'un truand à la solde de Volpone, soit d'un flic. Pas ses oignons... Il se rencogna dans son siège, étira ses jambes avec volupté et se promit d'aller prendre un verre avant le dîner au bar juché comme une nacelle indépendante sur le cockpit de l'appareil géant. Bien étonnant que le cadet des Volpone puisse lui filer sous le nez ! A ses côtés, son garde du corps, un colosse rugueux vêtu d'un sobre costume noir. Rico lui vota un bon point. Tous les Ritals avaient le même défaut : quand ils voulaient se faire passer pour des Américains de la troisième génération, ils s'habillaient en général comme des caricatures. Avant même de consulter le menu que lui avait remis une hôtesse, il se replongea dans sa lecture favorite, l'Ancien Testament. Le nombre de crimes parsemant l'ouvrage était tel que, par comparaison, les multiples exécutions qu'il avait sur la conscience lui paraissaient vénielles...

« Patron, un peu de champagne ?

— Qu'est-ce que tu dis ? »

Italo Volpone parut sortir d'un songe profond. Pietro Bellinzona répéta : « Champagne ?

— Non », grommela Italo.

Moshe Yudelman avait fini par lui flanquer la trouille. Il était tout à fait persuadé maintenant qu'O'Broin allait chercher à les doubler. Il se promit de mettre la main dessus et de lui faire subir des sévices inoubliables avant de lui tirer de sa propre main une balle dans la tête. D'autant qu'O'Broin n'avait jamais daigné lui manifester une attention particulière, ne répondant pas forcément quand il lui posait une question, lui tendant parfois, vaguement, une main molle et indifférente. Autant d'affronts qui se paieraient en bloc dès que l'heure des comptes aurait sonné. Furieux, il eut envie de se venger sur ce tas de viande de Bellinzona, de l'envoyer promener. Mais promener où ? Il était condamné à subir sa déplaisante promiscuité pendant plusieurs heures encore. Bellinzona, étincelant dans l'action violente, n'était qu'une masse lourde et assoupie hors des heures de service. Folco Mori, en revanche, que Yudelman avait tenu à placer en couverture, en classe touriste, était d'un commerce plus agréable. C'est par accident qu'il était venu grossir les rangs de la famille Volpone. On l'avait fichu à la porte du cirque, dont il faisait les beaux jours, pour faute professionnelle. Officiellement, le couteau qu'il avait lancé sur sa partenaire, au lieu de frôler sa cible comme tous les soirs, l'avait atteinte dans le cou, sectionnant net la carotide. Malgré la promptitude des secours, elle était morte en arrivant à l'hôpital, déjà vidée de son sang sans avoir pu prononcer une parole. Evidemment, Folco Mori n'avait été l'objet d'aucune poursuite judiciaire. Le drame avait eu pour témoins deux mille spectateurs horrifiés dont aucun n'aurait pu être effleuré par la pensée qu'il pût s'agir d'un assassinat.

Tout au plus, la direction du cirque s'était-elle privée de ses services, le condamnant irrémédiablement au chômage. Le cirque est une grande famille dont tous les membres, à travers les continents, se connaissent, s'apprécient et n'ignorent rien les uns des autres. La nouvelle du « ratage » de Folco Mori s'était rapidement répandue, le contraignant à abandonner une profession qui lui était désormais interdite. Se prévalant de sa qualité de sicilien, il était venu frapper à la porte de Genco pour demander du travail. Discrètement, le Don avait fait effectuer une enquête dont il avait gardé les conclusions soigneusement secrètes : elles lui donnaient une prise à vie sur sa nouvelle recrue. Le soir même de l'accident, Folco avait eu une violente altercation avec sa partenaire. Un palefrenier, qui passait devant la roulotte du couple vedette, avait entendu Mori la traiter de salope et lui reprocher de l'avoir trompé. Depuis, Folco exécutait ponctuellement toutes les besognes demandées par le gang. Ses meurtres étaient signés de sa note poétique et artisanale, un poignard fiché dans la gorge, à une époque où les armes à feu réglaient définitivement tout litige. Secrètement, Italo Volpone avait peur de Folco Mori, malgré sa petite taille, son corps mince et nerveux. Quelque chose dans le regard qui apprenait vite, à quiconque l'observait, qu'il n'était pas homme à pardonner quoi que ce soit.

« Bellinzona !

— Patron ?

— Va pisser.

— Pardon ?

— Je te dis d'aller pisser !

— Mais patron... J'ai déjà pissé !

— Ferme ça ! Va aux toilettes au fond de l'avion et dis-moi ce que branle Folco ! »

Pietro Bellinzona se mit debout lourdement et se dirigea vers la classe touriste, suivi de l'œil par Rico Gatto et Patrick Mahonney, installés au fond du compartiment. C'était la première fois que Mahonney goûtait au luxe. Ses émoluments d'inspecteur ne lui avaient encore jamais permis d'en percevoir l'odeur autrement qu'à travers les photos des magazines. Son rayon à lui, c'était plutôt les coups durs, bagarres en tout genre, catégorie plaies et bosses. Aujourd'hui encore, après douze ans passés dans la police sous les ordres du capitaine Kirpatrick, il s'entraînait régulièrement au stand où son adresse était devenue proverbiale. Et pas seulement sur cible ! Il se flattait de faire mouche sur un homme courant dans la nuit à cinquante mètres, comme il l'avait prouvé maintes fois sur le terrain.

Son copain Cavanaugh, le grand Dave, Irlandais comme lui, était à peine moins adroit, avec toutefois une légère supériorité marquée dans le combat au corps à corps. Patrick Mahonney savoura sa chance : Dave était obligé de voyager en classe touriste, tandis qu'il se prélassait sur un fauteuil immense, une hôtesse aux petits soins lui emplissant son verre de champagne sans qu'il eût à en redemander. La belle vie !

Il eut une pensée attendrie pour Mary, son

épouse, qui devait déjà se mettre dans les draps après avoir servi le dîner de ses deux enfants. Puis il relut la carte dont le seul énoncé lui fit venir l'eau à la bouche. Que toutes ces choses merveilleuses fussent comprises dans le prix du billet le laissait pantois ! D'autant plus que le billet était aux frais de l'administration...

Folco Mori vit plusieurs visages se retourner pour suivre des yeux la silhouette impressionnante de son acolyte : Pietro Bellinzona ressemblait à un hercule de cirque, comme celui qui précédait son numéro pendant qu'il vérifiait une dernière fois la pointe de ses poignards et l'absence de tremblement de ses mains. Ça lui manquait, la piste de sciure, ce silence oppressé des spectateurs pendant que ses poignards filaient comme des flèches dans l'espace pour venir encadrer, à dix mètres de là, le cou long et nacré de Rita. Et l'ovation formidable qui s'ensuivait, le dernier couteau vibrant encore avec violence dans la plaque de bois où il s'était enfoncé de cinq centimètres. Pourquoi Rita l'avait-elle trompé avec ce trapéziste prétentieux ? Tout en muscles et rien dans la tête ! D'ailleurs, à quoi lui avaient servi ses muscles trois mois plus tard, quand s'était rompue la corde de son trapèze rongée par quelques gouttes d'acide ? Il s'était écrasé comme un pantin sur la piste après une chute de quinze mètres. Ni fleurs ni couronnes pour ce salaud : on ne lui connaissait même pas de parents éloignés. Quand l'accident était arrivé, Folco faisait déjà partie de la famille Volpone. Tous comptes soldés. Il avait tiré un trait sur sa carrière d'artiste, réservant ses talents pour d'autres besognes plus discrètes et mieux payées.

En passant près de lui, ce crétin de Bellinzona ne put s'empêcher de lui bourrer l'épaule d'un coup de poing complice. Mais Dave Cavanaugh, placé trois rangs devant Folco Mori, ne put en être témoin. Une voix s'éleva dans l'appareil :

« Les passagers sont priés de regagner leur place. Le dîner va être servi. Nous volons actuellement à trente-cinq mille pieds et notre atterrissage à Zurich est prévu dans cinq heures. »

5

ZAZA et Mortimer s'étaient envolés de Nassau vers Zurich trois heures avant que le Boeing de Volpone ne quitte New York pour la même destination. Leur vol n'avait été qu'une longue dispute. Ce voyage dont elle ne connaissait pas la destination tapait sur les nerfs de Zaza.

« Après Zurich, où irons-nous ?

— Ne t'inquiète pas. Ce sera une bonne surprise. »

Elle sentait confusément qu'un grain de sable avait bloqué la mécanique de la belle assurance de son amant. A Nassau déjà, quand il était venu la rechercher au bar pour lui annoncer un crochet par la Suisse, elle avait lu sur son visage décomposé, ruisselant de sueur, que quelque chose clochait. Malgré son insistance, il était resté muet, mais son angoisse avait fait tache d'huile. Zaza commençait à se demander si elle n'avait pas commis une bêtise en le suivant. Qui lui prouvait que le mystère dont il s'entourait ne cachait pas un coup fourré dont elle serait la victime ? Au moment d'atterrir à Zurich, elle se jura de ne plus le lâcher pour mieux pouvoir le fuir si les choses tournaient mal. A peine avaient-ils franchi le contrôle des passeports qu'il lui demanda de l'attendre. Elle explosa :

« Certainement pas ! J'en ai marre des bars des aéroports ?

— Veux-tu que je te dépose dans un hôtel ? J'en ai pour deux ou trois heures.

— Pour qu'on me prenne pour une putain ? Je viens avec toi !

— Zaza, sois raisonnable... Il s'agit d'un rendez-vous d'affaires...

— Quelle affaire ? Je veux savoir !

— Patiente encore un jour.

— J'ai assez patienté ! Je veux savoir où tu m'embarques ! »

Il haussa les épaules, découragé.

« Tu ne me fais pas confiance.

— Pas du tout ! Tu n'avais qu'à m'en dire davantage !

— Ecoute-moi, Zaza... Je dois passer dans une banque prendre de l'argent. Dès que la banque ouvrira, j'en aurai pour cinq minutes.

— Je vais avec toi ! »

Il hocha la tête avec résignation. La nuit à bord, sans sommeil, ne l'avait pas arrangé. Dans la lumière du petit jour, elle voyait mieux ses poches sous les yeux, son teint blême, les tics furtifs qui lui agitaient le visage, et ce regard qui se détournait avec crainte, s'attachant à une sihouette, se figeant à chaque bruit. Zaza elle-même, malgré les vingt minutes qu'elle avait passées dans les toilettes du Boeing pour se refaire une beauté, avait la peau qui lui tiraillait et un immense désir de prendre une douche.

« Tu aurais été mieux dans un hôtel. »

Avec panique, elle pensa que pour une raison inconnue, il avait peut-être changé d'avis à son sujet, qu'il allait la plaquer sans argent en terre étrangère. Surtout, ne pas le quitter d'une semelle ! Elle esquissa un sourire et le prit fermement par le bras.

« Je t'accompagne, Mortimer...

— Oui ?

— Où allons-nous, après ?... »

Etourdiment, il répondit :

« Je ne sais pas. »

Elle lui jeta un regard incrédule, en même temps que s'abaissaient les commissures de ses lèvres.

« Tu ne sais pas !

— Mais si, je sais ! Il se peut simplement que je sois obligé de faire un saut supplémentaire. »

Pour mieux brouiller les pistes après ce détour en Suisse horripilant et dangereux, il avait décidé, sitôt ses ordres donnés à ce maudit Kloppe, de prendre le premier avion en partance pour n'importe où, où qu'il aille. Trois ou quatre zigzags sur plusieurs continents lui permettraient de rallier sans encombre le but final de sa randonnée. Troublé, il enregistra le poids du corps souple de Zaza se suspendant à son bras. Alors qu'ils arrivaient devant la sation de taxis, elle fit un effort prodigieux pour lui glisser à l'oreille, avec une pauvre grimace :

« Mortimer, ce que je fais pour toi, je ne l'ai jamais fait pour un autre homme ! »

Il eut la sensation soudaine de peser trente kilos de plus et d'avoir grandi de plusieurs centimètres.

Quand on sonna à la porte, Orlando Baretto avait déjà enfilé son pardessus. Il glissa une main sous sa veste, là où pendait son étui à revolver, et regarda précautionneusement à travers l'œilleton.

C'était Ines. Il ouvrit le loquet de sécurité et la fit entrer.

« Tu en a mis du temps ! Je foutais le camp ! »

Avec elle, une bouffée de parfum s'était insinuée dans l'appartement. Elle était emmitouflée dans un étourdissant vison sauvage caramel qui lui battait les chevilles.

« Je n'ai pas l'habitude d'être tirée du lit à sept heures du matin ! dit-elle en étouffant un bâillement.

— Faudra la prendre !

— Qu'est-ce que tu veux ?

— Comment il s'appelle, déjà, ton banquier ? »

Elle cilla.

« Pourquoi ?

— T'occupe pas ! C'est quoi, son nom ?

— Kloppe. Homer Kloppe.

— Trade Zurich Bank ?

— C'est ça. Mais pourquoi ? »

Il lui tapota les fesses, qu'elle avait dures comme un morceau de teck.

« Il se peut que j'aie quelques fonds à placer. C'est une boîte sérieuse ? »

Ines eut une moue amusée en songeant au cercueil d'acier, la chambre des coffres, dans lequel elle faisait l'amour une fois par semaine à son austère banquier rose et roux, sur un tapis de billets de banque.

« Très sérieuse.

— Et lui, ce Kloppe, c'est quel genre de type ?

— Pasteurisé. Propre. La cinquantaine. Des dents magnifiques pour un petit Blanc.

— Fausses ?

— Vraies. Tout ce qu'il y a de plus vraies. J'ai tiré dessus. »

Lando ouvrit toute grande la bouche.

« Et mes dents, à moi, c'est de la merde ?

— Correctes pour un petit Blanc.
— Passe-moi la gueule au cirage, tu verras si elles ne ressortent pas davantage ! »
Il glissa une main autoritaire et conquérante sous le pelage de vison et lui étreignit le sexe sans douceur.
« Je me barre.
— C'est tout ce que tu voulais ?
— Oui. Pour le moment.
— On se voit ce soir ?
— Sais pas. Reste chez toi. Tu verras bien si je viens. Maintenant, princesse, file la première. Inutile que tous les balourds de ce foutu immeuble nous voient sortir ensemble ! »
Elle s'éclipsa dans un bruissement parfumé de peau de bête. La voir ce soir, elle en avait de bonnes ! Quand Lando était utilisé par ses correspondants, son temps ne lui appartenait plus. Il était payé à l'année pour se tenir à disposition dès qu'il en recevait l'ordre. Son patron, Zu Genco Volpone, le Don, avait les largesses faciles. Tout travail réussi était récompensé par des primes s'ajoutant à son salaire. Et pas forcément des primes en argent, Genco Volpone avait une délicatesse infinie. D'abord à l'occasion de son passage exprès à Zurich, il avait fait à Lando l'insigne honneur de l'inviter à prendre un verre. Ce qui était déjà énorme. Mais surtout, il lui avait offert la voiture de ses rêves, une rutilante P9 Beauty Ghost décapotable, modèle de prestige de la firme américaine Continental Motor Cars. Simplement parce qu'il lui avait jeté un regard d'envie — qui n'avait pas échappé au Zu — en passant devant la vitrine où elle était exposée.
« Elle te plaît ? Elle est à toi. »
Et Genco Volpone, qui avait réglé les formalités d'achat malgré les protestations confuses de

Lando, lui avait remis personnellement les clefs de la P9.

« Comme ça, tu pourras m'accompagner à la gare. »

Ecrasé de reconnaissance et de respect, Lando avait balbutié en lui baisant les mains :

« Mais Padrone... Perchè ?... Perchè ?...

— Nous sommes contents de toi, Orlando. Et ce cadeau est une marque d'amitié personnelle.

— Je ne l'ai pas méritée, Padrone !

— Ne crois pas ça. Tu la mériteras un jour ou l'autre... »

Quand le Don l'avait quitté sur un dernier signe affectueux de la main, Orlando avait eu la sensation d'être abandonné par son propre père. Deux jours plus tard, à trois heures du matin, coup de téléphone de Milan :

« Orlando, tu connais O'Broin ? Mortimer O'Broin, l'avocat ?

— Je sais qui il est.

— Tu l'as déjà vu ?

— Une fois.

— Donc, tu peux le reconnaître ?

— Oui. »

La voix avait poursuivi, cette voix qui tant de fois lui avait transmis des ordres :

« Il se peut qu'il vienne du côté de chez toi. Intercepte-le.

— Où viendra-t-il ?

— Il se présentera à une banque, la Trade Zurich Bank. Tu connais ?

— De nom. Mais je trouverai.

— Il ne faut pas qu'il entre à la banque. Tu me suis ?

— Oui.

— Sois sur place dès aujourd'hui avant l'ouverture. Et restes-y.

— Bien.
— Si tu le vois, agrafe-le.
— Qu'est-ce que j'en fais ?
— Mets-le au frais et appelle-moi.
— D'accord. Où ça, au frais ?
— Démerde-toi ! »

Une drôle de coïncidence que venait de lui confirmer Ines : on lui avait demandé de surveiller la banque dont le patron n'était autre que le micheton de sa propre maîtresse ! Cinq minutes après le départ d'Ines, il entra dans le garage, ne pouvant résister au plaisir d'utiliser sa rutilante P9 pour se rendre sur les lieux de son travail, Stampfenbachstrasse.

Les lieutenants du boss n'avaient pas à s'en faire : leur O'Broin n'avait pas plus de chance de pénétrer dans la Trade Zurich Bank qu'un excommunié dans les appartements privés du Saint-Père.

Le 747 toucha terre et se hérissa de tous ses volets de freinage, dans un fantastique miaulement de réacteurs inversés.

« Nous venons d'atterrir à Zurich. Nous espérons que ce vol vous aura été agréable et que nous vous reverrons prochainement sur nos lignes... »

Avec mépris, Italo Volpone dévisagea la figure congestionnée et détendue de son garde du corps : Pietro Bellinzona ronflait du sommeil innocent des crapules. Moshe Yudelman avait été formel :

« Dès que tu poses le pied en Suisse, avant même de téléphoner à ta femme, va à la morgue voir cette jambe. Il est à peu près certain que tu seras suivi. Folco Mori se chargera de te débarrasser des emmerdeurs. »

Italo se souvint de ces mots en desserrant sa

ceinture. Il était agacé de ne pas pouvoir donner un coup de fil à Angela. Superstition ou vieille tradition familiale, l'épouse d'un « capo » devait être rassurée sur le sort de son homme, bien que ne fussent jamais portés à sa connaissance le motif de ses déplacements ou la nature de ses affaires.

« Réveille-toi, grosse vache ! On est arrivés ! »

Bellinzona s'ébroua, un sourire niais et satisfait sur les lèvres. Il dit, d'une voix pâteuse :

« J'ai la bouche sèche... »

Il s'était endormi deux heures après le décollage, abruti par les deux bouteilles de champagne qu'il avait sifflées. Italo lui lança d'une voix méchante :

« Où tu te crois ? Dans un dortoir ? Tu t'imagines que je t'ai amené pour faire la bringue ?

— Pardon, patron... Pardon... Je rêvais...

— Connard ! »

Bellinzona étira maladroitement sa carcasse sous l'œil faussement endormi mais vigilant de Patrick Mahonney. A partir de cet instant, Mahonney devait momentanément passer le relais à Dave Cavanaugh, chargé de prendre Volpone en filature. Ainsi en avait décidé Kirpatrick. Il s'empara de sa serviette et glissa discrètement l'arme qu'elle contenait dans son étui. A New York, son collègue et lui n'avaient pas subi de fouille. Les douaniers, prévenus par leurs chefs, avaient détourné pudiquement les yeux sur le contenu de leurs bagages. L'air indifférent, Mahonney enfila son pardessus et sortit par l'avant de l'appareil sans jeter le moindre regard sur Volpone ni sur Bellinzona. Pendant ce temps à l'arrière, Dave Cavanaugh se démenait pour être l'un des premiers sur la piste. Sa hâte n'échappa pas à Folco Mori qui reboutonna sa veste avec nonchalance pour laisser prendre quelques mètres d'avance au grand type blond et osseux. Pendant que la file des voyageurs se dirigeait vers les bâtiments de l'aéroport, Mori, bon dernier maintenant, repéra un type en trench-coat noir. Quelque chose dans la silhouette, le maintien, une façon de tout voir sans regarder personne spécialement, avertit son instinct que la présence de cet homme à Zurich avait un rapport avec son propre déplacement. En l'observant plus attentivement, il eut la certitude qu'il avait affaire à quelqu'un de son bord, un professionnel, Rico Gatto, qui ne se savait pas surveillé en arrière-garde, était secrètement amusé que son propre gibier, Italo Volpone, fût suivi, avant même d'avoir mis le pied en terre suisse, par un mouchard — un flic probablement. Dave Cavanaugh dominait de sa haute taille la plupart des passagers. Il se donnait beaucoup de mal pour ne pas porter les yeux sur le dos de Volpone tout en cherchant à rester à l'abri de son regard. Rico Gatto, qui n'était pas dépourvu d'humour, se dit que ce type ne ferait pas de vieux os si Italo ou Bellinzona s'apercevaient du manège. Après tout, il n'était là lui-même que pour compter les points et rendre compte à Ettore Gabelotti. Pour l'instant.

Quand Bébé Volpone et l'énorme Bellinzona s'engouffrèrent dans un taxi, la situation était la suivante : Dave Cavanaugh collait aux talons de Volpone et de Pietro sous le regard amusé de Rico Gatto. Lui-même dans le collimateur de Folco Mori fermant la marche au coude à coude avec Patrick Mahonney, sans qu'aucun d'eux ne se doute que l'autre était à Zurich pour une raison commune.

« A la morgue ! » jeta Italo Volpone au chauffeur.

Un établissement qui, dans les prochaines

heures, allait devenir plus fréquenté que le musée de la ville.

Lando faisait les cent pas Stampfenbachstrasse, sans jamais perdre du coin de l'œil l'entrée de la Trade Zurich Bank. A deux reprises, il était passé devant l'établissement encore fermé à la clientèle, s'attardant devant un magasin de chasse sous-marine, feignant d'admirer les harpons à gaz comprimé, les combinaisons de plongée écarlates, la forme étrange des poignards étincelants dans leur gaine de caoutchouc noir. Neuf heures moins cinq... Il repassa devant un petit bistrot italien, eut une brutale envie d'un café fort et jeta un regard distrait sur la salle dans laquelle, en aucun cas, il ne pouvait entrer sans perdre la banque de vue. Ce fut peut-être l'éclat doré et fugace d'une chevelure blonde qui attira son attention à travers la vitre. La fille lui tournait le dos. Il ne voyait d'elle que la cascade de ses cheveux dévalant sur un manteau de voyage beige, et sa main, longue et fine, dont deux doigts étaient passés dans l'anse de la tasse. L'homme qui était assis en face d'elle semblait lui expliquer quelque chose avec véhémence, se penchant au-dessus de la table pour mieux la convaincre. Il avait le visage d'un minable, petite tête de fouine inquiète aux yeux fureteurs... PORCA MADONNA ! Le cœur de Lando se mit à cogner très fort : ce type-là, c'était Mortimer O'Broin ! Précipitamment, il rebroussa chemin et se réfugia dans le renfoncement d'une porte où une minuscule vitrine proposait aux regards des passants, comme par hasard, un assortiment de montres. La tuile ! Son correspondant milanais ne lui avait pas précisé que l'homme de loi serait accompagné. Et si la fille manifestait elle aussi l'intention d'entrer dans la banque ? Lando se maudit d'être venu seul. Il ne pouvait pas aller téléphoner pour demander de nouvelles instructions sans risquer de les voir disparaître. Que faire ? Après tout, il n'y avait pas une chance sur mille qu'O'Broin, qu'il avait croisé deux ans plus tôt à New York, se souvienne de lui. Pourquoi ne pas entrer dans le café, lui coller discrètement son mauser sur le ventre et l'emballer ?

Le bruit d'une porte claquée le fit se retourner : O'Broin venait de sortir et se dirigeait vers la banque. Lando lui emboîta le pas, accéléra légèrement pour le dépasser. Désormais, aucune question n'était plus de mise. Lando avait cinq mètres d'avance sur O'Broin lorsqu'il arriva devant les trois marches du porche : les lourds vantaux de bronze étaient toujours fermés. Machinalement, il consulta sa montre, neuf heures pile. Une ombre apparut derrière la vitre en verre dépoli. Il y eut un cliquetis de clefs dans la serrure. Lando se retourna : Mortimer O'Broin, ne le voyant même pas, escaladait les deux premières marches.

« Monsieur O'Broin ?...

— Hein ?... »

Le petit homme avait sursauté, esquissant déjà un pas de retraite.

« Je suis un ami, monsieur O'Broin. Voulez-vous me suivre ?

— Comment ? Qui êtes-vous ? Laissez-moi passer ! »

Avant que Lando ait pu lever le petit doigt, l'avocat faisait demi-tour, le visage livide, et fonçait de toutes ses petites jambes vers le bistrot d'où il était sorti. Un flot d'adrénaline envahit la bouche de Lando. Dans son milieu, les succès permettaient de survivre, mais les échecs menaient droit à la morgue. En trois enjambées, il fut sur lui, avec cette souplesse de fauve qui lui avait valu sa réputation, du temps qu'il jouait au football et prenait régulièrement son adversaire de vitesse pour lui subtiliser la balle. Un ou deux passants se retournèrent avec curiosité. A Zurich, pas plus qu'à Lausanne ou à Genève, un homme bien élevé ne court dans la rue. A plus forte raison, deux hommes, surtout lorsque l'un des deux poursuit l'autre. Le croche-pied de Lando fut si discret qu'aucun témoin ne discerna la cause de la chute. Mortimer O'Broin sembla s'élever dans les airs, atterrit sur le trottoir, glissa de son propre élan sur une distance d'un mètre et resta immobile, le front contre le bitume, l'œil clos. Lando s'accroupit, le prit par les aisselles, adressa un sourire rassurant aux gens qui s'étaient arrêtés pour suivre la scène, poussant la comédie jusqu'à se tordre le nez pour bien prouver à quel point son ami était ivre. Puis, le soulevant comme un bonhomme de paille, il l'entraîna d'un pas vif vers sa voiture garée de l'autre côté du bloc.

« Hé vous ! Qu'est-ce que vous faites ! »

Lando se retourna : la fille du café se dressait devant lui.

« Qu'est-ce qui se passe ? piailla-t-elle d'une voix suraiguë où perçait l'angoisse.

— Il a eu un malaise... » bredouilla Lando.

Et pour les témoins qui maintenant s'agglutinaient, il ajouta :

« Vous voyez bien qu'il est ivre !

— Qu'est-ce que vous racontez ! Ivre ? Nous n'avons même pas bu un café !

— Ne restons pas là ! Venez ! Aidez-moi à l'emmener ! »

Mais elle resta plantée, méfiante, l'air terrifié. Quand Mortimer était sorti du bistrot, elle l'avait surveillé à travers la vitre. Elle était furieuse qu'il ne lui ait pas permis de l'accompagner dans la banque, le soupçonnant de vouloir lui jouer un sale tour. Le temps de se lever et de contourner trois tables, elle avait vu ce grand type penché sur Mortimer sans connaissance. Elle parvint à articuler d'une voix détimbrée :

« L'emmener où ça ? Qu'est-ce que vous lui avez fait ? »

Lando commençait à se sentir saisi de panique. Non seulement, cette fille n'était pas prévue au programme, mais voilà qu'elle risquait de piquer une crise d'hystérie dans la rue ! Or, Zurich n'est pas Chicago. Les flics y font la loi et les citoyens se transforment volontiers en policiers pour faire respecter l'ordre établi. Il fallait en finir.

« Approchez, je vais vous montrer quelque chose... »

Il se colla presque à elle pour dissimuler aux témoins le mauser dont il lui enfonça le canon durement dans les côtes. Puis, sur un débit saccadé, à voix basse et sourde, il lui grogna dans l'oreille, tout en maintenant Mortimer debout de son bras gauche :

« Ou vous me suivez immédiatement sans dire un mot, ou vous prenez un pruneau dans les tripes ! »

Si elle réagissait mal, si elle criait, tout était foutu ! Tôt ou tard, Lando était un homme mort. Elle écarquilla deux yeux bleus immenses, fous de peur, se mordit les lèvres, passa son bras sous les épaules de Mortimer toujours dans le cigare et dit à voix haute, presque distraitement :

« Il est complètement soûl.

— Par ici », dit Lando.

Le trio s'éloigna rapidement. Les badauds se dispersèrent. Quand Zaza et Lando, portant Mortimer, eurent tourné le coin de la rue, la P9 fut en vue.

« Ouvrez la porte ! » ordonna Lando.

Elle s'exécuta. Lando jeta le corps de Mortimer à l'arrière et s'installa à son côté.

« Maintenant, prenez ces clefs et conduisez. »

Docilement, Zaza mit le contact et fit ronfler le moteur. Certes, il lui était arrivé bien souvent de prendre des raclées de ses amis, mais jamais, on ne lui avait braqué un pistolet sur le ventre. D'autant plus que cet immense et splendide type brun n'avait pas l'air de plaisanter ! Dans quel guêpier s'était donc fourré le chétif Mortimer, peu lui importait, du moment qu'on ne lui faisait pas de mal à elle. Ce qu'elle ne comprenait pas, c'est qu'on ait braqué l'avocat AVANT qu'il n'entre à la banque, et non pas après, quand il en serait sorti bourré d'argent.

« Alors, vous démarrez ?

— Je vais où ?

— Roulez ! »

Ele n'avait jamais mis les pieds en Europe et par conséquent, ne connaissait pas la ville. Elle eut l'impression de tourner en rond sous les ordres du type brun, jusqu'à ce qu'elle entre dans une petite rue au nom imprononçable, Eschwiesen Strasse.

« Au bout à droite, vous verrez un garage. Entrez dans le parking souterrain. »

Cent mètres plus loin, elle freinait et amorçait son virage quand le type à l'arrière lui jeta brutalement :

« Accélérez ! »

Dans l'entrée du parking, l'obstruant, il y avait une voiture de police collée à une Pontiac. Deux flics écoutaient sans broncher les explications d'un petit homme chauve.

« Tout droit ! » dit Lando.

La station-service était tenue par un ami à lui, sicilien également. Par quelle malchance fallait-il que des flics se trouvent précisément sur les lieux à l'instant où il avait besoin de la planque ? Au fond du parking, il y avait une porte métallique toujours fermée à clef, donnant sur un abri de trois mètres sur quatre où l'on pouvait se réfugier provisoirement. C'est là que Lando avait décidé de séquestrer O'Broin, le temps que ses employeurs viennent en prendre livraison.

« Je vais toujours tout droit ?

— Fermez-la et roulez ! »

Il fallait qu'il réfléchisse. La planque étant grillée pour le moment, il devait en imaginer une autre. D'urgence ! O'Broin se réveillait... Il roula deux petits yeux affolés, rencontra le regard de Lando, vit l'arme qu'il tenait braquée sur ses reins.

« Que me voulez-vous ?

— La ferme !

— Zaza, qu'est-ce qui se passe ? »

Sa glotte avait des mouvements spasmodiques irrépressibles. Sans se retourner, Zaza lui renvoya:

« Il se passe que je suis dans la merde par ta faute.

— C'est de l'argent que vous voulez ? » demanda Morty à Lando.

Désespérément, il essaya de s'accrocher à cette idée. Mais elle ne tenait pas debout. Confusément, il sut qu'il était perdu, que ce type était un homme du Syndicat, que le pot aux roses était découvert. Comment avaient-ils pu savoir si vite ?

« Zaza, je te supplie de me croire... Je ne comprends pas... Je ne suis au courant de rien !... »

Sans cesser de menacer O'Broin de son arme, Lando dit :

« Maintenant, tournez à droite et repassez devant le garage... »

Elle exécuta la manœuvre. Porco Dio ! La voiture des flics était toujours devant l'entrée !

« Si vous ne me dites pas immédiatement ce que vous voulez, je saute ! glapit Mortimer.

— Tu vas la fermer, oui ? gronda Lando. Toi, la blonde, reprends à gauche au bout de la rue ! »

Quand il voulait s'en donner la peine, Lando savait parler aux femmes. Et cette garce devait être une sacrée salope pour se taper un type du gabarit d'O'Broin !

« Quand tu arriveras devant le pont, traverse et va tout droit ! »

Il savait désormais où il allait les emmener. Un endroit parfaitement tranquille où il pourrait prendre contact avec ses chefs : chez Ines.

Le cœur étreint par un sale pressentiment, Italo Bébé Volpone suivait l'homme en noir à travers un long corridor. L'écho de leurs pas se répercutait sur les parois blanches immaculées, tapissées de carreaux de céramique. Ce qui surprit Volpone en entrant dans la morgue, ce fut non pas le froid — il s'y attendait — mais l'absence totale d'odeur. Ni celle du formol qu'on trouve en ce genre d'endroit, ni celle, plus subtile, entêtante et douceâtre, de la mort.

« Si vous voulez bien me permettre », s'excusa l'homme.

Il alla vérifier quelque chose sur un registre. Debout, immobile, le regard fixe, Italo avait la sensation de se débattre dans un cauchemar. Malgré les airs volontiers paternalistes que son frère adoptait à son égard, il avait toujours été bon et juste envers lui. Tout ce qu'Italo possédait, il le lui devait. A commencer par la vie, que Genco lui avait sauvée à deux reprises. Il contracta violemment ses mâchoires pour résister à l'émotion qui l'étreignait. L'employé fit glisser un tiroir et s'immobilisa à son tour.

Brusquement, au moment de savoir, le cadet des Volpone n'avait plus envie de savoir. Il eut peur.

« Voilà », dit l'homme en noir après un long silence.

Italo s'approcha, forçant ses yeux à rester ouverts. Dans ce plumier géant conçu pour y enfermer un homme, la jambe semblait à la fois minuscule et énorme. Instantanément, il sut qu'elle était celle de Genco et que, jamais, il ne reverrait son frère vivant. La gorge serrée, il se fit violence pour se pencher davantage, pour voir de près ce qu'il redoutait. Son regard glissa de l'atroce blessure du haut de la cuisse, sectionnée net comme un morceau de boucherie, à la cheville. Il aperçut l'imperceptible cicatrice, plus pâle encore que la chair blafarde.

Quand ils étaient tombés de bicyclette et qu'il avait vu du sang sur la chaussette de son frère aîné, Genco l'avait rassuré d'un sourire :

« N'aie pas peur, Bébé, ça ne fait pas mal... »

Bébé... c'est Genco qui lui avait donné ce surnom affectueux. Il allait lui rester toute la vie. A l'époque, avait-il fait rire la famille ! Maintenant, quand on le prononçait, on en distillait les deux syllabes avec une crainte respectueuse.

« Monsieur, est-ce que vous reconnaissez ?...

— Foutez le camp ! Je veux être seul.

— Appelez-moi. Je suis dans le couloir. »

Qui avait pu faire cela à Genco ? Qui ? Et où était le reste du corps ? Les larmes aux yeux, conscient qu'il était ridicule, mais ne pouvant rien faire pour s'en défendre, Italo bredouilla avec ferveur :

Notre Père qui êtes aux cieux,
Que votre volonté soit faite
Sur la terre comme au ciel...

Le reste des paroles se perdit dans les sanglots qui lui tordaient la gorge. Mais Italo trouva la force d'aller jusqu'au bout de sa prière. Il sortit un mouchoir de soie de sa poche et s'en essuya les yeux. Il pensa soudain qu'il avait trente-huit ans, qu'il allait aborder la vieillesse, et que devant la mort de ceux qu'on aime, tout semble vide, privé de sens. Comment annoncer l'affreuse nouvelle à Francesca, sa belle-sœur, et à ses deux nièces ?

Et si Genco n'était pas mort ? S'il avait survécu à un accident, s'il gisait, blessé, quelque part ? Mais qu'il vive, porco Dio, qu'il vive !

Dans sa rage, il s'enfonça les ongles dans les paumes de la main. Il les regarda : chacune portait quatre traces de sang. Alors, saisi d'un tremblement, il se mit à balbutier à voix basse et rapide, le bras tendu au-dessus du tiroir :

« Genco... Genco !... Mio fratello... J'ignore qui t'a mutilé de la sorte... Mais je te jure, je te le jure sur la tête de notre sainte mère, je l'apprendrai ! J'y passerai ma vie s'il le faut, mais je saurai ! Et ce jour-là, il n'y aura pas assez de sang sur la terre pour effacer le mal qu'on t'a fait ! Qui que ce soit, où qu'il se cache, je le trouverai et le tuerai de ma main, lui, ses parents et tous ses descendants ? »

Gonflé de haine, il sortit en coup de vent de la pièce funèbre sans songer à retenir ses larmes.

Désormais, il avait une mission sacrée à remplir : remplacer Don Genco à la tête du clan Volpone et accomplir ce que la mort n'avait pas laissé le temps à son frère d'achever. On allait apprendre qui était Italo Bébé Volpone ! Pour inaugurer ses nouvelles fonctions de « Don », il décida de se rendre immédiatement à la banque.

Il était Allemand, s'appelait Ernst Fluegge, mesurait près de deux mètres et pesait cent vingt kilos. Une fois par mois, il venait de Hambourg à Zurich pour ses affaires. Une fois par mois, il passait deux heures avec Ines. Au début, quand il l'avait rencontrée sur la recommandation d'un ami suisse, il avait été tellement impressionné par sa beauté qu'il avait eu le plus grand mal à utiliser ses forces viriles. La perfection du corps de la Noire lui faisait mieux sentir à quel point le sien était empâté, balourd, sans grâce. Habituellement, les putains ne l'intimidaient guère. L'argent qu'il leur donnait effaçait du même coup sa timidité maladive. Pourtant, bien que putain elle-même — ses deux heures d'abandon lui coûtaient le prix exorbitant de deux mille dollars ! — Ines avait une telle manière de garder ses distances qu'on avait envie de lui dire : « Merci, madame » pendant qu'elle empochait votre fric. En aucun cas, Ernst ne se sentait volé. Il faisait provision d'extase pour les trente jours suivants, le souvenir de ses étreintes l'aidant à supporter une épouse acariâtre, des brasseries où on se mettait en grève pour un oui ou pour un non, sans parler des mille difficultés inhérentes à sa qualité de chef d'entreprise. Pour le moment, il était allongé nu sur la moquette du salon, les yeux fermés, le souffle court.

A l'aide d'un pinceau, Ines enduisait son corps de géant de longues traînées de miel, n'oubliant pas un centimètre carré de sa peau, de la pointe des orteils à la racine des cheveux, en passant par le creux du nombril et les cavités de l'oreille, le pli fessier. Tout à l'heure, elle le lécherait !

« Tu sais combien coûte un kilo de miel, mon gros poupon ?

— Continue, je t'en supplie, ne t'arrête pas !

— Cher, très cher !

— Je paierai !

— Tu ne paieras jamais assez.

— C'est vrai, je sais... Jamais assez... » balbutia Ernst ébloui par les prémices d'une prometteuse érection.

Il allongea la main pour lui toucher les cuisses. La sonnette de la porte d'entrée retentit. Ernst eut un soubresaut, ouvrit les yeux, surprit le regard étonné d'Ines.

« Tu attends quelqu'un ? »

En guise de réponse, elle mit un doigt sur ses lèvres. Elle était vêtue d'un peignoir rouge qui s'écartait de tous les côtés, ne laissant rien ignorer de sa prodigieuse anatomie. Ernst voulut se redresser. Elle le maintint au sol de force. Nouveau carillon, accompagné cette fois de coups frappés sur la porte.

« Il ne faut pas qu'on me trouve chez toi ! »

Elle lui fit signe de se taire avec une moue rassurante, se déplia et alla coller son œil au mouchard de la porte d'entrée. Malgré son sang-froid, elle faillit sursauter : Lando, un homme et une fille blonde ! Orlando ne s'était jamais permis de la déranger sans la prévenir de sa visite, à plus forte raison s'il était accompagné de deux inconnus. Beaucoup moins par souci des convenances que par respect d'un travail dont il tirait une bonne partie de ses revenus. Elle l'entendit s'énerver :

« Alors, tu ouvres, quoi ? Je sais que tu es là !

— Je suis occupée. Reviens plus tard !

— Impossible, s'énerva Lando, ouvre !
— N'ouvre pas ! » gémit Ernst Fluegge prostré sur le tapis, les mains croisées devant son sexe qui avait repris des dimensions plus modestes, ne sachant s'il devait prendre une douche pour se débarrasser de sa pellicule de miel, se rhabiller directement ou aller se cacher dans la chambre en attendant qu'Ines le sorte de cette situation impossible.

Avec épouvante, il la vit tirer le verrou !

« C'est mon frère, dit-elle, je suis désolée... »

Il s'attendit à voir un guerrier noir de trois mètres de haut. Ce fut une blonde menue qui écarquilla les yeux en découvrant le spectacle, suivie d'un homme malingre, et d'un grand type brun, style bellâtre à tête de métèque, genre que Fluegge avait en horreur.

Il se précipita dans la salle de bain.

« Qui est-ce ? demanda Lando.
— Qui te permet de venir ici ? » lui renvoya Ines sur un ton glacial, aussi à l'aise que si elle n'avait pas été à demie nue.

C'est alors qu'elle aperçut le pistolet que Lando tenait pointé vers le sol.

« Tu es cinglé ou quoi ? Fous le camp ! »

Il la dévisagea d'un air méchant et proféra d'une voix sourde, menaçante :

« Ferme-la ! Fais calter ce connard et prépare du café pour mes amis.
— Fais-le toi-même et filez ! »

Elle ne vit pas arriver la gifle qui lui fit valdinguer la tête comme une balle de ping-pong. Stupéfaite, elle porta machinalement la main à sa joue : Lando ne l'avait jamais frappée. D'une voix atonale, elle laissa tomber :

« Tu as eu tort, Orlando.
— Fais du café ! »

Elle se dirigea vers la cuisine et avec beaucoup de naturel, décrocha le téléphone au passage. Son index joua sur les touches. Lando releva légèrement le canon de son arme dans sa direction.

« Raccroche. Je le bois avec deux sucres. »

Ines hésita, lut dans ses yeux que cet homme en face d'elle n'avait rien de commun avec le Lando qu'elle connaissait.

« Je ne sais pas ce que tu veux, ni pourquoi tu agis de la sorte, mais quand tu auras franchi cette porte, tu ne remettras plus les pieds chez moi. »

Lando se tourna vers O'Broin et Zaza, figés près de l'entrée.

« Combien pour vous ?

— Hein ?... sursauta O'Broin.

— Combien de sucres ? répéta patiemment Lando.

— Aucun, pas de sucre.

— Et vous ?

— Pas de café du tout », lui lança Zaza, les yeux étincelants de rage.

Une voix plaintive s'éleva de la salle de bain :

« Ines !... Ines !... »

Elle voulut s'y rendre. Lando l'arrêta d'un geste, s'approcha de la porte et en ouvrit le battant à la volée : Ernst Fluegge, colossal et pitoyable, debout dans la cabine de douche, s'apprêtait à en ouvrir les robinets.

« Puis-je vous aider ? demanda courtoisement Lando.

— Excusez-moi, balbutia le gros homme, mais si vous pouviez me donner mes vêtements... S'il vous plaît... Dans le salon... »

Lando fit deux pas rapides, lui saisit le bras avec vivacité, tira de toutes ses forces et faisant pivoter en un seul mouvement la masse énorme du brasseur, le catapulta dans la pièce.

« Prends-les toi-même et dehors ! »

Il regarda sa main poisseuse avec ahurissement et dégoût :

« Mais il colle, ce gros lard !

— C'est du miel, rétorqua tranquillement Ines. Tu n'aimes pas le miel ? »

Abasourdi, Lando dévisagea successivement Ernst Fluegge, Zaza, Mortimer, Ines...

« Du quoi ?

— Ernst me paie pour que je l'enduise de miel. S'il aime ça, est-ce que ça te concerne en quoi que ce soit ? »

Lando éclata de rire. Au début, personne ne broncha. Puis, trahi par ses nerfs, son angoisse, sa fatigue, O'Broin émit un hoquet discret qui se transforma rapidement en un fou rire inextinguible. Gagnée à son tour, Zaza essaya de résister en se mordant les lèvres. Elle n'y parvint pas. Secouée par les soubresauts, elle se plia en deux, les yeux pleins de larmes. Il faut dire que le spectacle était grotesque. Avec les contorsions d'un clown triste, Fluegge essayait vainement d'enfiler sa chemise. Sitôt au contact de la peau le tissu, fixé par le miel, devenait bande adhésive.

« Dépêche-toi ! » ordonna Lando entre deux spasmes.

Quand le brasseur voulut passer ses chaussettes, ce fut du délire. Ines, qui avait réussi jusque-là à garder son sérieux, fut gagnée par la contagion, parvenant à articuler à l'adresse de son client, entre deux hennissements de rire :

« Ne m'en veux pas, Ernst !... Ne m'en veux pas !... C'est un salaud ! Il me le paiera ! »

Quand Fluegge fut sorti sous la risée générale, ses chaussures à la main, heureux finalement de s'en tirer à si bon compte, Mortimer O'Broin, qui se tenait les côtes, s'adressa à Lando, les yeux

simultanément remplis de larmes et de terreur :
« S'il vous plaît, vous comptez nous garder ici longtemps ? »

Et malgré sa panique viscérale, l'absurdité de la situation où s'entremêlaient un colosse enduit de miel, une négresse nue et géante, et ce type, qu'il n'avait jamais vu, mais qui le menaçait de son arme, il fut repris par une monstrueuse quinte de rire.

Lando, lui, sans transition, s'arrêta net, ses lèvres brutalement revenues à l'horizontale, minces et dures. Il décrocha le téléphone :

« Tu vas le savoir dans quelques secondes. »

A New York, Moshe Yudelman avait pris Folco Mori à part et lui avait donné discrètement ses instructions :

« Italo est un homme impulsif, nerveux. Il se peut qu'on essaie de le suivre. Il ne s'en apercevra même pas. Ne laisse personne l'espionner ! Si tu flaires le moindre truc louche, élimine !

— Elimine ?

— Tu veux un dessin ? »

En clair, il s'agissait de supprimer tous ceux qui feraient mine de s'intéresser aux activités d'Italo « Bébé » Volpone. Oui, mais comment ? Les patrons planent. Leurs ordres doivent devenir réalités sans qu'ils daignent indiquer à leurs exécutants la meilleure façon de s'y prendre.

Tapi dans une voiture de location à cent mètres de la morgue, Folco Mori avait éprouvé un léger picotement dans la moelle épinière en reconnaissant le grand blond osseux qu'il avait repéré à son arrivée à l'aéroport. Le type avait filé Italo en taxi, sans se douter que Folco le filait lui-même. Maintenant, il feignait de s'intéresser aux boutiques de la rue pendant que son chauffeur lisait *La Suisse* derrière le volant de son bahut. Et Pietro Bellinzona, auquel Volpone avait d'un geste rageur interdit l'entrée de la morgue, ne semblait pas s'apercevoir qu'il était observé. A peine Italo entré, le gros Pietro s'était précipité dans une pâtisserie pour en ressortir avec un volumineux sac de gâteaux qu'il bâfrait précipitamment, comme si on eût dû lui confisquer son sac d'une seconde à l'autre.

Folco ne pouvait pas compter sur lui. Il fallait donc qu'il trouve seul le moyen d'éliminer le gêneur en douceur. Ainsi, si la visite d'Italo à la morgue avait une importance quelconque, l'autre ne pourrait le répéter à personne. Folco se gratta machinalement le dos et sentit la présence rassurante de son poignard fixé entre ses omoplates, lame en haut, dans une gaine. Il lui suffisait de glisser la main dans le col de sa chemise, sous la nuque, pour en sortir l'arme et la lancer droit au but en une fraction de seconde. Malheureusement, il n'était pas dans un cirque, ni dans les rues de New York la nuit. Mais en plein jour, à Zurich, une ville si propre qu'il en hésitait même à cracher par terre. Pas question de commettre un meurtre qu'on puisse identifier comme tel sans courir les plus graves ennuis. Il fallait que la chose, si Folco la réussissait, eût l'air d'un accident.

Avec l'angoisse de faillir à la mission que lui avait confiée Yudelman, il envisagea tour à tour les différents moyens de se débarrasser de son prochain. Mais aucun, en dehors d'une action brutale qui aurait fait de lui un homme pourchassé, ne s'adaptait à la situation présente. Après tout, son gibier ne l'avait pas encore repéré... Folco sortit de sa voiture, décidé à se fier à son instinct, à son sens de l'improvisation. Avec nonchalance, il se dirigea vers l'endroit où était garé le taxi, faisant des vœux pour que Bellinzona, qui lui tournait le dos pour l'instant, ne lui adresse pas la parole au moment où il l'apercevrait. La moindre erreur et le type blond, dont les yeux étaient rivés sur Bellinzona serait alerté et sur ses gardes. Folco n'attendit pas d'être à la hauteur de son complice pour le prévenir. D'une voix basse mais parfaitement perceptible, il jeta :

« Pietro, c'est Folco. Ne te retourne pas, ne me vois pas ! »

Bellinzona fut si magnifique que Mori craignit qu'il n'eût pas entendu. Il continua à piocher dans son sac comme si rien ne s'était produit. Quand Folco passa devant lui, il fit une boulette du sac, chercha de l'œil un endroit pour s'en débarrasser, n'en trouva pas, et n'osant le jeter, le fourra dans la poche de sa veste. Sans un regard pour Folco qui continua son chemin, non sans remarquer que le taxi était à l'arrêt contre une palissade bordant un chantier de construction. Mille idées l'assaillirent à la vue de l'immense grue dont la flèche immobile surplombait la voiture. Malheureusement, s'il entrait dans le chantier — et où donc en était la foutue entrée ? — il perdait de vue la porte de la morgue par laquelle allait sortir Italo Volpone. Et même en entrant dans le chantier, comment opérer pour faire tomber sur le taxi le bloc de béton suspendu à la flèche ? Un instant, devant les difficultés à résoudre, il fut tenté d'aller à la rencontre du type en tweed et de le poignarder le plus simplement du monde. Cela aussi était impossible. Continuant à marcher, il tenta désespérément de trouver un moyen d'arrêter la filature. Il ne fallait pas que quiconque fût au courant des déplacements d'Italo. Ce fut un rayon de soleil sortant d'un nuage qui lui mit la puce à l'oreille. Le rayon se refléta sur un objet qui lui en renvoya un éclat. Sans tourner la tête ni cesser de marcher, il coula un œil indifférent vers une voiture en stationnement et vit, sur l'une des mains posées sur le volant, étinceler à nouveau le diamant d'une chevalière. Il reconnut immédiatement l'homme en noir déjà remarqué à sa descente d'avion. Etait-il de connivence avec le grand type blond ? Appartenait-il à la même équipe ? Flic, truand, ou quoi ? Il était sans doute trop loin pour avoir compris que Folco avait marmonné quelques mots à Bellinzona en passant à sa hauteur. Contrarié, Folco fronça les sourcils. Son problème se compliquait encore. Il avait maintenant non plus un homme à éliminer, mais deux. Pour se donner une contenance, il pénétra dans une boutique de fleuriste, s'empara d'un bouquet d'anémones et le tendit à la vendeuse tout en observant la rue à travers la vitrine. Quand elle l'eut empaqueté, il jeta un billet sur la table, remercia de la tête et sans attendre la monnaie, repartit en direction de sa propre voiture.

Bellinzona était toujours devant l'entrée de la morgue, adossé contre le porche, se curant discrètement les dents d'un air rêveur. Pas plus qu'à l'aller, il ne sembla remarquer Folco qui lui vota mentalement une motion de félicitations. La rue était à sens unique et en pente légère. Peu de trafic. Des voitures étaient garées des deux côtés du trottoir, laissant à peine la place aux rares véhicules qui la descendaient. A un certain endroit, le trottoir s'infléchissait en une espèce de renfoncement. Quatre voitures y stationnaient, garées en épi. Caché à la vue des autres par un coude de la rue, Folco essayait d'en ouvrir les portières. La première, une Ford, était verrouillée. La seconde, une Renault vert bouteille, l'était également. La troisième, une lourde Mercedes, s'ouvrit dès qu'il en manœuvra la poignée. Personne en vue. Il s'installa rapidement derrière le volant, desserra le frein à main et constata avec satisfaction que la Mercedes partait à reculons. Il eut un mince sourire, rebloqua le frein et remonta la rue sur quelques mètres pour observer s'il y avait du nouveau. Au bout d'une minute, il vit Italo Volpone sortir en trombe de la morgue, rudoyer Pietro Bellinzona, le pousser dans leur Ford de location, s'y engouffrer à son tour et démarrer. Le reste se passa très vite.

En trois enjambées, Folco fut à nouveau au volant de la Mercedes. Il en maintint la portière entrouverte, desserra le frein à main et retint la voiture en écrasant le frein à pied. Quelques secondes plus tard, la Ford passait devant lui dans un miaulement de vitesses maltraitées. Il eut le temps d'apercevoir Italo Volpone crispé sur son volant, le visage livide et dur comme de la pierre. Sans attendre, Folco Mori leva le pied et sauta de la berline qui se mit à reculer doucement, prenant de la vitesse sur la largeur de la rue jusqu'à ce que sa tonne et demie de métal vienne cogner sur le flanc droit d'une Volkswagen en stationnement le long du trottoir opposé. Simultanément, Folco se jeta dans l'embrasure d'une porte cochère donnant accès à un couloir et le taxi, où avait pris place le premier des suiveurs — le type blond — vint se fracasser sur la Mercedes en travers de la chaussée dans un hurlement de freins couvert presque aussitôt par le vacarme du choc de la seconde voiture s'empalant sur le coffre à bagages du taxi. Pendant que le chauffeur descendait en jurant pour constater les dégâts, Folco enfila le couloir au bout duquel se découpait une autre sortie donnant sur l'arrière de l'immeuble.

Il n'avait plus qu'à regagner sa propre voiture et rentrer tranquillement à l'hôtel, certain désormais d'avoir fait échouer momentanément la double filature. En attendant de la faire cesser définitivement par des moyens plus radicaux. L'expérience lui avait prouvé que jusqu'à présent, tout homme pris dans son collimateur était un homme mort. Il décida qu'il se sentirait déshonoré si l'un de ces deux types voyait le soleil se lever le lendemain.

Il avait déjà contourné l'immeuble par une rue latérale quand il s'aperçut qu'il tenait toujours dans la main droite son bouquet d'anémones.

Il écarta les doigts. Elles churent dans le caniveau. Folco Mori ne supportait les fleurs que lorsqu'elles formaient une couronne sur le cercueil de ses ennemis.

6

« AVEZ-VOUS un rendez-vous ?

— Non.

— Je ne sais pas si M. Kloppe est dans son bureau. »

Le type en noir la dévisagea fixement, sans mot dire. Gênée, la secrétaire ajouta précipitamment :

« Puis-je vous demander de me rappeler votre nom ?

— Volpone », dit-il sans la lâcher du regard.

Elle s'éclipsa en rougissant, pas mécontente de s'éloigner de cet homme étrange qui la mettait mal à l'aise. Il avait une espèce de masque implacable et des tics de souffrance lui relevaient spasmodiquement la commissure des lèvres en un sourire artificiel et inquiétant. Sa mise aussi avait quelque chose de funèbre, costume, chaussures et cravate noirs. L'ange de la mort.

« Monsieur, quelqu'un veut vous voir.

— Qui ça, Marjorie ?

— Il a dit qu'il s'appelait Volpone. »

Kloppe releva la tête, intrigué : il attendait O'Broin, il allait revoir Volpone. Pourtant, ce menteur de fondé de pouvoir lui avait affirmé que

Volpone était déjà rentré aux Etats-Unis. Excellente occasion d'éclaircir la situation !

« Dites à M. Volpone que je vais le recevoir. Faites-le entrer dans une minute. »

Il eut une petite grimace, moitié soulagement, moitié déception. D'un côté, il allait pouvoir prévenir Genco Volpone de la manœuvre indélicate que s'apprêtait à commettre O'Broin. Il se félicita de n'avoir pas exécuté sur-le-champ les instructions de son fondé de pouvoir. De l'autre, il avait espéré que les capitaux dont il avait momentanément la garde pourraient fructifier un peu plus longtemps à Schaan, chez son ami Eugène Schmeelbling, le « banquier des banquiers ». Mentalement, il refit ses calculs à toute vitesse... En trois jours pleins, le bénéfice personnel qu'il tirait du dépôt s'élevait à trois fois 109 588 dollars, soit 328 764 dollars. Sans parler du 0,125 p. 100 des deux milliards de dollars en transit pour les classiques « frais financiers », c'est-à-dire deux millions et demi de dollars. « Alléluia ! » murmura-t-il.

« M. Volpone », annonça Marjorie.

Homer se leva pour accueillir celui qui, trois jours plus tôt, lui avait donné « l'abbracio », l'accolade des maffiosi siciliens. La main déjà tendue, autant en guise de bienvenue que pour éviter une nouvelle étreinte, il fit le tour de son bureau pour aller à sa rencontre. Stupéfait, il aperçut alors un inconnu. Cette gourde de Marjorie avait déjà refermé la lourde porte bardée de cuir : trop tard pour l'éconduire.

« Vous êtes Homer Kloppe ? demanda le visiteur pendant que le bras du banquier retombait le long de son corps.

— Moi-même, dit Kloppe avec froideur. Je crois qu'il y a une erreur. Ma secrétaire a dû se tromper de nom.

— Je m'appelle Volpone, dit Volpone. Italo Volpone. »

Masquant son étonnement, Homer observa le visage tragique et tendu, percevant la menace sourde et magnétique se dégageant de l'étranger qui ajouta :

« Je suis le frère cadet de Genco Volpone. »

Il plongea brusquement la main dans une poche intérieure de sa veste.

« Vérifiez, c'est mon passeport. »

Le banquier s'en empara et y jeta un coup d'œil.

« Correct ? dit Volpone.

— Voulez-vous prendre la peine de vous asseoir, monsieur Volpone. »

Mais Italo Volpone n'en fit rien.

« Je suppose que vous connaissez l'affreuse nouvelle. »

Homer leva un sourcil, regagna son bureau, s'installa dans son fauteuil et eut une expression d'attention polie. La glotte de Volpone monta et descendit le long de son cou, comme s'il n'arrivait pas à avaler sa salive. Puis, en un effort violent, il jeta d'une traite :

« Mon frère est mort. »

Kloppe se raidit imperceptiblement.

« On l'a tué ! enchaîna Italo avec haine. Avez-vous revu O'Broin depuis trois jours ?

— O'Broin ?

— Mortimer O'Broin ! S'est-il manifesté d'une façon quelconque ? A-t-il cherché à entrer en contact avec vous ? »

Kloppe se mordilla les lèvres et tripota son stylo.

« J'attends votre réponse ! s'impatienta Volpone.

— Comment ce malheur est-il arrivé à votre frère ? demanda Kloppe avec douceur.

— Vous lisez les journaux ?

— Heu... surtout financiers...

— Il y a trois jours, après que Genco vous eut rencontré, on a trouvé sur le tablier d'une locomotive entrant en gare de Zurich... »

Encore la glotte, montant, descendant, et au coin des yeux — mais peut-être Kloppe se trompait-il ? — une buée ressemblant à des larmes.

« On a trouvé une jambe. Arrachée. La jambe droite de mon frère. »

A son tour, Kloppe déglutit.

« C'est affreux... Sa jambe ?

— Oui.

— Mais alors, monsieur Volpone, si vous n'avez pas vu le reste du corps, il y a peut-être un espoir que votre frère... »

Le visage fermé, Volpone secoua la tête.

« Monsieur Volpone, reprit Kloppe, comment pouvez-vous affirmer...

— J'arrive de la morgue ! le coupa Italo. J'affirme ! J'affirme que mon frère est mort ! J'affirme qu'on l'a aidé à mourir ! Et j'affirme qu'O'Broin paiera pour ce meurtre ! »

Kloppe se rendit compte qu'il avait failli tressaillir.

« Ecoutez-moi, monsieur Kloppe ! J'ai reçu personnellement à New York le télégramme de mon frère nous annonçant qu'il vous avait remis les fonds. Entre-temps, mon frère est assassiné et O'Broin disparaît ! C'est clair, non ? »

Les yeux baissés, Kloppe se remit à jouer avec son stylo. Volpone prit une longue inspiration.

« Soyez sans crainte, nous retrouverons cette ordure ! C'est une question d'heures. En attendant, je prends la suite. Pour vous, rien de changé. Je vous prie de transférer l'argent immédiatement selon les ordres que mon frère vous avait donnés ! »

Homer Kloppe toussota discrètement. Puis, levant les yeux sur son interlocuteur :

« De quel argent voulez-vous parler, monsieur Volpone ? »

Italo crut qu'il avait mal entendu.

« Pardon ? »

Soutenant son regard, Kloppe prononça de nouveau et avec calme :

« Je vous demande de quel argent vous voulez parler ? »

C'était si énorme que Volpone en resta sans réaction l'espace d'une seconde. Il observa le banquier comme s'il avait été un Martien.

« Comment quel argent ? Mais notre argent ! Les deux milliards de dollars que mon frère a fait transiter par votre banque. »

Le stylo s'immobilisa dans les mains de Kloppe. D'une voix parfaitement neutre, sans ciller, il laissa tomber :

« Je ne comprends pas ce que vous me dites.

— Vous ne comprenez pas quoi ? rugit Volpone. Il y a trois jours, vous avez bien reçu mon frère Genco et ce fumier d'O'Broin ?

— J'ai effectivement rencontré ces deux personnes.

— Alors ? triompha Volpone. Je ne vous dis rien d'autre que de faire circuler ces deux milliards de dollars ! »

Kloppe écarta légèrement les mains en signe d'ignorance.

« Je ne sais pas de quoi vous parlez.

— Comment ? s'étrangla Volpone.

— Je ne vois absolument pas à quoi vous faites allusion. »

Italo fit un pas vers le bureau. Homer se dressa, lèvres pincées.

« Répétez ! intima Volpone d'une voix blanche.

— J'ignore de quoi vous me parlez, martela Kloppe.

— Vous vous foutez de moi ? grinça Italo, le visage décomposé.

— Monsieur Volpone, je compatis à votre deuil. Mais en aucun cas, je ne puis supporter votre manque de courtoisie. »

Italo chercha des yeux l'endroit de la carotide où il allait enfoncer ses pouces, et serrer, serrer pour sortir de ce cauchemar, réintégrer le réel, reprendre pied. Toutes ses pulsions réunies en une seule, qui le submergeait : tuer !

« Je vous le demande pour la dernière fois ! Où est ce fric ?

— Je vous prie de sortir. »

Italo toisa intensément l'homme rondouillard et glacial qui osait, à travers lui, défier le Syndicat.

« Savez-vous qui je suis ? » bégaya-t-il.

Pas un cil ne bougea chez Homer Kloppe.

« Sortez », dit-il froidement.

De minuscules filaments noirs et pourpres se mirent à danser devant les yeux de Volpone.

« Ecoutez-moi !... Ecoutez-moi bien !... Je ne sais pas à quoi vous jouez mais je vous préviens solennellement !... Je vous laisse jusqu'à demain midi pour faire transiter nos deux milliards de dollars ! Passé ce délai, vous êtes mort !

— Un mot de plus et je vous fais expulser de Suisse immédiatement !

— Ça ne vous ressuscitera pas ! » menaça Volpone.

Tanguant comme un homme soûl, il fit deux pas en direction de la porte, se retourna :

« Plus personne ne pourra rien pour vous ! Demain, midi, n'oubliez pas ! »

Au moment de sortir, il pointa son index vers

Kloppe et lâcha d'une voix vibrante de rage :
« Vous puez déjà ! »

Pietro Bellinzona se frotta la joue d'un air incrédule.

« Jusqu'à aujourd'hui, personne ne m'avait encore giflé.

— Tu vois, tout arrive, commenta laconiquement Folco Mori.

— Me casser la gueule, me tirer dessus, d'accord... Mais ça !... C'est... c'est...

— Humiliant, compléta Mori.

— Voilà ! Humiliant ! Tu l'aurais laissé faire, toi ?

— On ne m'a jamais giflé », répondit doucement Mori, le regard perdu dans le vague.

Il était étalé de tout son long sur le lit, élégamment vêtu de noir, le nœud de cravate impeccable, ses luxueux mocassins sur l'oreiller d'un blanc immaculé.

« J'aurais dû lui rentrer dedans !

— Pourquoi tu l'as pas fait ? »

Bellinzona haussa les épaules avec fureur.

« Parce que c'est un Volpone !

— Pourquoi il t'a giflé, déjà ? demanda Folco avec nonchalance.

— Si je le savais ! Ça te fait rire ?

— Pas rire. Sourire.

— Qu'est-ce que tu aurais fait à ma place ?

— Tendre l'autre joue.

— Qu'est-ce qu'il a contre moi ?

— Va le lui demander.

— Merde, merde et merde ! » jura Bellinzona en frappant de son poing monstrueux la paume de sa main gauche.

Depuis son arrivée à Zurich trois heures plus tôt, il subissait l'humeur massacrante de son patron. En outre, il avait la sensation d'être inutile. Habituellement, il savait à peu près en quoi consistait son travail. Pas dans la totalité (il n'était pas dans le secret des dieux), mais dans les grandes lignes. Zu Genco Volpone lui-même, auquel il avait servi de gorille à plusieurs reprises, lui glissait parfois une confidence, un mot gentil. Mais Italo ! Il ne lui avait même pas permis de l'accompagner à l'intérieur de la morgue. Et quand il en était sorti en le bousculant et que Pietro lui avait demandé si « tout se passait bien », il l'avait aussitôt rabroué d'un « Ta gueule, tas de merde ! » Bellinzona en avait éprouvé beaucoup plus de peine que de fureur. On ne l'avait jamais traité de la sorte. Si. Une ou deux fois. Mais ceux qui s'y étaient hasardé n'avaient pas survécu assez longtemps pour s'en vanter. Quant à la gifle !...

En quittant cette banque, Italo avait repris le chemin de l'hôtel sans desserrer les dents. Bellinzona l'avait escorté dans l'ascenseur, suivi dans le couloir et hésité lorsque Volpone avait sorti sa clef pour ouvrir la porte de son appartement. Il avait semblé alors découvrir la présence de son garde du corps :

« Qu'est-ce que tu fous là ? »

Pietro n'avait su que répondre. Avec méchanceté, Bébé avait répété :

« Hein ? Qu'est-ce que tu fous là ? »

Impressionné par sa pâleur, l'éclat furieux de son regard et l'amplitude des tics qui lui déformaient le visage, Bellinzona avait balbutié :

« C'est Moshe qui m'a dit... »

Il n'avait pas terminé sa phrase que la gifle claquait sur sa joue.

« Barre-toi !

— Mais Padrone... qu'est-ce que j'ai fait ? »

Volpone n'avait hésité qu'une seconde :

« Tu es trop voyant ! »

Et il lui avait fermé la porte au nez.

« Je vais te dire, Folco... J'aime pas ça. Je suis écœuré.

— N'y pense plus ! le coupa Mori. Quand tu attendais devant la morgue, tu n'as rien remarqué ?

— Si. Ton cirque à la con. Pourquoi tu as fait ça ?

— Il y avait deux types qui vous filaient.

— Merde !

— Le plus marrant, c'est qu'ils n'étaient pas ensemble...

— Ils nous ont filés jusqu'où ?

— Nulle part. A la morgue, c'est tout.

— Comment tu les as arrêtés ?

— J'ai collé une bagnole en travers de la rue. Ils se sont empalés dessus.

— Tu l'as dit à Bébé ?

— Oublie-le. On est là pour le protéger, pas pour l'emmerder !

— Tu es dingue ? Pour qu'il s'en prenne encore à moi !

— Fous-lui la paix ! On est assez grands pour régler ça tout seuls. Je sais comment on peut se faire un de ces connards tout de suite.

— Il est dans l'hôtel ? demanda Bellinzona, une lueur dure et intéressée dans le regard.

— Oui. L'autre aussi.

— Suisses ?

— Suisses comme mes fesses ! Ils sont partis de New York dans le même avion que nous. »

Pietro passa une langue gourmande sur sa lèvre inférieure, à mille lieues soudain de ses malheurs.

« Des flics ?

— Sais pas. A mon avis, ils ne sont pas de la même équipe. Une impression.

— Qu'est-ce que tu veux faire ?
— M'occuper du premier. Il est à l'étage, de l'autre côté du couloir, au 647.
— Tu as une idée ?
— Oui. Marrante. Voilà ce que tu vas faire... »

Sa fureur était telle en entrant dans son appartement qu'Italo Volpone se livra à ce que Genco aurait baptisé une « gaminerie ». N'osant pas prendre son arme pour tirer sur quelque chose, et la gifle assenée à Bellinzona étant loin d'avoir assouvi son désir de meurtre, il alla prendre dans sa trousse de toilette le rasoir à manche qu'il utilisait chaque matin pour sa barbe.

Il en éprouva le tranchant redoutable sur le médius — il l'aiguisait lui-même artisanalement, comme son père l'avait fait avant lui, afin qu'il pût trancher un cheveu suspendu entre le pouce et l'index. Puis il contempla fixement la literie, attendant que sa colère se répande en lui en ondes de plus en plus pressées, de plus en plus violentes. Il commença à marmonner quelques injures en sicilien entre lesquelles revenait fréquemment le mot « Kloppe ». Bientôt, il n'y eut plus que des « Kloppe », articulés d'une voix blanche, bégayante, dont un filet de bave lui coulant à la commissure des lèvres venait mouiller les syllabes crachées comme du mucus. Sa main droite était si durcie sur le rasoir que les jointures de ses doigts en prenaient une teinte livide.

Quand il perdit le pouvoir de contrôler la folie qui l'avait envahi, il se jeta avec un grognement inhumain sur la literie qu'il se mit à taillader en tous sens à grands coups de rasoir vengeurs, comme si ces draps, ces couvertures et ce matelas eussent été le corps de Kloppe.

« Brutta chimia !... Madonaccia !... Porco Dio !... »

Il roula au corps à corps avec un oreiller qu'il éventra avec sadisme, et dont les plumes s'échappèrent en une bourrasque blanche. Après quoi, il s'immobilisa, le souffle rauque, le visage luisant de sueur, l'œil hagard, respirant à coups précipités et rapides, lapant des gorgées d'air. Progressivement, sa main laissa tomber le rasoir, ses bras desserrèrent leur étreinte sur ce qui restait de l'oreiller. Il contempla la chambre comme s'il ne l'avait jamais vue, en étudia chaque recoin comme si les objets qui la meublaient eussent été inconnus de lui. Il se redressa. Il pesait dix tonnes. Dans la salle de bain, il braqua directement le pommeau de la douche sur son visage, sans tressaillir sous l'impact du jet d'eau glacé. Deux, trois minutes peut-être. En s'essuyant, il avait complètement recouvré ses esprits. L'urgence lui commandait d'appeler Yudelman. Se passant de son autorisation, doué de sa propre autonomie, son index composa sur le cadran son propre numéro à New York. Au bout de six sonneries, il eut sa femme en ligne.

« Angela... »

La voix d'Angela lui parvint avec tant de netteté qu'on aurait pu la croire dans la chambre.

« Italo...

— Che fai ?

— Je dormais. »

Il l'imagina, pelotonnée dans leur lit gigantesque, blottie à l'extrême bord dans l'une de ces longues chemises de nuit de grand-mère qu'elle affectionnait. Chaude, douce, lisse, désarmée, seule. En Amérique, il devait être à peine six heures du matin.

« Italo ?... interrogea-t-elle sur un ton pressant et inquiet.

— Si...

— Genco ? »

Volpone déglutit et dit :

« Oui.

— Italo... Tu es sûr ?

— Si. Lo sono. »

Il sut qu'elle étouffait ses pleurs. Peut-être moins pour la mort de Genco, qu'elle connaissait depuis six mois à peine, que pour son chagrin à lui. Elle murmura, après un long silence :

« Non posso crederlo... Et terribile...

— Préviens Francesca.

— Si.

— Dis-lui que je m'occupe de tout.

— Si. »

Maintenant, il entendait distinctement ses sanglots. Si proches qu'il eut la sensation de pouvoir recueillir la saveur de ses larmes sur le bout de sa langue. Il sentit les siennes lui picoter les yeux.

« Je te rappellerai dans la journée.

— Italo ?...

— Si ?

— Niente... »

Il reposa doucement le combiné sur sa fourche, s'essuya les paupières du revers de la main et composa son second numéro. Dès qu'il reconnut la voix de Moshe Yudelman, il dit :

« C'est moi. »

Eût-il appelé le Président des Etats-Unis qu'il ne se serait pas nommé davantage. Quel que soit son correspondant, Italo s'annonçait toujours par un « C'est moi ! » péremptoire. Aux autres de l'identifier.

« Genco ?... » s'enquit immédiatement Moshe, ce dont Volpone lui fut reconnaissant.

Mais il fut incapable de répondre, de peur de rouvrir la blessure.

« Genco ?... insista Yudelman.
— Oui, lâcha Italo.
— Mon Dieu... Mon Dieu... bredouilla Moshe. Son corps ?
— Rien encore.
— Mon Dieu... C'est une catastrophe.
— Oui.
— Y a-t-il une chance que ?...
— Non. Aucune. Ne me demande pas pourquoi, je le sens. Je le sais. C'est tout.
— Qu'est-ce que tu décides ?
— Je prends la suite. »
Confronté soudain à un brusque silence, Italo crut que la communication avait été interrompue.
« Moshe !... Tu m'entends ?...
— Oui... Oui...
— Je te dis que je prends la suite !
— J'ai entendu... »
La voix de Yudelman lui parut bizarre, fausse.
« Tu as quelque chose contre ?
— Non, non !...
— Tu as pas l'air content ?
— Si, si !... Tout cela arrive si vite...
— Je viens de la banque.
— Comment ?
— Je te dis que je viens de la banque ! Tu es sourd ?... Il y a un os.
— Italo !... Quel os ?... demanda Moshe d'une voix alarmée.
— Cette fripouille de banquier prétend qu'il n'est au courant de rien ! »
Là-bas, à New York, malgré la terreur que lui inspiraient les réactions brutales d'Italo, Yudelman protesta :
« Il ne fallait pas ! Si Gabelotti apprend ta démarche, il va croire... il va croire...
— Il va croire quoi ?

— Je ne sais pas... Tu vas trop vite ! Tu risques de tout foutre en l'air !

— Moshe !

— Oui ?...

— Tu es avec moi ou tu es contre moi ?

— Mais comprends, Italo !... Essaie de comprendre !...

— Avec ou contre ? le coupa durement Volpone.

— Si j'étais contre, je te laisserais faire tes conneries tout seul ! s'emporta Yudelman. Tu t'imagines peut-être qu'un banquier suisse va répondre à tes questions si tu n'as même pas le numéro du compte !

— Je me fous du numéro ! gronda Italo. Je lui ai laissé jusqu'à demain midi pour exécuter mes ordres !

— Mon Dieu... gémit Moshe.

— C'est notre fric, non ? Mon frère est mort pour ça ! Et tu voudrais que je m'écrase !

— Mais tu ne peux pas !

— Je vais me gêner !

— Italo ! Ecoute-moi ! Je te supplie de m'écouter ! C'est trop grave !... Ne bouge plus et attends que j'arrive ! Je loue un avion tout de suite !

— Tu me prends pour un gamin ? aboya Volpone.

— Italo ! J'ai l'habitude de ce genre d'affaires ! Je sais comment il faut s'y prendre !

— Moi aussi !

— Italo ! Laisse-moi venir !

— Si j'ai besoin de toi, je te sonnerai !

— Je viens quand même !

— Essaie donc de mettre les pieds à Zurich sans mon ordre ! Parole, je te descends !

— Italo... On va à la catastrophe...

— Alors, ne t'en mêle pas !

— Permets-moi au moins d'aller prévenir Gabelotti ! Il va croire qu'on veut le doubler !

— Oublie ce tas de lard rance ! Quand j'en aurai fini avec le banquier, je m'occuperai de lui ! J'ai pas la patience de Genco, moi !

— Italo ! Pour la dernière fois...

— Ta gueule !

— Ne raccroche pas, Italo ! Je te fais une ultime proposition... Tu me fais confiance, oui ?... J'ai un ami à Zurich, un très bon ami... Il a déjà rendu de très grands services à Genco... Il s'appelle Karl Deutsch... Il a souvent travaillé pour nous... Par amour pour la mémoire de ton frère, autorise-moi à le prévenir... Il connaît très bien le banquier... Laisse-le faire... Je vais lui demander de le contacter immédiatement...

— Envoie le pape, je m'en fous ! Mais si demain midi je n'ai pas ce que je veux, je règlerai ça à ma façon !

— Mauvais ! Mauvais ! s'indigna Yudelman. Tu n'arriveras à rien par la force !

— C'est tout ce que tu as à me dire ? lança Italo sur un ton menaçant.

— Non !... O'Broin ?

— Rien.

— Il est le seul qui puisse... Italo ! Les Suisses sont des bourriques ! Tu vas tout faire foirer !

— Moshe...

— Il faut les manœuvrer en douceur !

— Moshe !

— Oui ?

— Tu me les casses. »

Italo raccrocha brutalement, saisi de nouveau par la fureur. Il fit des yeux le tour de la pièce, se demandant ce qu'il pourrait bien détruire.

C'est alors que le téléphone sonna.

Dave Cavanaugh jeta sa veste sur une chaise, entra dans la salle de bain, ouvrit en grand le robinet du lavabo et s'aspergea le visage à grande eau. Il était furieux d'avoir perdu la trace de Volpone à cause d'un crétin anonyme qui n'avait pas suffisamment resserré son frein à main. Par miracle, en entrant dans le hall du Sordi's, il avait croisé le regard de Patrick Mahonney apparemment absorbé dans la lecture d'un magazine. Mahonney avait battu des paupières pour lui signifier que le gibier venait de rentrer au bercail.

Bonne nouvelle, puisque la piste n'était pas perdue, mais ennui tout de même : il y avait un trou dans l'emploi du temps de Volpone. Pendant la demi-heure que Dave avait employée à sillonner les rues de Zurich pour le rechercher, le salaud ne s'était certainement pas rendu dans un temple. Où était-il allé ? Qu'avait-il fait ? Qui avait-il rencontré ? Le capitaine Kirpatrick avait horreur des questions sans réponse, et Cavanaugh redoutait de devoir lui avouer qu'il ne pouvait lui en fournir aucune. Il retourna dans la chambre. Mû par la force de l'habitude, il vérifia le bon fonctionnement de son Colt, un Government Model à sept coups, simple action, culasse calée, dont le contact dans la main lui était si familier qu'il pouvait le manipuler les yeux fermés. Son copain Mahonney lui préférait un Police Python 357 Magnum à barillet tombant, six coups, guidon fixe. Après leurs séances presque quotidiennes au stand de tir de la police new-yorkaise, ils avaient des discussions infinies sur les avantages comparés de leurs armes, de l'alliage formant l'amalgame des balles, de leur pouvoir de pénétration, de leur vitesse à la sortie du canon, autant de précisions techniques inconnues de l'amateur, mais qu'un flic de choc ne pouvait ignorer sous peine de ne jamais atteindre l'âge de la retraite.

Au cours des quelques heures passées en Suisse, Dave n'avait pu communiquer avec Mahonney qu'à deux reprises, et encore, par signes fugaces seulement. Il fallait que l'un d'eux demeurât en permanence dans le sillage de Volpone ou de son horrible gorille, l'énorme Pietro Bellinzona. Aussi, quand le téléphone sonna, Dave pensa immédiatement que Patrick avait trouvé un moyen de l'appeler du hall. Il reposa son Government Model sur le dessus de lit, près de l'étui, et décrocha.

« Oui ? »

Avec étonnement, il entendit une voix affolée lui bredouiller précipitamment :

« Ici le concierge... Dépêchez-vous !... Ouvrez votre fenêtre et regardez en bas !.. Il vient d'arriver un malheur !... »

Mahonney ! Dave se rua à la fenêtre, la débloqua et se pencha. Six étages plus bas, la rotonde d'accueil du Sordi's, formant terrasse, l'empêcha de voir ce qui se passait devant le perron du palace. Le tulle du rideau, agité par le vent, lui colla soudain au visage. Simultanément, il eut la sensation que quelqu'un était derrière lui. Très près. Au moment où il écartait le voilage, il sentit avec terreur qu'on l'empoignait par les chevilles. De ses mains immenses et noueuses, il tenta de s'accrocher au rebord en béton de la fenêtre. Peine perdue. Malgré le raidissement désespéré de tous ses muscles, ses quatre-vingt-dix kilos pivotèrent sur la barre d'appui pendant que se déplaçait son centre de gravité, ses deux jambes toujours fermement maintenues s'élevant inexorablement dans l'espace. Il lança de folles ruades, griffa la pierre de ses mains ensanglantées. Sans pouvoir changer quoi que ce soit au mouvement fatal qui lui précipitait la tête en bas. En une série d'images folles, il anticipa sa chute, voulut crier le nom de Mahonney, revit sa femme, leur plus jeune fille dans les bras, entendit Kirpatrick lui dire en rigolant : « Cavanaugh, vous n'êtes pas dans la police pour vous les rouler ! » Quand il comprit qu'il tombait comme une pierre le long de la façade en une atroce chute de cauchemar que plus rien ne pouvait arrêter, sa dernière pensée consciente fut une question à laquelle, comme pour tant d'autres, il n'y aurait jamais de réponse : « Est-ce que je vais avoir mal ?... »

Sans perdre une seconde, Folco Mori se signa, vieille habitude chrétienne qu'il ne manquait pas de respecter par superstition chaque fois qu'il envoyait un de ses contemporains « ad patres ». Sans même prendre le temps de jouir du spectacle, il s'éloigna de la fenêtre et fouilla rapidement la veste de sa victime. Il en tira un portefeuille. La première carte qui lui tomba sous les yeux lui apprit ce qu'il voulait savoir : « David Cavanaugh — Police d'Etat — New York-City. »

Ainsi, il venait de buter un flic. Pas le premier. Ni le dernier, espéra-t-il avec une moue sarcastique. Il remit le portefeuille dans la poche de la veste, eut un regard de connaisseur pour le Government Model mais s'abstint d'y toucher. Il passa prudemment la tête dans le couloir. Il était toujours désert, à l'exception d'une voiturette chargée de draps, de balais et de produits d'entretien, garée devant le 609. Il tira doucement la porte derrière lui. A pas de loup, il parcourut les vingt mètres qui le séparaient du 609 et glissa un œil dans l'appartement. La femme de chambre passait l'aspirateur et lui tournait le dos. Calmement, il s'empara du passe subtilisé une minute plus tôt sur la porte, et le remit dans le pêne de la serrure. Non loin de là, debout dans l'entrebâillement de son palier, Pietro Bellinzona l'observait. Folco lui fit un signe affirmatif. Bellinzona leva le pouce en guise de félicitations. Il avait peut-être l'air balourd, mais il s'était acquitté à merveille au téléphone de son rôle de concierge. Son travail n'était pas terminé pour autant. Folco lui avait recommandé de continuer sa faction après le meurtre. Il n'était pas impossible que le flic défenestré eût un complice. Si c'était le cas, il se manifesterait forcément dès que la nouvelle de « l'accident » serait connue. Ce qui n'allait pas tarder.

Folco Mori se faufila dans sa chambre, située juste en face de celle d'Italo Volpone. Il se demanda s'il avait vu juste.

« Homer, tu ne manges rien ! » reprocha Chimène avec étonnement.

Puis, se tournant vers Renata :

« Dis à ton père de manger. Tu n'aimes pas le soufflé ?

— Mais si... Excuse-moi, je n'ai pas très faim... dit Kloppe.

— Tu n'es pas malade ? Tu n'as presque rien pris hier soir...

— Monsieur, voulez-vous que je vous serve autre chose ? intervint Manuella qui remplaçait pour la journée le maître d'hôtel souffrant.

— Non, merci, non... »

Le grand salon donnait directement sur les eaux claires de la Zimmat. Chimène avait tenu à ce qu'il fût meublé en Louis XV. Elle estimait qu'il était audacieux de sa part d'avoir osé mélanger à ce style les Renoir, Manet et Pissarro qui décoraient les murs en permanence. Les jours de grande fête, on sortait des coffres les deux Van Gogh — époque d'Arles où la folie lui faisait déjà voir trois soleils dans le ciel (estimation entre trois et quatre millions de dollars) —, le Gauguin de Tahiti (plus d'un million de dollars) et le Vinci (hors de toute évaluation) dont les conservateurs des plus grands musées internationaux proposaient périodiquement à Homer un chèque en blanc pour l'acquérir. Certes, c'était une pièce unique, mais dans le secret de son cœur, Chimène la trouvait plutôt terne et peu en harmonie avec les tons bleutés de son appartement. De peur de le froisser, elle avait eu la délicatesse de ne pas livrer son impression à son mari qui n'avait jamais voulu lui révéler l'origine du chef-d'œuvre.

« Ne t'inquiète pas, maman... C'est le printemps qui le travaille !

— Renata !

— Pourquoi pas ? Il me travaille bien, moi !

— Renata ! s'indigna sa mère... On ne dirait pas que tu te maries dans trois jours !

— Mais c'est pour ça que j'épouse Kurt, maman ! C'est pour ça !

— Mademoiselle Renata, dit Manuella, encore un peu de soufflé ?

— Manuella, franchement, est-ce que ça vous travaille, vous le printemps, sans Julio ?

— Renata, vraiment !... » jeta Chimène, les lèvres pincées.

C'était un déjeuner chez les Kloppe, ressemblant à s'y méprendre à des dizaines d'autres repas pris en famille. Avec une petite différence : pour la première fois de sa vie, Homer Kloppe s'était vu menacé de mort deux heures plus tôt. Son estomac était trop tordu par l'indignation et la colère pour qu'il n'en perdît pas l'appétit. Pas question de prévenir la police. En Suisse, encore moins qu'ailleurs, « banque » ne rime pas avec « gendarmerie ».

Homer n'en tenait pas quitte pour autant le voyou qui l'avait insulté. Il y avait tout un arsenal subtil de moyens légaux pour lui faire payer l'affront. Il avait senti Volpone pressé, à bout de nerfs, anxieux de savoir : il ne saurait jamais rien. Tant que Genco Volpone, ou à l'extrême rigueur, Mortimer O'Broin ne se manifesterait pas, les deux milliards de dollars continueraient à fructifier à Schaan chez l'ami Schmeelbling. Si l'un ou l'autre avait jugé Italo Volpone digne d'être dans le secret, il lui aurait révélé le numéro du compte. Ce n'était pas le cas. Maintenant, si Genco Volpone était réellement décédé comme son frère l'affirmait — mais une simple jambe pouvait-elle fournir une certitude sur l'identité d'un cadavre inexistant ? — Homer pourrait toujours remettre les fonds (avec répugnance) au douteux O'Broin. Ou à toute autre personne susceptible de lui fournir le code chiffré du dépôt. En allant plus loin, en supposant qu'O'Broin lui-même, pour une raison quelconque, ne se manifeste pas non plus, alors, Italo Volpone n'aurait plus qu'un seul recours pour revoir l'argent : les tribunaux. En général, l'enquête durait des années, les magistrats instructeurs ayant trop de scrupules pour statuer à la va-vite. Vingt ans parfois. Passé ce délai raisonnable, rien ne prouvait qu'ils répondissent favorablement à la requête de ceux qui se considéraient comme les ayants droit.

Si la petite frappe agressive et mal embouchée insistait encore dans l'immédiat, Homer avertirait un vieil ami haut placé dans la hiérarchie politique, des menaces dont il avait fait l'objet.

Avant même de comprendre ce qui lui arrivait, Italo Volpone serait déclaré indésirable dans la

Confédération helvétique et expulsé discrètement.

Comme tant d'autres, qui s'étaient crus assez puissants pour élever la voix dans un pays où le silence est autant une nécessité qu'une vertu.

Qu'est-ce qu'il lui avait dit, déjà, en quittant son bureau ? Ah ! oui... « Vous puez déjà ! »

« Papa, si tu me dis sans tricher à quoi tu penses, je te donne un baiser !

— A une jambe, dit Kloppe avec ingénuité.

— Ah ! clama triomphalement Renata, j'avais raison ! Le printemps te travaille ! »

Le banquier eut un mince sourire.

« Manuella ! Après tout, je reprendrai bien un peu de soufflé ! »

Chimène s'épanouit. Quand Homer mangeait, elle était aux anges.

Ils étaient dans leur appartement du troisième étage depuis bientôt une heure. Pour une réconciliation, c'était raté ! Il avait compté sur le printemps, le plaisir des retrouvailles, et avait pensé l'épater en la conduisant au Sordi's, l'hôtel le plus luxueux de Zurich. Tout ce qu'il avait pu faire jusqu'à présent, c'était de lui ôter son chemisier et de lui caresser la peau nue du dos et des reins sans qu'elle lui permette de dégrafer son soutien-gorge.

Il essaya une fois de plus de l'attirer contre lui tout en lui posant la main sur la cuisse. Elle rabattit sa jupe et s'assit sur le lit.

« Madeleine... Pourquoi ? »

Elle se leva, se dirigea vers la fenêtre, en écarta les rideaux et appuya son front contre la vitre.

« Qu'est-ce que je t'ai fait, Madeleine ? »

Dépité, il pensa qu'il allait perdre son argent

et son temps, ce temps si précieux. La garce était aussi têtue qu'une mule. Elle savait qu'il avait une furieuse envie d'elle et par son refus, ses dérobades, en abusait avec sadisme.

« Madeleine, je te parle !

— Je t'entends... »

Elle voulait qu'il ait de la considération pour elle, qu'il ne la traite pas en objet qu'on voit quand on en a envie, une fois par semaine, dans une chambre d'hôtel, pendant que l'autre, sa femme... Sans élever la voix, elle dit :

« Je vais me rhabiller, Roger.

— Tu n'es même pas à poil ! » se révolta-t-il.

En bas, elle apercevait le va-et-vient des taxis déposant de nouveaux clients devant le palace, ou les emmenant ; vers où ? Elle entrouvrit la fenêtre et aspira une longue bouffée d'air froid et pur.

« Madeleine... »

Brusquement, elle poussa un cri. Une énorme masse tombée du ciel venait de la frôler. Elle se recula d'un bond et comprit avec horreur que ce qu'elle venait de voir en une fraction de seconde, chutant vers la marquise de l'hôtel à la vitesse d'un sac de plomb lâché d'un avion, c'était un homme ! En hurlant, pour ne pas entendre l'ignoble bruit du corps s'écrasant sur le béton, elle se précipita sur la porte, en ouvrit les verrous et se jeta dans le couloir, le regard dilaté, hurlant encore et encore, comme si ses cris pouvaient effacer sa vision de cauchemar. Affolé, Roger jaillit du lit pour la poursuivre : elle était hystérique ! Ce qui le choquait le plus, c'est que des clients puissent la voir en soutien-gorge.

Il se sentait tellement glacé par ce qui venait de se passer — sans parler du scandale qui allait en résulter, de sa position sociale, de sa femme — qu'il en oublia un détail : il était lui-même aussi nu qu'au premier jour de sa naissance ! Et partout, des portes s'ouvraient...

« Ottavio, dit la voix.

— C'est moi », répondit Italo.

Ottavio était le « caporegime » gérant, pour la famille Volpone, toute la partie européenne du bassin méditerranéen. Il avait de multiples résidences, à Rome, Naples et Milan, n'était jamais dans aucune d'elles bien que de toutes on renseignât immédiatement ses chefs sur l'endroit où le joindre. Contrairement aux besogneux qui triment une vie entière pour avoir le droit de mourir sous un toit, ceux qui font le monde, souterrain ou pas, jouent quotidiennement leur empire sur la rapidité de leurs informations. Genco Volpone avait tissé sa toile de façon à être prévenu simultanément des aléas menaçant ses affaires dans tous les coins de la planète. Pas une ville importante où il n'eût des correspondants, pas une bourgade où ces correspondants ne pussent contacter un homme à eux. Cette organisation coûtait énormément d'argent, mais ce n'était qu'une goutte d'eau en regard de ce qu'elle rapportait.

« On a retrouvé ton type. »

Italo eut un frémissement de jouissance :

« Vivant ?

— Tout à fait vivant.

— Où est-il ?

— Il n'est pas seul.

— Qu'est-ce que tu veux que ça me fasse ! Où est-il ?

— Avec Lando. Va à l'angle d'Universitatstrasse et de Waldenbachstrasse. Il paraît que c'est pas loin d'où tu es. Tu peux partir tout de suite ?

— Oui.

— Va au 7 Universitatstrasse, troisième étage. Il n'y a qu'une porte. Il t'attend là. Je le préviens.

— Ottavio ?

— Oui ?

— Merci ! »

Italo Volpone raccrocha et se tordit les mains avec un sourire de dément. Ainsi, cette petite raclure de Mortimer O'Broin était retrouvée ! Il allait enfin savoir ce qui était advenu de son frère ! Il allait également connaître le numéro de compte sous lequel dormaient ses deux milliards de dollars ! Il allait surtout massacrer O'Broin de sa propre main dès qu'il aurait parlé !

Il appela l'appartement de Bellinzona :

« Pietro, préviens Folco ! Amène immédiatement ton cul dans le hall ! On s'en va ! »

Patrick Mahonney vit le portier courir et tout le monde, sur le perron, leva la tête. Il se dressa à demi, son journal — qu'il connaissait par cœur — froissé dans sa main. Au-dehors, des cris s'élevèrent. Le portier repassa devant lui en courant encore plus vite et escalada quatre à quatre les marches du grand escalier. Sans réfléchir, Mahonney lui emboîta le pas, ne sachant à quel mobile il obéissait en agissant ainsi alors qu'il devait surtout ne pas se faire repérer. Pourtant, quand ses muscles se mouvaient sans l'assentiment de sa volonté, il était rare que ce fût en vain. Une espèce d'instinct animal qu'ont en commun les flics et les truands destinés à faire carrière. Il parvint sur le palier du premier où se trouvaient le bar, la salle de bal, un petit restaurant, les toilettes et les cabines téléphoniques. Il vit le portier se figer et porter la main à sa bouche avec une grimace de dégoût. Toutes les têtes des témoins se tournèrent vers lui avec ensemble. Mahonney le rejoignit, jeta un regard sur la marquise formant terrasse et eut envie de vomir : son copain Cavanaugh, le grand Dave, était disloqué entre deux bacs de plantes vertes dans une mare de sang, des fragments de cervelle souillant sa chemise blanche. Il n'avait pas de veste. Curieusement, une de ses chaussures était posée près de sa tête écrabouillée, formant un angle bizarre et anormal avec le cou. Pour la bonne raison que le corps de Dave gisait à plat ventre mais que ses yeux grands ouverts et sans vie étaient tournés vers le ciel...

Mahonney retrouva instantanément ses réflexes professionnels. Cavanaugh n'était pas homme à tomber tout seul de sa fenêtre : on l'y avait aidé ! Il sprinta vers l'ascenseur qui était à l'étage, s'y engouffra, appuya sur le bouton marqué 6 pendant que son Python 357 lui sautait dans la main. Merde ! On était en Suisse... Il rempocha l'arme, la rage au cœur. Il ne pouvait plus rien pour Dave, désarticulé sur le béton, mais peut-être avait-il encore une chance infime de mettre la main sur les ordures qui l'avaient balancé de là-haut. Comment s'était-il laissé surprendre ? Il sauta de l'ascenseur et fonça dans le couloir qu'il parcourut au pas de course dans toute sa longueur, remarquant au passage que la porte du 647 était fermée. Il interpella une femme de chambre qu'il avait croisée sans la voir et qui le regardait d'un air intrigué.

« Vous avez un passe ? Un accident vient d'arriver. Ouvrez-moi le 647 ! »

Elle abandonna sa voiturette et s'exécuta. La chambre était vide. L'étui et le Government Model se trouvaient sur le couvre-lit. Sur le dossier d'une chaise, la veste de Dave. Mahonney passa les doigts dans la poche intérieure et sentit le cuir du portefeuille. La fenêtre était ouverte. Les rideaux, sous l'effet du vent, se tendaient dans la chambre comme des voiles de mariée.

« Qu'est-ce qui se passe ? demanda la femme.

— Un homme est tombé par cette fenêtre. Avez-vous vu quelqu'un dans le couloir ?

— Personne.

— Vous n'avez rien remarqué ?

— Rien !

— Personne n'est passé ?

— Puisque je vous le dis ! s'étonna la femme.

— Restez où vous êtes. La police arrive ! »

Mahonney dégringola à l'étage inférieur pour regagner sa chambre. La domestique retourna au 609 afin d'y récupérer du matériel. Deux portes s'entrouvrirent dans le couloir : Folco Mori et Pietro Bellinzona levèrent simultanément le pouce en signe de victoire. Tous deux savaient désormais quel était le prochain homme à abattre. Une cavalcade annonça l'arrivée des employés de l'hôtel. Ils refermèrent leurs portes.

Arrivé chez lui, Mahonney batailla pendant cinq minutes pour entrer en contact avec New York. Quand il fut certain que cette notice pourrie ne lui permettrait pas de prévenir Kirpatrick du drame par ses propres moyens, il demanda la communication par le standard. Il alla à la fenêtre. En bas, une voiture de police et une ambulance étaient rangées non loin du perron. Le cœur serré, il vit des hommes en blanc enfourner une civière dans l'ambulance. La civière était recouverte d'un drap et d'où il se trouvait, surplombant la scène, Mahonney en distinguait les moindres reliefs. Il n'eut alors qu'une idée en tête : venger Dave Cavanaugh, dont le corps disloqué gisait sous le drap. Avec une ironie amère, il pensa que le grand Dave allait reposer momentanément à la morgue, tout près de la jambe qui avait motivé leur venue en Suisse. Qu'est-ce qu'ils foutaient avec ce téléphone ? Il fallait que Kirpatrick lui donne de nouvelles instructions. De préférence, carte blanche.

Avec ou sans les flics locaux, il tirerait au clair la mort de Dave. Malheur à Volpone s'il y était mêlé de quelque façon que ce soit ! Justement, il le vit sortir du Sordi's, passer à deux pas de l'ambulance qui s'apprêtait à démarrer, flanqué de Pietro Bellinzona. Il reçut une décharge électrique! Absorbé dans ses songes et par sa peine, il avait dû laisser s'écouler une seconde au moins avant de comprendre que ces salauds étaient en train de lui filer sous le nez ! Il rafla son trench-coat et bondit vers la porte tout en s'assurant que son Magnum 359 reposait normalement dans son étui, sous son aisselle. Dévoré par le secret espoir de s'en servir bientôt.

7

Au coup de sonnette, ils sursautèrent tous. Feignant la décontraction, Ines alla ouvrir. A peine avait-elle manœuvré la poignée que la porte lui volait en plein visage.

Orlando Baretto fit un pas en avant pour accueillir Volpone. Mais Italo ne le vit pas. Il ne voyait rien d'autre que Mortimer O'Broin, fusillé par son regard glacial, sa peau blême qui virait au gris et le tic du zygomatique qui lui retroussait en un rictus le coin droit de la bouche.

« Italo, allez-vous m'expliquer !... » lâcha O'Broin d'une traite.

En un geste fulgurant, Volpone le crocha par les revers de sa veste qu'il transforma en carcan d'une torsion. Puis l'arrachant du sol comme l'aurait fait un bouledogue d'un vieux chiffon, il le frappa de sa main libre en pleine bouche, le jeta dans la salle de bain et lui cogna la tête sur le bidet. Avant qu'O'Broin ait pu esquisser un geste, émettre un gémissement, il se retrouva avec le canon d'un mauser collé sous la mâchoire.

« Deux questions! gronda Volpone, les yeux fous. Un ! Comment et par qui as-tu fait descendre mon frère ?...

— Italo... pleurnicha O'Broin terrifié, le visage sanglant, secoué de hoquets.

— Deux ! Le numéro du compte ? Tu as cinq secondes ! »

De force, il lui ouvrit la bouche et enfonça le canon de son arme jusqu'au fond de sa gorge. « Un !... Deux !... »

Entre l'instant où Volpone prononçait « un » et celui où il énumérait « trois », O'Broin, hagard de peur, fut frappé par une évidence : le frère de Genco ne pouvait pas le tuer avant d'avoir obtenu de lui le chiffre de l'opération OUT. Par ailleurs, donner ce chiffre à un étranger, fût-il le propre frère de Genco Volpone, impliquait qu'il était au courant de la mort du Don, en d'autres termes, qu'il l'avait fait supprimer lui-même. Parler revenait donc à signer l'assassinat et à mourir sur-le-champ. Se taire équivalait à survivre, brièvement peut-être, mais à survivre, continuer à respirer une minute encore...

« Quatre ! » dit Volpone d'une voix sourde et monocorde.

Mais à quoi bon les calculs ? Dans son regard, O'Broin vit que ce type était cinglé, qu'il allait tirer à « cinq » comme il l'avait promis. Quoi qu'il lui en coûtât. Même s'il ne remettait jamais la main sur les deux milliards.

« Patron ! intervint Pietro Bellinzona. Patron !... Pas ici, je vous en supplie !

— Cinq ! » dit Volpone en fourrageant dans la bouche d'O'Broin du canon du Mauser.

Bellinzona osa le geste de lèse-majesté : avec respect mais en y mettant une force de bulldozer, il arracha le pistolet des mains de Volpone.

« Patron ! On va ameuter toute la ville ! On pourra même plus sortir de l'immeuble si vous le flinguez ici !

— Il a raison ! dit précipitamment Lando, dépassé par la soudaineté des événements. Il a raison ! »

A tout hasard, il s'empara de l'autre main de Volpone, la porta furtivement à ses lèvres :

« Baccio i mani !... Baccio i mani... » bredouilla-t-il avec respect et ferveur.

Bellinzona avait déjà fait volte-face, braquant négligemment un Llama 38 Super en direction de Zaza et d'Ines.

« Qui est la pouffiasse blonde ? interrogea Italo en retirant sa main.

— Elle est avec lui, dit Lando.

— Et la négresse ?

— Avec moi. Elle habite ici.

— Tu as une voiture ?

— Oui.

— On les embarque !

— Où ? demanda Lando en ouvrant des yeux ronds.

— Ecoutez ! piailla Zaza, je n'ai rien à voir dans tout ça ! Laissez-moi partir !

— Ta gueule ! ordonna Volpone.

— Je vous ferai remarquer que vous êtes chez moi ! » intervint Ines.

Italo lui jeta un regard méprisant. Puis se tournant vers Lando :

« Amène-nous dans un endroit tranquille. En campagne... Prends la blonde à côté de toi. Pietro, monte derrière avec ce fumier. Moi, j'embarque ta pute et je te suis ! »

Comme Lando marquait une infime hésitation :

« Tu m'entends ? Allez ! Andiamo via !

— Padrone... s'interposa Bellinzona. On peut pas le sortir dans la rue comme ça... »

Et désignant O'Broin :

« Il a la gueule pleine de sang.

— Nettoie-le ! »

Pietro s'empara du premier morceau de tissu à portée de sa main : le déshabillé que portait Ines.

« Bas les pattes ! s'exclama Ines.

— Toi, la guenon, ferme ton clapet ! jura Volpone. Ou je t'arrache la tronche à coups de crosse ! »

Sans que Lando ose intervenir, Bellinzona tira sur l'étoffe qui glissa des épaules d'Ines. Elle apparut complètement nue, impressionnante à couper le souffle. Pietro jeta le déshabillé dans les bras de Zaza.

« Essuie ton porc ! »

Zaza eut un mouvement de répulsion et secoua négativement la tête.

« Salope ! déplora Pietro. Pour la fête, tu es là, mais pour les coups durs... »

Il roula en boule le déshabillé et sans tendresse, en frotta le visage de Mortimer O'Broin, immobile et hébété.

« Grouille ! » dit Volpone.

Bellinzona fit la moue en contemplant Ines.

« On peut pas l'emmener dans cette tenue ?

— On perd du temps ! s'énerva Volpone. Fourre-lui un manteau sur le cul et filons ! »

Ines eut un regard dédaigneux pour Lando qui détourna les yeux. Elle s'empara d'un immense vison noir dans une penderie et s'en emmitoufla.

« Le premier qui bronche, dit Volpone à Pietro, tu lui mets une balle dans le genou ! En route ! »

Lando était le dernier à sortir. Avec délicatesse, il referma la porte quand tous les autres furent passés devant lui.

Un moment de distraction lui avait fait perdre de nouveau le fil de sa piste. Quand il avait vu les clients de l'hôtel converger vers le premier étage, Rico Gatto n'avait pu s'empêcher de les suivre. Avec stupéfaction, il avait reconnu dans cette sanglante bouillie d'homme fracassé sur la terrasse le type blond remarqué quelques heures plus tôt à l'aéroport. Curieuse coïncidence tout de même... Se refusant momentanément à en tirer la moindre conclusion, il regagna sa chambre pour en informer Ettore Gabelotti. Il batailla dix minutes pour avoir la communication avec New York, ne l'obtint pas et retourna dans le hall pour s'assurer que Volpone ne lui filait pas entre les doigts. D'une cabine lui offrant une vision panoramique sur l'entrée du Sordi's il appela successivement les appartements d'Italo Volpone et de Pietro Bellinzona. Sans succès. Vexé, il en conclut qu'ils s'étaient esquivés sous son nez. Pour l'instant, la seule certitude qu'il eut au sujet de l'emploi du temps de Volpone était une visite à la morgue. Il remonta chez lui et s'installa près de la fenêtre pour guetter son retour éventuel, grillant cigarette sur cigarette, feuilletant distraitement son livre de chevet, l'Ancien Testament dans son édition grecque des Septante, trop absorbé dans la surveillance des voitures qui arrivaient pour se concentrer sur l'un quelconque des quarante-six Ecrits. Après la morgue, il avait fallu qu'un maudit tacot se mît en travers de la rue pour lui faire perdre la trace de son gibier.

Trois quarts d'heure plus tard, il avait vu Volpone, flanqué de Bellinzona, rentrer à l'hôtel. Il souffla sur le diamant de sa chevalière — trois carats — et le frotta du revers de la manche pour le faire briller.

A son avis, on lui avait confié une mission au-dessous de ses moyens. Il lui était plaisant de suivre des gens dont il avait la délectation de se dire qu'il allait les descendre. Mais là !... En guise d'exercice mental, il en était réduit depuis le matin à imaginer les multiples façons de supprimer Volpone, caressant l'espoir que Gabelotti lui donnerait bientôt le feu vert.

Penaud, la conscience professionnelle en berne, il abandonna la fenêtre pour décrocher son téléphone à la tête du lit. Il allait prévenir Gabelotti que Volpone s'était rendu à la morgue de Zurich. Inutile de lui apprendre qu'il l'avait perdu de vue à deux reprises. Après tout, sa clef était sur le tableau du concierge et il reviendrait bien à un moment ou à un autre. Omettre un ou deux détails n'est pas mentir. Le Neuvième Commandement des Tables de la Loi précisait seulement : « Tu ne seras pas un faux témoin. » Evidemment, il y avait le Sixième : « Tu ne tueras point. »

Le seul avec lequel Rico Gatto ne fût pas en harmonie. Pendant que le standard lui annonçait qu'il avait New York en ligne, il songea qu'un de ces jours, il en parlerait à un prêtre.

A peine la porte de sa chambre claquée, Patrick Mahonney avait entendu grelotter la sonnerie du téléphone. On devait lui passer New York ! L'espace d'un instant, il balança : prévenir ses chefs de la mort de Cavanaugh au risque de perdre la trace de Volpone ou lui coller aux talons pour mieux le démolir ? Avant d'avoir eu le temps de répondre à la question, il dévalait déjà l'escalier. Quand il mit sa voiture en marche, il avait en point de mire la Ford d'Italo.

A plusieurs reprises, le conducteur avait paru hésiter sur la direction à prendre à différents carrefours. Finalement, il s'était arrêté. Universitatstrasse, derrière une Beauty Ghost P9 gris métallisé, flambant neuve.

L'immeuble comportait quatre étages. Italo et son garde du corps en noir avaient sauté de la Ford pour s'engouffrer sous la porte cochère. Par chance, Mahonney avait trouvé un créneau vingt mètres plus loin, entre deux camionnettes.

Il alluma une cigarette, le visage tendu, poursuivi par l'image atroce de Cavanaugh disloqué sur le béton. Rien ne prouvait que Volpone ou son gorille fussent coupables de sa chute. C'est-à-dire que rien ne le prouvait logiquement. Mais Mahonney aurait parié son bras droit qu'ils y étaient pour quelque chose.

Il se souvint de Cavanaugh lui disant dans le bureau de Kirpatrick, un grand sourire fendant sa bouille maigre : « Zurich, tu te rends compte ! Chouettes vacances ! » Avec amertume, il pensa que la scène s'était déroulée sur un autre continent même pas vingt heures auparavant ! Pourtant, Kirpatrick leur avait confié en apparence une mission de routine : apprendre pourquoi Genco Volpone s'était rendu à Zurich, savoir comment il avait pu y perdre une jambe, où était le reste de son corps — à supposer que la jambe fût bien la sienne — et filer son frère sans intervenir afin d'avoir de nouvelles révélations.

Depuis longtemps, le F.B.I. et les services fiscaux américains auraient donné n'importe quoi pour apprendre comment s'évaporaient les gigantesques capitaux amassés par le Syndicat dans les trafics en tout genre. A mesure que leur étau se resserrait, les gangs devaient graisser la patte de plus en plus généreusement à des milliers d'intermédiaires anonymes — fonctionnaires de la police, hommes politiques véreux, avocats marrons — disséminés sur les six continents. Mais la machine, alimentée par d'énormes masses d'argent frais, tournait rond et sans accroc : personne ne parlait. Le Syndicat payait sans broncher des cautions vertigineuses pour que le moindre « punk », arrêté pour un délit mineur, soit immédiatement libéré. Des hommes de loi, se retranchant derrière leur foutu secret professionnel, apportaient la caution en liquide sans qu'on pût les interroger sur la provenance de leurs fonds.

Pendant ce temps, de nouvelles recrues aux dents longues s'infiltraient en permanence aux Etats-Unis. Chaque année, sous le patronage de Cosa Nostra, un millier de Siciliens entraient en fraude en Amérique par la filière du Canada. Ils arrivaient comme touristes avec un passeport en règle — il avait coûté moins de trois mille dollars à leurs futurs employeurs — et débutaient dans la hiérarchie par les basses besognes. S'ils méprisaient le danger, s'ils se montraient assez féroces, ils ne s'y consacraient jamais longtemps. A l'exemple de leurs aînés partis d'Europe sans le sou, ils rêvaient eux aussi de se propulser au sommet et de contrôler l'économie du pays par le biais de méthodes qui avaient fait leurs preuves, pots-de-vin, chantage, meurtres, racket, mainmise sur les syndicats. Que la plupart des « capi » eussent fini tragiquement ne les impressionnait pas : mourir criblé de balles ne pouvait arriver qu'aux autres, pas à eux !

Pourtant, en dehors de Vito Genovese, de Gaetano Gagliano et de Thomas Lucchese, décédés naturellement en prison ou ailleurs, tous les autres, sans exception, étaient morts de mort violente. Lucky Luciano — empoisonné probablement — Albert Anastasia, abattu, Thomas Eboli, assassiné, ainsi que les plus grands les ayant précédés dans la carrière, Tony Lombardo, Steve Ferrigno,

Alfred Mineo, Salvatore Maranzano, Gaetano Reina, Joe Aiello, Philip Mangano, Joseph Pinzolo. Aujourd'hui, les familles Volpone et Gabelotti tenaient le haut du pavé. Pour combien de temps ? Si Mahonney pouvait prouver que le déplacement de Volpone en Suisse présentait la moindre faille illégale, il était certain de le faire coffrer pour le restant de ses jours sous la même inculpation qu'Al Capone.

A moins que la guerre ne se rallume entre le clan Gabelotti et lui. A moins qu'il n'ait trempé dans la mort « accidentelle » de Cavanaugh... A moins qu'il commette une erreur... A moins que... Merde ! Il sortait de l'immeuble ! Mahonney le vit pousser dans la Ford une Noire qui le dépassait de la tête. D'où débarquait-elle, celle-là ? Au même instant, son corpulent garde du corps s'effaçait pour laisser le passage à une jeune femme blonde, le visage défait, que tenait par le bras un costaud long et mince de type latin. En un geste affectueux, le gorille prit par les épaules un petit homme à l'allure souffreteuse qu'il projeta à l'arrière de la P9. Un déclic d'alarme se produisit dans la tête de Mahonney : il connaissait ce type ! Où ? Qui ? Comment ? Des images passèrent devant ses yeux, des noms sonnèrent à ses oreilles. Le costaud brun s'installa au volant — le type parfait du maquereau, songea-t-il — la blonde à ses côtés, le gorille s'installant à l'arrière en compagnie du minus. La P9 décolla en souplesse du trottoir, immédiatement suivie par la Ford de Volpone.

Mahonney tira sur le démarreur et reçut cette évidence en plein visage : le petit homme, c'était Mortimer O'Broin, l'un des plus célèbres avocats financiers des Etats-Unis !

Incroyable ! Les énormes mouches bleues tourbillonnant dans la baraque se posaient jusque sur la pointe de son stylo ! Sans parler de la sueur qui lui perlait au front pour chuter, en larges gouttes, sur la feuille de papier chiffonnée avant d'avoir rempli son usage. Et pourtant, malgré les 45° centigrades, les averses torrentielles qui noyaient dix fois par jour la région, la nourriture dégueulasse et des conditions de travail impossibles, Julio Almeida s'était attaché au Botswana.

L'installation minière était établie à une vingtaine de kilomètres de Chukudu. Les ouvriers, pour la plupart, étaient des Noirs. Chaque soir, après le coup de sirène annonçant la fin de la journée, tous les hommes du chantier étaient minutieusement passés à la fouille par des Afrikanders méfiants, gigantesques et pleins de morgue. Trois mois plus tôt, à son arrivée, Julio s'était senti si dépaysé qu'il avait dû faire un effort pour ne pas retourner en Suisse sur-le-champ. La curiosité, l'appât du haut salaire qui lui était offert, les primes « de danger » généreusement distribuées l'en avaient dissuadé dans un premier temps. Et le charme avait opéré... quelque chose de primitif, la joie de survivre, l'eau du ciel, la boue rougeâtre, le soleil, une communauté d'hommes et ce camion amenant chaque semaine dans le camp une cohorte de prostituées noires, venues s'allonger sur des paillasses sous le chapiteau conçu à cet usage et que les mineurs, en riant, avaient baptisé « Fin provisoire de la mélancolie »... Vu de l'extérieur, décrit par un anonyme, le tableau aurait pu sembler sordide. Et pourtant... Ce que Julio aurait accepté quelques semaines plus tôt comme une libération, il le recevait aujourd'hui comme une catastrophe. Comment l'annoncer à Manuella ? D'un geste agacé, il écrasa une mouche sur son cou et commença à rédiger l'enveloppe :

Mademoiselle Manuella Rodriguez
Chez Mlle Renata Kloppe
Bellerive Strasse.
Zurich (Suisse)

Puis, oubliant la chaleur, les mouches et sa sueur, il se lança...

Ma Manuella à moi,

C'est une mauvaise nouvelle mais je ne sais pas comment te la dire. Une mauvaise nouvelle qui te fera peut-être plaisir, mais tu auras tort. Il y a des bruits qui courent. Il paraît qu'ils veulent fermer le chantier qui ne leur rapporte pas assez. Ils disent qu'il y a d'autres filons mais qu'il leur est difficile de prendre le risque à cause du danger pour les hommes. Ils ne pourraient plus garantir leur sécurité. Pourtant, en trois mois, j'ai vu déjà six morts mais c'étaient des nègres, rassure-toi, et qu'est-ce que ça peut nous faire à nous, du moment qu'on accepte et que personne se plaint ? C'est pas en Europe qu'on gagnerait la moitié de l'argent qu'on gagne ici. Enfin, je ne sais rien de plus, mais c'est des bruits qui courent et le contremaître nous a parlé et on n'en sait pas plus pour maintenant. J'avoue que je serais déçu maintenant que je suis là et que j'ai l'habitude de retourner à Zurich sans avoir eu le temps de ramasser tout l'argent pour le magasin. Qu'est-ce que tu veux il faut attendre. J'ai relu ta lettre et ta patronne est chic de t'avoir donné ces robes. Ça marche toujours avec M. Kurt ? Je t'écrirai encore demain mais c'est pas sûr que je t'en dise davantage sur la situation. Je t'embrasse, ma petite femme adorée.

Puis, il signa *Ton Julio*, lissa le papier du dos de

la main, accrocha une goutte de transpiration qui fit baver l'encre et masqua la moitié d'une phrase, mais Manuella comprendrait. Il ajouta également au dos de son enveloppe « Julio Almeida — Chef de chantier, baraque 11 — Wassenaar's Consolidated — Chukudu — Botswana — Afrique du Sud. »

Une adresse qui n'en finissait plus, mais Julio était méticuleux et on ne savait ce qui pouvait arriver avec le courrier. Une rumeur de rires et de cris lui fit dresser l'oreille. Tracassé par ses soucis, il avait complètement oublié que c'était jeudi, le jour du camion des putes. Dieu sait pourtant que d'ordinaire, il arrivait toujours le premier sous le chapiteau.

Pas davantage qu'ils ne voient ce qui est sous leur nez, les gens ne regardent ce qu'ils ont entre les doigts. Ainsi, ils ignorent autant les hasards qui les font vivre que les raisons qui les font mourir. Homer Kloppe, lui, savait.

Il contemplait précisément, matérialisée sous la forme d'un petit rectangle de papier grisâtre marbré de vert, la plus puissante clef du monde : un billet de un dollar. Bien que passablement fripé — émission de 1963 — il avait magnifiquement résisté à des milliers d'attouchements impurs, de frôlements douteux, de mutilations perverses. Ni les froissures, ni les souillures, ni les déchirures, ni les cornes légères qui lui retroussaient les angles, n'avaient eu raison de l'exceptionnelle matière qui en tissait la trame.

Ses blessures même lui conféraient une patine bouleversante, et le banquier s'étonnait que nul n'eût jamais songé à comparer, lorsqu'on le regardait par transparence, les percements d'épingles qui le parsemaient à la splendeur d'un ciel étoilé.

Un jour, Kloppe prendrait le temps d'écrire, ce qui perpétuerait son nom dans la mémoire des hommes, une étude exhaustive sur le plus beau des billets de banque, Sa Majesté Dollar. A son avis, ce petit chef-d'œuvre, dont la possession vous faisait roi ou séducteur, pouvait soutenir la comparaison avec les créations picturales les plus transcendantes du génie humain. Rien en lui qui ne fût parfait, jusqu'au graphisme des secrétaires du Trésor qui l'avaient paraphé de leur griffe sèche et élégante.

A elle seule, la composition aurait mérité une monographie de cent pages. Au centre, comme l'autel dans le chœur d'une église, encadrée à sa base par un buisson d'acanthe, le noble visage de George Washington, fondateur et premier président de la République des Etats-Unis, le héros qui avait discipliné ses troupes, battu les Anglais, affranchi son pays, et fait voter la Constitution avant de se retirer, tel Cincinnatus, dans ses labours du Mount Vernon.

Au-dessous, calant son effigie sur le chapiteau des lettres indiquant fièrement son identité et sa valeur, l'inscription « ONE DOLLAR ». Dans le haut du tableau, claquant comme une banderole, les signes composant les mots « FEDERAL RESERVE NOTE », flanqués sur leur droite et leur gauche — comme en 1721, Washington lui-même entre La Fayette et Rochambeau — par le chiffre « UN », imprimé sur chacun des bords dans le sens de la hauteur.

Homer reporta attentivement sa loupe sur ces chiffres exaltés par un feuillage qui pouvait être du houx ou du frangipanier, problème qu'il aurait à résoudre lorsqu'il élaborerait son exégèse. Avec un hochement de tête approbateur, il relut la note écrite au-dessus du numéro de série (L 28065447 D): « THIS NOTE IS LEGAL TENDER FOR ALL DEBTS, PUBLIC AND PRIVATE. » Il retourna le billet : son autre face était aussi superbe ! Sautaient simultanément aux yeux l'aigle du Congrès américain tenant dans son bec l'oriflamme fameuse, « E PLURIBUS UNUM », la grande pyramide brisée en son sommet par l'œil à l'éclat insoutenable d'où jaillissaient des flèches de lumière pointées vers l' « ANNUIT CŒPTIS » qui équilibrait le cercle dans sa partie supérieure.

La base, enrichie du « NOVUS ORDO SECLORUM », ne le lui cédait en rien.

Avec un soupir, Kloppe admira une dernière fois l'aigle dont les serres emprisonnaient un rameau d'olivier et une gerbe de flèches, symbole parfait de l'ordre social régnant sur le monde : une main tendue pour l'accolade, l'accueil, la fraternité, la paix. L'autre, chargée de la foudre. Pour les mécréants, les infidèles, les bandits. Les Volpone.

Il avait déjà engagé trois gardes armés chargés de lui interdire l'entrée de la Trade Zurich Bank le lendemain. Au cas, bien improbable, où Italo Volpone aurait été assez fou pour s'en tenir à l'ultimatum qu'il lui avait lancé.

La panique avait submergé Mortimer O'Broin quand la voiture était sortie des faubourgs de Zurich. Dix fois, il avait failli sauter. Dix fois, il n'en avait pas eu le courage.

Pourtant, Bellinzona semblait assoupi et indifférent. Quant au bellâtre qui tenait le volant, il était trop absorbé par sa conduite pour avoir le temps de réagir. A ses côtés, Zaza était aussi muette qu'une statue. Mortimer se demanda s'il avait une chance sur mille de survivre à ce voyage qu'il pressentait sans retour.

Question majeure : comment Volpone avait-il appris que son frère était mort ? Comment avait-il réussi à lui mettre la main dessus aussi vite ? Il était impossible que les deux « punks » qu'il avait payés pour faire disparaître Genco eussent été identifiés. Il avait eu la prudence de n'utiliser aucun intermédiaire pour les contacter. Nul ne les connaissait à New York. Aucun rapprochement ne pouvait être fait entre eux et lui pour la bonne raison que les tueurs ignoraient totalement l'identité de leur commanditaire.

Deux années auparavant, Mortimer O'Broin avait sauvé de la chaise un Américain d'origine polonaise accusé d'un triple assassinat. Il s'appelait Etienne Katz. Pour lui prouver sa reconnaissance, Katz lui avait donné le nom de deux de ses amis résidant à Naples :

« Maître, si un jour vous avez besoin de quoi que ce soit... Ne protestez pas, on ne sait jamais !... Appelez-les de ma part, ils peuvent faire tout ce que vous leur demanderez, tout ! »

O'Broin avait haussé les épaules, retenant toutefois dans un coin de sa mémoire le numéro de téléphone fourni par Katz. A mille lieues de penser qu'il en aurait besoin un jour. Trois semaines plus tard, Katz était étranglé dans sa cellule par un prisonnier non identifié, emportant avec lui ses rêves et ses secrets. Peut-être que sans Zaza, l'idée du meurtre n'aurait jamais germé dans le cerveau d'O'Broin. Non seulement, il voulait l'éblouir, mais les somptueux cadeaux dont il l'accablait avaient écorné un capital déjà rongé aux mites par des spéculations financières malheureuses. Bien entendu, Mortimer avait un compte en Suisse. Il avait voulu jouer un gros coup sur la réévaluation du sterling, engageant dans l'opération l'ensemble de ses disponibilités liquides. Par un confrère touchant de près aux hautes sphères diplomatiques de Washington, il avait appris, un mois avant le public, que le Trésor américain s'apprêtait à faire une fabuleuse injection de dollars dans l'économie britannique. La livre ne pouvait que remonter dès que la nouvelle serait connue, dans la proportion minimale de 30 p. 100.

Cinq semaines plus tard, elle perdait encore 20 p. 100 de sa valeur ! Au même moment, Ettore Gabelotti lui confiait sous le sceau du secret le plus absolu les grandes lignes du traité de paix conclu avec la famille Volpone. Il s'agissait d'un coup inouï : « blanchir » l'énorme somme de deux milliards de dollars !

Dans les méandres de ce genre d'opérations, l'argent était en quelque sorte décanté, perdant au fil de chacune de ses domiciliations passagères 1 ou 2 p. 100 de sa valeur nominale. Mais quand il sortait de la multitude des tamis qui l'avaient purifié, il était vierge, sans provenance, prêt à être réinvesti au grand jour dans des affaires connues de tous. Il était « lavé ».

Au même moment, les exigences de Zaza s'étaient faites plus dures, et Judith, l'épouse de Mortimer, flairant sans doute anguille sous roche avec cet instinct incomparable qu'aiguisent vingt ans de vie conjugale, avait elle aussi revendiqué avec aigreur l'octroi de sommes de plus en plus importantes.

Pour avoir la paix, pour se soumettre au sentiment de culpabilité qu'il nourrissait à son égard, il avait cédé. Une nuit, il s'était réveillé en sursaut : si Genco Volpone mourait, lui, Mortimer O'Broin, pourrait s'emparer de deux milliards de dollars ! Evidemment, l'idée n'était qu'un cauchemar, elle était absurde, irréalisable. Nul ne pouvait espérer garder la vie sauve après avoir roulé le Syndicat. Tous ceux qui s'y étaient essayé avaient péri de mort violente, subissant des tortures et des mutilations abominables. Aucun endroit dans le monde n'était assez sûr pour y être à l'abri.

Dans un premier temps, Mortimer avait donc repoussé l'idée, horrifié d'avoir pu la concevoir. Puis, par jeu dialectique, « pour voir », il en avait articulé les différents prolongements, envisageant à chaque carrefour de son déroulement les diverses conséquences, éliminant les inconnues, supputant les réactions de l'adversaire, calculant comme à l'aide d'un ordinateur les chances d'échec, faisant la part du pourcentage d'imprévu. A sa stupéfaction, il s'était alors aperçu que le coup était jouable, même si quelques risques inévitables en assombrissaient la perspective. Mais deux milliards de dollars ne valaient-ils pas de les assumer ?

Poussé par un appétit de revanche sur la vie qui l'avait fait terne, alors qu'il eût souhaité être beau et irrésistible, petit, là où il eût dû être grand, falot, alors qu'il eût rêvé d'être un meneur d'hommes, il avait pris sa décision : il ferait tuer Genco Volpone. A partir de là, les détails de l'opération s'étaient emboîtés dans sa tête avec la rigueur d'une progression mathématique. Il avait pris contact par téléphone avec les deux voyous de Naples, invoquant sans se nommer le nom d'Etienne Katz, bénissant le Ciel qu'ils fussent toujours en vie et prêts à collaborer à son projet. Craignant que les autres ne se dérobent devant la personnalité de l'homme à abattre, il avait eu la présence d'esprit de ne pas leur révéler son identité. Sans garantie aucune de la bonne exécution du contrat, il leur avait fait parvenir cinquante mille dollars en Italie. Et la machine s'était mise en marche. Nanti des pouvoirs absolus de « trustee », Mortimer O'Broin avait débarqué à Zurich en compagnie de Don Genco Volpone. Deux jours auparavant, il avait prévenu les tueurs de l'arrivée de leur future victime, enregistrant avec un frisson où la peur se mêlait à l'excitation, qu'ils étaient toujours d'accord pour mener leur marché jusqu'à terme.

Il leur avait décrit Genco, fourni l'adresse de l'hôtel où il descendrait et communiqué son emploi du temps. Le reste, c'était leur affaire. Mortimer ne voulait surtout pas savoir comment ils s'y prendraient. Dans l'avion qui le ramenait à New York après son entrevue avec Kloppe, un moment de lucidité lui avait fait comprendre — trop tard ! — que son impossible coup de poker ne parviendrait pas à terme. Il s'était pris à espérer ardemment que les amis de Katz le trahiraient.

A peine arrivé à Nassau, il avait eu la preuve du contraire : « Prière rappeler Judith. » Le télégramme convenu entre les tueurs et lui signifiait en clair que l'irréparable était accompli : Zu Genco Volpone était mort. Bon gré mal gré, il avait dû se plier à la mécanique implacable que supposait l'enchaînement de son plan. Il s'était alors aperçu que le mensonge qu'il allait devoir commettre lui répugnait davantage que le meurtre dont il était l'instigateur.

Avant de se rendre à la réunion organisée par Italo Volpone pour les « capi » et les « consigliere » des deux familles, il avait rendu compte de sa mission à Don Gabelotti.

« Le numéro ? avait questionné Ettore après une vague phrase de bienvenue.

— 21877. »

Gabelotti l'avait immédiatement noté sur un carnet.

« Sous quel nom ?

— « GOD ».

— Parfait. »

Le Don avait rangé soigneusement son carnet dans sa poche et ils étaient partis. Mortimer était bouleversé : pour la première fois dans sa brillante carrière professionnelle, il n'avait pas dit la vérité à un client ! Le vrai numéro et le nom de code, il les avait gravés dans la tête : « 828384-MAMMA. »

Mais le cadavre de Genco Volpone se trouvait quelque part du côté de Zurich. Quant à Gabelotti, il n'avait pas la plus infime raison de se méfier de lui. Son mensonge ne pouvait donc plus être contrôlé par quiconque : Gabelotti ne pourrait plus contacter Genco Volpone. Pas davantage que la Zurich Trade Bank. Par définition, Homer Kloppe resterait muet comme une carpe si Ettore — dont il ignorait même le nom — lui posait la moindre question. Surtout en se prévalant d'un nom de code et d'un numéro totalement imaginaires !

Il ne restait plus à Mortimer qu'à vider le compte et à disparaître avec Zaza...

Il caressa du regard sa nuque blonde. La lâcheté qu'elle avait manifestée à son égard ne l'avait pas surpris. Elle était veule, calculatrice, vénale, froide, idiote et égoïste. Il l'aimait. Jusqu'à présent, malgré les rebuffades qu'elle lui infligeait, elle était la seule femme à lui avoir donné le sentiment qu'il était un homme.

Allait-elle mourir aussi ? Il refusa de s'accrocher à la bouffée d'espérance qui l'assaillait : Italo n'avait aucune preuve qu'il avait organisé l'assassinat de son frère. Pouvait-il prendre le risque insensé de l'exécuter avant d'avoir récupéré les deux milliards ? Mortimer était désormais la seule clef susceptible de lui en livrer l'accès. Jamais la Zurich Trade Bank ne relâcherait le magot si les conditions légales de sa restitution n'étaient pas respectées.

Nul au monde, s'il n'était en possession du numéro du compte, ne parviendrait à convaincre Homer Kloppe de le rendre.

Un brusque virage à droite dans un chemin de traverse projeta Mortimer contre Pietro Bellinzona. En grognant, le colosse le repoussa sans douceur dans l'angle opposé de la banquette.

Quand les virages ne la cachaient pas à sa vue, Folco Mori voyait tressauter l'arrière de la Fiat bleue sombre louée le matin même par le flic qu'il avait défenestré une heure plus tôt. Maintenant, c'était son copain qui la pilotait. Et franchement, Folco préférait être à sa place qu'à la sienne. Car lui non plus ne verrait pas le coucher du soleil. Ainsi, ne pourrait-il jamais répéter à ses chefs — Kirpatrick sans aucun doute — qu'Italo Volpone avait emmené O'Broin et sa souris pour une balade sans retour dans les contreforts montagneux de la Suisse. Problème : avait-il eu le temps de prévenir New York de la mort de Cavanaugh ?

Quand Volpone et Bellinzona avaient quitté le Sordi's, Mori était resté en arrière-garde, planqué dans sa Volkswagen derrière une haie de fusains. Il avait vu démarrer le flic sur les traces d'Italo et de Pietro, espérant vaguement que l'autre suiveur non identifié, qui ne se savait pas filé lui-même, allait se manifester. Malheureusement, il était resté invisible. Dommage : Folco brûlait d'apprendre à qui il avait affaire avant d'accomplir la passe de trois.

Il fit une brève récapitulation : au départ de l'aéroport, trois hommes étaient aux trousses de Volpone. Deux étaient des flics travaillant en équipe bien qu'ils fissent semblant de ne pas se connaître. Le premier était mort. Le second, dans sa Fiat bleue, lui servait de point de mire. Désormais, seul le troisième homme représentait une inconnue. Il devait œuvrer soit pour un service parallèle gouvernemental, soit il était la « torpille » d'une famille rivale. Dans ce cas, il ne pouvait s'agir que d'Ettore Gabelotti, le seul ayant les épaules assez larges pour se payer le culot de faire espionner Volpone.

Quant au flic numéro 2, pas question de se casser la tête à camoufler son meurtre en accident.

Le paysage sauvage qu'ils parcouraient maintenant, à l'écart des routes principales, offrait toutes garanties pour faire disparaître proprement une dépouille humaine. Avant qu'on ne découvre le cadavre, beaucoup de neige aurait fondu dans la vallée. Folco serait loin !

Au détour d'un sentier, il embrassa la totalité de l'horizon. Très loin devant lui, il vit la P9, suivie de la Ford de Volpone, s'élever majestueusement le long des flancs de la falaise. Trois cents mètres derrière, la Fiat du flic américain.

« Profite, salaud ! dit Folco à voix haute. Profite bien ! Tu n'en as plus pour longtemps ! »

La pente devint soudain si rude qu'il dut rétrograder en première pour pouvoir la gravir sans trop se laisser distancer.

« Je suis le secrétaire de M. Volpone, dit Rico Gatto.
— Ah ! laissa tomber placidement le gardien de la morgue.
— Vous savez bien... Il est venu ce matin. Il m'a chargé de récupérer un objet qu'il a peut-être perdu chez vous.
— Un objet ? Chez moi ?
— Une montre.
— Où ça ?
— Si vous voulez bien me permettre de jeter un coup d'œil...
— Mais où ?
— Sur les lieux où s'est rendu mon patron.
— Je ne peux pas vous laisser entrer.
— Pourquoi ?
— Parce que seule la famille est admise. Il faudra qu'il revienne lui-même.
— M. Volpone est très pris », dit Rico Gatto en exhibant une liasse de dollars tirée de sa poche.
L'employé sembla ne pas les voir. Aux Etats-Unis, le même geste aurait provoqué son départ en flèche et la présentation quasi instantanée de dix cercueils lestés de leur pensionnaire. Mais on était en Suisse.
« Prenez ! » insista Rico en tendant les billets.
L'autre roula des yeux effarés.
« Moi ? Pour quoi faire ?
— Pour le dérangement.
— Quel dérangement ? Je suis payé pour ça !
— Alors conduisez-moi ! s'impatienta Rico.
— Je vous dis que la morgue est fermée aux visiteurs !
— Qu'est-ce que je dois faire pour entrer ?
— Comme tout le monde. Attendre que quelqu'un de votre famille soit mort et faire une demande écrite. »

Pour la beauté du geste, Rico aurait bien logé une balle dans le crâne de cet affreux.

Au téléphone, Ettore Gabelotti s'était étranglé de rage quand Rico n'avait pas été capable de lui révéler le nom du défunt auquel Volpone avait rendu visite.

« M. Volpone n'aurait-il pas laissé tomber sa montre dans le cercueil ? biaisa Rico.

— Ma foi... dit l'employé. Quand j'ai refermé la boîte, je n'ai rien vu.

— En êtes-vous certain ?

— Tout à fait. Vous pensez, ça m'aurait frappé, avec une jambe.

— Comment ça, une jambe ? »

L'employé dévisagea Rico avec curiosité.

« Eh bien, oui... La jambe. »

Rico fut si ahuri qu'il commit une imprudence :

« M. Volpone est venu voir une jambe ? La jambe de qui ?

— Comment m'avez-vous dit que vous vous appeliez, déjà ?... s'enquit l'autre avec méfiance.

— Ecoutez, plaida Rico... Vérifiez encore une fois... Je reviendrai avant la fermeture. »

Il planta là l'employé, regagna sa voiture sous son œil soupçonneux et mit le cap sur le Sordi's. Avec l'espoir que Gabelotti ne lui ferait aucun reproche quand il lui apprendrait la nouvelle. La jambe de qui ? Comme si lui-même avait pu le savoir !

Patrick Mahonney savait maintenant comment Dave Cavanaugh était mort. Plus de doute. Il ne s'agissait pas d'un accident, comme tout le laissait supposer, mais d'un assassinat.

Il avait suffi que la P9, escortée de la Ford de

Volpone, s'engage dans les sentiers de montagne pour que Mahonney s'aperçoive qu'il était lui-même filé par une Volkswagen de couleur beige.

Il se maudit de n'avoir pas pensé qu'un homme de Volpone avait pu rester en couverture pour le surveiller. Pour une raison quelconque, Dave Cavanaugh avait été attiré près de la fenêtre et jeté en bas. Avec un frémissement de joie féroce, Mahonney estima qu'on s'apprêtait à lui faire le même coup. Sensuellement, il effleura la crosse de son Magnum. Lui, le gibier présumé, allait tuer le chasseur !

Il se rendit compte qu'il n'avait pas prononcé intérieurement le mot « arrêter », mais « tuer », comme si, oubliant sa fonction de flic et la mission dont l'avait chargé le capitaine Kirpatrick, il n'eût eu qu'une hâte, venger Cavanaugh de ses propres mains. Ultérieurement, il pourrait invoquer mille raisons pour justifier le carnage qu'il désirait commettre. Un seul mobile suffisait : légitime défense.

Il allait d'abord essayer de faire parler son suiveur. Dès qu'il lui aurait arraché des aveux, il le supprimerait et selon ses révélations, tirerait dans le tas jusqu'à ce que soit assouvie la rage terrifiante qui lui broyait les tempes.

Depuis un moment, la piste serpentait sous une immense voûte de sapins et de mélèzes géants qui occultaient la lumière du jour. Leur ombre bleutée donnait une teinte métallique et froide aux plaques de neige parsemant çà et là le parcours. Au fur et à mesure qu'ils montaient vers le sommet, la neige s'épaississait, protégée par le manteau des arbres, vierge de toute trace, hormis celles qu'avaient laissées les pneus des deux voitures qui le devançaient. La sente devenait de plus en plus cahoteuse, trouée de fondrières que camouflait la neige. La Fiat avala péniblement une rampe très dure. A peine arrivait-elle au sommet de la bosse qu'elle dévala une rampe vertigineuse d'une trentaine de mètres. Surpris, Mahonney freina sans douceur. Toutes roues bloquées, la voiture se mit légèrement en travers et partit en dérapage, glissant sur sa lancée jusqu'au creux de la dénivellation où le chemin forestier faisait un coude comme pour mieux repartir à l'assaut de la crête.

Mahonney sut instantanément que les choses se passeraient là et pas ailleurs. Délaissant momentanément sa poursuite, il bondit hors de la Fiat qui barrait désormais le passage et boula sous le couvert des buissons. Il se releva, remonta la pente sur quelques mètres, cassé en deux, le Police Python 357 bien en main et s'accroupit derrière un tronc d'arbre. Frappé par l'énormité du silence, il attendit, haletant. Fatalement, celui qui lui collait aux trousses allait déraper du haut en bas de la bosse comme il l'avait fait lui-même. Un bruit de moteur amena sur son visage une espèce de rictus : il arrivait ! Il vit d'abord les deux roues avant de la Volkswagen patiner sur la faille, puis son capot arrondi plongea dans la descente. Son conducteur rétrograda rapidement les vitesses pour que sa glissade fût freinée par le moteur. Quand il aperçut la Fiat qui lui barrait la route, il était trop tard pour réagir. Mahonney, en trois bonds, se porta à la hauteur de la portière qu'il ouvrit à la volée. De sa seule main gauche, il arracha l'homme à son volant et le jeta sur le sol où ses reins heurtèrent durement un tronc d'arbre.

Folco Mori, ahuri, vit l'énorme trou noir du Python à deux centimètres de son œil droit. Il allait relever la tête quand il fut frappé par une manchette à la hauteur de la glotte. Suffoquant, il porta les mains à sa gorge et roula sur lui-même dans la neige. Mahonney le palpa prestement et rafla son portefeuille. Il s'éloigna de deux pas, son arme toujours braquée sur Folco qui râlait doucement en crachant un mélange de bave et de bile.

« Qu'est-ce que tu viens vendre ici ? » demanda Mahonney sur un ton glacial.

Folco prit le temps de le regarder. Il était immense, osseux, et contemplait son passeport sur lequel était inscrit « voyageur de commerce ». A la façon dont il l'avait fouillé, à son allure, à son calme, Folco n'eut plus aucun doute : ce flic allait lui loger une balle dans la tête.

Eh bien voilà, c'était la fin du voyage, il allait payer. Ce n'était pas tellement de mourir qui le contrariait, mais de ne plus vivre, de pourrir quelque part quand les autres continueraient à rigoler, à baiser, à se dorer au soleil. Il s'était souvent demandé avec un détachement curieux où la chose se passerait. Il le savait à présent. Dans une forêt qui sentait bon, sur une plaque de neige, au mois d'avril.

« Comment as-tu tué mon copain ? » demanda Mahonney.

A son accent, Folco reconnut un indigène du Bronx. Comme lui.

« You understand ! » tonna Mahonney dont le visage se décomposait sous l'effet de la colère.

Mori se releva péniblement, s'appuyant sur les mains, blême, incapable de retrouver le rythme normal de son souffle. Le moteur de la Volkswagen, dont il n'avait pas eu le temps de couper le contact, ronronnait en crachotant. A quoi bon répondre ?

« Tu as trois secondes ! » dit Mahonney. (Il répéta :) « Comment as-tu tué mon copain ? »

Mori vit son doigt blanchir sur la détente du Magnum. Il secoua la tête et s'éloigna de trois pas.

« Qu'est-ce que ça peut te foutre ? » laissa-t-il tomber en haussant les épaules.

Une façon comme une autre d'avouer. Mahonney releva légèrement le canon du Python. Il allait tirer quand Folco Mori fit un geste en direction des poches de son pantalon.

« Les bras derrière la tête ! » ordonna Mahonney par réflexe professionnel, comme il l'avait fait des dizaines de fois dans des rafles.

Docilement, Mori s'exécuta. Ils se faisaient face maintenant, à dix mètres l'un de l'autre, Folco Mori, les deux mains nouées derrière la tête, Mahonney, l'arme à la hanche.

Se passa alors une chose réellement étrange. Mahonney vit Mori détendre le bras dans sa direction et se jeter en un roulé-boulé désespéré. Qu'est-ce que cette cloche croyait donc ? Espérait-il échapper à la balle qu'il lui destinait ? Mahonney voulut rire, sentit un flot de liquide tiède jaillir de sa bouche avec la violence d'un geyser, vit trois ou quatre Mori bondir dans des directions différentes pendant que les arbres semblaient danser la gigue au-dessus de lui, que le ciel devenait tour à tour noir et pourpre. En baissant la tête, il vit avec stupéfaction que son Magnum n'était plus dans sa main, mais à ses pieds. Il se demanda ce que lui-même foutait là, allongé par terre, seul élément stable du paysage qui tournoyait follement à une allure incroyable. Machinalement, il porta une main lourde sur sa gorge qui n'offrit plus à ses doigts sa surface familière. Au contraire, il y avait une espèce de trou dont les lèvres chaudes et gluantes semblaient donner naissance à une longue lame qui la traversait de part en part dans un flot de sang. Il songea avec étonnement :

« Pourvu que je n'aie pas la carotide tranchée... »

Ce fut sa dernière pensée consciente avant d'être aspiré par la nuit et la mort.

8

A QUATRE heures de l'après-midi, Marjorie introduisit Karl Deutsch dans le bureau de Homer Kloppe. Le banquier se leva pour accueillir le « Doktor ». Après deux phrases préliminaires de pure courtoisie, les deux hommes entrèrent dans le vif du sujet.

« Ne m'en veuillez pas d'avoir forcé votre porte », dit Deutsch.

Homer eut un geste magnanime de la main.

« Je vous demande également d'oublier ma visite dès que j'aurai quitté cette pièce.

— Puis-je vous offrir un whisky ? » demanda Kloppe en sortant d'un tiroir sa bouteille géante de Waterman.

Ils se connaissaient depuis près de dix ans et éprouvaient l'un pour l'autre une estime réciproque. Karl Deutsch, Autrichien d'origine, avait eu beaucoup de mal à faire oublier sa nationalité de naissance dans les milieux financiers zurichois. Malgré la communauté linguistique, il n'était pas « du pays ». Ses dons de conciliateur, son sens inné du service à rendre, ainsi que ses hautes relations internationales avaient fini par le faire accepter par la bourgeoisie locale. Il n'était pas rare que les plus hauts dignitaires de la banque vinssent lui demander son avis sur les clients avec lesquels ils s'apprêtaient à traiter une affaire. Comme par magie, Karl Deutsch leur fournissait bénévolement les renseignements demandés : à ce jour, il n'avait jamais commis aucune erreur de diagnostic. On lui en pardonnait presque de ne pas pratiquer avec assez d'assiduité la religion protestante qu'il revendiquait comme sienne.

En revanche, on éprouvait la plus haute considération pour la régularité exemplaire avec laquelle il drainait dans la Confédération les capitaux étrangers. Eclectique, Karl Deutsch les ventilait selon son bon plaisir dans les différents établissements de Zurich, Genève ou Lausanne, ayant su obtenir sa faveur. Aucune grosse opération dont il n'eût vent, aucun secret qui lui fût étranger, aucun milieu social, fût-il le plus fermé, dans lequel il ne parvint à s'introduire. Avaient recours à ses services d'intermédiaire aussi bien les riches particuliers que les banques étrangères, les multinationales et les gouvernements de certains pays en mal d'argent frais ou de fructueuses opérations financières à court terme. Deutsch jouait sur les devises, sachant avant tout le monde le jour précis où l'on allait dévaluer, ou réévaluer, une monnaie. Deutsch pouvait vous avoir l'adresse du vendeur possédant cent chars d'assaut Tigre, dix mille fusils Mas, cent mitrailleuses légères Stein. Deutsch était capable de faire transiter par des circuits connus de lui seul, les capitaux en proie à la voracité du fisc des pays européens ou américains. L'Union soviétique elle-même lui était familière, dont les représentants passaient souvent par lui lors de la mise en vente de leurs tonnes d'or excédentaires.

Il les convertissait indifféremment en céréales ou en dollars. Sa dernière opération s'était effectuée à la barbe des services fiscaux européens, supposés prévenir une hémorragie de devises nationales. Certaines banques italiennes, allemandes ou françaises avaient créé le plus légalement du monde un département S.I.C.A.V. à l'intention de leurs clients les plus juteux. Sous prétexte de leur conseiller un « bon placement » à haut rendement elles leur remettaient une luxueuse brochure vantant tel ou tel investissement immobilier dans des pays au-dessus de tout soupçon. Terrains en Floride, construction d'un village de milliardaires dans le Nord de l'Espagne, participation à l'élaboration d'un barrage géant au Québec. Les capitaux collectés faisaient route vers le Liechtenstein pour aboutir dans une société de Vaduz gérée par un consortium de notaires. Lesquels notaires, grassement rétribués par les banques mêmes qui les payaient pour leur servir de prête-nom, établissaient aux clients un contrat fiduciaire leur garantissant leur titre d'actionnaires dans le projet en cours. L'argent passait encore dans cinq ou six tamis qui le promenaient des Antilles néerlandaises à Bruxelles, à Amsterdam ou à Nassau.

Jusqu'au moment où il aboutissait à Zurich dans le secret d'un compte à numéro, sous forme de yens japonais ou de dollars canadiens, sans qu'aucune autorité d'aucun pays pût trouver à redire quoi que ce soit à l'opération : dans la réalité comme sur le papier, l'évasion était parfaitement légale.

Il va sans dire que Karl Deutsch prélevait au passage le pourcentage — minime, certes, mais sur le volume des affaires traitées... — le récompensant de ses efforts et de son ingéniosité. Scrupuleusement honnête mais complètement amoral — au sens exagéré qu'aurait pu donner un pauvre à ce mot — il ne connaissait dans ses affaires aucune entrave, aucune frontière. Son génie consistait à découvrir, dans le maquis des réglementations internationales, le créneau légal permettant de contourner légalement la loi. Il va sans dire que les mérites d'un tel talent n'étaient pas passés inaperçus des financiers du Syndicat.

A plusieurs reprises, Karl Deutsch avait réussi à blanchir d'énormes sommes dont il n'avait jamais cherché à connaître la provenance. Il lui était plaisant de penser qu'à lui seul, armé de ses seules trouvailles, il pouvait faire échec à la toute-puissante organisation fiscale américaine.

Cet amour de la belle ouvrage, pimenté d'un brin de poésie, donnait à sa manière une touche personnelle inimitable, faite de fantaisie et de légèreté. Il lui était déjà arrivé de conférer à de hautes instances gouvernementales, des postes d'administrateurs magnifiquement rétribués.

Ainsi, juste retour des choses, les capitaux issus d'activités illicites servaient à faire bouillir la marmite de ceux qui étaient chargés de les combattre. Karl Deutsch, affable, dévoué, toujours prêt à rendre service ou à mettre en rapport les uns et les autres au mieux de leurs intérêts, tirait les ficelles du gigantesque écheveau qu'il avait édifié.

« Santé ! dit Kloppe en levant son verre.

— Prosit ! » répondit Deutsch en vidant le sien cul sec.

Homer le lui emplit à nouveau.

« Voilà, dit Deutsch après une longue inspiration... J'ai beaucoup de respect pour vous, monsieur Kloppe, beaucoup d'estime. Pour cette raison, je vous prierai de ne rien répondre à ce que je vais vous dire. Et quand j'aurai quitté ce bureau, libre à vous d'en faire ce qui vous plaira. Il s'agit, bien entendu, d'une histoire qui n'a rien à voir avec la réalité...

— Bien entendu, dit Kloppe, plutôt déconcerté mais prodigieusement attentif.

— En vous la racontant, j'ai seulement conscience de pouvoir, peut-être, vous rendre service. A vous de juger. Supposons, je dis bien supposons, qu'un énorme capital ait été confié à l'un des établissements de cette ville, sous la garde d'un compte à numéro. (Deutsch vit nettement le visage de Kloppe se fermer...) Supposons encore, poursuivit-il, que ce capital... disons en transit... soit la propriété d'un groupe d'associés, pas suisses forcément... Disons étrangers... américains par exemple... dont les mœurs en affaires soient sensiblement différentes des nôtres. Je veux dire par là qu'à leurs yeux, primaires certes, les papiers ont moins d'importance que la parole donnée... »

Kloppe rangea soigneusement son flacon de Waterman dans le tiroir de son bureau : il avait tout imaginé de Karl Deutsch, sauf qu'il pût être le correspondant des Volpone. Mais après tout, n'était-il pas lui-même le garant de leurs fonds ?

« Supposons maintenant que les délégués ayant remis les fonds et connaissant le chiffre du numéro, soient dans l'incapacité, pour une raison quelconque, de venir retirer leur dépôt. Le devoir du banquier respectant une stricte moralité professionnelle sera alors de ne jamais dévoiler qu'il les a en sa possession à ceux qui s'en prétendraient les ayants droit. »

Arrivé à ce point de son discours, Karl Deutsch se racla la gorge.

« Sauf, monsieur Kloppe, si ces déposants sont des fous ou des criminels ne reculant devant rien pour les récupérer. Dans ce cas précis, et dans ce cas seulement, mieux vaut faire passer la raison avant l'usage, le bon sens avant la règle.

— Avez-vous reçu le carton d'invitation pour le mariage de ma fille ? dit Kloppe.

— En effet.

— Aviez-vous l'intention d'y venir ?

— Certainement. »

Kloppe se leva en repoussant son fauteuil.

« Je pense qu'il serait mieux que vous vous en absteniez. Oubliez donc cette réception comme j'ai déjà oublié les propos que vous m'avez tenus, auxquels je n'ai rien compris. »

Karl Deutsch se dressa à son tour, très pâle.

« Je suis navré, monsieur. Profondément désolé. J'avais pourtant espéré que vous les prendriez pour une marque d'amitié.

— Au revoir, Doktor, dit Kloppe.

— Au revoir, monsieur », dit Deutsch.

En tournant les talons, il lui sembla qu'il venait de vieillir de dix ans en quelques minutes.

Pourtant, il avait fait tout ce qu'il avait pu pour éviter le pire.

Arrivée sur le palier, Angela Volpone hésita à sonner. Le cœur battant, elle avait envie de rebrousser chemin et de s'enfuir. Pour se forcer à ne pas reculer devant cette visite, elle avait prévenu Francesca de son arrivée une demi-heure plus tôt. Maintenant, au pied du mur, elle se demanda si elle aurait le courage d'annoncer à sa belle-sœur que Don Genco Volpone, son mari, était mort. Elle sonna.

Francesca elle-même ouvrit la porte. C'était une femme approchant de la cinquantaine, mais paraissant plus. Peut-être la modestie de la mise, l'absence de maquillage ou quelque chose de plus subtil, une usure du visage, venue de l'intérieur. Depuis son mariage avec Italo, Angela n'avait rencontré Francesca qu'à trois ou quatre reprises. Et chaque fois, elles n'avaient eu rien de plus à se dire que de pauvres phrases de convention. Trop de choses les séparaient, bien qu'elles eussent épousé les deux frères. Avec l'appétit de ses vingt-cinq ans, Angela ne subissait pas sans malaise la présence calme et résignée de Francesca. Qu'avait-elle enduré de la vie pour avoir l'air aussi brisée ?

« Entrez donc, Angela... Bienvenue. »

L'appartement était à son image. Malgré l'énormité de sa surface, rien n'en dérangeait l'aspect terne et tranquille. Tout était gris, doux, un peu fané, un peu hors du temps. Anonyme. Et pourtant, sur la patine des meubles rustiques, on sentait la main de l'homme qui les avait fabriqués. Comme si, en pleine 8e Avenue, on s'était retrouvé brusquement à la campagne.

« Voulez-vous une tasse de café ? »

Angela fit signe que non. Guidée par Francesca, elle alla s'asseoir dans une bergère, près d'une fenêtre. Francesca s'installa sur une chaise en face d'elle et attendit.

« Voilà, commença Angela. Italo vient de m'appeler de Zurich. J'ai une mauvaise nouvelle. »

Francesca se contracta imperceptiblement.

« Il s'agit de votre mari... Don Genco. Il a eu un accident. »

Incapable de soutenir ce regard qui la dévorait, Angela baissa les yeux sur ses mains crispées, nouées sur le tweed de sa jupe à la hauteur des genoux.

« Un accident ? » dit Francesca.

Malgré la réserve d'Italo, toujours avare de

confidences, Angela, par bribes, avait tenté plusieurs fois de reconstituer le passé de sa belle-sœur. Elle avait été élevée à l'ancienne, par des parents qui tenaient une boutique d'épicerie dans le quartier italien de New York. Comme au pays avant le début du siècle. Interdiction d'aller danser, d'adresser la parole à un garçon, de sortir après le dîner. Son père n'avait élevé cette fille unique que dans le but de la garder intacte et pure, afin de passer ses propres pouvoirs à son futur mari. Don Genco avait été l'élu. Elle lui avait donné deux filles dont l'aînée, Jane, avait le même âge qu'Angela.

« Est-ce qu'il est ?... Est-ce qu'il est ?... » demanda Francesca en se remettant debout.

Angela, gagnée par son émotion, se mordit les lèvres et baissa la tête. Puis, spontanément, d'un seul élan, elle se releva et se jeta dans ses bras. Au tressaillement de ses côtes, elle sentit qu'elle pleurait. Sans qu'aucune larme vînt mouiller son visage.

« Où est-il ? » prononça-t-elle d'une voix changée et durcie en se dégageant.

Angela ne sut que répondre : c'était énorme à concevoir, mais elle s'aperçut qu'Italo ne lui avait donné aucun détail !

« Je vous demande où est mon mari ? répéta Francesca. Que lui est-il arrivé ?

— Je ne sais pas, dit Angela luttant contre ses sanglots. Italo doit me rappeler. Il ne m'a rien dit de plus. Il s'occupe de tout. »

Francesca s'abattit sur la bergère, se recroquevilla sur le ventre, tête enfouie dans les coussins, les frappant à coups de poing pendant qu'un gémissement inhumain sortait de sa poitrine.

« Je savais qu'ils me le tueraient ! Je le savais ! Et maintenant, ils vont tuer Italo ! »

Pétrifiée, n'osant faire un geste, Angela mit ses poings devant sa bouche pour ne pas hurler.

Chaque fois qu'il avait fait mine de ralentir, Volpone, à grands coups d'avertisseur impérieux, lui avait enjoint de continuer. Peu probable qu'il recommence : le chemin s'arrêtait là, mourant dans une clairière en pente douce flanquée, dans sa partie supérieure, d'un bâtiment central sur lequel venaient s'accoter des granges, des remises, des appentis. Lando coupa le contact, sortit de la voiture et attendit que la Ford vienne se ranger à ses côtés. Il se précipita pour ouvrir la portière à Volpone, sans oser affronter le regard d'Ines installée sur le siège passager.

« Ça vous convient ?

— Va voir si c'est habité », dit brièvement Italo sans bouger de sa place.

Pestant contre la boue et la neige fondante qui souillaient ses escarpins, Lando s'éloigna vers les bâtiments. Tout était fermé. Tout semblait mort. A tout hasard, il frappa à coups de poing sur une porte. Rien. Il colla son œil à une fente des volets sans distinguer quoi que ce soit. Il fit le tour de la construction, poussa une porte qui s'ouvrit en grinçant. Le sol en terre battue était jonché d'une épaisse couche de copeaux de bois. Jetés contre les murs de soutènement, divers instruments agricoles : des pioches, des haches, des coins d'acier. Trônant au centre de la remise, une scie électrique. Lando passa un doigt sur la lame circulaire rouillée recouverte de sciure et de poussière.

Apparemment, personne n'avait mis les pieds ici depuis l'automne. Il ressortit, escalada le talus sur une centaine de mètres, certain maintenant que ses chaussures étaient définitivement foutues.

Arrivé sur la crête, il embrassa d'un coup d'œil le fantastique paysage qu'elle leur avait caché. Au premier plan, dégringolant jusqu'aux rives d'un torrent dont il apercevait le scintillement, plusieurs hectares de sapins clairsemés, coupés à leur base. Plus bas, entre le torrent et son point d'observation, un amoncellement de troncs élagués calés sur la pente par d'énormes billes de bois. Le moment venu, les bûcherons devaient les faire glisser jusqu'au lit de la rivière pour les récupérer en aval. Au-delà, dans l'éclat de noirs et de blancs s'estompant vers les lointains en gris bleutés, un chevauchement de collines, d'escarpements neigeux.

En se retournant, Lando vit la ferme réfugiée dans un angle de la clairière, complètement enfouie dans la masse sombre des sapins. Il redescendit, furieux de s'enfoncer dans la neige jusqu'à mi-mollets.

« Alors ? dit Volpone.

— O.K. !

— Fais-moi descendre ces connards ! »

Lando fit signe à Pietro Bellinzona qui sortit de la P9 derrière Mortimer O'Broin et Zaza Finney. Volpone descendit de la Ford, poussant Ines devant lui. L'espace d'une seconde, tout se figea. Zaza et Mortimer, livides, tenus en respect par l'imposant Bellinzona. Plus loin, Italo Volpone, non moins pâle, le visage dur et impersonnel, tenant distraitement par le bras Ines qui le dominait de la tête et semblait ne voir rien ni personne, le regard fixé droit devant elle.

Sur le groupe muet, s'installa le silence qui précède les mises à mort. Quand le bruit du moteur leur parvint, Volpone, aux aguets, leva légèrement la main. Nul ne bougea. On vit alors déboucher dans la clairière la Volkswagen crème de Folco

Mori. Il vint se placer le long des deux voitures, coupa le moteur, serra le frein à main et rejoignit les autres sans un mot.

« D'où tu sors ? dit Volpone.

— J'étais derrière.

— On t'a même pas vu... s'étonna Bellinzona.

— J'ai dû m'arrêter.

— Pour quoi faire ? insista Bellinzona.

— Rien. »

Volpone fit un signe de la tête et prit la direction du chalet. Instantanément, ils lui emboîtèrent tous le pas. Arrivé devant la remise, Volpone dit à Pietro et à Mori :

« Faites-les entrer là-dedans. »

Et à Lando :

« Toi, reste ici. »

Quand Zaza, Ines, Mortimer, Folco et Bellinzona eurent disparu dans le bâtiment, Italo gratta la neige du bout de ses chaussures.

« Tu connais mon frère ? demanda-t-il à Lando sans le regarder.

— Oui. Je l'ai vu il y a trois jours.

— Où ?

— En ville. Il m'a convoqué au bar du Continental.

— Pour quoi faire ?

— Don Genco voulait que je le raccompagne à la gare.

— Tu l'as fait ?

— Oui.

— Raconte. »

Lando l'observa, visiblement déconcerté.

« Raconter quoi ?

— Vous y êtes allés en taxi ?

— Non, dit-il en se rengorgeant. (Il désigna la P9 d'un mouvement du menton.) Là-dedans.

— C'est ta bagnole ?

— Don Genco me l'a offerte.
— Quand ?
— En passant devant la vitrine. Il a dit qu'il voulait me laisser un souvenir. Il l'a achetée en dix minutes. Je l'ai étrennée immédiatement en l'emmenant à la gare.
— Tu l'as mis au train ?
— Il a refusé. Je l'ai déposé devant l'entrée.
— Tu es pas allé au guichet avec lui ?
— Il m'avait demandé de partir.
— Tu sais pas pour où il a pris un billet ?
— Non.
— Comment était-il ?
— Qui ?
— Mon frère ! s'impatienta Italo.
— Bien. Détendu. De bonne humeur.
— Qui vous a suivis ? »
Lando eut une expression étonnée.
« Suivi ? Personne. Je ne sais pas.
— Tu connais le type que tu as agrafé ?
— Mortimer O'Broin. L'avocat.
— Tu l'as pas vu avec mon frère ?
— Non. Quand je l'ai rencontré, Don Genco était seul.
— Tu t'appelles Baretto ?
— Orlando Baretto. Lando.
— Tu es dans la famille depuis combien de temps ?
— Ça va faire neuf ans.
— Tu es bien payé ?
— Correct.
— A partir d'aujourd'hui, je t'augmente. Je double.
— Mais Padrone !... objecta Lando avec confusion.
— Pas d'accord ?
— Si ! dit vivement Lando. Mais...

— Prends ça ! ordonna Volpone en lui fourrant une liasse de billets dans la main. Dix mille dollars.

— Ma perche ?...

— Un acompte. Tu aimais mon frère ? »

Lando hocha vigoureusement la tête de bas en haut.

« Il est mort, dit Italo. Tu sais qui l'a fait descendre ? »

La mâchoire de Lando parut se décrocher. Il écarquilla les yeux :

« Descendre ?

— Cette salope d'O'Broin ! Ecoute-moi bien ! J'ai une ou deux questions à lui poser. Quand j'en aurai fini avec lui, il ne reviendra pas à Zurich. Tu me comprends ?

— Oui, dit Lando qui s'en doutait déjà.

— Sa pouffiasse blonde non plus. Tu es prêt à m'aider ?

— Oui.

— Qui est la grande bringue, la négresse ?

— On est ensemble.

— Tu y tiens ?

— Comment ça ? s'étrangla Lando, surpris que sa voix fût devenue aussi rauque.

— Il ne faut pas qu'elle revienne.

— Mais patron !...

— Je te dédommagerai.

— Elle a rien fait ! Elle est pas dans le coup !

— Possible. C'est pas de chance.

— Mais...

— Je veux pas de témoins ! Tu en trouveras une autre. C'est pas les putes qui manquent !

— Ecoutez, Padrone... »

Volpone lui jeta un regard venimeux.

« Je t'ai déjà dit que je te dédommagerai !

— Je sais patron, je sais ! C'est pas ça ! Ça va se remarquer ! Elle est en cheville avec tous les gros sacs de la ville ! Des juges, des banquiers !... Là où vous m'avez fait aller ce matin pour ramasser O'Broin, cette banque...

— Quelle banque ?

— La Trade Zurich Bank ! Elle s'envoie le taulier !

— Qui ?

— Ines !

— Kloppe ?

— Oui ! lança Lando avec précipitation, sentant confusément que pour une raison inconnue de lui, il venait d'ouvrir une brèche. Il est fou d'elle ! Raide dingue ! »

Volpone réfléchit à toute allure.

« Tu dis que ta négresse se tape Homer Kloppe ?

— Oui ! Kloppe, c'est ça !

— Tu aimerais la garder en état de marche ?

— Elle est régulière !

— Tu voudrais bien la ramener entière à Zurich, hein ?

— Si elle l'ouvrait, je lui ferais la peau moi-même ! »

Volpone le toisa avec dédain.

« Tu fais confiance à une gonzesse, toi ? »

Lando ne marqua qu'une infime hésitation.

« Elle oui !

— Eh bien, pas moi ! A moins qu'on la mouille à mort ! Ecoute-moi, Baretto... Si elle déconne, tu réponds d'elle sur ta tête ! D'accord ?

— D'accord. »

Volpone lui donna une légère tape sur l'épaule.

« T'inquiète pas si je la bouscule un peu. C'est de la frime... Pour rire, quoi... »

Il pénétra dans la remise. Lando le suivit.

Kurt Heinz contempla ses parents avec découragement : ils ne comprenaient rien ! Tout lui semblait minable et étriqué dans cet appartement de trois pièces niché dans la vieille ville. Jadis, quand il était enfant, le quartier lui était apparu brillant, plein de charme et de mystère. La maison avait trois étages. Kurt était né au premier. Ses parents y mourraient.

La Kirchgasse démarrait à l'angle du Zwingliplatz, grimpait vers l'ancienne chapelle du Grossmünster et venait mourir au Hirschengraben, non loin de la fontaine aux chevaux. Des années durant, ce carrefour avait constitué tout l'horizon de Kurt. Il marquait les bornes de son univers au-delà duquel s'éteignait la chaleur protectrice de la cellule familiale.

Avec amertume, il se remémora les efforts qu'il avait dû faire pour rompre avec cette tradition de médiocrité qui voulait que chaque Heinz, anonyme parmi les anonymes, épousât d'autres anonymes dont l'existence ne laissait jamais aucune trace dans la mémoire de personne. A sa connaissance, il était le premier à sortir du cocon. Son père et sa mère en étaient terrifiés. L'idée que leur fils unique pût épouser une fille dont les propres parents occupaient une position si élevée dans la hiérarchie sociale et la fortune, au lieu de les combler de fierté, les écrasait d'un lourd sentiment de culpabilité. Sur tous les tons, ils avaient prévenu Kurt des dangers comportés par cette « mésalliance ».

Répondant à ses pensées secrètes, son père ajouta :

« Enfin... C'est fait, c'est fait... Mais ne t'imagine pas que je serai à l'aise.

— Tu es Professor, Kurt, renchérit sa mère. Si

vous faites ce que vous avez prévu, tu te mettras beaucoup de monde à dos. »

Kurt haussa les épaules avec colère. Dans le plus secret de lui-même, il savait qu'ils avaient raison. Pour cela, il leur en voulait encore plus. Comme d'habitude, l'idée avait germé à la suite d'un défi stupide de Renata. L'un des rares qu'il avait voulu relever. Trop tard pour revenir en arrière !

Ils avaient une conversation sur les surréalistes. Renata était éblouie par l'excentricité de leurs idées. Kurt s'évertuait à lui prouver qu'elles étaient dépassées, que le réel était plus important que leurs pitreries fanées, qu'il y avait mieux à faire que de noyer des mouches dans du lait quand les deux tiers de la planète crevaient de faim.

« Tu es incapable de rêver ! avait dit Renata. Pire : tu es trop petit pour vivre tes rêves. Il te manque un grain de folie, mon pauvre Kurt ! Tu sais ce que m'a dit Dali un jour, à moi, Renata ? Il veut organiser une corrida dont les taureaux estoqués et les matadors vainqueurs seront enlevés de l'arène dans des hélicoptères recouverts de taffetas rose !

— Et alors ?

— Alors rien ! Ça a de la gueule !

— Débile !

— Ce n'est pas toi qui m'enlèverais dans un hélicoptère !

— Mais si, chérie, mais si !... Pourquoi pas le jour de notre mariage !

— Pourquoi pas ? avait répondu Renata les yeux brillants.

— En effet, pourquoi pas...

— Tu m'as toujours dit que tu emmerdais les sales bourgeois de cette ville. Prouve-le ! Chiche ?

— Chiche !

— Tu ne te dégonfleras pas ?

— Moi ? »

Voilà comment la connerie s'était faite, par jeu, pour un mot ! Avec le plus grand sérieux, ils avaient élaboré alors un programme de réjouissances propre à choquer au maximum les dignes Zurichois qui seraient invités à la cérémonie. Chaque fois que Renata proposait une idée nouvelle, Kurt, par défi imbécile, la poussait à sa limite extrême, ciselant les détails, améliorant l'ordonnance. Thème choisi : tout à l'envers. A trois jours de la cérémonie, plus question de reculer ou de se dédire.

Avec malaise, Kurt s'imaginait dans une nacelle fleurie accrochée à un hélicoptère, s'enlevant dans les cieux ! Probable que certains de ses élèves ne voudraient pas rater le spectacle, annoncé à grand tam-tam dans la presse locale sous l'œil consterné et résigné de leurs familles respectives. Après cette lamentable exhibition, il ne lui resterait plus qu'à démissionner de son poste. Pour faire quoi ? Il n'en savait rien. Peut-être caissier de banque, comme papa ?

« Je te le dis, Kurt, renchérit Joseph Heinz. Ta mère et moi, tu nous mets dans une sale position !

— Vous n'avez aucun humour ! grinça Kurt.

— Et si le filin casse ? » s'inquiéta Utte.

Elle était grande, massive, placide, et se voulait effacée, gênée à l'idée de déranger quiconque. Elle avait des mains fortes de paysanne, aux doigts épais couronnés d'ongles minuscules dont la lunule était pratiquement invisible. Des mains faites pour la lessive, le ravaudage, la fondue ou la traite des vaches. Le soir, elle se couchait la dernière, pour veiller personnellement à ce que toutes les lumières fussent éteintes, la cuisine en ordre, la porte fermée à double tour. Lui fumait la pipe après le dîner et s'endormait régulièrement entre vingt-deux heures et vingt-deux heures dix. Pas un cliché ne manquait à ces personnages de calendrier, jusqu'au coucou mural qui scandait aigrement, de quart d'heure en quart d'heure, la fuite d'un temps dont il n'avait jamais eu le secret.

« Vous ne pouvez pas comprendre, dit Kurt. Renata est vivante, elle.

— J'ai peur que tu ne perdes ta situation, balbutia Utte en baissant les yeux.

— Et même, fanfaronna Kurt qui partageait secrètement ses craintes.

— Tous ces sacrifices que nous avons faits ! se lamenta Utte. On espérait... on aurait voulu, ton père et moi...

— Quoi ? »

Il faillit leur crier : « Vous auriez voulu que je vous ressemble ! » retint la phrase sur ses lèvres, comprenant au gros soupir de son père qu'il l'avait devinée. Une autre planète, une autre dimension. Que dire de plus ?

« Bon... Eh bien, il faut que je m'en aille... Ta robe est prête, maman ? »

Elle lui fit signe que oui.

« Tu verras ! Tu seras la plus belle ! »

Il appréhenda l'instant où elle serait lâchée dans le grand salon des Kloppe, aussi imposante et gauche qu'un derrick, dans une hideuse et informe chose vert pomme taillée dans un tissu bon marché. Sale moment !...

« Au revoir, papa... »

Il effleura d'un baiser ses joues couperosées et lisses de vieil enfant fragile qui ne serait jamais devenu homme. Et lui, Kurt, était-il un homme ? Après tout, il portait un pantalon et l'une des plus riches héritières de la ville l'avait choisi comme époux. D'un pas mal assuré, il descendit les dix marches de l'étage. Quand il était gosse, il s'asseyait sur la vieille rampe de bois patiné et se laissait glisser jusqu'en bas en criant de plaisir.

En voyant apparaître Volpone, il eut envie de se recroqueviller. Mais, électrisé par la certitude de sa mort et des souffrances qui la précéderaient, Mortimer O'Broin fit face :

« Italo ! Je vous jure sur ma vie que je ne comprends rien à votre attitude ! Il s'agit d'un malentendu monstrueux ! »

D'un air rêveur, Italo fit des yeux le tour de la remise, caressant du regard les copeaux de bois, la scie, les murs étoilés de toiles d'araignée, les énormes poutres soutenant la charpente du toit. Non loin de la scie, une plaque métallique posée sur le sol en terre battue. Volpone fit un signe à Pietro Bellinzona qui la souleva, dégageant une cavité de deux mètres sur un pour une profondeur de quatre-vingts centimètres. Elle abritait le moteur de la scie et un gros compteur électrique nanti d'un interrupteur.

« Laisse ce trou ouvert ! ordonna-t-il à Pietro qui frotta ses mains souillées de rouille.

— Italo ! cria O'Broin en se redressant de toute sa petite taille, j'ai droit à une explication ! »

Volpone se tourna vers lui comme s'il l'apercevait pour la première fois.

« Je vais te la donner », répondit-il avec douceur.

Il le prit gentiment par le bras et l'entraîna au fond de la remise, loin des autres. Pendant le trajet en voiture, le sang s'était remis à couler de la bouche blessée de Mortimer. Mais il ne songea pas à l'essuyer.

« Voilà, dit Volpone calmement. On a assassiné mon frère. »

O'Broin puisa dans ses dernières réserves nerveuses la force de ne pas baisser les yeux.

« Qu'est-ce que vous me racontez ? suffoqua-t-il.

— Ta gueule ! gronda Volpone en se contenant. C'est moi qui parle ! Tu vas me donner le code et le numéro de compte sous lequel Genco a enregistré le transfert.

— Italo ! Je ne peux pas ! Ce serait trahir Genco ! »

Pour ne pas le massacrer à l'instant même, Volpone ferma les yeux, se prit la tête entre les mains et la serra de toutes ses forces, jusqu'à ce que les marques de ses doigts s'impriment dans sa chair livide.

« Ecoute-moi, pourri, écoute-moi bien ! Avant de te tuer, je te propose un marché. Si tu parles tout de suite, je te descends proprement d'une balle dans la tête, comme un homme. Et tu as ma parole que ta gonzesse ne souffrira pas.

— Comment ! Vous voulez...

— Si tu attends, tu parleras de toute façon ! Mais je t'arracherai la peau centimètre par centimètre pour te laisser pourrir vivant ! Qu'est-ce que tu décides ?

— Italo ! Je vous jure que vous vous trompez ! chevrota Mortimer. Je vous jure...

— Pietro ! Remets la plaque à sa place et amène la blonde dessus !

— Non, mais ça ne va pas ? se révolta Zaza Finney. Qu'est-ce que j'ai à faire de vos salades, moi ! Je le connais à peine, ce type ! »

Bellinzona lui tordit le bras dans le dos et la propulsa sur la plaque métallique.

« Qu'est-ce que je fais maintenant ? demanda-t-il.

— Tu la pends, dit tranquillement Volpone.

— Salauds ! » hurla Zaza.

Elle tenta d'envoyer des coups de pied à Pietro qui l'étouffa dans ses pattes d'ours. Ines eut une réaction surprenante :

« Ça va durer longtemps vos conneries ? J'ai froid. Je veux rentrer.

— Va te mettre près de cette salope, lui intima Mori en désignant O'Broin.

— Je ne sais pas ce qu'ils ont après vous, dit Ines à Mortimer, mais parlez-leur ! Vous voyez pas que vous nous mettez tous dans la merde ! »

Sur un battement de cils de Volpone, Folco Mori ramassa un rouleau de cordage qu'il tendit à Lando. Lando en saisit une extrémité et balança le rouleau au-dessus de la poutre. Puis, sous le regard intéressé de Bellinzona, il confectionna un nœud coulant.

« Passe-lui autour du cou ! » dit Volpone.

Les yeux agrandis d'horreur, une expression d'incrédulité sur le visage, Zaza chercha du regard un secours quelconque.

« Mortimer ! s'égosilla-t-elle... Mortimer !

— Laissez-la ! glapit O'Broin. Mais laissez la !... »

En un tournemain, Bellinzona entravait les poignets de Zaza dans son dos pendant que Lando attachait le bout de la corde à un anneau rivé dans le mur.

« Mortimer ! » hurla encore Zaza à pleins poumons.

Elle le vit se débattre misérablement dans les bras de Folco Mori qui le ceinturait.

« La plaque ! » dit Italo.

Comme un cheval au licol, Zaza, au comble de l'épouvante, se mit à tourner sur elle-même en une giration éperdue, aveugle, martelant du talon de la seule chaussure qui lui restait la plaque de fer. Bellinzona en saisit le bord à deux mains et tira. Zaza, brutalement privée d'appui, gigota désespérément dans le vide.

« Dégueulasses ! » cria Ines.

Elle se baissa pour s'emparer d'une faux rouillée, reçut un coup du tranchant de la main derrière la nuque et s'agenouilla en gémissant tandis que Mori, qui avait relâché sa prise en un éclair pour la frapper, l'affermissait de nouveau. Ines se mit à vomir doucement, les lèvres à ras du sol, ce qui lui évita de voir les yeux de Zaza jaillir de ses orbites avant que son corps, agité par un dernier spasme, ne prenne l'apparence d'un chiffon disloqué.

« Pietro ! ordonna Volpone. Va t'amuser avec la négresse ! »

Bellinzona jeta un regard en biais à Lando, tout pâle, les poings serrés, observant Italo dont le bras s'était prolongé brusquement d'un Mauser.

« Baretto ! dit Volpone sans le menacer précisément... Va mettre la scie en marche. »

Mais de sa voix émanait un danger si présent que Lando ne fit pas un mouvement lorsque Bellinzona souleva Ines pour l'emporter, à demi inconsciente, derrière une pile de bois tronçonné où il la jeta sur un tas de copeaux.

« Baretto ! insista Volpone. Je t'ai parlé ! »

Lando fit quelques pas, se laissa tomber dans la cavité après avoir frôlé le corps de Zaza dont il écarta les jambes pour avoir accès à l'interrupteur. Il l'actionna. Un doux feulement s'éleva. La lame de la scie se mit à tourner lentement, prit de la vitesse.

Pour surtout ne rien entendre de ce qui se passait derrière lui, Lando sortit de la cavité, prit machinalement un morceau de bois et le présenta à la lame. Instantanément, il se trouva tranché comme s'il se fût agi d'une allumette.

« Amène-le ! » dit Italo à Mori.

Folco poussa Mortimer O'Broin tout en lui maintenant les bras dans le dos.

Un hurlement s'éleva de la litière de copeaux. Lando se figea. Volpone feignit de n'avoir rien remarqué. On entendit Bellinzona rugir « Salope ! », des bruits lourds de coups et les chocs d'une lutte.

« Baretto, couche-le devant la scie et tiens-le... »

O'Broin, au-delà de la terreur, voulut parler, fit des signes désespérés sans qu'un son sortît de sa bouche. Empoigné rudement par Folco Mori et Lando, il se retrouva allongé sur le tablier d'acier de la scie électrique, le cou à dix centimètres de la lame vibrante. Volpone lui crocheta la tête par les cheveux :

« Je t'écoute ! »

Vomissant une longue coulée de bile, Mortimer, qui voulait vivre, réussit à maîtriser son épouvante, le temps d'articuler les deux syllabes du nom de code choisi par Don Genco :

« Mamma ! Mamma ! »

Mais Italo ne comprit pas qu'il venait de lui livrer la moitié de la réponse tant attendue. Il crut que le mot, venu du fond des tripes d'O'Broin sous l'effet de son épouvante, n'était qu'un dernier appel au secours, un ultime refus. Tout bascula en lui. En une seconde, son visage se couvrit de sueur, de grandes traînées blanches éblouissantes lui passèrent devant les yeux, drainant à toute allure des images... Son frère, lui disant après leur chute de bicyclette : « Ne t'inquiète pas... Ça ne fait pas mal... » et Angela, sa femme, dont il crut percevoir sur le bout de sa langue la saveur tiède de la pointe de ses seins, et Genco encore, vivant, mort, sa jambe...

« Salopard ! gueula-t-il... Salope... » oubliant

brusquement qui il était, pourquoi il était là, ce qu'il était venu y faire...

Quand les filaments lumineux cessèrent leur sarabande, il vit qu'il tenait toujours la tête de Mortimer O'Broin à pleins cheveux. D'un air stupide, égaré, il leva les yeux sur Orlando Baretto et Folco Mori qui détournèrent leur regard avec gêne.

Il constata qu'il était couvert de sang.

Alors, il s'aperçut que plus rien ne rattachait la tête sanglante qu'il tenait dans les mains au corps de Mortimer O'Broin.

En même temps qu'elle, il venait de trancher le dernier lien le reliant aux deux milliards de dollars.

DEUXIÈME PARTIE

L'IMPASSE

9

RENATA KLOPPE sonna Manuella pour le petit déjeuner — café fort, jus de pamplemousse frais, confiture de fraises, œufs pochés au bacon — se leva en étouffant un bâillement, ouvrit une penderie sur la porte de laquelle elle effaça du bout des doigts l'un des trois traits tracés à la craie.

« Moins deux, dit-elle, moins deux... »

Le jour où Kurt et elle avaient fixé la date de leur mariage, elle en avait tracé cent vingt-cinq, comme le font les condamnés pour tenir le décompte des nuits qui leur restent à passer en prison. Elle n'avait toujours pas compris pourquoi elle avait décidé d'épouser Kurt. Il était l'antithèse de ce qui la séduisait habituellement. Elle aimait les beaux garçons frivoles, nonchalants, paresseux, aux cheveux blonds.

Kurt était de taille moyenne, brun, sous pression permanente, et Renata repoussait avec force le mot qui lui collait le mieux, mais qu'elle se refusait à prononcer : besogneux. Toujours sur ses gardes contre des périls imaginaires, incapable d'un abandon réel, d'un mouvement de folie, il porterait jusqu'à la fin de ses jours le poids du monde sur ses épaules, se jetant tête baissée dans les problèmes collectifs pour ne pas prendre de front son problème personnel.

« Bonjour, mademoiselle ! Vous avez bien dormi ? Plus que deux jours !

— Bonjour, Manuella ! Vous avez oublié le poivre.

— Je vais le chercher !

— Manuella !... Une question à mille francs... Pourquoi est-ce que je l'épouse ?

— Parce que vous l'aimez !

— Perdu !

— Je vous apporte le poivre... Vous devriez jeter un coup d'œil sur votre menu !

— Il est là ?

— Sur le plateau ! »

Elle éclata de rire une nouvelle fois avant de disparaître. Renata s'empara d'un bristol pompeux où s'inscrivait, en lettres gothiques, le déroulement de son repas de noces. Elle ne put s'empêcher de sourire en relisant le petit chef-d'œuvre subversif soigneusement élaboré avec Kurt.

26 AVRIL 1977

GRANDE FINE CHAMPAGNE 1936
CAFE
SORBET DE LA PASSION
CHARLOTTE AU CHOCOLAT
FROMAGES
SELLE D'AGNEAU DE PROVENCE
BAR EN CROUTE
AU COULIS DE TOMATES FRAICHES
FOIE GRAS DU LOT
HUITRES DE BELON
APERITIFS
DOM PERIGNON 1961
CLICQUOT ROSE 1929

Louis Philippon, le grand chef français qui arriverait le lendemain chez les Kloppe avec sa brigade au grand complet, s'était refusé à tout commentaire lorsque Renata lui avait soumis son menu. Ce « tout à l'envers » avait laissé de glace ce snob imperméable à l'humour suisse. Sous prétexte que la cérémonie nuptiale précédant le... — « Quoi, au fait ? songea-t-elle, dîner ou déjeuner ? » — aurait lieu à trois heures du matin, il en avait profité pour exiger le double du prix prévu. « Tarif de nuit », avait-il précisé sans rire. Renata s'était demandé jusqu'où elle pouvait aller sans aller trop loin. Elle avait asticoté Kurt pour connaître ses propres limites. Il avait craqué devant sa proposition — qu'elle n'aurait pas tenue — de s'habiller lui-même en robe de mousseline alors qu'elle aurait été en smoking. Elle avait feint le mépris, l'accusant de dérobade. Il s'était emporté, jurant le plus sérieusement du monde que s'il refusait, ce n'était pas pour lui, mais « à cause de ses élèves » !

Dans le fond, c'était peut-être ça qui enchantait Renata : Kurt se laissait piéger au perpétuel système de défi qu'elle lui imposait, les relevant au premier degré, angoissé de déchoir s'il n'accomplissait pas ce qu'elle était capable de faire.

Pauvre Kurt ! Son intelligence théorique, sa boulimie de culture, l'écran qu'il mettait entre le réel et lui par le biais de connaissances toujours accrues par un travail de tâcheron, en faisaient une proie de choix pour la fille fantasque d'un grand banquier zurichois.

« Le poivre, mademoiselle...

— Manuella, je sais ! Je sais pourquoi je

l'épouse ! J'ai besoin d'un type que je puisse torturer à longueur de journée !

— Jusqu'au jour où il vous torturera lui-même ! dit la femme de chambre non sans malice. Je vous ai préparé votre ensemble beige.

— Merci. Je mettrai le bleu ciel.

— Pas de chance ! Il est prêt aussi. »

Au tour de Renata de rire. Elle adorait Manuella et encourageait son sens de la repartie. Quand elle était vraiment drôle, et cela lui arrivait souvent, elle lui refilait les robes qu'elle ne mettait plus. Ce qui rendait Kurt fou de rage :

« Tu la traites comme une domestique !

— Manuella ! Mon fiancé prétend que je vous traite comme une domestique !

— Mais je suis une domestique ! » pouffait Manuella dans un rire complice.

Il y avait une chose que Renata appréciait chez Kurt : au lit, il était parfaitement passif. Elle usait de lui comme d'un objet familier apte à se plier à n'importe quel fantasme. Dans les expériences qu'elle avait eues au cours de ses nombreux voyages, elle avait rencontré des phallocrates conquérants et sûrs d'eux-mêmes qui l'avaient pourtant laissée insatisfaite. S'étant jurée de ne pas tromper son époux après le mariage, elle regrettait parfois de n'avoir pas rencontré la fulgurance physique que ses amies se vantaient d'avoir apprivoisée.

Etaient-elles sincères ?

Toutefois, il lui restait une petite chance. Quitte à être dingue et à choquer une ville, il fallait l'être en plein : Renata s'était juré, dernière folie avant les mornes joies du conjugo et du pouponnage, d'enterrer « sa vie de garçon ». L'après-midi précédant la nuit de la cérémonie, elle sortirait dans la rue et jetterait son dévolu sur le premier homme qui lui plairait. Puisque l'occasion créait le larron, pourquoi les circonstances ne créeraient-elles pas de la jouissance ?

La scie revenait sur lui par intermittence, à intervalles réguliers scandés par sa vibration désagréable chaque fois qu'elle sectionnait un morceau de ses membres. Italo se tordit pour échapper à sa morsure, poussa un cri et ouvrit les yeux. Il était baigné de sueur et la lumière entrait à flots par les fentes des persiennes. La veille, il n'avait même pas songé à fermer les rideaux. Il décrocha le téléphone qui continuait à lui vriller les tympans. Sans vouloir savoir à qui il avait affaire, il éructa dans l'appareil « ne quittez pas... », se leva en titubant, alla droit dans la salle de bain où il entreprit, simultanément, d'uriner et de s'asperger le visage d'eau froide : sale réveil ! Il n'avait dormi que deux heures, passant la nuit à faire des réussites qui toutes, avaient foiré. Même sa roulette miniature ne lui avait apporté aucun réconfort. Aucun des numéros choisis mentalement n'était sorti. Il s'était acharné cent huit fois consécutives sur le zéro sans résultat. Quand il l'avait lâché pour le onze, la bille l'avait choisi comme par hasard pour aller s'y loger à trois reprises d'affilée ! Il n'était pas arrivé à se concentrer. Sa pensée revenait sans cesse sur la tête sanglante d'O'Broin.

Pourquoi lui avait-il ménagé une mort si douce, si instantanée ? Il aurait voulu le torturer des heures et des heures pour lui faire payer l'assassinat de son frère. Après l'avoir fait parler. En mourant, cette raclure d'homme lui avait joué un tour atroce. Genco mort, O'Broin décapité, le fil était coupé. Les deux milliards des familles Volpone et Gabelotti ne pouvaient plus être restitués à leur propriétaire que sur décision du banquier. Italo avait déjà eu un aperçu de sa bonne volonté !

Il saisit l'appareil resté sur le lit.

« Allô ! cria-t-il.

— Italo ? »

Il reconnut la voix de Moshe et pensa qu'il allait se faire engueuler.

« Italo ? Tu m'entends ?

— Ne crie pas si fort !

— Pour Genco, tu as du nouveau ?

— Rien.

— C'est moche... Ecoute... Ça va mal ! Karl Deutsch est allé voir ton gars à la banque.

— Et alors ?

— Il s'est fait envoyer sur les roses. »

Volpone sentit sa gorge se contracter : encore une chance qui s'envolait.

« Rien à tirer de ce côté-là, ajouta Yudelman. Mauvais ! Mauvais !

— C'est tout ce que tu as de marrant à me dire ?

— Non. Gabelotti vient de me convoquer d'urgence.

— Comment ?

— Je te dis qu'il m'a convoqué !

— Et tu vas y aller ? s'étrangla Italo. Depuis quand ce poussah te donne-t-il des ordres ?

— Tu oublies que nous sommes des associés.

— Dis-lui d'aller se faire mettre !

— Il va me demander où en est l'opération. C'est son droit.

— N'y va pas !

— Tu trouves qu'on n'a pas assez d'ennuis ? Tu veux l'avoir sur le dos lui aussi ?

— Gagne du temps ! J'aurai tout réglé à midi !

— Je croyais t'avoir dit...

— Ferme-la ! Je sais ce que j'ai à faire !

— Italo ! Si Genco était encore en vie, il te dirait la même chose que moi ! Tu n'arriveras à rien avec tes méthodes !

— Apparemment, celles de ton Karl Deutsch ne sont pas fameuses ! lança Volpone avec méchanceté.

— Notre seule chance de nous en sortir honorablement, c'est de retrouver O'Broin !

— Ne quitte pas ! » dit Italo.

Brusquement, il n'osait pas dire à Moshe ce qui était arrivé à Mortimer. Il lui aurait fallu du temps pour réfléchir. Les événements allaient trop vite. Il revint en ligne.

« Un type, qui m'apportait de l'aspirine. J'ai mal au crâne.

— Qu'est-ce que je dis à Ettore ? Pour Genco ?... Si tu es d'accord, il vaudrait mieux l'affranchir. De toute façon, il saura. »

Italo consulta sa montre. 9 h 10. Dans moins de trois heures, il jouerait sa dernière carte avec Kloppe. L'ennui, c'est qu'il ne pouvait mettre aucune de ses menaces à exécution. Désormais, la vie du banquier lui était infiniment précieuse. Au plus, il pourrait essayer de lui faire peur. Essayer...

« Moshe ! Si tu ne m'obéis pas, tu ne fais plus partie de la famille !

— C'est ton droit. Mais j'ai une obligation envers Genco. Il ne voulait pas la guerre ! Je ferai tout pour que ses consignes soient respectées. Pour lui, et pour toi, pour te protéger !

— Va te faire foutre !

— Si j'échoue, alors, fais ce que tu voudras.

— Tu m'emmerdes !

— Laisse tomber la banque, crois-moi ! Attends que j'aie vu Ettore... Je dois lui parler, je dois... »

Italo Volpone raccrocha sèchement. En entendre davantage équivalait à se rendre aux arguments de Yudelman. Mais cela, il le refusait, bien qu'il fût persuadé secrètement que Moshe avait raison.

Jusqu'à présent, personne, même pas son frère, n'avait réussi à l'empêcher d'en faire à sa tête. Quelles qu'en fussent les conséquences.

Il avait promis à Kloppe d'être chez lui à midi : il y serait.

En sortant du sauna attenant à sa salle de bain, Ettore Gabelotti grimpa sur la bascule. Avec une moue désabusée, il constata que l'aiguille allait se nicher dans la zone non chiffrée indiquant le maximum. Il lui arrivait pourtant de redescendre en dessous des 125 kilos au-delà desquels l'aiguille se bloquait. Quand tout allait bien. Sinon, il compensait sa tension nerveuse et son angoisse en avalant tout liquide ou solide lui tombant sous la main. Son médecin traitant lui avait expliqué que sa boulimie ne correspondait pas à une faim réelle, mais à un trouble « psychosomatique ». — le mot était si extraordinaire qu'il l'avait retenu. Bien entendu, il en avait cherché le sens sur un dictionnaire médical, avait cru comprendre qu'il s'agissait d'une diminution de son potentiel intellectuel et s'était précipité sur le réfrigérateur de son bureau pour y engouffrer une boîte entière de porc à la gelée : s'il avait été cinglé, comment aurait-il pu régner sur son empire ?

Il contempla avec dégoût son corps de géant à l'estomac dilaté, dont les amas graisseux ne parvenaient pas toutefois à masquer la fantastique musculature. Autrefois, quand il avait trente ans, il pouvait prendre deux bonshommes, un dans chaque main, et les jeter à trois mètres comme un paquet de cacahuètes vide. Aujourd'hui, il se contentait de faire accomplir le travail par ses « punks ».

Carmine Crimello et Angelo Barba, ses deux « consigliere », l'attendaient dans la pièce à côté, un petit salon attenant à sa chambre. Il passa une chemise blanche, un complet bleu foncé qui lui donnait trente kilos de moins, noua une cravate noire autour de son cou et s'aspergea d'une brume d'eau de toilette. Il avait cédé à contrecœur aux instances de Moshe Yudelman qui s'était entremis pour lui faire accepter cette association financière passagère entre la famille de Genco Volpone et la sienne. Pendant dix ans, par meurtres interposés, les deux Don s'étaient infligés des pertes sévères. Quand ils avaient compris que les autorités fédérales tiraient les marrons du feu de leurs luttes intestines, ils avaient conclu un pacte de non-agression, après s'être minutieusement répartis les zones d'influence qui seraient les leurs. Mais de là à mettre leurs ressources en commun ! Ettore Gabelotti, qui ne faisait confiance à personne — et encore moins à Genco ! — avait eu le pressentiment que Volpone essaierait de le rouler : on y était !

Crimello et Barba se levèrent ensemble de leur fauteuil quand ils le virent entrer. D'un geste, Ettore leur intima de se rasseoir. Il ouvrit le réfrigérateur, se servit une bière qu'il arrosa d'un doigt de cognac, avala deux tranches de jambon qu'il roula en crêpes et observa ses deux hommes de barre avec un air amer et goguenard.

« C'est pas marrant, hein, d'être tirés du lit à trois heures du matin ? »

Très mollement, Carmine et Angelo esquissèrent un geste de dénégation.

« Qu'est-ce que vous voulez, j'arrive pas à dormir... Je m'ennuie de vous quand vous n'êtes pas là... Je me sens perdu... Vous devriez être flattés, non ? »

Il engloutit son mélange d'un trait et remplit machinalement son verre vide de cognac pur.

« Alors, comme je m'emmerde, je gamberge... je gamberge... C'est pas gai... »

Il lampa la moitié de son cognac.

« Au fait, vous avez des nouvelles d'O'Broin ?

— On devrait en avoir ? » demanda Crimello.

Ettore ne répondit pas directement à la question.

« Rico Gatto m'a appelé de Suisse. D'après vous, qu'est-ce que Bébé Volpone est allé foutre à Zurich ? »

Il fit tourner lentement le restant du cognac dans le fond du verre. Crimello et Barba, qui connaissaient trop bien sa feinte nonchalance, estimèrent que le temps était à l'orage.

« Il est allé à la morgue, dit Ettore.

— La morgue ?

— Oui, la morgue ! Ça peut arriver à tout le monde d'éprouver le besoin de se recueillir.

— Devant qui ? émit Barba.

— Une jambe.

— La jambe de qui ? insista Angelo en échangeant avec Crimello un bref regard d'incompréhension.

— Si j'avais des collaborateurs compétents, je le saurais, dit Gabelotti d'une voix douce. Rico Gatto n'a pas été foutu de me le dire. C'est comique, non ? »

Crimello et Barba se tortillèrent, mal à l'aise. Barba se jeta au feu.

« Don Ettore, si vous nous disiez plutôt ce qui vous préoccupe ?

— On est baisés ! hurla Gabelotti en fracassant son verre sur une table basse. Et si je suis baisé, c'est que je suis entouré de cons ! Rien ne vous étonne, vous ? Le frère de mon associé va faire du tourisme du côté de la morgue et pendant ce temps, mon homme de confiance disparaît !

— O'Broin ?

— Oui ! O'Broin ! Si jamais les Volpone m'ont touché à un seul de ses cheveux, je les crève ! »

Carmine Crimello se racla la gorge.

« Padrone, sur quoi vous basez-vous pour...

— Sur rien ! le coupa Gabelotti avec rage. Mon pif ! En ce moment, on est en train de nous rouler, et on reste là, les bras ballants ! Comme par hasard, Mortimer n'a plus donné signe de vie depuis Nassau ! Il n'est pas venu à son étude, sa femme ne l'a pas revu chez lui et sa poule est introuvable ! Vous voulez un dessin ? Les Volpone nous fauchent notre fric !

— Une seconde, intervint Barba, une seconde... »

Il avait le plus grand respect pour le Don, mais les cinq années de médecine entreprises avant d'entrer à son service lui remirent en mémoire le diagnostic formulé à son sujet : paranoïa à prédominance interprétative accompagnée d'un délire de la persécution.

« O'Broin est peut-être simplement parti se mettre au vert avec sa poule ? »

Gabelotti le toisa méchamment.

« Quand il sait que deux milliards de dollars sont en jeu ?

— Je crois que vous vous alarmez un peu vite, Padrone, renchérit Carmine.

— Ah ! tu trouves ? Si ces salauds ont descendu O'Broin, qu'est-ce qui les empêche de filer avec le paquet ?

— Mais Don Ettore, vous ! s'indigna Angelo.

Vous avez également le numéro ! Il vous suffit de téléphoner à la banque pour retirer les fonds !
— S'ils y sont encore, grommela Gabelotti.
— Quoi de plus facile que de vérifier ?
— Je viens d'appeler Phillip Diego, reconnut Ettore à contrecœur. Il connaît le banquier. Il est sur place.
— A trois heures du matin ? s'étonna Crimello.
— A Zurich, il est neuf heures ! »
Barba chercha une métaphore pour signifier au Don, mais en termes respectueux, que sa théorie était idiote. Il ne trouva qu'une équivalence.
« Les Volpone sont tout ce que vous voulez, mais ils ne sont pas fous ! Après un coup pareil, la Commissione les condamnerait à mort !
— Il faudrait d'abord les retrouver ! dit Gabelotti d'un air buté.
— Ils ne se cachent pas ! Vous venez de dire vous-même qu'Italo était en Suisse !
— Tu me casses les pieds ! tonna Gabelotti à bout de patience et d'arguments. Quand je te dis qu'il y a un coup fourré, crois-moi sur parole ! »
Angelo Barba se réfugia dans un silence prudent. Nul ne pouvait attaquer Gabelotti de face, surtout lorsqu'il laissait parler son instinct plutôt que sa logique. Il fallait le contourner à petits coups, doucement, sans heurts...
« Moshe Yudelman ?... hasarda Crimello.
— Je t'ai pas attendu pour y penser ! grogna Ettore avec aigreur. Il va arriver d'une minute à l'autre.
— Est-ce que la femme d'Italo est en ville ? » insinua Carmine sans avoir l'air d'y toucher.
Gabelotti enfourna d'une seule bouchée la moitié d'un paquet de biscuits. Tout en mastiquant, il coula vers lui un regard méprisant.
« Tu crois peut-être que c'est une monnaie

d'échange ? Quand deux milliards sont sur le tapis, ça pèse quoi, une gonzesse ?

— Mais est-ce qu'elle est ici ? insista Crimello.

— Oui, laissa tomber Ettore. Avec deux hommes à moi sur le cul. »

L'entrevue fut remarquable par sa brièveté. Phillip Diego fut introduit par Marjorie dans le bureau de Homer Kloppe à 9 h 01. A 9 h 04, il en ressortait. Plutôt éberlué que son coup de culot fut un échec à 100 p. 100. Phillip Diego n'avait même pas quarante ans. Il était pourtant l'un des avocats d'affaires les plus brillants de la nouvelle génération. A l'âge où les poètes se cherchent, où les peintres doutent, où les musiciens font des gammes, il employait vingt-trois collaborateurs, occupait quatre cents mètres carrés de bureaux dominant la rivière, à deux pas du Rathaus, siège du parlement communal et cantonal ; il possédait un appartement à Paris, un pied-à-terre à Londres, un chalet à Gstaad, une propriété à Saint-Paul-de-Vence et nombre de terrains aux Bahamas. Homme arrivé, il réunissait en sa seule personne les avantages de la jeunesse et de la maturité, charme, expérience, équilibre physique, esprit retors, et cette pointe de scepticisme pondéré qui éblouit le client.

Kloppe et lui s'étaient rencontrés plusieurs fois à l'occasion d'affaires internationales où chacun des deux, enchanté par l'efficacité de l'autre avait tiré un grand profit de leur collaboration.

En pénétrant dans l'antre du banquier, Diego fit jouer à fond ses qualités d'homme direct, mordant et bienveillant.

« Cher ami, je connais trop bien les usages pour penser que vous puissiez me répondre. Toutefois, une indication de votre part me serait très précieuse pour rassurer un de mes clients, qui se trouve également être le vôtre. Il vient de m'appeler de New York, il se fait beaucoup de soucis. Son nom, Ettore Gabelotti. Le connaissez-vous ? »

Devant l'absence de réaction de Homer Kloppe, Phillip Diego enchaîna avec un sourire.

« Pour une certaine affaire, une seule mais très importante, il a lié ses intérêts à ceux de Genco Volpone. C'est là où l'anecdote devient cocasse... Gabelotti est épouvanté par l'avion, ce qui le gêne énormément, vous vous en doutez, pour aller contrôler sur place la bonne marche de ses entreprises. En ce qui vous concerne, il s'est fait représenter dans votre établissement par son fondé de pouvoir, Mortimer O'Broin. Or, il se trouve que son associé Volpone ne lui a donné aucun signe de vie depuis trois jours, pas davantage qu'O'Broin. Mon client est dans tous ses états. Avant de transmettre ses ordres pour que soient retirés les fonds qu'il a chez vous, il a tenu, par respect pour son associé, à ce que je vous contacte. Il veut s'assurer que ni O'Broin ni Volpone n'ont agi en dehors de lui. Ma question — sa question — est donc celle-ci : le montant du transfert est-il toujours en possession de la Trade Zurich Bank ? »

Homer Kloppe quitta son fauteuil, se rendit devant la baie vitrée encadrée de boiseries blondes, jeta un coup d'œil sur le ciel d'un bleu pur où s'effilochaient quelques nuages légers. Il laissa tomber d'une voix neutre :

« Quel temps magnifique ! »

Déconcerté, Phillip Diego masqua sa défaite dans un éclat de rire irrésistible. Pour tout autre que Kloppe.

« Eh bien, tant pis ! En tout cas, je dirai à mon client que j'ai essayé...

— J'ai été ravi de vous voir, dit Homer, le visage fermé.

— Moi aussi ! Après tout, Gabelotti est en possession du numéro de son propre compte. Je lui dirai de venir lui-même !

— Au revoir, maître. »

Fin de l'entretien.

Si Moshe Yudelman avait accepté de se rendre à trois heures du matin, à la convocation d'Ettore Gabelotti, c'était pour que la guerre n'éclate pas sur-le-champ entre les deux familles. En l'espace de quelques heures, la situation était devenue si tendue que la moindre erreur risquait de mettre le feu aux poudres : quand le Don apprendrait ce que Moshe avait à lui confier, nul ne pourrait prévoir ses réactions.

Après sa conversation avec Italo, Yudelman avait longtemps balancé pour savoir s'il devait dire la vérité à Gabelotti, tenter de l'endormir en le rassurant ou ne lui révéler que certains détails sans lui livrer l'ensemble. Un rapide examen l'avait poussé à choisir la première solution. Si Gabelotti demandait à le voir, c'est qu'il avait déjà flairé quelque chose de louche. Autant jouer franc jeu.

Le fait qu'Ettore lui ait donné rendez-vous à une heure pareille ne l'avait pas rassuré. Par un réflexe aussi puéril qu'inutile, Moshe avait demandé à Vittorio Pizzu de l'accompagner. Pizzu était « sotto-capo » dans la famille Volpone depuis quinze ans. Il avait la haute main sur les trois « capiregime », les lieutenants, de Genco Volpone : Aldo Amalfi, Vicente Bruttore, Joseph Dotto.

Ces trois lieutenants en avaient souvent décousu

dans le passé avec le clan Gabelotti. Ils prenaient les ordres de Vittorio Pizzu et les répercutaient sur les « soldats », dont chacun régnait sur plusieurs « punks ». Jadis, quand on allait régulièrement « aux matelas », ils avaient donné de belles preuves de leur cran et de leur fidélité. Avant d'occuper ses hautes fonctions, Pizzu n'avait pas répugné lui-même à accomplir de basses besognes où sa cruauté naturelle, jointe à une absence totale de sensibilité, avait fait merveille. Au moment où leur voiture s'arrêtait devant le vaste hangar du quai 8, une idée traversa l'esprit de Yudelman.

« Tu es armé ? demanda-t-il à Vittorio.

— Toujours.

— Laisse ton flingue dans la bagnole.

— Pourquoi ?

— Fais-moi plaisir ! On n'est pas en guerre.

— Tu as envie de ressortir d'ici ?

— Vittorio ! Ne fais pas l'enfant. S'ils voulaient nous avoir, ils n'auraient aucun mal, que tu sois chargé ou pas. Fourre-le dans la boîte à gants. »

Pizzu hocha la tête avec une expression déçue.

« Pourquoi tu m'as emmené ?

— Je veux avoir un témoin et que tu me soutiennes le cas échéant. Pas à coups de pétard.

— Avec Gabelotti, je ne suis sûr de rien. Il sera seul ?

— Je ne sais pas. Vittorio !

— Quoi ?

— Pose-le ! Crois-moi... »

A contrecœur, Pizzu fit glisser le Smith and Wesson Parabellum 39 hors de son étui. Il l'enfouit dans la boîte à gants, sous des cartes routières.

« C'est malin ! déplora-t-il. Avec des tantes pareilles, c'est comme si j'étais à poil !

— Viens ! »

Les deux hommes nonchalamment postés dans l'antichambre ne leur firent pas l'injure de les fouiller. Vittorio Pizzu en conçut un regret supplémentaire. Mais quand il pénétra dans le bureau de Gabelotti sur les talons de Moshe, il constata avec une surprise inquiète que le Don était entouré de trois de ses hommes : Angelo Barba et Carmine Crimello, ses deux « consigliere », et Carlo Badaletto, l'homme qui avait changé de camp. Pizzu l'avait eu autrefois sous ses ordres. Il se réjouit à l'idée que son ancien subordonné portait un dentier depuis le coup de tête que lui avait administré Italo Volpone.

En les voyant entrer, Ettore Gabelotti inclina la tête en guise de salut. Visiblement, il avait passé une nuit blanche. Sur la peau lisse de son visage blême, ses hernies graisseuses formaient sous ses yeux vifs deux lourdes poches en relief. Yudelman sentit immédiatement le changement d'ambiance. Trois jours plus tôt, à Nassau, lors de la réunion des responsables des deux clans, le climat était presque à l'euphorie. Maintenant, régnait une atmosphère de menace et de soupçon.

« Prenez place », dit Gabelotti.

Yudelman et Pizzu s'installèrent du bout des fesses, côte à côte, face au Don flanqué sur sa droite de Crimello et Barba, sur sa gauche, de Carlo Badaletto. Ettore n'observa aucun temps mort :

« Moshe, je t'ai fait venir pour te poser certaines questions relatives à notre argent.

— Je vous écoute, dit Yudelman.

— Quand Genco nous a envoyé son télégramme, « OUT », l'argent devait transiter dès le lendemain, disons au plus tard le surlendemain, hors de cette banque suisse. Je remarque en passant que tu m'as laissé dans l'inquiétude. J'attendais d'un ami comme toi que tu me téléphones pour donner des nouvelles. Tu ne l'as pas fait. Don Genco non plus ne l'a pas fait. Je suis déçu. Alors, je te pose la question : oui ou non, nos deux milliards ont-ils été transférés ?

— Pas encore, Don Gabelotti.

— Puis-je te demander pourquoi ?

— Même si vous ne m'aviez pas fait signe, je m'apprêtais à solliciter un rendez-vous pour vous en parler.

— Pourquoi as-tu emmené Pizzu avec toi ? »

Moshe n'osa pas lui répondre que lui-même le recevait avec trois des hommes de son brain-trust.

« Tu as craint de ne pas être bien reçu ? » ironisa gentiment Gabelotti.

Yudelman eut un sourire poli pendant que Badaletto croyait devoir s'esclaffer sous l'œil froid de Vittorio Pizzu.

« Je peux sortir, dit Pizzu en jetant un regard circulaire.

— Ne bouge pas ! protesta Gabelotti. Tu es le bienvenu, Vittorio. Ne sommes-nous pas des associés ? »

Puis sans transition, à Moshe :

« Je t'écoute. »

Moshe concentra sa pensée, joignit les mains devant lui et laissa tomber :

« Il y a un léger retard.

— Pourquoi ? l'encouragea Gabelotti, très paterne.

— Il vient d'arriver un grand malheur. (Il vit Gabelotti échanger un rapide regard avec Crimello et Barba.) Don Genco Volpone est mort. »

La tension monta de plusieurs degrés, perceptible à la qualité du silence régnant brusquement dans la pièce.

« C'est en effet un très grand malheur, dit Gabelotti. Qu'est-il arrivé ?

— Don Genco a eu un accident à Zurich. On a découvert sa jambe sur le tablier d'une locomotive.

— Sa jambe ? s'étonna Ettore avec compassion. Mais lui-même, où est-il ?

— Son corps n'a pas encore été retrouvé. Son frère est sur place.

— Comment a-t-il appris ce malheur ?

— Ici, à New York. Par la police.

— Tu veux me dire que la police a identifié la jambe de Don Genco ?

— Don Genco se chaussait chez Biasca's. Les flics suisses ont envoyé la chaussure aux flics d'ici. Biasca a certifié qu'il s'agissait bien de celle qu'il avait faite pour Don Genco. Et malheureusement, Italo a confirmé : la jambe qu'on a trouvée est bien celle de son frère.

— J'ai beaucoup de peine, Moshe, dit Ettore. Et mes collaborateurs aussi. Don Genco était un homme sage, un uomo di rispetto. Au nom des miens, au nom de toute ma famille, je te présente mes condoléances sincères et attristées. Où auront lieu les obsèques ?

— Je pense qu'Italo ne décidera rien avant d'avoir retrouvé le corps de son frère.

— Si on m'avait dit une chose pareille il y a trois jours, je ne l'aurais pas crue, affirma Gabelotti. De quoi est mort Don Genco, exactement ? »

Yudelman, pas dupe des airs doucereux d'Ettore, se demanda une fraction de seconde s'il devait aller plus loin. Gabelotti perçut son hésitation.

« Parle, Moshe, parle !... Nous sommes ici entre amis, la mort nous guette tous et nous devons nous entraider, quand cela est possible.

— Don Ettore, pour le moment, personne n'y voit très clair dans cette histoire...

— Explique-toi, Moshe.

— Malgré son chagrin, et avant même de faire son enquête, Italo a pensé à nos intérêts communs.

— C'est-à-dire ?

— Il s'est rendu à la banque où nous avions déposé les fonds pour les faire transférer, comme nous en étions convenus. »

Gabelotti arbora un air de contrariété.

« Italo ? Qu'est-ce qu'il a à voir là-dedans ? Quelqu'un l'aurait-il désigné sans que je le sache pour prendre le relais de mes propres affaires ?

— Non ! le coupa Yudelman, non, Don Ettore ! Italo a simplement voulu rendre service pour que nous ne perdions pas de temps...

— Excuse-moi, Moshe, mais je ne comprends pas bien ce que tu me dis... Quelqu'un a-t-il demandé à Italo de rendre service ? Si c'est le cas, de quel service s'agit-il, Moshe ? Et qui donc le lui a demandé ? »

Malgré le malaise qui s'emparait de lui, Vittorio Pizzu s'astreignit à une immobilité totale : l'interrogatoire — car c'en était un ! — prenait une sale tournure. Si Moshe ne l'avait pas contraint à déposer son arme, ils auraient pu avoir une chance de ressortir vivants de ce guêpier. Discrètement, Vittorio caressa de l'index de sa main droite une détente imaginaire. Yudelman se racla la gorge avec embarras.

« Italo a été très secoué par la mort de Don Genco. J'admets qu'il a peut-être agi sous l'empire de l'émotion, avec trop de précipitation, mais il n'a songé qu'à accomplir ce qu'aurait fait son frère à sa place. Accélérer la procédure de transfert.

— Il s'est rendu à la banque pour cette raison ?

— Oui, Don Ettore. Pour activer l'opération.

— Sans que nul de nous ne l'ait mandaté ?
— Il a dû penser que...
— Que quoi ? »
Yudelman avala péniblement sa salive.
« Puisque Genco était mort, il devait assurer l'intérim de capo de la famille.
— En tant que consigliere des Volpone, t'avait-il informé de son projet ?
— Il ne m'en a parlé qu'après l'avoir réalisé.
— A quel titre s'est-il présenté à la banque ?
— Comme le frère de Don Genco.
— Et cela a suffi pour que le banquier débloque nos fonds ?
— Non, Don Ettore. Il a refusé. »
Dans le lourd silence qui suivit, Gabelotti prit une bouteille de cognac et s'en servit un plein gobelet sans en proposer à personne. Il le fit tourner lentement entre ses doigts, le visage lointain. A cet instant, Pizzu aurait pu jurer qu'il entendait distinctement le tic-tac de leurs montres. Gabelotti engloutit le cognac sans respirer, s'essuya machinalement les lèvres du revers de la main et planta ses yeux dans ceux de Yudelman qu'il fixa pendant plusieurs secondes sans un mot.
« Il y a une chose qui me chiffonne, dit-il enfin d'une voix rêveuse. Comment Italo, qui n'a jamais été que le frère de son frère, et qui ne représente rien que lui-même, a-t-il pu se permettre de se substituer à moi ? Le chagrin n'explique pas tout...
— Ecoutez, Don Ettore, autant vous le dire... Italo pense qu'on a pu attenter aux jours de Don Genco.
— Attenté ? Tu parles sérieusement ? Qui aurait pu en vouloir à la vie d'un homme aussi respecté, qui ne comptait que des amis ?
— Je ne sais pas, dit Yudelman.

— Tu vois bien que ce n'est pas sérieux. Mais je te remercie de m'en avoir fait part. Après tout, tu es responsable de l'association entre nos deux familles, mais tu ne peux l'être en aucun cas des réactions impulsives du frère de ton Padrone. Au fait, sais-tu que je suis sans nouvelle de Mortimer O'Broin ?

— J'ignorais, dit Moshe sur un ton qu'il souhaitait parfaitement neutre.

— C'est très ennuyeux, enchaîna Gabelotti. Comme tu le sais, mon consigliere connaissait le numéro de notre compte. Tu n'as aucun renseignement à son sujet ?

— Moi ? croassa Yudelman.

— Toi ou Italo...

— Pourquoi en aurais-je ?

— Oui, c'est vrai, excuse-moi... Je me pose des questions tu comprends ? Tu m'annonces que Don Genco est assassiné, tu m'apprends que son frère prend des initiatives et je m'aperçois qu'O'Broin a disparu. Qu'est-ce que tu en penses, toi, Moshe ?

— Je pense que tout cela est troublant.

— Ah ! tu vois ! Moi aussi ! »

Moshe se tortilla, refusant de laisser passer les mots qui lui venaient aux lèvres. Fallait-il avouer à Gabelotti que le seul homme à qui profitait la mort de Genco était Mortimer O'Broin ?

« Tu allais me dire quelque chose ?

— Non, non... »

Pourtant, il brûlait de parler : si quelqu'un avait réellement aidé Zu Genco Volpone à mourir, il ne pouvait s'agir que d'O'Broin. Comment le formuler ? Comment avouer à un Don que son consigliere privé a essayé de le filouter ?

« Parle, Moshe, parle ! Il y va de notre tranquillité à tous !

— Eh bien... commença Yudelman, gêné par le regard vigilant et bon enfant d'Ettore... Etant donné l'importance de l'opération en cours, je me demande s'il s'agit bien d'un hasard que...

— Que ?

— Que parmi les trois personnes ayant l'accès au compte, l'une soit morte et l'autre ait disparu. »

Ayant dit, Moshe baissa les yeux et regarda fixement ses ongles. Gabelotti l'approuva vigoureusement de la tête.

« Moshe, tu as parfaitement raison. Mais dis-moi, Moshe, si tu étais dans ma peau, tu ne serais pas inquiet ? Je suis la troisième personne... J'espère qu'il ne va rien m'arriver ! »

Carlo Badaletto, aux anges, se permit un gloussement de plaisir. Ettore feignit de ne pas l'entendre.

« Hein, Moshe ? Qu'est-ce que tu en penses ? »

Yudelman fut traversé par l'idée que Gabelotti était en train d'amuser le tapis après avoir monté une machination pourrie contre la famille Volpone. Quand Italo avait avancé cette possibilité, Moshe avait eu le tort de la repousser. Elle lui avait paru trop absurde. Mais maintenant, devant cette ironie tour à tour lourde ou feutrée, il pesa ses chances de sortir vivant de ce bureau : minuscules. Il n'avait donc plus rien à perdre, il se jeta à l'eau.

« C'est un grand malheur, Don Ettore, que vous n'ayez pu vous rendre à Zurich avec Don Genco...

— Tu sais très bien que je ne peux pas prendre l'avion, déplora Gabelotti.

— Je sais, Don Ettore, je sais... Mais s'il avait bénéficié de votre présence à ses côtés, Don Genco serait peut-être toujours parmi nous...

— Qu'est-ce que tu veux dire, Moshe ?

— Les deux « capi », et personne d'autre.

— Cherches-tu à me dire que Mortimer O'Broin n'a pas été à la hauteur ?

— Non, non, Don Ettore ! La compétence de votre consigliere n'est pas en cause !

— Quoi alors ?

— Mortimer O'Broin a toujours eu une moralité irréprochable. Mais c'est un homme, vous comprenez... Il a ses faiblesses... »

Gabelotti le regarda avec un étonnement parfaitement feint. Il articula lentement, d'une voix doucereuse :

« Tu penses que Mortimer aurait pu trahir son Padrone ?

— Je n'ai pas dit ça ! protesta vivement Yudelman. Comment pourrais-je avancer sans preuve une accusation aussi grave ? Non !... Je cherche simplement à savoir la vérité... »

Ignorant Pizzu, Ettore dévisagea l'un après l'autre Angelo Barba, Carmine Crimello et Carlo Badaletto.

« Et si Moshe avait raison ? Dis-moi, Moshe, à supposer que mon consigliere ait commis une faute, comment vois-tu les choses ?

— Je ne vois rien, Don Ettore. Je ne me permets de porter aucun jugement.

— Attends, je vais t'aider... Supposons que Mortimer, devenu fou... car tu es bien d'accord avec moi qu'il faudrait être fou pour oser quelque chose d'aussi énorme !... Mais peu importe ! Supposons qu'il ait voulu mettre la main sur notre argent... »

Il leva vers Yudelman un menton interrogateur pour avoir la certitude qu'il était bien suivi dans son raisonnement.

« Supposons, concéda Moshe.

— Parfait... D'après toi, comment les choses se

seraient-elles passées ? O'Broin serait-il allé jusqu'au meurtre pour s'approprier nos fonds ? »

Yudelman conserva une stricte immobilité et garda le silence.

« N'oublie pas qu'il s'agit d'une supposition, sourit Gabelotti. Est-elle possible ?

— C'est une possibilité, admit prudemment Yudelman.

— Bon, bon... Au moins, tu es franc, Moshe... Donc, Mortimer fait assassiner Don Genco, rafle l'argent du Syndicat à la banque et disparaît... C'est bien ça, Moshe ? »

Yudelman écarta les mains en signe de doute.

« Je n'y étais pas, Don Ettore. C'est vous qui le dites. »

Gabelotti se releva d'un bloc malgré ses cent vingt-cinq kilos et envoya valser son fauteuil à l'autre bout de la pièce.

« Tu nous prends pour des cons ? »

Pizzu, figé sous le regard des hommes du Don, veilla à ne pas décoller ses deux mains de la table, attentif à ne faire aucun geste brusque susceptible d'être l'objet d'une interprétation hâtive. Abasourdi, Moshe bredouilla...

« Don Ettore... je ne comprends pas....

— Tu vas comprendre ! » hurla Gabelotti le visage convulsé de rage.

Il empoigna Moshe par les épaules et le secoua comme un arbrisseau.

« Si Genco est réellement mort, c'est que son ordure de frère l'a buté ! Et il a aussi descendu O'Broin ! Il lui a arraché le numéro par la torture ! Et ce pauvre con s'imagine que mon consigliere portera le chapeau pour son meurtre ! Ecoute-moi bien !... Si les choses se sont passées comme je viens de le dire, je ne lui donne pas deux jours à vivre ! Et pas qu'à lui ! Je te jure que vous y passerez tous un par un, hommes, femmes, enfants, vous tous, les Volpone ! »

Yudelman, hébété, devint tout pâle : plus encore que les menaces de Gabelotti, son interprétation délirante des faits le laissait sans voix. Incapable de dire un mot, il le regarda avec des yeux ronds de stupéfaction. Il sentit que Pizzu le tirait discrètement par la manche.

« Viens, Moshe... Viens ! »

Yudelman se leva, les jambes flageolantes. Autour de la table, tout le monde en fit autant. Les veines du cou gonflées de colère, les poings serrés, Gabelotti cracha une dernière imprécation :

« Dis à cette poubelle d'Italo que je sais tout ce qu'il a fait ! Tout !... S'il lève le petit doigt, je le fais abattre ! A partir de maintenant, je prends l'affaire en main ! Quant à toi, je t'attends ici dans trois heures ! Fous le camp ! »

Plus tard, quand ils furent dans leur voiture, la première chose que fit Vittorio Pizzu fut de récupérer son arme dans la boîte à gants.

« Je ferai n'importe quoi pour éviter la guerre, dit Moshe, la voix chevrotante. Mais Italo est fou, et Gabelotti est fou ! »

Pizzu se signa sobrement.

« Préviens d'abord Italo que Gabelotti lui a collé une torpille aux fesses à Zurich. Le salopard nous a dit qu'il était au courant de tout !

— Je vais voir... je vais voir ! » soupira Moshe.

Désormais, sans faire preuve d'un pessimisme excessif, il ne pouvait envisager que le pire.

10

Après avoir éconduit Phillip Diego, Homer eut un geste qui n'était pas dans ses habitudes. Malgré l'heure matinale, il déboucha son flacon de Waterman, s'en versa une rasade et l'avala. Il avait enfin en sa possession tous les éléments lui permettant de reconstituer le puzzle. Ainsi, un troisième homme, ce Gabelotti auquel Diego avait fait allusion, était en possession du numéro du compte.

Malgré les accusations portées contre lui par Italo, Homer imaginait mal O'Broin organisant un assassinat pour s'approprier frauduleusement des fonds. D'autant plus que Gabelotti, son employeur direct, devait appartenir à la même frange sociale que Genco Volpone. Ce qui signifiait une justice rapide et sans procès en cas de trahison.

Il eut l'intuition que la journée ne se passerait pas sans qu'O'Broin ou Gabelotti n'entrât en contact avec lui. Le système des comptes à numéro est bien simple : il suffit de le communiquer au banquier, ainsi que le nom d'emprunt du client, pour que les sommes soient mises à disposition immédiatement.

Kloppe avait légèrement triché quand il avait refusé à O'Broin de transférer les deux milliards sous prétexte qu'il avait besoin de sa signature. S'il avait respecté la lettre, sinon l'esprit, de la déontologie professionnelle, il lui aurait débloqué les fonds sur-le-champ. Mais de même que les prêtres, dans les cas très graves, peuvent prendre certaines libertés avec le secret de la confession, les banquiers, en leur âme et conscience, et pour l'intérêt supérieur du client, ont la possibilité d'interpréter les textes.

Il appuya sur un bouton. Face à lui, pivota un des panneaux de hêtre blond recouvrant le mur. Apparut à sa place un écran de télévision intérieure pouvant à loisir être branché sur tous les lieux où se situait l'activité de la banque. Très vite, il repéra dans le hall central les trois hommes engagés par ses soins pour interdire l'entrée de l'établissement à Italo Volpone. Neuf heures et demie... Si ce fou venait le relancer, ce ne serait pas avant midi, comme il l'avait promis. Homer avait recruté les gardes auprès de l'agence qui les lui fournissait habituellement pour les transferts de fond en camion blindé. Tous trois avaient droit au port d'arme. En cas de grabuge, Volpone ne ferait pas la loi. Kloppe avait longuement donné à ses anges gardiens le signalement de l'homme qu'ils devraient, éventuellement, refouler. Rassuré, il sonna Marjorie.

« Monsieur ?

— Je vais chez le dentiste. Mon rendez-vous est bien à dix heures ? »

Marjorie consulta l'agenda noir qui lui servait de mémoire.

« Oui, monsieur.

— Je serai de retour avant midi. Simple consultation de routine.

— Bien, monsieur. Je vous rappelle votre causerie au Grossmünster à quinze heures.

— Merci, j'y pense. »

Devant quelques membres privilégiés d'un collège d'anciens auxquels se mêleraient des membres de délégations d'assemblées synodales, Homer traiterait pendant une heure environ — dans la cathédrale même où Zwingli, le jour de l'an 1519, avait commencé à prêcher la Réforme — des luttes que le mouvement avait dû soutenir contre les tenants de la foi catholique avant que n'intervînt la paix en 1531.

Il déplora d'avoir étudié le sujet avec moins de concentration que d'habitude. Entre le mariage de sa fille, qui avait lieu le surlendemain, ces deux milliards de dollars revendiqués par n'importe qui, les ennuis de la mine de diamants au Botswana et les menaces pesant sur la Continental Motor Cars, il n'avait pas pris assez de temps pour piocher son thème dans les détails. Dieu sait pourtant que ses auditeurs en savaient presque autant que lui sur Zwingli, et ne lui feraient pas de cadeau. Il mettait la main sur la poignée de la porte quand Marjorie le rappela.

« Monsieur ! Un télex... A l'instant même...

— Je vais être en retard, Marjorie. Je le verrai plus tard.

— Il vient des Etats-Unis. La C.M.C....

— Montrez ! »

Kloppe en prit connaissance et crut que le ciel lui tombait sur la tête. Le texte disait :

« HUITIEME ACCIDENT A LONDRES — RUPTURE COLONNE DE DIRECTION — ATTENDS INSTRUCTIONS — MELWIN BOST. »

Il avisa que Marjorie n'avait pas bougé et l'observait.

« Eh bien ? Qu'est-ce que vous attendez ? Retournez dans votre bureau ! »

Vexée, la secrétaire s'éclipsa. Kloppe se rappela l'entretien secret qu'il avait eu trois jours plus tôt avec Melwin Bost.

« Combien de Beauty Ghost P9 sont en circulation ?

— Dans le monde ? 482 326.

— Etes-vous certain que ces accidents ne sont pas le fait d'un pur hasard ?

— Sept accidents pour des raisons identiques, ce n'est plus un hasard, c'est une habitude. »

Melwin Bost avait précisé le verdict des ordinateurs : statistiquement parlant, quarante-huit accidents de ce type étaient « envisageables » sur la totalité des P9 en service.

« C'est-à-dire, avait-il ajouté, que rien ne prouve qu'ils auront lieu dans le réel. Simplement, ils PEUVENT arriver ? »

C'est à cause de ce « peuvent », n'impliquant aucune certitude, que Homer, pesant d'un côté les risques encourus par les conducteurs de Beauty Ghost P9, de l'autre, les cent cinquante millions de dollars qu'aurait coûté à la C.M.C. l'échange standard de la pièce douteuse, avait décidé de laisser courir. « Laisser courir le danger aux autres... » pensa-t-il avec un soupçon de remords. Mais que faire ? Fermer boutique, faire faillite, contraindre au chômage six mille ouvriers, cinq cents cadres, des douzaines d'ingénieurs ?

Melwin Bost lui-même avait insisté, contre l'avis de Kloppe, pour qu'il ne prît aucune décision à moins qu'un nouvel accident ne se produisît.

Eh bien, ça y était ! Cent cinquante millions de dollars ! La Trade Zurich Bank sautait avec l'usine. A moins que... à moins que... Et s'il ne s'agissait que d'une série noire ? Pourquoi ne pas attendre, voir venir ? Melwin Bost le lui avait juré : il était parfaitement possible que nul autre accident, malgré les défauts de l'acier composant les colonnes de direction, ne vienne entacher de nouveau le prestige de la firme.

Horriblement mal à l'aise, Homer décida de ne donner aucune réponse avant trois jours. Après le mariage de Renata, il y verrait plus clair. Il sonna Marjorie.

« Monsieur ?

— Je pars chez le dentiste. Veuillez le prévenir que j'aurai quelques minutes de retard, mais que j'arrive. »

Le Doktor August Strolh avait un emploi du temps extrêmement chargé. Et il était la dernière personne au monde que Kloppe eût souhaité faire attendre.

A peu près au moment où Italo Volpone était réveillé par Moshe Yudelman, Ines feignit d'ouvrir les yeux. En fait, elle n'avait pas dormi de la nuit, ruminant inlassablement ce qu'elle se refusait d'admettre : on l'avait violée !

Deux ou trois générations plus tôt, dans sa tribu natale de Bujumbura, au Burundi, l'usage voulait que les jeunes filles pubères fussent déflorées par de vieilles femmes qui leur perçaient l'hymen à l'aide d'une baguette de bois. Dans leur sagesse, les Africains savaient qu'inconsciemment, une jeune fille ne pardonne jamais au premier homme qui la possède de l'avoir faite femme. Pour la même raison, les Occidentaux prétendent que le second mariage est toujours plus réussi que le premier.

Ines, qui avait connu tant d'hommes, soit par intérêt, soit par goût, n'avait jamais eu un rapport sexuel qui n'eût son consentement. Quand ce gros type affreux et suant l'avait jetée sur le tas de copeaux, l'écrasant de tout son poids, elle s'était jurée, avec une détermination glacée, qu'il mourrait. Seule, la mort pourrait effacer en son esprit la vision de ce visage répugnant dont les lèvres, goulûment, cherchaient les siennes, tandis que ses lourdes mains vulgaires lui forçaient les cuisses. Après une brève résistance, des coups de griffes et des coups de dents, il l'avait assommée d'une manchette et l'avait pénétrée, à demi inconsciente, avec la brutalité et la bestialité d'un taureau.

Elle coula un regard en direction de Lando, installé dans un fauteuil, rencontra ses yeux vigilants et détourna les siens, s'efforçant de donner à son visage une expression morne d'indifférence. Elle se leva, prenant bien soin de draper une couverture autour de son corps. Elle accomplit les gestes machinaux du réveil, mordit dans une pomme, pressa un pamplemousse dans un verre, installa une tasse — une seulement — sur un plateau, et mit de l'eau à bouillir pour le café.

« J'en prendrais bien aussi », dit Lando en s'étirant.

Elle cracha les pépins de la pomme, prit un morceau de sucre dans une boîte de métal, le jeta dans la tasse et alla s'enfermer dans la salle de bain sans répondre un mot. Désormais, Orlando Baretto la dégoûtait autant que Pietro Bellinzona.

Lando but le jus de pamplemousse qu'elle s'était préparé, passa le revers de la main sur ses joues râpeuses de barbe et s'interrogea sur la conduite à tenir. Il savait d'expérience que sa maîtresse n'était pas femme à se laisser manier. A quoi bon lui expliquer que la moindre intervention de sa part eût provoqué leur mort à tous les deux ? Pas davantage que Mortimer O'Broin ou Zaza Finney, Italo Volpone ne les aurait laissés sortir vivants de la scierie. Il se prit à regretter le temps où il était footballeur professionnel. N'eût été son fâcheux penchant, il aurait pu faire une brillante carrière. Malheureusement, il avait été mis à l'index de tous les clubs italiens. Quand la partie devenait chaude, quand l'adversaire le pressait, Lando, non content de jouer des pieds et des épaules pour se dégager, avait tendance à mordre. La première fois qu'une oreille lui était restée entre les dents, il avait juré qu'il s'était agi d'un geste réflexe.

Il était allé voir le joueur mutilé à l'hôpital, s'était confondu en excuses et lui avait versé, en guise de dédommagement, son salaire de deux mois. De leur côté, ses dirigeants avaient plaidé l'accident, la surchauffe due à l'acharnement de la partie. La deuxième fois, il avait planté ses dents dans un nez et aucun argument n'avait pu le sauver : on l'avait exclu définitivement de toute équipe professionnelle. C'est alors qu'il s'était tourné vers des activités moins glorieuses mais plus rémunératrices. En entrant dans la famille Volpone, il avait entamé une nouvelle carrière.

Parfois, il lui arrivait encore d'avoir une envie folle et irréfléchie de mordre. Lando en était malheureux mais ne pouvait la dominer. Deux jours plus tôt, chez Ines, quand il avait pris cet oiseau dans les mains et senti contre sa bouche la chaleur douce de son plumage, il n'avait pu résister à son désir de le décapiter. Comme l'avait été Mortimer

O'Broin la veille. Il revit Italo Volpone blanc comme un linge, ses vêtements souillés par un jet de sang, tenant à pleines mains la tête de l'avocat, pendant que son corps, agité de soubresauts, se tordait encore sur le tablier métallique de la scie avant de glisser au sol où il ne s'était immobilisé que de longues secondes plus tard. A cet instant, il avait su que Volpone pouvait devenir fou sous l'emprise de la colère. Il avait semblé surgir d'un cauchemar lorsque Folco Mori lui avait pris la tête des mains. Ensuite, il leur avait fallu trois quarts d'heure pour enterrer séparément les deux corps suppliciés, celui de la blonde et celui d'O'Broin, la tête, par un désir bizarre d'Italo Volpone, bénéficiant d'un traitement spécial. Elle avait été enfouie à part dans un trou profond qu'avait creusé Lando lui-même sous le regard égaré d'Ines.

Du coin de l'œil, Lando avait observé la braguette de Pietro Bellinzona, mal refermée, et avait songé avec amertume que le colosse avait utilisé son capital sans avoir un centime à débourser. Ce qui avait suivi était encore moins gai. Volpone avait giflé sauvagement Ines et l'avait menacée de mort d'une voix doucereuse : à partir de tout de suite, elle devait exécuter ses ordres, quels qu'ils fussent, sans murmure ni hésitation. Il lui avait posé plusieurs questions sur Homer Kloppe, son emploi du temps, ses habitudes, ses manies sexuelles. Ines avait répondu mécaniquement, d'un air absent, révélant du même coup à Lando des détails qu'il n'aurait jamais imaginés. Kloppe et elle faisaient l'amour sur un matelas d'obligations et de billets de banque ! Lando était payé pour savoir que Zurich, sous des dehors paisibles et provinciaux, abritait une vie de débauche intense, comme si la monotonie et la régularité sans défaut des tâches professionnelles de ses habitants eussent exigé, par compensation, un défoulement secret qui se déroulait entre initiés, derrière les murs clos de propriétés somptueuses, d'appartements feutrés. A plusieurs reprises, il y avait participé, fier de ses performances viriles qui lui avaient valu de forcer la porte de cet establishment de la bagatelle.

Il arrêta le gaz sous la casserole d'eau bouillante qui commençait à se répandre. Ines réapparut, fit mine de ne pas voir qu'il avait bu son jus de fruits et s'en prépara un autre.

« Tu vas rester muette longtemps ? » dit Lando.

Elle versa l'eau bouillante sur le café posé dans un filtre de papier. Elle était en pantalon maintenant, et en col roulé. Vue de dos, elle avait l'allure masculine et souple d'un champion de basket.

« Je te parle ! » insista Lando.

Elle versa le café dans la tasse, ajouta un sucre qu'elle écrasa à l'aide du manche d'une cuiller gravée au monogramme de l'hôtel du Rhône. Au moment où elle la portait à ses lèvres, Lando l'envoya valdinguer d'un revers de la main : malgré la gêne qu'il éprouvait envers elle, il était bon qu'elle n'oublie pas qu'il était son maître. Elle prit une éponge sur l'évier, se mit à genoux et nettoya sur la moquette la tache qu'y avait faite le café. Lando l'empoigna par les épaules, furieux soudain, la forçant à se relever.

« Tu veux que je te casse la gueule ? »

Elle le regarda. Il n'aurait su dire si son expression était faite de mépris ou d'indifférence. Elle laissa tomber :

« Va-t'en. »

Il éclata d'un rire faux.

« Tu devrais me remercier d'être encore en vie au lieu de me faire la gueule ! Si mes amis ne t'ont pas descendue, c'est à moi que tu le dois ! Tu sais qui est Volpone ? Tu as entendu parler du Syndicat ? C'est pour eux que je travaille ! Ils peuvent m'écraser comme un moucheron ! »

Elle prononça alors sa première phrase de la journée.

« Tu es un moucheron. »

Sans agressivité, d'une voix atonale.

« Si tu ne fais pas strictement ce qu'on t'a dit, je ne réponds pas de ta peau ! Ils peuvent tout, ils savent tout ! Pourquoi tu râles ? Parce que ce gros porc t'a un peu bousculée ? Et après ? Tu es pas pucelle, non ? Tu devrais plutôt me baiser les mains pour avoir empêché Volpone de te flinguer comme il en avait l'intention ! Pas de témoin... Désormais, tu n'as plus le choix... Tu dois marcher avec nous jusqu'à ce qu'ils aient obtenu ce qu'ils veulent. Et tout oublier !

— J'ai oublié, dit-elle.

— Tu n'es pas encore sortie de l'auberge ! lui lança Lando rageusement. Tu sais ce que tu as à faire cet après-midi si on t'en donne l'ordre ?

— Oui.

— Tu le feras ?

— Oui.

— Parfait. »

Il fit un mouvement pour la prendre dans ses bras. Elle se dégagea avec vivacité.

« Ne me touche pas !

— Comment ?

— Je ferai ce qu'on me demande, mais je ne veux plus que tu me touches !

— D'accord, ricana-t-il, mal à l'aise, d'accord... Du moment que tu obéis... Il faut que je file... Il serait aussi idiot de ta part de prévenir les flics que d'essayer de quitter la ville. D'abord, tu es surveillée, ensuite, ils ne mettraient pas vingt-quatre heures pour te retrouver et te découper en rondelles. Ou asperger ta belle gueule d'acide. N'oublie pas non plus que tu es témoin et complice d'un double meurtre. C'est toi qui as creusé la fosse de Zaza. C'est clair ?

— Oui.

— Salut. »

A peine avait-il refermé la porte qu'elle alla coller son oreille contre le battant. Elle entendit ses pas décroître dans l'escalier. Elle donna deux tours au verrou, s'empara du téléphone, forma l'indicatif des communications internationales et composa le numéro des Etats-Unis.

A Philadelphie, il y avait quelqu'un qui répondrait à son appel au secours : Rocky, son petit frère. « Petit frère » n'était qu'un euphémisme. Rocky mesurait deux mètres vingt et pesait tout nu cent trente kilos. Avant de devenir la vedette du basket professionnel de la Côte Est, il avait été champion universitaire du décathlon et vainqueur des « Golden Gloves » toutes catégories. En se jouant. Comme les huit autres frères d'Ines, Rocky était très paresseux. Seulement, dans la famille, c'était à qui serait le plus doué. Pas simplement sur le plan des performances physiques. Rocky était capable d'extraire instantanément les lignes de force d'une situation donnée, fût-elle la plus épineuse. Si quelqu'un pouvait la venger et la sortir du guêpier où l'avait filée cette ordure de sale maquereau, c'était Rocky.

« Rock ? Ines ! Ecoute-moi bien, Rocky !... »

Le capitaine Kirpatrick eut une moue dégoûtée.

« Vous pouvez boire ça si tôt le matin ?

— A la vôtre ! » dit Scott Dempsey avec un sourire amusé.

Il trempa ses lèvres dans son gobelet de Coca-Cola. Kirpatrick ne fit qu'une gorgée de son whisky.

Scott Dempsey était un petit personnage perpétuellement en état d'hilarité. Toujours vêtu de tweed, la cravate chiffonnée, les tempes blanches, il ressemblait à l'un de ces éternels étudiants qui hantent les campus.

Pourtant, à lui seul, il terrifiait les capi des cinq familles de New York. Il était l'un des rares à posséder contre eux le pouvoir absolu. Depuis vingt-deux ans, il était fonctionnaire à la S.E.C., l'organisme le plus redouté, avec le fisc, des fraudeurs et des gangsters. La Securities and Exchange Commission avait pour tâche de contrôler les opérations financières ainsi que les cotations boursières de toutes les sociétés américaines. Il arrivait que Scott Dempsey ne pût rien prouver lorsque les opérations avaient été montées avec un soin particulièrement vicieux. Mais il n'était pas dupe et attendait, avec une patience infinie, la plus petite erreur de ceux qu'il avait repérés. Après quoi, les douanes s'en mêlaient, et ses victimes ruinées par des amendes terrifiantes, se retrouvaient au trou pour de longues années.

« Alors ? demanda Kirpatrick d'un air gourmand.

— La filière est bien ce que vous pensiez. Le fric a été sorti à notre barbe.

— Vous pourrez prouver quelque chose ?

— Avec votre aide. S'ils commettent une erreur à Zurich. Vous avez du nouveau ?

— Pas encore. J'ai deux hommes sur place qui suivent Volpone comme son ombre.

— J'ai vérifié les déclarations d'investissement

de leurs filiales à l'étranger, leurs bilans et leurs comptes d'exploitation. Croyez-moi, ce Yudelman, c'est quelqu'un ! Chapeau ! »

Kirpatrick et Dempsey collaboraient la main dans la main depuis une dizaine d'années. Leur avancement à tous deux s'en était bien porté. Le policier prévenait Dempsey des mouvements des membres influents du Syndicat, le fonctionnaire l'aidait à mieux pénétrer dans les arcanes de leurs combines.

« Si mes hommes constatent qu'Italo Volpone se rend dans des banques, ça vous suffit ?

— Hélas ! non. Il pourra toujours dire qu'il y est entré parce qu'il cherchait des toilettes.

— Et le banquier ?

— Un banquier suisse ne casse jamais le morceau. Même nos récents accords les laissent de marbre. Remarquez, ils ne disent pas non, mais ils font traîner, ils nous demandent des preuves. C'est un cercle vicieux. Sans preuves, il nous est impossible de les contraindre à parler. Et sans eux, comment avoir des preuves ?

— C'est dégueulasse ! constata Kirpatrick avec colère. Tout l'argent de la drogue, du racket, de la prostitution ou du trafic d'armes transite par Genève ou par Zurich !

— Si ce n'était pas par la Suisse, ce serait par ailleurs, dit Dempsey avec philosophie. Il y a eu le Liban, il y a toujours les Bermudes, Chypre, Costa Rica, Monaco, Panama, les Nouvelles-Hébrides. Et quand Hong Kong tombera aux mains des communistes, ça continuera à Cayman, au Liberia, aux Antilles néerlandaises, à Campione d'Italia, en Jordanie, à Nauru ou ailleurs.

— Pour Volpone ?

— En gros, je sais. Une importante partie de leurs revenus appartient à une société américaine, l'Electrical Limited. Les fonds figurent très naturellement dans l'actif de leurs bilans et leur emploi suit des règles commerciales normales. En apparence.

— S'il y a apparence, il y a tricherie ! s'exclama Kirpatrick. Qu'est-ce qui vous empêche de les coincer ?

— Vous vous emballez trop vite ? Moshe Yudelman connaît la musique ! Les fonds de l'Electrical sont investis dans des opérations boursières à terme effectuées par des sociétés d'export-import dont les mouvements, s'ils sont réels dans les dossiers, restent fictifs dans la matérialité des livraisons de marchandises.

— Bientôt, pour être flic, grogna Kirpatrick, il faudra être agrégé de mathématiques, de droit, de sciences économiques et politiques, sans parler de l'obligation de pratiquer une cinquantaine de langues vivantes... Continuez, ajouta-t-il d'un air écœuré. Qu'est-ce que ça veut dire, ça la « matérialité des livraisons » ?

— Il n'y a pas davantage de livraisons que de marchandises. Tout se passe sur le papier. Par exemple, vous déclarez acheter mille tonnes de grains. Evidemment, on ne vous les livre pas dans un cabas. Vous ne les voyez jamais, bien que figurent dans les déclarations d'importation des sociétés étrangères le nom du navire frété, le port d'origine, le port d'arrivée, la quantité et la nature du produit transporté. En fait, ces mille tonnes n'existent pas. Leur embarquement et leur débarquement, fictifs, ont eu lieu, si je puis dire puisqu'ils n'ont jamais eu lieu, dans des ports francs situés dans des pays où les autorités ne sont pas tenues de répondre à nos enquêteurs. A supposer qu'on les y laisse pénétrer... Ainsi, transitent prétendument des millions de kilos de café, de cacao, de sucre ou de céréales dont personne n'a jamais vu un grain. Vous me suivez ?

— Non. Vos foutus grains n'existent peut-être pas, mais le fric, lui, il passe bien quelque part ?

— Exact. Dans les pertes.

— Quelles pertes ?

— On perd beaucoup à la Bourse. Bien entendu, il faut se donner un peu de mal, mais croyez bien que sur ces centaines de millions de dollars, ça vaut la peine de se ruiner !

— Vous voulez me faire sentir à quel point je suis stupide, c'est bien ça ?

— Les capi du Syndicat s'arrangent pour être couverts à terme. Ils achètent la même quantité de marchandise qu'ils ont déjà vendue à découvert, c'est-à-dire sans l'avoir, lorsque le prix de cette marchandise a joué en baisse en leur faveur.

— Ecoutez, Dempsey, soyez plus clair !

— Bon ! Volpone contrôle plusieurs casinos sur la Côte Ouest. Il n'est pas le seul, soit dit en passant. Supposez qu'il palpe un milliard de dollars de ses trafics inavouables. Comment faire réapparaître ce fric au grand jour ?

— Quand je pense que je suis capitaine et que je gagne quinze cents dollars par mois pour nourrir ma famille ! grommela Kirpatrick.

— C'est simple...

— Parlez pour vous !

— Il suffit de déclarer ce milliard supplémentaire et orphelin comme provenant de recettes de ces casinos. Ensuite, à l'investir dans une de ces sociétés d'export-import dont je vous parlais tout à l'heure. Comme par hasard, par le biais de conseils d'administration servant de paravents, ces sociétés sont également la propriété du même groupe, en d'autres termes, de la famille Volpone.

Il suffit ensuite que son investissement en Bourse soit catastrophique pour qu'il perde son milliard. Au niveau du casino l'impact fiscal sera nul.

— Mais le fric, nom de Dieu ! Le fric ?

— Il sera versé à d'autres sociétés d'export-import étrangères. Envolé ! Plus rien à voir avec les Etats-Unis.

— Et vous avalez qu'un casino fasse de telles pertes après avoir réalisé de tels gains ?

— Bien obligé... Les casinos contrôlés par Volpone justifient qu'ils se sont aventurés dans ces opérations en s'associant avec une société anonyme américaine qui lui appartient. Il est normal que la société d'export-import, qui a joué elle-même sur l'évolution du prix d'une marchandise, ait pu recommander dans les bulletins qu'elle édite...

— Parce qu'elle les édite aussi !

— Eh oui... Sinon, comment pourrait-elle pousser l'achat de cette marchandise en promettant des gains exceptionnels ?

— Certains jours, je rêve d'être un « pieds-plats » de flic à la circulation... Tout simplement un simple con de flic... Bon, après ?

— Un jeu d'enfants ! Il sera facile à la société d'export-import de prouver sa bonne foi en faisant ressortir la perte qu'elle aura supportée elle-même sur ses propres comptes. En même temps qu'elle aura entraîné le casino dans cette perte. En définitive, le casino n'aura perdu que cinq cents millions de dollars, la société, un milliard. Logique et équilibré.

— Dempsey ! Vous voulez que je vous dise ? Je n'y comprends rien, mais rien ! Vos combines me donnent le vertige !

— Il faut se donner du mal pour faire fortune. Et encore plus pour garder son argent. Sinon, tout le monde deviendrait riche... Où serait le charme ? »

Kirpatrick se servit un plein gobelet de whisky, y trempa les doigts, s'en tapota les tempes et but le reste.

« Ayez pitié d'un pauvre sous-développé intellectuel ! Vous, les grosses têtes, vous vous imaginez toujours que le commun des mortels peut vous suivre sans risquer une congestion cérébrale ! C'est moi qui vous ai signalé l'histoire de la jambe, la Suisse, Volpone, tout ça... Je suis clair, moi ! Alors, à votre tour, résumez-moi clairement, si toutefois j'ai mis dans le mille, ce que Genco Volpone foutait à Zurich !

— Un transfert de fonds ! Il s'agit de blanchir de l'argent sale pour échapper au contrôle de la Securities and Exchange Commission. Comment ? En diversifiant géographiquement les investissements, en trouvant refuge à l'étranger, en conservant l'entière disponibilité des biens qui s'y trouvent aux noms de sociétés étrangères non déclarées aux U.S.A. Pourquoi la Suisse ? Parce qu'elle est un paradis fiscal, qu'elle fournit des hommes compétents et discrets pour gérer les holdings qui obtiennent dans certains cantons 8,5 p. 100 d'imposition des bénéfices au lieu de 33 p. 100 !

— Rien ne prouve, s'il y a eu transfert de Genco Volpone, que les fonds resteront en Suisse...

— En effet, rien ! Qui peut le dire ? Ce qui est certain, c'est qu'ils retourneront dans un circuit économique normal, au grand jour, sans que ni vous ni moi ne puissions rien y faire.

— Pourquoi Volpone se casserait-il la tête avec vos salades de casino plutôt que fréter un avion pour transporter le pactole ?

— Trop dangereux ! Si la douane saisissait les valeurs passées en fraude, Volpone irait tout droit en taule, et sans recours ! Sans parler des 100 p. 100 de perte sèche, quand il aurait payé les amendes, il ne lui resterait même pas de quoi s'acheter un mégot ! Le circuit casino, export-import, marchandises bidons est parfait... Aucun contrôle possible. Les prix sont liés à des soubresauts politiques entraînant des variations considérables... En deux ans, le prix du café a quintuplé... Pour faire une bonne perte là-dessus, il suffit à une société étrangère de vendre quand les cours sont au plus bas et de racheter quand ils sont au plus haut, vendeurs ou acheteurs étant en fait la même maison mère. Ça y est ? Pigé ? »

Un inspecteur en civil entra dans le bureau et remit un télex à Kirpatrick. Le capitaine y jeta un coup d'œil distrait, le relut une deuxième fois. Sous la crinière rousse, Scott Dempsey vit nettement le sang se retirer des joues rebondies et rougeaudes de son ami.

« Un pépin ? » demanda-t-il.

Sans répondre, le policier passa une main hésitante dans ses cheveux et lui tendit le message. Scott Dempsey lut :

CAPITAINE KIRPATRICK

COMMISSARIAT CENTRAL 6e AVENUE NEW YORK.

« PRIERE SE METTRE IMMEDIATEMENT EN RAPPORT AVEC LIEUTENANT BLESH POLICE CANTONALE DE ZURICH. OBJET : DECES DE L'INSPECTEUR DAVID CAVANAUGH. »

« Un de vos deux gars ? dit Scott Dempsey.

— Oui, répondit Kirpatrick en décrochant son téléphone. Le plus jeune. Il avait trois enfants. »

Il y avait deux endroits à Zurich où Homer Kloppe se sentait réellement chez lui : son bureau et le cabinet du Doktor August Strolh.

August Strolh avait cinquante-deux ans, une prestance certaine et un amour immodéré pour tout ce qui touchait à la chose dentaire. Deux fois par an, il faisait des stages aux Etats-Unis pour se familiariser avec les dernières techniques. Ni les implants ni la parodontologie n'avaient pour lui le moindre secret. Sa femme était une ravissante jeune femme brune, dentiste également, éprouvant pour son époux, qui aurait eu largement l'âge d'être son père, une immense admiration professionnelle. En fait, Strolh avait été le professeur d'Ingrid avant de devenir son mari. Ni leurs six années de mariage ni les deux petits garçons nés du couple n'avaient altéré l'estime et la passion réciproques qu'ils se vouaient. Leur travail commun était d'une telle finesse que le cabinet sélectionnait soigneusement ses clients. En ville, tout ce qui comptait souhaitait avoir une mâchoire estampillée « Strolh ».

August disait souvent à Homer Kloppe qu'il avait raté sa vocation. Le banquier témoignait un intérêt passionné pour les travaux et les recherches de prothèse du Doktor qui lui affirmait : « Vous auriez fait un merveilleux stomatologue ! » Parfois, il félicitait Homer pour la perfection de sa dentition. « Si je n'avais que des clients comme vous, je serais vite au chômage ! »

Le cabinet était décoré dans une harmonie de bleu lavande et de noir favorable à la relaxation. D'ailleurs, dès qu'on se laissait aller mollement sur le fauteuil de cuir, que les projecteurs s'allumaient et que la voix d'Ingrid Strolh murmurait : « Détendez-vous... Détendez-vous complètement... », on n'éprouvait plus qu'une envie : ouvrir la bouche, se laisser caresser les gencives par les mains expertes d'August Strolh, et s'abandonner à la musique de Vivaldi diffusée dans le cabinet pendant les interventions.

« J'ai failli attendre, taquina gentiment le Doktor lorsque Homer entra dans le vestibule.

— Ma secrétaire ne vous a pas prévenu ? s'étonna Kloppe.

— Je plaisantais. Vous n'avez même pas trois minutes de retard. Comment allez-vous ?

— Bien... bien », dit le banquier avec une expression qui démentait ses paroles.

Strolh lui trouva un air tendu et préoccupé. Ingrid fit son apparition. Une fois de plus, Homer fut frappé par sa beauté, la longue ligne souple de son corps qu'on devinait sous les plis de la blouse blanche. Eût-elle eu la peau noire et quinze centimètres de plus, c'était Ines. August surprit son regard. Loin de s'en formaliser, il en éprouva de la fierté, ravi que son goût fût confirmé par l'admiration que portait à sa femme la totalité de sa clientèle masculine.

« Détendez-vous, monsieur Kloppe, détendez-vous », dit Ingrid.

Homer ouvrit la bouche. Le Doktor Strolh se pencha vers lui.

« Regarde, chérie, regarde... A-t-on déjà vu des dents aussi magnifiques ?

— N'oubliez pas que je reviens demain pour mon détartrage mensuel », dit Homer.

Juste au-dessus de sa tête, il apercevait sur le tissu de la blouse le relief marqué que formait la pointe des seins d'Ingrid.

« Détendez-vous, murmura-t-elle. Détendez-vous... »

Sans un mot pour Pietro, Italo Volpone claqua la portière de la Ford et gravit au pas de charge les trois marches du perron de la banque. Il était midi précis.

Après avoir été réveillé par le coup de fil de Moshe, il avait passé la matinée à s'organiser. Si par malheur Homer Kloppe ne s'inclinait pas devant son ultimatum, il subirait une série de représailles savamment dosées dans un crescendo subtil. Orlando Baretto, Pietro Bellinzona et Folco Mori savaient exactement ce qu'ils auraient à faire pour briser la résistance du banquier.

Italo s'était fait ensuite amener la négresse. De ce côté-là, il était rassuré. Elle semblait complètement amorphe, détachée du réel, acquiesçant en silence aux ordres qu'il lui communiquait, répondant spontanément aux questions dont allait dépendre la réussite de son plan. Italo ignorait de quelle façon s'y était pris Baretto pour obtenir d'elle une docilité aussi parfaite. En tout cas, elle était matée.

Les talons de Volpone martelèrent sèchement le dallage de marbre du hall central. Il se dirigea vers la gauche, croisant des employés et des clients indifférents. La veille, quand il s'était présenté à la banque, il avait dû s'adresser à l'huissier pour apprendre où se situait le bureau de Kloppe. Sans méfiance, l'homme lui avait indiqué le troisième étage après lui avoir demandé son nom. Mais aujourd'hui, il n'avait rien à solliciter de personne. Il savait. Il arriva dans le fond du hall où se trouvait la porte donnant accès aux étages. Elle s'ouvrait sur un corridor conduisant aux ascenseurs. Au moment où il allait la franchir, on le tira discrètement par la manche.

« Puis-je vous aider, monsieur ? »

Il écarta l'importun et passa. L'autre fit deux pas rapides et avec courtoisie, mais fermeté, se mit en travers du couloir.

« Je regrette, monsieur. Cette partie de l'établissement est privée. Vous trouverez les guichets dans le hall. »

Volpone lui décocha un regard meurtrier.

« Je me fous de vos guichets ! J'ai rendez-vous avec Kloppe !

— Dans ce cas, veuillez me suivre. L'huissier va vous annoncer. »

Italo saisit avec brusquerie le bras de son vis-à-vis. Il sentit sous sa main la boule dure et contractée d'un biceps solide. Il tira. L'autre ne bougea pas d'un millimètre.

« Tu t'enlèves ou je te casse la tête ? gronda Volpone.

— Je vous en prie, monsieur... Pas de scandale. »

Il y eut soudain deux autres costauds auprès d'eux, placés en tenaille.

« Des ennuis ? » demanda l'un.

Dans un geste qui, pour tout autre que Volpone, aurait pu passer pour machinal, il posa la main sur son épaule. Ce simple contact apprit à Italo qu'il devait peser dans les cent kilos, et que lui aussi était là pour lui interdire l'entrée du corridor.

« Je vous dis que Kloppe m'attend !

— Certainement, monsieur... Nous allons le prévenir.

— Vous allez froisser les vêtements de monsieur !... » dit le troisième.

Sous prétexte d'effacer du complet de Volpone de faux plis imaginaires, il le palpa rapidement sous toutes les coutures, ainsi que le font les douaniers dans les aéroports avant l'embarquement d'un vol. Italo n'avait emporté aucune arme.

« Pouvez-vous me donner votre nom, monsieur ? »

La manière dont ils s'étaient placés ne laissait à Italo aucune chance de forcer le barrage. Mentalement, il se promit de faire payer au banquier cet affront supplémentaire. A la rigueur, il aurait toléré qu'on lui tire dessus, mais l'idée d'être houspillé par des gros bras comme un vulgaire voleur à la tire lui était insupportable.

« Voici ma carte », dit-il.

Il plongea la main gauche dans la poche intérieure de son veston. Celui qui lui tenait le bras relâcha sa prise. La main droite d'Italo se détendit vers le bas-ventre de l'homme. A travers l'étoffe du pantalon, il sentit le volume des parties génitales, les empoigna à pleine main et serra les testicules de toutes ses forces en une torsion sauvage. Dans la même fraction de seconde, son pied gauche s'élevait dans l'espace pour atteindre de plein fouet le sexe du second gorille. Le troisième esquiva par miracle la main d'Italo, index et médius braqués comme les deux branches d'une fourche, qui filait à la vitesse d'une flèche en direction de ses globes oculaires. Quand Volpone, n'ayant rencontré que le vide, arriva au bout de son geste, il se trouva face au canon béant d'un Mauser de gros calibre.

Sur le dallage, les deux gardes se tordaient convulsivement en gémissant, les deux mains sur le bas-ventre. Essoufflé, le cœur battant, Volpone regarda avec haine celui qui le menaçait.

« Tire, connard ! Tire donc ! Qu'est-ce que tu attends ? Je te mets au défi !

— Sortez ! dit l'homme. Vite ! »

« Pas de scandale ! leur avait précisé Homer Kloppe. Si cet individu se présente, contentez-vous de l'intimider et mettez-le dehors. »

Il baissa les yeux sur ses camarades hors de combat et s'adossa à la porte de l'ascenseur. Italo vit celui qu'il avait frappé du pied se mettre à quatre pattes, secouer la tête comme un boxeur sonné et se redresser lentement en s'aidant de la paroi du mur. A son tour, il fit jaillir un Mauser qu'il braqua sur Volpone.

« Ça fait mal, hein, couille molle ? » railla Italo.

Le garde qui était resté au sol vomit. Italo tourna les talons et sortit dans le hall la tête haute. Apparemment, nul n'avait été témoin de la scène parmi le foule qui s'y pressait. Il regarda sa montre : midi six. L'ultimatum n'avait pas été entendu. Les hostilités étaient ouvertes.

11

LE lieutenant Fritz Blesh devait sa promotion brillante et rapide dans la police cantonale à des qualités typiquement suisses ; souplesse, efficacité, entêtement, sens du devoir.

Zurich était une plaque tournante mondiale où avaient lieu, en vingt-quatre heures, autant d'événements violents ou cocasses que dans n'importe laquelle des capitales européennes.

A cette différence près que le voyageur étranger avait en permanence l'impression qu'il ne s'y passait rien. On n'y avait jamais vu de flics matraque à la main, les étudiants semblaient prendre plaisir à étudier, les ouvriers ne manifestaient pas dans les rues et quand deux voitures entraient en collision, leurs conducteurs en descendaient, se présentaient des excuses réciproques, échangeaient leurs cartes d'assurance et allaient boire un verre ensemble pendant que la dépanneuse emmenait l'épave de leur véhicule dans un garage agréé. La main-d'œuvre étrangère ne militait pas dans les syndicats ; l'armée, faite de citoyens volontaires, n'était noyautée par aucun groupuscule subversif et le gauchisme n'y était soutenu que par quelques intellectuels fiévreux qui rentraient bien sagement tous les soirs dans leur appartement confortable, et que les Zurichois désignaient gentiment comme des fadas bavards et inoffensifs : le paradis. La police était aimée des habitants de la ville. Elle protégeait indifféremment les riches et les moins riches — de pauvres, il n'y en avait pas — et quand Fritz Blesh, qui avait des lettres, était tombé sur un certain passage du *Journal* de Gide, il avait réagi comme tout citoyen suisse l'aurait fait à sa place : par un haussement d'épaules. Le texte en question, qui, soit dit en passant, concernait la ville de Lucerne et non Zurich, était daté du 10 août 1917 et disait ceci :

« Quelle propreté partout ! On n'ose pas jeter sa cigarette dans le lac. Pas de graffiti dans les urinoirs. La Suisse s'en enorgueillit ; mais je crois que c'est de cela précisément qu'elle manque : de fumier. »

Ce qui frappait l'œil sagace de Fritz Blesh, c'était le mot « urinoir ». Il en connaissait assez sur Gide pour savoir qu'il s'était complu, sa vie durant, à les fréquenter avec assiduité. Quant au fumier, Seigneur, il y en avait autant qu'ailleurs. Seulement, on ne tenait pas à l'ériger en bouquet à la japonaise pour le brandir sous le nez des touristes.

C'est là où l'art de la police intervenait : pas de vagues, jamais ! Tout était toléré, dans les limites de la décence, qui ne gênait pas l'ordre public. Les escrocs étaient refoulés discrètement, les assassins ramenés à la frontière et les maris jaloux avaient le bon goût d'aller commettre leurs meurtres passionnels à Hambourg, Londres, Rome ou Paris. En Suisse, on s'aimait en quatre langues ; le nécessaire étant depuis longtemps à la portée de tous, seul, le superflu devenait indispensable.

Chaque jour, les frontières s'ouvraient à des brassées d'inconnus amenant leurs devises. Sans racisme aucun, on leur faisait bonne figure, les traitant d'égal à égal.

Evidemment, les autorités cantonales ne tenaient pas à ce que des non-nationaux vinssent régler leurs problèmes sur le sol natal. Fritz Blesh était là pour ça. Sous prétexte qu'ils voulaient avoir accès aux comptes numérotés de la Maffia, les agents américains avaient ouvert, en apparence, une brèche dans le système. Il était convenu que les vastes affaires crapuleuses, drogue ou prostitution à la chaîne, leur permettraient éventuellement de bénéficier de certains renseignements. De là à venir enquêter sur place sans en avoir demandé l'autorisation aux autorités compétentes...

Fritz Blesh, bien entendu, n'avait pas manqué de faire le rapport entre la jambe sectionnée dont avait hérité la morgue locale, et le flic américain tombé « accidentellement » de sa fenêtre trois jours plus tard, à l'hôtel Sordi's. Logiquement, pour relier les deux événements l'un à l'autre, il aurait dû recenser tous les Américains présents dans la ville au moment du drame. Mais il y en avait tellement ! Entre les diplomates, les truands, les politiques, les hommes d'affaires honnêtes ou marrons, Zurich n'était qu'une cuve bouillonnante d'allées et venues impossibles à recenser dans le détail. Toutefois, une brève enquête l'avait informé qu'après la mort de David Cavanaugh, un autre ressortissant des Etats-Unis, Patrick Mahonney, arrivé de New York par le même avion que Cavanaugh, n'avait pas reparu à son hôtel. Sa note était impayée. Sa valise, gardée à la réception. Or, ce Mahonney, vérification faite, était lui aussi régulièrement inscrit sur la liste des hommes du capitaine Kirpatrick, au commissariat central de la 6e Avenue. Il y avait donc lieu de croire qu'il était en cheville avec Cavanaugh. En d'autres termes, que pour une affaire qui le regardait, des inspecteurs américains court-circuitaient sur son propre sol la police cantonale helvétique : Fritz Blesh n'aimait pas...

Quand on lui annonça que Kirpatrick était en ligne, il se demanda si son confrère allait jouer franc jeu ou lui raconter une histoire. Le capitaine eut la courtoisie de demander à Fritz s'il parlait anglais. Oui. Avec l'accent allemand, mais quelle importance ?

« Comment est-ce arrivé, lieutenant ?

— L'enquête n'a pour l'instant déterminé rien d'autre qu'un accident.

— Vous y croyez ?

— Jusqu'à preuve du contraire. Je vous présente mes condoléances.

— Merci.

— Vous pouvez peut-être m'aider, capitaine... David Cavanaugh était-il en mission à Zurich ?

— Oui, si l'on peut dire... Un truc de routine.

— Puis-je vous demander de préciser ?

— Surveillance.

— Ah !... Il surveillait qui ?

— Un Italo-Américain soupçonné de faire partie du Syndicat.

— Quel nom ?

— Ecoutez, lieutenant... David Cavanaugh avait trois enfants. J'ai prévenu sa veuve... C'est affreux... Pouvez-vous faire le nécessaire pour rapatrier le corps ?

— Dès que l'autopsie sera terminée, capitaine.

— Quand ?

— J'aurai le rapport médical ce soir. Je m'occupe de tout.

— Merci !
— Capitaine...
— Oui ?
— Aviez-vous un seul homme à Zurich ? »
Kirpatrick n'hésita qu'une seconde.
« Deux.
— L'inspecteur Mahonney ?
— Exactement.
— Est-il retourné à New York ?
— Pardon ?
— Je vous demande si Patrick Mahonney est rentré à New York ?
— Je ne crois pas... je n'en sais rien...
— Eh bien moi non plus, capitaine. Votre homme n'est pas retourné à son hôtel.
— Comment le savez-vous ?
— Il est parti sans payer sa note », laissa froidement tomber Fritz Blesh.
En Suisse plus qu'ailleurs, ce sont des choses qui se remarquent.

En sortant de la banque, Italo Volpone s'engouffra dans la Ford et lança à Pietro Bellinzona, resté au volant :
« Démarre ! »
Il était blême de colère, bouillonnant d'idées de vengeance, frustré de ne pouvoir prendre la Trade Zurich d'assaut pour effacer l'humiliation subie. Quand il aurait récupéré son argent, il ferait abattre le banquier. Pas tout de suite. Il lui laisserait le temps d'oublier, de jouir, de continuer à vivre. Et le jour où il s'y attendrait le moins, il recevrait une balle dans la tête, ou sa voiture exploserait, ou il serait empoisonné dans un restaurant ou écrasé en traversant la chaussée par un camion fou.

« On va où ? demanda Bellinzona.
— Ta gueule ! A l'hôtel ! »
Pietro ravala les paroles qu'il voulait lui dire. Il jeta un coup d'œil dans le rétroviseur et aperçut l'Opel grise décoller du trottoir. Au volant, le type qui essayait de les suivre depuis leur arrivée à Zurich et que Folco Mori avait repéré à l'aéroport. Bellinzona hésita à parler. Folco lui avait demandé de ne pas révéler à Volpone qu'outre O'Broin et Zaza Finney, deux flics américains étaient passés, grâce à leurs soins, dans un monde meilleur.
« On aura bien le temps quand il aura moins d'ennuis !... » avait tranché Folco.
Pietro avait admiré au passage la modestie de son collègue. Il craignait cependant les conséquences d'un silence prolongé. Les réactions de Bébé Volpone étaient parfois déconcertantes, mais toujours hostiles. A l'expression désemparée qu'il avait eue après avoir poussé O'Broin sous la scie, Pietro avait compris qu'Italo avait commis une bêtise. N'en commettait-il pas une autre lui-même en se taisant ?
« Padrone... »
Volpone sembla n'avoir rien entendu. Bellinzona donna un coup de volant brusque pour éviter la marche arrière imprévue d'une dame qui se garait.
« Padrone...
— Quoi ? aboya Italo.
— Il y a un type qui nous suit.
— Où ?
— Une Opel grise.
— Comment tu le sais ? interrogea Italo en résistant à son envie de se retourner.
— Folco l'a logé quand on a atterri. Il était dans le même avion que nous.
— Connard ! J'ai un flic au cul et tu la fermes !
— Pas un flic, Padrone...

— Qu'est-ce que tu en sais ? éclata Volpone.
— Folco vous expliquera. Vous étiez si occupé... Pendant ce temps, on n'est pas resté inactifs.
— Que veux-tu dire ? demanda Italo en fronçant les sourcils.
— Folco vous expliquera... répéta Bellinzona pour sortir du terrain dangereux où il s'était engagé. Folco pense qu'il s'agit d'une torpille que Gabelotti nous a mis aux fesses. Enfin... Peut-être.
— Vire dans la première à droite, ordonna Volpone. Et continue de rouler. Il faut que je réfléchisse. »
Il se retourna, feignit de chercher quelque chose sur la banquette arrière et aperçut l'Opel.
« Où il est, Folco ?
— Derrière. Il colle au type.
— A gauche ! »
Pietro prit le virage autour du rond-point sous l'œil paisible d'un agent de police.
« Tu le vois toujours ? demanda Italo.
— Oui. Vous voulez qu'on le coince ?
— Suis le quai et ferme-la ! Quand tu arriveras devant le parc, prends à gauche et va jusqu'au Commodore ! »
Le Commodore était un immense hôtel nouvellement construit devant lequel Volpone était passé la veille.
« Tu m'arrêteras devant le perron et tu feras semblant de filer. Gare la voiture où tu peux. Je resterai trois minutes dans le hall. Après, tout ce que tu auras à faire sera de suivre le type quand il m'emboîtera le pas.
— Vous avez une idée ?
— Regarde la route ! »
Le palace était en vue, dépassant de ses trente étages la masse des frondaisons du parc. Bellinzona freina doucement sur le gravier. Un larbin

déguisé en amiral se précipita pour ouvrir la portière à Volpone. Bellinzona redémarra, suivit une succession de flèches qui l'amenèrent dans un parking à ciel ouvert. Il dut attendre une minute pour qu'un couple d'amoureux, flirtant dans une Austin dont le moteur tournait, condescende à lui laisser la place. Quand il eut fait au pas de course les deux cents mètres le séparant de l'entrée principale de l'hôtel, il vit Folco Mori tendre un billet à l'amiral déjà installé au volant de la Volkswagen crème. Ils échangèrent un bref regard. Séparément, tous deux pénétrèrent dans le palace.

Italo Volpone marchait de long en large dans le hall, consultant fréquemment sa montre comme quelqu'un qui a rendez-vous. A vingt mètres de là, la « torpille » feignait de s'intéresser au menu affiché à la porte d'un des trois restaurants du Commodore. Bellinzona alla feuilleter des prospectus de voyage placés en pile sur le comptoir du chef concierge. Il en prit un au hasard, rejoignit Italo, et lui montrant une page représentant des chaseurs hilares retour d'un safari au Kenya, lui glissa à mi-voix :

« C'est le mec qui regarde le menu devant le restaurant.

— Qui t'a dit de me rejoindre ?

— Padrone, il a vu que c'était moi qui vous pilotais. Si je suis pas avec vous, il va croire que je suis derrière lui. Folco est là.

— Où ?

— Devant la librairie.

— Va demander un truc à la réception.

— Quoi ? s'étonna Bellinzona.

— N'importe quoi ! Parle simplement à l'employé et rejoins-moi en ayant l'air de m'apprendre quelque chose. »

Pietro s'éloigna de sa démarche lourde et puissante. Volpone le vit parler à un employé qui se détourna rapidement pour répondre à d'autres clients. Quand Bellinzona revint, il dit à Italo :

« Il est douze heures trente.

— Suis-moi ! »

Ils traversèrent le hall. De loin, Rico Gatto, qui les guettait dans le miroir sur lequel était affichée la carte, en déduisit qu'ils allaient rejoindre quelqu'un. Rico tenait à effacer son demi-échec de la morgue. Gabelotti avait été furieux qu'il ne puisse lui en apprendre davantage sur la jambe anonyme. Il vit Volpone et Bellinzona qui soulevaient une tenture au fond du hall, derrière une imposante colonne de marbre. Quand ils eurent disparu, il se dirigea dans la même direction. Aussitôt, Folco Mori abandonna le stand de librairie et se mit en route avec nonchalance.

Derrière la tenture, il y avait une large porte vitrée donnant accès à une immense salle de banquet aux tables dressées et décorées de bouquets de fleurs. A son extrémité la plus éloignée, une petite estrade fleurie surmontée d'une table où ne manquaient ni le verre ni la carafe d'eau. L'orateur viendrait plus tard. La foule aussi. Pour l'instant, la salle était totalement déserte. Vaguement inquiet, Rico Gatto se demanda s'il avait perdu une fois de plus la trace de Volpone. Une idée le frappa à l'évidence : si Italo l'avait semé en connaissance de cause, c'est qu'il savait, NECESSAIREMENT, que quelqu'un était sur ses talons. Un détail qui changeait tout ! Volpone tentait de l'attirer dans un traquenard pour le descendre.

Rico effleura de la paume le Beretta niché dans son holster, sur la gauche de sa poitrine. La main enfouie sous sa veste, il s'approcha de l'estrade sans chercher à se cacher ou à masquer le bruit de ses pas. Quand il en fut à cinq mètres, il se déporta sur sa droite en deux bonds, l'arme au poing : personne...

Avec méfiance, il fit jouer la poignée de la porte que lui avait masquée jusqu'à présent la masse de l'estrade. Le pêne se libéra. Rico balança un coup de pied dans le battant et se rejeta en arrière. Devant lui, s'ouvrait un long couloir mal entretenu. Il le parcourut lentement. Vingt mètres plus loin, deux nouvelles portes. Précautionneusement, il entrouvrit celle de gauche. Elle donnait sur un escalier qui déroulait sa spirale de béton vers le haut et vers le bas. Si Volpone et Bellinzona l'avaient emprunté, sa filature s'arrêtait là. Trop tard pour les rejoindre. Il y avait une autre possibilité...

En alerte, il observa pensivement l'autre porte où s'inscrivait en lettres rouges le mot « Danger », surmonté de la classique tête de mort encadrée de tibias. Elle était en métal, fermée à clef probablement. Il l'essaya. Elle s'ouvrit aussi facilement que les précédentes. Des marches de fer très raides s'enfonçaient vers une plate-forme surplombant une énorme caverne dont les dimensions étaient égales à la surface au sol du Commodore. Entrelacée dans des tresses de tuyaux multicolores, la machinerie interne du palace palpitait d'une façon autonome de sa propre vie, bruissante du ronronnement assourdi de sa centrale.

Rico esquissa un sourire. L'endroit avait beau être assez vaste pour qu'un bataillon de « Marines » pût s'y dissimuler facilement, le terrain lui convenait à merveille. Si Italo et son gorille l'avaient fait délibérément venir ici pour l'abattre, ils risquaient d'avoir des surprises...

Il resta trente secondes dans une immobilité absolue, prêtant l'oreille au moindre bruit, fouillant du regard tout ce qui était visible. Oubliant complètement la simple mission d'information dont l'avait chargé Ettore Gabelotti. Tout à sa chasse, il se lança brusquement dans le vide, glissa sur la main courante, atterrit sur la plate-forme, cinq mètres plus bas, fit un nouveau bond, boula dans les escaliers et s'aplatit derrière une chaudière dont la vibration sourde emplissait l'espace de ses ondes.

Aux aguets, tous les sens en éveil, il demeura accroupi pendant deux minutes encore. Rien d'anormal ne se produisit.

Il eut soudain la sensation d'être un peu ridicule : et si Volpone et Bellinzona avaient filé par les escaliers ? S'il n'y avait personne d'autre que lui dans cette salle des machines, où il jouait à la guerre pour rien, tout seul ?

Mais pour en avoir la certitude, il fallait qu'il mette sa vie en jeu. Il devait traverser un espace découvert d'une trentaine de mètres, franchir une passerelle longue de dix et se jeter à l'abri dans la partie la plus éloignée de la salle d'où lui parvenait la rumeur saccadée d'un halètement mécanique.

Sur sa gauche, tout près, quelqu'un siffla les huit premières mesures du *Pont de la rivière Kwai.* Rico roula sur lui-même. Instinctivement, au jugé, il lâcha trois balles dans la direction opposée. Simultanément, lui parvint le staccato serré de plusieurs projectiles miaulant et ricochant sur le tablier métallique de l'escalier. L'un d'eux frappa l'emplacement exact de la chaudière où sa tête s'appuyait une demi-seconde plus tôt. Un jet de vapeur bouillante jaillit avec une force prodigieuse de la tôle percée, traçant à perte de vue dans l'espace une droite parfaite qui semblait ne jamais devoir s'infléchir.

Toujours accroupi, Rico pivota sur sa gauche

et tira encore à deux reprises. Il constata avec stupeur qu'il lâchait son arme tandis qu'il ressentait dans l'épaule droite le choc lourd d'un coup de marteau. Derrière lui, on lui saisit la tête et on la cogna violemment contre la tôle. Il perdit connaissance.

Folco Mori se pencha au-dessus du corps de Rico Gatto et retira d'un coup sec son poignard enfoncé jusqu'à la garde dans le gras du biceps qu'il avait perforé de part en part. Il vit Bellinzona se précipiter sur Italo Volpone qui s'approchait en titubant, le visage hagard.

« Padrone ! Vous êtes blessé ! »

Italo secoua la tête et voulut l'écarter. Avec horreur, Pietro vit alors le petit trou noir qui avait déchiré sa veste, à l'emplacement du cœur. Bellinzona en écarta les pans, s'attendant à trouver une blessure effroyable : la chemise de Volpone était intacte ! Pas une goutte de sang...

Sans qu'Italo songe à réagir, Pietro glissa la main dans la poche intérieure de sa veste. Abasourdi, il en ramena le jeu de cinquante-deux cartes dont le cadet des Volpone ne se séparait jamais. La première était un as de cœur, perforée à l'endroit exact du cœur. La dernière, qu'il ne retourna pas, ne portait dans son dos aucune marque.

Il voulut s'exclamer, remercier, bénir, crier au miracle. Il dit simplement :

« Merde... »

Dépassé !

« Qui est-ce ? » demanda Volpone à Mori sans faire de commentaire.

Machinalement, il rafla le jeu de cartes des mains de Bellinzona et le fourra dans sa poche. Bien que très secoué par l'impact de la balle arrêtée — ou détournée — par les cartes, Italo ne perdait pas de vue les raisons de sa présence dans la salle des machines. Mori lui tendit le passeport du type dont le bras ruisselait de sang à travers l'étoffe sombre de sa veste. Il en lut la première page :

« ENRICO GATTO. AGENT IMMOBILIER. 256 WASHINGTON AVENUE. MIAMI. »

L'homme ouvrit les yeux... Il vit les trois silhouettes hostiles et menaçantes penchées au-dessus de lui et sut qu'il allait mourir.

« Qui t'envoie ? » demanda Volpone.

Rico Gatto porta la main à sa blessure et se tut.

« Aidez-moi ! » dit Italo.

En une seconde, Rico fut remis sur ses pieds. Italo fit un signe à Bellinzona.

« Empêche-le de gueuler ! »

De toutes ses forces, pendant que Pietro lui fermait la bouche de ses énormes pattes, Volpone poussa Rico Gatto sur la paroi de tôle d'où s'échappait le geyser de vapeur brûlante. S'arc-boutant sur ses jambes, il le coinça de sa masse de façon à ce que sa blessure fût en contact avec le jet bouillant. Gatto, les yeux exorbités par la douleur, banda désespérément ses muscles pour échapper à cette vrille intolérable qui cuisait sa chair à travers ses vêtements et dont la puissance était telle qu'elle contrebalançait le poids des trois hommes appuyés sur lui comme des piliers de rugby.

« Qui t'envoie ? » répéta Volpone.

Rico roula des yeux fous. Italo le fit pivoter vivement pour ne pas être atteint par le jet de vapeur.

« Gabelotti ! » lâcha Gatto, qui n'avait plus rien à perdre, dans un hoquet d'épouvante.

Volpone lui enfonça les deux mains dans la bouche, écarta ses mâchoires. Se faisant un rempart de son corps, il le projeta de nouveau contre la chaudière, face en avant, et le maintint le visage collé contre le métal, le jet sifflant pénétrant dans la cavité buccale. La peau de Rico Gatto devint cramoisie, puis livide, comme de la viande bouillie. Il était mort depuis longtemps quand Volpone, tiré par Folco et Pietro, abandonna son corps inerte en faisant un bond en arrière.

« Ta lame », ordonna Italo.

Folco Mori lui tendit son poignard. Italo se courba au-dessus du corps de Rico Gatto, mais sa position empêcha Folco et Bellinzona de voir ce qu'il faisait. Il leur tourna le dos une seconde encore, enfouit quelque chose dans un mouchoir et se redressa.

« On fout le camp ? demanda Pietro en jetant un regard inquiet vers les superstructures où se situait la porte qu'ils avaient franchie pour descendre.

— Une seconde ! dit Italo. Attrapez-le et suivez-moi... »

Bellinzona et Mori empoignèrent le corps de Rico avec indifférence.

« Tu as son passeport ? demanda Volpone à Folco.

— Oui.

— Ici », dit Volpone.

Ils se trouvaient devant une espèce de couvercle circulaire de trois mètres de diamètre, dont le sommet affleurait la surface du sol. Sur la paroi du couvercle, un volant que Volpone dévissa jusqu'à ce qu'il dégage une ouverture rectangulaire.

« Balancez-le là-dedans ! »

Bellinzona et Mori s'avancèrent, frappés au visage par la chaleur intense se dégageant de la cavité. Rapidement, ils firent glisser dans le trou le cadavre de Rico Gatto. Volpone referma lui-même la trappe et revissa le volant. Il prononça alors l'oraison funèbre du défunt.

« Exactement ce qui lui convenait. C'est un incinérateur d'ordures. »

Malgré la vapeur qui commençait à envahir la salle des machines, ils arrivèrent à l'escalier de béton qui donnait sur l'arrière de l'hôtel sans avoir rencontré personne.

Plus tard, quand ils furent de retour à leur propre hôtel, Volpone tendit un billet de cent dollars à Bellinzona qui s'apprêtait à ranger la voiture.

« Achète-moi une montre et monte-la dans ma chambre.

— Une montre comment ?

— Une montre ! Et aussi du papier. C'est pour faire un paquet.

— Bien », dit Pietro.

Il était maintenant assez familiarisé avec son nouveau « Padrone » pour savoir que mieux valait ne pas lui poser de questions.

Chimène Kloppe poussa un soupir. En avait-elle entendu, de ces histoires d'exilés, de juifs et de vaincus qui devaient, du jour au lendemain, dans l'heure même parfois, empiler quelques rares affaires dans un balluchon et tourner la page sur tout ce qui avait été leur vie. Dorénavant, à l'écoute de ces récits qu'elle n'avait perçus qu'intellectuellement, avec distraction presque — ces choses-là n'arrivent qu'aux autres ! — elle saurait de quoi parlait le narrateur, ressentirait dans sa chair ce pincement d'angoisse qu'avaient dû éprouver les victimes.

Pour tenir sa promesse envers Renata, elle

devait quitter son propre appartement pendant quarante-huit heures ! Nul, pas même elle, ne devait savoir ce qui s'y mijoterait à la veille des agapes.

Dans moins d'une heure, une équipe d'hommes viendrait chambouler l'ordonnance de ses fauteuils Louis XV, de sa bergère bleu ciel, changer de place ses Pissarro, ses Renoir, ses Manet. Sortis de leur coffre, les deux Van Gogh, le Gauguin et le Vinci affronteraient la vive lumière des spots sous la garde vigilante de plusieurs gorilles engagés à cet effet. Ils devaient camper jour et nuit dans l'appartement jusqu'à la cérémonie du mariage.

« Mais où coucherez-vous ? avait demandé Chimène à leur chef.

— Ne vous inquiétez pas, madame, nous avons l'habitude. Par terre. »

Elle craignait secrètement que ces hommes fussent négligés, que leur odeur imprégnât les murs de son grand salon d'apparat, que leur contact laissât des traces douteuses sur le tapis de la Savonnerie étalé sur la moquette cobalt tendre.

Mais plus encore que ces inconvénients domestiques, elle redoutait les lubies de sa fille qui les lui avait imposées. Les noces de Renata allaient être quelque chose d'incongru, de choquant. Par peur de représailles cruelles, Chimène n'avait pas osé s'y opposer. Renata tenait de son père une volonté d'acier : quand elle avait une idée dans la tête, malheur à ceux qui voulaient l'en détourner !

Pour apprivoiser sa mère, la rassurer, elle lui avait susurré avec une expression câline :

« Je ne te demande pas le Pérou, maman ! Prête-moi seulement les locaux, ce sera mon cadeau ! »

Un cadeau empoisonné qui risquait de leur aliéner la considération des notables de la ville. Déjà, certains d'entre eux s'étaient décommandés sous les prétextes les plus divers. Ils voyaient d'un sale œil le fait de participer à une cérémonie nuptiale à trois heures du matin. D'autres avaient applaudi, avec des : « Quelle originalité ! » — « Enfin, Zurich bouge grâce à vous ! » — « Quelle idée amusante ! »

En attendant, Chimène allait devoir regagner comme une proscrite le quatre-pièces étriqué et sans faste de l'étage au-dessus. Elle avait toujours voulu le louer — pour quoi faire, grands dieux ? — mais ne s'y était jamais résignée de crainte que l'on pût penser que les Kloppe avaient besoin d'argent.

Mentalement, elle vérifia qu'elle n'avait rien oublié dans sa trousse de toilette. Sa femme de chambre avait déjà fait monter trois malles, « là-haut »... Homer s'était abstenu de tout commentaire, mais à deux ou trois reprises, ses regards lourds avaient signifié qu'il boirait son calice jusqu'à la lie.

On sonna à la porte, elle ouvrit, son sac de voyage à la main. Sur le seuil, se tenaient deux grands gabarits.

« Nous sommes bien chez M. Homer Kloppe ?

— Ici même... »

Celui qui étudiait ses instructions sur un papier dut la prendre pour une domestique. Sinon, comment justifier sa phrase ?

« Vous avez raison de vous en aller. Parce que ça va valser là-dedans ! »

Bellinzona, Baretto et Mori regardaient d'un œil intrigué Bébé Volpone nouer la dernière ficelle dorée de son paquet. Un petit paquet soigneusement confectionné, entouré d'un papier d'emballage beige. Italo le tapota pour en éprouver la solidité. Satisfait, il colla sur le papier une étiquette gommée portant l'adresse du destinataire.

« Folco, tu vas porter ça à l'aéroport. Je veux que ça parte pour New York par le premier avion. Tu le donnes en mains propres, on le remet en mains propres. Vu ?

— Je le remets à qui ? s'informa Folco. Je connais personne, ici...

— Baretto ?... demanda Volpone à Lando.

— Va au bureau de fret, dit Lando à Folco Mori. Tu demandes Elizabeth. Elle se débrouillera.

— Pas de quoi fouetter un chat, ironisa Italo. C'est un souvenir... Une montre. Un cadeau... J'ai pas envie de payer la taxe.

— Padrone, protesta Bellinzona, pour une montre de quatre-vingts dollars, ça devrait pas monter très haut...

— La ferme ! » dit Volpone.

Et à Folco :

« Reviens me voir quand le paquet sera parti. J'aurai deux ou trois choses à te dire. »

Mori haussa un sourcil.

« D'accord. »

Italo se retourna vers Pietro Bellinzona.

« Descends dans le hall et ramène-moi deux jeux de cinquante-deux cartes.

— J'y vais. »

Italo s'adressa alors à Orlando Baretto.

« Tu vas aller tout de suite dans une agence et louer un appartement, une maison, enfin, vois ce qu'il y a de mieux... Paie six mois d'avance. Raconte que c'est pour des diplomates, ce que tu veux, je m'en fous. Je veux y coucher ce soir. Eh !... T'en vas pas encore ! Tu as du liquide ?

— Un peu...

— Un peu, c'est pas assez... Prends ça ! »

Il fourra dans la main de Lando une épaisse liasse de billets roulés.

« Pas la peine de les compter. Dix mille dollars. Maintenant, parle-moi de ta gonzesse.

— Elle a tout fait, tout.

— Raconte !

— Je viens de l'avoir au bout du fil. Elle l'a appelé chez lui.

— Quand ?

— Il allait se mettre à table.

— Qu'est-ce qu'elle lui a dit qu'elle voulait ?

— Le voir.

— En général, c'est elle qui le relance ?

— Non. C'est Kloppe qui lui fixe les rendez-vous.

— Il a pas eu l'air de trouver ça bizarre ?

— D'après Ines, non. Elle a réussi à avoir son emploi du temps pour demain.

— Elle est prête ?

— Oui.

— Tu lui as bien expliqué qu'elle était en sursis ?

— Elle le sait.

— Bon. File ! »

Lando hésita à poser la question qu'il avait sur les lèvres.

« Quoi ? l'encouragea Volpone.

— Vous m'avez bien dit de louer pour six mois, Padrone ?

— Et alors ? L'air est bon ici, non ?

— Oui, Padrone ! »

Italo attendit qu'il eût refermé la porte pour sortir sa roulette portative du tiroir d'une commode. Il décida de se donner six coups pour toucher le zéro. Il lança la bille...

A son goût, on l'avait déjà un peu trop vu dans cet hôtel. Mieux valait changer d'adresse. En mettant les choses au pire, il ne resterait que trois jours de plus à Zurich. Compte tenu des moyens qu'il allait employer pour briser la résistance de Homer Kloppe, c'était un délai largement suffisant. Quelle importance de jeter en l'air dix mille dollars pour un loyer bidon ? Il effleura par hasard la poche de sa robe de chambre et sentit le contact dur du paquet de cartes qui lui avait sauvé la vie. Il arrêta la bille en pleine course avant qu'elle n'atterrisse dans une case. Superstitieux comme tous les flambeurs, il avait l'intuition que c'était faire injure au sort que de le tenter une deuxième fois pour des broutilles. Pas après la veine qu'il avait eue !

Pendant qu'il composait le numéro d'Angela à New York, Folco Mori, qui roulait dans sa Volkswagen en direction de l'aéroport, saisit le paquet que lui avait confié Volpone : à qui Italo pouvait-il envoyer une montre ?

Le nom du destinataire inscrit sur l'étiquette en caractères d'imprimerie le fit sursauter : « ETTORE GABELOTTI ».

Ils étaient une vingtaine à l'écouter. Parmi eux, deux femmes. Certes, le débat n'était pas contradictoire. Mais parmi les membres du collège d'anciens mêlés à des délégués d'assemblées synodales, chacun pouvait interrompre l'orateur sur un point qui lui paraissait litigieux ou sujet à caution. Une ou deux fois, Kloppe s'était fait courtoisement reprendre sur une erreur de date.

Il avait eu du mal à retrouver le fil de son discours : pour la première fois de sa vie, alors qu'il était question de Zwingli, son esprit était ailleurs. Pourtant, le lieu se prêtait à merveille au recueillement et à la concentration. Le petit groupe se trouvait dans une bibliothèque installée dans une ancienne crypte flanquant l'aile occidentale de la basilique. Pour s'y rendre, Homer, comme d'habitude, avait parcouru la nef immense dont les bas-côtés étaient surmontés d'un triforium. Il avait longé les vestiges de fresques commémorant la légende des martyrs Felix et Regula, jeté un œil neutre sur les vitraux de Giacometti qu'il jugeait trop modernes pour l'écrasante majesté du Grossmünster, le plus vaste édifice religieux roman de toute la Suisse.

Là, Zwingli avait prêché la Réforme. Mais aujourd'hui, ses mânes étaient obstinément combattus par la voix grave et sensuelle d'Ines. Elle avait appelé Homer alors qu'il se mettait à table pour le dernier repas pris dans son appartement avant le mariage de sa fille. Homer, qui avait eu la bonne idée de décrocher lui-même, devançant Chimène qui s'était précipitée, avait été contraint de répondre à ses questions sous l'œil curieux de sa femme. Auparavant, Ines ne l'avait jamais contacté chez lui. Ni ailleurs. C'était lui qui lui faisait signe.

« J'ai envie de vous voir... »

Il avait reconnu sa voix sans qu'elle eût à se nommer.

« Cela n'est pas impossible...

— Quand ?

— Puis-je vous rappeler ? (Et à l'intention de Chimène, misérablement, il avait ajouté à voix haute en masquant le bas de l'appareil avec sa paume.)... à votre bureau ?

— Qu'est-ce que vous faites cet après-midi ?

— Malheureusement je suis pris. Je fais une causerie au Grossmünster, à quinze heures.

— Vous me manquez... Et demain ? »

(Elle ne lui avait jamais dit une chose pareille : vous me manquez !...)

« J'ai une journée très chargée...

— Dites, je vous situerai mieux en pensant à vous... »

(Il était impossible que Chimène ne vît pas la rougeur subite de son visage...)

« Des rendez-vous toute la matinée, une conférence en début d'après-midi, le dentiste à quatre heures.

— Et après ?

— J'ai un mariage dans ma famille... Les préparatifs...

— Quand alors ? Après-demain ? »

(Quand elle parlait, on avait la sensation qu'elle roucoulait un blues...)

« Non !... Non !... Je marie ma fille ! »

(C'était lâché ! Il ne lui avait jamais soufflé mot de sa vie privée... Quel idiot !...)

« Dommage... Vous savez ce que je suis en train de faire en écoutant votre voix ?

— Non !...

— Je me caresse. Je suis toute nue sur mon lit... Les cuisses ouvertes... »

(Cette fois, il était écarlate ! Et Chimène qui ne le quittait pas des yeux, lui faisant comprendre par sa mimique que les quenelles refroidissaient !...)

« Ecoutez !... Je vous prie de m'excuser... Je suis à table... (Il se raccrocha désespérément à une phrase stupide, dont il savait qu'elle l'était, mais qu'il ne put s'empêcher de prononcer...) Vous ne déjeunez donc pas ?...

— Pas quand je me branle, petit Blanc... Dommage... Tchao ! »

(Elle avait raccroché !... Il feignit de continuer la conversation...)

« Soit, si vous voulez, cher ami... A partir du 27... Vous me trouverez à mon bureau à l'heure qui vous conviendra... Je vous en prie ! Au revoir... »

Comme il s'était méprisé de ses mensonges !

« Veux-tu que je les fasse réchauffer ?... Tes quenelles !

— Non merci, non, ça ira... »

Il avait plongé le nez dans son assiette.

« Qui était-ce ?

— Un client.

— Tu n'es pas bien ?

— Mais si !

— Tu es cramoisi !

— Vraiment ? J'ai eu une matinée difficile... »

Trois quarts d'heure auparavant, il avait assisté, devant le récepteur télé de son bureau, à l'entrée conquérante de Volpone à la Trade Zurich Bank. Un mauvais contact dans les boutons de son appareil l'avait empêché de jouir de sa déconfiture. Il avait été incapable de brancher la caméra dans le couloir du rez-de-chaussée, au niveau des ascenseurs. C'est là pourtant, d'après ce que lui avaient raconté plus tard les gardes, que Volpone s'était fait bousculer. En tout cas, il avait été témoin de la sortie du voyou... Un spectacle réconfortant...

« Si Calvin a eu la possibilité de réduire les sacrements au baptême et à la cène, s'il a voulu que les pasteurs soient élus par les fidèles, s'il a repoussé la pénitence et aboli l'épiscopat, encore conviendrait-il de ne pas minimiser dans cette entreprise le rôle capital de Bèze...

— Pardon ? » dit Kloppe avec effarement.

Tout à ses pensées, il avait totalement oublié l'endroit sacré où il se trouvait, de même que les gens qui l'entouraient, débattant à son instigation un problème de doctrine. Depuis combien de temps avait-il décroché ?

« Bèze ! répéta son interlocuteur pendant que tous les yeux se braquaient sur Homer. Théodore de Bèze ! »

Ce fut plus fort que lui : englué par le piège phonétique de ce mot, que les démons lui firent instantanément épeler « baise ! » Kloppe fut empli par la bouleversante vision d'Ines accomplissant, ses deux jambes écartées à cent soixante degrés en une droite infinie et sans défaut, ce qu'elle lui avait annoncé. Et pour la deuxième fois de la journée, prononcée cette fois non plus par Chimène mais par un délégué glacial de l'assemblée synodale, il entendit cette phrase :

« Monsieur Kloppe, vous ne vous sentez pas bien ?...

— Non... pas très bien... » bredouilla-t-il.

Ses auditeurs tournaient le dos à la porte d'entrée de la bibliothèque. Mais Homer leur faisait face. Et au-dessus de leurs épaules, il voyait très bien que cette porte venait de s'ouvrir doucement et que s'y encadrait la silhouette fantastique d'Ines, rendue plus immense encore par un de ces visons qu'elle affectionnait et qui lui battait les chevilles. Le regard fixe, tétanisé, le banquier se frotta les yeux : il ne pouvait s'agir que d'un songe, ce n'était pas possible, il allait se réveiller... Une à une, les têtes se tordirent dans la direction où le regard de Kloppe s'était définitivement figé. Certains se raclèrent la gorge, d'autres s'agitèrent nerveusement sur leur chaise, les deux femmes prirent des mines pincées et tous, sans exception, l'observèrent avec gêne et étonnement, comme s'ils attendaient de lui un conseil sur la conduite à tenir dans une circonstance aussi inouïe.

Pourtant, ils n'avaient encore rien vu ! Etourdi par le choc, Kloppe tenta de se ressaisir, de faire face. Il se leva et bégaya — mais était-il possible que cette voix rauque fût la sienne ?

« Je vous prie de m'excuser... Cette dame est une amie... Je reviens... Continuez sans moi... »

Elle était à dix mètres de lui, souveraine, souriante, inaccessible comme un cauchemar. Il fit trois pas incertains dans sa direction : elle l'arrêta d'un geste empreint d'une autorité gracieuse.

Alors, devant tout le monde, elle écarta doucement les pans de sa fourrure : sous le manteau, elle était totalement, absolument nue et Homer, malgré sa situation délirante, ne put s'empêcher d'être fasciné, l'espace d'un éclair, par le chocolat sombre de sa peau où se détachait, noir comme la nuit, brillant d'un reflet sourd, le vaste triangle du pubis.

Médusés, mais ne perdant pas une miette du spectacle malgré la dignité de leur expression, les témoins observaient un silence de mort : même dans les Evangiles, aucune créature semblable n'existait, n'était décrite nulle part ! Bien campée sur ses jambes, toujours souriante, son corps offert aussi largement dévoilé, Ines ouvrit la bouche.

« Je suis désolée, Homer... Je croyais que vous en aviez fini avec vos amis... Continuez... Je vais vous attendre dans notre chambre... »

Elle leur tourna le dos avec la majesté d'une reine, faisant pivoter d'un même mouvement coulé son vison de l'arrière à l'avant. Apparurent ses fesses magnifiques, cambrées dans un angle extravagant.

Pendant trois ou quatre secondes, elles ondulèrent sous le rythme souple de sa démarche lente. Dans l'assistance, hébétée, il n'y eut plus que le bruit de ses talons hauts frappant la pierre des dalles séculaires de la crypte, scandé par la respiration précipitée des anciens du collège et des délégués du synode. Une bouffée de son parfum flotta dans l'air, charnelle, mêlant ses effluves subtils à l'odeur poussiéreuse des vieux bouquins et aux relents de mort de la pierre froide.

La porte se referma en grinçant : la vision s'était évanouie.

12

ANGELO BARBA se tassa dans son fauteuil. Chaque fois que Gabelotti passait près de lui, il sentait nettement le déplacement d'air que provoquait la masse de ses cent vingt-cinq kilos. Le Don écumait. Il arpentait son salon de long en large, jetant des yeux furibonds sur ses consigliere. Carmine Crimello non plus n'en menait pas large. Un peu à l'écart dans un coin, Carlo Badaletto attendait que l'orage se tasse.

La colère semblait aiguiser la boulimie de Don Ettore. Un énorme plateau de petits sandwiches au beurre et à la charcuterie disparaissait petit à petit, englouti par Gabelotti qui y plongeait distraitement la main à chacune de ses allées et venues.

Une heure plus tôt, Phillip Diego l'avait informé de l'échec de sa tentative auprès de Homer Kloppe. Don Ettore s'était emporté jusqu'à insulter l'avocat, le traitant d'incapable, l'accusant de manquer de diplomatie.

« Pourquoi ne pas appeler vous-même et donner vos ordres directement ? avait suggéré Diego avec froideur.

— C'est un conseil ?

— Non. Mieux vaut ne pas traiter certaines choses par téléphone.

— Alors, quoi ? Puisque vous n'êtes pas foutu de me renseigner ! »

Il y avait bien une solution qui leur venait à l'esprit. Mais tous deux n'en soufflèrent mot. Gabelotti, parce qu'il refusait de mettre quiconque dans la confidence, fût-ce l'un de ses avocats les plus sérieux — et si Volpone lui réservait le même sort qu'à Mortimer O'Broin ?... Phillip Diego, de crainte d'essuyer un refus de Gabelotti. Etant sur place, il lui aurait pourtant été facile, si Don Ettore lui avait communiqué le numéro du compte, d'y avoir un accès immédiat et d'ordonner à Kloppe de faire effectuer le transfert : au cas où Volpone ne l'aurait déjà fait lui-même pour son propre compte.

« Pourquoi n'écrivez-vous pas ?

— Parce que c'est idiot ! »

Diego le savait. L'évasion et la fraude fiscale étaient la bête noire du gouvernement américain. Entre la Securities and Exchange Commission, le fisc et le F.B.I., toute correspondance adressée en Suisse ou à tout autre paradis fiscal devenait systématiquement suspecte et dangereuse pour l'envoyeur : le courrier s'égarait. Les lettres faisaient courir un risque énorme.

« Quel dommage que vous ne puissiez venir », hasarda l'avocat.

Un mot malheureux : Gabelotti avait raccroché avec un juron. Une fois de plus, sa terreur de l'avion l'empêchait de se porter instantanément au cœur des affaires. C'était plus fort que lui, il ne pouvait pas voler ! Logiquement, c'était stupide. Mais viscéralement, toutes les fibres de son corps lui criaient qu'il mourrait de peur avant même le décollage, dès que la porte de l'appareil se refermerait sur lui.

C'était trop bête : il ne pouvait donc ni écrire, ni téléphoner, ni confier à quiconque le numéro de son compte communiqué par O'Broin. Encore moins se rendre à Zurich lui-même. A moins d'aller en Europe en bateau, ce qui lui prendrait cinq ou six jours au minimum, pendant lesquels les deux milliards de dollars auraient cent fois le temps de changer de domiciliation.

A bout de nerfs et de patience, n'en pouvant plus de ne rien savoir, il décida de courir un risque calculé : appeler Kloppe, lui livrer le chiffre du code et se faire reconnaître comme interlocuteur. Malheureusement, il était neuf heures à New York quand il eut la Trade Zurich en ligne. C'est-à-dire, quinze heures en Suisse : à ce moment précis, Homer Kloppe pénétrait dans le Grossmünster pour sa conférence.

« Quand sera-t-il de retour ?

— Pas avant demain matin, monsieur.

— Y a-t-il un numéro où je puisse le joindre ? insista Gabelotti qui ne voulait avoir affaire qu'au banquier.

— Non, monsieur. Voulez-vous que je vous passe le directeur adjoint, M. Garnheim ? »

Gabelotti avait raccroché sèchement... Il rafla les derniers sandwiches intacts sur le plateau et les fourra dans sa bouche, les avalant pratiquement sans les mâcher.

« Si au moins Rico Gatto rappelait... » déplora Crimello.

Ettore haussa vigoureusement les épaules.

« Ecoutez, Don Ettore, je crois qu'on perd de vue l'essentiel, dit Barba. Je comprends vos craintes, je les partage. Il y a tout de même une chose qui devrait nous rassurer : Bébé Volpone est en

Suisse, non ? Croyez-vous que s'il avait tenté quoi que ce soit, il n'aurait pas déjà filé ailleurs ?

— Il y a un coup fourré ! tonna Gabelotti d'un air buté. Je ne crois pas un mot de ce que raconte Yudelman ! On cherche à nous intoxiquer ! Je suis coupé de tout, sans nouvelles !

— Quand Moshe doit-il revenir ?

— Je l'attends ! S'il n'a rien de nouveau à m'apprendre, on leur rentre dedans ! »

Louis Philippon toisa un par un les dix hommes qui allaient faire partie du voyage. La scène se déroulait dans la cour d'honneur du « Bon Bec », le restaurant qui avait fait sa gloire. Classé « trois étoiles » depuis onze années consécutives dans le Michelin, le « Bon Bec » était l'une des fiertés de la gastronomie française. Le vieux mas délabré des débuts, isolé sur la rive de la Durance, s'était agrandi par un phénomène de bourgeonnement au cours des années. Tous les revenus de Lucien et Ginette Philippon, son épouse, avaient été investis dans des travaux d'agrandissement, de rénovation et d'embellissement. Jour après jour, quand elle ne trônait pas à la caisse où elle faisait des grâces aux clients, Ginette avait couru les vieilles fermes de la région, raflant pour deux sous les meubles rustiques, les horloges de grand-mère, les chandeliers de bronze, les bassines de cuivre, les tables patinées construites deux siècles plus tôt par des ébénistes locaux fous de perfection et de pérennité.

Aujourd'hui, pas un homme d'importance, partant de Paris pour rejoindre la Riviera, n'aurait songé à rater l'étape, à ne pas quitter l'autoroute pour s'engager dans les sentiers bordés de genêts drainant vers le « Bon Bec » sa clientèle de célébrités internationales.

Les Philippon en étaient à leur huitième Livre d'Or, couvert des signatures les plus célèbres, parsemé de louanges dithyrambiques sur la qualité de la cuisine, la perfection du service, le raffinement de la cave, la chaleur de l'accueil. Le snobisme s'en était mêlé. Il était de bon ton, à Paris, dans les salons les plus huppés, de recevoir les Philippon comme des stars. Une fois par an, de la mi-octobre à la fin novembre, le couple prenait ses vacances. Noblesse oblige : Louis Philippon n'allait pas n'importe où. Il chassait le gros au Kenya, pêchait l'espadon aux Bermudes, tirait l'ours en Pologne ou poussait parfois une enchère à Londres, chez Christie's, quand des clients avertis, commissaires-priseurs ou critiques d'art, l'avaient mis sur la piste d'un objet rare, d'une peinture originale.

Ginette Philippon, qui était plutôt enrobée, se drapait dans des ensembles de Saint-Laurent. Louis faisait couper ses costumes à Rome ou sur les bords de la Tamise. Dans le garage, il y avait une Bentley décapotable et une Ferrari. Par une espèce de scrupule, Louis, pour ne pas rabaisser certains de ses clients, s'était abstenu d'acheter la Rolls dont rêvait Ginette, arguant que la mécanique était la même et qu'une différence de calandre ne changeait pas grand-chose à la classe de l'équipage. Comme Ginette s'entêtait, il avait trouvé l'artifice de langage, la formule propre à la désarmer :

« Une Rolls... Une Rolls !... Ils en ont tous ! Tu ne trouves pas que cela fait commun ? »

Ginette, matée par l'argument, avait avalé sans piper ses pilules diurétiques. Elle passait sa vie à tenter de perdre les douze kilos de trop qui la suivaient depuis la puberté. Dans cette lutte sourde de chaque instant, ponctuée par des cures d'amaigrissement périodiques, de massages, de saunas, de régimes divers, les kilos avaient toujours le dessus.

Quand les plus grands noms de France se mettaient en frais pour recevoir les Philippon, c'était à celui des deux qui bouderait le plus les nourritures sublimes qu'on leur servait. Louis n'était pas tellement porté sur la bonne chère. D'autant plus que son ulcère lui était venu l'année même où il s'était mis au golf et avait spéculé en Bourse. D'opération en opération — après un grand repas chez lui, même les banquiers devenaient bavards et protecteurs — il s'était retrouvé nanti d'un solide portefeuille que gérait pour lui la Trade Zurich Bank. Lorsque Chimène et Homer Kloppe étaient sur la Côte, ils ne manquaient jamais de faire le déplacement au « Bon Bec ». Louis avait connu la petite Renata quand elle avait douze ans à peine. A l'époque, elle exigeait qu'on lui fît griller un épi de maïs.

En ce temps-là, Louis venait d'ouvrir son établissement. Il avait débuté comme plongeur dans un grand restaurant de Marseille. Puis, peu à peu, s'était intéressé aux fourneaux, encouragé par les chefs qui lui délivraient parcimonieusement les secrets de leurs recettes. Ils avaient été unanimes à reconnaître en lui un élève doué. Trop fantaisiste peut-être, mais doué. Le jeune Philippon avait tendance à vouloir améliorer ce qui était déjà parfait, se livrant à des mélanges qui allaient à l'encontre de tous les principes, bousculant les habitudes, bouleversant les règles de la création culinaire : incapable d'imiter, il était contraint à inventer.

On n'était jamais sûr chez lui de goûter deux fois au même plat. Entre-temps, Louis, pris d'une espèce de folie créatrice, remaniait, ajoutait, retranchait. Il n'était pas rare que ses apprentis, ou de jeunes stagiaires, l'appelassent « maître ». Loin de s'en offusquer, Louis laissait faire, flatté secrètement de cet hommage spontané à son génie.

Désormais, des journalistes rendaient compte de ses réussites, commentaient ses mots, rapportaient ses voyages. Louis, qui savait ce que vivre veut dire, n'avait jamais la grossièreté de leur présenter sa note lorsqu'ils s'attablaient chez lui. Enjoué dans ses rapports sociaux, Louis devenait furieux dans sa cuisine. Saisi par ses démons, il rabrouait, il aboyait, piétinant l'omelette aux truffes qu'un marmiton maladroit n'avait pas fait assez baveuse, mettant à la porte les chefs qui lui tenaient tête sur un point de doctrine, bousculant les six femmes à la plonge lorsqu'une assiette ne lui paraissait pas avoir la brillance nécessaire.

Ses additions étaient célèbres, mais son bar en croûte au coulis de tomates fraîches, son agneau aux aromates de Provence, sa « Salade Dingue » — foie gras, écrevisses, truffes, fonds d'artichauts et mâche — laissaient un souvenir aussi vivace dans les palais de ses clients que la brèche énorme faite dans leur compte en banque. Bien entendu, Louis Philippon ne se déplaçait jamais pour exporter, le temps d'une agape, ses talents. Le monde entier venait chez lui, après avoir pris soin de mendier une table. Il n'avait dérogé à ce principe de base que par amitié pour Homer Kloppe qui lui avait, à ses débuts, mis en main les clefs de la clientèle dorée suisse.

« Jean !

— Maître ?

— Qu'est-ce que c'est, là, ce que tu as autour du cou ? »

L'apprenti rougit violemment.

« Une cravate...

— J'appelle ça une ficelle ! Tu veux perdre la face à Zurich ? Quant à vous... (Il fit le tour de ses collaborateurs d'un œil dominateur.) Sauciers, rôtisseurs, pâtissiers, marmitons, sommeliers, je vous demande de ne pas oublier ce qu'a d'exceptionnel notre déplacement ! Je n'irai pas jusqu'à dire que nous sommes des ambassadeurs français, mais c'est tout comme ! Nous devons montrer à la Suisse ce que des chefs inspirés peuvent faire sur un menu de commande ! Pas de déclaration à la presse locale avant notre prestation... Je compte sur vous ! En route ! »

Ayant dit, il embrassa Ginette et poussa sa troupe dans un mini-car Volkswagen dont il referma la portière lui-même. Après quoi, il grimpa dans sa Ferrari. Direction, Marignane. Sans qu'il l'eût demandé — mais son geste prouvait la classe de la future mariée — Renata avait loué à son intention un compartiment entier de premières dans le vol Marseille-Zurich. Peu soucieux de voyager avec ses employés, Louis avait décidé de faire le trajet en classe touriste : il était assez célèbre pour se le permettre sans qu'il y eût d'équivoque. Seuls, les grands n'ont cure du dépouillement.

Pour se rendre au Sonnenberg, ils avaient longé un terrain de golf, pris une première fois à gauche la Sonnenbergstrasse, et à gauche encore dans l'Aurorastrasse.

« Tu as pas choisi un quartier dégueulasse, approuva Volpone.

— Vous vouliez quelque chose de bien », se rengorgea Lando.

Des deux côtés de la route, des villas magnifiques masquées par de hauts murs.

« Ça s'appelle aussi la rue des Banquiers, ajouta Lando.

— Pourquoi ? »

Baretto eut un geste large pour désigner la vue sublime sur la ville, l'ordonnance des pelouses piquetées de fleurs entr'aperçues à travers les grilles noires en fer forgé. Il était quatre heures de l'après-midi, la température était douce et malgré la tension qui lui comprimait les tempes, Italo ne put s'empêcher de renifler l'odeur du printemps.

« T'as eu assez d'argent ?

— Il me reste mille dollars. J'ai dû casquer neuf mille dollars. Pas pour six mois, pour trois. »

Il jeta un regard à la dérobée sur Volpone pour voir s'il était fâché.

« Vous vous emmerdez pas, à Zurich ! » s'esclaffa Italo.

Soulagé, Lando caressa du pied l'accélérateur de la Beauty Ghost P9. C'était vraiment de la bagnole ! Jusqu'à présent, il n'avait pu que la chatouiller, mais il se promit, dès que le calme serait revenu, d'aller la pousser sérieusement sur l'autoroute. Il eut une pensée émue pour Don Genco Volpone qui lui avait fait ce présent royal. Quelle classe ! Italo était d'un commerce moins agréable que son frère, agressif, soupe au lait, piquant des rognes pour un rien. Mais quel chef ! Quand Lando lui avait rendu compte de la mission d'Ines, il avait cru lire dans les yeux de Volpone des félicitations muettes. Il s'était fait répéter l'histoire deux fois, le priant de préciser certains points qui l'avaient amusé :

« Quelle gueule il a fait, le pisse-froid, quand elle lui a montré sa chatte ?

— Il paraît que les yeux lui sortaient de la tête !

— Et les autres, quand elle leur a mis son cul sous le nez ?

— Pétrifiés ! »

Italo avait hoché la tête d'un air satisfait. Certes, Lando avait un peu exagéré. Après tout, il n'avait pas assisté à la scène. Et Ines, à qui il posait des questions, s'était bornée à laisser tomber :

« J'ai fait ce que tu m'as dit. Fous-moi la paix. »

Bien obligé de la croire sur parole...

« C'est là, Padrone... »

Il dirigea la P9 à travers un lourd portail de bronze qu'il avait laissé ouvert quand il avait visité la maison avec la femme de l'agence. Il avait eu les plus grandes peines à se débarrasser d'elle, gêné aux entournures par le rôle de gentleman qui lui était imparti. N'eût été ce personnage à jouer, il l'aurait mise dehors en l'insultant. Elle voulait lui prouver que l'inventaire de l'argenterie était exact, compter un par un les couteaux et les fourchettes, lui faire remarquer que pas une balayette ne manquait dans les chiottes, que les chasses d'eau fonctionnaient, que les ampoules étaient intactes. Elle répétait, avec une obstination de perruche :

« Désolée de vous prendre du temps, mais Mme Davis est une personne si pointilleuse !... »

Exaspéré, Lando avait dû supporter ses jacasseries pendant trente minutes.

« Il y a pire », laissa tomber laconiquement Lando en jetant un regard de propriétaire sur la villa.

Elle avait des allures de petit château, comportait deux étages et des combles munis de fenêtres mansardées s'ouvrant sur le toit pentu d'ardoises grises. La façade était blanche, ainsi que les volets. On accédait au perron par un double escalier à révolution de six ou sept marches, formant palier devant une lourde porte noire au heurtoir ouvragé de bronze doré.

« Je vais vous faire visiter », dit Lando.

Pendant qu'il tirait une clef de sa poche, Italo jeta un coup d'œil sur le parc. L'herbe était aussi verte qu'un tapis de roulette. Des jonquilles y fleurissaient paresseusement, au pied de plusieurs cèdres gigantesques. Il eut une pensée pour Angela : voilà le genre d'endroit qu'elle aimerait. Elle lui disait souvent qu'elle n'avait besoin de rien d'autre, pour être heureuse, que d'une cantine de bouquins, d'un peu de verdure et de beaucoup de temps à soi.

« Et moi alors ? Je suis pas dans ton programme ? »

En guise de réponse, elle souriait, se serrait contre lui et lui caressait le lobe de l'oreille. Dès qu'il serait sorti de ce merdier, il se promit de l'emmener en vacances en Sicile.

« A vous l'honneur », dit Lando.

Volpone pénétra dans un hall de réception agrémenté de torchères et de plusieurs tableaux, du genre que personne ne regardait, et qui représentaient des portraits d'ancêtres dans des tenues guerrières ou de vastes scènes de bataille. Angela lui avait promis de lui expliquer un jour en quoi ces vieilles croûtes étaient belles. Il poussa la porte du salon de réception dont les fenêtres s'ouvraient sur la pelouse.

« Combien de pièces ?

— Sais plus, dit Lando, treize ou quatorze... »

Volpone fronça les sourcils :

« Treize ?

— Peut-être plus, peut-être moins...

— Va les compter et reviens ! Le téléphone marche ?

— Oui.

— Où ? »
Lando le lui montra sur un bahut ancien.
« Il y a un autre poste dans votre chambre.
— Ma chambre ? Tu choisis pour moi maintenant ?
— C'est la plus belle », dit Lando avec sincérité.

Italo eut un geste nonchalant de la main pour le congédier. Certes, Baretto se montrait obéissant et efficace, mais il avait contre lui d'être un maquereau. Italo les vomissait, pour des raisons obscures. Pourtant, la prostitution était, elle aussi, l'une des mamelles de la fortune des Volpone. Mais sur une échelle industrielle, abstraite, où les femmes se comptaient comme des têtes de bétail. Entre exploitants grossistes et exploitées, aucun contact. Même pas un numéro, les statistiques impersonnelles de la loi des grands nombres.

En tout cas, c'est grâce à la négresse de Lando que Homer Kloppe avait perdu la face dans ce qui le concernait le plus : sa dignité sociale.

Il ne s'agissait là que d'un début. Volpone avait prévu une escalade en trois étapes pour briser la résistance du banquier. Dans un premier temps, la considération. Dans un second, sa personne. Dans un troisième, sa famille.

Italo considéra le téléphone avec ennui. Il allait devoir informer Yudelman de ce qu'il lui avait caché jusqu'à présent : la mort d'O'Broin. A maintes reprises, lorsque Italo avait eu des différends avec Genco, Moshe avait arrondi les angles et provoqué la réconciliation. Le consigliere éprouvait pour le cadet des Volpone une affection quasi paternelle. Italo le savait. Pour cette raison, il supportait de lui ce qu'il n'aurait toléré de personne. Moshe, qui ne l'ignorait pas, ne prenait pas de gants pour lui dire ce qu'il avait sur le cœur, ou le réprimander vertement. Quand il allait apprendre qu'Italo avait gâché bêtement leur dernière chance en exécutant Mortimer, il allait avoir une attaque...

A regret, il forma le numéro de Yudelman : il n'y eut qu'une seule sonnerie sur la ligne.

« C'est moi, dit Italo.

— Nom de Dieu ! cria Moshe d'une voix aiguë. J'essaie de te joindre depuis des heures ! Où es-tu ?

— Toujours au même endroit.

— Laisse tomber, Italo ! Laisse tomber ! Ça va mal, très mal ! Reviens !

— C'est tout ce que tu as à me dire !

— Ecoute-moi, Italo, j'ai peur ! On a déjà fait assez de conneries ! Un pas de plus et tout casse !... Tu es surveillé !

— Plus maintenant. C'est arrangé.

— Arrangé ?

— Je te dis que c'est arrangé ! s'emporta Volpone. C'est clair, non ?

— Tu appelles de l'hôtel ? demanda Moshe avec méfiance.

— Non, tu peux parler. C'est libre.

— Gabelotti devient fou ! Il dit que nous cherchons à le rouler !

— Tu te laisses intoxiquer par ce porc ? Tu baisses...

— Ce porc va nous flinguer ! Tous !

— Vraiment ? railla Volpone.

— Il ne sait plus ce qu'il dit ! Il croit que c'est toi qui as fait descendre O'Broin !

— Ce n'est pas exact.

— Je le sais ! Mais ça change quoi ? »

Italo respira un grand coup et lâcha avec calme :

« Je n'ai pas fait descendre ce pourri. Je l'ai descendu moi-même. »

Il y eut un long silence sur la ligne. Puis la voix de Moshe, surexcitée :

« Mais tu es fou !... Fou !...

— C'est un accident ! Je l'ai interrogé, il s'est foutu de ma gueule !

— Oh ! non... gémit Yudelman sur un ton de désespoir. Non !... C'est trop con !... Tu n'as rien compris !...

— Tu me les brises !

— Rien ! Désormais, Gabelotti peut faire n'importe quoi ! La Commissione lui donnera raison !

— Tu es bouché ? rugit Volpone. Va plutôt demander à Gabelotti ce qu'O'Broin venait foutre à la banque quand on l'a piqué ! Vas-y ! Qu'est-ce que tu réponds à ça ?

— Italo, j'ai vu Gabelotti !... Je ne sais pas ce qui se passe...

— Moi, je sais ! Ce fumier a fait abattre mon frère pour nous piquer le fric ! Et maintenant que tu es allé te déculotter chez lui, il s'imagine qu'il est quitte et qu'il va pouvoir me cracher sur la gueule encore longtemps !

— Italo !

— Ferme-la ! Puisque tu es si copain avec lui, qu'il t'explique pourquoi il a envoyé son cher petit consigliere chez Kloppe !

— Italo !... Et si O'Broin avait essayé d'agir pour son propre compte ?

— Pauvre type ! grinça Volpone avec mépris. Tu te crois au cinéma !

— Tu oublies une chose ! C'est que Gabelotti a lui-même le numéro du compte depuis le premier jour ! Il n'a qu'un mot à dire !

— Qui te dit qu'il l'a pas fait ? s'étrangla Volpone. Pourquoi crois-tu qu'il a envoyé cette ordure d'O'Broin ! Hein ?... Explique-moi !...

— Italo, je vais te parler franchement... Je ne

sais que te dire... Il y a trop de points qui ne sont pas clairs... Se bigorner ne nous mènera à rien. Nous avons tout à y perdre !

— Pas moi ! Mon frère est mort et son argent s'est peut-être envolé ! J'ai plus rien à perdre, moi, plus rien !

— Laisse-moi une dernière chance...

— Ne t'en mêle plus !

— Rentre à New York ! Expliquons-nous avec Don Ettore ! Cartes sur table !

— Je me demande pourquoi Genco t'a gardé avec lui si longtemps ! Tu es trop con !

— Alors j'irai tout seul, laissa tomber Moshe avec résignation. Dans l'intérêt de la famille.

— La famille, c'est moi ! hurla Volpone.

— Italo, je te le demande pour la dernière fois : rentre à New York.

— Je t'emmerde !

— Ils te descendront ! dit Moshe d'une voix basse et froide. Mais je ne permettrai pas que tu mettes en danger la vie de Francesca, la vie de ses filles, la vie d'Angela... »

Italo ouvrit des yeux immenses.

« Angela ? dit-il d'une voix rauque.

— Si tu n'es pas de retour dans quelques heures, que Dieu nous protège ! » dit Moshe Yudelman.

Et il raccrocha.

Hébété, Volpone ne songea même pas à reposer l'appareil sur sa fourche. Un instant, son cerveau fut paralysé par un flot d'adrénaline pendant que le bruit lancinant de la communication coupée résonnait dans ses oreilles. Moshe avait raison : Angela !... Il fallait la prévenir tout de suite de se planquer !

« C'est crevant ! s'esclaffa Renata. Il faudra qu'ils se couchent pour avoir l'impression d'être debout !

— Epatant, dit Kurt. Seuls, ceux qui ne seront pas ivres auront la sensation d'être soûls... »

Ils étaient allongés sur le dos dans ce qui avait été, deux heures plus tôt, le riche salon traditionnel de grands bourgeois zurichois. Mais déjà, Chimène n'aurait plus reconnu sa pièce d'apparat. Les ouvriers avaient commencé par décrocher les toiles des murs pour les raccrocher sens dessus dessous.

« Regardez !... s'écria Oswald Hepbräuer, extasié. Quand les peintures sont des chefs-d'œuvre, elles sont aussi belles à l'envers qu'à l'endroit ! »

A Zurich, Oswald représentait l'autorité absolue en matière de décoration. Il avait fait les Beaux-Arts en 68, pris d'assaut la Sorbonne, occupé l'Odéon et préparé les bombes de couleur pour que ses camarades révolutionnaires inscrivissent leurs graffiti vengeurs sur les murs de Paris. En Suisse, ce sont des faits d'armes qui comptent aux yeux de l'intelligentsia dorée. Oswald bénéficiait de la double auréole de l'homme d'action et du marginal. Faisant profession d'anticonformisme, il avait été enthousiasmé par l'idée de Renata Kloppe : un mariage « tout à l'envers » ! Il avait cogité trois semaines durant pour élaborer le projet. Maintenant, il prenait forme. Ses ouvriers avaient fixé sur toute la surface du plafond un papier peint en trompe l'œil représentant un plancher. Pour plus de réalisme, de vraies chaises de bistrot s'y agrippaient, tête en bas, retenues par des mortaises.

« Est-ce qu'on pourrait y coller un fauteuil Louis XV ? demanda Renata.

— Trop lourd, laissa tomber sentencieusement

Oswald. En revanche, la table en formica ira très bien... Paul ! La table !

— J'y vais !... J'y vais !...

— Pourquoi ne pas mettre quelques détritus ? renchérit Kurt qui ne voulait pas se laisser distancer dans la dimension de l'absurde.

— Banal... dit Oswald... Trop banal... Il faut user de la merde avec parcimonie... Il n'y a que ça, partout... Ça lasse...

— Oswald ! intervint Renata... Des vêtements ?... Comme si quelqu'un avait abandonné des vêtements sur le plancher ?

— Ne nous emballons pas !... Les grandes lignes, d'abord ! Les détails viendront ensuite... Mais regardez votre Pissarro !... Ce ciel, en bas... C'est épatant ! »

Il rejoignit Renata et Kurt sur le plancher, se tordit comiquement, fesses en haut, tête à travers les jambes.

« Qu'est-ce que ça va être avec le Vinci !... Vous vous rendez compte ? Un Léonard cul par-dessus tête ? Jamais vu ça ! Alors Paul, la table ?... »

Ils étaient venus à dix. Pour ne pas trop affoler ses parents, Renata avait tenu à ce que les travaux de chamboulement fussent accomplis dans les délais les plus brefs.

« Carte blanche ! avait-elle dit à Oswald. Tu prends tous les hommes qu'il te faut, vous travaillez jour et nuit. Après la fête, vous enlevez tout le bordel le plus vite possible. »

Hepbräuer, qui ne reculait devant rien, surtout pas devant un chèque, avait acquiescé avec allégresse. Tous les journaux allaient en parler. Comme il comptait pas mal d'amis dans les salles de rédaction locale, l'événement allait faire rejaillir sur lui une énorme publicité personnelle.

« Et ça, ça, c'est pas beau ?... » interrogea-t-il en

désignant un ouvrier porteur d'une suspension électrique dont les pendeloques en faux cristal avaient été inversées, maintenues par des points de colle invisibles dans une position défiant les lois de la pesanteur.

« La tige partira du plancher... Je veux dire du plafond ! corrigea-t-il en pouffant. Je vais en flanquer trois ou quatre comme ça dans la pièce... Faut voir... Hubert !... Là-haut, à gauche, la table basse et les bouteilles ! C'est prêt ?

— Voilà... »

Des bouteilles d'alcool de toutes marques avaient été rivées par le même procédé que les lustres à la surface lisse d'une table de verre aux pieds courtauds d'acier chromé.

« Rajoute-moi un bouquet de fleurs !... Attention là-haut ! Le poids doit reposer sur les appliques ! »

Il se retourna vers les deux fiancés et leur cligna de l'œil d'un air complice.

« Ah ! les mecs ! Quel boulot ! Mais quel pied ! On n'a pas fini d'en entendre parler, de votre mariage ! »

Kurt prit la main de Renata. Au fur et à mesure que leur idée dingue devenait réelle, il ne pouvait s'empêcher d'éprouver une certaine appréhension. Son vieux fonds petit-bourgeois se révoltait contre cet illogisme qui le séduisait tant lorsqu'il ne s'exerçait qu'au niveau de la dialectique. Seulement, la machine était lancée... Il était trop tard pour ne pas faire semblant d'approuver. Pour sortir de son malaise, il décida d'en remettre.

« Oswald, ton plafond, tu le colles quand sur le plancher ?

— Plus tard, plus tard !... Mes enfants, je ne voudrais pas vous chasser, mais j'aimerais avancer le boulot !... Je vous autorise à venir toutes les deux heures... Vous verrez les progrès ! En attendant, il faut que je finisse le plancher sur le plafond !... »

Dès qu'elle avait senti le contact de la main de Kurt, Renata avait retiré la sienne sans y penser. Les choses semblaient être agies en dehors de sa propre volonté. Par défi, elle avait mis tout en branle. Maintenant que la prison s'élaborait, elle allait s'y retrouver prise au piège.

« Tu viens ?

— Allons-y, dit Kurt.

— Renata ! lança Oswald Hepbräuer, tu as beau avoir pensé à tout, je te réserve pourtant quelques surprises ! Vous verrez, les enfants !... Vous verrez !... »

Moshe Yudelman pénétra dans le bureau de Don Ettore comme on entre à l'abattoir. Avec dureté, Carmine Crimello, Angelo Barba et Carlo Badaletto le dévisagèrent dans un silence hostile. Mais Moshe ne les regarda pas. Il fit deux pas vers Gabelotti et lui demanda d'une voix ferme et posée :

« Don Ettore, puis-je vous parler seul à seul ?

— Sortez, dit Gabelotti à ses hommes avec un geste de la main.

— Une seconde, Padrone », intervint Badaletto. Il passa prestement ses mains sur Yudelman qui le laissa faire avec une expression vaguement méprisante.

« Dehors ! », répéta Don Ettore à Badaletto en haussant les épaules.

Carlo referma la porte sur lui. Gabelotti leva un sourcil vers Moshe.

« Je t'écoute... »

En se rendant chez le Don après son dialogue

sans issue avec Volpone, il estimait que sa présence représentait à elle seule un gage de sa bonne foi. En ce qui le concernait. Mais s'il s'était trompé sur le jeu de Gabelotti, si Italo avait eu raison, alors, tant pis pour lui : il ne ressortirait pas vivant de l'immeuble.

« Don Ettore, commença-t-il, vous m'avez demandé de revenir, je suis revenu. De mon plein gré. J'ai confiance en votre jugement et en votre sagesse. Je n'appartiens peut-être pas à votre famille, mais nous sommes tous des enfants de la même famille, le Syndicat. Nous avons assez travaillé les uns et les autres pour que la poudre ne prenne pas le pas sur la raison. »

Gabelotti l'écoutait attentivement tout en croquant des pistaches. Que Yudelman ait rappliqué pour se fourrer entre ses pattes était plutôt bon signe. Ses hommes, après plusieurs tentatives infructueuses, avaient pu dégotter le téléphone personnel de Homer Kloppe. Malheureusement, Ettore n'avait pas eu plus de chance qu'à la banque. Une voix féminine lui avait annoncé que le banquier n'était pas chez lui, et l'avait prié de se nommer. Devant son refus, on avait raccroché sèchement. Pour l'instant, il ne pouvait donc qu'attendre et prier pour que Volpone n'eût pas vidé le compte. Si Yudelman était là, ce ne pouvait être pour autre chose que lui confirmer le contraire.

« A dire vrai, sachez que je suis chez vous contre l'avis d'Italo Volpone.

— Tu l'as eu ? demanda Ettore en tentant de masquer sa curiosité avide.

— Oui.

— Il est encore à Zurich ?

— Oui. »

Gabelotti engloutit une pleine poignée de pistaches. Il tendit la boîte à Yudelman qui remercia d'un signe de tête.

« T'a-t-il expliqué ce qu'il y faisait ?

— On a assassiné son frère, crut bon de rappeler Yudelman avec douceur.

— C'est lui qui le dit !

— Permettez-moi, Don Ettore... Cette affaire nous met tous à cran. Chacun de nous risque de prononcer des paroles qui dépassent sa pensée, des paroles inspirées par la colère. Tout à l'heure, vous avez lancé contre Italo des accusations très graves. Je ne les ai pas approuvées. De son côté, Italo vient de vous mettre en cause. Je ne l'approuve pas non plus. Ce que je veux, c'est rétablir la vérité et mettre fin à un malentendu préjudiciable à notre entreprise.

— Puisque ton Don est mort, tu parles au nom de qui ?

— En mon nom propre, au nom de la raison et de notre intérêt à tous. J'ajoute toutefois qu'après la mort de Don Genco, son frère cadet est fondé, pour le moment, à lui succéder à la tête de la famille.

— Italo est un irresponsable !

— Non, Don Ettore. Italo est simplement un homme qui n'a pas eu jusqu'à présent à exercer de responsabilités. Malheureusement, Italo est sous le coup de son chagrin. Il est impulsif, entêté. Il est persuadé que votre consigliere a voulu agir dans votre dos pour son propre compte. »

Moshe soutint le regard venimeux de Gabelotti malgré la sueur glacée qui lui coulait le long de la colonne vertébrale. Si jamais le colosse apprenait que Mortimer O'Broin n'était plus de ce monde, qu'Italo Volpone l'avait tué de sa main, c'était la guerre sans pitié, au dernier vivant. Dans ce cas, la première épitaphe serait pour Moshe.

« C'est aussi ton avis ? demanda Gabelotti sur un ton parfaitement neutre.

— Tous les hommes sont faillibles, Don Ettore. Même Mortimer O'Broin n'échappe pas à la règle. Italo estime que son frère n'est pas mort par hasard...

— J'en suis persuadé ! lança Ettore d'une voix pleine de sous-entendus. Tu veux savoir ce que je pense de tout ça ? Tant qu'O'Broin ne sera pas en chair et en os devant moi pour me le dire lui-même, personne ne me fera jamais avaler qu'il m'a trahi ! Trop commode de faire porter le chapeau à un type qui n'est pas là pour se défendre ! Trop facile ! Pas besoin d'être très futé pour voir qui ça arrange !... Italo Volpone !

— Il y a un moyen radical de s'en assurer, Don Ettore. Et en même temps, de nous faire sortir de l'impasse. Trois personnes avaient le numéro du compte. Don Genco, Mortimer O'Broin et vous-même. Il vous suffit de passer un coup de fil à Zurich pour que tout rentre dans l'ordre.

— Si je ne l'ai pas fait jusqu'à présent, mentit Gabelotti, c'est par respect pour mon ami Genco ! Nous étions deux !

— Si Bébé Volpone a commis l'erreur de se rendre à la banque sans vous en avoir prévenu, mentit à son tour Moshe Yudelman, c'est parce que la mort de son frère l'a incité à croire que votre consigliere s'apprêtait à vous jouer un tour. Maintenant, il vous le demande lui-même par ma bouche, appelez Zurich immédiatement et donnez l'ordre de transfert ! »

Gabelotti feignit d'entrer dans son jeu. Il regarda sa montre.

« Trop tard. Il est près de dix-huit heures en Europe. La banque est fermée.

— Alors demain, Don Ettore, dès l'ouverture ! Nous avons une confiance totale en vous ! »

Gabelotti réfléchit.

« Au fait, tu sais où joindre Volpone ?

— Certainement. »

Avec brusquerie, Ettore poussa le téléphone vers Yudelman.

« Appelle-le- ! Je veux lui parler.

— Bien », dit Moshe.

Masquant sa déconvenue, il s'empara de l'appareil. Jusque-là, il avait espéré avoir joué assez finement pour tirer son épingle du jeu, éviter le conflit, récupérer les deux milliards et épargner des vies humaines. Il s'était voulu catalyseur entre deux barils d'explosif : si les deux barils entraient en contact, c'était l'explosion. Encore cette sueur glacée entre les omoplates. Il eut un petit sourire amical pour Gabelotti qui ne le lâchait pas du regard.

« Le Sordi's ? Je voudrais parler à M. Volpone...

— Ne quittez pas... »

A sa stupeur, il s'aperçut que la réponse qui lui était faite de Zurich emplissait le bureau : Gabelotti avait branché un amplificateur. Moshe fit une prière muette pour qu'Italo ne soit pas à l'hôtel.

« L'appartement de M. Volpone ne répond pas.

— Passez-moi la réception... Réception ?...

— Oui, monsieur.

— La clef de M. Volpone est-elle sur le tableau ?

— M. Volpone n'est plus chez nous, monsieur.

— Pardon ?

— M. Volpone a demandé sa note il y a une heure ou deux. Il n'est plus à l'hôtel. »

Yudelman eut la sensation de se liquéfier.

« A-t-il laissé un message ?

— Aucun, monsieur. »

Moshe raccrocha sans oser affronter le regard de Don Ettore. Désormais, Italo était lâché dans la nature, sans contrôle, prêt à commettre toutes les bévues. On ne meurt qu'une fois : Moshe eut un haussement d'épaules résigné.

« Voilà, Don Ettore, vous en savez autant que moi... »

Il faillit lui dire qu'il avait supplié Italo de rentrer à New York, de ne plus s'occuper de rien pendant qu'il tentait d'arranger les choses. Il était fatigué, brusquement. Il lâcha avec hésitation :

« Il est peut-être en route pour New York... Peut-être va-t-il m'appeler chez moi ?... »

Il se leva avec lenteur.

« Où vas-tu ? demanda Gabelotti.

— Je rentre. Je vous contacte dès qu'il me fait signe.

— Moshe, dit Ettore avec cordialité, tu as l'air déprimé... »

Il contourna son bureau et lui posa un bras aussi gros qu'un jambon sur les épaules.

« J'aimerais que tu me fasses le plaisir d'accepter mon hospitalité... Et puis, je peux avoir besoin de toi quand j'appellerai la banque. Après tout, nous sommes des associés. Repose-toi... Simeone va te montrer ta chambre... Simeone ! »

Simeone Ferro apparut instantanément, à croire qu'il avait l'oreille collée au battant de la porte.

« Padrone ?

— Je veux que tu accompagnes mon associé Yudelman à la chambre d'ami. Veille à ce qu'il ne manque de rien !

— Bien, Padrone. »

Moshe, le cœur serré, eut un petit sourire triste.

« Vous avez raison, Don Ettore. Je vais me reposer un peu. Croyez bien que je vous remercie pour votre hospitalité.

— Tu me flattes en l'acceptant », dit Gabelotti.

Dès que Moshe et Simeone Ferro eurent quitté le bureau, il appuya sur un interphone. Il jeta d'une voix brève :

« Emparez-vous d'Angela Volpone. »

13

ASSIS, les deux Noirs n'avaient rien pour attirer l'attention en dehors de la beauté remarquable de leur visage.

L'un d'eux, légèrement plus clair de peau que l'autre, était vêtu avec cette négligence recherchée qu'affectionnent les universitaires américains. Sur un tee-shirt où s'inscrivait en lettres gigantesques le chiffre « 11 », un blouson fripé à col de fourrure, des blue-jeans et des baskets bleu ciel. L'autre portait un col roulé bordeaux, une veste de tweed, un pantalon de flanelle moutarde et des chaussures de sport brun sombre.

Tous deux étaient frères de sang, avaient droit au titre de prince et descendaient en droite ligne de la branche royale des Kibondo. Le premier, Amadou Tézé, plus connu aux Etats-Unis sous le nom de « Rocky », était l'un des cinq basketteurs les mieux payés du monde. Kouakou Touamé, son cadet d'un an, était depuis trois semaines à Saclay, non loin de Paris, l'invité des chercheurs du C.E.A., le Commissariat à l'Energie Atomique. Malgré ses vingt-deux ans, Kouakou, l'un des plus sérieux espoirs de sa génération en physique nucléaire, y donnait une série de conférences sur les accélérateurs de particules.

Rocky et Kouakou avaient six autres frères. Le plus grand mesurait deux mètres vingt-huit, le plus petit, deux mètres zéro trois. Dans la famille, on l'avait affectueusement surnommé « le Nain ». Kouakou et Rocky se maintenaient dans une honnête moyenne. Deux mètres seize pour le premier, deux mètres vingt pour le second. A Bujumbura, où ils avaient vu le jour, ces tailles étaient tout à fait normales. Rocky avait fait son possible pour attirer son frère vers le basket, où ses qualités physiques lui auraient permis de faire fortune en peu de temps. Mais Kouakou n'était pas intéressé par l'argent. Ce qui lui plaisait, c'était la recherche fondamentale. Pour dérouiller ses muscles, il entrait parfois dans un stade, enfilait un vieux survêtement et écœurait les athlètes présents qu'il surclassait en se jouant de toutes les disciplines : sprint, saut, détente, lancers, adresse, force pure. Puis il prenait une douche et disparaissait comme il était venu.

Rocky lui avait téléphoné de New York.

« Je te prends à Paris dans huit heures. Libère-toi.

— Combien de temps ?

— Un ou deux jours.

— On va où ?

— A Zurich. Je t'expliquerai. Affaire de famille. »

Depuis des générations, le mot « famille » était sacré chez les Kibondo. Insulter l'un d'eux équivalait à se mettre à dos la tribu entière. Ce féroce esprit de clan avait permis à leur lignée de se perpétuer depuis deux siècles, bien qu'au Burundi, la culture tribale se transmît oralement et que nul, à un quart de siècle près, ne fût capable de préciser la moindre date. En tout cas, aussi loin que remontait la mémoire de leurs contemporains, les Kibondo avaient survécu aux attaques dont leur fief était l'objet, qu'elles vinssent de l'Ouganda, de Tanzanie, du Congo ou du Kenya.

Les temps avaient changé... Cinq des huit frères allaient à l'université, deux, dont Rocky, étaient des sportifs professionnels, le dernier, Mango, légèrement demeuré, était resté au pays auprès du roi, leur père.

Dans l'ordre de succession, Ines, leur sœur, se situait en dernière position, derrière tous les mâles, Mango compris. Les huit garçons lui vouaient une admiration passionnée. Elle voyageait beaucoup en Europe, s'était fixée un moment à Rome, à Londres et à Paris, où sa beauté lui avait valu la une des magazines de mode.

« Que lui est-il arrivé exactement ? avait demandé Kouakou à Rocky.

— Un type, à Zurich, qui lui a manqué de respect. »

Tous deux avaient beau appartenir à l'élite de leur profession respective, avoir fait des études aux États-Unis, être reçus dans les salons les plus fermés, affoler la quasi-totalité des femmes blanches sur leur passage, l'expression « manque de respect » faisait éclater instantanément leur vernis social pour les rebrancher sur l'antique atavisme tribal des Kibondo. Que leur sœur en fût victime leur paraissait inconcevable. Ines était de taille à tenir tête à n'importe qui.

« A-t-elle été victime de sévices ? s'inquiéta Kouakou.

— Elle ne me l'a pas dit. Elle m'a simplement demandé de lui venir en aide. J'ai pensé que ça te ferait plaisir de participer.

— Merci, dit Kouakou avec simplicité. Je suppose qu'on retrouvera le type facilement ?

— D'après ce que j'ai compris, les types. Je suis venu une fois à Zurich pour une démonstration contre les Harlem. C'est tout petit. A moins qu'ils aient foutu le camp, on aura vite fait le ménage ! »

Quand l'avion eut touché terre et qu'ils se déplièrent pour prendre leur sac de voyage dans le filet, Rocky et Kouakou devinrent le point de mire des passagers qui les dévisagèrent avec une stupeur admirative.

Au même moment, sur une autre piste de l'aéroport, la 8, atterrissait le vol Marseille-Zurich. A son bord, Louis Philippon et sa brigade gastronomique au grand complet.

Angela Volpone avait honte de sa réaction de la veille. Au lieu de soutenir Francesca quand elle avait eu sa crise de désespoir, elle était rentrée chez elle, incapable d'affronter le chagrin de sa belle-sœur. Après six mois de mariage, elle se rendait compte qu'elle n'était jamais entrée réellement dans la famille Volpone.

Son passé d'indépendance à l'université, les études qu'elle avait faites, ses goûts, sa façon de vivre, tout la séparait d'un clan étroitement replié sur lui-même, dans lequel les femmes n'étaient qu'attente et résignation. Ainsi vivaient les familles siciliennes depuis des temps immémoriaux. Mais Angela n'était pas sicilienne. Elle n'avait pas le goût du malheur.

Il lui était simplement arrivé une chose terrible : elle était tombée follement amoureuse d'un homme dont tout la séparait. Quelque chose d'animal, de définitif, qu'elle avait ressenti comme un coup de poignard à Londres, lorsque Italo était entré dans la bibliothèque et que leurs regards s'étaient croisés pour la première fois...

« Quel genre de livre cherchez-vous ?
— Existe-t-il un manuel pour me débarrasser de deux emmerdeurs ? »

Elle n'oublierait jamais ces deux phrases qui avaient scellé leur destin commun. Le soir, il était revenu la prendre. Elle finissait son travail à dix-neuf heures et bouclait elle-même les locaux. Les quinze livres qu'on lui allouait par semaine ne lui suffisaient pas pour vivre, mais son père, qui avait une boutique de cordages marins à Amalfi, lui envoyait le complément à chaque fin de mois.

Elle avait vingt-trois ans et à sa connaissance, était la seule de cet âge canonique à être toujours vierge. Elle ne s'en vantait pas. Certaines de ses camarades de faculté avaient eu des expériences sexuelles depuis l'âge de treize ans. Quand il lui arrivait de se laisser inviter par un garçon de son âge, les choses n'allaient jamais très loin. Son père ne lui avait fait aucune recommandation spéciale à ce sujet, sa mère pas davantage. Ce sont des choses dont on ne parlait pas dans sa famille.

Pourtant, Angela était belle. Elle avait des yeux gris immenses, des cheveux très noirs et des lèvres douces, charnues, des lèvres d'adolescente dans un visage parfaitement ovale dont la netteté du contour était celui d'une femme. Il va sans dire qu'elle recevait les déclarations les plus flatteuses. Mais contrairement aux jeunes filles de sa génération, elle estimait que l'amour physique ne devait prendre place qu'à l'instant où « autre chose » se déclenchait.

Certains soirs de printemps, elle sentait monter en elle une sève avide, un désir brutal de donner tout ce qu'elle gardait en réserve. Ces soirs-là, elle doutait, vaguement consciente qu'elle gâchait peut-être quelque chose de précieux, de fugace et fragile comme le temps...

Il l'avait emmenée dans un petit restaurant italien perdu dans un quartier sans charme, Edgware. Elle l'avait regardé manger, incapable elle-même d'avaler une bouchée, hypnotisée par son visage pâle troué par un regard d'une intensité bouleversante, d'un noir absolu, profond, à la fois insondable et sans épaisseur.

« Vous n'avez pas faim ?

— Si...

— Vous n'avez pas touché à votre assiette. Quel âge avez-vous ?

— Vingt-trois ans. »

Il avait éclaté de rire en engloutissant ses scampi.

« Vingt-trois ? C'est vrai ?...

— Oui. Pourquoi ? C'est drôle ? »

Elle était tellement certaine de finir la nuit avec lui qu'elle avait caché au fond de son sac à main une brosse à dents. Ce serait lui, ce soir. Aucun autre. Elle avait attendu si longtemps...

« Vous êtes américain ?

— Sur mon passeport. Sicilien de sang.

— Anche io sono Italiana.

— Di dove ?

— Amalfi. Vous avez réussi à semer vos emmerdeurs ?

— Oui. Que prenez-vous comme dessert ?

— Un café. »

Plus tard, ils avaient quitté le restaurant. Il lui avait ouvert la portière de la voiture, s'était installé au volant et avait allumé une cigarette.

« Qu'aimeriez-vous faire ?

— Quand ?

— Maintenant. »

Elle avait répondu sans hésitation :

« Ce que vous voulez.
— Calme, agité, marrant, poétique, corsé, quoi ?
— Ce que vous voulez.
— Vous avez un peu de temps ?
— Oui. »

Pour lui, elle aurait tout son temps, quand il le voudrait. Elle s'était retrouvée dans un endroit où elle n'avait jamais mis les pieds auparavant : un cercle de jeu de Mayfair.

« Vous avez de la chance ! Il y a quelques années, votre mère n'aurait pas pu y entrer ! »

Il avait joué pendant deux heures, l'oubliant totalement, l'œil rivé aux cartes que le banquier distribuait. On semblait le connaître. Les sommes qu'il mettait en jeu sur le tapis à chaque taille auraient pu faire vivre Angela pendant une année. Banco !... Banco !... Banco !...

« J'ai gagné onze mille livres. Vous me portez veine ! Vous et moi, moitié moitié !
— Mais vous êtes fou !
— Ce n'est que de l'argent !... Prenez ! »

Il essayait de lui fourrer de force dans son sac un énorme paquet de billets qu'il avait partagé à vue de nez.

« Que d'histoires pour rien du tout ! Si j'avais perdu, je n'aurais pas hésité à vous emprunter l'argent de l'essence pour ma voiture ! Je suis plus simple que vous ! Alors, oui ou non ? »

Ils étaient à nouveau dans la rue, devant la porte du club. Elle le dévisagea pour voir s'il se moquait d'elle. Il avait l'air seulement irrité.

« Vous n'en voulez vraiment pas ?
— Non.
— C'est votre part. Vous êtes sûre ?
— Oui.
— Alors tant pis. Hé !... »

Un loqueteux qui faisait la manche quelques

mètres plus loin s'avança. Le cœur serré d'angoisse, Angela vit Italo lui remettre sans plus de formalité le tas de billets. Le clochard, dont la mâchoire se décrochait de stupéfaction, s'éloigna à reculons, son chapeau en guenilles plein jusqu'à ras bord de la manne. Angela remonta dans la voiture, les jambes flageolantes.

« Quand je me sépare de quelque chose, je ne le reprends jamais. »

Elle était trop secouée pour répondre quoi que ce soit. Elle conservait des bouteilles vides de Coca-Cola dans sa chambre. Quand elle en avait stocké suffisamment, elle les ramenait à l'épicier pour qu'il lui verse l'argent de la consigne qu'elle convertissait en cigarettes. Elle le détesta pour son geste haïssable, ouvrit son sac dans l'obscurité et enfouit sa brosse à dents plus profondément encore.

« Vous êtes fâchée ?

— Oui. Vous avez insulté sa misère ! »

Il eut un rire frais, spontané, amusé.

« Vous auriez peut-être pu demander l'avis de l'intéressé avant de juger aussi catégoriquement !

— Ramenez-moi !

— Bon... Je vous signale que vous avez toujours droit à la moitié de ce que j'ai gagné. Vous le voulez ?

— Non ! dit-elle en serrant les dents.

— A votre guise... Je vous demande une seconde... »

Il fit deux parts de la liasse qui restait, en déposa une sur le siège, prit l'autre dans sa main et descendit de la voiture. Au bord de la nausée, Angela le vit remettre l'argent à une fleuriste qui entrait dans le club, chargée de bouquets de roses. Italo revint, une rose rouge à la main.

« Vous accepterez bien une fleur ?... »

Elle garda un silence buté.

« La moitié ? » demanda gentiment Italo. Délicatement, il déchira la rose dans le sens de la hauteur, garda les pétales et lui tendit la corolle accrochée à sa tige. Elle feignit de ne pas la voir. Il la lui mit sur les genoux et démarra.

« Au fait, lança-t-il d'un ton badin, j'ai là un peu d'argent gagné au casino. Comme vous le savez, la moitié vous appartient. Vous la voulez ?

— Vous vous trouvez drôle ? »

Il fit deux nouveaux paquets, lui en tendit un.

« Oui ou non ? »

Elle haussa les épaules et détourna la tête. Il appuya sur le bouton actionnant l'ouverture électrique de la vitre. Au bout de ses doigts, les billets s'envolèrent au gré du vent et de la vitesse.

« Si je ne craignais de vous importuner, Angela, je me permettrais de vous rappeler que je vous dois 50 p. 100 de mes gains. Vous les voulez ? »

Son corps se raidit et elle regarda droit devant elle. Les billets qu'il venait de lui proposer prirent le même chemin que les précédents. Quand ils arrivèrent devant sa porte, Italo n'avait plus à la main que deux billets d'une livre. Il lui en montra un.

« C'est votre part. Vous la voulez ? »

Elle chercha la poignée de la portière. Il mit le feu au billet et en alluma une cigarette.

Elle n'avait plus ouvert la bouche depuis le début du trajet, étreinte par des sentiments ambigus, violemment contradictoires, tissés de colère, d'orgueil, d'humiliation, et d'un désir puissant qu'elle refoulait avec rage mais qui lui faisait cogner le cœur.

« Pouvez-vous m'aider ? demanda-t-elle d'une voix glaciale. Je voudrais sortir.

— Tout de suite !... Angela... Il en reste un dernier... Vous voulez votre moitié ? »

Il coupa le billet en deux.

« Je vous prie de m'ouvrir la porte. »

Il fit deux boulettes de papier de l'unique survivant des onze mille livres et les jeta par la fenêtre.

« Décidément, vous ne voulez rien partager... »

Il fit le tour de la voiture et l'aida à descendre.

« Bonsoir.

— Bonsoir... »

Pendant une seconde, tout fut encore possible. Ils étaient debout tous les deux, face à face, n'arrivant pas à détacher leurs regards l'un de l'autre. Elle rompit la première et tourna les talons. Il ne fit pas un geste pour la retenir. Elle gravit d'un pas sec et décidé les premières marches du perron de sa pension de famille, ralentit, ralentit encore, s'immobilisa et se retourna lentement.

Italo Volpone était appuyé contre la carrosserie de sa voiture, rigoureusement immobile, sa cigarette rougeoyante au coin des lèvres, le visage sérieux et pensif. Quand il la vit redescendre les marches comme à regret, il n'eut aucun élan vers elle. Il la laissait venir.

« Vous avez oublié vos clefs ?

— Non.

— Pouvez-vous me rendre un service ?

— Dites toujours...

— J'ai plus un rond, dit-il sans pouvoir s'empêcher de sourire. Je risque de me faire coffrer pour vagabondage. Vous pouvez pas me prêter cinquante *cents* ?

— Je ne les ai même pas », répondit-elle.

Ils furent dans les bras l'un de l'autre, sans qu'aucun des deux sache qui avait ouvert les siens le premier. Il n'y eut pas de baiser, mais une espèce d'approche grave où chacun pesait la présence de l'autre, ou tout était dit sans que rien eût été prononcé. Il lui caressa les cheveux avec un petit rire rauque.

« Puisque vous n'avez pas voulu de votre argent, vous voulez quoi ?

— Vous. »

Dans la suite qu'Italo louait à l'année au Dorchester, Angela avait hésité à le prévenir. Pour la première fois de sa vie, elle était nue dans un lit auprès d'un homme. Mais elle s'était tue. Ses amies lui avaient répété souvent que les hommes étaient épouvantés par les vierges. Elle avait serré les dents pendant qu'il la pénétrait, emportée par une vague de souffrance et de plaisir si intense qu'elle n'aurait jamais pensé qu'il pût exister quelque chose au monde d'aussi violent et doux à la fois.

Elle avait perdu connaissance...

« Je ne voulais pas te le dire...

— Mais pourquoi ?... Pourquoi ?...

— J'avais peur que tu changes d'avis... Oh ! Italo, j'avais tellement envie de toi ! »

Le lendemain, elle n'était pas allée à ses cours. L'après-midi, elle n'était pas allée à la bibliothèque. Le soir venu, elle était toujours au lit. Et lui en elle, inlassablement. Parfois, un valet déposait dans le salon un plateau chargé de nourritures exquises, de vins fins, transparents comme l'eau et glacés. Au cours de la nuit suivante, ils avaient dormi deux heures, l'un dans l'autre. Au matin, ils faisaient toujours l'amour. A midi, sans se consulter, ils décidèrent de ne pas bouger. Dans l'après-midi du troisième jour, Angela, qui revenait de la douche, dit à Italo :

« Je ne sais plus s'il fait jour ou s'il fait nuit. Je ne sais plus comment je m'appelle... »

Epuisée, elle s'abattit amoureusement sur sa

poitrine. Il passa un bras derrière ses épaules et lui releva le menton avec tendresse.

« Je vais te dire comment tu t'appelles... Tu t'appelles Angela... Angela Volpone. »

Cinquante-huit jours plus tard, ils se mariaient à New York. Genco, le frère d'Italo, avait offert à Angela un bracelet de diamants d'une valeur inestimable. La fête avait eu lieu à l'hôtel Pierre. Des centaines de gens avaient défilé. Aux regards interrogateurs d'Angela, Italo répondait par de petits clins d'yeux rigolards. Et quand ils avaient réintégré le somptueux appartement de Park Avenue, Angela n'avait pu s'empêcher de s'écrier :

« Seigneur ! Mais où prends-tu l'argent pour nous offrir un palais pareil !

— Genco et moi, on bricole... Fruits et légumes en gros... On se débrouille pas mal... »

Il y avait parfois des pokers chez elle, organisés par Italo et ses amis. Tous manifestaient le plus grand respect à Angela. Petit à petit, s'était insinuée en elle une idée si bizarre qu'elle n'avait osé, pendant longtemps, la formuler. Un soir, n'y tenant plus, elle lui avait posé la question, mi-ironique, mi-sérieuse.

« Italo, dis-moi, est-ce que tu es un gangster ? »

Il prit un air tragique, se laissa tomber sur un canapé et feignit de tirer des coups de feu en l'air.

« Horreur, trois fois horreur ! Elle sait ! Oui, j'avoue ! Un terrible ! Je découpe les petits garçons en rondelles et je les mange crus avec des cornichons et de la moutarde ! Ne me dénonce pas, je te supplie ! »

Ils avaient ri ensemble. Mais la veille, quand Francesca s'était effondrée en hurlant sa douleur en apprenant la mort de son mari, elle avait prononcé cette phrase terrible :

« Je le savais qu'ils me le tueraient ! Et maintenant, ils vont tuer le tien ! »

Angela frissonna... Ce cri restait vrillé dans ses oreilles. Elle se sentit soudain seule et affreusement perdue dans l'immense appartement. Le carillon de la porte retentit. Elle avait envoyé Fiorentina, sa domestique, acheter les journaux. Nerveusement, elle quitta le divan sur lequel elle était allongée pour aller lui ouvrir la porte. Au même instant, le téléphone sonna... Son cœur bondit... Italo !... Elle décrocha.

« Angela !

— Italo !... »

Nouveau carillon dans le hall d'entrée. Agacée, Angela dit avec précipitation :

« Ne quitte pas, mon amour ! Fiorentina sonne ! Je reviens ! »

Elle lâcha le récepteur et pendant qu'elle se pressait vers la porte, il lui sembla vaguement qu'Italo lui criait quelque chose... Elle ouvrit d'un coup sec. Sans un regard pour Fiorentina, elle fit volte-face pour retourner plus vite au téléphone. Elle sentit soudain son poignet emprisonné dans un étau de fer. Les yeux agrandis de terreur, elle vit deux hommes semblables en tout point à ceux qui venaient parfois jouer aux cartes chez elle. Sauf que leur visage lui était parfaitement inconnu.

« Madame Volpone ? s'enquit avec courtoisie celui qui lui tenait le bras. Navré de vous déranger, mais vous devez me suivre. Quelqu'un demande à vous voir. »

Angela, tentant de maîtriser sa peur, voulut dégager son poignet d'un geste sec. Peine perdue. Il était bloqué dans une tenaille.

Quand elle voulut hurler, celui qui n'avait encore rien dit lui appliqua la main sur la bouche.

Au même instant, le canon d'un pistolet s'enfonça dans son flanc.

« Ne faites pas d'histoire, madame Volpone... Nous ne vous voulons pas de mal. Vous serez bien vite de retour chez vous... »

Un goût de métal rouillé envahit la bouche d'Angela. Sous l'effet du choc, sa vüe se troubla, ses jambes se dérobèrent. Elle s'évanouit.

Pendant que l'un des deux hommes la soutenait, l'autre alla raccrocher le téléphone avec délicatesse.

Après l'épreuve qu'il venait de subir, Homer Kloppe aurait voulu pouvoir s'enfoncer sous terre. Oubliant qu'il était venu en voiture, il avait quitté le Grossmünster à pied, rasant les trottoirs d'une démarche hasardeuse, ne sachant exactement vers où se diriger, n'osant regarder personne, tentant vainement d'enfouir au plus profond de lui-même la scène cauchemardesque. Il avait besoin de récupérer, d'être seul, de faire le point, de comprendre ce qui avait poussé Ines à venir s'exhiber devant le cénacle des membres du collège des anciens et des représentants de l'assemblée synodale. Vaillamment, Homer avait fait face dans une espèce de brouillard, expliquant à ses pairs avec une élocution pâteuse que cette géante noire — « une relation de ma propre fille que j'ai rencontrée une fois seulement dans ma vie !... » — méritait l'indulgence qu'il convient d'accorder aux actes imprévisibles de la folie. Chacun avait fait chorus avec gêne, en y apportant peut-être un peu trop de conviction. L'une des deux représentantes du sexe faible avait proposé perfidement d'appeler la police afin de diriger la « malade » — elle avait insisté sur le mot — vers le plus proche hôpital psychiatrique : l'agression qu'elle avait commise envers eux risquait de se répéter dans la rue, devant des femmes enceintes ou des enfants qui en seraient traumatisés pour le restant de leurs jours. « Pas autant que moi !... » avait pensé Homer qui ne savait plus où se mettre.

Bredouillant des excuses, il les avait priés d'achever la séance sans lui dans l'intérêt général, à commencer par celui de la créature souffrante, il allait prévenir les autorités. L'avait-on cru ?

Ils avaient feint de continuer la discussion comme si rien ne s'était produit. Mais leurs regards soupçonneux n'avaient pas lâché Homer jusqu'à ce qu'il franchisse la porte de la crypte...

Il leva la tête et s'aperçut qu'il avait pris instinctivement la direction de son domicile privé. C'était bien le moment ! Les envahisseurs appointés par sa fille devaient ravager l'appartement qu'elle leur avait confié pour la cérémonie.

Il obliqua sur la droite pour se rendre à la banque. Il avait la sensation que les passants le dévisageaient, lisant dans son regard qu'il était coupable. Et dans le leur, il devinait une condamnation sans appel. Son appartement lui était interdit, la rue lui était hostile, personne à qui se confier dans l'attente du scandale, son bureau était le dernier refuge où il pût aller se cacher pour y cuver son désarroi.

Il eut beau y pénétrer par son entrée privée, il ne put échapper à la vigilance de Marjorie.

« On vous demande de tous côtés, monsieur ! »

Il la considéra d'un œil morne.

« Je ne suis pas là.

— Monsieur...

— Rien ni personne ! Sortez ! »

Elle eut une grimace qui lui était familière, celle

de la dignité blessée, de la solitude des grands incompris.

« Tant pis, monsieur si je vous déplais, mais on insiste !... Question de vie ou de mort pour vous !... Ligne trois... Un monsieur... Il m'a dit que c'était de la part d'Ines, que vous comprendriez... En tout cas, je vous aurai fait la commission. »

Elle s'éclipsa en pinçant les lèvres avec un dandinement de volaille effarouchée : savait-elle, elle aussi, déjà ?...

En tremblant un peu, Homer enfonça la touche numéro trois.

« Oui ? dit-il en tripotant son nœud de cravate.

— Ce qui vient de vous arriver avec Ines n'est qu'un premier avertissement. Amical. Fâcheux tout de même pour un homme dans votre position. Supposez que cela vienne à se savoir en ville ? »

Homer se crispa en reconnaissant la voix d'Italo Volpone. Son premier geste fut de raccrocher. Il s'en abstint. Il avait besoin de savoir.

« Ines est un peu piquée, vous savez... Elle est capable de s'en vanter partout... J'ai déjà réussi à l'empêcher d'aller raconter son exploit à votre femme...

— Que voulez-vous ? » articula Kloppe d'une voix métallique.

Celle de Volpone, plutôt railleuse et doucereuse jusque-là, retrouva instantanément dans la menace son registre agressif.

« Nous en avons déjà parlé ! Si ce n'est pas réglé demain à la première heure, vos emmerdements ne font que commencer ! »

Kloppe prit une inspiration, avala sa salive et jeta sèchement :

« Allez vous faire foutre ! »

Sous l'effet de son émotion, il venait, pour la

première fois de sa vie, de commettre un écart de langage.

Après avoir inspecté les cuisines, Louis Philippon fit la moue. Il grommela pour lui-même :

« Davantage un salon d'exposition pour gadgets électroménagers qu'une cuisine... Encore heureux qu'il y ait un fourneau !... »

Il jeta un œil dominateur sur sa brigade.

« A la guerre comme à la guerre ! On fera avec ce qu'on a. Ouvrez les caisses ! »

Philippon ne s'était pas lancé dans une telle aventure sans avoir tout prévu. Trois lourdes caisses de matériel l'avaient précédé à Zurich. Deux marmitons en firent sauter les couvercles à l'aide de tenailles.

« Messieurs, prêts ? demanda Philippon.

— Oui, monsieur !

— Allons-y ! Check-up ! Couteaux à désosser ?

— Présents !

— Tranche-lard ?

— Ici !

— Spatules à poisson ?

— Les voilà !

— Ciseaux à poisson ?

— Oui !

— Couteaux d'office ?

— Oui !

— Cuillers à tourner ? »

Cliquetis métallique du matériel : pas de réponse.

« Je répète ! dit Philippon avec impatience. Cuillers à tourner ?

— Je les ai !

— Fourchettes de cuisine ?

— Là !
— Aiguille à brider ?
— Oui !
— Couperets ?
— Présents !
— Couteaux de cuisine ?
— Ils sont là !
— Etamine ?
— Ici !
— Passoire ?
— Oui !
— Fouet ?
— Voilà !
— Louche, spatule en bois, mixer ?
— Présents !
— Bon... Bon, dit Philippon. Cyrille ?
— Maître ?
— Sors le matériel de la caisse numéro deux et énumère-le au fur et à mesure.
— Bien, maître... »

Le marmiton farfouilla dans la caisse et en retira les objets un par un, les nommant au passage :

« Tamis... Mandoline... Poêle... Planche à découper... »

Philippon l'interrompit pour poser une colle à Valentin, le petit dernier de la brigade.

« Valentin !
— Maître ?
— Puisque tu aimes la musique, explique-nous ce qu'est une mandoline ? »

Le jeune garçon, qui devait avoir quatorze ans au plus, rougit de plaisir, heureux de pouvoir montrer ses connaissances. Il récita comme une litanie :

« La mandoline est un couteau-robot muni d'une lame réglable...
— Qui sert à quoi ?

— A émincer, maître !
— Quoi ?
— La julienne, les pommes chips, les...
— Ça va !... Ça va !... Cyrille, continue !
— Casseroles... Plaque à rôtir... Cocotte... Chinois...
— Valentin !
— Maître ?
— Chinois ?
— Le chinois est un passe-sauce, maître. En toile métallique fine... Pour les fonds, les sauces, les bouillons...
— Parfait ! Si tu continues, je ferai de toi un saucier convenable ! »

Ceux de la brigade approuvèrent servilement, par des sourires, la boutade de Philippon.

« Luc ! Les herbes !
— Il n'en manque pas une, patron ! Fenouil... Thym... Romarin... Sauge... Menthe... Laurier... Estragon... Cerfeuil... »

Louis Philippon l'arrêta d'un petit geste de la main, celui des chefs lorsqu'ils désirent prendre la parole devant le front des troupes, à la veille de la bataille.

« Certains d'entre vous se demandent peut-être ce qu'ils font à Zurich... Je vais leur répondre... Vous êtes ici pour vous défoncer ! Je ne vous passerai rien ! Je ne tolérerai rien ! Vous êtes en terre étrangère les ambassadeurs de la grande cuisine française... On va nous juger, nous critiquer, nous disséquer... Bien que ce dîner soit tout à l'envers, je veux qu'il soit parfait ! Faites-moi honneur, faites honneur à Mme Philippon qui, malheureusement, a dû veiller sur la maison mère. Soyez dignes du « Bon Bec » ! Et maintenant, tous au boulot ! »

Chacun prit place à son poste, dans une grande

envolée de marmites, de louches et de planches à hacher. Le petit Valentin donna un coup de coude furtif à Cyrille. Désignant le maître avec admiration, il lui glissa :

« C'est vrai qu'il est emmerdeur, mais qu'est-ce qu'il parle bien !... »

Quelle que soit la tournure prise par les événements, la guerre était désormais inévitable entre Gabelotti et le cadet des frères Volpone. En séquestrant Moshe Yudelman et en faisant enlever la femme d'Italo, Ettore venait de couper définitivement les ponts. De toute manière, le conflit aurait éclaté tôt ou tard. La succession de Genco allait poser un épineux problème de succession parmi les quatre autres grandes familles de New York.

D'après Moshe, Italo s'était décrété lui-même nouveau capo du clan Volpone. Comment pouvait-il espérer se maintenir, avec son passé de flambeur qui lui aliénait d'office les sympathies de la Commissione ? A supposer qu'on le revoie... Sa disparition subite de l'hôtel n'annonçait rien de bon à Gabelotti. Deux possibilités : ou il avait compris que la banque lui resterait fermée, et il rentrait en Amérique la queue entre les jambes, ou il avait réussi à mettre la main sur les deux milliards du Syndicat. Auquel cas, l'homme autant que l'argent seraient difficiles à récupérer.

Ce qui était exaspérant pour Ettore, c'est qu'il allait devoir attendre de longues heures avant d'y voir clair. Avec le décalage horaire, il serait trois heures du matin à New York lorsque les banques ouvriraient à Zurich. Qu'allait lui répondre Kloppe lorsqu'il lui donnerait le numéro du compte ?

D'énervement, il ouvrit le mini-réfrigérateur camouflé dans le mur sous un panneau de boiserie, en sortit quelques bouteilles de bière, du pain de mie coupé en tranches et un paquet de beurre. Il beurra machinalement plusieurs tartines, les avalant au fur et à mesure qu'elles étaient terminées. Sans soif, mais avec gloutonnerie, il attaqua sa troisième canette de bière. Attendre sans savoir le plongeait dans un état de profonde fureur dépressive.

Les événements allaient leur train sans qu'il pût en infléchir le cours ni les modifier. Les mesures préventives prises à l'encontre de Volpone ne pèseraient pas lourd si cette crapule s'était enfuie avec l'argent. Quel poids avait la vie d'un consigliere et d'une épouse légitime quand deux milliards de dollars étaient en jeu ?

Un peu plus tôt, Thomas Merta et Frankie Sabatini l'avaient appelé pour lui annoncer qu'Angela Volpone les « avait suivis sans histoire ». Il avait bien recommandé à ses deux hommes de main de ne faire aucun mal à la jeune femme. Quant à Yudelman, Ettore avait poussé la mansuétude jusqu'à prier Simeone Ferro, son ange gardien, de le distraire en lui faisant la conversation et de veiller à ce que ses moindres désirs fussent exaucés. Ettore avait de l'estime pour le conseiller de la famille Volpone. Mais en marquant son intention de rester fidèle à Italo, Moshe venait de signer son arrêt de mort : il avait joué le mauvais cheval.

Pour apaiser des spasmes abdominaux nés de ses angoisses et de sa contrariété, Gabelotti engloutit deux nouvelles canettes de bière. Sans succès. Son estomac le relança par à-coups sporadiques, un goût aigre lui monta dans la bouche et il étouffa quelques renvois. Pour les faire cesser, il posa à même une tranche de pain le quart entier de la plaque de beurre.

Comment espérait-on lui faire croire que Mortimer O'Broin avait eu assez de cran pour le trahir ? Il trancha d'un coup de dents la tartine et en ingurgita la moitié presque sans la mâcher. O'Broin avait peur de tout. Mais plus encore, de lui, Gabelotti. Quand Ettore fronçait un sourcil, il avait la joie de voir le petit homme, déjà minuscule, se recroqueviller encore. Il avala de travers le dernier morceau de pain et de beurre, fut pris d'une violente quinte de toux, devint cramoisi et s'appuya contre le mur de sa chambre pour reprendre son souffle et expectorer. Il avait laissé son brain-trust dans son bureau, incapable de supporter plus longtemps le silence gêné de ses hommes. Cassé en deux, il décapsula une nouvelle bouteille de bière. On frappa à la porte.

« Oui ! » cria-t-il d'une voix furibonde.

Angelo Barba passa une tête prudente par l'entrebâillement.

« Vous n'êtes pas bien, Don Ettore ? »

Gabelotti, repris par sa quinte, lui fit des signes de la main pour lui demander ce qu'il voulait.

« Un paquet pour vous... Il paraît que ça vient de Suisse... »

La toux de Gabelotti s'arrêta net. Les yeux larmoyants, il dévisagea Angelo.

« Qui l'a apporté ?

— Un coursier de l'aéroport.

— Donne ! »

Avec méfiance, il prit en main le petit colis soigneusement enveloppé dans un papier d'emballage beige. Sur le dessus, une étiquette gommée mentionnait son adresse et son nom. Aucune indication sur l'expéditeur. Pas davantage de timbres ni de cachet de poste.

« Comment sais-tu que ça vient de Suisse ?
— Ça vient d'arriver à l'instant par l'avion de Zurich. Le coursier me l'a dit. »

Gabelotti soupesa le paquet. Il semblait trop léger pour contenir un piège quelconque. Néanmoins, Ettore le tendit à Angelo Barba d'un geste indifférent.

« Ouvre-le... J'ai avalé de travers... »

Il tourna les talons et s'éloigna à distance respectueuse jusqu'au réfrigérateur, placé près de la tête de son lit. Il s'agenouilla pour mieux y farfouiller à la recherche de bières qu'il avait sous la main, n'ignorant pas qu'en cas d'explosion, la masse du lit le protégerait des éclats. Tout en agitant les bouteilles sur la claie métallique, il lança d'une voix négligente :

« Sûrement un truc de Rico Gatto... »

Il entendit le bruit du papier que déchirait Barba. D'instinct, il se tassa davantage, autant que le lui permettait son gros ventre.

« Alors ? dit-il sans se retourner ni changer de position.
— Merde ! fit Angelo.
— Quoi ?
— Venez voir, Don Ettore... »

Gabelotti se redressa enfin, une canette entre les doigts : si quelque chose avait dû exploser, ç'aurait été chose faite.

« Tu as ouvert ? »

Angelo se rapprocha et lui tendit le paquet éventré. Sans le prendre, Gabelotti considéra avec surprise la montre entourant un nouveau petit paquet affectant vaguement la forme et le volume d'un œuf. Barba porta machinalement l'ensemble à son oreille.

« Elle marche... » dit-il avec étonnement.

Au bracelet de la montre était accroché un message calligraphié en majuscules d'imprimerie : « SOUVENIR DE ZURICH .»

Angelo la fit glisser de l'emballage confectionné dans un papier bleuâtre froissé et couvert d'inscriptions manuscrites, de signatures, de tampons. Dévoré de curiosité, Ettore le prit des mains d'Angelo et le déplia, mettant au jour une boîte d'allumettes qu'il déposa précautionneusement sur une chaise.

Sur le papier, fixée en son centre par des agrafes, la photo de Rico Gatto : il s'agissait de la première page de son passeport. Gabelotti lut : ENRICO GATTO. AGENT IMMOBILIER. 256, WASHINGTON AVENUE. MIAMI. »

En silence, Barba et lui échangèrent un bref regard d'incompréhension. Oubliant toute prudence, Ettore s'empara de la boîte d'allumettes qui portait la marque d'une firme de haute fidélité sise à Zurich. Il l'ouvrit d'un geste décidé.

A l'intérieur, posé sur une mince épaisseur de coton souillé de taches brunâtres, un petit morceau de viande sanguinolent, dont les caillots de sang noir agglutinés à la chair dégageaient une odeur douceâtre. Surmontant sa répugnance, Gabelotti regarda de plus près. Il reconnut alors une langue humaine.

La langue de Rico Gatto.

14

AU matin du troisième jour, le 26 avril 1977, Italo Volpone s'éveilla alors que le soleil se levait à peine. Comme toujours quand il n'avait pas assez dormi, il se demanda où il était, ne reconnaissant pas cette vaste chambre tendue de velours bleu canard, ce lit à colonnes surmontées d'un dais, ces meubles lourds et sombres dont il n'avait aucun souvenir. Par sa fenêtre entrouverte, lui parvint un concert de cris d'oiseaux. A travers les fentes des volets filtra une lumière dorée qui se plaqua en raies parallèles sur la moquette de haute laine beige. Il s'étira, bâilla, se gratta la tête et regarda sa montre : six heures et demie. Alors, tout lui revint...

Son visage se durcit, il sauta du lit et alla uriner dans le lavabo de la salle de bain recouverte de céramique noire.

La veille, quand il avait eu Angela en ligne, quand elle lui avait dit, sans lui laisser le temps de s'expliquer, qu'elle allait ouvrir la porte à Fiorentina, il lui avait hurlé de laisser cette porte fermée. Mais Angela s'était éloignée quand même.

Et n'était pas revenue au bout du fil. Quelques secondes plus tard, pendant qu'Italo s'égosillait toujours, la communication avait été coupée. Italo avait refait le numéro et la sonnerie avait retenti interminablement sans que Fiorentina ou Angela ne décroche. Fou d'inquiétude, il avait appelé Moshe Yudelman. Sans plus de chance : Yudelman n'était pas là non plus. Fébrilement, Italo se retourna alors vers le sotto-capo de Genco, le fidèle Pizzu, dont le destin se confondait depuis vingt ans avec celui de la famille Volpone. Mais l'appartement de la 8ᵉ Avenue où résidait Vittorio resta muet. A croire que tous ceux qui lui étaient attachés, avaient disparu simultanément de la ville. Tout en refaisant inlassablement ces trois numéros, Italo contacta successivement les trois capiregime de Genco, Aldo Amalfi, Vicente Bruttore, Joseph Dotto.

A son immense surprise, aucun n'était au courant de la mort de leur Don. Maudissant Yudelman, qui n'avait pas respecté ses instructions, Italo les informa brièvement que la mort de son frère ne changeait rien au déroulement des affaires de la famille. Il leur annonça qu'il prenait la tête du clan et leur donna l'ordre de mobiliser tous les soldats disponibles pour retrouver Angela et Moshe Yudelman.

Après quoi, il refit une fois de plus le numéro de son propre domicile : Fiorentina était rentrée ! Sa maîtresse l'avait envoyée chercher des journaux, mais lorsqu'elle était revenue, l'appartement était vide. Une boule d'étoupe dans la gorge, Italo fit des prières pour que sa femme se fût rendue chez Francesca, la veuve de Genco. Francesca lui apprit d'une voix absente et morne qu'elle n'avait pas revu Angela depuis la veille. Changeant brusquement de registre, elle exigea sur un ton strident des explications sur la mort de son mari. Horriblement gêné, Italo ne sut quoi lui répondre. Il lui était impossible de lui révéler la vérité dans le détail. Pas encore... Francesca sanglotait désespérément, le suppliant de lui dire où était le corps de Genco devant lequel elle voulait se recueillir une dernière fois avant qu'on le mît en terre. Italo bredouilla vaguement qu'il allait la rappeler, qu'il s'occupait de tout.

En raccrochant, il eut la sensation d'être abject, envahi par un sentiment confus de culpabilité contre lequel il se révolta : il n'était en rien responsable du passé. En revanche, c'était à lui seul de peser sur l'avenir. Kloppe allait apprendre à ses dépens qu'on ne joue pas impunément avec le malheur des autres ! Mais la réponse du banquier à ses menaces l'avait sidéré, le plongeant dans un état de rage trop intense pour être contenu longtemps...

Il entrebâilla les persiennes, cligna des yeux pour éviter la lumière trop vive du soleil qui lui arrivait à la verticale en plein visage. Dans le parc de la villa, tout était pur et doux comme au premier matin du monde. Aucune trace de vie humaine sur les pelouses émaillées de fleurs où picoraient des merles. Les massifs de lilas mauves et blancs longeant les grilles de fer forgé se balançaient imperceptiblement sous la caresse d'un vent léger qui faisait frissonner les plus hautes branches de cèdres, se courber les fragiles tiges souples des jonquilles sur lesquelles venaient jouer des papillons blancs.

Il était injuste qu'un tel spectacle fût possible, que la palpitation de toute cette sève continuât alors que le corps de son frère pourrissait quelque part...

Brutalement, il s'arracha à la contemplation

amolissante de cette beauté, de cette promesse de vie en fleurs d'une radieuse fin d'avril. Il avait besoin de garder en lui la puissance de sa haine. Il tourna le dos au soleil. revint dans la salle de bain, se mit sous la douche, ouvrit le robinet d'eau glacée et compta jusqu'à cent pendant que le jet froid lui mordait la peau.

Il enfila du linge propre, passa l'un de ses éternels complets noirs et descendit dans la cuisine. La maison dormait encore. Il dénicha une boîte de café, s'en fit une tasse, alluma sa première cigarette et s'apprêtait à faire quelques pas dans le parc lorsqu'il eut soudain la sensation d'une présence à ses côtés, bien qu'il n'eût pas entendu le moindre bruit.

« J'espérais pouvoir vous faire le café moi-même... dit Folco Mori.

— J'ai à te parler.

— Moi aussi.

— Commence.

— Voilà... Il est temps que vous le sachiez. Tout est allé très vite depuis notre arrivée à Zurich. Vous avez eu beaucoup à faire, et le malheur qui vous a frappé, qui nous frappe tous, vous a peut-être empêché de voir ce qui se passait dans votre dos... »

Folco s'exprimait d'une voix posée, très calme. Bébé Volpone l'observait avec acuité derrière le rempart de ses paupières mi-closes. Mori l'avait toujours intrigué par son maintien, sa réserve et ses silences. Un sens de la distance...

« Qu'est-ce qui s'est passé dans mon dos ? demanda-t-il en tirant sur sa cigarette.

— J'ai tué deux hommes, répondit Folco sans ciller.

— Quand ?

— Depuis qu'on a débarqué ici.

— Pourquoi ?

— Ils vous suivaient depuis New York. Ils étaient dans le même avion que nous.

— Gabelotti ?

— Non. Quand j'ai descendu le premier, je ne pouvais pas le savoir. Mais j'ai le regret de vous annoncer que c'était un flic. Un flic américain. »

Italo retint un tressaillement.

« Comment l'as-tu tué ?

— Il est tombé du huitième étage du Sordi's. Une chute accidentelle.

— Accidentelle ?

— Nul ne pourra jamais prouver le contraire. Avec Bellinzona et moi-même, vous êtes le seul à connaître la vérité.

— Le second... un autre flic ?

— Oui. Même brigade. Commissariat central de la 6e Avenue. Des hommes de Kirpatrick. Quand vous êtes parti pour la montagne avec O'Broin, sa blonde et la négresse, il vous collait au train.

— Tu étais où ?

— Derrière. Moins facile que le premier. Il a failli m'avoir. J'ai eu de la chance.

— Le corps ?

— Cinq cents mètres avant la scierie. Je l'ai traîné dans une crevasse. »

Volpone détourna les yeux et contempla fixement le bout de sa cigarette. Il lâcha lentement :

« Tu attends peut-être des félicitations ?

— Je n'attends rien. Je vous mets au courant. C'est tout.

— Tu te doutais pourtant que celui-là aussi était flic ?

— Si je n'avais pas agi, nous serions déjà coffrés pour le meurtre de la blonde et de Mortimer O'Broin. »

Italo jeta son mégot d'une pichenette. Il atterrit

sur une marguerite dont il consuma le pistil. Italo se retourna avec un soupir vers Folco.

« Tu as bien fait, Folco. Tu n'avais pas le choix. Je te remercie. »

Il lui tapota amicalement l'épaule. Folco fut sur le point de dire quelque chose, mais Pietro Bellinzona apparut, étonné de les voir. Il avait passé une robe de chambre trouvée dans un placard. Elle était violette à parements verts et le boudinait aux entournures, au niveau des épaules surtout où on la sentait prête à craquer.

« Moi qui croyais être debout le premier... »

Il étouffa un bâillement. Sa gueule rude et mafflue était bleue de barbe. Il la leva en offrande au soleil levant et dit :

« J'ai faim. »

Volpone lui jeta un regard hargneux.

« Premier et dernier avertissement. Si à l'avenir tu lèves le petit doigt sans m'en informer, je te vire de la famille ! »

Cueilli à froid, le colosse ouvrit des yeux ronds.

« Qu'est-ce que j'ai fait ?

— Tu as aidé Folco à tuer deux flics. Je n'en ai rien su ! »

Bellinzona considéra Mori avec une expression de reproche. S'il n'avait rien dit à Italo, c'était sur sa recommandation expresse.

« Je pensais... balbutia-t-il .

— Tu n'as pas à penser pour moi ! Les ordres, c'est moi qui les donne !

— Pietro n'y est pour rien... intervint Folco avec douceur.

— Toi, je ne t'ai rien demandé ! gronda Volpone. Je t'ai déjà dit ce que j'en pensais. Tu aurais dû m'en parler ! Je veux tout savoir, tout ! C'est clair ? »

Il les toisa d'un air sévère. Ni Bellinzona ni Mori

ne bronchèrent. Les oiseaux du parc, troublés un instant par le bruit de leurs voix, reprirent leurs piaillements de plus belle. Italo pointa un doigt en direction de Bellinzona.

« Dans deux heures, tu vas avoir une rage de dents. »

Inquiet de cette phrase sibylline, Pietro guetta une réaction sur le visage de Folco Mori qui n'en eut aucune.

« Folco !...

— Padrone ?

— Tu sais ce que je suis venu faire à Zurich ?

— En gros, oui, répondit Mori sans hésiter.

— Un petit banquier de merde bloque l'argent que mon frère lui avait confié. Je ne veux pas qu'il meure... Pas encore. Je veux le démolir. Si par malheur il mourait, adieu le fric ! Je veux qu'il parle !... Tu me comprends ?

— Oui.

— Zurich commence à puer pour nous, il faut faire vite ! Pietro !

— Si ?

— Comment réagirais-tu si tu étais dans la peau de Gabelotti et qu'on t'ait descendu un de tes hommes ? »

Bellinzona se frotta la mâchoire. Sa barbe crissa sous ses doigts.

« Je prendrais la tête d'un commando et je viendrais me faire justice.

— Exact ! Et toi, Folco, si tu étais Kirpatrick et que deux de tes flics disparaissent ?

— Même chose. Je préviendrais mes collègues suisses. »

Volpone approuva d'un hochement de tête.

« Tu l'as dit ! En clair, ça signifie qu'on va avoir beaucoup de monde avant peu sur le cul... Raison de plus pour se grouiller et en finir !... Tout repose sur le banquier. Il a la tête dure. Moins que la mienne ! Je veux qu'il craque ! L'avertissement d'hier n'a pas suffi. Aujourd'hui, on va le briser ! »

Folco arbora une expression sceptique.

« S'il sait qu'on doit le ménager, il sera dur à bluffer... »

Italo eut un sourire méchant.

« On en reparlera dans deux heures !... Je suis prêt à parier qu'il aura compris... Ecoute-moi bien... A neuf heures et demie, je veux que tu emmènes Bellinzona dans la Zweierstrasse, au 9. Vous monterez au troisième étage. Vous sonnerez à la porte d'un dentiste qui s'appelle Strolh, Professor August Strolh. Vous tomberez sur sa femme, Ingrid. Elle vous dira que vous n'aviez pas rendez-vous. Bellinzona se tiendra la mâchoire. Tu diras qu'il souffre à hurler d'une dent de sagesse. »

Pietro, qui commençait à se réveiller, poussa un soupir de soulagement.

« Vous m'aviez fait peur, tout à l'heure, Padrone... Et quand on sera dans le cabinet, qu'est-ce qu'on fait ? »

Une petite lueur cruelle dansa dans l'œil de Volpone.

« Je vais te le dire... »

« Pourquoi attendre, Don Ettore ? Non seulement Volpone nous roule, mais il nous prend pour des cons ! »

Pour la centième fois depuis le début de la longue veille, Gabelotti consulta sa montre. Il était près de trois heures du matin. Les membres influents de la famille, groupés autour de lui, avaient disserté longuement sur la conduite à tenir. Carmine Crimello et Angela Barba étaient d'avis d'attendre l'ouverture de la Trade Zurich en

Suisse pour être définitivement fixés sur le sort des deux milliards de dollars. Après quoi, si la situation l'imposait, on passerait aux représailles immédiates. En revanche, Carlo Badaletto n'avait cessé de réclamer les têtes de Moshe Yudelman et d'Angela Volpone. Avec acharnement. A ses yeux, la réception de la langue de Rico Gatto était une preuve de la félonie d'Italo Volpone, en même temps qu'un insupportable affront en forme de défi.

« Je vous dis que Volpone est cinglé ! S'il sent chez nous la moindre faiblesse, nous y passerons les uns après les autres ! »

Pour calmer son énervement, Gabelotti avait fait monter dans son bureau une boîte de cinq kilos de caviar. Sachant la passion morbide qu'il vouait à la nourriture, ses hommes, malgré ses invitations réitérées, y avaient à peine touché de peur de l'irriter. Pourtant, il n'en restait que quelques grains que le Don racla au fond de la boîte pour les étaler sur une tranche de pain de seigle beurré. Il la mastiqua mécaniquement, avala un verre de vodka immédiatement suivi d'une canette de bière. La vodka lui donnait soif. Jusque-là, il s'était contenté d'écouter ses consigliere et son lieutenant sans prendre parti pour les uns ou les autres, se bornant à hausser les épaules lorsque Badaletto devenait trop virulent.

En fait, il le trouvait secrètement trop timoré. Peu lui importait la vie de Moshe ou d'Angela. Si Volpone l'avait réellement trahi, c'est sa famille entière qui paierait, du plus humble soldat à Italo lui-même, qu'il consacrerait sa vie à retrouver pour le tuer de sa main. Il y mettrait le temps qu'il faudrait, le prix qu'il faudrait, mais il l'aurait ! Seulement, les affaires devaient passer avant la vengeance.

« Carmine, l'heure ?

— Trois heures une minute. »

La montre de Gabelotti ne marquait que 2 h 59. Mais il y avait si longtemps qu'il contenait sa rage destructrice qu'il ne put s'empêcher de décrocher le téléphone : à Zurich, il était neuf heures du matin. La banque ouvrait ses portes. Il n'y eut que deux sonneries et on lui répondit.

« J'appelle de très loin. Je veux parler à Homer Kloppe. Je suis un client. C'est urgent, très important et personnel ! »

Tout le monde se raidit dans un silence à couper au couteau : on allait enfin savoir !

A neuf heures trente très précises, au troisième étage du numéro 9 de la Zweierstrasse, un homme mince vêtu de noir sonna à la porte du Professor August Strohl. Il tenait par le bras un colosse qui étreignait sa mâchoire avec une expression de vive souffrance.

Longue, hiératique, superbe et le sachant, Ingrid Strohl vint ouvrir en personne.

« Messieurs ? »

Folco Mori désigna Pietro Bellinzona :

« Ça l'a pris il y a une heure. Il souffre le martyre.

— Vous avez rendez-vous ? demanda Ingrid en faisant la moue.

— Nous sommes de passage. On a dû vous téléphoner de notre hôtel, le Continental.

— Absolument pas.

— Je ne peux pas laisser mon ami dans cet état. »

Pour appuyer la phrase, Pietro poussa un grognement de douleur.

« Je regrette, dit Ingrid. Notre carnet de rendez-vous est bouclé pour la journée. Puis-je vous indiquer le nom d'un confrère ?

— Non, non ! protesta Folco. Mon ami ne veut être soigné qu'ici. On nous a dit à l'hôtel que le Professor Strohl était le meilleur spécialiste de Zurich. »

Ingrid n'hésita qu'une seconde.

« Asseyez-vous une minute. Le Professor est en cours d'intervention. Je vais voir... »

Elle tourna les talons. L'espace d'un instant, Pietro et Folco admirèrent sa chute de reins. Ils se trouvaient dans une salle d'attente qui évoquait davantage un salon privé qu'une antichambre de la souffrance. Sur un guéridon, des revues dentaires en quatre langues : allemand, anglais, français et italien. De vastes canapés de cuir fauve, des tapis, les murs tendus de tissu ocre, quelques gravures anciennes représentant des arracheurs de dents sur la place publique au Moyen Age.

« Ils devraient pas afficher des conneries comme ça, dit Bellinzona. Ça décourage la clientèle. Tu as déjà eu mal aux dents, toi ?

— Non.

— Moi non plus. Tu sais pourquoi ? Quand j'étais môme, j'ai reçu un coup de batte de base-ball en pleine poire. Les racines sont à moi, mais le reste... »

Il retroussa les lèvres en un rictus qui découvrit une double rangée d'or, au niveau des molaires.

« Ça fait plus riche, non ?

— Ta gueule ! » jeta Mori la bouche en coin.

Ingrid réapparaissait. Bellinzona se reprit la mâchoire à pleines mains et baissa la tête avec une grimace.

« Le Professor a un rendez-vous à dix heures.

t'en occuperas, n'oublie pas que nous serons là à t'observer.

— Mais enfin, que voulez-vous ?... »

Bellinzona ne put retenir un petit gloussement amusé. Il passa gentiment le tranchant de sa main sur la carotide d'August Strohl en un geste sans équivoque.

« On va te le dire... Et si tu ne le fais pas... ta femme... couic !

— Sans parler de la balle dans le ventre que tu morfleras en prime », ajouta Folco avec une expression ennuyée.

Il se mit alors à lui expliquer posément ce qu'il attendait de lui. Strohl faisait désespérément des signes de dénégation, les yeux révulsés d'indignation.

« Si tu préfères voir crever ta femme avant d'y passer toi-même avec ton client, libre à toi », conclut Folco avec un haussement d'épaules fataliste.

On sonna à la porte : Homer Kloppe arrivait.

« Va ouvrir... » dit Mori calmement.

Bellinzona lâcha le dentiste qui vacilla et rejoignit Folco, le rasoir toujours sur la gorge d'Ingrid.

« N'oublie pas qu'on te surveille. Au moindre mot, au moindre regard, au moindre mouvement de travers, c'est le carnage. »

Serrant Ingrid Strohl de près, ils disparurent derrière la tenture.

« Je vous répète que c'est impossible !... protesta une dernière fois le Professor. Il saura !... »

Un cri étouffé d'Ingrid lui répondit en écho. Epouvanté, August se précipita vers la porte. Quand il l'ouvrit pour laisser passage au banquier, il était 10 heures 32 secondes.

En traversant le hall de sa propre banque, Homer Kloppe eut la sensation que le salut de ses employés, tout déférent qu'il fût, était chargé d'ironie. Il était impossible qu'ils ne fussent pas déjà au courant du scandale de la veille. Fatalement, les deux chipies avaient dû parler. Un événement de cette ampleur ne pouvait pas rester secret dans une ville comme Zurich. Depuis sa fondation à l'époque carolingienne, soit plus de mille ans, les murs vénérables du Grossmünster n'avaient jamais été témoins de l'ahurissante prestation d'une géante de couleur s'exhibant avec impudeur devant un cénacle de théologiens ! Comme si Dieu n'avait attendu autant de siècles que pour mieux châtier un banquier de ses péchés...

Homer avait passé une partie de la nuit à faire le point, écrasé par un sentiment de culpabilité insurmontable. Chimène saurait, sa fille saurait, toute la ville, tout le pays sauraient !... Avec rigueur, prenant pour base de sa méditation le titre d'un des plus beaux tableaux de Gauguin, « Qui sommes-nous ? D'où venons-nous ? Où allons-nous ? », il avait fait un examen de conscience complet : ce n'était pas brillant... Toutes les petites failles entre ce qu'il croyait être et ce qu'il était réellement, il les avait aperçues, démesurément grossies par la loupe du remords. Combien d'années lui restait-il à vivre ? Qu'avait-il fait pour mériter son salut ? Avait-il donné à sa fille unique l'éducation qui convenait ? Si oui, pourquoi ce mariage était-il possible ? Et Chimène, qu'il avait si mal récompensée de sa fidélité indéfectible en la trompant avec une prostituée, comment réagirait-elle lorsqu'elle serait éclaboussée par le scandale ?

Il avait prêché la vertu, il avait commis le mal. Il avait jugé, il était condamné. Puni dans ce qu'il avait de plus sensible, son personnage social. Il ne lui restait plus qu'à payer. Dès le lendemain, quand Renata serait devenue Mme Kurt Heinz — ce mariage à trois heures du matin, quelle ineptie ! — il n'agirait plus que selon sa conscience, quelles qu'en pussent être les conséquences dans ses affaires.

Son entrevue avec Melwin Bost lui avait laissé une espèce d'amertume dans la bouche. Par faiblesse, ou par intérêt, il avait refusé de faire face à la situation de la Continental Motor Cars. Il était monstrueux que des innocents pussent mourir pour des raisons purement économiques. Homer ne le permettrait pas. Quoi qu'il lui en coûtât, il allait donner ses ordres à Bost pour que tous les concessionnaires de la marque changent la pièce dangereuse des Beauty Ghost P9 en circulation. Ensuite, que s'écroule la firme si telle était la volonté de Dieu !

Kloppe s'était donné trois ans pour régler ses affaires. Il n'avait pas de fils pour prendre sa succession. Renata ne s'intéressait pas à la finance et ce n'était pas le pauvre Kurt qui ferait marcher la boutique. A quoi bon travailler plus longtemps ? Pourquoi accumuler un capital qui n'était plus un moyen mais une fin en soi ? Homer et Chimène étaient à l'abri du besoin pour le restant de leurs jours. Même en faisant des folies, ils n'arriveraient pas à dépenser le centième de ce qu'ils possédaient...

Marjorie l'attendait devant la porte de son bureau, l'air revêche. (Savait-elle ?...)

« Urgent, très important et personnel. La personne est en ligne. »

Kloppe regarda sa montre : 9 h 01.

« Oui ? dit-il distraitement en s'emparant du récepteur.

— Monsieur Homer Kloppe ?
— Oui.
— Vous ne me connaissez pas mais j'ai un compte chez vous.
— Je vous écoute.
— Vous avez déjà rencontré mon fondé de pouvoir, Mortimer O'Broin. »
La petite lampe rouge s'alluma dans la tête de Kloppe. L'homme qui l'appelait ne pouvait être que le client de Phillip Diego, l'associé de Genco Volpone, Ettore Gabelotti. Instantanément, le numéro du compte dansa devant les yeux du banquier, 828384, ainsi que le nom de code choisi par les déposants, « Mamma ». A partir de deux ou trois millions de dollars, la mémoire remplit son office toute seule, sans être sollicitée.
« Je vais d'abord vous donner le numéro. Après quoi, je vous prierai d'exécuter certaines dispositions.
— Je vous écoute.
— 21877. Enregistré sous le nom de GOD. »
Kloppe encaissa le choc et fronça les sourcils. Ainsi, ses soupçons à l'égard de Mortimer O'Broin étaient fondés... Le petit homme malhonnête avait donné un faux numéro à son employeur... Sincèrement, il fut navré qu'un être humain eût pu s'abaisser à une telle crapulerie. Malheureusement, il ne pouvait pas plus aider Gabelotti que Volpone. Il se composa une voix très neutre, impersonnelle.
« Je suis désolé. Je ne sais pas de quoi vous parlez.
— Pardon ? s'étrangla son interlocuteur.
— Les informations que vous me donnez ne correspondent à rien d'existant dans notre établissement.
— Qu'est-ce que vous racontez ? Qu'est-ce que vous dites ?

— Je regrette, monsieur. Vous faites erreur. Au revoir, monsieur. »

Il raccrocha et sonna Marjorie.

« Si par hasard vous aviez la même personne en ligne, répondez que je suis absent.

— Bien, monsieur. »

Elle sortit avec raideur. Il ne lui restait plus que trois quarts d'heure avant de partir chez le dentiste. Poussé par la force de l'habitude, il griffonna des chiffres sur un morceau de papier.

Il y avait maintenant cinq jours que Genco Volpone avait déposé les deux milliards à la Trade Zurich. Homer les avait instantanément replacés à Schaan, chez Eugène Scheelbling, le « banquier des banquiers ». Compte tenu des intérêts que Kloppe aurait — peut-être... — à verser ultérieurement à qui lui fournirait le vrai numéro du compte, ce jeu d'écriture parfaitement légal et banal, lui laissait un bénéfice quotidien net de 109 588 dollars. Soit, multiplié par cinq, 547 940 dollars.

Dans l'état d'esprit où il se trouvait, il ne put chasser la phrase qui lui montait aux lèvres : « A qui profite le crime ? » Certes, elle ne le concernait pas et n'eussent été les remords qui le bourrelaient pour d'autres raisons, il ne l'aurait jamais formulée.

Force lui fut pourtant de constater que pour le moment — si crime il y avait — il profitait au banquier.

Trois coups légers, un coup fort. Orlando Baretto entrouvrit la porte. Italo Volpone se glissa par l'entrebâillement.

« Où est-elle ?

— Bouclée dans sa chambre. »

Volpone y pénétra. Ines était à demi allongée sur une pile de coussins contre le radiateur du chauffage. Elle lisait un magazine de mode en le tenant de la main droite. Son poignet gauche était emprisonné par des menottes fixées par une chaînette au radiateur. Elle reposa son journal et adressa un regard inexpressif à Italo.

« Tu sais écrire ? » demanda Italo.

Lando lui jeta un coup d'œil étonné. Comment pouvait-on poser une question pareille à une fille qui avait fait trois ans d'université ? Lando n'avait pas beaucoup dormi. Selon les ordres de son padrone, il s'était résigné à attacher Ines qui ne lui avait fait, depuis l'épisode de la scierie, ni l'aumône d'un regard ni la faveur d'une parole. Elle avait gardé un silence buté, hostile, méprisant, indifférente et soumise. Il avait été convenu que Lando lui passerait le téléphone chaque fois qu'il sonnerait. La chaîne la reliant au radiateur était trop courte pour qu'elle puisse s'en emparer elle-même. Ainsi en avait décidé Volpone. Il estimait que la géante devait répondre pour ne pas éveiller les soupçons d'un quelconque de ses clients. Bien entendu, Orlando avait pris l'écouteur chaque fois qu'on l'avait appelée, découvrant de la sorte tout un aspect secret de la vie de sa compagne. Des filles lui avaient parlé, des mannequins, racontant des potins de cabine avec des éclats de rire stridents. Deux hommes aussi, un Allemand et un Italien, le premier imprésario, le second, photographe de mode. Ines avait refusé gentiment ses offres de poser pour la couverture du Bazaar's avec trois milliards de bijoux enroulés autour du corps. Il y avait eu aussi ces quelques mots échangés en dialecte africain.

« Deux de mes cousins, avait dit Ines. Ils sont

de passage en ville. Des diplomates. Ils vont venir. »

Lando s'était énervé.

« Tu n'avais qu'à leur dire que tu serais absente !

— Ils ne m'ont pas vue depuis deux ans. Ils ont des cadeaux. Ne leur ouvre pas si ça te chante...

— Si tu prononces encore un mot dans ton charabia, je te casse la tête ! »

Il avait une envie furieuse d'elle et forçait la note dans le registre de l'irritation. En fait, à la lueur des circonstances, il se sentait pincé pour elle et en éprouvait de la colère.

« Ecris ce que je te dicte », intima Volpone en tendant une feuille de papier et un stylo.

Elle désigna les menottes.

« Je ne peux pas avec ça.

— Ta main droite est libre !

— Je suis gauchère.

— Détache-la. »

Lando fit jouer la petite clef dans la serrure des menottes. Ines se frotta le poignet et se déplia avec la nonchalance d'un félin. Elle avança la main pour saisir le bloc de papier et le stylo.

« Une seconde, dit Volpone. Je veux une photo de toi. A poil. »

Elle alla farfouiller dans le tiroir d'une commode, en sortit un album qu'elle feuilleta et dont elle tira un cliché. Italo y jeta un bref coup d'œil et la mit dans sa poche sans commentaire. Ines s'allongea à plat ventre sur le lit, prit le stylo de la main gauche et étala le bloc de papier devant elle.

« Je vous écoute », dit-elle à Volpone sans daigner le regarder.

En d'autres circonstances, Homer Kloppe aurait été frappé par l'air défait du Professor Strohl, sa poignée de main molle et fuyante. Mais il était si préoccupé qu'il ne remarqua rien.

« Mme Strohl n'est pas là ? s'inquiéta-t-il par pure politesse.

— Elle va revenir... dit Strohl d'une petite voix, en prenant soin de tourner le dos au banquier pour qu'il ne croise pas son regard qui l'aurait trahi.

— Installez-vous, je vous prie... Je suis à vous... »

Il feignit de tripoter des instruments sur un plateau métallique. Kloppe se laissa tomber lourdement sur le divan de cuir noir, tour à tour fauteuil ou table d'opération selon son inclinaison. Perdu dans ses pensées moroses, il se laissa emporter un instant par les notes fraîches de Vivaldi, l'œil dans le vague, continuant sa quête intérieure avec mélancolie, écrivant mentalement le télex qu'il allait adresser à Eric Mortaeld, son directeur de la Wassenaar's Consolidated. Pas plus que pour les Beauty Ghost P9 sorties des chaînes de la C.M.C., il ne souhaitait que les employés de sa mine de diamants prissent des risques. Il enverrait sans rechigner les sommes demandées pour améliorer la sécurité du chantier. Alors seulement, on pourrait procéder à de nouvelles fouilles.

Il fut brusquement aveuglé par le puissant projecteur que venait de lui allumer Strohl en plein visage. Il vit les mains du Professor entrer dans le champ lumineux, blanches et longues. Elles s'agitèrent, sans que rien ne semblât les relier aux bras et au corps du dentiste resté dans l'ombre. Kloppe, totalement ébloui, ne pouvait même pas distinguer le contour de sa silhouette. Il ferma les yeux pour ne plus voir ces mille soleils fragmentés lui exploser dans la rétine. Il sentit que Strohl lui nouait une serviette autour du cou. Il s'étonna de son silence. Habituellement, le Professor ne cessait de raconter des histoires dont il était le seul à rire, les enchaînant sur un rythme étourdissant dont le débit et la scansion finissaient par avoir un effet hypnotique sur le patient.

« Vous allez bien ? hasarda Homer.

— Oui, oui... Nous allons procéder à un petit bilan d'ensemble... »

August Strohl avait envie de lui crier de s'enfuir. Pour se prouver qu'il ne vivait pas un cauchemar, il jeta un regard angoissé en direction de la tenture derrière laquelle sa femme, un rasoir sur la gorge, était maintenue par les deux hommes qui l'avaient agressée. La tenture s'écarta doucement. L'hercule de foire lui adressa un bon sourire encourageant. A ses côtés, Ingrid, les yeux immensément agrandis par la peur, serrée dans les bras de l'autre homme qui d'une main, lui relevait légèrement la tête tandis qu'il appuyait de l'autre le tranchant de la lame contre sa carotide.

Pour ne pas devenir fou, August Strohl se lança dans un monologue professionnel. Encore fallait-il qu'il fût cohérent pour ne pas éveiller l'attention de Kloppe. En théorie, le banquier, maniaque de la chose dentaire, en savait autant que le Professor.

« J'ai la réponse à la question que vous m'avez posée l'autre jour... Penchez légèrement la tête à gauche... Là... Oui... Merci... Vous savez, à propos de la dissolution de la trame organique de l'émail... Elle est parfaitement improbable avant effondrement du cristal d'apatite...

— Ah ?... dit Kloppe.

— Gardez la bouche bien ouverte... Les éléments organiques sont pétrifiés dans la trame minérale. Par ailleurs, comme vous ne l'ignorez pas, les bactéries cariogènes ne sont pas protéolytiques en général... »

Homer Kloppe leva un doigt pour demander la parole. Il sentit les mains de Strohl quitter sa mâchoire.

« Il y a une autre possibilité : la dissolution simultanée de la trame organique et minérale de l'émail. »

Le visage inondé de sueur, le Professor ne put résister à l'envie violente de jeter un nouveau regard vers le fond de son cabinet. Le colosse lui fit un signe impatient. Il répondit mécaniquement à la question de Kloppe.

« Peu probable, cher ami... peu probable... Toutes les apaties constituant l'essentiel de l'émail sont solubles. A pH 7, dans l'eau distillée, 1, 2 p. 100 seulement de l'émail humain est dissous en cinq semaines... »

Ça ne marcherait jamais !... Kloppe sentirait immédiatement du louche dès qu'il chercherait à l'anesthésier... Il voudrait savoir pourquoi... Que lui dire ? Il savait que ses dents étaient parfaites... Mais s'il ne le faisait pas, les autres... derrière la tenture... Ingrid... Strohl n'avait plus ni le choix ni le temps... Poussé par la terreur qui lui comprimait le plexus, il lança avec un rire faux et misérable :

« Je vais vous faire essayer quelque chose de nouveau... tout à fait épatant... Suédois... Gardez la bouche fermée !... Je vais devoir vous soulever légèrement la gencive au niveau de la prémolaire, la quatre... Un peu d'inflammation... Je veux voir ça de plus près... »

Homer haussa un sourcil en signe d'étonnement.

« Détendez-vous... Détendez-vous... Peut-être un agent irritant agissant au niveau du parodonte marginal ?... Fréquent... »

Tout en parlant, Strohl manipulait le masque relié par un tuyau de caoutchouc à la mini-bonbonne de protoxyde d'azote.

« Inspirez à fond deux ou trois fois... »

Kloppe se raidit. Hier encore, Strohl l'avait examiné. Cette irritation n'avait pu survenir en une nuit. Il allait faire un signe pour parler quand il sentit que le Professor lui appliquait un masque sur le visage.

« Ne bougez pas... Inspirez !... Détendez-vous... »

Ne comprenant pas ce qui motivait cette façon d'agir, Homer eut un mouvement pour se redresser. Par réflexe, il aspira une profonde bouffée. Instantanément, il éprouva une bizarre impression d'amollissement. Il leva le bras pour protester, saisit celui d'August Strohl qu'il aggripa d'une main incertaine, eut soudain besoin d'air et inspira une nouvelle fois. Le masque s'alourdit sur la saillie de ses pommettes, la main du Professor qui pesait sur son front devint lourde comme un énorme bloc de métal, le projecteur s'embrasa en une illumination d'éclats glacés et cristallins.

Il perdit connaissance. Pendant plusieurs secondes encore, le Professor, dont les mains tremblaient, maintint le masque en place. Quand il fut certain que le banquier était totalement sous l'effet de l'anesthésie, il se retourna vers les deux bourreaux d'un air implorant, des larmes pleins les yeux.

« Je ne peux pas... gémit-il. Je ne peux pas... »

Il essuya la sueur qui lui brouillait le regard et cria cette fois :

« Je ne peux pas ! »

Le costaud fit quatre pas vers lui et le gifla lourdement.

« Travaille, connard ! Tu veux qu'on saigne ta femme ? »

August, les tempes bourdonnantes, regarda Ingrid éperdument. Elle était blanche comme une morte. Dans son visage blafard, seuls ses yeux exprimaient l'épouvante. Sur sa gorge, le rasoir ne bougeait pas d'un millimètre.

Alors, il comprit qu'elle allait mourir s'il n'agissait pas immédiatement. Luttant contre une affreuse envie de vomir, il s'empara d'un davier, écarta la mâchoire de Homer Kloppe et chercha le meilleur angle d'attaque. Il bloqua une incisive supérieure dans la tenaille de son instrument, força... La tête inerte du banquier suivit le mouvement. Strohl la cala en appuyant son coude gauche sur le front du banquier. Il luxa l'incisive, la mobilisant successivement à la verticale et à l'horizontale. Puis, avec une espèce de gros bistouri, il perça les chairs de la gencive, tranchant sur son passage les ligaments reliant la dent à l'os. Il reprit le davier, força encore... Quelque chose craqua. Sous l'œil intéressé et neutre de Bellinzona, Strohl lâcha la dent souillée de sang sur le plateau métallique. Il s'attaqua alors à une autre incisive...

Quand le devant de la mâchoire de Kloppe fut complètement édenté, Strohl, livide, couvert de sueur glacée, jeta un regard suppliant sur Bellinzona. Il n'y lut aucune pitié, mais l'ordre implacable de continuer.

Les molaires aux racines divergentes lui donnèrent plus de mal. Surmontant sa nausée, il dut avoir recours à un élévateur qu'il coinça entre l'os et la racine pour sortir les molaires de leur alvéole.

« Plus vite !... » grogna Bellinzona que le spectacle commençait à ennuyer.

Huit minutes plus tard, tout était terminé : Homer Kloppe n'avait plus une seule dent dans la bouche. Le regard de Strohl tomba par hasard sur le plateau où gisaient dans de minuscules mares sanglantes les dents qu'il avait arrachées. Ses yeux devinrent vitreux, ses narines se pincèrent. Il s'affaissa lentement.

Bellinzona eut une vague expression de mépris. Il écarta rudement les mâchoires du banquier, introduisit son index dans sa bouche et vérifia, en un rapide glissement circulaire, que les gencives ne présentaient plus aucune aspérité : le travail avait été correctement exécuté. Satisfait, il essuya son doigt maculé sur la veste de Kloppe.

Folco Mori relâcha Ingrid et rempocha son rasoir. La jeune femme chancela sur ses jambes. En passant auprès d'elle, Bellinzona lui adressa un sourire aimable. Son énorme main ouverte se détendit soudain à l'horizontale et vint frapper de la paume, avec un claquement sec, le front d'Ingrid. Elle se tassa mollement sur le sol. Folco déverrouilla la porte du réduit où s'entreposaient les prothèses. Elle donnait sur un escalier de service qu'il descendit d'un pas tranquille, après que Pietro eut refermé soigneusement la porte derrière eux.

Une minute s'écoula. Dans le cabinet dévasté, rien ne bougea. La bande magnétique continua à tourner en dévidant du Vivaldi. Le téléphone sonna une dizaine de fois, puis se tut.

Homer Kloppe remua faiblement. Il ouvrit des yeux égarés, porta instinctivement la main à ses lèvres et constata qu'elles étaient pleines de sang.

En baissant la tête, il aperçut le corps immobile d'August Strohl. Péniblement, il fit du regard le tour de la pièce et vit Ingrid Strohl, la blouse relevée sur ses longues cuisses rondes, allongée en travers de la porte du fond.

Renonçant à comprendre pour l'instant, il se

redressa en titubant, s'aida des mains sur le rebord du fauteuil et fit quelques pas hésitants jusqu'à un miroir encadré de bronze. Sans le reconnaître, il contempla longuement l'homme qui lui faisait face en une impressionnante image inversée. Son visage était barbouillé de sang, ainsi que le linge imbibé de rouge qui lui entourait le cou. Il vit aussi du sang sourdre de sa bouche en un double filet groseille traçant deux rigoles sur sa mâchoire maculée de caillots : il bavait du sang...

Le cœur battant comme un marteau sur une enclume, il concentra ce qui lui restait de courage pour avoir la confirmation de ce qu'il savait déjà obscurément. Il ouvrit la bouche.

Ses gencives sanglantes n'étaient plus qu'une bouillie rouge dépourvue de relief. Un siècle plus tôt, quand il s'était assis dans ce fauteuil, il avait les dents les plus parfaites de la ville. Maintenant, là où elles étaient, il n'y avait plus rien. Des larmes roulèrent sur ses joues. Hébété, il s'arracha à la contemplation de l'irrémédiable désastre.

Ingrid était assise sur le tapis et le regardait en silence, les yeux dilatés d'horreur. Le téléphone sonna. Avec des gestes d'automate, l'œil fixe et absent, Ingrid, négligeant son mari qui gémissait sourdement, alla décrocher. Elle écouta sans que son expression étrange ne change, semblant ne pas entendre. Pourtant, elle tendit le récepteur à Homer Kloppe qui s'en saisit machinalement. Leurs gestes à tous deux étaient ouatés, comme effectués au ralenti.

Bien que très choqué, le banquier identifia sur-le-champ la voix qu'il ne devait plus jamais oublier, la voix d'Italo Bébé Volpone.

« Deuxième et dernier avertissement... Si les fonds ne sont pas débloqués avant une heure, je ne réponds ni de votre vie ni de celle de votre famille. »

Kloppe n'eut pas la force de cracher le gros caillot de sang qui venait de se former dans son palais. Il le déplaça du bout de la langue, tenta de maîtriser sa respiration saccadée et articula lentement d'une voix déformée par l'absence de ses dents, une voix à peine audible :

« Crève ! »

15

Ce qui lui arrivait dépassait son entendement. Depuis près de seize heures, elle était enfermée dans une chambre luxueuse, bourrée de livres sur des étagères courant le long d'un mur, ayant à sa disposition une chaîne stéréo, un téléviseur, toutes sortes de boissons et surtout, une sonnette qui faisait accourir instantanément une grosse femme sympathique prête à satisfaire la moindre de ses envies. Sauf l'essentielle : savoir pourquoi elle était là, chez qui, et jusqu'à quand.

Angela avait essayé de la faire parler. Mais la femme ne répondait que par des sourires, rigoureusement muette, se contentant d'acquiescer aux demandes concernant son confort, objets de toilette entre autres ou nourriture.

Les deux hommes qui l'avaient enlevée n'avaient pas été plus bavards. Après les deux ou trois phrases prononcées avant qu'Angela ne s'évanouisse, ils n'avaient plus ouvert la bouche. Obscurément, elle sentait que ce kidnapping était lié d'une façon ou d'une autre à son mari. Elle regretta de ne pas l'avoir questionné d'une façon plus précise sur ses activités. Toute la journée, elle avait tourné en rond dans ce palais-prison miniature, constatant que la porte d'accès ne comportait pas de poignée, pas davantage que la fenêtre de système d'ouverture. Les carreaux en verre dépoli laissaient passer la lumière mais ne lui livraient aucune autre indication.

En dehors de la grosse femme, personne n'était entré. Il devait être trois heures et demie du matin quand l'événement s'était produit. Après avoir frappé à la porte, un homme énorme était entré.

« Je viens vous présenter mes excuses pour la manière peu agréable dont mes collaborateurs vous ont amenée ici. Avez-vous tout ce qu'il vous faut ?

— Qui êtes-vous ?

— Un ami de votre mari. Mieux qu'un ami, Italo et moi sommes des associés. Je m'appelle Ettore Gabelotti. Mais je vous ai peut-être réveillée ?

— Je veux m'en aller !

— Permettez-moi d'abord de vous mettre en garde. Je viens d'arriver à l'instant. Mes instructions ont été mal transmises. J'avais demandé expressément qu'on vous explique les raisons de mon invitation. »

Le mot aurait pu être drôle en d'autres circonstances. Angela le releva.

« Invitation ? On m'a emmenée de force en me braquant une arme sur le ventre !

— Ces hommes ont été punis. Essayez de comprendre... Italo est à Zurich, vous le savez, pour une affaire commune. Il a eu le malheur de perdre son frère, pour lequel nous avions tous la plus grande estime. Or, il se peut que la mort de Genco ne soit pas tout à fait naturelle. Italo était inquiet. Aussi, quand j'ai appris que certaines personnes qui en veulent à votre mari et à moi-même avaient proféré des menaces à votre égard, j'ai jugé bon de vous faire conduire chez moi pour que vous y soyez hors d'atteinte.

— Je voudrais partir.

— Vous le pouvez si vous le voulez, mais je vous conjure de n'en rien faire. Plus tard, vous me remercierez. Lei e Italiana ?

— Lo sono, ma...

— Di dove ?

— Ecoutez, monsieur, j'ai été enlevée hier en début d'après-midi, il va être quatre heures du matin, je ne voudrais pas abuser de votre hospitalité. Croyez bien que je transmettrai à Italo la façon dont j'ai été cajolée sous votre toit. Maintenant, je vous prie de me faire raccompagner chez moi !

— Je vois bien que vous m'en voulez, mais j'ai trop d'amitié pour Italo pour vous faire courir un tel risque. J'insiste une fois de plus pour que vous m'accordiez la faveur de terminer la nuit ici. »

Angela sentit les larmes lui monter aux yeux. Elle se mordit les lèvres pour ne pas pleurer. Italo était l'arbre qui lui cachait la forêt. Elle ne voyait que lui. Ses amis étaient soit en Italie soit en Angleterre. De New York, elle ne connaissait que quelques restaurants, deux ou trois musées. Leur lit conjugal était le centre du monde. Tout ce qui était autour ne comptait pas. Mais Italo n'était pas là, et elle se sentait désespérément seule et vulnérable face à une situation incompréhensible, effrayante. Derrière les airs enjôleurs et faussement courtois de cet obèse, elle percevait très bien une puissance et une résolution impitoyables. Le danger aussi, qui paradoxalement, émanait de lui quand il souriait. Elle n'était pas femme à piquer des crises de nerfs. Elle décida de se résigner momentanément devant la fatalité. Comme elle avait peur, et parce qu'elle avait peur, elle lança avec ironie :

« Je me réveille à neuf heures, je bois mon café sans sucre et j'aime que le bacon de mes œufs soit très grillé. »

Gabelotti s'inclina autant que le lui permit son ventre.

« Je vous suis très reconnaissant d'accepter. Tout sera comme vous le souhaitez. Je vous renouvelle mes excuses. »

Angela se retourna dans son lit. Avec ses airs d'éléphant bonhomme, ce type lui avait flanqué une frousse bleue. Elle dit à voix basse :

« Italo !... Italo... Où es-tu ? »

Il était maintenant cinq heures du matin. Elle éteignit la lumière.

Tout le monde aimait bien Moshe Yudelman dans la famille Volpone. Vittorio Pizzu autant que les autres. Mais aux yeux du sotto-capo, le consigliere souffrait d'une tare grave : il était poète. Yudelman estimait en effet que la bonne parole et des négociations bien menées suffisaient à résoudre les situations les plus nouées. D'expérience, Vittorio savait que c'était faux. Venait toujours le moment où il fallait avoir recours aux armes pour imposer son point de vue et faire respecter ses intérêts. Aussi, quand Moshe lui avait fait part de son intention d'aller se refourrer dans les pattes de Gabelotti, Vittorio avait tenté de l'en dissuader, lui exposant en détail les raisons de ses craintes. Mais Yudelman n'avait rien voulu savoir.

« Ce n'est pas en nous défilant que nous réglerons quoi que ce soit.

— Si tu es assez sonné pour y retourner, tu n'en reviendras pas !

— J'y vais. Seul. Et j'en reviendrai ! Ne t'en mêle pas, Vittorio. »

Pizzu avait feint d'acquiescer. Il avait chargé Vicente Bruttore de fournir deux soldats pour suivre discrètement le consigliere. Vito Francini et Quinto Favara, blue-jeans, cheveux longs et casque de motard sur la tête, avaient enfourché une Honda de grosse cylindrée qu'ils avaient « mise en panne » après avoir noté soigneusement l'heure à laquelle Moshe Yudelman avait pénétré chez Ettore Gabelotti.

Après quoi, Vittorio avait fait fouiller New York par tous les soldats disponibles placés sous les ordres de ses trois lieutenants, Aldo Amalfi, Vicente Bruttore et Joseph Dotto. Dans chaque poste de police de la ville, un flic au moins était à la solde des Volpone. Mais Vittorio avait préféré ne pas avoir recours pour l'instant à cette filière qu'il n'utiliserait qu'au cas désespéré où Angela Volpone, dont rien ne prouvait qu'elle eût été enlevée, ne réintégrerait pas son domicile d'elle-même. Vittorio avait sa petite idée là-dessus... Deux possibilités. La première ne tirait pas à conséquence. Parmi les membres de la famille, l'amour fou d'Angela et d'Italo était l'objet constant de plaisanteries affectueuses. Avant de rencontrer Angela, Bébé Volpone jurait qu'il ne se marierait jamais. Pourchassé par des grappes de femmes, hantise des bourgeois mariés, il ne voyait pas pourquoi, pouvant les posséder toutes, il se serait morfondu avec une seule. Il avait suffi qu'Angela pose ses yeux sur lui pour qu'il l'épouse six ou sept semaines plus tard. Depuis, ils n'étaient pas restés un jour sans se voir. Métamorphosé, Italo rentrait chez lui le soir au lieu de courir les tripots jusqu'à l'aube avant de finir la nuit avec le dernier boudin rencontré sur le chemin du retour. Quant à Angela, elle voulait l'avoir en permanence à portée d'un baiser. Dans ces conditions, il n'était pas impensable qu'ignorant la nature véritable des activités de son mari, elle l'eût rejoint en Suisse sans l'en prévenir.

Le deuxième possibilité, dont malheureusement, Pizzu subodorait qu'elle était la bonne, allait faire éclater le conflit plus vite que prévu.

Don Ettore, prenant l'initiative, avait parfaitement pu s'emparer d'Angela comme d'une éventuelle monnaie d'échange. Si les choses s'étaient passées ainsi, Italo ne pardonnerait jamais l'affront infligé par Gabelotti, et leur guerre, fatalement, ne s'achèverait que par la mort de l'un ou de l'autre.

Vittorio regarda sa montre : le doute n'était plus possible. Moshe Yudelman était rentré chez Gabelotti la veille à midi. A cinq heures du matin le lendemain, il n'avait pas encore fait sa réapparition. Ou Don Ettore le gardait en otage, ou il l'avait fait descendre dans un accès de colère. Sauf durant les trois heures où il s'était endormi, gris de fatigue, Vittorio avait régulièrement reçu les appels de Vito Francini et de Quinto Favara, qui s'étaient relayés toutes les trente minutes pour lui confirmer que Yudelman était toujours à l'intérieur du bâtiment.

Avec une grimace, il décrocha pour former le nouveau numéro d'Italo à Zurich, que lui avait transmis Vicente Bruttore. Il était grand temps d'agir, mais Vittorio ne se serait pas permis de lever le petit doigt sans le feu vert de Volpone. Il eut la chance de l'avoir immédiatement en ligne.

« Vittorio à l'appareil...

— Où étais-tu, connard ! Je t'ai cherché partout ! Angela ! Où est Angela ?

— J'ai fait quadriller New York. Pas encore de nouvelles, Padrone... On continue... »

Bien qu'il fût séparé de lui par des milliers de kilomètres, Pizzu sursauta devant l'explosion de rage de Volpone.

« Je veux ma femme, tu m'entends ! Je veux ma femme !

— Oui, Padrone. »

D'une voix vibrante de fureur, Volpone hurla :

« Je vous crèverai tous si on lui a fait du mal ! Tous ! Toi y compris ! Tu réponds d'elle sur ta tête ! »

Pizzu déglutit avec difficulté.

« J'avais pensé.. hasarda-t-il.

— Ne pense pas ! Trouve-la !

— Oui, Padrone. Je vais la trouver. Mais je m'étais demandé... Angela ne peut pas se passer de vous... Peut-être a-t-elle cherché à vous rejoindre ?...

— Elle me l'aurait dit ! Angela me dit toujours tout ! Puisque tu te vantes de penser, Gabelotti, tu y a pensé ?

— Oui.

— Alors ? Qu'est-ce que tu attends pour lui rentrer dedans ? Où est Moshe ?

— Chez Gabelotti.

— Le con ! Depuis quand ?

— Depuis hier midi.

— Mais tu es cinglé ! Vous êtes tous cinglés ! Tu veux un dessin ? Porco Dio di merda ! Pendant que je me casse le cul ici !

— J'attendais vos ordres, Padrone...

— Tu n'es pas là quand je te les donne ! Prends Amalfi, Bruttore, Dotto ! Ramenez-moi Yudelman !

— D'accord... »

Et pour mieux montrer à Italo que désormais,

aucune équivoque ne subsistait sur la hiérarchie, Vittorio Pizzu ajouta :

« D'accord, Don Volpone. »

Le problème qui agitait le lieutenant Blesh, mélomane subtil, était du même ordre qu'en musique, celui de la « note résolutoire », ce fameux « ut » qui clôt la gamme en do lorsqu'on l'a développée, et dont l'oreille humaine ne peut se passer sans malaise. L'esprit humain est ainsi fait qu'il a besoin d'une chute, d'un ultime maillon qui ferme la boucle, dans une mélodie, un tableau, ou en logique pure. Or, les questions que se posait Blesh restaient sans réponse : une jambe servait de trophée à une locomotive sans que l'on découvre le corps de son propriétaire, un flic américain s'évanouissait dans la nature sans payer sa note d'hôtel et son collègue — dont les prises de sang effectuées à l'autopsie avaient prouvé qu'il n'avait rien bu — s'écrasait sur la marquise du Sordi's après une chute de huit étages. Tout cela en plein Zurich et en cinq jours à peine.

Depuis leur dernier entretien, le capitaine Kirpatrick ne l'avait plus rappelé et Fritz Blesh s'acharnait à découvrir, dans des faits épars sans liaison apparente, les rapports de cause à effet propres à lui faire retrouver son confort intellectuel. A son avis, il s'agissait d'une affaire de drogue dont les protagonistes, policiers étrangers et membres de la Maffia, avaient choisi le territoire helvétique pour en découdre.

Ce n'était pas tout. La veille, un de ses inspecteurs l'avait prévenu qu'une bagarre à armes à feu s'était déroulée dans la chaufferie du Commodore. Des employés du palace avaient été alertés par un nuage de vapeur provenant des sous-sols. Dans l'une des chaudières percées, on avait découvert plusieurs projectiles actuellement au laboratoire des services municipaux de la police où l'on s'efforçait de situer leur provenance. D'autres impacts de balles parsemaient la chaufferie. Dans le palace, personne n'avait rien entendu. Un jet de sang maculait la chaudière et certains emplacements de l'un des murs et du sol. Pourtant, ni blessé ni cadavre...

Blesh, qui n'avait confiance qu'en lui-même, se promit de se rendre sur les lieux pour y faire une enquête complémentaire. En attendant, il convenait de parer au plus pressé. Il vérifia sur son carnet le numéro de téléphone du directeur du service des douanes. Désormais, aucun citoyen américain dont le nom aurait une consonance italienne ne pourrait entrer en Suisse sans qu'il en fût averti. Quant à ceux qui voudraient sortir du pays, on les retiendrait discrètement à la frontière sous un prétexte quelconque, le temps de voir s'ils étaient venus y faire du tourisme.

Ce n'était pas tellement la moto, qui avait attiré l'attention de Mauro Zullino, mais les deux types casqués et bottés de cuir qui faisaient des va-et-vient entre leur engin et un pub ouvert la nuit, situé cinquante mètres plus loin.

Mauro Zullino était un « punk » de la famille Gabelotti. Il prenait indifféremment ses ordres des trois capiregime de Don Ettore, Carlo Badaletto, Frankie Sabatini, Simeone Ferro, ou alors, dans les grandes occasions, de Thomas Merta lui-même, qui les commandait tous. L'appartement privé de Don Ettore s'étendait sur cinq cents mètres carrés au huitième étage. A l'étage au-dessous, la même surface était réservée à l'accueil des visiteurs, aux bureaux et à un corps de garde où veillaient nuit et jour les soldats chargés d'assurer la sécurité du Don. On ne pouvait accéder au huitième que par un ascenseur privé dont l'entrée restait sous le regard des soldats. Nul ne pouvait l'emprunter sans passer à la fouille, en dehors de quelques rares personnages, avocats, hommes d'affaires ou politiciens, ayant des rapports professionnels avec le Syndicat.

L'immeuble entier appartenait à une société immobilière contrôlée par Don Ettore. Thomas Merta avait tenu à ce qu'une pièce du premier étage fût consacrée à une surveillance permanente de l'entrée principale. Ainsi, le repaire était protégé comme un château fort. Rien de ce qui se passait dans la rue ne pouvait échapper au guetteur du premier étage, qui transmettait tout mouvement suspect aux soldats du septième.

Peut-être pour la sixième fois en quatre heures depuis le début de sa garde, Mauro Zullino vit l'un des deux motards revenir du pub et adresser quelques mots à celui qui tripotait le carter de la Honda. L'homme se releva et partit en direction du pub. Zullino, intrigué par leur manège plutôt anormal à cinq heures du matin, décida d'en prévenir l'homme de veille au septième. S'il ne l'avait pas fait jusqu'à présent, c'est d'abord parce qu'il avait regardé des westerns à la télé en buvant de la bière, mais surtout par crainte de se faire engueuler en dérangeant pour rien ceux de l'étage noble. Il décrocha l'interphone et raconta l'histoire : il se fit incendier.

Non pour avoir mentionné l'incident, mais pour ne pas l'avoir signalé plus tôt.

« Manuella...
— Mademoiselle Renata ?
— Pourquoi est-ce que je l'épouse ? »
Manuella déposa en pouffant son plateau du petit déjeuner sur le lit de Renata.
« Vous me demandez ça tous les matins. Je vous fais toujours la même réponse.
— Elle est mauvaise, dit Renata en faisant bouffer ses cheveux. Je ne l'aime pas. Vous avez une lettre de votre Julio aujourd'hui ?
— Pas encore. Peut-être cet après-midi.
— Vous avez oublié le poivre.
— Je l'oublie tous les matins.
— Renvoyée ! Manuella...
— Mademoiselle ?
— Qu'est-ce que vous vous racontez ?... Dans vos lettres ? »
Manuella réfléchit un instant.
« Ma foi... Je lui dis qu'il me manque... »
Renata se demanda si elle aurait pu formuler une phrase pareille à l'égard de Kurt ? Non, ce n'était pas possible. Elle n'aurait jamais pu écrire des mots pareils.
« Et lui, qu'est-ce qu'il vous dit ?
— La même chose ! » dit Manuella en riant.
Renata aurait voulu comprendre l'essence du lien rattachant deux êtres l'un à l'autre quand ils s'aimaient : était-ce ça, l'amour, pouvoir répéter à l'infini les mêmes mots usés, souillés par trop de bouches, mais perçus par l'oreille de l'autre comme s'ils étaient neufs ?
« Ça doit être monotone...
— Ah ! non, mademoiselle. C'est tellement bon de le savoir, d'en être sûre ! Et Julio est comme

moi. Il a besoin que je lui parle. Si vous saviez comme votre robe est belle ! C'est aujourd'hui, vous savez...

— Oui, c'est aujourd'hui.

— Quel mariage fantastique !

— Oui, dit Renata. Vous m'apportez le poivre ? »

« Ce ne sont pas des flics, dit Thomas Merta, mais des punks de Volpone ! Après ce qu'il a fait à Rico Gatto, on va se les farcir ! »

Après l'appel de Mauro Zullino, Giuliano Matarella et Nitto Crisafulli, les deux soldats de garde au septième étage n'avaient même pas eu à réveiller le sotto-capo. Pendant que Don Ettore et Angelo Barba allaient se reposer chacun de son côté, Thomas Merta avait veillé avec Frankie Sabatini, Simeone Ferro et Carlo Badaletto. Deux heures et demie plus tôt, à trois heures du matin, ils avaient assisté, tête baissée, à la plus fantastique crise de fureur qui ait jamais secoué Ettore Gabelotti.

« Un faux numéro ! hurlait le Don. Ce pourri de fumier de minus de crevure de merde d'O'Broin m'a donné un faux numéro ! Lui ! A moi ! »

Figés, ses trois lieutenants, ses deux consigliere et Thomas lui-même avaient fait des vœux pour que l'orage passe rapidement. Dans les cas extrêmes, Gabelotti était capable de n'importe quoi, notamment de s'en prendre injustement à ses propres hommes. Carlo Badaletto avait joué les têtes de Turc.

« Tu voulais descendre Yudelman ! Tu voulais flinguer Angela Volpone ! Pauvre type ! C'est de l'intérieur que je suis trahi, par des salauds que je nourris ! Je le savais bien, moi, qu'Italo était trop con pour nous doubler ! Si je vous avais écouté, j'aurais dû bouffer toute la famille Volpone ! Vous êtes des incapables ! Maintenant, il va se croire obligé de nous faire payer l'enlèvement de sa femme et de Yudelman ! Et pendant ce temps, deux milliards de dollars dorment toujours en Suisse où un connard quelconque de la Securities and Exchange Commission finira bien par les renifler ! Pendant que vous voulez jouer aux petits soldats, à la guerre ! »

Carlo Badaletto avait eu le tort de risquer une remarque.

« Don Ettore, si Italo est aussi blanc que vous voulez bien le dire, je me permets de vous reposer la question : qu'est-ce qu'il fout à Zurich ? »

Gabelotti le foudroya d'un regard haineux :

« Ferme ta grande sale gueule de crétin ! »

Ses bajoues prises de tremblement, il alla se planter devant son lieutenant :

« Tu as encore quelque chose à dire ? Tu m'entends ?... Parle ! »

Badaletto comprit qu'il allait le tuer s'il ouvrait la bouche. Il secoua humblement la tête, mit ses mains derrière son dos et alla contempler sans le voir un tableau représentant des dockers déchargeant des agrumes, s'attendant à chaque instant à recevoir une balle dans la nuque. Quatre ans plus tôt, Don Ettore avait tiré à bout portant sur un punk qui s'était permis de lancer une plaisanterie ironique au moment où il se faisait vertement sermonner pour n'avoir pas suivi ses consignes. Le punk, l'épaule fracassée par la balle, avait eu la force de se mettre à genoux pour présenter des excuses et baiser la main de Gabelotti avant de perdre connaissance et d'être conduit par ses camarades chez le médecin de la famille. Seul, son geste de contrition lui avait sauvé la vie.

« Je vais voir Angela Volpone pour tenter de réparer vos conneries ! »

Gabelotti était sorti en coup de vent, les yeux injectés de sang autant par le manque de sommeil que par la colère. Ses lieutenants avaient échangé un regard gêné : Don Ettore était-il assez naïf pour s'imaginer que l'affront pourrait être lavé avec de bonnes paroles ?

« Frankie, tu sors la Buick du garage, dit Thomas. Tu passes devant eux sans les regarder et tu fonces. Dès que tu es hors de portée de leur vue, reviens de l'autre côté du bloc et range-toi dans une transversale sans arrêter ton moteur. A partir de l'instant où tu sortiras d'ici, compte sept minutes. Simeone, dans six minutes et demie, mets-toi au volant de la Pontiac, débouche lentement dans la rue, fous-leur pleins phares dans la gueule pour qu'ils te repèrent et va droit sur eux en accélérant. Ils vont sauter sur leur foutue moto et filer. Frankie, quand tu les verras venir, démarre et écrase-les. »

Il regarda sa montre.

« Prêts ? Frankie, à toi ! »

Quinto Favara arriva du pub en pressant le pas, gêné dans sa marche par sa tenue de motard. Quand il fut à portée de voix de Vito Francini, il lui jeta :

« Je viens d'avoir quelqu'un chez Vicente ! On fout le camp ! »

Il rabaissa la visière de son casque d'un geste sec et enfourcha le tansad. Vito Francini ne perdit pas son temps à lui demander des explications. Il actionna le « kick » de la Honda dont le moteur se mit instantanément à ronronner. Il débraya légèrement, enclencha la première, donna un coup de reins pour libérer la béquille et démarra. Il sentit que Quinto lui tapait sur l'épaule et se retourna. Derrière eux, une grosse conduite intérieure noire se dirigeait dans leur direction en accélérant puissamment, tous phares allumés. Vito, avec un sourire, donna les gaz : aucune voiture au monde, fût-ce une formule Un, ne pouvait s'accrocher au démarrage dans le sillage d'un gros cube. La moto la laissait littéralement sur place. Jusqu'à ce qu'elle eût atteint deux cents kilomètres à l'heure. Après quoi, l'écart se stabilisait et la voiture refaisait la différence.

Vito arracha la Honda dans une accélération sauvage qui contraignit Quinto à se coller au dos de Francini, les bras noués autour de son thorax. En six secondes, le compteur marquait cent soixante et la rue défilait autour d'eux à la vitesse d'un toboggan fou. Le jour ne se lèverait pas avant une heure. Aucune circulation. Vito passa la quatrième dans un rugissement. Alors, à quatre-vingts mètres devant lui, à l'angle de la première intersection, Francini vit avec horreur le capot d'une autre voiture noire déboucher lentement de la transversale pour lui couper la route.

Trop tard pour freiner, il fallait passer. La berline, une Pontiac, restait immobile, barrant le quart de la chaussée environ. Francini comprit la manœuvre : dès que la Honda voudrait s'engouffrer dans le trou laissé par la Pontiac, son pilote n'aurait qu'à bondir en avant pour que la moto percute son véhicule.

En un dixième de seconde, Vito décida que la seule chance de s'en sortir était de feinter. Il braqua à gauche pour mieux faire croire qu'il tombait dans le piège. Comme prévu, la Pontiac avança de cinq mètres pour boucher le passage encore libre. Ce qu'attendait Vito. Il repassa en troisième à la volée, bloqua la manette des gaz pour se propulser avec plus de violence encore et jeta sa machine sur la droite. Il croyait avoir réussi à se faufiler quand le bout de la béquille effleura la pointe du pare-chocs arrière de la Pontiac. Francini se cambra pour rétablir l'équilibre. Un poil de trop. Le pneu avant de la Honda frôla le trottoir sur sa droite. La moto tangua et s'envola à près de cent quatre-vingts sur les façades de béton qui vinrent exploser au visage de Francini et de Favara.

Chimène n'avait pas voulu en parler à Homer, mais plus l'heure du mariage approchait, plus grandissait son angoisse. Quand Renata lui avait raconté en riant la façon dont elle quitterait la cérémonie avec Kurt, elle avait fait chorus. Pour ne pas avoir la sensation de se sentir « dépassée », elle feignait d'approuver sans réserve les idées les plus extravagantes de sa fille. Chimène redoutait par-dessus tout d'être à la traîne, de faire « démodée ».

Et puis, au cours de la nuit, elle avait fait ce cauchemar : l'hélicoptère enlevait la nacelle où les jeunes mariés, radieux, faisaient de grands signes d'adieux à la foule des invités restés sur les terrasses et sur le toit. L'appareil s'élevait lentement pendant que les applaudissements de la foule crépitaient si forts qu'ils en couvraient le bruit du moteur.

Et soudain, un cri de terreur immense : le filin cassait ! La nacelle, curieusement, restait en équilibre entre ciel et terre, puis, se mettant en mouvement, elle se rapprochait du sol avec le balancement hésitant d'une feuille morte. A son bord, comme si de rien n'était, Renata et Kurt continuaient à saluer de la main. Alors, la nacelle remontait vers le ciel à toute allure et retombait comme une pierre pour s'écraser sur le toit de la Trade Zurich Bank.

Chimène se demanda qui pourrait lui donner le sens de ce rêve : un pasteur, un psychiatre ou une diseuse de bonne aventure ?

Après avoir parlé à Angela, Gabelotti avait regagné sa chambre : s'il continuait à ne pas dormir, il allait devenir hystérique. Les dispositions qu'il allait devoir prendre dans la journée à la lueur de la trahison d'O'Broin ne souffraient pas l'improvisation. Il était nécessaire qu'il fût calme et reposé. Malheureusement, le sommeil ne vint pas. A cinq heures trente, sans avoir réussi à fermer l'œil, il passa en robe de chambre directement de son lit dans le salon, maussade, d'humeur féroce et meurtrière : ce n'était pas le moment ! Il convenait au contraire d'amadouer Yudelman afin de ramener la paix entre les deux familles — en tout cas jusqu'à ce que soit arrivé à terme l'opération OUT. Malgré les prétentions au pouvoir de Bébé Volpone, Yudelman, et lui seul, était et resterait le cerveau de la famille. Italo n'avait ni l'expérience ni le sang-froid nécessaires pour se maintenir longtemps à la tête de son clan. Derrière lui, personne pour prendre la succession. Ce qui ouvrait de bien belles perspectives, au jour prochain où la Commissione se réunirait pour statuer sur le sort de Volpone dont les responsabilités de « capo » représentaient un danger pour l'ensemble du Syndicat.

« Allez me chercher Moshe ! » dit Gabelotti d'un air écœuré.

Thomas Merta lui présenta un pot de café et une pile de tartines beurrées par Carlo Badaletto, anxieux de retrouver les bonnes grâces du Don. Ettore en engouffra machinalement quelques-unes qu'il trempa dans le café. Badaletto revint en compagnie de Yudelman. Apparemment, le consigliere n'avait pas dormi davantage que les autres. Il avait le teint plombé, le regard terne, des poches sous les yeux. Sa façon de bouger exprimait le découragement et la défaite.

Don Ettore lui donna une claque amicale sur l'épaule.

« Moshe, pardonne-moi de t'avoir réveillé si tôt ! Veux-tu me faire le plaisir de prendre une tasse de café en ma compagnie ? »

Gabelotti la servit lui-même et poussa vers Yudelman le plateau de tartines.

« Il est temps que je te donne des explications. Je te les dois, Moshe. Je te demande de croire sur parole ce que je vais te dire devant témoins. »

Carlo Badaletto et Thomas Merta échangèrent un bref regard de surprise.

« Nous sommes associés, Moshe. Ce qui arrive à l'un de nous concerne tous les autres, quelle que soit la famille à laquelle il appartienne. Cette affaire nous a tous mis à cran. Regarde-moi, je n'ai pas dormi du tout. Pourquoi ? Parce que j'ai réfléchi. Il y a des choses que tu ignores et que je ne voulais pas te confier avant d'avoir réglé notre affaire. Et aussi pour ne pas t'inquiéter. Hier, j'ai été prévenu par deux de mes hommes qu'on allait essayer d'enlever Angela Volpone. Tu te doutes pourquoi... Qui aurait porté le chapeau aux yeux de son mari, hein ?... Moi ! Don Ettore ! On cherche à nous diviser, Moshe ! Il y a eu des fuites !

Pas mal de gens ont intérêt à ce que nos familles se fassent la guerre... »

Gabelotti jeta un œil courroucé sur Badaletto.

« Et alors ? Les tartines ? Tu vois bien qu'il n'y en a plus ! »

Carlo s'éclipsa.

« La mort de Don Genco, poursuivit Gabelotti, éveille bien des convoitises. Aussi, quand j'ai appris cette histoire d'enlèvement, je t'avoue que j'ai eu peur ! Je n'ai eu qu'une idée en tête : protéger la femme d'Italo ! J'ai immédiatement envoyé deux de mes soldats chez elle pour la mettre à l'abri sous mon propre toit. Tu m'approuves ? »

Pour ne pas s'étrangler, Yudelman plongea la tête dans son bol de café. Quand il estima avoir récupéré suffisamment, il dit avec gravité :

« On ne pouvait pas mieux agir, Don Ettore. Je vous félicite de votre prudence et je vous remercie au nom d'Italo.

— Ce genre de service est tout naturel entre nous ! protesta Gabelotti sans broncher. Cette nuit, j'ai expliqué à Angela le sens de ma démarche. Certes, et je la comprends, elle aurait préféré rentrer chez elle. Elle est jeune, impulsive, et après tout, elle ne me connaît pas. C'est vrai ! Que suis-je pour elle sinon un « rifardu », un étranger ? J'ai insisté pour qu'elle me fasse l'amitié de terminer la nuit sous mon toit. Elle a accepté. Tu la verras tout à l'heure quand elle se réveillera. »

Yudelman aurait pu demander à Don Ettore pourquoi il l'avait séquestré lui-même. Il s'en garda bien. Un élément nouveau était intervenu, qui poussait Gabelotti à faire la paix.

« Pendant que je dormais, Don Ettore, êtes-vous entré en contact avec la banque ?

— J'ai essayé, Moshe... J'ai essayé, mentit le Don l'œil dans l'œil. Kloppe n'était pas là. Je n'ai pas voulu communiquer le numéro à un sous-fifre. Je le rappellerai dans un moment. »

Gabelotti quitta sa chaise et fit quelques pas vers la fenêtre. Il jeta un regard distrait dans la rue, huit étages plus bas. A deux cents mètres, à l'angle du carrefour, il vit des flics en uniforme tracer des marques à la craie sur le trottoir où gisaient deux formes humaines sous le provisoire linceul d'une couverture. Il se tourna vers Thomas Merta :

« Qu'est-ce que c'est, ces flics, en bas ? »

Merta haussa les épaules avec fatalité.

« Un accident de moto, Don Ettore. Les mômes conduisent comme des dingues, aujourd'hui... »

Un murmure d'admiration, flatteur et discret, accueillit Louis Philippon lorsqu'il fit son entrée dans la cuisine. Ses collaborateurs et disciples suspendirent un instant leur activité, fascinés par son blazer de cachemire noir, sa cravate club à rayures jaunes, le pli parfait de son pantalon en flanelle anthracite, le bleu tendre de sa chemise rehaussé par un carré de soie parme dépassant de sa pochette. Philippon soutenait que la cuisine est un art qui se pratique en smoking, comme la musique de chambre. Dans le feu de l'action, il apparaissait, impeccable et lointain, évoluant entre les marmites dans ses complets de grand faiseur, sans que le beurre, les odeurs diverses ou la fumée ne dérangent l'ordonnance parfaite de sa mise. Alors qu'autour de lui, ses aides, maculés de graisse, transpirant, suffoquaient devant leurs fourneaux.

« Eh bien ? » demanda-t-il, faisant semblant d'ignorer pourquoi ses élèves le dévisageaient.

Il s'empara de quelques crevettes grises déjà décortiquées et les hacha en fragments pas plus gros qu'un grain de riz. Il mit une noix de beurre et un morceau d'échalote dans une petite casserole, et plongea un œuf, après s'être assuré qu'il n'était pas fêlé, dans de l'eau bouillante. Au bout de trois minutes, il retira l'œuf, en détacha le chapeau dont il remplaça le blanc, évidé à l'aide d'une petite cuiller, par les fragments de crevette. Il dressa l'œuf dans un coquetier et par-dessus, retourna d'un geste prompt la coquille emplie de crevettes. Il tailla ensuite dans une flûte de pain deux mouillettes effilées, posa un napperon immaculé sur un coin de table et s'attabla pour déguster son œuf.

Louis Philippon ne concevait pas de préparer les mets des autres sans avoir lui-même absorbé quelque chose de délicat.

Vittorio Pizzu avait bien prévenu ses lieutenants :

« C'est un travail pour nous, pas pour nos soldats. Italo y tient et moi aussi ! Il s'agit d'une question d'honneur. Nul ne peut toucher un membre de la famille sans risquer sa propre peau. »

Aldo Amalfi, Vicente Bruttore et Joseph Dotto avaient approuvé sans réserve. Leurs fonctions enviées de capi les vouaient davantage à une tâche d'administration du meurtre qu'au meurtre lui-même. La violence et la mort avaient été leur lot pendant leurs jeunes années d'apprentissage. Elles leur manquaient.

« Ils détiennent Moshe. Il est probable qu'ils ont également enlevé Angela Volpone.

— On descend aussi Gabelotti? demanda Amalfi.

— On descend tout ce qui nous résiste. Vicente, envoie immédiatement quatre soldats sur place. Habille-les en boueux. Ils s'installeront sur une benne à ordures et balaieront le trottoir en couverture. Qu'ils prennent des mitraillettes et des grenades. »

Bruttore acquiesça. La benne ne posait aucun problème. A chaque échelon de l'articulation urbaine, la famille Volpone entretenait grassement à longueur d'année des hommes prêts à lui rendre service sans chercher à comprendre. Le concierge du dépôt central des véhicules de la voirie de New York était un de ces hommes-là.

« Je vais prévenir », dit Bruttore.

Ils avaient fait ensuite un rapide briefing pour se répartir leurs rôles. Maintenant, ils franchissaient à pied les derniers mètres les séparant de l'immeuble de Don Ettore. La voiture qui les avait emmenés était rangée un peu plus haut, un chauffeur au volant, dont les consignes étaient de s'avancer doucement jusque devant l'entrée de l'immeuble afin de les récupérer dès que l'opération serait terminée.

Vittorio vit les éboueurs passer un balai négligent devant le porche. Ils étaient quatre et feignirent de ne pas remarquer Pizzu, Bruttore, Dotto et Amalfi qui s'avançaient vers eux. Rangée contre le trottoir, une benne de ramassage d'ordures marquée aux couleurs municipales. Pizzu fit un clin d'œil approbateur à Vicente Bruttore. Il ne put s'empêcher de tressaillir en apercevant la voiture de flics. Le jour n'était pas encore levé, et le gyroscope juché sur le toit jetait par intermittence de brefs éclats de lumière dure.

Vittorio jeta un regard interrogateur à l'un des éboueurs.

« Accident de moto, dit-il entre ses dents sans

cesser de manipuler son balai. Vous pouvez y aller... »

Vittorio fronça les sourcils.

« Tu as bien dit à Francini et à Favara de rentrer ? demanda-t-il à Bruttore.

— Oui, pourquoi ?

— Pour rien... On y va ! »

Sans qu'ils pussent le savoir, ils bénéficièrent à cet instant d'une grande chance. D'instinct, ils avaient rasé les murs pour atteindre l'immeuble. Or, dans le bureau du premier étage, Mauro Zullino, qui avait signalé les deux motards à Guiliano Matarella et à Nitto Crisafulli, les gardes du septième, faisait toujours le guet à sa fenêtre. Mais son attention s'était relâchée. Il avait été le témoin admiratif de la façon magistrale dont les hommes de Don Ettore s'étaient débarrassés des motards. Du coup, il avait fermé son poste de télé : le réel, c'est tout de même autre chose ! Il contemplait vaguement l'activité des flics qui avaient enfourné les corps dans une ambulance et s'apprêtaient à quitter les lieux. Tout était calme dans la rue. Sous la fenêtre, quelques types en salopette rouge et gants de caoutchouc jaunes vidaient les boîtes à ordures et balayaient le trottoir. Quand Pizzu et ses trois lieutenants se glissèrent par la porte d'entrée, Mauro Zullino avait la tête tournée de l'autre côté et ne les vit pas.

Dans l'ascenseur qui les propulsait au septième étage, Amalfi, Bruttore, Dotto et Pizzu n'échangèrent pas un mot. Ils savaient que la porte de l'ascenseur donnait directement dans l'antichambre où devaient veiller en permanence deux soldats au moins. Des réflexes de ces hommes dépendait le succès de leur expédition...

L'ascenseur s'arrêta à l'étage dans un soupir. Deuxième coup de chance : Matarella et Crisafulli ouvrirent la porte sans méfiance, persuadés qu'il s'agissait de leurs capiregime, Frankie Sabatini et Simeone Ferro, retour de leur excursion punitive contre les motards. A peine la porte était-elle entrebâillée que Vittorio Pizzu, qui se présentait le premier, leur logea à chacun une balle dans la tête. Ils s'effondrèrent, le visage plein de sang, pendant que Dotto, Bruttore et Amalfi bousculaient Pizzu pour se catapulter dans le salon, un revolver dans la main droite, une grenade dans la gauche. Instantanément, ils eurent une vision glogale de ce qui se passait dans la pièce. Au bruit des détonations qui avaient précédé leur irruption d'une seconde, Gabelotti, qui mâchait une tartine, n'avait pas eu le temps de l'avaler. Carlo Badaletto, jambes à demi fléchies, plongeait la main sous son veston, ainsi que Thomas Merta, dont l'arme était presque sortie. Mais à la vue de Pizzu et de ses hommes, ils suspendirent instantanément leur geste et se figèrent comme des statues. Assis face à Don Ettore, Moshe Yudelman, livide, se dressa soudain comme un diable de sa boîte et hurla :

« Ne tirez pas !

— Ça va, Moshe ? » demanda Vittorio sans que le canon de son Smith and Wesson Parabellum 39 ne dévie d'un millimètre de la cible vers laquelle il était pointé, le cœur de Gabelotti.

Moshe secoua affirmativement la tête. Don Ettore se tourna vers lui et lui lança avec une expression peinée :

« Moshe, tes amis ont une drôle de façon de pénétrer dans ma maison. Est-ce toi qui les as invités ? »

Il se rassit froidement et but une gorgée de café.

« C'est un malentendu, dit Moshe.

— Où est Angela Volpone ? demanda Pizzu, le regard mauvais.

— Elle dort... si toutefois vous ne l'avez pas réveillée. Moshe, explique-leur...

— C'est exact, dit Yudelman.

— Allez la chercher ! ordonna Pizzu.

— Carlo !... dit Gabelotti.

— J'y vais, Padrone !

— Ne bouge pas ! jeta Pizzu. Aldo, va avec lui ! »

Amalfi enfonça son pistolet dans les reins de Badaletto et le poussa vers la sortie.

Ettore Gabelotti, qui reniflait l'odeur de la mort, savait très bien qu'à ce moment précis, sa peau ne valait pas deux *cents*. Il affecta pourtant un air outragé malgré la terreur qui lui faisait trembler les jambes.

« Maintenant, messieurs, j'exige des explications immédiates pour votre attitude inamicale !

— Nous avons fait la paix ! lança Moshe précipitamment. Rangez vos armes ! »

Personne ne bougea.

« Possible », dit Pizzu.

Et s'adressant à Gabelotti :

« Vos deux types dans l'entrée ont voulu nous tirer dessus sans raison. Ils sont morts. »

Don Ettore leva les yeux au ciel et dit à Moshe sur un ton de reproche :

« Ce n'est pas de chance ni pour eux ni pour nous. Giuliano Matarella et Nitto Crisafulli étaient précisément les soldats qui allaient me livrer le nom des salauds qui voulaient enlever Angela Volpone ! »

Après avoir dicté sa lettre, Italo Volpone lui-même avait enchaîné de nouveau Ines à son radiateur. Orlando et lui étaient passés dans le salon.

« Si ses foutus cousins viennent, qu'est-ce que je fais ? avait objecté Lando.

— Tu la détaches. Tu t'assieds dans un coin. Si quoi que ce soit te paraît suspect, tire à tout va à travers ta poche. Ta négresse est grillée. Je la garde en réserve quelques heures encore mais qu'est-ce que tu veux qu'on en fasse ? Elle n'est pas des nôtres. Elle parlera. »

Orlando s'était mordu les lèvres. Il ne pouvait pas s'opposer à l'exécution éventuelle de sa maîtresse, mais pour rien au monde, il n'y aurait donné la main.

« J'ai des projets pour toi, avait enchaîné Volpone. Bellinzona va venir te relever d'une minute à l'autre. Il termine un travail que je lui ai confié. Tu vas rentrer chez toi, te raser, te changer et te faire beau. Il faut que tu sois en pleine forme. J'ai besoin que tu séduises quelqu'un.

— Qui, Padrone ?

— La fille du banquier, Renata Kloppe. »

Malgré le respect qu'il portait à Italo, Lando l'avait regardé comme un Martien.

« Mais Padrone, elle se marie cette nuit ! Toute la ville en parle !

— Raison de plus pour me montrer ce que tu sais faire !

— La veille de son mariage ? Franchement, Padrone, quelle importance pour nous que je la baise ou non ?

— Ne discute pas ! avait répliqué sèchement Volpone avec un air mauvais. Baise-la d'abord, je m'occuperai du reste !

— Bien, Padrone... »

Il alla se regarder dans une glace. Il n'était pas rentré chez lui depuis la veille et faisait plutôt homme des bois, avec sa gueule pas rasée et sa chemise fripée. La baiser... Facile à dire... Il ne savait même pas à quoi ressemblait cette pouffiasse. En outre, il n'avait pas la tête à ce genre d'exercices, le sort d'Ines l'inquiétait.

Il réfléchissait à la meilleure façon de s'habiller pour se mettre en valeur lorsqu'on sonna à la porte : trois coups brefs, deux coups longs, selon le code convenu entre les membres de la famille. En pénétrant dans la pièce Pietro Bellinzona lui adressa un sourire canaille.

« Où est-ce qu'elle est, ta beauté ? Je me la referais bien !

— Dans sa chambre. Attachée. Italo ne veut pas qu'on y touche. »

Au ton froid de sa voix, Pietro arbora un air de surprise.

« Tu m'en veux de l'avoir sautée ?

— Non.

— Service commandé ! Je l'ai pas abîmée, tu sais... Sans vouloir te vexer puisque c'est ton tapin, avec ce qu'elle a dû avaler comme bittes, une de plus, une de moins... »

Lando haussa les épaules.

« D'accord, laisse tomber... Il se peut que deux frères à elle viennent lui rendre visite. »

Bellinzona le dévisagea, interloqué.

« Ici ? Non, mais tu es cinglé ?

— Volpone est au courant.

— Il t'a permis de laisser entrer des types ici ?

— Oui. S'ils se pointent, tu la détaches et tu ouvres l'œil.

— C'est des bougnouls ?

— Des diplomates.

— Diplomates, mes fesses !... Des nègres ! Qu'a dit Italo exactement ? Qu'est-ce que je dois faire ? »

Lando hésita une seconde. A regret, il lâcha la vérité.

« Si quelque chose te paraît suspect, tire dans le tas.

— Si ça continue, on va avoir tous les flics du pays sur le dos ! Sans parler des Américains... Fallait pas laisser venir ces singes ! »

Lando fit face, les traits tirés par la colère.

« Arrête de me dire ce qu'il faut ou ce qu'il faut pas ! Ils m'ont pas demandé mon avis ! C'est elle qui les a eus au téléphone, pas moi !

— Mais dis donc, ironisa Pietro, tu es mordu !

— Tchao ! dit Lando en prenant sa veste sur le dossier d'une chaise.

— Une seconde, intervint Bellinzona. Montre-la-moi d'abord. »

Avec irritation, Lando ouvrit la porte de la chambre.

« Bonjour, poupée, dit Pietro.

— Si on l'appelle, tu la laisses parler. Tu prends l'écouteur. Ordre d'Italo.

— Et si elle veut aller faire pipi, elle fait par terre ? »

Lando lui tendit la clef des menottes. Eclatèrent alors de grands coups frappés sur la porte, accompagnés de rires et de cris joyeux.

« Merde, les voilà ! » dit Lando en plongeant la main dans sa poche.

Bellinzona l'imita. Avant qu'ils aient pu réagir, Ines hurla sur un ton de bonne humeur et de surprise :

« Hey boys ! I'm coming ! »

Bellinzona lui jeta un regard furibond.

« Dis que tu es occupée ! Je te laisse cinq minutes pour les foutre dehors ! Après, je le fais moi-même ! »

Pour donner plus de poids à son discours, il exhiba le Walther PP enfoui dans sa poche. Lando s'agenouilla pour débloquer la fermeture des menottes. En deux bonds, Bellinzona se retrouva assis dans un fauteuil près de l'entrée, la main droite dans sa poche, un magazine sur les genoux. Lando, remorquant Ines à sa suite, s'installa sur un canapé et la poussa en avant :

« Va ouvrir ! »

Sans se presser, Ines fit jouer le loquet de sécurité. Dans l'encadrement, ne fut visible pendant une seconde qu'une immense gerbe de lilas. Puis deux types invraisemblables courbèrent la tête pour passer sous le chambranle. Avec ahurissement, Bellinzona regarda leurs pieds pour voir s'ils étaient montés sur des échasses. Nouveau choc : il s'agissait bien de leurs jambes, et les deux Noirs devaient facilement chausser du cinquante-deux ou du cinquante-trois. Pour se persuader qu'il ne rêvait pas, Bellinzona se mit debout : pour la première fois de sa vie, son mètre quatre-vingt-huit lui parut dérisoire, ses quatre-vingt-dix-huit kilos, bien légers. Il échangea avec Lando un regard de stupéfaction. Debout, la crête des cheveux de Baretto devait à peine arriver à la hauteur du nœud de cravate du plus petit, vêtu d'une veste de tweed moutarde, chemise blanche et pantalon de flanelle. L'autre était en blue-jeans, baskets, blouson et tee-shirt. Ils laissèrent tomber leurs bouquets, prirent Ines dans leurs bras, et à tour de rôle, lui firent exécuter quelques pas de valse en criant de rire et en lui balançant des claques amicales sur les épaules.

« Salauds de nègres !... pouffait Ines en feignant de les frapper... Vous voulez ma peau !... »

Brusquement, les deux géants s'immobilisèrent : ils venaient de s'apercevoir que deux autres personnes étaient dans la pièce. La flanelle toussota.

« Sorry », dit celui qui portait un blouson.

La flanelle eut un hochement de tête courtois

et Bellinzona, abasourdi par ces formats hors série, se demanda s'il n'allait pas heurter le plafond de son crâne. Curieusement, lui qui se situait parmi les grands, comprenait soudain la mentalité des petits, sentant monter en lui les ondes d'agressivité qui devaient les agiter quand on les dépassait de la tête, ou plus.

Voyant l'embarras de ses frères, Ines, très spontanément, vint à leur secours. Se tournant vers Pietro et Lando, elle leur lança d'une voix enjouée :

« Puis-je vous présenter mes cousins ?... Kouakou... Rocky... »

Les deux Noirs eurent un sourire éblouissant. Avec un naturel parfait, ils firent un pas vers Baretto et Bellinzona, la main tendue, largement ouverte. C'est alors que malgré leur méfiance congénitale, les hommes de Volpone, toujours sous le choc de la réalité de ces deux phénomènes humains, commirent une fatale imprudence ; ils eurent le mauvais réflexe de sortir leur main droite de leur poche, lâchant du même coup l'arme qui y était enfouie. Ce qui se passa ensuite fut si rapide qu'un cobra s'y serait laissé prendre.

Avec un ensemble parfait, légers soudain comme des bulles, Bellinzona et Baretto s'élevèrent dans l'espace pour y accomplir un arc de cercle foudroyant. Avant même qu'ils n'eussent touché le sol, l'un était cueilli par une manchette derrière la nuque, l'autre, par un coup de pied au plexus. Ils s'écrasèrent dans un fracas qui fit vibrer l'appartement. Instantanément, les cent vingt kilos de Rocky et de Kouakou les broyèrent comme un concasseur. En un éclair, leurs armes passèrent dans les mains des géants. Rocky se redressa.

« C'est lui ? demanda-t-il en désignant Baretto.

— Non, dit Ines, le gros.

— Et celui-là ?... », insista Rocky.

Elle coula un regard méprisant en direction de Lando, sonné pour le compte.

« Rien... Un nain...

— Va faire ta valise et reste dans ta chambre. On t'appellera quand on aura fini », dit Kouakou.

Ines tourna les talons sans un regard derrière elle. On entendit claquer la porte de sa chambre. Maintenant, Rocky et Kouakou ne riaient plus du tout.

Bellinzona grogna, s'ébroua et ouvrit un œil.

« Pourritures de nègres ! »

Ni l'un ni l'autre ne prirent la peine de répondre. Ils discutèrent un moment à voix basse, ne braquant même pas les armes confisquées sur les deux punks de Volpone affalés sur le tapis. Pendant que Lando revenait à lui, Bellinzona vit Kouakou lancer en l'air une pièce de monnaie.

« Pile ! » dit Kouakou.

Rocky se pencha en même temps que lui pour contrôler.

« Tu as perdu ! C'est face. »

Pietro ricana.

« Qu'est-ce que vous jouez, négros ? Vos fesses ?

— Les tiennes, dit Kouakou avec froideur.

— Cons de nègres », laissa tomber Bellinzona.

Kouakou le regarda avec étonnement.

« Hé ! Rocky, je crois que cette grosse truie te parle...

— A moi ?... Non !...

— Enculés de sales négros ! » cracha Bellinzona.

Sans qu'il comprît pourquoi, Rocky et Kouakou éclatèrent d'un grand rire frais et jeune. Pietro se remit lourdement sur ses pieds. Les géants le laissèrent faire, le guignant du coin de l'œil. A son tour, Rocky sortit une pièce.

« Pile ou face ?

— Je reste à pile », dit Kouakou.

Rocky fit voltiger son franc suisse.

« Merde, tu gagnes », déplora-t-il.

Kouakou jeta son arme sur un divan et vint se planter devant Bellinzona. Pietro, élevé à la dure dans le grouillement impitoyable des docks de New York, n'avait jamais eu peur de personne. A treize ans, il régnait déjà par la terreur sur les bandes d'adolescents de son quartier. Mais tous ceux de la caste des rues avaient un point commun : ils vomissaient les Noirs. Il arrivait que le Syndicat les utilisât parfois pour de basses besognes dont les « punks » eux-mêmes ne voulaient pas : collecter les enjeux de la loterie des numéros, revendre au détail de minuscules quantités de drogue, jamais plus loin. Tout au plus les considérait-on comme quelque chose se situant entre le babouin et le chien domestique. Des sous-hommes...

« Ma sœur a prétendu que tu lui avais manqué de respect, dit Kouakou avec une grande douceur.

— C'est ta sœur cette grognasse ? s'esclaffa Pietro. Je l'ai enfilée et elle puait ! »

Bien que sur ses gardes et prêt au combat, il n'eut le temps de rien voir. Pas davantage de lever les bras pour se protéger. Trois coups enchaînés partirent sous des angles différents à une vitesse prodigieuse, l'atteignant au foie, à la mâchoire et au cœur, avec la violence et la précision d'un piston hydraulique. Bellinzona rentra son cou de taureau dans les épaules et se lança tête en avant de tout le poids de ses quatre-vingt-dix-huit kilos, en une charge aveugle qui n'avait jamais laissé aucune chance à tous ses adversaires. Le crâne de Pietro était dur comme du granit. A dix-huit ans, pour épater ses compagnons de voyage, il brisait à coups de tête les parois en bois des compartiments de chemin de fer. Il fonça... Kouakou effectua une simple rotation du tronc. Quand Pietro le frôla, il allongea la jambe. Bellinzona fusa de toute sa masse lourde parallèlement au sol. Sous l'impact de sa chute, une table basse se volatilisa. Au même instant, Lando se ruait sauvagement sur Kouakou qui lui tournait le dos. Dans sa main, le col ébréché d'une lampe en verre qu'il venait de briser.

« Son of a bitch », dit calmement Rocky.

Sans même se lever du fauteuil dont il n'avait pas encore daigné bouger, il allongea un bras immense et happa le poignet de Lando qu'il désarma d'une torsion tout en le frappant au ventre d'un coup de pied. Puis il se leva. Aucun des deux frères ne marquait le moindre essoufflement. Simplement, leurs yeux brillaient de haine et de mépris. Kouakou souleva Bellinzona d'une seule main, comme un paquet de linge sale. Il dégrafa la ceinture du colosse et abaissa son pantalon. Bellinzona sortit de son évanouissement au moment où Kouakou arrachait son caleçon avec rage, le déchirant comme un vieux lambeau de soie pourrie.

Pietro roula des yeux affolés et voulut se dégager. Kouakou le balança en avant et lui cogna la tête à trois reprises contre le socle en pierre d'une sculpture abstraite. Effondré aux pieds de Rocky, Lando, saisi de spasmes, vomissait de la bile.

Kouakou se pencha au-dessus de Bellinzona et lui murmura quelque chose à l'oreille. Pietro, qui le voyait à travers un brouillard rouge, secoua la tête en protestant. Rocky s'était placé dans un angle, tournant le dos à la scène, se livrant à des mouvements bizarres, comme s'il urinait, indifférent à ce qui se passait derrière lui.

Kouakou, dont les doigts pouvaient enserrer facilement un ballon de basket, empoigna avec dégoût le crâne de Bellinzona.

« Ecoute-moi bien, dit-il sans hausser le ton. Tu va subir ce que tu as fait endurer à notre sœur. C'est pas les négros qui sont des enculés... Ça va être toi ! »

Bellinzona se rendit compte avec désespoir qu'il était désarmé et qu'il n'avait pas plus de force qu'un enfant. De nouveau, il secoua la tête. Son corps énorme à demi dénudé s'étalait sur la moquette, ses grosses fesses et ses cuisses monstrueuses évoquant l'arrière-train d'un cochon à l'étal d'un boucher. Ses yeux se brouillèrent de larmes d'impuissance.

« Don't do that, brother, don't do that !... »

Sans l'écouter, Kouakou s'adressa à Orlando, qui avait le visage verdâtre, ruisselant de sueur.

« Toi, rien... On veut simplement que tu voies ton copain se faire emmancher. Tu sais pourquoi ? Parce qu'il ne te pardonnera jamais d'en avoir été le témoin. Il aura peur que tu le répètes. »

Il le fixa une seconde en silence et conclut :

« Il te tuera ?

— Dont' do that !... gémit Bellinzona. Kill me but don't do that !

— Ta gueule, pig ! Rocky ?...

— Ready ! » dit Rocky.

Les têtes se tournèrent vers lui. Il leur faisait face maintenant, et ce que virent Bellinzona et Orlando les terrifia. De la braguette ouverte de Rocky jaillissait un phallus aux proportions inhumaines, gonflé et tendu à la verticale avec une force telle, que rien ne semblait devoir jamais le faire s'incliner. Kouakou s'agenouilla rapidement, retourna Bellinzona comme une crêpe, l'écrasa de tout son poids à la hauteur des omoplates et lui braqua sur la nuque son propre revolver.

« Tire salaud ! Tire ! » cria Bellinzona.

Kouakou l'agrippa par une oreille et lui projeta le front contre le sol. Hébété, Lando voulut fermer les yeux, mais les rouvrit aussitôt fasciné par l'horreur du spectacle. Il vit Rocky s'étendre sur Bellinzona, qui sanglotait comme un gosse en griffant le plancher de ses ongles.

« Pas ça !... Pas ça !...

— Bastard ! » grogna Rocky en le chevauchant.

Un instant, ses reins ondulèrent avec hésitation pendant que ses doigts musculeux s'enfonçaient dans la chair molle et blanchâtre de Pietro pour mieux l'ouvrir. Dans cette pièce douillette et féminine du centre de Zurich, on revenait brusquement à la sauvagerie des peuplades primitives.

Les deux frères n'avaient plus rien de l'agrégé en physique nucléaire et du champion professionnel : deux animaux aux yeux fous ; ahanant et rugissant. Deux bêtes appliquant la loi du talion.

Malgré les soubresauts désespérés de sa victime, Rocky réussit à projeter ses reins en avant dans un mouvement irrésistible : il força le passage.

Au hurlement de douleur de Bellinzona répondit en écho son beuglement victorieux venu du fonds des âges.

16

« Qu'est-ce que tu as ? demanda Chimène Kloppe. Tu as un air tout drôle... »

Elle lâcha la robe qu'elle était en train d'examiner et vint poser la main sur l'épaule de son mari.

« C'est à cause de Renata ? » dit-elle.

Homer lui tapota la main mais son regard resta lointain et absent.

« Veux-tu du thé ? »

De la tête, il fit signe qu'il n'en voulait pas.

« Ne t'inquiète pas... Je sais que c'est une épreuve difficile pour un père... Un mauvais moment à passer... Regarde-moi une seconde... »

Elle lui prit le menton entre les doigts et le souleva.

« Fais-moi un sourire... »

Mécaniquement, les lèvres de Kloppe s'entrouvrirent sur ses dents parfaites.

« J'aime quand tu souris », dit Chimène.

Quatre heures plus tôt, Homer gisait dans le cabinet d'August Strohl. Il était le seul à avoir subi une torture physique. Pourtant, c'est lui qui avait dû ranimer le dentiste avec l'aide d'Ingrid qui ne tenait pas sur ses jambes. Le Professor s'était effondré dans une crise nerveuse où les larmes se mêlaient à ses protestations.

« Ils m'ont obligé, monsieur Kloppe ! Je ne voulais pas ! C'est abominable !... Ingrid avait un rasoir sur la gorge... Je ne me pardonnerai jamais, jamais ! »

Paradoxalement, l'effondrement nerveux du couple avait galvanisé le courage et la volonté du banquier. L'inconscient ne se trompe jamais : comme par hasard, lui vint à l'idée la phrase qui résumait la situation : « Serre les dents ! »

A son énoncé, il comprit ce qu'elle avait de dérisoire : il n'avait plus de dents, précisément. Le goût écœurant du sang emplit sa bouche, un bloc de sang caillé accroché à sa gencive supérieure lui donna la nausée. Instinctivement, il tira du bout des doigts cette boule molle qui lui était étrangère mais qui venait pourtant de sa substance vitale. Immédiatement, l'hémorragie reprit de nouveau avec la force d'un geyser.

« Soignez-moi, espèce d'idiot, au lieu de pleurnicher ! »

Il secoua Strohl avec rage. Le Professor parut sortir d'un songe.

« Asseyez-vous... Vous avez raison... soigner... je vais vous soigner... Ingrid ! Des compresses... Du coagulant... »

Il retrouvait ses réflexes professionnels, libéré soudain par la bravoure du banquier, exalté par sa détermination. Il réparerait... Il avait assez de génie pour reconstituer articiellement ce qu'on l'avait contraint à détruire. Plus tard...

« Ma fille se marie cette nuit, dit Kloppe. Je veux pouvoir recevoir moi-même nos invités, vous entre autres. Avec toutes mes dents. »

Malgré l'effroyable chuintement de sa voix, Ingrid et August comprirent le sens des mots prononcés. Ils échangèrent un regard angoissé : à vif, sur ces gencives mutilées, était-il possible d'installer une prothèse provisoire ?

« Au travail ! » les encouragea Kloppe, avec un retroussement des babines qui se voulait sourire, mais qui ne réussit qu'à mieux dévoiler les plaies ouvertes encadrant intérieurement le trou mutilé de sa bouche.

L'opération avait duré trois heures. Le Professor et son épouse s'étaient surpassés. Pour des motifs différents, ni les uns ni les autres n'avaient fait de commentaires sur l'agression. Kloppe, parce qu'il savait. Ingrid et August, parce qu'ils étaient pétrifiés et encore sous le choc. Quand le banquier, le visage nettoyé, s'était regardé dans une glace, il avait à peu près retrouvé figure humaine : ses mâchoires s'ornaient d'une double rangée de dents. A un détail près : ce n'étaient plus les siennes.

« Je vais immédiatement porter plainte ! » dit Strohl.

Homer lui lança un regard pénétrant.

« Faites-le si vous voulez, c'est votre droit. Mais pour l'instant, je vous interdis de lier mon nom à cette affaire.

— Mais pourquoi ?... Pourquoi ? »

Kloppe faillit lui répondre : « Secret bancaire ! », s'en abstint in extremis, s'empara des cachets, des désinfectants et des cicatrisants que lui tendait Ingrid. Il les salua de la tête.

« Je vous verrai ce soir. Je vous félicite. Vous avez fait du beau travail... »

La phrase était si ambiguë qu'une fois de plus, Strohl sentit les larmes lui monter aux yeux. Il saisit timidement le poignet du banquier.

« Monsieur Strohl...

— Je sais... Je sais... A ce soir. »

Trop excité par l'idée de la lutte à soutenir pour

ne pas avoir les idées claires malgré les analgésiques et les calmants absorbés, Kloppe était retourné courageusement à la banque pour exécuter sur-le-champ ce qu'il avait projeté d'accomplir après le mariage de sa fille. Il avait envoyé deux télex. L'un à Melwin Bost, à Detroit, pour lui donner l'ordre de prévenir quoi qu'il en coûte les propriétaires de Beauty Ghost P9 des risques encourus à piloter leur voiture. L'autre en Afrique du Sud, à Eric Mortaeldt, directeur de la Wassenaar's Consolidated : « D'ACCORD POUR LE FINANCEMENT DES TRAVAUX DE SECURITE DU CHANTIER. ENVOI DE FONDS IMMEDIAT. »

Peu lui importait désormais que s'effrite son empire bancaire. L'essentiel était qu'il fût en paix avec sa conscience. Définitivement.

Sur sa lancée, il avait également décidé de s'ouvrir à Chimène, de lui avouer ses erreurs, de ne rien lui cacher de la vérité. Rentré chez lui, il avait reculé l'instant de lui parler, se demandant si l'intrusion de son épouse dans l'univers brutal qui était le sien depuis quarante-huit heures ne risquait pas de la traumatiser gravement. Avait-il le droit de l'associer à ses coups durs ? Chimène vivait sur son nuage rose. Etait-elle bâtie pour l'épreuve ?

« Chimène...

— Homer ?... »

Debout devant un miroir, elle gloussait de plaisir en se drapant de la robe parme qu'elle porterait le soir même. La cérémonie du thé... le shopping... les papotages... la couleur d'un napperon...

« Il faut que je te dise, annonça Homer.

— Tu aimes le parme ?... Pardon ?... Qu'est-ce que tu veux me dire... »

Kloppe renonça. Sa mâchoire le faisait souffrir.

« Rien, dit-il... Rien... »

La phrase l'avait frappé. Il l'avait enfouie dans un coin de sa mémoire. Elle était d'un auteur français, un certain Coctail, ou Cacot, ou Cocteau, il ne savait plus bien. Elle disait : « Puisque ces mystères nous dépassent, feignons d'en être les organisateurs... » Curieusement, elle lui revenait aujourd'hui, mais Gabelotti n'aurait jamais pensé qu'il pût la mettre en pratique, car c'était une phrase d'impuissant. Groupés autour de lui, le visage sombre et préoccupé, Carmine Crimello, Angelo Barba, Thomas Merta, Carlo Badaletto, Frankie Sabatini et Simeone Ferro. Que le capo n'eût pas réagi immédiatement après que les membres d'une famille rivale eurent supprimé deux de ses punks sous ses propres yeux, les avait plongés dans une stupéfaction inquiète. La grande force du Syndicat était de ne jamais laisser passer le moindre affront.

C'est parce que tout le monde le savait qu'on y regardait à deux fois avant d'enfreindre les lois qu'il édictait. Ou Don Ettore se ramollissait, ou il avait peur de Volpone, ou il gardait en réserve une botte secrète. Ce que chacun espérait. Le corps des deux soldats assassinés par Vittorio Pizzu avaient été évacués discrètement de l'immeuble par une équipe de soldats.

On les avait placés dans l'ascenseur qui les avait conduits directement au sous-sol où se situaient les garages. Là, on les avait chargés dans une fourgonnette. La famille Gabelotti avait acheté dans un petit cimetière de la périphérie de New York une trentaine de caveaux de famille. Lorsqu'un deuil survenait, par armes à feu la plupart du temps, on y abritait le défunt sans passer par les formalités administratives habituelles, morgue, autopsie, police. Les gardiens de la concession étaient des hommes sûrs, payés grassement : l'enterrement de nuit d'un anonyme ne gênait en rien leur existence quiète et douillette, loin des bruits de la ville, dans le murmure des cyprès. En bon Sicilien, Don Ettore n'ignorait pas que le pire de ses tueurs tenait à être enseveli en terre chrétienne, plutôt qu'être scellé dans une dalle de béton balancée en haute mer. C'est par la délicatesse et le tact de ce genre de geste, qu'il renforçait parmi ses troupes le respect qu'on lui portait.

Il eut un sourire mielleux à l'intention de son état-major.

« Vous connaissez la situation, commença-t-il. Mortimer O'Broin a voulu nous doubler. Je ne sais pas s'il est mort, s'il est en vie ni où il se trouve. A mon avis, je pense que notre associé... — il s'interrompit pour se racler la gorge — notre associé Volpone lui a fait son affaire. En quoi il a eu tort. Parce que, entre mes mains, ce déchet d'O'Broin se serait mis à table, je vous le garantis ! Or, notre argent, je l'espère, est toujours bloqué à la banque. Ni Italo Volpone ni moi-même ne sommes en possession du numéro du compte. Bébé Volpone est bourré de bonne volonté. Ça ne suffit pas. En conséquence, afin de régler cette affaire qui commence à pourrir, j'ai décidé de me rendre moi-même à Zurich. »

Les hommes se dévisagèrent avec étonnement : Don Gabelotti répugnait à se déplacer. Le monde venait à lui, pourquoi aurait-il inversé l'ordre des choses ? En outre, sa phobie de l'avion était l'un des sujets de plaisanterie dans les différentes familles du Syndicat.

« Vous voulez y aller comment ? » hasarda Crimello.

Il eut le tort d'ajouter, sans penser à mal :

« En bateau ?

— Répète », dit Ettore d'une voix où perçait la menace.

Carmine Crimello, comprenant qu'il avait commis une erreur, regarda les autres. Mais nul ne vint à son secours. Obstinément, ils détournaient leurs yeux des siens. Carmine, abandonné à lui-même, dut faire face.

« Je n'ai rien dit de mal, Padrone. Je sais que vous n'aimez pas l'avion... C'est tout... (Lâchement, il ajouta :) Vous n'êtes pas le seul... Moi non plus, je n'aime pas l'avion...

— A l'avenir, garde tes consolations pour toi ! L'avion, tu le prendras demain ! »

Les têtes se redressèrent.

« Moi aussi, ajouta Don Ettore avec un air de résolution farouche. Bien entendu, on ne peut pas arriver à Zurich en paquet. Angelo, Thomas et Carlo, vous atterrirez en France, à Lyon. De là, vous prendrez le train pour la Suisse. Frankie et Simeone iront à Milan et rejoindront Zurich par les mêmes moyens. Toi, Carmine, puisque tu as peur de voler, tu viendras avec moi directement à Zurich. (Il lui jeta un regard lourd.) Je te prendrai dans mes bras pour te rassurer. »

Il y eut quelques rires, vite éteints.

« Là-bas, vous rencontrerez les hommes de Volpone. Le premier d'entre vous qui fait la moindre allusion aux événements récents, je le renvoie en Amérique. Tant que nous n'aurons pas récupéré notre fric, je veux la paix ! J'exige une entente parfaite !

— Et après ? s'enquit Angelo Barba avec le plus grand sérieux.

— Après, quoi ?

— Lorsque le fric nous sera revenu ?

— Il sera toujours temps de discuter avec Don Italo Volpone », dit Gabelotti.

En prononçant le mot « Don » comme s'il avait voulu se débarrasser d'un crachat.

Tout lui échappait ! Angela n'était toujours pas retrouvée, Gabelotti lui mettait des bâtons dans les roues et gardait Yudelman en otage, Vittorio Pizzu n'était pas fichu de prendre une initiative, Homer Kloppe ne craquait pas... Une fois de plus, Italo se maudit pour son manque de contrôle : il avait eu la chance de remettre la main sur Mortimer O'Broin, il l'avait gâchée. L'avocat n'était pas de la trempe du banquier. Avec un peu de patience, il se serait effondré et aurait livré le numéro qui avait déjà causé tant de morts violentes. Italo n'avait qu'une envie, rentrer aux Etats-Unis et mettre New York à feu et à sang pour retrouver sa femme. Mais il s'était juré de ne pas quitter Zurich avant d'avoir récupéré l'argent de l'opération OUT par ses propres moyens. Il y allait de sa vie, de son avenir, de son honneur. Il savait exactement ce qu'on disait de lui dans son dos quand on le comparait à Genco : flambeur, frivole, violent. Il était tout cela. Mais comment ne comprenait-on pas qu'il l'était précisément parce que Genco était né avant lui ? Plus encore que leur propre père, c'est Genco qui l'avait élevé, protégé, choyé, lui évitant tout souci, prenant les décisions en son nom, parlant à sa place. Au fil des années, alors que la puissance de son aîné ne cessait de croître, Italo avait pris l'habitude de se reposer sur lui, de vivre dans son ombre. Pourquoi conquérir puisqu'il lui suffisait de demander ? Pourquoi se battre puisque Genco le faisait pour lui ? C'était Genco qui lui avait donné l'affectueux surnom de « Bébé ». Et Italo, qui chérissait et admirait son frère, avait fini par s'identifier si totalement à lui qu'il avait pris les victoires de Genco pour les siennes.

Il n'avait commencé à prendre conscience de sa véritable identité qu'après avoir rencontré Angela. A ses côtés, il s'était senti brusquement doué d'une autonomie propre. Il n'était plus le petit frère de quelqu'un, mais un homme à part entière, prêt à tout pour garder une femme. Il avait essayé d'expliquer cette métamorphose à son aîné, lui reprochant gentiment de l'avoir déchargé de trop de responsabilités. Désormais, il souhaitait jouer un rôle actif aux différents postes de commandes de la famille. Genco l'avait écouté en silence avec beaucoup d'attention.

« Je ne te reproche rien, Genco, mais tu m'as peut-être donné trop d'amour. J'ai l'impression que ça m'étouffe. Tu es trop grand pour moi, mais j'existe. Je voudrais voler de mes propres ailes. »

Genco l'avait-il compris? Il lui avait ébouriffé les cheveux en souriant, comme lorsqu'ils étaient gosses.

« Tu as sûrement raison, Bébé, mais il ne faut pas m'en vouloir. Peut-être que je ne t'ai pas vu grandir.

— J'ai trente-huit ans. »

Genco n'en avait que quarante-six. Mais quand Italo était un enfant d'à peine dix ans, Genco régnait déjà sur des dizaines d'adultes, des durs à cuire de la pègre qu'il n'avait pas hésité à affronter avec ses poings ou à l'arme blanche. Il les dominait surtout par sa perspicacité, son intelligence, son sens de la mesure. Il n'avait même pas vingt ans que des personnages haut placés de tous bords venaient lui demander conseil et protection. C'était ces huit ans de différence qui avaient élaboré entre eux ces rapports de père à fils, de maître à élève. Pour Genco, Italo aurait toujours dix ans. Mais désormais, et pour l'éternité, Genco n'aurait plus pour Italo que quarante-six ans, l'âge de sa mort.

Après l'appel de Pizzu, il était retourné à la morgue. L'employé avait de nouveau ouvert la boîte où gisait la jambe de son frère. Italo s'était longuement recueilli devant la dérisoire dépouille, laissant couler ses larmes amères et douces pendant que l'envahissait une formidable volonté de revanche.

Après quoi, il était rentré à la villa. Folco Mori conduisait. Ils n'avaient pas échangé une parole. Italo Volpone savait maintenant qu'il continuerait l'œuvre de son frère, seule façon de rendre hommage à sa mémoire en reconnaissance des bienfaits et de l'amour reçus de lui. Farouchement, il se jura d'être digne de la lourde couronne qui lui revenait : malheur à celui qui voudrait la lui ôter ! Mais pour s'imposer à ceux du Syndicat, il fallait d'abord achever ce que la mort de Genco avait interrompu : contraindre Kloppe à effectuer le transfert.

En pénétrant dans le salon de la villa, il aperçut Pietro Bellinzona et Orlando Baretto, assis du bout des fesses sur un canapé. Il sut aussitôt que quelque chose clochait. Lando aurait dû revenir seul.

« Je croyais t'avoir ordonné de garder la négresse ! » dit-il sèchement à Bellinzona.

Il constata que le visage du colosse était couvert d'hématomes. Pietro baissa la tête avec accablement.

« On s'est fait avoir. Elle a filé. »

Italo sentit le sang se retirer de son visage. Ines avait encore une partie importante à jouer dans ses projets.

« Ses frères nous sont tombés dessus, dit Lando précipitamment.

— Ta gueule ! C'est à Bellinzona que je parle ! »

Folco Mori s'absorba intensément dans la contemplation des pelouses du parc. Bellinzona, incapable de parler, écarta les bras en signe d'impuissance.

« Alors ? aboya Volpone.

— Ils étaient deux... commença Bellinzona d'une voix rauque et voilée. (Visiblement, les mots lui faisaient mal.) On ne les quittait pas de l'œil quand ils sont entrés... J'avais le doigt sur la détente de mon pétard... Lui aussi... Alors...

— Alors quoi ? »

Bellinzona fixa la pointe de ses souliers.

« Je ne comprends pas, Padrone... »

Il laissa sa phrase en suspens, voulut la poursuivre mais ne put que répéter, écrasé de honte :

« On s'est fait avoir...

— Deux géants... intervint Lando.

— Un géant avec une balle dans la tête, c'est plus un géant, c'est une merde ! éclata Volpone. Et vous aussi, vous êtes deux merdes ! Deux cons ! Il me faut cette négresse ! Où est-elle ? »

Lando et Bellinzona n'osèrent même pas échanger un regard. Lando était terriblement inquiet. Il aurait donné n'importe quoi pour ne pas avoir été témoin de la sodomisation de Bellinzona. Le moins grand des deux Noirs, celui qui ne devait faire que deux mètres vingt, l'avait prévenu : « Pourquoi veux-tu qu'on te touche ! Ton copain s'en chargera pour nous : il te tuera ! » Depuis qu'ils avaient quitté l'appartement d'Ines, cette menace lui vrillait le crâne. En regagnant la villa, Bellinzona et lui s'étaient bien gardés de faire la moindre allusion à leur déroute.

« Je vous parle ! tonna Volpone. Où est-elle ? »

Ils se turent.

« Lando, fous-moi le camp ! Tu as un travail à faire ! A ta place, je le réussirais...

— Oui, Padrone... »

Dans l'état de prostration où il se trouvait, quelle chance avait-il de séduire la fille du banquier ? A supposer qu'il la rencontre. A supposer qu'il pût effacer de son visage son expression hagarde. A supposer qu'elle le remarque et qu'il lui plaise. Et même ? Encore fallait-il avoir l'esprit libre pour accomplir des performances sexuelles. Depuis qu'il avait vu en action le frère d'Ines, ses certitudes sur sa virilité en avaient pris un sérieux coup. Il savait pourtant que Volpone n'admettrait pas un deuxième échec.

« Folco, va à l'aéroport, fouille la gare ! Ça doit se repérer, trois géants ! Pietro, accompagne-le ! Disparais ou je te recasse la gueule ! »

Bellinzona se leva lourdement. Tant qu'il vivrait, il faudrait qu'il cohabite avec son humiliation. A moins de tuer lui-même ceux qui la lui avaient fait subir. Il regretta presque que Volpone, emporté par sa fureur, ne l'eût pas descendu pour le punir de son ratage. Il emboîta le pas à Folco Mori, qui avait assez de tact pour ne lui poser aucune question...

Exaspéré par ce nouveau revers, Volpone s'était précipité dans sa chambre pour appeler New York : il n'en pouvait plus de ne rien savoir sur le sort d'Angela, l'angoisse l'étouffait... Les premiers mots qu'il entendit de la bouche de Vittorio Pizzu firent se dilater sa poitrine de soulagement :

« Votre femme est chez vous, Padrone, elle va très bien... Je vous passe Moshe, il va tout vous expliquer !... »

En sortant de chez Gabelotti avec Angela Volpone, Vittorio Pizzu et ses trois lieutenants, Yudelman s'était longuement interrogé sur la conduite à tenir. Il était aussi dangereux de révéler la vérité à Italo que de la lui cacher. Moshe n'avait pas cru un mot du pieux mensonge de Gabelotti : malgré les menaces imaginaires qu'il avait invoquées pour justifier leur enlèvement, Don Ettore les avait bel et bien séquestrés. Non pour les protéger, comme il l'avait affirmé la main sur le cœur, mais afin de les garder en otages pour couper les ailes à Italo. Son absence de réaction devant l'assassinat de ses deux hommes, ne prouvait nullement qu'il eût l'intention de passer l'éponge. Moshe savait que Gabelotti n'oubliait jamais et ne pardonnait rien. Le Don avait fait simplement passer l'enjeu brûlant de deux milliards de dollars avant la satisfaction de représailles immédiates : les comptes se régleraient plus tard.

Le vrai danger, c'était Volpone. Sa crainte de ne pas être pris au sérieux exacerbait son amour-propre ombrageux. Il était trop tendre encore, pas assez sûr de lui, pour savoir encaisser sans broncher, et rendre avec usure. Yudelman allait devoir le manier avec autant de précautions que s'il désamorçait une bombe. N'ayant encore arrêté aucune tactique, il adressa une prière muette aux dieux de l'improvisation et s'empara du combiné que lui tendait Vittorio Pizzu.

« Tout va bien, Italo, tout est arrangé ! dit-il en se composant une voix calme, posée.

— Où était Angela ?

— Je vais tout te dire, Italo... Nous devons une fière chandelle à Don Ettore ! Sans lui...

— Comment ?... Qu'est-ce que tu racontes ? le coupa Volpone.

— Gabelotti nous a sortis d'un sale coup... Il a appris que nous étions menacés. Par égard pour toi, il nous a planqués chez lui.

— Hein ?

— Oui, Italo, il nous a offert l'hospitalité.

— A qui ?

— A Angela et à moi...

— Ma femme est allée chez ce gros porc ? Est-ce qu'il l'a touchée ? Parle ! »

Yudelman sentit une partie de son assurance l'abandonner.

« Toute cette histoire n'est qu'un immense malentendu, Italo !

— Et Genco, c'est un malentendu ? Et O'Broin ? Tu vas faire des grâces à ce sac de graisse alors que je ne sais même pas s'il a fauché notre fric !

— Laisse-moi parler, Italo...

— Ta gueule ! Tu ne sais rien. Est-ce qu'il a reçu ma langue ?

— Ta langue ?...

— La langue du petit malin qui nous pistait depuis New York pour le compte de ton nouvel ami ! La langue de Rico Gatto ! Je la lui ai envoyée enveloppée dans son passeport ! Où est Angela ?

— Chez toi.

— Qui la garde ?

— Quatre hommes sous les ordres de Vicente, Giannini, Calo, Pici et Chifalo.

— Mets-en quatre de plus ! Si on lui a fait seulement peur, je te tuerai de ma main, Moshe !

— D'accord, tu me tueras ! Je peux placer un mot ?

— Non ! Tu ignores aussi que mes hommes ont dû liquider deux pieds-plats !

— Suisses ? s'étouffa Yudelman.

— Américains. Des types de Kirpatrick. Ça change quoi ?

— Oh ! merde !... Non !...

— Si ! Le banquier refuse toujours de s'allonger ! Zurich grouille de flics et d'indics ! Je me démène ! Et pendant ce temps, mon homme de barre pactise avec le fumier qui fait enlever ma femme après m'avoir fait assassiner mon frère !

— C'est faux ! s'insurgea Yudelman. Tu te trompes ! Si Gabelotti était coupable, il ne nous aurait jamais relâchés ! »

Moshe se mordit vivement les lèvres, mais trop tard : c'était lâché ! Volpone explosa.

« Salaud de cochon de sale menteur ! Tu entends ce que tu viens de dire ? »

Le désastre... Désormais, aucune alliance n'était plus possible.

« O.K., O.K., laissa tomber Yudelman d'une voix morne et atonale. Puisque tu veux la vérité, la voilà. Je suis retourné voir Gabelotti. Il ne m'a pas laissé repartir. A cause de toi, Italo. Il m'a demandé de t'appeler. Tu avais quitté l'hôtel. Il a eu les jetons. Tu aurais fait la même chose à sa place. Il a envoyé deux punks chez toi pour cueillir Angela...

— Le salaud !

— Ce matin, à cinq heures, il m'a dit que nous étions libres. Il s'est excusé et m'a expliqué pourquoi il avait agi de la sorte. D'après lui, il paraît qu'on voulait enlever ta femme...

— Qui ?

— Je ne sais pas. Il a voulu nous protéger. Il dit que nous sommes associés, que nous avons des intérêts communs...

— Et tu as avalé ça !

— Bien content ! Surtout après ce que tu m'as dit pour la langue. Il aurait pu nous flinguer !

Alors, Pizzu est arrivé selon tes ordres avec Aldo, Vincente et Joseph. Ils ont abattu les deux gardes de l'entrée, ce qui compliquait encore les choses...

— Tu crois peut-être que j'allais laisser ma femme enfermée sans intervenir ?

— N'interviens plus, Italo, je t'en supplie ! Tu me court-circuites... Comprends que Gabelotti est logé à la même enseigne que nous... Il nage ! Lui non plus n'a pas pu remettre la main sur l'argent. »

Volpone se tut un instant. Moshe comprit que l'argument avait porté.

« Mais pourquoi ? Pourquoi ! Puisqu'il a le numéro du compte ?

— Non. Pour une raison que j'ignore, il ne l'a pas. Le fric serait loin !... Italo, écoute-moi... Genco est mort et tu vas devenir capo de la famille. Tu vas être un Don. Ça emmerde pas mal de gens... Tu es très discuté par la Commissione, ils ne veulent pas de toi, ils sont braqués contre ton passé, tu les gênes... Au moindre faux pas, ils te liquident ! Je ne veux pas qu'on te liquide, Italo !... Si tu m'écoutes, on a une chance...

— Ecrase, faux jeton ! Gabelotti n'aurait jamais osé faire enlever la femme de Genco !

— Exact ! Mais ton frère ne lui aurait jamais agité un chiffon rouge sous le nez ! Il l'aurait rassuré au lieu de lui foutre la trouille comme tu l'as fait ! Sais-tu qui profite de nos conneries ? Le banquier ! Ton ennemi, ce n'est pas Gabelotti, c'est Kloppe ! Tu ne connais pas encore cette race, Italo ! Ce sont des voyous légaux pires que des chiens ! Et forts, tenaces, retors, vicieux ! Bien plus vachards que nous... Ils ont démoli des gouvernements, gagné des guerres, envoyé au poteau des chefs d'Etat ! Ils sont plus dangereux que dix armées, ils emmerdent la terre entière, ils règnent, ils ont le fric ! Si on leur fournit pas ce sacré numéro, on ne reverra jamais la couleur de nos deux milliards ! Il faut s'allier à Gabelotti, Italo, mettre toutes nos forces en commun !

— Qu'est-ce que ce veau peut faire de plus que moi s'il n'a pas le chiffre du code ? demanda Volpone avec une rancune agressive.

— Tu verras ça sur place avec lui.

— Comment ?

— Don Ettore arrivera demain à Zurich. Il vient pour te rencontrer. »

C'était une petite boîte de la rue du Colisée, dans le quartier des Champs-Elysées. Les femmes de ménage n'y avaient accès qu'à neuf heures du matin, quand les derniers clients osaient affronter la lumière du jour, et que les musiciens rangeaient leurs instruments dans leur boîte. Y régnaient en permanence des relents d'odeur de tabac froid, mêlés parfois aux effluves âcres de la marihuana que les fanatiques de cool jazz allaient fumer en cachette dans les lavabos, entre deux percussions de batterie et le sanglot d'un saxophone. Généralement, le club ne recommençait à vivre qu'avec l'arrivée du barman, vers les six heures de l'après-midi. Mais aujourd'hui, à quatre heures, dans la nuit artificielle aux lumières tamisées, alors que la rue vibrait d'embouteillages et de la rumeur d'une foule anonyme se précipitant avec l'aveuglement de fourmis vers des tâches médiocres, le bar résonnait déjà du cristal limpide des arpèges subtils égrenés avec nonchalance par un musicien ensommeillé, d'accords plaqués auxquels répondaient les notes sourdes d'une basse.

Les jazzmen avaient dû se lever à trois heures

pour faire répéter une nouvelle chanteuse dont les débuts auraient lieu le soir même. En dehors du barman et du bassiste, un barbu long et mince au regard embrumé par les vapeurs de la nuit précédente, tout le monde était noir.

« O.K., fellows, dit la chanteuse. Once more. »

Elle but une gorgée de jus d'orange et attaqua d'une voix basse et rauque la phrase musicale de *Laura* qu'elle avait interrompue pour indiquer au guitariste l'endroit exact où il devait placer son accord de neuvième augmentée.

Les musiciens avaient accueilli avec joie trois amis de passage, dont deux au moins étaient célèbres dans leur pays, les Etats-Unis. A cause de leur présence, ils commençaient à chauffer, heureux de leur offrir leur musique, sachant qu'ils la vivaient avec autant d'intensité que s'ils avaient tenu eux-mêmes les instruments. Les deux garçons et la fille, tous beaux comme des dieux, étaient installés les yeux mi-clos, allongés de tout leur long, les pieds sur une table, la tête légèrement renversée en arrière, rythmant le dialogue mélodique de la chanteuse et des instruments par des claquements de doigts et une imperceptible ondulation de leur corps.

« Come on, Ines ! encouragea la chanteuse. Come on and sing with me !... »

Rocky et Kouakou approuvèrent d'un sourire. Ines se déplia, une cigarette dans la main, son verre dans l'autre, s'approcha de l'estrade miniature et se mit à fredonner en contre-chant, décalant les mesures, décollant de l'accompagnement avec la maîtrise sans effort d'une professionnelle.

Zurich était loin... Ils étaient arrivés à Paris une heure plus tôt. Ce soir, Kouakou retournait à Saclay, Rocky prendrait l'avion pour New York et Ines partirait pour Londres où elle avait pas mal d'amis. Que ses frères eussent accouru du bout du monde à son appel l'avait emplie d'une joie orgueilleuse. Leur présence l'avait lavée de la souillure des trois derniers jours en Suisse, comme si rien ne s'était passé. Même la lettre que Volpone lui avait dictée sous la contrainte, la faisait sourire : ces choses-là ne la concernaient plus. Une fois de plus, elle tirait un trait sur ce qui avait été sa vie. Elle se fichait autant du passé que de l'avenir. Ce qui lui importait, c'était le présent, maintenant, tout de suite.

Elle adressa un clin d'œil complice à Rocky et Kouakou et avec volupté, sensuellement, entreprit de leur montrer que sa propre voix n'avait rien à envier à celle de la future vedette de l'établissement.

Quelle tenue adopter pour enterrer sa vie de garçon ? Renata effleura du doigt les dizaines de robes et d'ensembles dont regorgeaient ses armoires. Certains n'avaient jamais été portés. Les posséder suffisait à son bonheur. Un coup de spleen, elle entrait dans une boutique et achetait une petite chose de Dior ou de Cardin comme d'autres entrent dans une pâtisserie pour s'y empiffrer de gâteaux. Après quoi, elle l'oubliait dans une penderie, la retrouvait six mois plus tard et la refilait à Manuella qui était la femme de chambre la mieux nantie en articles de mode de toutes sortes. Quant à Renata, elle se savait assez comblée pour ne porter que le même blue-jeans depuis trois ans.

Elle arrêta son choix sur un tailleur de flanelle bleu lavande à la coupe masculine. Elle l'enfila, se contempla dans un miroir et fit la moue. Au moment de tenir la parole qu'elle s'était donnée, elle n'en avait plus tellement envie. L'idée, qui l'avait séduite lorsqu'elle l'avait formulée, lui paraissait soudain idiote. Pourquoi se taper un inconnu à quelques heures de son propre mariage ?

Elle voulut analyser ce qui la poussait à relever cet ultime défi. Elle trouva : ce geste apparemment gratuit allait compenser la fidélité absolue qu'elle s'était juré de garder aussi longtemps que durerait son union avec Kurt.

Madame Heinz... Elle échangeait un cheval borgne contre un cheval aveugle. Elle n'avait jamais aimé son nom, Kloppe, que ses parents avaient eu la bonne idée de corriger par un prénom aux consonances douces, Renata. Heinz était pire que Kloppe : Renata Heinz... Elle haussa les épaules, alluma une cigarette, fit glisser dans le combiné stéréo un vieux disque des Beatles, *Yellow Submarine,* s'assit à même le sol contre le mur et réfléchit. Entra Manuella. Elle eut un léger sifflement d'admiration.

« Ça vous va bien ce bleu... C'est nouveau ?

— Vieux comme la misère.

— Vous allez plaire à M. Kurt...

— Ce n'est pas pour lui que je l'ai mis.

— Ah ? Pour qui, alors ?

— Je ne sais pas encore. Le premier qui voudra bien de moi. »

Manuella rangea une pile de serviettes de toilette sur un rayonnage et eut un sourire à la fois poli et gêné.

« Vous n'avez pas l'air de me croire, dit Renata. Je vais faire la chose la plus absurde de ma vie, après mon mariage. Oui, Manuella, j'enterre ma vie de garçon.

— Ça se fait aussi pour les filles ?

— Comment voulez-vous que je le sache ? J'inaugure. »

Manuella lui jeta un regard à la dérobée. Avec sa patronne, elle ne savait jamais sur quel pied danser. Aussi, pour ne pas commettre d'erreur, elle avait l'habileté de répondre au second degré à toutes ses questions ne concernant pas son service.

« Vous me raconterez ?

— Certainement pas ! Il s'agira de mon dernier secret de jeune fille. Des nouvelles de Julio ?

— Oui. J'ai reçu une lettre tout à l'heure.

— Il va bien ?

— Pas fameux... Il paraît qu'ils veulent fermer le chantier.

— Pourquoi ?

— Des raisons de sécurité.

— Il doit être embêté ?

— Lui, oui. Très. Il gagnait bien sa vie.

— Et vous ?

— Je suis folle de joie ! Depuis qu'il est parti, je le supplie de revenir. J'ai peur. »

Ni Renata, ni Manuella, et Julio pas davantage, ne savaient que la Wassenaar's Consolidated, la mine de diamants du Botswana où était employé Julio comme contremaître, appartenait en fait à Homer Kloppe lui-même, actionnaire principal de la société.

« Ce n'est pas tout », ajouta Manuella.

Elle prit son courage à deux mains pour avouer ce qu'elle aurait dû garder pour elle quelque temps encore.

« Je vais avoir un enfant.

— Non ! s'exclama Renata.

— Je suis enceinte de quatre mois. Le soir, dans ma chambre, je le sens bouger dans mon ventre.

— C'est formidable ! Mais il faut vous arrêter de travailler !

— J'ai bien le temps ! protesta Manuella qui

avait craint que Renata lui fît des reproches. Je peux continuer mon service jusqu'à la quatrième semaine avant l'accouchement.

— Sûrement pas !

— Vous allez avoir besoin de moi, un jeune couple...

— Je vous remplacerai et vous garderai votre place ! Manuella ?...

— Mademoiselle ?

— Pouvez-vous me faire un grand plaisir ?... Je voudrais être la marraine de votre enfant. »

Manuella la contempla avec des yeux pleins de reconnaissance.

« Merci, mademoiselle...

— Et ne vous inquiétez pas si Julio perd son travail. Je lui retrouverai quelque chose en Suisse. Ma robe est repassée ?

— Pas tout à fait terminée. J'y retourne. »

Renata écrasa son mégot dans un cendrier. Comme les choses semblaient simples pour les autres... Elle se remit debout, s'adressa une grimace dans le miroir et pouffa à l'idée cocasse qui lui traversait l'esprit : dans le plan qu'elle avait conçu pour enterrer sa « vie de garçon », elle marchait dans la rue, abordait, ou se laissait aborder, par le premier type qui ne lui déplaisait pas trop, et lui demandait de sa voix la plus charmeuse : « Voulez-vous coucher avec moi ? » Jusque-là, c'était parfait. Mais si le type lui répondait non ? Il y a des mufles partout, même à Zurich. Riant toute seule, elle prit son sac à main et sortit dans Bellerive Strasse à la rencontre de sa dernière aventure. Elle n'eut pas à marcher longtemps : il était là, et ce fut le premier qu'elle vit. Il était long, mince, avec un type latin prononcé, vêtu d'une façon irréprochable d'un blazer foncé merveilleusement coupé. Sa cravate était de laine bleue sur une chemise blanche à fines rayures. Il était appuyé contre une étincelante décapotable gris métallisé, une Beauty Ghost P9. Et la regardait venir, comme s'il l'avait attendue là de toute éternité, comme s'il avait été au courant de leur rendez-vous que Renata était pourtant la seule à connaître. Elle fit quelques pas dans sa direction, le cœur battant, se demandant si elle allait avoir le cran de mettre son projet à exécution.

Quand elle fut à sa portée, elle s'arrêta. Vu de près, il était très beau, le visage osseux et régulier, un peu pâle, le regard tendu. Elle regarda surtout ses mains, fines et fortes, soignées, légèrement crispées sur la carrosserie.

« Comment vous appelez-vous ? » dit-elle.

Sa bouche dure s'entrouvrit en un sourire.

« Orlando... répondit-il.

— Moi, c'est Renata. J'aimerais faire l'amour avec vous.

— Moi aussi », dit-il.

Il lui ouvrit la portière de la voiture.

17

« Foutez-moi le camp ! » hurla Philippon.

Lorsqu'il travaillait, une cuisine devait ressembler à un sanctuaire. Personne ne devait se hâter, ni faire de commentaires, ni avoir l'air dépassé. Il n'était pas rare que ses inventions gastronomiques fussent préparées au son d'un disque dont le choix modifiait en cours de route la composition des plats. Louis Philippon associait le goût du sel à la musique classique. Les desserts se confectionnaient sur des rythmes de jazz, les cocktails se composaient sur des chansons typiques sud-américaines.

Mais chez Kloppe, dont il se maudissait d'avoir accepté l'invitation, tout était désordre et bouleversement. A plusieurs reprises, en pleine fabrication du coulis de tomates pour le bar en croûte, Oswald Hepbräuer avait émis la prétention de traverser la cuisine. Le décorateur était aussi dingue que Louis Philippon, mais dans un genre agité. Il craignait de ne pas finir ses aménagements avant minuit, et il était déjà dix-huit heures. On ne lui avait pas livré à temps des objets dont lui-même et ses aides avaient besoin. Il perdait des minutes précieuses pour se rendre d'une pièce à l'autre en évitant la cuisine, alors qu'il eût été si facile de la traverser. Il en avait demandé courtoisement l'autorisation à Louis Philippon qui lui avait répondu avec froideur :

« Je préférerais que vous vous en absteniez. »

Ce qu'avait fait Oswald pendant une demi-heure. Puis, n'y tenant plus, il avait guidé entre les fourneaux une phalange d'ouvriers porteurs de fauteuils Louis XV. Ses troupes et celles de Philippon s'étaient heurtées, échangeant des mots aigres, jusqu'à ce que leurs chefs eux-mêmes en vinssent presque aux mains.

« Je passe quand je veux et où je veux ! glapissait Oswald Hepbräuer.

— Je suis maître chez moi ! répondait Philippon. Foutez le camp !

— Grossier personnage !

— Dehors ! »

Dans le grand salon, c'était pire. Les gorilles chargés de la protection des toiles de maîtres voyaient d'un mauvais œil des types en salopette les bousculer sans aménité. Oswald avait si bien réussi son décor que les nerfs les plus fragiles craquaient déjà. Cet appartement sens dessus dessous leur donnait la nausée bien que la plupart des hommes soient encore à jeun. Des tables pendaient des plafonds, flanquées de chaises, le tout à l'envers, alors qu'en marchant sur le plancher on avait l'hallucinante impression d'évoluer la tête en bas, le visage à la hauteur des pendeloques de lustres inversés. Un piano à queue avait été évidé de l'intérieur et collé au plafond, ainsi qu'un tabouret et des tables basses chargées de bouteilles d'alcool et de verres. Seules, les petites tables sur lesquelles aurait lieu le repas de noces reposaient normalement sur leurs pieds, dans le bon sens où le Seigneur avait voulu que s'exerçât la force de pesanteur.

L'un des gorilles, qui veillait sur le Vinci à l'envers lui aussi, eut le tort de regarder le plafond un peu trop longtemps. Son collègue, qui rabrouait un ouvrier qui avait souillé son costume de colle au passage, vit qu'il devenait pâle.

« Tu ne te sens pas bien ?

— Non...

— Qu'est-ce que tu as ? »

Le gorille embrassa la pièce en folie d'un regard circulaire, et épongeant d'un revers de la main la sueur qui lui inondait le front, il bredouilla d'une voix blanche en désignant le décor délirant :

« Ça... »

Les yeux exorbités, Renata supplia :

« Non !... Non !... Non... Non...

— Monte !

— Je ne peux plus !...

— Monte ! »

Elle gravit une marche. Elle aurait été incapable de dire si la montée de cet escalier était une torture, une jouissance ineffable, ou les deux à la fois. Chaque marche avait marqué l'étape d'un chemin de croix. La crucifiée, c'était elle. Quand ils étaient partis de Bellerive Strasse, Lando l'avait directement conduite à son appartement. Troublée plus qu'elle ne l'aurait voulu — le propre d'une expérience est d'en distiller chaque composante en gardant la tête froide — elle avait renoncé à lui poser des questions durant le court trajet. Lando gardait un silence obstiné.

Lorsqu'elle descendit de l'ascenseur qui les avait déposés au troisième, pendant qu'il ouvrait sa porte, elle eut la sensation d'être une putain supputant la somme qu'elle va exiger d'un inconnu.

Lando, qui connaissait les femmes, n'ignorait pas que la meilleure façon de les subjuguer était précisément de ne rien dire et d'agir. Il ne gâcha pas une minute à lui proposer un verre ou un disque, erreur fatale des apprentis séducteurs qui perdent la bataille pour avoir laissé à l'ennemi le temps de réfléchir. Il repoussa la porte d'un coup de pied, ferma le verrou, pesa de tout son poids sur Renata adossée contre le battant, releva sans hésiter la jupe du tailleur lavande, et sans même embrasser la jeune femme, sans une caresse, sans un mot, abaissa sur ses cuisses son léger collant et la pénétra d'autorité.

Personne n'avait jamais traité Renata de cette façon. Lorsqu'il lui était arrivé de se donner, ses partenaires avaient été contraints de soutenir un long siège, de subir l'exaspérante lenteur d'étapes fastidieuses où l'abandon progressif était scandé de discours enflammés, de gestes furtifs repoussés, de baisers volés sur une bouche qui se dérobe, qui ne dit pas non, mais qui ne dit pas oui.

La longue expérience professionnelle de Lando lui avait appris à dédaigner les formes : pas de préliminaires. Oui ou non, tout de suite. Clouée contre la porte, Renata, choquée et fascinée, avait senti son corps s'éveiller très vite aux coups de boutoir de Lando. Habituellement, elle faisait l'amour avec Kurt. Mais là, pas question de prendre la moindre initiative. Totalement investie par Lando, elle acceptait ce rôle nouveau pour elle : la passivité.

« Emmène-moi sur le lit », gémit-elle.

Il ne prit pas la peine de répondre et continua son travail de sape, faisant alterner dans sa pénétration les temps longs et les temps courts, observant parfois une immobilité rigoureuse, lorsqu'il la sentait au bord d'un spasme.

« Je t'en prie... le lit... »

Ce plaisir, qui restait en suspens au moment où elle allait le prendre, la rendait folle. Il joua avec elle pendant trois quarts d'heure, debout, infatigable, vissé en elle, contrôlant avec sang-froid le rythme de son corps. Quand il était lui-même sur le point de basculer, il lui suffisait d'évoquer l'image menaçante de Pietro Bellinzona pour chasser momentanément toute velléité d'abandon. Maintenant, les yeux vitreux, Renata implorait...

« Viens !... Viens... »

Mais Lando se moquait de ses prières. Il savait exactement comment s'y prendre pour l'amener au point de non-retour où il voulait qu'elle vienne. Cette fête des sens qu'il provoquait, il n'en était que l'instrument, n'y participant pas lui-même. Il exécutait au mieux les instructions de Volpone, c'est tout.

« Lando... Lando !... Je te supplie !... »

Une fois de plus, il s'immobilisa à l'instant où elle allait chavirer. Une fraction de seconde trop tard : Renata échappa à sa volonté, très loin déjà dans la dimension mystérieuse du plaisir. Contrarié, il ne put que suivre, son bassin rivé au sien en une série de chocs lourds et puissants qui ébranlaient la porte. Renata se révulsa, la bouche à demi ouverte, ne respirant plus, cireuse, comme morte. Lentement, un à un, ses muscles se détendirent. Lando dut la retenir pour qu'elle ne glisse pas sur le tapis.

Pour la première fois de sa vie, elle venait de passer la subtile frontière qui sépare le plaisir de la jouissance. Elle s'était toujours prise pour une experte de la chose amoureuse. C'était faux, elle ne savait rien. Les mots qu'elle utilisait pour emprisonner ce rien en le nommant n'étaient qu'une preuve supplémentaire de son ignorance. Abasourdie, inerte, elle leva sur Lando des yeux égarés et bredouilla d'une voix à peine audible :

« Merci... merci... »

Elle n'était qu'au début de ses surprises. Normalement, il aurait dû allumer une cigarette, se rendre à la salle de bain, s'étirer, sourire. Au lieu de cela, il se laissa tomber à genoux devant elle, faisant glisser autour de son corps l'anneau formé par ses deux bras qui l'étreignaient. Très doucement, il entreprit de lui lécher l'intérieur des cuisses, à l'endroit où elles sont aussi douces et tièdes que le dessous de l'aile d'une tourterelle. Quand sa langue rôda autour du triangle que son bassin venait de quitter, Renata, épuisée, voulut le repousser.

« Non, Lando, non... Attends... Attends !... »

Il la maintint solidement contre lui et enfouit sa tête dans la toison de Renata, ne tenant aucun compte de ses protestations. Au bout de quinze minutes, elle atteignit un nouveau paroxysme. Elle se mit à bégayer en une longue litanie entrecoupée de gémissements :

« Le lit... Le lit !... Porte-moi sur le lit !... »

Il accentua mécaniquement le va-et-vient de sa langue, pensant à mille choses, se demandant où était Ines, si les pneus de sa voiture étaient suffisamment gonflés, si Italo Volpone reconnaîtrait ses mérites en cas de succès. Cette idée lui redonna une énergie subite. Il se souvint de ce qu'il faisait, pourquoi il le faisait, et ce qu'il risquait en ne le réussissant pas. Frénétiquement, il accentua sa caresse tandis que ses mains, semblant multipliées par la rapidité de ses mouvements, exploraient sous tous les angles le corps de Renata, s'attardant sur les points sensibles, effleurant, s'enfonçant, malaxant.

Quand les muscles de son palais devinrent douloureux, il se permit de la laisser exploser une deuxième fois.

Renata s'écroula comme une masse, les narines pincées, secouée par des tremblements et des convulsions spasmodiques. Avec un désespoir mêlé de stupeur, elle vit qu'elle n'avait entamé en rien la force virile de Lando. Sans la regarder, presque distraitement, il la remit debout et lui murmura à l'oreille :

« On va s'allonger sur le lit. Tu le voulais, tu vas l'avoir. »

Il la poussa par-derrière, les bras toujours noués autour de son corps. Renata avança en titubant vers un petit escalier intérieur conduisant à une loggia abritant la chambre. Quand elle fut sur la première marche, il la pénétra brutalement. Malgré son intense épuisement, elle perçut une onde de chaleur partir de ses orteils pour grimper à l'assaut de son pubis, de la pointe de ses seins, de la racine de ses cheveux. Elle comprit qu'il allait la bloquer sur cette marche tant qu'elle n'aurait pas basculé une nouvelle fois. Elle se laissa ballotter, la tête pendante, le corps ravagé par ses coups de boutoir, à demi fléchie en avant, s'appuyant de la paume des mains sur l'escalier, appelant maintenant cette dislocation de sa pensée et de son corps embrasés simultanément dans une gerbe de vide rouge, sans temps, sans espace, sans langage, aidant sa montée puissante et sûre par une crispation éperdue de ses muscles, chaque millimètre de sa peau participant à l'incendie, chaque fibre de sa chair prenant part au forçage au bout duquel, très loin au-delà du plaisir, zone sereine au cœur du cyclone, abstraction pure, la jouissance ouvrait ses portes écarlates... Elle mourut pour la troisième fois...

Détaché, hiératique, inaccessible, Lando l'assit sur la deuxième marche, lui écarta les cuisses avec douceur et fermeté, et dans leur creux plongea son visage. Renata tenta vainement de le repousser, ne sachant plus si elle allait devenir folle ou si elle était déjà morte, secouant faiblement la tête pour refuser la souffrance voluptueuse ressentie par la zone tendre de sa muqueuse comme la brûlure d'un fer rouge. Mais Lando se collait férocement à elle.

« Tu vas me tuer... Tu vas me tuer ! »

Il pensa que c'était lui qui allait mourir de la main de Volpone s'il n'obtenait pas d'elle ce qu'Italo avait souhaité. Il ne lâcha prise que lorsqu'elle se fut cabrée avec la force d'un cheval en poussant un hurlement d'agonie.

Alors, sans lui laisser le temps de reprendre connaissance, il la fit se redresser, la retourna et l'installa debout, lui tournant le dos, sur la troisième marche. En un éclair, il s'enfonça en elle.

« Pitié, je ne peux plus... Non, non !... »

Avec cruauté, il lui mordit la nuque, lui glissant dans un souffle :

« Tu auras ton lit... Il te suffit de monter cinq marches de plus... »

« C'est moi ! dit Volpone en essayant de maîtriser le timbre de sa voix.

— Italo !... Italo !... » dit Angela.

Volpone fut heureux que sa femme ne vît pas à quel point il était bouleversé de l'entendre. Il crispa les mâchoires et grinça des dents pour mieux résister aux larmes stupides qui commençaient à lui brouiller les yeux. La peur d'avoir perdu Angela lui avait fait souffrir mille morts.

« Angela, dis-moi, qu'est-ce qui s'est passé ? Est-ce qu'on t'a fait du mal ? »

Angela avait été longuement chapitrée par Moshe Yudelman qui, jusqu'à ce jour, ne lui avait adressé que des phrases anodines.

« Angela, nous jouons une grosse partie. Je ne peux pas tout vous expliquer maintenant. Sachez seulement que si vous vous plaignez à Italo, tout rate !

— Tout quoi ? avait-elle demandé.

— Votre mari a les nerfs à vif. La mort de son frère lui pose des responsabilités énormes. C'est lui qui doit conclure une affaire qu'avait montée Genco... Une affaire difficile... Italo vous aime plus que tout au monde... Il est loin de nous. Il risque de mal interpréter l'invitation de Gabelotti. Italo n'aime pas Gabelotti. Mais il a tort. Gabelotti n'a agi que pour votre bien, pour vous protéger...

— Mais de quoi ? s'était étonnée Angela.

— Ne me posez pas de questions, Angela. Je suis votre ami. Ne me rendez pas les choses plus difficiles. »

Aussi, prit-elle le soin d'adopter un ton enjoué.

« Non, mon amour, non, personne ne m'a fait du mal. Tu me manques...

— Toi aussi, Angela... Si tu savais...

— Veux-tu que je vienne ?

— Non, non ! Je n'en ai plus que pour un jour ou deux...

— Puis-je t'aider ?

— Oui. Dis-moi que tu m'aimes !

— Ti amo, Italo...

— Dès que j'ai fini ce que j'ai à faire, je t'emmène en Sicile.

— Vero ?

— Si ! Tu verras !... Après, on passera en Italie pour rendre visite aux tiens. Ce Gabelotti, il t'a parlé ?

— Oui... Bien sûr, mentit Angela. Très aimable.

— Pourquoi n'as-tu pas dit que tu allais chez lui ?

— Ça s'est passé très vite... Quand je t'ai eu au téléphone, je suis allée ouvrir à Fiorentina. J'ai repris l'appareil, la ligne était coupée.

— Tu as été bien traitée ?

— Mais Italo, je t'assure...

— Bon, bon... J'étais inquiet, tu comprends... Te savoir seule là-bas... avec ces... ces... Mes amis sont avec toi à l'appartement ?

— Oui.

— Combien sont-ils ?

— Quatre.

— Bien.

— Italo...

— Si ?

— Je ne suis pas curieuse, Italo. Mais tu es mon mari. Peut-être qu'un jour, tu auras envie de me parler... Tu me comprends ?

— Si... Ne te fais pas de souci... Tu as vu Francesca ?

— C'était horrible... »

Elle faillit lui dire ce que lui avait prédit la veuve de Genco : « Ils tueront Italo aussi ! » Elle retint la phrase sur le bord de ses lèvres, peu désireuse de mettre de l'huile sur le feu. Elle avait confiance en Moshe. Elle savait qu'il était l'homme de confiance de Genco Volpone depuis de très nombreuses années. Elle avait deviné, en gros, pour quel genre d'affaires. Au cas où elle aurait eu encore des illusions, la présence devant sa porte de quatre hommes armés — sous l'aisselle de l'un d'eux, elle avait aperçu la crosse d'un pistolet alors qu'il se penchait pour ramasser ses allumettes — les lui aurait enlevées.

« Angela...

— Si ?

— Tu n'as besoin de rien ?

— De toi.

— Anche io, mio amore. Moshe est venu te voir ?

— Il était là il y a une heure. Il est parti préparer sa valise. »

Volpone fronça les sourcils.

« Sa valise ? Pourquoi faire ?

— Italo, tu le sais bien...

— Mais non !... » s'étrangla Volpone.

Une bouffée de rage s'empara de lui à la pensée de ce consigliere qui n'en faisait qu'à sa tête, pensait pour lui et discutait ses ordres.

« Il te rejoint à Zurich par le premier avion », dit Angela.

Kurt jeta un regard à la dérobée sur ses parents. Ils se tenaient craintivement l'un près de l'autre, un peu à l'écart, ne sachant quelle contenance prendre, bousculés par les invités qui déferlaient depuis dix minutes par vagues joyeuses, s'extasiant à voix haute sur l'originalité de la décoration pour s'isoler ensuite entre connaissances afin de mieux la déplorer. Il était un peu plus de minuit : Renata n'était toujours pas là.

Mal à l'aise dans son costume de velours noir et sa chemise au jabot ouvragé, Kurt scrutait désespérément les nouveaux arrivants, s'attendant à chaque instant d'y voir éclater la magnifique robe saumon de sa fiancée. Il était assez fin pour sentir que tout commençait mal. Kloppe, crispé plus qu'à l'ordinaire, avait fait un effort visible pour s'arracher un sourire et échanger trois mots avec lui. Chimène avait été plus aimable, applaudissant plus fort que les autres, s'exclamant, prenant les invités à témoin.

« Ces jeunes gens sont fous ! Regardez dans quel état ils ont mis mon appartement ! » gloussait-elle en prenant ses amies sous le bras afin de leur faire mieux apprécier le désastre de sa maison dévastée. Kurt songea avec un pincement au cœur qu'il en aurait pour presque trois heures avant de pouvoir se libérer de ce cirque. Le pasteur, qui n'était pas encore arrivé, devait les marier immédiatement après le repas. L'hélicoptère n'atterrirait sur le toit que vers les trois heures du matin, pour les déposer à l'aéroport où Renata prendrait les commandes de son propre appareil. Direction : Portofino, en Italie. Un yacht les y attendait pour une croisière de huit jours en Méditerranée. Huit hommes d'équipage, un commandant, un commandant en second, un officier mécanicien, un barman, trois stewards et deux cuisiniers pour eux tout seuls. Des rires éclatèrent : un industriel allemand, sanglé dans un smoking, en équilibre sur la tête, faisait le poirier pour mieux contempler le Vinci. Son épouse le tira discrètement par la jambe. A cet instant, le regard de Kurt croisa celui de sa mère. Utte n'eut pas le temps de changer d'expression. Elle avait un air désolé. Toute raide dans sa hideuse robe vert pomme, plus grande que son mari, elle ressemblait à une tour enrobée et mélancolique. Kurt détourna les yeux, pour ne plus voir les siens ni ne rencontrer ceux de Joseph, son père.

Il y eut une bousculade près de la porte, accompagnée de cris et de phrases lancés à voix haute. Kurt pensa que Renata arrivait. Au soulagement qu'il en ressentit, il mesura l'angoisse que lui causait son absence.

Mais non... Ce n'était pas elle. Il s'agissait seulement de camarades d'université qui se ruèrent sur lui pour le féliciter.

« Ta fiancée t'a déjà plaqué ?

— Qu'est-ce que ça sera après le mariage !

— Hé ! Kurt ! Renata, tu la caches où ? »

Kurt fit chorus. Renata aurait dû se trouver sur place depuis une heure déjà. Mal à l'aise, il dut encore répondre à de nouvelles plaisanteries. Une ancienne petite amie se hissa sur la pointe des pieds et lui glissa à l'oreille :

« Si elle ne vient pas, pense à moi... Je suis toujours là pour la remplacer... »

Chimène se fraya un chemin parmi la foule de plus en plus dense, qui se jetait avec avidité sur les premières coupes de champagne servies par des maîtres d'hôtel en blanc, évoluant parmi les lustres du plancher devenu plafond.

« Savez-vous où est Renata ? » demanda-t-elle avec une inquiétude qu'elle voulait cacher.

Kurt lui adressa un grand sourire serein.

« Ma foi... Elle doit finir de se préparer... L'avez-vous vue ?

— Elle a quitté la maison à trois ou quatre heures cet après-midi. Elle devait aller chez le coiffeur...

— Vous ne l'avez pas vue depuis ?

— Mais non... Je suis inquiète.

— Où est la fiancée ? cria un invité en levant son verre.

— Elle arrive... Elle arrive ! dit Chimène qui croyait toujours devoir justifier non seulement ses actions, mais celles des autres. (Et elle ajouta :) Seigneur, voilà le pasteur ! Kurt, je vous en prie, faites quelque chose... »

Elle se précipita à la rencontre de l'ecclésiastique, vieil ami de sa famille qui avait accepté, à contrecœur, de célébrer ce mariage dans des conditions aussi saugrenues. Chimène avait balayé ses scrupules en lui faisant un don considérable pour les « pauvres de sa paroisse ». Ce qui, à Zurich, n'était qu'un pieux euphémisme. Les moins riches de la ville n'étaient pas des Suisses, mais des Italiens ou des Portugais.

Kurt, entre deux bourrades amicales, regarda furtivement l'heure à sa montre : il était maintenant plus de minuit et demi. Normalement, le souper devait être servi à une heure précise. De plus en plus sombre, la gorge serrée, il décida de s'esquiver dix minutes pour partir à la recherche de Renata.

Elle alluma une cigarette, exhala une longue bouffée de fumée et suivit le profil de Lando du bout de l'index. Ce geste infime lui fit sentir le poids énorme de sa fatigue. Elle n'avait plus de corps et en même temps, son corps pesait des tonnes. Désormais, elle n'aurait pas trop de sa vie entière pour se remémorer les sensations inouïes qui l'avaient détruite de bonheur en quelques heures. Elle avait franchi à jamais une frontière, plané dans la dimension de la jouissance. Autant dire de la mort. Mais même la mort ne pouvait être aussi intense. Pourtant, elle ne connaissait de lui que son nom : Lando. Et il ne savait d'elle que les six lettres composant le sien, Renata. Il était Dieu, nul au monde ne pouvait l'égaler. Il fallait qu'elle le quitte.

« Lando... L'heure ? »

Il lui caressa le mamelon d'un sein.

« Aucune idée... Minuit... Une heure... Deux heures... Quelle importance ? »

Elle eut un petit sourire teinté d'amertume.

« Il faut que je m'en aille.

— Maintenant ?

— Je donne une fête.

— En pleine nuit ?

— Oui... Un mariage. Le mien. Je me marie dans une heure. »

Lando, épuisé par sa prestation, trouva cependant le courage de simuler l'ébahissement :

« Tu te maries à trois heures du matin ?

— Oui », dit-elle en lui introduisant le bout de sa cigarette entre les lèvres. Il en aspira une bouffée.

« Tu te fous de moi ?

— Non. C'est vrai. »

Il avait espéré qu'elle oublierait l'heure, mais apparemment, ce qu'il lui avait fait subir n'était pas suffisant. Galvanisé par la peur que lui inspirait Volpone, il rassembla ses dernières forces pour un ultime round destiné à la garder chez lui. Sa langue était douloureuse, lourde et sèche comme un morceau d'étoupe. Impossible de l'utiliser. Quant au reste... Italo Volpone avait été formel :

« Je veux le bordel chez Kloppe, le scandale ! Ne brutalise pas sa fille, mais drogue-la de coups de queue jusqu'à ce qu'elle en oublie d'aller à son propre mariage ! »

Lando se tourna vers Renata, lui mordilla avec tendresse le lobe de l'oreille. Elle se cabra au souvenir de ses dents qui s'étaient enfoncées dans la chair douce de sa nuque, quand elle hurlait de jouissance et de douleur.

« Je ne te crois pas », dit-il.

Elle eut la force de sourire.

« Tu veux que je t'invite ?
— Pourquoi tu te maries ? »
Elle réfléchit pendant plusieurs secondes.
« A vrai dire, je ne sais pas... C'est quoi, ton nom de famille ? »
Il hésita un instant mais lâcha :
« Baretto. »
« Renata Baretto... » rêva fugitivement Renata.
« Tu l'aimes ?
— Non.
— Alors, pourquoi tu l'épouses ?
— Franchement, je n'en sais rien... C'est trop tard, Lando... L'engrenage... »
Il haussa les épaules.
« Je ne suis pas seule... Toute la ville est au courant... Les invités... Je ne peux pas faire ça à mon père.
— Il fait quoi, ton père ?
— Banquier.
— A Zurich ?
— Oui. Et toi, tu fais quoi ?
— Je suis retraité. »
Elle pouffa.
« J'étais professionnel de football. Je gère une chaîne de laveries automatiques, Suisse, France, Italie... Prochaine étape, l'Autriche.
— Jamais vu un mariage aussi con... Et c'est le mien ! »
Elle esquissa un mouvement pour sortir du lit.
« Il faut que j'y aille. »
Il la retint contre elle et la serra.
« Tu sais, ce qu'il y a eu entre nous, pour moi, c'est quelque chose de rare...
— Pour moi aussi, dit-elle avec gravité.
— Pourquoi tu viens pas avec moi ?
— Où ?

— Où tu voudras.
— Pas maintenant, Lando, c'est impossible.
— La voiture est en bas, on fout le camp ! »
Elle le regarda pensivement et son cœur cogna plus fort dans sa poitrine. Il perçut son trouble, son hésitation...
« Tu t'apprêtes à faire une connerie. Tu es bien avec moi ? »
Elle se pelotonna contre lui dans un mouvement spontané.
« Alors ? » insista Lando.
Sans le regarder, elle murmura rapidement :
« Ce que tu m'as donné... non, tu ne pourrais pas comprendre ! »
Elle se dégagea. Son cerveau en ébullition, il chercha désespérément le moyen de la retenir encore. S'il avait pu l'assommer, comme tout aurait été simple ! Il la vit enfiler ses collants et passer la jupe de son ensemble bleu.
« Je ne tiens plus debout », dit-elle.
Les jambes prises de tremblement, elle dut se rasseoir sur le lit. Il ne fit pas un geste. Elle laissa tomber sa tête au creux de son épaule musclée et dure, caressant timidement ses pectoraux.
« Lando...
— N'y va pas ! »
Peut-être n'aurait-elle plus trouvé le courage de se lever s'il s'était tu. Mais le mot la fouetta. Elle se remit debout péniblement, rattacha son soutien-gorge et marmonna :
« C'est fou ce qu'il m'arrive... Fou... Fou !... »
Elle se regarda dans une glace et sursauta.
« Mon Dieu !... J'ai cent ans ! Qu'est-ce que tu m'as fait, Lando ?
— Rien. Puisque tu t'en vas...
— Essaie de comprendre...
— Non. »

Les larmes lui montèrent aux yeux.

« Lando, demain ! Si tu le veux ! Je te jure que je divorce ! »

Il lui tendit ses chaussures.

« Tu vas être en retard. Il est deux heures et demie. »

La partie était perdue : son instinct lui disait qu'il ne pourrait plus la faire fléchir.

« Je n'ai même plus le temps d'aller me changer, c'est affreux !

— Je te raccompagne. »

Plus tard, quand ils furent dans la voiture, elle dit :

« J'aimerais une photo de toi. Tu en as une ?

— Non.

— Tu en veux une de moi ? »

Il était trois heures moins dix. Ils roulaient lentement dans Stampfenbachstrasse totalement déserte, aux vitrines illuminées pour personne.

« Arrête-moi ! » dit Renata.

Lando freina. Elle descendit et traversa rapidement la rue. Entre deux boutiques de cadeaux de luxe, une petite guérite de photomaton. Renata y pénétra et tira le rideau derrière elle. Lando observa vaguement ses jambes que l'espace compris entre le sol et le bas du rideau lui permettait de voir jusqu'aux genoux.

Eclatèrent dans la nuit les quatre éclairs d'un flash électronique. De nouveau, Renata se retrouva dans la voiture.

« Vite ! » dit-elle.

Sans le regarder, elle lui tendit les quatre photos encore humides. Il y jeta un coup d'œil, fit la moue, se pencha vers elle et lui chuchota quelque chose à l'oreille. Renata eut l'air surpris.

« Non, fit-elle, non... Une autre fois... »

Lando murmura d'autres mots. Renata hésita,

sortit de la voiture et retourna dans la cabine. Quand elle eut fermé le rideau, Lando constata que les jambes de Renata disparaissaient l'une après l'autre de son champ de vision.

Quatre autres flashes l'éblouirent. Lando tira sur le démarreur et contempla avec un sourire les clichés qu'elle lui glissait. Cette fois, ils ne représentaient plus son visage, mais autre chose, sous des angles légèrement différents : le pubis de Renata. Satisfait, il les enfouit dans sa poche et décolla du trottoir.

« Renata, si tu changeais d'avis... Je te laisse ma voiture. Les clefs seront sur le tableau de bord. Je t'attendrai à l'appartement autant qu'il le faudra... »

Elle ne répondit rien, mais lui prit la main, la serra très fort et la porta à ses lèvres.

Vers une heure du matin, les invités les plus âgés s'assirent par affinités autour des petites tables. Aucun d'eux n'avait l'habitude de veiller en pleine nuit. Chimène, qui sentait venir le désastre, se tordit les mains et fonça sur son futur gendre qui venait de réapparaître.

« Kurt ! L'avez-vous retrouvée ?

— Non, madame, non, je ne sais rien... Elle est nulle part...

— Mon Dieu ! Que vais-je dire au pasteur ?

— Ce n'est pas le pasteur qui m'inquiète, c'est Renata ! lança Kurt sur un ton agressif. Tout le monde est là, sauf elle ! C'est elle qui se marie ! Enfin, elle vous a bien dit quelque chose ?

— Mais non !

— C'est vous qui l'avez vue en dernier !

— Je croyais que vous l'aviez vue après moi ?

— Jamais de la vie ! Nous nous sommes quittés à midi !

— Qu'est-ce qu'il faut faire, Seigneur, qu'est-ce qu'il faut faire ?

— Où est votre mari ?

— Homer ? Je ne sais pas... Il était là à l'instant...

— Ce n'est pas normal ! Renata est peut-être malade...

— Mais où, où ?

— Je vais alerter les flics !

— Mais... mais... Et tous ces gens ?

— Qu'on les fasse passer à table ! Ils y sont déjà...

— Je vais demander conseil au pasteur !

— Ecoutez madame, il ne garde certainement pas votre fille dans sa poche ! »

Kurt tourna les talons et fut happé par un groupe de jeunes gens.

« Alors ? Ta femme ? On a faim, nous !

— Bouffez ! »

Il partit à la recherche de Kloppe qu'il aperçut au bout du salon, en conversation avec deux hommes d'un certain âge. S'excusant à peine, il tira le banquier par le bras.

« Je ne sais pas ce qui se passe. Renata n'est toujours pas là.

— Vous êtes allé à la maison ?

— Oui. Elle n'y est pas non plus.

— Que dit Manuella ?

— Elle ne l'a pas vue depuis quatre heures de l'après-midi. »

Kloppe souffrait d'abominables élancements dans la mâchoire. Il pensa instantanément que Volpone avait manigancé un nouvel attentat.

« Il faut appeler la police ! » dit-il.

Tant qu'on s'en était pris à sa personne ou à son

honneur, il avait tenu bon, répugnant à mêler des policiers à des drames personnels qui n'étaient qu'un prolongement de ses affaires bancaires. Mais Volpone allait trop loin : tant pis pour le scandale. Homer n'avait que trop tardé à l'empêcher de nuire.

« Téléphonez immédiatement à la direction de la police cantonale. Demandez le lieutenant Fritz Blesh. Qu'il ordonne les recherches ! »

Chimène s'abattit sur eux avant que Kurt ait pu filer. Son visage reflétait son angoisse, mais par un réflexe mécanique, elle trouvait le moyen de sourire et d'envoyer des baisers à ceux de ses invités qui lui faisaient des signes affectueux.

« Qu'est-ce qui se passe ? Où est Renata ? Que décidez-vous ?

— Calmez-vous, dit Homer. Kurt va prévenir la police.

— Mais Homer... Ces gens ?... »

Elle désignait les deux cents personnes en habit d'apparat, verre en main, agglutinées par groupes d'où commençait à monter une rumeur qui ressemblait fort à de l'impatience.

« Vous avez des ennuis ? » s'enquit poliment Joseph Heinz, le père de Kurt. A dix centimètres derrière, collant à lui comme son ombre, Utte.

« Non, papa, rien ! Tout va bien ! Emmène maman s'asseoir... »

Il rencontra le regard de sa mère, plein de reproche, comme s'il était pour quelque chose dans le retard de sa fiancée !

« Votre fils a raison, madame Heinz ! Mettez-vous donc à table... Je vais demander qu'on fasse servir le souper !

— Je n'ai pas encore eu le plaisir de voir Renata, dit Joseph Heinz.

— Ecoute, papa, pour ne rien te cacher, moi

non plus ! Ce n'est pas le moment ! Va donc t'asseoir !

— Ta fiancée n'est pas encore arrivée ? » demanda Utte avec une expression douloureuse et résignée.

Kurt haït soudain sa robe verte. Chimène agrippa un maître d'hôtel.

« Faites servir le dîner tout de suite ! »

Des petits malins, prétendant que le décor leur donnait le mal de mer, s'étaient couchés sur le dos après plusieurs coupes de champagne, gisant sur le plafond-plancher au milieu des lustres inversés, la tête tournée vers les meubles pendant des cintres. Une cloche sonna pour annoncer le repas. Ruée vers les tables où de petits cartons indiquaient à chacun la place qui lui était dévolue. Les premiers qui lurent le menu éclatèrent de rire, pensant que l'imprimeur s'était trompé en transcrivant l'ordre des plats : la carte était rédigée à l'envers ! Mais déjà, les serveurs en gants blancs apportaient des plateaux chargés de tasses de café fumant et de bouteilles de fine champagne.

Il y eut un moment de flottement : comment fallait-il prendre cet outrage aux convenances ?

« Chouette ! cria quelqu'un. On va avoir des huîtres au dessert ! »

Le mot fit flèche et entraîna l'adhésion de ceux qui semblaient avoir avalé un parapluie, des amis des Kloppe pour la plupart. Le café fut avalé dans une bonne humeur qui devait quelque chose aux nombreux verres d'alcool déjà absorbés. Pendant qu'on présentait les « Sorbets de la Passion », Chimène se demanda comment les invités accueilleraient l'arrivée de la charlotte au chocolat à laquelle succéderaient les plateaux de fromages. Elle ne reconnaissait plus son appartement. Même ses tableaux, accrochés à l'envers, semblaient défier la vision familière qu'elle s'en était forgée en trente années de cohabitation pacifique : tout était délirant, cauchemardesque, irréel... Elle était déchirée entre la terreur d'une absence prolongée de Renata, l'angoisse qu'il lui soit arrivé quelque chose, et l'épouvantable panique causée par la perspective du gratin de la ville convié en pleine nuit à un mariage qui n'allait pouvoir se dérouler, faute de mariée !

« Kurt ! Où allez-vous ? »

Il se précipitait déjà entre les tables, ne pouvant éviter les mains qui se tendaient vers lui, tentant de faire bonne figure, malgré son désarroi, aux plaisanteries qui fusaient de toutes parts. Tapotant une épaule, clignant de l'œil avec ironie, jouant celui qui sait et qui détient la clef des événements. Au début, dans le brouhaha de l'arrivée des invités, l'absence de Renata était passée inaperçue. Mais maintenant, la rumeur courait de table en table, on se posait des questions avec des mines pleines de sous-entendus. Au moment où il allait atteindre l'escalier conduisant au hall, Kurt se vit barrer le chemin par le pasteur Lustz.

« Professor Heinz !

— Monsieur le pasteur ?

— Où est votre future épouse ?

— Elle arrive. Je vais la chercher ! »

Il l'écarta, dégringola les marches et s'empara de l'appareil.

« Allô ! La police ?... »

Il pencha machinalement la tête pour regarder au-delà de la pile des manteaux, vers la porte d'entrée. Les trois femmes en robe noire et collerette blanche préposées au vestiaire lui jetèrent un regard curieux.

« Je veux parler au lieutenant Blesh ! C'est urgent ! »

Il vit s'ouvrir la porte d'entrée : apparut Renata ! Kurt raccrocha doucement le téléphone.

« Vous êtes invitée ? » s'enquit l'une des dames du vestiaire.

Kurt fut frappé par l'air absent de sa fiancée. Son visage était pâle, tiré, sa coiffure négligée. Elle n'arborait pas la fastueuse robe saumon conçue pour la cérémonie, mais un tailleur d'après-midi bleu lavande assez fripé. Etait-elle même maquillée ?

« Renata ! »

La peur qu'il avait eue de ne plus la voir, par réaction, se mua sur-le-champ en colère.

« D'où sors-tu ? Tout le monde poireaute ! Tes parents sont aux cent coups ! J'étais en train d'appeler les flics ! »

Il vit que les trois femmes écoutaient de toutes leurs oreilles.

« Occupez-vous de vos manteaux ! »

Il prit Renata par le bras et l'attira dans un coin. Elle le regarda comme si elle ne l'avait jamais vu.

« Vas-tu me dire ce qui s'est passé ! Tu n'es même pas habillée ! Renata, je te parle ! »

Elle observa d'un air absent son visage luisant de sueur, crispé d'énervement : ce type était un étranger. Elle allait l'épouser, certes, mais dès le lendemain, elle déposerait une demande en divorce.

Il la secoua violemment.

« Tu es droguée ou quoi ? Renata ! D'où viens-tu ? »

Elle se dégagea d'un air las.

« Kurt, tu tiens à ce que je t'épouse ?

— Comment ? bégaya-t-il.

— Alors, fous-moi la paix ! Ne me pose pas de questions ! »

Sidéré, il fit un pas en arrière.

« Mais tu ne peux pas... Cette tenue...

— Si tu ne montes pas avec moi immédiatement, je repars ! »

Elle s'engagea dans l'escalier, il la suivit, la rattrapant de justesse sur le palier. Il n'eut que le temps de lui prendre le bras d'un air conquérant à l'instant où elle franchissait le seuil du grand salon.

« La voilà ! » cria un convive.

Renata trouva la force de sourire pendant qu'une ovation saluait son entrée. Les femmes chuchotèrent sur son passage, se demandant à quoi correspondait ce tailleur bleu lavande à deux heures du matin, à l'occasion d'une cérémonie nuptiale. Mais après tout, peut-être était-ce volontaire ? Tout était si bizarre depuis le milieu de la nuit... Zurich n'était plus Zurich !

Renata s'installa à la table de ses futurs beaux-parents.

« Des ennuis ? lui murmura Joseph Heinz.

— Je vous raconterai... » dit Renata.

Un serveur zélé se fit un devoir de lui apporter en bloc tout ce qu'elle avait raté depuis le début des agapes : de la fine champagne, du café, du sorbet, de la charlotte au chocolat, des fromages et une tranche de selle d'agneau. Il se pencha vers elle et chuchota finement :

« Vous devez commencer par le café... Dépêchez-vous, le bar en croûte est en route !

— Ramenez tout ça, dit Renata.

— Vous n'avez pas faim ? demanda Joseph.

— Renata ! Renata ! » modula Chimène avec reproche.

Elle avait quitté sa table pour venir aux nouvelles. Le tailleur bleu lui donna un coup de poing à l'estomac :

« Mais... Ta robe ? »

Renata attrapa gentiment sa mère par le cou et lui glissa :

« Maman, si tu ne retournes pas à ta table immédiatement, je quitte la salle ! »

Chimène s'en fut, choquée et peinée.

Tout juste après le dessert — des huîtres du Belon — et pendant qu'on servait les apéritifs, se propagea une information qui eut le don de mettre en joie les convives : un banquier italien, qui s'était rendu aux toilettes, avait cherché vainement la cuvette de l'urinoir. Il ne l'avait trouvée qu'en levant la tête, suspendue au plafond. On se bouscula de tous côtés pour aller admirer la merveille.

A deux heures et demie, le pasteur Lustz fit un signe discret aux fiancés, à leurs témoins et à leur famille. Ensemble, ils pénétrèrent dans une pièce qui était restée soigneusement fermée aux invités. Habituellement, elle servait de bureau. Cette nuit, par la grâce du pasteur, elle allait devenir chapelle.

Le pasteur lut les textes rituels. Dans le court sermon qu'il prononça, il fit avec humour une brève allusion à l'exactitude, qui dérida les participants, à l'exception de Renata et de Kurt. Après quoi, il dit :

« Kurt Heinz, voulez-vous prendre pour épouse Renata Kloppe ?

— Oui », dit Kurt.

Chimène se mordit les lèvres pour retenir ses larmes.

« Renata Kloppe, voulez-vous prendre pour époux Kurt Heinz ?

— Oui, dit Renata sans lever la tête.

— Je vous déclare unis par les liens du mariage », conclut le pasteur.

La porte s'ouvrit à la volée et les invités s'engouffrèrent dans la minuscule pièce pour étouffer les nouveaux époux sous leurs embrassades. Au même instant, la rumeur de leurs félicitations entrecroisées fut couverte par le vacarme énorme d'un moteur : l'hélicoptère arrivait.

On reflua pour se ruer à toute allure dans l'escalier donnant accès à l'immense toit en terrasse. Sous la poussée de ceux qui les suivaient, les premiers en haut furent propulsés dans les rafales de vent frais qui les cueillit comme une gifle. Certaines femmes, en robes du soir, se plaignirent du froid, se serrant contre leurs cavaliers qui entrouvraient la veste de leur smoking dans un geste dérisoire de protection. Mais nul ne put redescendre : l'escalier était totalement bloqué par ceux qui jouaient toujours des coudes pour monter jouir du spectacle.

La terrasse était éclairée par une lumière rasante illuminant les jambes mais laissant dans l'ombre le haut des corps et les visages. Des projecteurs convergeaient vers l'hélicoptère, l'emprisonnant de leur faisceau cru et dur. Le pilote maintenait son appareil vrombissant à quinze mètres d'altitude au-dessus du sommet de la terrasse. Posée sur le toit, une solide nacelle d'osier entièrement recouverte de lys et de roses, reliée à l'hélicoptère par un filin d'acier serpentant dans l'espace pour aller se perdre dans l'obscurité de la nuit.

« Laissez passer les mariés ! » clamèrent plusieurs voix.

On s'écrasa un peu plus dans l'escalier pour faire place à Renata, poussée énergiquement par Kurt. Quand elle parvint sur le toit, elle était livide. Ses cheveux s'envolèrent dans le vent et elle regarda avec stupéfaction la mise en scène qu'elle avait réglée elle-même, n'arrivant pas à croire qu'elle avait pu concevoir quelque chose d'aussi absurde et provocant. Sentant son hésitation, Kurt la tira et s'engagea dans une double haie humaine d'où montaient des bravos. Maintenant qu'il était au pied du mur, lui aussi trouvait ce cirque absurde. Il serra les dents, désireux d'en finir, anticipant le vertige qui allait lui broyer les tempes dès que la nacelle s'élèverait dans le froid et la nuit. L'essentiel était de donner le change à tous ces notables qui devaient guetter la moindre défaillance du fils Heinz, celui qui épousait une héritière...

« Renata ! Renata !... »

S'époumonant pour se faire entendre malgré le bruit des rotors, Chimène s'accrochait au bras de Renata, se laissant pendre de tout son poids pour freiner la marche de sa fille. Des hurlements de rire jaillirent de la foule.

« Elle ne veut pas les quitter pendant leur nuit de noces !

— Laissez-la monter !

— Chimène, avec eux ! Chimène, avec eux ! »

La phrase était scandée sur l'air des lampions par les invités dont la plupart étaient montés avec une bouteille sous le bras, qu'ils tétaient par longues rasades, la passant ensuite à leurs proches voisins.

« Renata, n'y va pas ! Ne monte pas ! Renonce ! J'ai fait un mauvais rêve ! »

Kurt repoussa sa belle-mère sans tendresse et la jeta dans les bras des spectateurs du premier rang qui la retinrent avec de grosses plaisanteries. Bravement, Kurt bondit dans la nacelle et fut terrifié par ses dimensions exiguës. Il n'aurait d'autre ressource que de s'y coucher dans le fond, en évitant surtout de regarder en bas, et de vomir à son aise.

Deux événements simultanés se déroulèrent alors dans une effroyable confusion. Chimène se dégagea et agrippa Renata qui était sur le point d'enjamber la paroi tapissée de fleurs de la nacelle. Dans un angle éloigné du toit, se tenait un homme chargé d'allumer un projecteur rouge, signal convenu pour que l'hélicoptère s'éloigne dès que sa cargaison serait solidement arrimée. L'un des invités, un financier hollandais passablement ivre, s'avança vers l'homme, une bouteille de whisky à la main.

« Buvez un coup, mon vieux ! Buvez un coup ! Est-ce qu'on a été présentés en bas ? »

Le technicien eut un sourire. Comme il avait froid, il saisit la bouteille et but au goulot.

« Qu'est-ce que c'est que ce machin-là ? » questionna le Hollandais en appuyant sur la manette.

Une flèche rouge troua la nuit. En haut, le pilote avait du mal pour garder son appareil immobile à cause de la violence des rafales du vent. A demi aveuglé par les autres projecteurs illuminant l'hélicoptère, il vit avec soulagement le signal rouge. Selon les instructions reçues, il fit grimper en souplesse l'appareil d'une dizaine de mètres. La nacelle s'arracha du toit et s'éleva dans l'espace : à bord, il n'y avait que Kurt.

Un hurlement collectif couvrit le sien. Mais le pilote ne l'entendit pas. Gêné par les lumières, ébloui, il fit pivoter l'appareil, prit son cap et s'éloigna, la nacelle tanguant au ras des toits de la ville. « Le marié s'envole ! » cria quelqu'un. Abasourdie, sa mère toujours accrochée à elle, Renata vit Kurt agiter les bras avec des mouvements de sémaphore, suspendu entre ciel et terre dans la nacelle fleurie qui se perdit bientôt dans la nuit. Il y eut un flottement sur la terrasse. Dégrisés par le froid, les invités portaient maintenant leurs regards sur Renata. Elle décrocha d'elle les mains de sa mère, repoussa son père qui voulait la retenir et se creusa un chemin dans la masse de ses hôtes. Sourde à leurs voix, elle se précipita dans l'escalier.

« Comment avez-vous trouvé le souper ? » dit Louis Philippon en la voyant apparaître dans le cauchemar surréaliste qu'était devenu le salon.

Il était arrivé à Zurich les poings faits, furieux de ce menu imbécile qu'on avait imposé à son talent et qui était un défi aux palais les plus frustes. Non par son ordonnance inversée, mais à cause du mauvais choix des mets, raffinés pris séparément, mais constituant une hérésie dans leur ensemble : du foie gras, des huîtres et du bar en croûte !... Il s'était rapidement consolé devant le nombre de journalistes qui avaient envahi sa cuisine pour le prendre en photo et l'interviewer. La bataille terminée, il se sentait presque heureux, affamé seulement de quelques compliments, d'un peu de gloire supplémentaire. Sans bien comprendre ce qui se passait, il vit Renata lui filer sous le nez sans répondre un mot, sans même l'entendre.

Renata se retrouva dans la rue déserte et chercha des yeux un hypothétique taxi. Elle voulait arriver à l'aéroport en même temps que Kurt. Elle avait été élevée d'une façon trop rigoureuse pour que le mépris soudain qu'elle lui portait impliquât de sa part un abandon. Elle se souvint de la voiture de Lando...

« Renata ! »

Homer Kloppe était sur le seuil de la porte. Sa silhouette trapue se découpait dans la lumière.

Elle s'immobilisa une seconde.

« Ecoute-moi, Renata ! dit le banquier en faisant un pas vers elle.

— Plus tard, papa ! Plus tard ! »

Elle courut jusqu'à l'angle de l'immeuble, se glissa dans la Beauty Ghost P9 : les clefs étaient sur le tableau de bord. Lando ne les lui avait pourtant pas laissées pour qu'elle rejoigne son mari... Le moteur tourna à la première sollicitation. Renata avait froid. Elle chercha le bouton pour refermer la capote du cabriolet, ne le trouva pas, mit le chauffage à fond, effectua une marche arrière et démarra sur les chapeaux de roue dans Bellerive Strasse. Elle longea un instant les quais de la Limmat, vira sèchement dans Rami Strasse, traversa en trombe la place Kunsthaus et prit encore à droite dans Zurichberg Strasse. Dès que les feux de signalisation s'espacèrent, elle accéléra, ses longs cheveux fouettés par le vent.

Elle allait parler à Kurt tout de suite. Ils avaient simplement fait une erreur, ni elle ni lui n'en étaient responsables.... Il comprendrait...

A la sortie d'un virage, alors qu'elle roulait à cent vingt, il y eut une espèce de bruit sec dans la colonne de direction. Elle ressentit dans les mains la vibration du volant qui ne répondait plus. Elle n'eut pas le temps d'avoir peur. Elle pensa seulement : « Je vais être en retard... » Echappant à son contrôle, la lourde voiture obliqua à gauche et s'engagea en travers de la route à la vitesse d'un obus. Renata, toujours accrochée au volant qui s'était affaissé, donna un violent coup de freins. Les pneus hurlèrent. Le cabriolet heurta de ses roues avant un muret invisible dans l'herbe du talus et amorça un tonneau. Ejectée, Renata se retrouva par terre, allongée sur le dos. Les yeux grands ouverts, elle vit les deux tonnes de la P9 tournoyer presque avec lenteur au-dessus de sa tête. Puis l'acier la broya.

La firme Continental Motor Cars allait devoir enregistrer le neuvième accident mécanique survenu à une Beauty Ghost P9 sortie de ses usines. Dans la série, le cinquième accident mortel.

TROISIÈME PARTIE

OUT

18

Personne ne pouvait y échapper. A la fin de la journée de travail, les hommes, en file indienne, Blancs ou Noirs, devaient passer à la fouille. On les palpait sous toutes les coutures. Ce qui, par miracle, aurait pu échapper aux mains des gardiens, n'avait aucune chance de passer inaperçu à la radio. Deux spécialistes voyaient, à travers le ventre des ouvriers, si aucun diamant n'avait été avalé par ceux du chantier. Julio avait entendu d'étranges histoires... Un Blanc d'origine allemande avait paraît-il, réussi à sortir plusieurs diamants de l'enceinte de la mine. Son truc : il les enrobait dans du chewing-gum qu'il enveloppait ensuite de papier d'argent qu'on trouve autour des tablettes de chocolat. En fait, personne n'avait connu ce Blanc, mais chacun avait entendu son histoire. Allez savoir... En tout cas, ce n'est pas Julio qui se serait amusé à jouer au petit malin. La discipline était terrible. Le camp était cerné par un réseau de fils de fer barbelés où passait un courant de 250 volts. Parfois, au matin, on retrouvait des animaux de la brousse foudroyés le long de la clôture. A midi, ils étaient pourris. A cinq heures, desséchés. Le lendemain matin, on n'en trouvait plus trace. D'autres prédateurs les avaient dévorés.

La garde du camp était assurée par des aryens au front bas, colossaux et bornés, grands comme des montagnes et totalement dépourvus d'humour. Eux-mêmes avaient sous leurs ordres des équipes de Noirs revêtus de treillis, coiffés de casques provenant des surplus de l'armée américaine. Comme à leurs frères de couleur, la compagnie minière leur avait fait signer un contrat de quatre ans. Ainsi, ils étaient liés jusqu'à leur mort au bon plaisir de ses dirigeants. En revanche, Eric Mortaeldt, le directeur de la Wassenaar's Consolidated, pouvait renvoyer pour la moindre foucade n'importe lequel de ses employés. En dehors de leur accoutrement militaire, les gardes noirs se distinguaient des mineurs par leurs dents, dont la coquetterie du Botswana consistait à les faire tailler en pointe, comme celles de Simba, le lion, leur dieu.

Certains hommes étaient logés au camp dans des baraquements. D'autres, chargés de famille, avaient l'autorisation de rentrer chez eux deux fois par semaine dans la banlieue de Chukudu. Ils ne faisaient que passer d'un camp de concentration dans l'autre. L'apartheid était rigoureux. Les Noirs vivaient dans une espèce de ghetto d'où il leur était interdit de sortir pour se rendre en ville. Si une femme noire avait des rapports sexuels avec un Blanc et qu'elle se fasse prendre, elle écopait de cent un coups de bâton assortis d'un an de prison. Quant au Blanc, désigné par cet acte dégradant au mépris de ses pairs, il devait payer une amende de cinq cents dollars et séjourner en quarantaine dans l'hôpital local où il subissait des examens et des analyses poussés à l'extrême. Les nègres, c'est bien connu, ont tous des maladies vénériennes — et peu importait que les Blancs les leur aient refilées ! Le soir tombé, dans leur club, les notables de Chukudu se soûlaient lugubrement à la bière, impeccables dans leurs complets crème. Pour aller au cinéma — on avait donné *Docteur Jivago* la semaine précédente — ils s'habillaient tous en smoking. Tout Noir trouvé dans la rue après l'heure du couvre-feu était passible de prison et bien évidemment, encaissait en hors-d'œuvre une bastonnade sévère.

Une ou deux fois, Julio s'était rendu en ville. Ça l'avait déprimé. Tout Blanc qu'il soit — mais au Botswana, un Portugais n'est pas tout à fait un Blanc — on lui avait fait sentir dans les bars où il avait fait halte, qu'on le servait à contrecœur et que sa place n'était pas là, mais au chantier, avec les nègres. Il y était retourné sans regret : l'air y était plus pur, le camion de putes leur rendait visite une fois par semaine, les lettres de Manuella lui redonnaient le moral.

« Qu'est-ce que tu as dans la main ? dit le garde.

— Une lettre, dit Julio.

— Fais voir...

— Tu sais pas lire !

— Donne ! »

Le garde la froissa dans sa main gigantesque.

« Ça va, file ! »

Julio n'avait plus que Manuella pour toute famille : sa propre mère, complètement gâteuse, avait été internée à Albufeira dans une maison de santé. Julio payait la pension de sa vieille tous les mois, mais lors de sa dernière visite au Portugal, deux ans plus tôt, elle ne l'avait même pas reconnu.

Aussi, il était flatté et réconforté que Manuella s'inquiète pour lui. Il avait reçu la lettre le matin. Déjà, il aurait pu en réciter des passages par cœur : « Je ne savais pas que ton travail était si dangereux, aussi, je te le demande, abandonne ! » Le mot était souligné deux fois. « Reviens, Julio, disait encore Manuella... On restera encore un an ou deux à Zurich, ma patronne te trouvera un travail tranquille... » En Suisse, Julio avait été chauffeur de grande remise, mais le port d'un uniforme et d'une casquette l'avait rasé... La petite annonce lue dans *La Suisse* précisait qu'au Botswana, s'il était engagé, il toucherait 400 dollars par semaine !... Manuella écrivait encore : « On rentrera à Albufeira. En s'y mettant à deux, on pourra acheter notre magasin... »

En avaient-ils rêvé de ce magasin ! Une espèce de complexe où l'on trouverait aussi bien du tabac que des articles d'épicerie et de mercerie... S'il pouvait travailler ici un an encore, l'affaire était dans le sac. Les sommes économisées par lui et Manuella seraient suffisantes pour un premier versement. Le reste serait payé à crédit, et viendraient tout naturellement des bénéfices... Auparavant, il faudrait qu'il demande un congé pour aller épouser Manuella avant qu'elle n'accouche de leur enfant. Dans même pas cinq mois ! Malheureusement, les ragots du camp rapportés par les uns et les autres, faisaient état d'une prochaine fermeture du chantier pour des raisons de sécurité. Le travail était dangereux. En trois mois, Julio avait vu mourir six nègres.

D'autres disaient que les patrons de la Wassenaar's ne fermeraient pas. Au contraire, ils allaient continuer la prospection et offrir une prime de risque aux employés...

Julio allait atteindre sa baraque, la 11, quand un

coup de sirène bref retentit. Une voix s'éleva d'un haut-parleur :

« Rassemblement immédiat devant le bâtiment de la direction... Je répète...

— Qu'est-ce qu'ils veulent ? demanda Jaõ, un compatriote.

— Viens, on va le savoir », dit Julio.

Plusieurs centaines d'hommes, noirs et blancs, se retrouvèrent devant le bâtiment en dur où on leur versait leur paie. Apparut sur la terrasse du premier étage le grand patron lui-même, Eric Mortaeldt. Il colla sa bouche contre un porte-voix...

« J'ai trois nouvelles à vous annoncer. Deux bonnes et une mauvaise. La mauvaise d'abord. On ferme ! »

Dans le silence stupéfait qui suivit, l'écho de sa voix, curieusement déformée par l'amplificateur, résonna encore à trois ou quatre reprises : « On ferme... On ferme... On ferme... »

Pour eux tous, ce simple mot signifiait un changement de vie total, le retour au pays pour les Européens, le maintien au ghetto pour les Noirs, le chômage pour tous.

« La bonne maintenant ! On ferme pour vous construire un camp plus beau, un chantier plus sûr... Sur ma demande, et dans votre intérêt, les hauts dirigeants de la compagnie nous ont débloqué quatre millions de dollars ! »

Mortaeldt observa un silence, destiné à faire sentir à ces pouilleux ce que ce chiffre avait d'écrasant. Mais pour les pouilleux, il n'avait aucun sens. Quatre millions de dollars, le petit Jésus ou la planète Mars...

« Cette somme, poursuivit le directeur de l'exploitation, sera entièrement consacrée à votre sécurité...

— Quelle sécurité, puisqu'on s'en va ? cria un anonyme que les gardes tentèrent vainement de repérer.

— Justement ! enchaîna Mortaeldt qui se piquait d'élégance et n'hésitait pas à répondre à un subalterne. Dès que les travaux seront terminés, nous rouvrirons le chantier. Vous serez embauchés de nouveau !

— Si on fout le camp, ce n'est pas pour revenir ! »

Cette fois, les gardes noirs repérèrent le trublion, une racaille française ou italienne. Ils foncèrent sur lui pour lui caresser les côtes de leurs matraques électrifiées.

« Stop ! » dit Mortaeldt.

Les gardes s'arrêtèrent, frustrés.

« Comprenez bien, déplora Mortaeldt, que ce n'est pas de gaieté de cœur que la compagnie agit ainsi. Actuellement, nous sommes tous perdants. Les hauts responsables parce qu'ils mangent de l'argent, et vous-mêmes, parce que vous courez des dangers. Nous sommes aujourd'hui le 27 avril 1977. Vous cesserez le travail le 30 au soir. Le chantier rouvrira ses portes le 10 janvier 1978. Chacun de vous touchera deux mois de salaire à titre de dédommagement. Ceux qui nous indiqueront par écrit leur intention de reprendre le travail à la réouverture recevront, dès leur retour, la moitié de la totalité de leur paie pour les huit mois écoulés. »

Mortaeldt se racla la gorge, conscient d'avoir scrupuleusement respecté la volonté de Homer Kloppe. Le télex reçu le matin même était sans équivoque. Mortaeldt était bouleversé qu'un financier eût autant de cœur envers ses employés. Lui, à sa place...

Il conclut par un vibrant « Bonne chance à

tous ! Maintenant, au travail ! » et disparut dans le bâtiment qui bénéficiait de l'air conditionné.

Julio et Jaõ se dévisagèrent.

« Ben merde !... dit Jaõ. Qu'est-ce que tu vas faire ? »

Julio haussa les épaules avec fatalisme. Avant tout, il fallait prévenir Manuella de son retour à Zurich. Il ressortit la lettre de sa poche et en vérifia un passage : « ... ma patronne te retrouvera un travail tranquille... » Oui, c'était écrit noir sur blanc. Julio connaissait Renata et savait que Manuella l'adorait. Seulement, la fille du banquier s'était mariée la veille, et elle aurait sûrement d'autres chats à fouetter que de s'occuper de lui.

Pensif, Julio regagna sa baraque. Il sortit d'un tiroir un stylo, du papier, et penché sur la table de bois blanc, il commença à écrire.

Discrètement, le docteur Mellon prit le pouls de Gabelotti.

« Ça va ?

— Non... » grogna Don Ettore d'une voix renfrognée.

Quand par hasard son regard dérivait vers un hublot, il était obligé de fermer rapidement les yeux pour chasser le vertige qui l'envahissait. Il fallait qu'il se concentre sur le journal dont il n'arrivait pas à lire une ligne. Et même : comment oublier les mots terrifiants du commandant de bord ? « Nous volons actuellement à une altitude de trente-cinq mille pieds... » A leur départ de New York, Richard Mellon l'avait bourré de tranquillisants. Qui lui donnaient mal au crâne sans rien enlever de sa peur. Pour ne pas perdre la face devant ses hommes, mais surtout pour récupérer lui-même ses deux milliards de dollars, Gabelotti s'était vu contraint de prendre son baptême de l'air à cinquante-quatre ans. Crispé dans son fauteuil de première dont il étreignait farouchement les accoudoirs, il ruminait sur toutes les catastrophes aériennes de ces dernières années. Le DC 10 de Paris, deux cents morts... Et un mois plus tôt à Santa Cruz de Tenerife, l'horreur des horreurs : cinq cent soixante-deux morts dans une collision au sol entre deux Jumbo-Jets, des 747, les mêmes que celui dans lequel il avait pris place !

« Richard...

— Don Ettore ?

— Ça ne va pas très bien... Donnez-moi une autre de vos foutues pilules...

— Vous avez déjà dépassé la dose.

— Je m'en fous !

— Comme vous voudrez... »

Le médecin sonna l'hôtesse pour avoir de l'eau. Avant de consacrer ses talents à une riche clientèle privée, le docteur Mellon avait passé trois ans dans une clinique psychiatrique bourrée de phobiques, d'obsessionnels et de schizophrènes. Il savait également qui était Gabelotti. Et se demandait si sa soif inépuisable de puissance n'était pas la compensation d'une probable misère sexuelle. Pour en être certain, il aurait fallu parler au Don, lui poser des questions : autant s'adresser à un menhir. Après tout, Gabelotti lui avait offert douze mille dollars pour qu'il lui serve de nurse pendant le trajet. A ce prix-là, ses clients de New York pourraient bien l'attendre trois jours !

« Tout va bien, Don Ettore ? »

La sollicitude de Carmine Crimello exaspéra Gabelotti. Elle lui faisait mieux sentir à quel point il était vulnérable et malheureux.

« Fous le camp ! » maugréa-t-il sans le regarder ni desserrer les dents.

Le consigliere ne se le fit pas dire deux fois. Il gravit l'escalier en spirale pour aller prendre un verre dans le bar niché sous le toit de l'appareil. Son problème à lui, ce n'était pas les avions, mais les voitures. Dès qu'un autre que lui était au volant, il devait se cramponner. Mais sa vraie crainte secrète était de mourir par balle.

« Tant qu'à faire, Don Ettore, prenez-en deux, dit le docteur Mellon. Ça ne vous gêne pas de dormir ?

— Je ne veux pas dormir ! Je rêverais que je suis dans un avion et ça me réveillerait !

— Bien trouvé ! dit Mellon en gloussant de rire. Ne vous inquiétez pas... Nous serons à Zurich dans trois heures.

— Je crèverai avant. »

Pour la dixième fois, Don Ettore s'assura que le sac en papier était bien dans la pochette contenant les cartes et les dépliants publicitaires. Mourir, passe encore, mais vomir en public !...

Chimène s'était chargée de tout. Elle avait fait jouer les puissantes relations de son mari pour que le corps de sa fille ne fût pas conduit à la morgue, comme l'avaient exigé les premiers policiers sur les lieux du drame, mais à leur résidence de Bellerive Strasse.

Un coup de téléphone l'avait arrachée à un groupe d'amis commentant la fabuleuse envolée solitaire de Kurt Heinz. Comme les autres, elle avait feint de prendre le parti d'en rire. Elle riait toujours quand une voix anonyme lui annonça que Renata venait d'être victime d'un grave accident de la route. Décomposée, elle alla prévenir Homer à l'oreille du malheur qui les frappait. Sans avertir quiconque, ils abandonnèrent discrètement leurs invités pour se ruer, fous d'angoisse, à l'endroit indiqué.

Homer eut un premier choc en voyant la Beauty Ghost inconnue. Il encaissa le second en apercevant le corps de Renata que les policiers n'avaient pas encore déplacé. Sa fille, la nuque brisée, avait le thorax broyé par la barre d'acier chromé formant le haut du pare-brise.

Un peu plus tard, une scène horrible s'était déroulée. Bien qu'il soit près de quatre heures du matin, la plupart des invités, tout à fait ivres, s'éternisaient dans le salon où l'on avait servi le souper. Certains beuglaient des chansons de corps de garde, d'autres s'interpellaient joyeusement d'un bout à l'autre de la pièce, d'autres encore dansaient entre les tables dont les nappes souillées s'ornaient de dizaines de bouteilles vides faisant pendant à celles qui étaient accrochées au plafond. Brusquement, un frémissement agita les têtes des soiffards : entre les battants largement ouverts de la porte principale s'ouvrant sur ce délirant décor onirique, venaient d'apparaître plusieurs hommes en noir, portant la civière où gisait le corps de Renata recouvert d'un drap. Figés, ne songeant même pas à s'écarter, les hôtes observaient avec consternation le lent slalom du cortège funèbre entre les débris de la fête. Le visage inondé de larmes, Chimène ouvrait la marche. Homer Kloppe la fermait, l'air absent, les lèvres dures et pincées.

Il était nécessaire de traverser le salon pour se rendre à ce qui avait été la chambre de la jeune femme. A peine la civière avait-elle disparu que les invités, en un grand déploiement silencieux, s'esquivaient sur la pointe des pieds. Il est des chagrins qui ne se partagent pas.

A huit heures du matin, la toilette de Renata était terminée. Chimène avait réveillé en pleine nuit le directeur d'une entreprise de pompes funèbres qui lui avait dépêché quatre de ses meilleurs spécialistes. Maintenant, Renata reposait dans son lit de jeune fille, le visage calme, aussi belle dans la mort que dans la vie. Sa mère avait demandé qu'on la revêtît de la robe saumon, celle qu'elle aurait dû porter pour la cérémonie. A chaque coin du lit, un cierge allumé. Main dans la main, agenouillés, Homer et Chimène pleuraient sans bruit. écrasés de douleur. Manuella s'était jointe à eux pendant un moment, mais vaincue par ses sanglots, elle avait quitté la chambre, incapable de supporter ce silence, et cette intolérable immobilité d'un être qu'elle avait chéri.

A huit heures dix, Kurt Heinz entrebâilla la porte et entra. Ses beaux-parents ne lui adressèrent pas un regard. Il s'agenouilla auprès d'eux et pria.

Quand il était revenu de l'aéroport, ivre de rage d'avoir fait les frais de son propre mariage, son taxi avait été arrêté par un barrage de police. Sur le bas-côté de la route, une décapotable gris métallisé était renversée les roues en l'air. Kurt détestait les spectacles macabres.

« Continuez ! » dit-il au chauffeur en détournant les yeux.

Il était glacé jusqu'aux os et ne savait quelle attitude prendre. Tout dépendrait de celle de Renata. Si elle s'excusait en lui fournissant des explications détaillées sur son insupportable désinvolture, il renouerait peut-être le dialogue. A cause d'elle, son mariage était raté. Des centaines d'invités l'avaient pris pour un imbécile.

Du même coup, ses parents avaient été ridiculisés.

« Une seconde, dit le chauffeur. Oh ! merde... C'est moche ! Une si belle fille !... »

Machinalement, Kurt regarda : le cœur chaviré, il reconnut immédiatement le tailleur bleu de Renata. Il sauta du taxi, n'ayant plus froid brusquement, dépouillé de toute sensation, hormis ce bizarre goût de rouille qui lui envahissait la bouche. Cinq minutes plus tard, les Kloppe arrivaient. Leurs habits de soirée formaient un contraste cruel avec la scène abominable éclairée a giorno par les phares des cars de police.

« Est-ce la voiture de l'accidentée ? » demanda à Homer celui qui dirigeait les opérations.

Le banquier secoua la tête avec amertume : quel que soit le propriétaire de la P9, il se sentait directement responsable de l'accident. Pourquoi Dieu avait-il conduit sa propre fille dans ce mystérieux engin de mort qu'il n'avait pas eu le courage de neutraliser à temps ?

« Le nom de la victime est bien Renata Kloppe ? demanda le flic.

— Pas Kloppe, dit Kurt. Heinz. Renata Heinz. »

Homer lui avait tourné le dos. Kurt était rentré chez lui pour quitter son accoutrement ridicule, velours noir et jabot plissé. Il avait pris une douche brûlante et s'était effondré dans un fauteuil, essayant de comprendre pourquoi il était veuf après quinze minutes de mariage.

Sa prière terminée, il observa le visage de son beau-père. Homer Kloppe gardait dans la sienne la main de sa femme. Parfois, son regard se portait sur le lit où était allongée Renata. Kurt remarqua la robe saumon et fut bouleversé. Le banquier appartenait à une autre planète que la sienne. Pourtant, à ce moment précis, Kloppe ne lui apparaissait plus comme un étranger, mais comme un frère auquel le liait une douleur commune. Il voulut le lui faire sentir. A voix très basse, il murmura :

« Qu'avons-nous fait au Seigneur pour qu'il nous inflige une peine pareille ? »

Sans desserrer les lèvres, Homer Kloppe chuchota :

« Laissez-nous nous recueillir en paix.

— Renata était ma femme ! dit Kurt, interloqué.

— Pas votre femme, lança Kloppe. Ma fille. Vous n'avez plus rien à faire ici. Sortez. »

La bouche de Kurt s'imprégna à nouveau de cet étrange goût de rouille.

Moshe Yudelman laissait passer l'orage. Par la fenêtre, il regardait des oiseaux voleter de branche en branche, dans la poussière dorée du soleil. Il y avait si longtemps qu'il n'avait pas vu de vrais arbres... Italo Volpone était torse nu, impressionnant de force animale, tournant en rond tout en se frottant vigoureusement le dos avec une serviette-éponge. Chacun de ses mouvements faisait saillir sa musculature puissante.

« Qui t'a demandé de venir ? répéta-t-il pour la dixième fois. Qui ? Tu vas me répondre ?

— Personne, dit Moshe.

— Tu as fait connerie sur connerie ! Tu as laissé enlever ma femme et tu as tendu la main à son kidnappeur ! Tu crois peut-être que j'attends Gabelotti avec des fleurs ? »

Yudelman se détourna brutalement du paysage champêtre qu'il contemplait. Il en avait assez, soudain, de se faire rabrouer.

« Cesse un peu d'accuser les autres ! Tu es ici depuis quatre jours, qu'as-tu obtenu comme résultats ? As-tu le numéro du compte ? Non ! Et pour descendre deux flics, c'était pas la peine de venir à Zurich ! Tes gars auraient pu rester aussi bien à New York ! »

Italo vint se planter devant lui : il était blême de colère.

« Si tu tiens à ta peau, gronda-t-il, ne me parle plus jamais sur ce ton ! Jamais ! »

Moshe haussa les épaules.

« Je me fous de ma peau ! C'est à la tienne que je pense ! La Commissione a l'œil sur toi ! Si elle fourre son nez dans nos affaires, on y passe tous !

— Tu aurais voulu que je laisse tuer Genco sans réagir ? Tu voudrais que j'encaisse les affronts de Gabelotti en disant merci ?

— Il y a un temps pour régler les affaires, un temps pour régler les comptes ! J'aimais Genco autant que toi. Crois-tu que c'est par hasard que nous avons travaillé dix-sept ans ensemble jour après jour ? Sais-tu pourquoi il est devenu un Don ? Parce qu'il a toujours attendu son heure pour rendre les coups ! »

La rage d'Italo tomba d'un seul coup. Moshe avait raison, et c'est précisément ce qui l'énervait. Le consigliere était le seul dont il admît les accès de franchise.

« Tu n'es pas un punk, Italo, mais le nouveau capo de notre famille ! Et un capo se sert davantage de sa matière grise que de son pétard !

— Puisque tu es si malin, maugréa Volpone, on va voir comment tu t'en sors !

— L'important, c'est de survivre. J'arrive à peine. Je ne sais rien, sinon que dans le meilleur des cas, notre argent est toujours bloqué. Qu'as-tu fait exactement avec ce banquier ?

— Des bricoles... Je l'ai impliqué dans un scandale avec une putain qui s'est foutue à poil dans une église où il donnait une conférence.

— Et après ?
— Je lui ai fait arracher toutes les dents.
— Résultat ?
— Zéro. Il m'a envoyé paître.
— Mauvaise méthode... dit Moshe sombrement. Même si tu lui arrachais les couilles, il ne s'allongerait pas. Tu crois que tu t'attaques à un homme seul ? Erreur ! Tu as affaire à la Suisse tout entière, et ces foutues banques n'ont jamais craqué devant personne !
— Alors, quoi ? » aboya Volpone.
Yudelman soupira d'un air perplexe et retourna près de la fenêtre où il s'abîma dans une intense contemplation des pelouses.
« Il faut attendre l'arrivée de Don Ettore », dit-il.
Italo le considéra avec indignation.
« Comment ? Tu attends que cette truie te donne des idées ?
— Non. J'attends que cette truie se mouille. Jusqu'à maintenant, c'est nous qui nous sommes agités, et nous seuls. En cas de pépin, c'est pour notre gueule. Gabelotti aura beau jeu de démontrer à la Commissione qu'il nous a laissé notre chance et que nous l'avons gâchée. En le laissant agir, on rétablit l'équilibre. S'il réussit, qui nous empêche de tirer les marrons du feu ?
— Qu'est-ce qu'il peut faire de plus que moi ?
— Rien, je le crains. Mais pour l'instant, le problème n'est pas là. La partie se joue à quatre, Italo... Volpone, Gabelotti, le banquier... et les flics... Tu as perdu la première manche, Bébé. Laissons la seconde à Gabelotti.
— Et moi, pendant ce temps, je compte les points et je me croise les bras ?
— Tu t'écrases et tu le laisses patauger. On verra bien s'il s'en tire...

— Et s'il échoue ?

— Alors, Italo, je t'en donne ma parole : je serai le premier à te conseiller les grands moyens ! »

Après avoir longuement pleuré, Manuella décida qu'elle ne pouvait plus rester dans la maison. Son chagrin était trop fort pour qu'elle puisse affronter l'absence de Renata. Elle ne pouvait s'imaginer dans ces murs qui avaient retenti jour après jour des rires de sa jeune patronne. A deux mois près, elle avait le même âge que Renata. Elle ressentait sa mort comme une injustice qui l'aurait frappée elle-même. Il était probable que Homer et Chimène Kloppe la prieraient de continuer son service. Elle leur répondrait non.

Toutefois, elle attendrait que les obsèques aient été célébrées pour leur annoncer son départ... Instinctivement, elle passa la main sur son ventre, là où mûrissait lentement la vie en gestation de son enfant qui allait naître. Elle se sentit seule, perdue, et flamba du désir de revoir Julio. La mort de Renata bouleversait leurs projets. Manuella voulait quitter Zurich et retourner à Albufeira pour s'y marier tout de suite : pourquoi attendre ? Tant pis pour le magasin convoité, ce serait pour plus tard, ils s'arrangeraient autrement. La présence de la mort dans la maison lui fit mieux sentir à quel point sa vie, porteuse d'une autre vie, était précieuse. C'était tout simple. Elle allait faire partir un télégramme. Pour texte, un seul mot : « Rentre. »

Elle savait que Julio lâcherait tout pour revenir.

De grand matin, Lando dut endurer les sarcasmes de Volpone. Apparemment, l'arrivée à Zurich de Moshe Yudelman ne lui avait apporté aucun réconfort. Italo avait sa gueule inquiétante des mauvais jours, l'œil méchant, les joues bleues de barbe.

« Et tu l'as laissée se marier ! Tu as même pas été foutu de la retenir !

— J'ai fait tout ce que j'ai pu...

— Tu as pas dû lui faire bien mal, ricana Volpone avec mépris. Moi qui te prenais pour un champion !... »

Lando était ivre de fatigue. Après avoir raccompagné Renata, il avait hélé un taxi et était retourné dans son appartement. Son lit ravagé lui avait rappelé son forcing amoureux qui n'avait servi à rien : Renata ne reviendrait pas chez lui. Trop crevé pour s'endormir, il ne s'était vaguement assoupi que vers six heures du matin. Son réveil l'avait fait bondir à sept. Quarante minutes plus tard, il se présentait au rapport chez Volpone.

Italo, en grande conférence avec Yudelman, l'avait vu trois minutes entre deux portes, le temps de l'agonir d'injures pour stigmatiser ce nouvel échec. Ulcéré par tant d'injustice, Lando rejoignit Bellinzona dans la cuisine. Il avait faim brusquement. Avec des soins maniaques, il se confectionna un sandwich au salami pendant que Pietro trifouillait dans le réfrigérateur à la recherche d'une bouteille de bière. Lando s'installa à la grande table rustique et mordit dans son sandwich. Pire encore que sa nuit ratée de travaux forcés, les événements de la veille le tourmentaient. La Sainte Mère avait voulu qu'il échappât au sort que les géants avaient réservé à son infortuné camarade. Il se demanda comment un homme, ayant été sodomisé contre sa volonté, pouvait encore trouver la force de regarder quiconque dans les yeux.

Bellinzona, justement, fuyait son regard depuis l'épouvantable humiliation qu'il avait subie, gardant un silence obstiné, répondant par grognements, tête baissée, aux rares questions anodines qu'Orlando lui avait posées. « Il te tuera ! » avait dit le frère d'Ines à Lando. Ce pauvre mec avait peut-être espéré lui flanquer la frousse ?

« Hé ! Pietro, je te fais un sandwich ? »

Pas de réponse. Alerté par le silence soudain, Lando se retourna pour voir ce que fricotait Bellinzona dans son dos. Ses cheveux se dressèrent sur sa tête : debout à un mètre derrière lui, immobile, Pietro regardait pensivement sa nuque. Dans sa main droite, un couteau de cuisine long et effilé. Pendant cinq interminables secondes, leurs regards s'affrontèrent. Lando n'arrivait pas à déglutir pour avaler le morceau de sandwich qu'il avait dans la bouche.

« Qu'est-ce que tu as à me regarder comme ça ? » glapit enfin Lando.

Sans un mot, Bellinzona détourna les yeux et entreprit de se couper une tartine de pain.

Quand il toucha la bonne terre ferme, Ettore Gabelotti faillit se comporter comme tous les naufragés : se mettre à genoux et embrasser le sol. Malgré les tranquillisants administrés par son médecin personnel, le docteur Richard Mellon, il avait gardé une atroce lucidité jusqu'à l'atterrissage regardant avec panique la piste se rapprocher, le visage ruisselant de sueur, certain que l'avion allait s'écraser. Il allait beaucoup trop vite pour pouvoir s'arrêter avant de percuter les hangars qui se profilaient au loin. Sous prétexte de se moucher, il déploya une pochette de soie qu'il se fourra dans la bouche pour la mordre.

« Eh bien vous voyez, ce n'était pas terrible ! » dit Mellon.

Gabelotti lui jeta un regard hargneux, détacha fébrilement sa ceinture et se précipita vers la sortie avant même qu'on eût mis l'échelle. Carmine Crimello le rejoignit, mais eut la prudence de ne faire aucun commentaire. Au teint blafard de Don Ettore, il devina les souffrances qu'il avait endurées.

Dès qu'ils eurent franchi le contrôle des passeports, ils aperçurent Badaletto qui les attendait.

« Bonjour, Don Ettore. Si vous voulez bien me suivre... Les autres sont là... »

Selon les instructions reçues, Carlo avait pris le vol New York-Milan en compagnie de Thomas Merta et d'Angelo Barba. De leur côté, Frankie Sabatini et Simeone Ferro avaient atterri en France, à Lyon. Les uns et les autres avaient regagné Zurich par le train.

En Suisse, Luciano Zullino avait organisé les détails de l'expédition. Zullino était responsable pour l'Europe du Sud du réseau de prostitution de la famille Gabelotti. Sa chaîne de bordels clandestins, de maisons de passe et de relais routiers, s'étendait sur une transversale Ouest-Est partant de Bordeaux pour s'étrier jusqu'en Autriche avec une pointe à Munich, en passant par Lyon, Grenoble, Genève, Zurich, Vienne, pour se propager plus au sud vers Barcelone, Madrid, Lisbonne, Rome, Milan et Naples. Soit sept pays. Là où les ministres du Marché commun avaient échoué pour de dérisoires questions de légumes, Zullino se targuait d'avoir maintenu « l'Europe du cul ». Pas assez fermement au goût de Don Ettore, qui avait tendance à déprécier le travail d'autrui, estimant qu'un rendement est toujours améliorable.

Aussi, lorsque Angelo Barba lui avait demandé d'arranger le séjour du Don à Zurich, Luciano Zullino avait bondi sur l'occasion de se mettre en valeur.

« Je m'occupe de tout ! » avait-il dit.

Il n'avait jamais rencontré Gabelotti, mais il sut immédiatement qui il était quand il le vit apparaître au milieu de ses capiregime et de ses consigliere. Furtivement, il accomplit une génuflexion, saisit le poignet droit de Don Ettore et y porta les lèvres.

« Baccio i mani...[1]. »

Gabelotti se serait bien passé d'une telle marque de respect dans un endroit public. Pourtant, personne n'avait remarqué le geste de Zullino. Il retira son poignet et grommela la formule consacrée :

« Alzati, non sei rifardu...[2]. »

Deux Mercedes 600 de couleur noire, aux vitres en verre fumé, attendaient le groupe devant l'aéroport. Les chauffeurs, en noir également, ouvrirent précipitamment les portières.

« Vous montez, docteur ? demanda Don Ettore à Mellon.

— Merci beaucoup, mais je prendrai un taxi. Vous avez sans doute à faire. Vous savez où me joindre ?

— Je sais. Je vous ferai signe quelques heures avant le départ, votre billet sera pris.

— A votre disposition. »

Mellon s'inclina, tourna les talons et se perdit

---

1. Je vous baise les mains.
2. Lève-toi, tu n'es pas un étranger.

dans la foule. Ettore monta dans la première Mercedes avec Luciano Zullino et Angelo Barba. Badaletto, Crimello, Merta, Sabatini et Ferro s'engouffrèrent dans la seconde.

Quand il avait conçu son déplacement, Don Ettore, dans un premier temps, avait souhaité que ses hommes n'arrivent pas en Suisse en groupe. Après réflexion, il avait jugé que ces précautions étaient inutiles : pourquoi se cacher ? Il était un homme d'affaires respectable se déplaçant avec son état-major. Au contraire, le regroupement à l'aéroport de Zurich servait ses plans. Il souhaitait qu'on n'ignore pas où il se rendait et ce qu'il allait faire.

« Je vous ai réservé plusieurs suites à l'hôtel Commodore, Don Ettore.

— Bien. Les fleurs ?

— Dans le coffre de la voiture. »

Luciano Zullino ouvrit la bouche pour dire quelque chose, mais s'en abstint.

« Dans combien de temps y serons-nous ? demanda Gabelotti.

— Une quinzaine de minutes », répondit Zullino.

Le Don se rencoigna sur le cuir moelleux de son siège et regarda le paysage.

« Si votre séjour devait se prolonger, ajouta Zullino au bout d'un moment, je puis vous louer une résidence.

— Merci, dit Gabelotti. Ce ne sera pas nécessaire. »

Le reste du trajet se fit en silence. Zullino en déduisit que Don Ettore était un « uomo di panza », un homme qui parle peu.

Les deux Mercedes s'arrêtèrent l'une derrière l'autre.

« Vous êtes arrivé », dit Zullino.

Une centaine de mètres plus loin, une Volkswagen crème stoppa à son tour. A son bord, se trouvait Folco Mori. Moshe Yudelman, à qui Don Ettore avait communiqué son numéro de vol, l'avait chargé de suivre Gabelotti et de rendre compte. Il vit le Don sortir de la limousine, entouré aussitôt par sept hommes en qui il reconnut Carmine Crimello et Angelo Barba, les deux consigliere de Gabelotti — mieux que quiconque, Folco savait ce qu'était devenu le dernier Mortimer O'Broin. Le troisième était le redoutable Thomas Merta, sotto-capo, exécuteur, par soldats interposés, des hautes œuvres de la famille. Les autres, Carlo Badaletto, Frankie Sabatini et Simeone Ferro, ses trois capiregime : le gratin... En revanche, il n'avait jamais rencontré le septième. Une idée le traversa, fugace : trois ou quatre grenades et c'en était fait du clan rival !

Quand il vit l'un des chauffeurs extraire du coffre une gerbe de fleurs, il crut comprendre ce que Gabelotti était venu faire à la morgue de Zurich. Le groupe, après avoir parlementé un instant, disparut dans l'édifice. Ne restèrent au volant des Mercedes que les deux chauffeurs.

Les fonctionnaires de la morgue n'hésitèrent pas une seconde. Par une fenêtre, ils avaient assisté à l'arrivée de l'imposant cortège. Impressionnés par le luxe des véhicules et l'air d'autorité tranquille de Don Ettore qui semblait régner sur sa cour, ils se mirent à sa disposition.

« Notre collaborateur va vous conduire. Toutefois, en ce qui concerne les fleurs... Je me permets de vous dire qu'elles n'ont aucune raison d'être dans notre établissement... »

Luciano Zullino l'avait su dès qu'on lui avait commandé la gerbe : une morgue n'est pas un cimetière. Mais en homme discret, il avait préféré s'abstenir d'en faire la remarque dans la voiture. Sous la conduite de l'employé, ils pénétrèrent tous dans la chambre froide. Trois de ses murs métalliques se composaient de tiroirs superposés. L'employé fit glisser doucement l'un d'eux : apparut la jambe.

En vieil habitué de la douleur humaine, il se retira dans l'angle le plus éloigné de la pièce pour permettre aux visiteurs de se recueillir devant le débris macabre. Tout en feuilletant le registre qu'il allait devoir faire signer, il se demanda si son corps entier, après sa mort, lui vaudrait autant de manifestations d'affection qu'en provoquait cette jambe. Honnêtement, il conclut par la négative et en éprouva un sentiment de frustration.

Gabelotti fit un signe impérieux à Carlo Badaletto. Avant de devenir l'un de ses lieutenants, Badaletto était resté plusieurs années au service de Genco. Si quelqu'un pouvait identifier cette chair bleuâtre, c'était lui. Il se pencha légèrement au-dessus de la boîte, une expression de dégoût sur le visage. Puis, à regret, il indiqua son impuissance par une brève mimique.

Don Ettore lui avait imposé cette épreuve. Carlo n'avait pas voulu le mécontenter. Mais comment le Don avait-il imaginé que Genco Volpone ait jamais pu lui montrer ses jambes, à lui, Badaletto, qui avait débuté dans la famille comme simple soldat ? Et surtout, pour quelle raison l'aurait-il fait ?

Après un délai raisonnable, Don Ettore s'ébroua. Sans hésiter, il signa le registre que lui tendait l'employé.

« Notre malheureux parent était très considéré. Je suppose qu'un grand nombre d'amis sont venus lui rendre hommage...

— Quelques-uns... » dit l'employé sans se compromettre.

Gabelotti hocha la tête et se dirigea vers le couloir, escorté par toute son équipe : il n'était pas plus avancé à Zurich qu'à New York. En dehors des affirmations d'Italo, rien ne lui prouvait que cette jambe eût appartenu à Genco. Pas davantage que Genco fût réellement mort. Alors qu'il faisait le pitre en Suisse, les Volpone avaient peut-être déjà disparu avec son argent !

Il était dans la rue lorsque l'un des préposés le rattrapa.

« Monsieur !... Vous oubliez vos fleurs... »

Don Ettore remercia d'un signe de tête courtois. Il dit au chauffeur :

« Remets ça dans le coffre. »

Puis il monta dans la Mercedes et ajouta entre ses dents :

« Si Volpone a voulu me rouler, j'irai moi-même les lui porter sur sa tombe. »

19

C'ÉTAIT terriblement difficile à dire, car il y allait de leur vie à tous. Mais Melwin Bost ne pouvait plus reculer. Les yeux des hauts responsables de la firme étaient braqués sur lui, inquiets, fureteurs. Il se racla la gorge, brandit ostensiblement le télex qu'il venait de recevoir et dit :

« Mauvaise nouvelle. Je vais vous lire ce que vient de m'envoyer le président... »

Il chaussa ses lunettes et déplia la feuille de papier qu'il connaissait par cœur.

« Adressé à Melwin Bost, Directeur Général, Continental Motor Cars, etc.

« PRÉVENIR D'URGENCE PAR TOUS MOYENS A DISPOSITION LES PROPRIÉTAIRES DE BEAUTY GHOST P9 — VICE DE FABRICATION COLONNE DE DIRECTION — DANGER — LA PIÈCE DÉFECTUEUSE SERA CHANGÉE AUX FRAIS DE LA COMPAGNIE »

Signé : « HOMER KLOPPE »

Dans un silence sidéré, Bost reposa le télex comme s'il pesait une tonne. Une voix s'éleva :

« C'est du suicide ! Si nous faisons ça, nous

sautons ! Il y a plus de quatre cent mille P9 en circulation ! Chaque vérification de modèle nous coûtera trois cents dollars au moins, pièce et main-d'œuvre. Faites le compte !

— Vous nous aviez pourtant dit, s'écria le directeur des services de recherches, que le président était prêt à prendre un risque calculé. Nous savons tous, ici, ce qu'ont répondu les ordinateurs !

— Nous provoquons nous-mêmes notre faillite ! lança l'administrateur général. Aucune firme ne pourrait survivre à une ponction pareille ! C'est du sabordage ! »

Melwin Bost baissa la tête sous l'attaque. Il aurait voulu éviter de leur dire ce qu'il venait d'apprendre par téléphone dix minutes plus tôt, de la bouche de Garnheim, le bras droit de Kloppe à la Trade Zurich Bank. Mais tant qu'à faire, il n'avait pas le droit de leur laisser la moindre illusion. Il leva les bras pour demander le silence.

« Messieurs ! Messieurs !... Quand j'ai rencontré le président en Suisse il y a six jours, il n'était pas chaud pour avoir sur la conscience la moindre vie humaine. Pour le convaincre, pour nous défendre, je lui ai proposé le marché suivant : si aucun accident n'arrivait dans les trois mois à venir, nous laissions courir...

— Eh bien ? Avons-nous eu à déplorer un autre accident ?

— Quand le président nous a envoyé ce télex, aucun. Ce qui nous prouve que de toute façon, il avait déjà changé d'avis. J'aurais pu essayer de le fléchir une nouvelle fois, le prier de remettre sa décision... Malheureusement, cela est désormais impossible. J'ai appris il y a quelques instants qu'un pépin irréversible nous tombait dessus. Pour la neuvième fois, la colonne de direction d'une P9 s'est rompue.

— Où ?
— A Zurich, précisément.
— L'accident a été grave ?
— Mortel. La conductrice de notre modèle était la propre fille de Homer Kloppe. »

« Ils sont tous là !
— Tous ?
— Gabelotti s'est déplacé avec son état-major au grand complet...
— Tu as vu qui ?
— Carmine Crimello et Angelo Barba, les deux consigliere... Thomas Merta, le sotto-capo, et ses trois capiregime, Carlo Badaletto, Simeone Ferro et Frankie Sabatini. Plus un type que je ne connais pas. Il les attendait à l'aéroport avec deux hommes en chauffeur. Devinez où ils sont en ce moment ?
— Je n'aime pas les devinettes.
— A la morgue. Avec des gerbes de fleurs.
— Merci. Rentre. »

Voilà ce que s'étaient dit Moshe Yudelman et Folco Mori un instant plus tôt. Moshe avait immédiatement réagi en appelant Vittorio Pizzu à New York.

« Vittorio ?.. Prends avec toi Aldo, Vicente, Joseph, et radine ! Le premier vol sera le bon. Grouille ! Tu sais où me joindre ? »

Sur une réponse affirmative de Vittorio, il avait raccroché. Avec Vittorio Pizzu, Aldo Amalfi, Vicente Bruttore et Joseph Dotto à Zurich, l'équilibre serait rétabli entre la famille Volpone et la famille Gabelotti. Restait à savoir pourquoi Don Ettore avait emmené son brain-trust musclé dans ses bagages... En écoutant Folco, Moshe avait immédiatement compris que la station à la morgue, avec fleurs et recueillement de rigueur devant les restes de Genco, n'était qu'un apparent gage de paix donné à Italo par Don Ettore. Il en déduisit également que si Gabelotti proposait la paix à un homme qu'il tenait pour un presque rien, c'est qu'il n'était pas en mesure de faire la guerre. Moshe pouvait donc se tranquilliser sur un point : pas plus que Volpone, Gabelotti n'avait accès au compte. Pourquoi ? La réponse était maintenant évidente : Mortimer O'Broin avait trahi son Don à Nassau en lui donnant un faux numéro. Désormais, un seul homme pouvait dénouer la situation : le banquier. Malheureusement, après les traitements que lui avait fait subir Italo, il devenait tout à fait improbable que Kloppe leur apportât la combinaison sur un plateau.

Dans l'immédiat, Moshe devait faire entériner par l'ombrageux Volpone les décisions qu'il avait prises en son nom sans le consulter.

« Italo, je viens d'apprendre un truc très embêtant... Mori vient d'appeler. Gabelotti est à Zurich. Mais pas seul. Il a une dizaine d'hommes avec lui...

— Qu'est-ce que tu attends pour téléphoner à Vittorio et lui dire de rappliquer avec Aldo, Vicente, Joseph !

— Tu crois que c'est nécessaire ?

— Tu veux qu'on soit à cinq contre dix ?

— Très bien, je l'appelle.

— Qui est avec Gabelotti ?

— Crimello, Barba, Merta, Badaletto, Sabatini, Ferro. Plus deux ou trois types inconnus au bataillon qui les attendaient. Mais ne t'y trompe pas, Italo ! Gabelotti veut ton appui. Son premier soin a été d'aller à la morgue pour rendre hommage à Genco.

— C'est lui qui l'a tué !
— Pas lui. O'Broin ! Maintenant, laisse-moi agir et te préparer le terrain... »

Restait à Moshe à s'acquitter d'une tâche délicate : régler les détails de la rencontre au sommet. Aucun des deux chefs de famille ne pouvait se déplacer chez l'autre sans poser un irréversible problème de préséance. L'entrevue devait se situer en terrain neutre, en tête-à-tête de préférence, sans témoins. Avec finesse, Yudelman estimait que Volpone et Gabelotti avaient plus de chance d'arriver à un accord si aucun des deux n'était tenu de jouer un rôle devant ses hommes. Au cas où Italo commettrait une erreur, Moshe pourrait toujours intervenir plus tard pour la rattraper.

« Qu'est-ce qui ne va pas, Pietro ? »

Bellinzona avait pris le volant pour le conduire au Commodore où était descendue la famille Gabelotti. Il n'avait pas ouvert la bouche au cours du trajet.

« Quelque chose qui te tracasse ?
— Moi ?... Non, non... Rien... »

Il s'absorba à éviter les pièges du trafic. Moshe connaissait Pietro depuis toujours : solide, redoutable, dévoué, fidèle jusqu'à la mort. Italo lui avait raconté brièvement que Lando et lui s'étaient fait rosser par des nègres de trois mètres de haut, ratant ainsi leur mission auprès d'Ines, la petite amie de Kloppe. De quoi abattre moralement Bellinzona dont la conscience professionnelle était légendaire parmi ceux du Syndicat. Moshe observa le colosse à la dérobée. Sur son cou de taureau impressionnant, sa lourde tête granitique arborait une expression tourmentée et douloureuse. Yudelman en fut d'autant plus surpris qu'habituellement, Pietro Bellinzona ne pensait pas. Il buvait, mangeait et ronflait comme un animal, absolument dépourvu d'inquiétude métaphysique. Du moment que ses chefs lui donnaient un ordre, il était content.

La voiture vira autour du massif de fleurs et s'arrêta devant le perron de l'hôtel.

« Attends-moi ici », dit Moshe.

En haut des marches, il aperçut Angelo Barba. Les hiérarchies jouent également au niveau des ambassadeurs et des ministres plénipotentiaires. Pendant que Yudelman montait quatre marches, Barba en descendait quatre autres. Ce qui les fit se rencontrer exactement au milieu de l'escalier, chacun ayant fait le même nombre de pas vers l'autre.

« Nous vous attendions, dit Barba.

— Je suis là », répondit Yudelman en inclinant la tête.

Tous deux pénétrèrent dans le hall de l'hôtel, après que Barba, courtoisement, eut laissé Moshe s'introduire le premier dans la porte à tambour.

Maintenant, Lando avait peur. Le manque de sommeil n'expliquait pas tout. La vision de Bellinzona caressant une lame dans son dos lui flanquait une intense frousse rétrospective. Une foule de minuscules détails auxquels il n'avait pas prêté attention sur le moment lui revinrent en mémoire. Depuis le drame avec les frères d'Ines, Pietro ne lui avait plus adressé la parole. Même après l'incident du couteau, Bellinzona avait gardé le silence, lui tournant ostensiblement le dos pour ne pas répondre aux questions sur son étrange comportement. Lando avait été soulagé de le voir partir avec Moshe Yudelman, qui lui avait serré la main d'un air distrait, préoccupé.

A peine leur voiture avait-elle franchi les grilles que Folco Mori arrivait. Lando voulut en profiter pour fuir l'ambiance d'attente menaçante de la villa. Il n'avait qu'une envie, rentrer chez lui, prendre un bain bouillant, enfiler une robe de chambre et se détendre une heure ou deux.

« Folco, je vais récupérer ma bagnole et me changer. Si le patron me demande, je suis chez moi.

— O.K., dit Mori.

— Folco...

— Oui ?

— Bellinzona, tu le connais depuis longtemps ? »

Folco lui jeta un regard aigu.

« Pourquoi ?

— Pour rien », dit Lando.

Il demanda un taxi par téléphone.

« Bellerive Strasse ! »

Outre le jeu de clefs qu'il avait laissé à Renata, il en possédait un autre dont il vérifia la présence dans sa poche. Quand il arriva devant le domicile des Kloppe, il constata que sa voiture n'était plus à l'endroit où il l'avait laissée.

« Faites le tour du bloc... »

Le chauffeur s'exécuta et revint à son point de départ : la Beauty Ghost P9 avait disparu.

« Roulez ! » dit Lando en donnant son adresse personnelle.

Il ne tenait pas à s'attarder dans le quartier. Etait-ce Renata qui avait déplacé le cabriolet ? L'avait-on volé ? Mais en Suisse, c'est connu, il n'y a pas de petits voleurs. Contrarié, abruti de fatigue, Lando paya le taxi et pénétra dans son immeuble.

« Monsieur Orlando Baretto ? »

L'un des deux types appuyés au pilier de marbre du hall se détacha, souriant d'un air affable.

Il mit une carte de police sous le nez de Lando et répéta aimablement :

« Vous êtes bien monsieur Baretto ?

— Oui, dit Lando en fronçant les sourcils.

— Pourriez-vous nous suivre à notre bureau ?

— Pour quoi faire ? »

A son tour, le second flic quitta le pilier, mais l'immeuble ne s'effondra pas pour autant.

« Il s'agit de votre voiture. »

Bien que harassé, Lando fit montre de présence d'esprit.

« Justement, on vient de me la voler. Je m'apprêtais à porter plainte.

— Soyez rassuré, monsieur Baretto, nous l'avons retrouvée...

— Ah... Où ça ?

— Sur la route de l'aéroport. Vous venez ? »

Le ton était courtois mais les deux hommes l'encadraient. A leur regard, Lando sut que leur invitation était un ordre.

« J'allais justement me changer, dit-il. Ne pourrais-je pas...

— Vous n'en aurez que pour une minute. Simple formalité. Venez, je vous en prie, le lieutenant Blesh vous attend. »

Après une longue discussion préparatoire, Yudelman et Barba étaient convenus que leurs deux padrone se rencontreraient dans le parc du Dolder Grand Hôtel. Une conversation auprès d'une piscine, entre un terrain de golf et deux courts de tennis, leur avait paru préférable à un salon particulier dont on n'est jamais certain qu'il ne soit pas truffé de micros. A leur avis, la nature présentait de plus grandes garanties de discrétion. Le rendez-vous avait été fixé à midi précis. Chacun des deux capi n'aurait droit qu'à deux gardes du corps qui resteraient, de part et d'autre, à une distance de cinquante mètres d'Italo Volpone et d'Ettore Gabelotti. Ainsi seraient sauvegardés la sécurité et le secret.

Après quoi, les deux consigliere s'étaient séparés pour aller transmettre à leur Don respectif les modalités de leur réunion.

A midi moins cinq, une Mercedes 600 noire déposa Ettore Gabelotti devant le terre-plein du Dolder. Le Don, avec la nonchalance bonhomme d'un flâneur, fit quelques pas en direction de la piscine. Personne ne s'y baignait encore, mais le soleil qui brillait avait incité plusieurs clients à s'étendre paresseusement sur des transats. Certains lisaient, des dames âgées tricotaient. D'autres se contentaient d'offrir leur visage à la première caresse du printemps. L'air bourdonnait de guêpes, de pépiements d'oiseaux. Le vent, chargé d'effluves sucrés, faisait frissonner doucement la pointe des arbres dont les bourgeons éclataient. Don Ettore suivit une allée de gravier bordée de touffes de romarin en fleurs. L'allée vira entre deux sycomores et Gabelotti, que flanquait Thomas Merta, aperçut Simeone Ferro en contemplation devant une pièce d'eau. Son strict costume noir parut incongru à Ettore dans ce décor déjà estival. Il constata que lui aussi était en noir, ainsi d'ailleurs que Thomas.

Une autre tache noire, à cent mètres de là, attira son attention. Il reconnut la silhouette lourde et puissante de Pietro Bellinzona, lisant attentivement un journal dont il ne devait regarder que les images. Son œil vif enregistra aussi l'absence de Bébé Volpone.

Trente secondes après l'arrivée de la Mercedes, apparut la Fiat d'Italo. Folco Mori, qui tenait le volant, descendit pour lui ouvrir la portière. Italo et Mori prirent le même chemin que Gabelotti et Thomas Merta. Le gravier crissait sous leurs chaussures. Tous deux étaient également vêtus de costumes noirs. Italo vit en contrebas des pelouses fleuries la masse immobile de Pietro. Chacun des deux capi avait envoyé un de ses hommes en reconnaissance dans le jardin, ne gardant auprès de lui que le plus doué de ses soldats pour le combat rapproché. Outre un Herstal qui lui alourdissait la poche droite, Folco s'était muni de deux poignards à lancer. L'un — celui qui avait tranché la carotide de Patrick Mahonney — accroché comme à l'ordinaire dans un étui fixé entre ses omoplates, pointe en haut. L'autre, attaché par un système de courroies le long de son mollet gauche, pointe en bas.

A l'instant où Volpone leur devint visible, Thomas Merta, sur un signe de Gabelotti, s'éloigna discrètement. Folco Mori en fit autant.

Comme le lui avait conseillé Moshe, Italo s'avança vers Gabelotti. A puissance égale, il n'était pas interdit que le plus jeune fît le premier pas vers le plus ancien, ainsi que l'exigeait la tradition.

Quand il fut à un mètre d'Ettore, Bébé Volpone stoppa, le visage neutre et attentif, les mains pendant le long du corps. Il dit :

« Vous avez demandé à me voir, Don Ettore. Me voilà. »

Un sourire se dessina sur le visage de Gabelotti, bienveillant, paternel.

« Je te remercie d'avoir répondu à mon appel. »

Italo fut agacé par le tutoiement protecteur. Mais déjà, Don Ettore ouvrait les bras et le serrait sur sa poitrine pour un abraso fraternel.

« Permets-moi de te redire le chagrin que m'a valu la mort de ton frère, mi figliu. »

Ettore s'écarta sans lâcher les épaules de Volpone. Il le maintint à bout de bras et le fixa droit dans les yeux, le dévorant d'un regard chaleureux, comme s'il retrouvait un vieil et cher ami perdu depuis des années.

« Don Genco était mon ami. J'avais pour lui le plus grand respect et la plus parfaite admiration. »

Il lui prit le bras familièrement et l'entraîna. Malgré une légère et involontaire crispation de ses muscles, Italo se résigna à marcher à ses côtés. Malgré leurs airs indifférents, Mori, Merta, Bellinzona et Ferro ne les lâchaient pas de l'œil.

« On m'a beaucoup parlé de toi, Italo, et je suis content d'avoir l'occasion de te connaître mieux. J'ai connu ton frère quand il débutait. Par lui, j'ai appris des choses sur ton compte, des choses qui t'étonneraient...

— Par exemple ? » demanda Volpone avec froideur.

Gabelotti eut un rire qui roula comme une cascade douce.

« Le coup de l'épicerie du père Bisciotto... Ah ! tu vois... Tu devais avoir quatorze ans...

— Treize.

— Qu'est-ce que je disais ! Ça t'épate, hein ? La vie t'a réservé une grande chance, Italo, et une grande malchance : tu es né dans l'ombre d'un grand homme. Car ne t'y trompe pas, Don Genco était un grand homme, un uomo di rispetto. Le hasard de nos affaires nous a opposés parfois, mais toujours dans la loyauté. Je ne devrais pas te le dire, car ces choses-là exigent de la pudeur, mais avant même de passer à mon hôtel pour me changer, je me suis rendu à la morgue, pour lui rendre un dernier hommage. »

Bouleversé par ce souvenir, Gabelotti se tut. Bras dessus, bras dessous, ils parcoururent une vingtaine de mètres en silence. Parfois, Don Ettore allongeait la main pour caresser une branche en fleur. Ils arrivèrent devant un banc.

« Veux-tu t'asseoir ? Nous serons mieux pour discuter. Comme tu le vois, j'ai quelques kilos et quelques années de trop. La marche me fatigue... »

Gabelotti se laissa tomber sur le banc avec un soupir de satisfaction. Italo s'y installa à son tour. Rien ne se passait comme il l'avait imaginé. Il avait concentré son énergie pour mordre un fauve agressif. Au lieu de cela, dans un jardin d'enfants peuplé de nurses roses, il écoutait les propos anodins et lénifiants d'un homme un peu poussif, un peu obèse. A ce rythme-là, les histoires de rhumatismes et de digestions difficiles n'allaient pas tarder. Mais Moshe l'avait supplié de ne pas s'énerver, de laisser venir...

« Tu n'as pas encore beaucoup parlé, dit Don Ettore, et tu as peut-être été choqué que je te tutoie. Sache pourtant qu'il s'agit de ma part d'un signe de confiance et d'amitié. Si tu as autant d'estime pour moi que j'en ai eu pour ton frère, je te prie vivement d'en faire autant. Je te demande également de croire à la sincérité de mes paroles. Je sais que tu te méfies un peu... Non, non !... Ne me dis pas le contraire, car je ne te croirais pas ! Avant de se juger, les hommes ont besoin de se connaître. Nous sommes associés à part entière dans l'affaire qui nous concerne. Dans peu de temps, tu seras peut-être capo de ta famille...

— Je suis. »

Encore le rire en cascade, indulgent et paternel.

« Ah ! Italo ! Italo !... Genco t'avait bien décrit !... Impulsif mais bon cœur... Remarque, être Don, ça ne se donne pas, ça se mérite...

— Ça se prend, dit Italo sans élever la voix.

— Tu as tout à fait raison, ça se prend aussi, et je suis certain qu'avec toi, le clan Volpone est en bonnes mains. Parlons sérieusement maintenant... Tu te doutes de ce que je suis venu faire à Zurich ? Mon consigliere, Mortimer O'Broin, a disparu. Ton malheureux frère est décédé. Je ne peux pas laisser ainsi notre capital commun croupir dans une banque. Par courtoisie envers toi, je n'ai rien voulu entreprendre sans t'en avertir. Alors, je te le demande : vois-tu un inconvénient à ce que je retire notre argent de la Trade Zurich Bank pour le faire transférer par le circuit que nous avions prévu avec Don Genco ? »

Bien que sur ses gardes, Volpone ne put s'empêcher de lui jeter un regard vif.

« Tu as l'air surpris ? s'étonna Gabelotti. Tu n'es pas d'accord ?

— Si, tout à fait. Vous avez parlé au banquier ? »

Don Ettore pointa sur lui un doigt faussement menaçant.

« Italo ! Italo !... Tu me vexes... Tu ne me tutoies pas !

— Tu lui as parlé ?

— J'irai chercher ce qui nous appartient dès le début de l'après-midi. »

Volpone ne put s'empêcher de formuler la question qui lui brûlait la bouche — il savait pourtant qu'il était stupide de la poser...

« Vous avez le numéro du compte ? »

Gabelotti eut l'air estomaqué et lui adressa un regard empli d'incrédulité.

« Mais Italo, si je ne l'avais pas moi-même, qui d'autre pourrait l'avoir ? Je sais très bien que pour rendre service à tout le monde, tu t'es rendu chez le banquier afin de faire activer ce que ton frère n'avait pu achever. Je comprends parfaitement le sens de ce geste accompli dans l'émotion...

Evidemment, tu aurais pu m'en parler. Je t'aurais dit alors ce que tu as dû apprendre depuis : les banques suisses sont mieux fermées que Fort-Knox. Sans compter que j'aurais pu me froisser, mal interpréter la spontanéité de ta démarche... Tiens, pour être franc, j'aurais même pu penser que tu te mêlais de ce qui ne te regardait pas, ou encore, que ton chagrin te poussait à un acte de fou... Mets-toi à ma place...

— Mets-toi à la mienne ! l'interrompit durement Volpone. Mon frère est assassiné, et au même moment, comme par hasard, le propre consigliere placé sous tes ordres disparaît dans la nature !

— Comment le sais-tu ?

— Tu me l'as dit toi-même !

— C'est exact, je te l'ai dit. Mais quand tu es allé à la banque, tu l'ignorais.

— Ne joue pas au plus fin ! gronda Volpone. Tous ceux du Syndicat savent que ton conseiller de merde a levé le pied ! »

Les yeux lourds de Gabelotti se transformèrent instantanément en deux fentes brillantes et sans tendresse. Instinctivement, il faillit faire un signe à Thomas Merta pour qu'il déclenche l'artillerie. A cette distance, Thomas était capable de transpercer une carte à jouer. Il fit un énorme effort sur lui-même pour se contrôler, souffla comme un phoque et ferma les yeux, se souvenant à temps que Volpone avait raison, que cette ordure d'O'Broin l'avait effectivement trahi. Mais cela, il ne voulait pas que Volpone le sache. Pas encore... Pour le plaisir de faire rentrer ses injures dans la gorge de ce petit con, il n'avait pas le droit de compromettre le succès d'une opération aussi capitale. Il attendit patiemment que le rythme de son pouls redevînt normal, se pencha pour arracher un bouton d'or, le porta à ses narines :

aucune odeur. Il broya tige et corolle entre ses doigts.

« Ecoute-moi bien, Italo, car je ne répète jamais deux fois les mêmes choses. Si tu tiens à succéder longtemps à Don Genco, ne commets plus d'écart de langage. Par respect pour la mémoire de ton frère, il ne s'agit aujourd'hui que du simple conseil d'un aîné. Si tu l'entends, comme je le pense, je suis prêt à effacer l'ardoise, à liquider les contentieux qui ont pu surgir autrefois entre nos deux familles. Je crois te faire une offre raisonnable, parce que, vois-tu, l'essentiel, c'est de vivre vieux...

— Genco le disait aussi », dit Volpone avec amertume et rancœur.

Gabelotti se mit debout.

« N'oublie pas mes paroles. J'irai à la banque tout à l'heure. Je te tiendrai au courant dans l'après-midi. »

Il tourna les talons et s'éloigna. Italo remarqua qu'il marchait d'un pas vif et solide. Leur première entrevue était terminée.

Le lieutenant Blesh raccrocha avec colère : dans quelques heures, il allait avoir dans les pattes le capitaine Kirpatrick. Au cours d'une longue conversation où chacun avait tenté de tirer les vers du nez à l'autre, il s'était révélé que le patron du commissariat central de la 6e Avenue était au moins aussi retors que le chef de la police cantonale de Zurich. Le seul avantage que Blesh avait sur Kirpatrick était de savoir, depuis le début, que le capitaine le prenait pour un imbécile. A contrecœur, il avait lâché quelques maigres renseignements sur le déroulement de son enquête, juste assez pour que Kirpatrick s'enferre davantage. Les noms qu'il lui avait fournis avaient semblé le mettre en transes.

« Répétez, lieutenant !... Répétez !

— Je me permets de vous signaler que ces gens ne sont pas arrivés ensemble. Les informations m'ont été données par différents postes frontières de notre pays... Certains venaient de France, d'autres d'Italie, seuls, Gabelotti et Crimello ont débarqué directement de New York.

— Ecoutez, lieutenant... Je vais tout vous expliquer sur place !

— Pardon ?

— Oui... Si vous n'y voyez pas d'inconvénient, je crois que je vais venir à Zurich... »

Blesh avait horreur qu'on piétine ses platesbandes. Toute ingérence d'une police étrangère dans son canton était ressentie par lui comme un insupportable camouflet. Il avait gardé un long silence pour faire sentir à Kirpatrick ce que son projet avait de choquant.

« Je serai là à titre privé, lieutenant, bien entendu ! Je connais les hommes en question... Si vous voulez de mes services... »

Et sur le ton humble d'un quémandeur, il avait ajouté :

« ... entre confrères... Je me bornerai à éclairer les aspects typiquement américains de l'affaire, ceux que vous ne pouvez pas connaître...

— Qui sont ces hommes ? »

Au tour de Kirpatrick d'avoir une longue hésitation. Finalement, il avait lâché à regret :

« Ettore Gabelotti est le chef d'une famille du Syndicat.

— Je vais l'expulser.

— N'en faites rien, lieutenant ! Nous pouvons réussir une opération fantastique !

— Nous ?

— Vous ! Je vous assure que mon concours vous sera précieux ! »

Pour ne pas laisser marquer trop de points à son homologue, Blesh s'était abstenu de lui révéler un fait nouveau dont il était certain qu'il se reliait, d'une façon ou d'une autre, aux événements inusités qui s'abattaient sur Zurich depuis près d'une semaine. Quelques heures auparavant, entre trois et quatre heures du matin, Renata Kloppe, héritière unique d'un des plus riches banquiers zurichois, avait trouvé la mort dans un accident de voiture sur la route reliant la ville à l'aéroport. Tout juste après avoir été unie à un jeune idiot pseudo-révolutionnaire, le Professor Kurt Heinz.

Or, la voiture dans laquelle Renata Kloppe s'était tuée appartenait à un Italo-Américain du nom d'Orlando Baretto. Blesh avait fait effectuer des recherches. Baretto, ex-joueur professionnel de football, bénéficiait depuis cinq ans d'une autorisation de résidence qu'il devait faire renouveler tous les six mois. Sa profession avouée était « courtier en grains ». Mais au service des fichiers, on le soupçonnait fort de tirer d'autres revenus que du commerce des céréales, comme l'indiquaient ses relations suivies avec une certaine Ines, clandestine notoire de grand luxe. Seulement, il n'avait jamais été l'objet d'aucun scandale, ne troublait pas la vie publique, et était titulaire de deux comptes en banque largement alimentés. Dans ces conditions, puisqu'il dépensait son argent en Suisse, pourquoi l'aurait-on inquiété ?

« Lieutenant, dit un inspecteur en passant la tête dans le bureau, le type que vous vouliez est arrivé... Baretto.

— Qu'il entre », dit Blesh en se composant un visage froid et neutre — ce en quoi il n'avait pas tellement à se forcer.

Au cours du trajet, Lando avait mis au point une tactique. En aucun cas, les flics ne devaient pouvoir établir un rapport entre Renata Kloppe et lui-même. Il aurait suffi alors qu'un petit futé fasse le rapprochement entre Volpone et Kloppe pour mettre nez dans le pot-aux-roses. Une malchance que tout membre d'une famille payait comptant de sa vie.

« Entrez donc, monsieur Baretto... Je suis le lieutenant Blesh. Merci d'être venu.

— Vos inspecteurs m'ont dit que vous aviez retrouvé ma voiture ?

— C'est vrai.

— Je m'apprêtais justement à déposer une plainte pour vol.

— On vous l'avait volée, monsieur Baretto ? Quand ? »

Il trouvait ce bellâtre répugnant. Dès qu'il avait mis les pieds dans son bureau, il avait éprouvé pour lui une antipathie viscérale.

« Probablement cette nuit, dit Lando. Quand j'ai voulu la prendre ce matin, elle n'était plus là. Il paraît que vous l'avez retrouvée sur la route de l'aéroport ?

— Où l'aviez-vous laissée, monsieur Baretto ?

— Devant chez moi.

— Vous l'aviez depuis longtemps ?

— Une dizaine de jours... Puis-je la récupérer ?...

— Impossible pour l'instant, monsieur Baretto. Votre véhicule a été accidenté.

— Accidenté ?

— Connaissez-vous Renata Kloppe ?

— Qui ça ?

— Renata Kloppe. La fille du banquier ? »

Lando secoua négativement la tête.

« Jamais entendu parler.

— Mais si ! dit Blesh avec bienveillance. Sans

être un concitoyen, vous vivez à Zurich depuis assez longtemps pour ne pas vous désintéresser de nos petites nouvelles locales... Renata Kloppe est la jeune femme dont le mariage a été célébré la nuit dernière à trois heures du matin. Tous les journaux en ont parlé !

— Oui, peut-être... C'est possible... Mais je ne vois pas bien le rapport avec...

— Il y en a un, monsieur Baretto. Renata Kloppe s'est tuée précisément au volant de votre Beauty Ghost il y a quelques heures. Pouvez-vous m'expliquer comment elle s'y trouvait ? »

Le sentiment du danger chassa instantanément l'immense fatigue que Lando traînait depuis la veille.

« Mais, lieutenant... répondit-il avec effarement, comment voulez-vous que je le sache ?

— Combien l'avez-vous payée ?

— Qui ?

— Pas qui, quoi. Votre voiture ?

— Ma voiture ?... »

Lando ignorait jusqu'à quel point Blesh avait poussé son enquête. En menteur-né, il sut qu'il devait serrer la vérité au plus près, ne la lâcher que par bribes, n'avouer que ce qui était confirmé par l'autre.

« Elle a dû coûter... Dix-huit, dix-neuf mille dollars...

— Vous l'avez payée en dollars ?

— En francs suisses.

— Vous l'avez réglée par chèque ?

— Ecoutez, lieutenant, je ne comprends pas...

— Par chèque ?

— Oui, par chèque. Mais je ne l'ai pas payée moi-même. »

Lando comprit qu'il était piégé jusqu'à l'os. Autant feindre de révéler spontanément ce que le flic savait déjà, et qui allait amener une irréversible cascade de catastrophes.

« On me l'a offerte.

— Joli cadeau !

— Pas exactement, lieutenant. Il s'agit d'une dette de jeu. J'ai rencontré un homme dans un bar, nous avons sympathisé, on a commencé un poker... Je lui ai gagné quelque chose comme vingt mille dollars.

— Comment s'appelait cet homme ?

— Il ne me l'a pas dit.

— Vous n'êtes pas curieux...

— Pourquoi le serais-je quand je gagne ? dit Lando avec un haussement d'épaules fataliste.

— Il s'appelle Volpone. Genco Volpone.

— C'est bien possible...

— Ou plutôt, il s'appelait. »

Lando sentit ses mains devenir moites, mais réussit à conserver son expression d'ennui poli. Pourtant, après le nom qu'il venait de prononcer, et le temps employé pour parler de Volpone, l'imparfait, il était désormais impossible que Blesh le relâche.

Mâchoires contractées, Lando attendit les mots qui allaient le priver de sa liberté. Blesh détourna soudain les yeux.

« Je vous remercie pour votre concours, monsieur Baretto, dit-il avec brusquerie. Vous récupérerez votre voiture dès que l'enquête sera terminée. Toutefois, je vous prie de ne pas quitter la ville. Il se peut que j'aie besoin d'autres précisions. »

Abasourdi par cette volte-face au moment où le lieutenant le tenait à sa merci, Lando salua et prit la porte, persuadé que Blesh jouait avec lui, qu'il allait le rappeler, le faire arrêter. Rien de tel ne se produisit. Il se retrouva dans la rue, libre. Il résista à son envie de courir. Il fallait prévenir Volpone que tout était foutu, lui dire de quitter la Suisse sur-le-champ, sans bagages, sous peine d'y passer en cellule le restant de ses jours.

Pendant ce temps, Blesh, la rage au ventre, réfléchissait dans son bureau du deuxième étage. Sous prétexte qu'il était zurichois, tous les protagonistes de cette affaire, policiers ou malfrats, l'avaient jusqu'à présent traité en débile mental. En tête de liste, le capitaine Kirpatrick allait faire les frais de cette erreur de jugement.

Chimène avait dû supplier son mari de quitter la chambre mortuaire. Prostré, Kloppe n'avait pris aucune nourriture depuis la veille. Il avait gardé à peu près la même position, le regard fixe, les genoux au sol, insensible aux crampes qui avaient envahi ses jambes au fil des heures. Parfois, il levait les yeux sur Renata et l'observait intensément, jusqu'à ce qu'il imagine la voir bouger imperceptiblement dans la lumière vacillante des cierges.

« Ne reste pas là, Homer, je t'en prie... Ce n'est pas bon... »

Il avait traversé comme une ombre l'appartement qu'une équipe d'ouvriers envoyés par Oswald Hepbräuer s'appliquait, avec des précautions infinies, à remettre en ordre. Il marcha dans les rues, mesurant la dérision des affaires qui avaient occupé sa vie : à quoi bon, puisque Renata était morte ?

Il s'aperçut qu'il était dans sa banque, sans avoir décidé de s'y rendre. Marjorie se tenait dans l'antichambre, raide, gênée. A l'air craintif et douloureux qu'elle arborait, il sut qu'elle était au courant du drame. Les journaux n'avaient pas encore paru mais la rumeur avait couru la ville.

« Monsieur... » commença-t-elle.

Elle ne put aller plus loin. Homer lui tapota le bras en passant devant elle, sans la regarder. Il alla s'asseoir mécaniquement à son bureau, contempla sans le reconnaître, avec étonnement, le cadre pourtant si familier où il avait élaboré sa puissance. Il ouvrit un tiroir, s'empara de son flacon de Waterman, le déboucha, le porta à ses lèvres mais renonça à y goûter. Il le reposa auprès de la boîte des « Punch Culebras » de Davidoff. Pourquoi boire ? Pourquoi fumer ? Il n'avait envie de rien, comme s'il était déjà mort lui-même. Il se leva lourdement, se rendit à la fenêtre et observa le paysage. Sans le voir réellement. En bas, dans l'avenue, des gens marchaient, avec cette allure plus souple que donne le printemps quand il vient de naître. Homer en ressentit la douceur comme une injustice. Il n'était pas possible qu'il fît si beau quand venait de mourir une jeune femme de vingt-trois ans. Pas possible que le monde continuât à tourner sans elle, comme si rien ne s'était produit.

Il retourna à son bureau, saisit un dossier, le feuilleta sans comprendre ce que signifiaient les lignes qui noircissaient le papier en parallèles régulières dépourvues de sens. Plus rien n'avait de sens...

Marjorie entra furtivement dans la pièce.

« Monsieur, est-ce que vous êtes là ?

— Non. »

Elle allait sortir. Kloppe la rappela machinalement.

« Qui ?

— Un monsieur qui vient spécialement des Etats-Unis. Il insiste. Il s'appelle Ettore Gabelotti. »

Le nom de Volpone explosa dans la tête de Kloppe. Il s'était même demandé, après l'accident de Renata, si Volpone... Mais non, ce n'était pas le petit gangster qui avait tué sa fille, mais lui-même, pour ne pas perdre une fortune qui désormais, ne lui servirait plus à rien. Gabelotti était le partenaire de Genco Volpone, l'homme qu'il avait reçu dans ce même bureau huit jours plus tôt, dans une autre vie...

« Faites-le entrer. »

Marjorie sembla étonnée mais ne fit aucun commentaire. Ettore Gabelotti pénétra dans la pièce aux boiseries de frêne clair. Il était immense, gros, massif, déplaisant.

« Monsieur Kloppe ? »

D'un mouvement du menton, Kloppe lui indiqua de s'asseoir.

« Merci, dit Gabelotti, vous connaissez mon nom ? Nous avons une relation commune, Phillip Diego, mon avocat. Il a dû vous parler de moi. Je suis très embarrassé, voyez-vous... J'ai en dépôt dans votre banque une somme considérable. Deux milliards de dollars, comme vous le savez... »

Don Ettore jeta un bref coup d'œil sur le visage du banquier afin d'y percevoir un signe d'encouragement. Il n'y lut rien.

« Ce capital était en instance de transfert quand mon associé, que vous connaissez également, a trouvé la mort... Mon ami Genco Volpone. Il se trouve que par un concours de circonstances extraordinaires, mon représentant, Mortimer O'Broin, que vous avez rencontré avec Volpone lorsqu'il est venu vous remettre les fonds... »

Gabelotti s'interrompit une seconde, prit une longue inspiration et poursuivit.

« Il se trouve que Mortimer O'Broin s'est conduit envers moi d'une façon indigne, malhonnête. Il ne m'a pas donné le véritable numéro du compte, mais un faux, comme je l'ai appris en téléphonant de New York à votre établissement pour faire activer le transfert, après la mort regrettable de mon associé. Oui, monsieur Kloppe, j'ai été trahi par l'homme en qui j'avais placé toute ma confiance depuis des années. »

Homer ne faisait pas plus de mouvement que s'il avait été taillé dans un bloc de fonte. Même son regard n'exprimait rien. Ni intérêt ni curiosité, strictement rien. Mal à l'aise, Gabelotti s'agita sur son siège.

« Je sais aussi, monsieur Kloppe, que le frère de mon associé, Italo Volpone, a cru devoir venir vous trouver sans m'en prévenir, sans mon consentement, alors que rien ne l'autorisait à effectuer une telle démarche. Comme je connais sa maladresse, je ne voudrais pas que vous fassiez retomber le poids de son erreur regrettable sur l'homme honorable que je suis. Si j'ai tenu personnellement à choisir votre banque pour y faire transiter mes fonds, c'est parce que je connais votre réputation de loyauté et d'intégrité totales. Il est bien évident qu'avec un homme ayant moins de bon sens que vous, ces qualités mêmes risqueraient aujourd'hui de se retourner contre moi. Car je ne possède pas le numéro de mon propre compte, monsieur Kloppe. Comme vous pouvez le constater, je joue cartes sur table. Mais j'ai en vous une confiance absolue. Vous savez parfaitement que l'argent que vous détenez m'appartient. Aussi, je fais appel à votre sagesse et je vous le demande sans témoin, d'homme à homme : faites virer mon bien à la Panama Chemical, comme prévu. »

Pendant quelques secondes, s'établit alors un silence religieux. Pour la première fois depuis qu'il lui faisait face, Homer Kloppe sembla « voir »

Ettore Gabelotti. Il le dévisagea longuement de ses yeux bleus de myope, se mit debout pour marquer que l'entretien était terminé et laissa tomber d'une voix calme, impersonnelle :

« Je suis tout à fait navré. Mais je ne sais pas de quoi vous me parlez. »

20

Au lieu de les avoir rendus indifférents, l'annonce de la fermeture immédiate avait dopé les hommes. Comme s'ils voulaient arracher à la terre les diamants qu'elle leur avait refusés jusqu'à présent. Frustes ou cultivés, cadres supérieurs ou simples manœuvres, tous avaient en commun cette fièvre qui jadis, avait fait flamber les chercheurs d'or. La mine offre le même champ d'émotion qu'un tapis vert. Chaque jour, tout est nouveau. L'espoir tisse sa longue trame et soutient les défaillances : ce que le sol refuse aujourd'hui, le sol le donnera demain.

Julio Almeida n'échappait pas à la règle. En arrivant à Chukudu, il n'avait pensé qu'au haut salaire proposé, se moquant éperdument de la nature de son travail. Au bout de quinze jours, il était contaminé, comme les autres. Ses prérogatives de chef de chantier ne l'empêchaient pas de participer à la chasse au diamant. Peu lui importait que le trésor lui échappât après qu'il l'eût mis au jour. L'important, c'était de forcer la boue pour lui voler ses gemmes. La passion de fouiller était si forte chez tous les hommes, que beaucoup n'entendaient pas la sirène indiquant la fin de la journée.

Depuis la veille, c'était pire. En les prévenant que le chantier serait clos pendant huit mois, Éric Mortaeldt, bien involontairement, avait attisé chez les mineurs la rage de trouver. Pour la simple beauté de la chose, chacun espéraît découvrir la « grosse pièce », le joyau fabuleux pouvant peser, avant la taille, entre cent et mille carats. Julio, qui avait utilisé ses longues soirées à dévorer des traités de gemmologie, avait été fasciné par l'éternité des diamants, comme avant lui les trois monarques d'Orient qui avaient fait graver en persan leurs noms sur le fameux diamant « Shah », afin que la pierre perpétue leur mémoire jusqu'à la fin des temps : Burhan Nizam II, roi d'Achmednagar, Jehan Shah, Grand Mogol de Delhi, Fath Ali, Shah de Perse.

A genoux dans sa galerie, il rêvait à ces contes de fées... Après tout, c'étaient des types comme lui, des anonymes, qui avaient mis au jour dans leur gangue de terre des pierres qui avaient rendu célèbres ceux qui les avaient possédées, le Régent, 420 carats, le Diamant Bleu, le Koh-i-Noor, le Grand Mogol, l'Orlov... Pourquoi pas lui ? Un mois plus tôt, passant dans le même conduit, il avait été frappé par un détail qu'il voulait contrôler. Il fallait faire vite : dans quelques heures, la mine serait close et gardée militairement. Prétextant une inspection au fond de la galerie, il avait laissé son équipe loin en arrière. Le boyau au fond duquel il se trouvait était étayé par des poutrelles de soutènement. Les ingénieurs avaient fait creuser le plus loin possible. Mais au fond des tunnels, dans des espaces vierges encore de toute prospection, des éboulements avaient eu lieu, des hommes étaient morts. De longs morceaux de galerie avaient été fermés par des barricades rudimentaires de planches entrecroisées. Plus tard, lorsque des coulées de béton seraient injectées dans les veines des roches, d'autres que Julio en éventreraient les parois à coups de pic. Et trouveraient... Peut-être...

Il jeta un coup d'œil instinctif derrière lui et braqua sa lampe sur le noir absolu. Pour arriver là où il était, il avait déjà dû franchir deux portes délimitant la zone interdite. Il était rigoureusement seul avec pour tout compagnon, le bruit d'une goutte d'eau tombant inlassablement dans la même flaque. S'aidant de la pointe de son marteau, il décloua rapidement les planches de la barricade. Quand l'orifice fut assez grand pour y passer le corps, il s'y glissa. Il éclaira d'un jet de lumière le bout du boyau situé à une vingtaine de mètres : là commençait la caverne d'Ali Baba. Aucune main n'avait encore caressé ces roches, aucun outil ne les avait égratignées. Derrière chaque centimètre de terre pouvait se dissimuler le plus beau diamant du monde. La respiration oppressée, confronté à l'interdit, à l'inviolable, Julio connut alors cette jouissance parfaite qu'avaient dû ressentir avant lui Christophe Colomb en abordant l'Amérique, ou le premier astronaute posant le pied sur la lune. Il resta longuement immobile, le cœur battant, pincé au ventre par quelque chose de plus violent encore que les sensations les plus fortes qu'il eût jamais éprouvées. Il chercha à quoi comparer cet état de grâce absolu. Il n'y avait rien. Même les orgasmes inouïs que Manuella lui avait parfois procurés, lui paraissaient brusquement fades. Il fit quelques pas hésitants, osa poser la main sur la paroi, avec la même délicatesse qu'il aurait apportée à frôler le sein rond d'une femme. Du bout des doigts, il gratta légèrement la terre. Un mince filet de poussière coula doucement jusqu'à ses pieds. Avec précaution, il s'empara de son marteau de mineur, choisit des yeux l'emplacement qui lui semblait le mieux conforme à receler ce qu'il cherchait. Le faisceau de sa lampe creusa des reliefs durs sur les aspérités du boyau. A petits coups secs, il attaqua un fragment de la roche friable. Instantanément, des éclats s'en détachèrent, entraînant à leur suite une coulée de terre : danger !... Le boyau était à peine étayé par quelques madriers posés à la hâte dans le sens vertical. Julio devait agir avec la plus grande prudence, sous peine de voir s'effriter la paroi. Seulement, il voulait savoir, aller plus loin, creuser, creuser... Il essuya d'un revers de la main la sueur qui lui picotait les yeux et recommença à frapper doucement de la tête de son marteau, seul au monde comme il l'avait été dans le ventre de sa mère.

Une nouvelle avalanche en miniature se produisit. Julio se figea. Mais il s'agissait d'une occasion unique, d'une ultime chance. Demain soir, 30 avril, la Wassenaar's Consolidated fermerait ses portes, et plus personne, jamais ne pourrait peut-être vérifier ce que Julio pressentait. Il gratta encore... Lorsqu'il eut perforé la paroi sur une trentaine de centimètres de profondeur, son marteau rencontra le vide. A la main, il agrandit le trou pratiqué jusqu'à ce qu'il pût y introduire sa lampe. Il sut alors qu'il ne s'était pas trompé. Il se trouvait devant l'amorce d'une « pipe », une espèce de cheminée forée par une explosion d'origine volcanique, que cimentait une lave basique, de la kimberlite à n'en pas douter. Les conditions géologiques idéales pour découvrir le filon d'un gisement originel.

Tremblant d'impatience, Julio abandonna son

marteau et empoigna sa pioche. Au premier coup sérieux qu'il donna, les madriers de soutènement craquèrent comme des allumettes sous la pression de milliers de tonnes de roche en équilibre instable. La galerie s'affaissa sur toute sa longueur dans un grondement sourd. Déjà enseveli, mais vivant encore pour quelques secondes, Julio, la bouche pleine de terre, exhala pour sa dernière expiration les syllabes formant le nom de la femme dont il ne connaîtrait jamais l'enfant : Manuella.

Le douanier leur jeta un bref regard et examina leur passeport sans attention particulière. Les quatre hommes étaient élégamment vêtus de complets sombres. A la main, ils tenaient l'obligatoire porte-documents sans lequel un homme d'affaires ne ressemblerait qu'à ce qu'il est : pas grand-chose.

« Allez-y, messieurs... »

Vittorio Pizzu, Aldo Amalfi, Vicente Bruttore et Joseph Dotto se perdirent immédiatement dans la foule que le 747 New York-Zurich venait de vomir sur l'aire d'atterrissage. Pizzu avait en poche l'adresse de la villa où l'attendaient Volpone et Moshe Yudelman. Il dit à Bruttore :

« Tu sais comment s'appelle l'endroit où on va ? La rue des Banquiers ! En Suisse, faut le faire !

— J'ai faim, dit Bruttore.

— Où est-ce qu'on récupère des flingues ? demanda Dotto.

— T'inquiète pas, grommela Vittorio. Italo y a pensé... »

Ils s'engouffrèrent dans un taxi. Pizzu, qui pas plus que ses capiregime, ne parlait un traître mot d'allemand, montra au chauffeur un papier sur lequel était inscrit :

« SONNENBERG-AURORASTRASSE ».

« Ja ! » lança le chauffeur en démarrant.

Pendant ce temps, le douanier, qui s'était fait remplacer par un collègue, téléphonait au bureau central de la police cantonale de Zurich.

« Le lieutenant Blesh ?

— Qui le demande ?

— Douane de l'aéroport. Sergent Glucke.

— Pas là, mon vieux, mais allez-y, je suis au courant. Un nouvel arrivage ?

— Ils sont quatre.

— Attendez, je prends un crayon... Je vous écoute...

— Ils débarquent de New York. Vicente Bruttore...

— Avec deux « T » ?

— Oui. Aldo Amalfi... Joseph Dotto... Vittorio Pizzu.

— Bien. Vous avez prévenu nos hommes ?

— C'est fait. Ils les ont pris en filature.

— Merci encore.

— Salut !

— Salut... »

Entre le lieutenant Blesh et le capitaine Kirpatrick, l'aversion fut immédiate. D'abord, Blesh n'aimait pas les rouquins. Surtout lorsque, non contents d'imposer leur propre présence, ils débarquaient chez lui avec des renforts.

« Mon adjoint, le lieutenant Herbie Finnegan », dit Kirpatrick.

Blesh inclina sèchement la tête.

« Monsieur Scott Dempsey », continua Kirpatrick. Blesh toisa avec sévérité le petit bonhomme hilare qui avait l'air de s'amuser follement. Il était vêtu d'une veste de tweed avachi. Sa cravate bleu marine était chiffonnée comme un torchon.

« Vous êtes de la police ? demanda Blesh avec méfiance.

— Pas exactement !... » dit Kirpatrick avec précipitation.

Il se racla la gorge et se jeta à l'eau.

« Mon ami Scott Dempsey appartient à la Securities and Exchange Commission. »

Blesh fronça les sourcils avec réprobation. S'il y avait quelqu'un dont il souhaitait ne pas voir le nez dans sa bonne ville de Zurich, c'était bien un fonctionnaire de la S.E.C. Au lieu de proposer à ses hôtes de s'asseoir, comme il avait pratiquement eu l'intention de le faire dans un moment de distraction, il déclara sur un ton glacial.

« Je suis surpris, capitaine. J'avais cru comprendre que vous vous déplaceriez seul, et à titre purement personnel. »

Kirpatrick eut un grand rire cordial qui ne correspondait en rien à ses sentiments. Si Blesh détestait les rouquins, lui, en revanche, haïssait tout ce qui ressemblait à un Suisse. Trop souvent, les pistes qu'il suivait se terminaient à Lausanne, Genève ou Zurich. Il était persuadé que si un malencontreux conflit, une quelconque erreur de tir dans un bombardement atomique, avait rayé la Suisse de la carte du monde, les grandes familles du Syndicat Côte Ouest ou Côte Est, auraient dépéri par asphyxie. A ses yeux, tout Suisse, fût-il flic, était suspect de receler une partie du trésor de guerre de la Maffia.

« C'est exactement ce que je vous ai dit, lieutenant Blesh !

— En ce cas, je ne vois pas ce que vient faire à

Zurich un polyvalent des services financiers américains ! »

Scott Dempsey se tordit de rire, comme si ces mots ne le concernaient pas. Kirpatrick fut écœuré par sa désinvolture.

« Sa visite est également amicale et privée, plaida-t-il.

— Je suis au regret de vous dire, capitaine, que je veillerai à ce qu'elle le reste. Nous tolérons difficilement sur le sol national l'intrusion de fonctionnaires étrangers, fussent-ils d'un pays ami. »

Un pays ami ! Kirpatrick faillit s'étouffer. Quel pays ? Si on avait transporté le territoire suisse dans un mouchoir de poche jusqu'en Amérique, la totalité de sa surface n'aurait même pas couvert le quartier chinois de New York ! Finnegan vint au secours de son patron pour lui éviter une crise d'apoplexie.

« Nous savons tout cela, lieutenant, dit-il avec un sourire affable. Il n'est pas question de lever un petit doigt chez vous. Oubliez que nous sommes des collègues, et considérez-nous simplement comme des aides, des indicateurs bénévoles. »

Blesh dévisagea Scott Dempsey.

« Puis-je savoir, monsieur, dans quel but précis vous avez accompli ce voyage ?

— C'est moi qui l'ai prié de venir ! intervint Kirpatrick.

— Pourquoi ? »

Dempsey gloussa de rire. Kirpatrick le foudroya du regard.

« Voyez-vous, lieutenant, l'affaire sur laquelle nous sommes, dépasse mes compétences...

— Vous m'étonnez ! le coupa Blesh. Vous m'avez affirmé lors d'une conversation récente qu'il s'agissait d'une affaire purement criminelle ?

— Certes !

— Alors ? »

Kirpatrick, plus habitué à poser des questions qu'à y répondre, se tortilla nerveusement. Il n'allait tout de même pas avouer à ce petit policier de pacotille les raisons véritables de son enquête ! Qu'est-ce qu'un Suisse pouvait comprendre aux problèmes vitaux que posait aux Etats-Unis l'existence du Syndicat ?

« Vous n'êtes pas fair-play, capitaine ! laissa tomber Blesh avec froideur.

— Pardon ?

— J'ajoute que je n'apprécie pas vos manières. »

Le visage de Kirpatrick devint aussi cramoisi que sa crinière flamboyante. Il observa Finnegan et Dempsey, pour savoir s'ils avaient entendu la même chose. Mais Finnegan baissait la tête, et Dempsey roucoulait doucement de rire. Blesh eut un geste coupant du tranchant de la main.

« Depuis que je vous ai appelé pour vous informer de la mort de l'inspecteur Mahonney, vous n'avez cessé de me prendre pour un imbécile. Vous prétendez vouloir m'aider, c'est faux ! Vous avez voulu tout prendre de moi et ne rien donner en retour ! Ce n'est pas très confraternel ! »

Le dernier savon qu'avait pris Kirpatrick datait d'une vingtaine d'années, du temps qu'il essayait de passer inspecteur. Il n'avait donc plus l'habitude. Il se tut, abasourdi, ne sachant quel comportement adopter. Très malheureux...

« J'en sais autant que vous sur ce qui vous préoccupe, plus peut-être, enchaîna Blesh sur un ton péremptoire. Tous vos petits secrets, je les connais ! Volpone, Yudelman, Pizzu, Bellinzona, Mori, Dotto, Bruttore, Amalfi, ils sont tous dans mes murs ! Et aussi le clan Gabelotti ! Crimello, Barba, Badaletto, Merta, Sabatini, Ferro ! »

Blesh désigna sa main ouverte et la referma d'un geste sec :

« Tous là ! Et Rico Gatto, vous connaissez ? Non ! Et Orlando Baretto ? Non ! Vous avez encore beaucoup de choses à apprendre, capitaine ! »

Kirpatrick accusa le coup. Finnegan détourna la tête, gêné. Il lui sembla même que Scott Dempsey s'arrêtait de rire.

« Voilà donc ce que je vous propose, à prendre ou à laisser. Ou nous échangeons nos informations loyalement, et je vous donne ma parole qu'à la moindre cachotterie de votre part, je romps le pacte ! Ou vous préférez vous taire. Dans ce cas, messieurs, je ne vous retiens pas. »

Kirpatrick se mordit les lèvres. Il n'était plus rouge maintenant, à peine orangé. Il consulta Dempsey et Finnegan du regard. Finnegan dit :

« Je crois que le lieutenant a raison, capitaine.

— Une seconde ! l'interrompit Blesh. J'ajoute que vous n'avez aucun pouvoir en Suisse ! Ni pouvoir policier ni droit de regard sur les activités bancaires de la Confédération !

— Qu'est-ce qui nous reste ? demanda Kirpatrick en avalant péniblement sa salive.

— Rien ! En échange de certains tuyaux, je vous autorise à assister à mon enquête. Libre à vous d'en utiliser les conclusions lorsque vous serez rentrés aux Etats-Unis.

— Mais si vous procédez à des arrestations ? »

Blesh eut une moue ironique.

« Vous oubliez un détail, capitaine ! Jusqu'à preuve du contraire, aucun délit n'a été commis sur le territoire helvétique, aucun ! Dans ces conditions, qui voulez-vous que j'arrête ? Et sous quelle inculpation ? »

Pour masquer la satisfaction que lui procurait

sa revanche, Blesh se composa un visage renfrogné et arpenta son bureau. Il s'arrêta soudain devant Kirpatrick.

« Alors ? C'est oui ? »

Kirpatrick passa une main hésitante dans sa tignasse écarlate. Il consulta du regard Scott Dempsey et Herbie Finnegan qui lui firent un signe d'approbation. Kirpatrick haussa les épaules.

« D'accord », maugréa-t-il.

Le lieutenant esquissa un sourire et appuya sur un bouton. Un planton passa la tête.

« Des verres, de la glace et du scotch !

— Bien, lieutenant. »

Woldemar Blesh se tourna vers ses visiteurs.

« Entre nous, je me passerais bien de la présence à Zurich de vos... compatriotes. Tout ce que je veux, c'est m'en débarrasser ! S'ils sont assez cinglés pour confondre la Suisse et Chicago, je vous les livre comme ça ! »

De nouveau, il rabattit ses doigts sur la paume ouverte de sa main. Puis il dit :

« Maintenant, capitaine, je vous écoute... »

Il n'y avait personne dans le hall ni dans les différentes pièces du bas que Lando parcourut au pas de course. Il s'engagea dans l'escalier qu'il grimpa quatre à quatre, toute fatigue oubliée, concentré sur une seule urgence : prévenir Volpone que la police suisse les avait repérés. Sur le palier du premier, il se heurta à Folco Mori.

« Où est le Padrone ?

— Il ne peut pas être dérangé.

— Il faut que je lui parle, Folco !

— Pizzu vient d'arriver avec les capiregime. Italo et Yudelman leur font un speech. Tu dois attendre.

— Merde ! Merde ! Merde !... Ce sera long ?
— Je ne sais pas. »
Par respect de la hiérarchie, Lando n'osa pas avouer à Mori que le terrain devenait brûlant. La primeur de la nouvelle revenait obligatoirement à Italo Volpone. Dépité, il redescendit les marches et se rendit dans la cuisine pour se servir un remontant. Après son entrevue avec Blesh, il en avait le plus grand besoin.
Il aperçut le dos large de Bellinzona. Pietro était attablé, assis sur un petit banc, feuilletant un album de bandes dessinées. Devant lui, trois ou quatre canettes de bière vides. Lando s'empara d'une bouteille de vodka dont il se versa une large rasade qu'il but d'un trait. Un danger chassant l'autre, la terreur que lui avait inspirée Blesh avait fait disparaître momentanément le sentiment de danger qui émanait de Bellinzona.
« Pietro, tu crois qu'ils en ont pour longtemps, là-haut ?
— Ça dépend, dit Pietro. Tu cherches qui ?
— Volpone.
— Ça fait plus d'une heure qu'ils sont entrés. »
Lando fut brusquement frappé par ce fait nouveau : Bellinzona avait daigné lui adresser la parole ! Rassuré soudain, il comprit que le manque de sommeil lui avait fait interpréter les choses. Il avait vu Pietro avec un couteau, les menaces du géant noir lui étaient revenues en tête, il en avait déduit une histoire idiote !
« Ça va mieux ? demanda-t-il à Bellinzona avec chaleur.
— Quoi ? demanda le colosse.
— Tu avais l'air abattu depuis hier, cafardeux... »
S'il avait osé, il lui aurait expliqué que lui, Lando, avait déjà oublié ce dont il avait été le témoin involontaire, et que jamais, il ne soufflerait

mot à personne de l'infortune dont il avait été l'objet.

« Oui, ça va... ça va... »

Pietro se leva, alla jusqu'au réfrigérateur, en sortit une autre bouteille de bière et la décapsula. Il en siffla la moitié au goulot et marcha d'un air pensif vers la porte. Lando le vit donner deux tours de clef nonchalants : ils étaient enfermés dans la cuisine.

« Hé ! qu'est-ce que tu fais ? » dit Lando avec étonnement.

Bellinzona enfouit la clef dans sa poche. Quand il en retira la main, elle s'était alourdie d'un Walter PP qu'il braqua sur Lando.

« Tu es dingue ? » s'étrangla Lando.

Pietro mit un doigt sur ses lèvres pour lui intimer de se taire.

« Ne fais pas de bruit, mec ! Ne dérange pas ceux qui travaillent...

— Pourquoi tu me braques ?

— Je vais te tuer, Lando. »

Lando eut la sensation d'être pris dans un bloc de glace.

« Qu'est-ce que je t'ai fait ? »

Bellinzona se gratta la tête avec embarras.

« Rien justement, rien... Je te jure que j'ai rien contre toi.

— Je suis plus ton copain ? lança Lando en essayant de contrôler le ton de sa voix.

— Si, dit Bellinzona. Mais je suis obligé de te tuer.

— Pour hier ? s'effara Lando. Tu es cinglé ! J'ai rien vu, moi ! Je regardais pas ! Ça aurait pu m'arriver à moi !

— C'est à moi que c'est arrivé, dit Pietro sombrement. Et tant que tu vivras, je ne pourrai plus vivre.

— Pietro ! adjura Lando. Tu vas pas faire ça ! Tu vas pas me flinguer ! On va t'entendre ! Italo te fera la peau ! Passe l'éponge, vieux, c'est oublié, parole d'homme ! »

Bellinzona se crispa.

« Ne me regarde pas ! J'en ai marre de tes yeux ! Retourne-toi !

— Pietro !

— Retourne-toi !

— Pietro, fais pas le con ! »

Les jambes tremblantes, Lando pivota. Sans qu'il l'eût entendu approcher, il reçut le souffle de Bellinzona dans l'oreille.

« Excuse-moi, mec... J'ai pas le choix.

— Pietro ! » cria Lando.

Il voulut faire volte-face. La manchette de Bellinzona l'atteignit de plein fouet derrière la nuque, au niveau des vertèbres cervicales. Lando s'effondra sur le carrelage en damiers noirs et blancs. Vivement, Pietro se déplaça jusqu'à la porte et colla son oreille contre le battant. Pour plus de sécurité, il débloqua la serrure, passa la tête dans le hall, regarda, écouta : personne en vue, aucun bruit. Les autres étaient toujours au premier.

Il referma la porte à clef et alla prendre dans un congélateur géant une énorme barre de glace lourde d'une quinzaine de kilos. Il la posa en équilibre sur les rebords du congélateur. Il revint près de Lando toujours sans connaissance, retourna son corps du bout du pied de façon à ce qu'il soit allongé sur le dos. Il alla soulever le pain de glace, le brandit de toute sa hauteur et s'en servant comme d'une massue, en frappa Lando en plein front. Dans un bruit écœurant, des fragments de glace tachés de sang s'éparpillèrent dans la cuisine. Bellinzona s'assura que le front de Lando était défoncé. Il prit un balai et groupa dans une pelle en plastique les éclats de glace jonchant le sol. Il alla les jeter dans l'évier. Avec des gestes précis, il se mit sur la pointe des pieds pour ouvrir le placard situé en haut des étagères, au-dessus du buffet à provisions. Avant l'arrivée de Lando, il avait pris soin d'y placer du pain coupé en tranches dans un emballage en plastique. Au pied des étagères, il renversa silencieusement un tabouret. Il prit à pleins bras la barre de glace, la porta dans le bac à vaisselle et ouvrit en grand le robinet d'eau chaude. La glace commença à fondre. Bellinzona traîna le corps de Lando en bas du placard, près du tabouret. Cette fois, il le mit sur le ventre, prenant soin de lui frotter le front, à l'endroit de son affreuse blessure, contre le carrelage qui se souilla de sang. Pietro laissa retomber le visage de Lando, face contre terre, au milieu de la tache de sang.

Il lui restait un ultime détail à régler pour que sa mise en scène soit parfaite. Il prit une pile d'assiettes dans le bas du buffet et les installa sur l'étagère du placard, à côté du paquet de pain. Il sortit également un plateau de fromages du réfrigérateur, et le plaça sur la desserte, à mi-hauteur entre le sol et le placard du haut qu'il ne pouvait atteindre que du bout des doigts lorsqu'il se dressait sur la pointe des pieds. Dans l'évier, il cassa un fragment de glace de trois centimètres d'épaisseur sur cinq de longueur. Le fragment avait vaguement la forme d'une hache préhistorique. Pietro l'utilisa pour caler et maintenir en équilibre la pile d'assiettes sur l'étagère. Avant deux minutes, la glace aurait fondu et les assiettes s'écraseraient sur le parquet.

Dans l'évier, l'eau chaude avait fait disparaître complètement l'arme du crime. La glace dure et lourde s'était transformée en eau évacuée par le trou de vidange. Bellinzona jeta un dernier coup d'œil sur son œuvre : le tableau était saisissant. Visiblement, Lando s'était cassé la figure en grimpant sur un tabouret pour s'emparer d'un paquet de pain. La mort bête...

Pietro rouvrit la porte de la cuisine. Trois minutes seulement lui avaient suffi pour accomplir tout ce dont il était venu à bout. Pas plus de bruit que tout à l'heure. A pas de loup, il se glissa dans le hall où la moquette épaisse étouffa le bruit de ses pas. La cage de l'escalier le cachait aux yeux de Folco qui continuait son guet devant l'entrée de la chambre d'Italo Volpone. Quand Bellinzona fut assis dans un fauteuil dans l'angle du hall le plus éloigné de la cuisine, et qu'il eut déployé un journal sur ses genoux, il appela Mori.

« Hé, Folco ! »

Folco Mori passa la tête par-dessus la rampe.

« Ouais ?...

— Tu crois que c'est vrai, cette connerie ?

— Quoi ? »

Pietro désigna son journal.

« Ils disent qu'ils ont réussi à faire germer des graines vieilles de deux mille ans !

— Des graines de quoi ? »

Bellinzona, affalé dans le fauteuil, allait répondre, quand un fracas leur parvint de la cuisine. Instantanément, Pietro fut debout.

« Qu'est-ce que c'est ? dit Folco en faisant jaillir son arme.

— Bouge pas, je vais voir ! »

Le Walter PP au poing, Pietro traversa le hall Folco Mori l'entendit qui disait :

« Merde ! C'est pas vrai ! »

Il dévala l'escalier, et rejoignit Bellinzona, stupéfait, sur le seuil de la porte de la cuisine.

Orlando Baretto était allongé, face contre terre,

le visage dans une flaque de sang jonchée d'éclats d'une pile d'assiettes brisées en mille morceaux dans leur chute. Folco s'avança et retourna le corps de Lando. Puis, il colla l'oreille contre sa poitrine, regarda Pietro avec consternation et lui dit :

« C'est trop con. Il est mort. »

Quand les croque-morts furent sur le point de clouer le couvercle de la bière, l'appariteur les arrêta d'un geste et s'approcha de Chimène.

« Madame, voulez-vous la voir une dernière fois ? »

Chimène éclata en sanglots et se jeta dans les bras de Homer qui la serra farouchement contre lui, lui caressant doucement la nuque. Par-dessus l'épaule de sa femme, il adressa un clin d'œil à l'appariteur. Aussitôt, retentit le bruit lugubre des marteaux. Inondée de larmes, secouée de soubresauts, accrochée à son mari comme une épave, Chimène serra les poings et se les mordit jusqu'au sang. Homer l'entraîna dans le couloir vers sa chambre, luttant avec elle. Il réussit à la faire asseoir sur le bord de son lit.

« Courage... »

Il était debout devant elle, les larmes aux yeux lui aussi. Elle lui étreignit désespérément les jambes à la hauteur des cuisses.

« Dis-moi que ce n'est pas vrai ! Dis-le-moi !

— Courage, répéta-t-il. Dieu ne nous abandonnera pas...

— Il nous a abandonnés ! gémit Chimène. Abandonnés !... »

Il ôta ses lunettes embuées et en essuya les verres d'un coup de pouce. En bas, dans la rue, une cohorte de voitures stationnait, attendant que le corbillard surchargé de gerbes s'ébranle.

« Viens, dit Homer. Nous devons aller jusqu'au bout de notre peine. »

Il l'aida à se relever. Elle s'appuya contre lui, le visage caché contre son épaule. Homer s'immobilisa soudain : dans le couloir, passaient quatre hommes en noir porteurs du cercueil de Renata. Appuyée contre un mur, Manuella, tout de noir vêtue, sanglotait. Spontanément, elle vint soutenir Chimène Kloppe qui se retrouva encadrée entre elle et son mari. Ils descendirent lentement les escaliers jonchés de fleurs que les employés des pompes funèbres n'avaient pu toutes caser sur les voitures.

Sous forme de bouquets, Renata, morte, avait eu droit à plus d'hommages encore que pour son mariage.

Quand ils atteignirent la rue, bondée de monde, les cloches du Grossmünster firent retentir leur glas triste et grave.

La meilleure amie de Chimène, Helena Marcoulis, se jeta contre elle dans un mouvement spontané. Homer lâcha le bras de sa femme. C'est alors qu'il aperçut le lieutenant Blesh.

« Je suis bouleversé, monsieur... Je vous présente toutes mes condoléances... »

Kloppe hocha la tête et voulut passer.

« Monsieur Kloppe... »

Homer lui lança un regard dénué d'expression.

« Monsieur Kloppe, enchaîna rapidement le policier à voix basse et sourde... Je sais bien que ce n'est pas le moment...

— Non, dit Kloppe.

— Pourtant, il faut que vous sachiez... Croyez bien que je ne me permettrais pas, mais l'urgence... Avez-vous reçu des menaces, monsieur Kloppe ? »

Les croque-morts chargeaient le cercueil dans le corbillard. Homer distingua dans la foule dense et sombre la massive silhouette de Utte Heinz. A ses côtés, comme d'habitude, son mari, Joseph Heinz, qui avait chaussé des lunettes noires. Instinctivement, il chercha Kurt des yeux, mais ne le vit pas.

« Quelles menaces ?

— Il se passe des choses étranges à Zurich, peut-être même liées à la mort de notre malheureuse Renata... J'enquête... Vous a-t-on menacé ? »

Homer Kloppe regarda droit dans les yeux le lieutenant Blesh et dit d'une voix morne :

« Je ne comprends pas de quoi vous parlez. »

Il se dégagea pour aller rejoindre Chimène qu'il aida à monter dans la limousine noire.

A quatre heures de l'après-midi, avec le même cérémonial que le matin, Ettore Gabelotti et Italo Volpone se retrouvèrent dans le parc du Dolder Grand Hôtel. Malgré l'avis contraire d'Angelo Barba et de Carmine Crimello, ses deux consigliere, Don Ettore, étant donné l'urgence et la précarité de la situation, avait décidé d'avouer à Volpone la trahison d'O'Broin. Non par amour de la vérité, ni dans un accès de confiance, mais parce que cela le servait. Et surtout, parce qu'il soupçonnait fort Bébé Volpone non seulement d'être au courant, mais d'avoir contribué à faire passer son expert financier dans un monde meilleur. Après l'avoir torturé probablement, pour lui faire cracher le numéro du compte : ce à quoi il n'était pas parvenu puisqu'il était toujours là.

Quant à Italo, il avait appris avec stupéfaction qu'un maffioso pouvait mourir en tombant d'un escabeau ! Provisoirement, le corps d'Orlando

Baretto avait été placé dans la cave de la villa en attendant une sépulture plus discrète et plus convenable. Si l'accident n'avait pas eu deux témoins, Folco Mori et Pietro Bellinzona, Bébé Volpone n'aurait pas pensé qu'il fût possible. Ils entouraient le cadavre de Lando quand Yudelman avait décroché le téléphone qui sonnait.

« C'est Angelo Barba. Gabelotti te propose un nouveau rendez-vous. Quatre heures, même endroit, ça te va ? »

Sans même attendre la réponse d'Italo, il lança dans l'appareil :

« Don Volpone est d'accord. »

Oubliant momentanément le corps inerte de Lando étendu à leurs pieds, les hauts dignitaires de la famille échangèrent un regard furtif : par ce « Don » qu'il venait de lui donner, Yudelman officialisait, en quelque sorte, pour les membres de sa propre famille, et pour ceux d'une famille rivale, le titre de capo suprême conféré à Italo Bébé Volpone, le posant du même coup à ceux du Syndicat comme successeur légitime de son frère, Zu Genco Volpone. Aucune équivoque n'était désormais plus possible : le roi était mort, vive le roi ! Italo n'avait rien dit, mais secrètement, s'était juré de revaloir à Yudelman la confiance qu'il plaçait en lui. Avec un cerveau pareil dans son camp, il y avait encore de beaux jours pour la famille.

Il faisait encore plus chaud qu'à midi. Dès que les deux « Don » s'aperçurent, leurs gardes du corps respectifs, Thomas Merta et Folco Mori, s'éloignèrent discrètement tandis que Simeone Ferro et Pietro Bellinzona restaient immobiles à une cinquantaine de mètres des « capi ».

Cette fois, Gabelotti fit les premiers pas.

« Italo, je te dois des excuses... »

Comme le matin, il le prit par le bras et

l'entraîna vers le même banc où ils s'assirent.

« Tu avais raison. O'Broin m'a trahi. Je me suis rendu chez le banquier. Le numéro que m'avait donné O'Broin n'était pas le bon. »

Italo se détendit légèrement.

« Je n'arrive pas encore à y croire, laissa tomber Don Ettore en secouant la tête. Ce qui me gêne, vois-tu, c'est que j'ignore si mon ordure de consigliere a pu, oui ou non, sortir notre argent de la banque... »

Italo regarda deux merles qui se disputaient un morceau de pain.

« Le banquier ne m'a strictement rien dit, tu comprends... Comment savoir si nos fonds sont toujours là ou si O'Broin a filé avec ?... »

Il regarda Volpone d'un air interrogateur.

« Tu paries sur celui de droite ou sur celui de gauche ! dit Volpone en désignant les merles.

— Il est capital que toi et moi le sachions... Faire le siège de la banque n'a pas de sens si Mortimer est parti avec le fric. Si au moins nous pouvions avoir le plus petit renseignement sur ce point-là, nous saurions de quel côté orienter notre action commune... Toi qui étais à Zurich avant moi, tu ne sais rien ? »

Volpone secoua négativement la tête.

« Je suis bien embarrassé, Italo, et je te le demande franchement : as-tu une idée ? Qu'est-ce que tu proposes ?

— Achever ce que j'ai commencé, dit Italo.

— C'est-à-dire ?

— Bousculer Kloppe.

— Apparemment, ça n'a pas donné grand-chose jusqu'à présent.

— Nous avons été trop gentils. »

(Gabelotti enregistra le « nous » avec satisfaction.)

« Tu sais bien que sa vie nous est précieuse. Il le sait aussi. A partir du moment où il a la certitude que ses jours ne sont pas en danger, il peut continuer à nous narguer longtemps. Sans compter qu'il peut prévenir la police. Non siamo a casa nostra, Italo. Dans le meilleur des cas, on peut nous expulser comme ça ! » dit Don Ettore en faisant claquer ses doigts.

Bébé réfléchit un instant. Yudelman et lui-même avaient envisagé deux possibilités : ou Gabelotti avait le numéro, ou il ne l'avait pas. La seconde était la bonne. Il se souvint des recommandations de Moshe, et prononça d'une voix calme :

« Si tu es d'accord, j'ai une proposition à te faire. »

Ettore le considéra avec attention. A aucun moment, malgré les perches tendues, Italo n'avait relevé ses commentaires sur O'Broin. Pas une seconde, il n'avait eu l'air de croire que le consigliere avait pu réussir à soustraire l'argent de la banque. Conclusion : il avait réglé son compte à Mortimer sans avoir su lui faire révéler son secret.

« J'écoute Italo, parle...

— Penses-tu que nous soyons capables d'arracher le numéro à Kloppe si nous le gardions quelques jours à notre disposition ?

— Certainement, Italo. Malheureusement, ce projet est irréalisable !

— Ah oui ? Pourquoi ?

— Tu penses bien que si Kloppe disparaît, nous avons fait assez de vagues en Suisse pour avoir toutes les polices sur le dos ! On signalera immédiatement son absence et les flics s'en prendront à nous. »

Italo s'autorisa son premier sourire.

« Je ne pense pas, Ettore. »

Il sortit une enveloppe de sa poche.

« Veux-tu jeter un coup d'œil là-dessus ? »

Gabelotti, masquant sa curiosité, sortit une feuille de papier de l'enveloppe. Entre les plis de la feuille, il y avait une photo. Elle représentait une négresse admirable et immense, revêtue uniquement d'un slip de bain sans soutien-gorge, les seins à l'air, levant triomphalement les bras dans un signe de victoire.

« Qui est-ce ? demanda Don Ettore.

— La petite amie de Kloppe. Une putain du nom d'Ines. Il se la tapait dans la cave blindée de sa propre banque. Regarde à qui est adressée l'enveloppe... »

Une grande écriture ferme, typiquement américaine, avait tracé : « MADAME CHIMÈNE KLOPPE — 9, BELLERIVE STRASSE, ZURICH. »

Gabelotti regarda Italo avec surprise.

« Tu veux dire que la petite amie de Kloppe a écrit à sa femme ?

— Sous ma dictée. Lis la lettre... »

Gabelotti la déplia et la parcourut :

« *Madame,*

Puisque Homer n'a pas le courage de vous le dire, je le ferai pour lui. Nous prenons tous les deux huit jours de vacances, en Sardaigne, si vous aimez les détails. Vous lui devez bien cette récréation après trente ans de mariage. Je vous le rendrai en bon état, fatigué peut-être, mais en bon état. Salutations indifférentes.

« *Princesse Kibondo.* »

« Je parie sur le gauche, dit Don Ettore.

— Tu as perdu. Regarde... »

Le merle qui était à droite s'envolait avec la croûte de pain dans son bec.

« Elle est princesse ? demanda Gabelotti.

— Elle est surtout bougnoule. Moi aussi, je suis prince, dans mon quartier. Tu penses bien que si la femme de Kloppe reçoit ça, elle n'ira pas s'en vanter aux flics ! Elle fera tout pour que l'affaire ne s'ébruite pas. Quelle femme a envie de passer pour une conne ?

— Continue, dit Don Ettore.

— On enlève Kloppe.

— Comment ?

— Pendant ce temps, je fais venir des hommes à moi d'Italie. On casse la banque !

— Tu n'imagines pourtant pas que tu arriveras à forcer tous les coffres ?

— Pour quoi faire ? Notre argent n'est pas dedans. Kloppe doit le faire tourner à son usage personnel.

— Alors ?

— On va foutre une telle merde dans sa baraque et dans sa vie privée qu'il sera grillé à Zurich !... Nettoyé ! Il mettra les pouces. C'est le scandale qui videra ses coffres, pas nous ! Les clients ficheront le camp pour une banque plus tranquille !

— Qu'est-ce que tu veux comme gage ?

— Pardon ?

— J'ai perdu mon pari, pour les merles, dit Gabelotti avec un sourire contraint.

— Quand tout sera terminé, tu m'offriras une montre suisse.

— On l'enlève quand ?

— Ce soir.

— Et la banque ?

— Cette nuit... si tu acceptes. »

Don Ettore fit la moue.

« D'accord pour agir vite, mais il ne faut rien précipiter...

— Un commando de dix hommes débarquera cette nuit à Zurich. Ils arriveront de Milan.

— Comment tu leur fais passer la frontière ?

— J'ai déjà arrangé le coup. »

Gabelotti eut une expression amusée.

« Les jeunes loups travaillent pour les vieux loups, hein ?

— Non, Ettore. Tous les loups travaillent ensemble ! »

Survolté par un sentiment de puissance, Italo le fixa de ses yeux de houille brillante.

« Tu me fais confiance ? »

Gabelotti lui saisit le bras à pleines mains :

« Totalement, Italo... Totalement !... Maintenant, si tu m'expliquais un peu les détails ?

— Je vais te les dire.

— Parce que vois-tu, Italo, j'aime bien être spectateur, mais pas quand il s'agit de deux milliards de dollars ! »

Il semblait que toute la ville s'était donné rendez-vous dans le cimetière. Plus encore que dans la maison mortuaire, les gerbes de fleurs s'accumulaient partout, ornant les tombes voisines de celle où Renata allait dormir de son dernier sommeil. Chez Homer Kloppe, le sentiment religieux était trop fort pour qu'il doutât une seconde de la survie de l'âme de sa fille. Dieu l'avait rappelée à lui, en un lieu mystérieux où Homer et Chimène la rejoindraient un jour, quand aurait sonné leur dernière heure. Homer savait également que Dieu lui avait envoyé cette épreuve pour le punir des défaillances morales dont il s'était rendu coupable, en n'apportant pas à ses affaires l'impitoyable rigueur que sa conscience était en droit d'attendre de la vertu qu'il affichait dans la conduite de son existence.

Disparaissant sous se voiles de deuil, Chimène, à ses côtés, serrait des mains qui étreignaient les siennes, alors que bourdonnait à ses oreilles la litanie confuse des doléances chuchotées. Homer se tenait à la gauche de sa femme. Mais il n'avait pu empêcher que Kurt Heinz vînt se placer à sa droite, de sorte que l'étranger qui avait été son gendre une dizaine de minutes à peine, paraissait recevoir en son nom propre la compassion affectueuse qui aurait dû revenir de droit au père et à la mère de la jeune morte.

Dès que le cercueil avait été mis en terre, Kurt s'était faufilé auprès de Chimène, comme s'il eût appartenu à la famille. La foule était incroyablement dense. Ceux qui voulaient s'approcher des Kloppe devaient attendre une demi-heure, piétinant entre les tombes, dansant d'un pied sur l'autre avant d'aller se joindre au flot énorme qui stagnait pour sortir du cimetière. Hors des murs, les voitures s'étaient rangées dans une effroyable pagaille, s'interdisant les unes les autres l'accès de la route de Zurich. Les premiers arrivés devaient patienter au volant, sans pouvoir, bien entendu, klaxonner ou invectiver ceux qui leur barraient le passage, et qui, eux-mêmes, étaient bloqués par d'autres véhicules abandonnés devant le cimetière par leurs conducteurs. Au bout d'une heure, Homer, Chimène et Kurt subissaient toujours les étreintes d'une file innombrable dont l'extrémité se perdait derrière un massif de buis et de cyprès la masquant à leur vue. Chimène se pencha vers Homer et lui glissa d'une voix faible à travers ses voiles :

« Je ne me sens pas bien... »

Homer lui prit le bras.

« Je vais te ramener.

— Non, non, dit Chimène. Tout tourne...

— Ça ne va pas ? » demanda Helena Marcoulis. Elle était placée juste derrière son amie, comme si elle avait pressenti qu'elle aurait besoin de son aide.

« Allons-nous-en, dit Homer.

— Non ! protesta Chimène. Nous ne pouvons nous dérober au dernier hommage rendu à Renata...

— Helena, pouvez-vous raccompagner ma femme ?

— Je m'en occupe ! »

Elle prit Chimène par la taille, la soutint et adressa un signe furtif à Manuella, qui se tenait discrètement à quelques pas, mais qui n'avait rien perdu du manège.

« Que puis-je faire ? » demanda Kurt. Homer profita de ce qu'August et Ingrid Strohl l'embrassaient pour ne pas lui répondre. Les quelques secondes qu'avait duré l'incident avaient suffi pour créer un nouvel engorgement dans l'allée. Pendant qu'Helena et Manuella entraînaient Chimène, Homer et Kurt tentaient de rattraper la bonne cadence des mains serrées. A chaque phrase de condoléances, Kloppe inclinait la tête mécaniquement, l'esprit vide, regardant sans les voir les visages affligés qui se tendaient vers lui.

Au bout de deux heures, la file était tarie mais de nombreux groupes stationnaient toujours entre les caveaux de famille, comme si le lieu de sépulture ne devait jamais se vider de tous ceux qui l'avaient envahi.

« Ma voiture est dehors, dit Kurt à Homer. Voulez-vous que je vous dépose ? »

Kloppe se borna à détourner les yeux. Un chauffeur en livrée vint lui chuchoter à l'oreille.

« Monsieur Kloppe, je viens vous chercher...

— Je vous suis », dit le banquier.

Le chauffeur fendit la foule et se dirigea vers la sortie. Homer le suivit, pas fâché d'échapper à la présence gênante de Kurt, dont il jugeait impardonnables l'insistance et le manque de tact. Le chauffeur se faufila entre une marée de voitures, jusqu'en contrebas de la route. Il ouvrit respectueusement la portière d'une Mercedes 600 noire aux vitres teintées. Kloppe s'y introduisit. Le chauffeur referma la portière.

A l'intérieur de la Mercedes, se trouvaient déjà quatre hommes. Deux d'entre eux étaient inconnus à Homer. Quant aux deux autres, il aurait donné n'importe quoi pour ne pas les rencontrer en cette circonstance : Italo Volpone et Ettore Gabelotti.

« Croyez bien, dit Gabelotti avec contrition, que je compatis de tout cœur au deuil qui vous frappe.

— Je vous présente toutes mes condoléances », ajouta Volpone.

Le banquier, lèvres serrées, tenta de manœuvrer la poignée : elle était verrouillée. La Mercedes démarra avec lenteur, se dégagea du magma de véhicules qui l'entouraient, vira en direction de Zurich et prit de la vitesse. Se sachant piégé, Homer s'abstint de donner aux voyous la joie de le voir manifester quoi que ce soit. Dédaignant de s'adosser contre les moelleux fauteuils de cuir, il ne fit aucun mouvement, le torse bien raide, les deux mains posées sur les genoux, regardant droit devant lui avec indifférence, n'ouvrant pas la bouche, ne posant aucune question. Il n'éprouvait aucune peur, rien qu'une pointe de colère, et un immense ennui devant la vanité des entreprises humaines en général, et la stupide inutilité de cet enlèvement en particulier.

« Je suis réellement confus, monsieur Kloppe, dit Gabelotti. Mais cette fois, je crains que vous ne deviez nous écouter avec beaucoup d'attention. »

21

Ottavio Giacomassi était un vieux de la vieille. Agé de soixante-cinq ans, il avait fait jadis partie des hommes de Lucky Luciano. Quand Luciano avait été condamné, en 1936, à trente ans de prison par Thomas Dewey, gouverneur de l'Etat de New York — « l'un des plus bas criminels jamais comparus en justice », avait dit Dewey de Luciano — Ottavio, apprenti caïd de vingt-quatre ans, s'était senti orphelin. Le lendemain de l'incarcération de son padrone, il s'entendait révéler par un caporegime que rien n'était changé pour lui, ni dans ses émoluments, ni dans ses activités. De sa cellule, Luciano continuait à diriger son empire. Trois ans plus tard, la guerre embrasait l'Europe : Giacomassi s'en moquait comme d'une guigne. Paris, Berlin, Londres, n'étaient pour lui que des noms sur une carte. L'orientation de sa carrière allait pourtant changer à partir du jour où les Etats-Unis décidaient d'entrer dans le conflit. Il fallait préparer le terrain aux troupes américaines qui devaient débarquer. L'Italie était bâillonnée par le fascisme. Le plus naturellement du monde, les services spéciaux de la Maison-Blanche allèrent consulter Luciano dans sa prison.

« Le plus bas criminel » se voyait soudain promu au rôle de conseiller militaire de la présidence, avec des pouvoirs dépassant de très loin celui de dix généraux à cinq étoiles. On lui demandait de mettre au service de la nation ses connaissances, ses relations, ses hommes, et l'infrastructure de son organisation. En échange de quoi, il obtenait la promesse d'une libération anticipée — promesse tenue le 2 février 1946 où sa peine était ramenée à neuf ans et six mois, durée exacte de la détention déjà subie.

Ottavio Giacomassi avait eu l'honneur d'être choisi par Lucky en personne, pour faire partie des Italo-Américains chargés d'organiser l'arrivée des alliés en Sicile. Quand Luciano, expulsé des Etats-Unis, avait débarqué à Palerme, Giacomassi était l'un de ceux qui l'y attendaient. Il l'avait aidé à réorganiser ses réseaux. Dix ans plus tard, Lucky, dont on pensait qu'il était un membre influent de la toute-puissante et occulte « Comissione », détachait Ottavio auprès d'un jeune loup ambitieux et sûr, Zu Genco Volpone, qu'il avait pris en affection. Depuis ce jour, Giacomassi occupait pour la famille Volpone l'emploi élevé de correspondant en chef de l'Italie septentrionale.

Quand Bébé Volpone, frère cadet de Genco, l'avait mis brièvement au courant des récents événements, Ottavio en avait éprouvé beaucoup de tristesse : après Lucky, Don Genco était le second homme respecté qu'il voyait disparaître. Et apparemment, Italo, qui briguait la succession de son aîné à la tête de la famille, n'avait pas l'intention de s'endormir : pour son premier acte de capo, il avait prié Ottavio de lui fournir — pour le soir même ! — un commando de « punks » dont la mission serait de mettre à sac une banque de Zurich, la Trade Zurich Bank ! Dans son bureau de Milan où il avait reçu l'appel d'Italo, Giacomassi n'avait pas été pris de court. Son expérience des maquis et des activités illégales lui donnait la possibilité d'un recrutement immédiat. En outre, le culot de Bébé le séduisait. Il savait comment faire entrer ses hommes en Suisse sans les faire transiter par une frontière. Un point cependant le chagrinait : Italo ne lui avait pas précisé comment il comptait les faire retourner à Milan après leur expédition. Ah ! jeunesse, jeunesse !... Heureusement, papa Ottavio veillerait à tout.

Manuella aurait donné n'importe quoi pour ne pas dire à cet instant précis ce qu'elle avait à avouer à Chimène Kloppe. Dès son arrivée à l'appartement, Chimène s'était rendue dans sa chambre. Sans même se déshabiller, enveloppée dans ses voiles de deuil, elle s'était allongée sur son lit, affectueusement réconfortée par Helena Marcoulis. Manuella avait préparé du thé. Helena en avait bu une tasse, mais Chimène avait refusé la sienne.

« Bois, Chimène, bois !... Ça te fera du bien. »

Chimène, secouant la tête avec désespoir, avait été la proie d'une nouvelle crise de sanglots. Etouffée par ses larmes, elle était parvenue à articuler :

« Il ne faut pas m'en vouloir, Helena... Je veux rester seule... seule ! »

Son amie s'était éclipsée après avoir recommandé à Manuella de la prévenir si le moindre incident se produisait. Manuella avait promis. Maintenant, elle se tenait devant le lit, ne sachant

par quel bout attaquer ce qu'elle avait à dire.
« Voulez-vous que je vous aide à vous déshabiller ?
— Non, non... Homer va rentrer d'une minute à l'autre...
— Madame... Je suis bouleversée par tout ce qui arrive...
— Je sais, Manuella, je sais... Elle vous aimait beaucoup...
— Moi aussi, madame, je l'aimais beaucoup...
— Je sais...
— Je voulais vous dire, madame... C'est difficile... Surtout maintenant, je n'ai pas le cœur... il faut que vous sachiez, mais je ne peux plus...
— Vous ne pouvez plus quoi ? demanda Chimène en reniflant.
— Je veux m'en aller, madame... Rentrer au Portugal... »
Chimène la regarda avec incrédulité et fut secouée par des sanglots silencieux. Terriblement gênée, les larmes aux yeux, Manuella dansait d'un pied sur l'autre.
« Comprenez-moi, madame... Dans cette maison, je penserais à elle tout le temps... »
Elle se mordit les lèvres, se mit à pleurer et balbutia :
« C'est impossible... Je ne pourrais pas... »
De nouveau, Chimène s'étouffa, bredouillant d'une voix à peine audible :
« Oh ! Manuella... Manuella !... »
Elle lui étreignit les mains et les lui serra avec violence, comme si la petite bonne portugaise avait été son ultime bouée de sauvetage.
« Manuella !... Manuella !... Moi non plus je ne peux plus !... Je ne sais pas comment il me sera possible de continuer à vivre... Dieu est injuste !... Comme vous avez raison de nous quitter !... Cette

maison sentira la mort à jamais !.. Je vous comprends, Manuella... Je vous comprends !...

— Madame...

— Je vous aiderai !... Partout où je serai, vous serez toujours chez vous, en souvenir d'elle... Et votre enfant... votre enfant.... »

Les larmes lui inondèrent le visage et elle ne put prononcer un mot de plus. Manuella, en pleurs, lui glissa la lettre dans la main et sortit de la chambre.

Restée seule, Chimène se calma peu à peu. Elle s'essuya le visage avec le drap. Il fut maculé de fond de teint et de rimmel. Elle s'assit dans le lit, le regard fixe, luttant contre d'autres sanglots qu'elle sentait monter de sa gorge nouée. Machinalement, elle décacheta la lettre. Une photo tomba sur la couverture. Elle s'en empara, se frotta les yeux du bout des doigts et reconnut aussitôt la géante noire dont elle avait déjà trouvé des clichés dans la poche du pardessus de son mari. Le cœur serré, elle parcourut la lettre, relisant à plusieurs reprises les deux phrases qui lui broyaient le ventre... « Vous lui devez bien cette récréation après trente ans de mariage. Je vous le rendrai en bon état, fatigué peut-être, mais en bon état... »

Des idées folles tournoyèrent dans sa tête. Elle considéra de nouveau la photo, s'attardant dans la contemplation des seins nus de la géante levant les bras en signe de victoire. Elle eut la certitude que Homer était en danger : elle le connaissait trop pour croire une seconde qu'il était capable de l'abandonner. Pas dans des circonstances naturelles, encore moins dans l'horrible épreuve que leur avait envoyée le Seigneur en faisant mourir leur fille unique.

Galvanisée, elle appela Kurt. Il était chez lui et lui apprit que Homer avait quitté le cimetière une heure plus tôt environ. Elle le remercia et composa le numéro de la banque : Marjorie n'avait pas revu son patron depuis la veille. Chimène téléphona aux renseignements et obtint le numéro du bureau central de la police cantonale. Quand elle eut quelqu'un en ligne, elle eut soudain la sensation qu'elle était ridicule : elle raccrocha. Elle se donna deux heures pour agir. Si passé ce délai, Homer n'était toujours pas rentré, elle préviendrait le lieutenant Woldemar Blesh.

L'appareil stationnait sur un bout de piste secondaire, dans la zone de l'aéroport de Milan réservée par les autorités à des avions-taxis et à deux aéro-clubs. Le trafic commercial normal s'effectuait plus à l'ouest, là où s'élevaient des bâtiments de la douane et des passagers, surplombant les larges pistes bien entretenues à l'usage des vols intercontinentaux. Les flancs du coucou s'ornaient de l'inscripion « AVION ÉCOLE », peinte en grosses lettres rouges. Il s'agissait d'un MD 315 mis au rancart par l'armée française et bradé dans une vente de surplus. Après avoir chargé une caisse, les dix hommes gravirent à la queue leu leu les quelques marches de la passerelle, jetant des regards méfiants sur les plaques de rouille encadrant la bordure extérieure de la porte. A l'intérieur de l'appareil, aucun siège. Des ceintures de sécurité étaient directement fixées dans les parois latérales de la carlingue. L'un des hommes, qui connaissait le pilote, lui demanda à voix basse pour ne pas affoler les autres :

« Dis donc, Morobbia, tu es sûr que ça vole ? »

Amédéo Morobbia haussa les épaules avec une moue, qui n'avait rien de rassurant :

« Ça dépend des jours, du vent, de la Madone... Va t'attacher, on démarre ! »

Il tourna le dos et se rendit dans le cockpit où l'attendait Giancarlo Ferrero, son radio-mécanicien.

« On y va ?

— On y va. »

Amédéo actionna le contact. Les deux moteurs hésitèrent, crachèrent, hoquetèrent, et se mirent finalement à ronronner, faisant vibrer d'une manière effroyable l'appareil qui n'était ni insonorisé ni pressurisé.

Aucune importance. Selon les instructions d'Ottavio Giacomassi, Morobbia devrait voler pratiquement en rase-mottes, et à vue, dès qu'ils auraient franchi la frontière suisse. Il savait par cœur où se poser, une espèce de plateau à vaches compris dans un triangle englobant Zugs, Nafels et Schwyz. Il atterrirait dans une prairie semée de bosses et de trous, longue de cinq cents mètres, plus qu'il n'en fallait pour poser le MD que Morobbia se faisait fort d'arrêter en moins de trois cents mètres, après que ses roues eurent touché le sol. Pendant que les hommes descendraient, il ne couperait pas le moteur. Sitôt le dernier sorti, il redécollerait pour Zurich, comme le lui avait ordonné Giacomassi. Lorsque Amédéo avait eu cette idée d'avion-école, c'était Ottavio qui lui avait fourni les fonds. Evidemment, ce n'était pas ses quelques rares élèves qui lui permettaient de gagner sa vie, mais les missions discrètes dont le chargeait de temps en temps Ottavio Giacomassi. Des paquets à prendre ou à déposer entre la Suisse et l'Italie, toujours dans le triangle Zugs, Nafels et Schwyz. Ou parfois, des hommes, trop concentrés sur le porte-documents serré contre leur cœur pour lui adresser la parole.

« Avion-école MD 315 demande la piste 9, dit Amédéo.

— MD 315, vous avez la piste, répondit la tour de contrôle. Décollez !

— Bien compris... Je décolle... »

Morobbia mit les gaz. Le tas de ferraille tangua effroyablement sur trois cents mètres et s'arracha lourdement à la pensanteur, s'élevant péniblement au-dessus des hangars de révision. A vol d'oiseau, il y avait environ cent cinquante kilomètres entre Milan et l'endroit où ils atterriraient. Lorsqu'il était chargé, le MD avait du mal à atteindre deux cent cinquante kilomètres à l'heure à pleine vitesse. En comptant large, Amédéo en déduisit qu'il leur faudrait trois quarts d'heure au moins pour arriver à destination.

Il mit le cap sur le nord-ouest, tapota le bras de son mécano et lui hurla en plein visage pour couvrir le grondement des moteurs :

« Giancarlo !... Tu as vérifié s'il y a assez d'huile ?... »

Complet gris fer, chemise blanche, cravate noire, ni beau ni laid, taille moyenne, allure moyenne, teint mat, Cesare Piombino était l'archétype de l'homme moyen, celui qu'on croise dix fois dans la rue sans le voir parce que rien en lui ne retient l'attention.

Il entra à la Trade Zurich Bank trois quarts d'heure avant la fermeture, demanda poliment à l'huissier du hall où se trouvait le service des coffres, remercia et prit l'ascenseur qui le déposa au troisième. Sa serviette noire sous le bras, il arpenta un couloir, déboucha sur un terre-plein où papotaient trois secrétaires, tailleurs bleu marine devant une haie de palmiers en pot.

« Herr Runggghe, je vous prie...

— Her Runggghe n'est pas là cet après-midi. Vous aviez rendez-vous ?

— Oui.

— Voulez-vous voir la personne qui le remplace ?

— Non. C'est personnel. Quand Herr Runggghe sera-t-il de retour ?

— Demain matin.

— Merci. Je reviendrai. »

Il était si banal d'apparence qu'aucune des secrétaires ne songea à lui demander son nom. Comme la plupart des chefs de service, Runggghe assistait aux obsèques de Renata Kloppe, la fille du grand patron. Quand Cesare Piombino disparut au détour du couloir, les filles l'avaient déjà oublié, prêtes à jurer avec sincérité qu'elles ne l'avaient jamais aperçu.

Cesare Piombino tenait un commerce de meubles anciens dans le quartier de l'Aussersihl, Zurliden Strasse. Son volume d'affaires était très maigre, car il se moquait éperdument des meubles anciens. Il était à Zurich l'un des cinq correspondants d'Ottavio Giacomassi, grand manitou du Syndicat pour l'Italie du Nord et la Suisse. Il avait travaillé autrefois avec Ottavio, au bon vieux temps de la guerre, des attentats et des maquis. Sa spécialité était de faire sauter les trains et d'empoisonner l'eau qui alimentait l'armée d'occupation.

La mission que lui avait confiée Giacomassi était presque aussi délicate que celles qu'il accomplissait trente ans plus tôt. Il s'agissait d'abord de se laisser enfermer dans la banque. Ensuite, si les dieux étaient avec lui, de réussir ce qu'il avait à faire, et d'en ressortir vivant. Alors, il pourrait toucher les dix mille dollars que lui avait promis

Ottavio. Pour l'instant, il fallait trouver d'urgence un endroit où se planquer jusqu'à la fermeture. Cesare Piombino poussa prudemment une porte derrière la cage de l'ascenseur. Il était dans un escalier de service. Il serra contre lui la serviette de cuir noir bourrée de dynamite et de cordons Bickford, et entreprit de gravir les marches.

Elle traversa sa petite chambre, ouvrit les rideaux de la douche et commença à ôter ses vêtements noirs tout en réglant la température de l'eau. Quand elle fut nue, elle entra dans le bac de céramique, ouvrit les robinets en grand et reçut comme une offrande, le visage dressé, la pluie drue qui la lavait de ses larmes, de la fatigue de la journée, de son chagrin, de ses incertitudes. Elle était désespérée de quitter sa patronne. Les Kloppe lui avaient toujours manifesté une grande affection, avec un tact si délicat qu'elle en avait oublié sa condition de domestique. Il lui semblait au contraire qu'elle faisait partie de la famille. Il fallait tirer un trait désormais. Julio n'allait pas tarder à rentrer en Europe. Dès leur retour à Albufeira, ils se marieraient...

Manuella sortit de la douche, foula de ses pieds mouillés ses vêtements de deuil jetés en tas sur le sol et s'essuya le corps avec une serviette. Elle ouvrit la porte de la lourde armoire ancienne dont le volume remplissait le quart de sa chambre. A l'intérieur de l'armoire, rivé sur le battant de la porte, un miroir lui permettait de se regarder en pied. Elle se contempla de face d'abord, caressant doucement son ventre et ses seins que sa grossesse faisait gonfler de jour en jour. Elle prit sur la coiffeuse, au-dessus du lavabo, un autre petit miroir. Cette fois, elle se plaça de profil devant l'armoire à glace. Par le jeu optique des deux miroirs, elle se vit en coupe, observant avec curiosité ce corps qui était le sien, mais qui lui paraissait étranger, ce ventre à la ligne douce et arrondie, ces seins plus lourds que d'habitude dont le poids nouveau faisait fléchir la pointe vers le bas. A un moment, le miroir qu'elle tenait en main se déplaça légèrement, lui offrant une image inversée de sa chambre. Sur le dessus de lit immaculé, elle vit un petit rectanble bleu. Avec surprise, elle décacheta le télégramme que le majordome avait probablement déposé chez elle pendant qu'elle assistait aux obsèques de Renata.

Elle le lut une première fois, sourcils froncés, ne comprenant pas du tout ce qu'il voulait dire. Elle s'assit sur le lit, la tête bourdonnante, et le parcourut une seconde fois. Alors, la bile lui envahit la bouche et elle fut incapable de retrouver son souffle pendant plusieurs secondes. Le texte, qui lui était adressé, contenait plusieurs mots qui s'enfoncèrent dans son cœur comme autant de balles :

« REGRET VOUS ANNONCER DECES ACCIDENTEL DE JULIO ALMEIDA — ATTENDONS INSTRUCTIONS POUR TRANSFERT EVENTUEL DU CORPS — Signé : ERIC MORTAELDT — DIRECTEUR WASSENAAR'S CONSOLIDATED FIRM — CHUKUDU — BOTSWANA. »

La première idée cohérente qui s'ordonna dans la tête de Manuella, fut que son enfant n'aurait jamais de père.

C'était une petite station-service comme il en existe des milliers d'autres, perdue au fond d'une rue tranquille, Eschwiesen Strasse. Trois pompes, deux pour l'essence, une pour le fuel des moteurs Diesel et des poids lourds. A droite des pompes, une rampe en béton menant en sous-sol à un parking pour une trentaine de véhicules. C'est là qu'Orlando Baretto avait voulu conduire Mortimer O'Broin et Zaza Finney quand il les avait récupérés devant la banque de Kloppe.

Le gérant de la station, d'origine sicilienne comme lui, rendait des services épisodiques au Syndicat sans en faire réellement partie. Mais Enzo Priano ne posait jamais de questions, pas davantage qu'il ne faisait de commentaires lorsqu'on lui remettait l'enveloppe contenant, en bons francs suisses, le prix des menus services qu'il rendait. Le plus courant était de mettre à l'abri certaines personnes qui ne lui avaient jamais laissé leur carte. Au fond du parking, se dressait un énorme tas de pneus usagés contre lesquels venait s'appuyer un lourd établi. En déplaçant les pneus, on mettait à jour une porte métallique toujours fermée. Elle s'ouvrait sur un réduit de béton de trois mètres sur quatre comportant un lit de fer, un trou dans le sol pompeusement appelé « cabinet à la turque », un lavabo d'eau froide et une ampoule électrique nue pendant du plafond au bout d'un fil. Deux tabourets et une table de bois bancale sur laquelle étaient posés quelques bouquins et une dizaine de magazines, complétaient l'ameublement. L'aération était assurée par une bouche d'air reliant le réduit à l'entrée du parking. Pas de fenêtre ni d'ouverture.

Dix minutes plus tôt, une Mercedes 600 noire aux vitres teintées avait dévalé la rampe du parking. Enzo Priano avait dégagé quelques pneus et ouvert la porte métallique de ce qu'il avait baptisé familièrement la « chambre d'amis ». S'y étaient engouffrés trois hommes, dont l'un, le plus petit, avait un bandeau noir sur les yeux. Le second était un géant corpulent vêtu de noir, le troisième, un costaud au teint pâle, au visage dur. C'est à lui qu'Enzo avait remis la clef du réduit. En remontant vers les pompes, il constata que la Mercedes avait disparu du parking...

Quand Volpone lui retira son bandeau, Kloppe cligna des yeux et regarda avec mépris l'endroit où on l'avait emmené.

« Mes lunettes ? » dit-il.

Ettore Gabelotti les lui tendit. En les chaussant, il vit les détails que sa myopie lui avait cachés, les murs nus, le sol de béton, le lit de fer, le lavabo.

« Vous pouvez vous asseoir », dit Gabelotti.

Homer resta debout. Il savait qu'il se trouvait à Zurich, et au fond d'un parking, comme l'en avait averti l'odeur d'huile et d'essence qui lui avait agressé les narines quand on l'avait fait descendre de la limousine. Mais dans quel quartier, il l'ignorait. Lorsque le chauffeur en livrée lui avait dit dans le cimetière « je viens vous chercher... » il avait cru qu'il était envoyé par Helena Marcoulis et l'avait suivi dans la moindre méfiance.

« Monsieur Kloppe, dit Gabelotti avec onction, il ne tient qu'à vous de sortir au plus vite de cet endroit déplaisant. Je veux dire, en sortir vivant. Votre entêtement malhonnête justifie les méthodes que nous sommes prêts à employer à votre encontre. Vous avez en possession deux milliards de dollars qui ne vous appartiennent pas, pour la bonne raison que nous en sommes les possesseurs légitimes. Pour la dernière fois, voulez-vous, oui ou non, les faire transférer de la façon que Genco Volpone vous avait indiquée ? »

Kloppe s'assit du bout des fesses sur le lit. Tout lui était désormais indifférent. La torture ne lui faisait pas peur, l'idée de la mort n'avait aucune prise sur lui. Renata enterrée, les valeurs qui avaient fait le sel de sa vie lui paraissaient dérisoires. Sauf une : les principes de discrétion professionnelle absolus qui avaient fait la force et la grandeur de son pays. Des employés de banque n'avaient pas parlé quand les nazis avaient voulu leur extorquer le numéro des comptes juifs bloqués au moment des hostilités. Lui aussi saurait se taire, quelles qu'en soient les conséquences pour sa personne et pour ses biens. Il dévisagea lentement Ettore Gabelotti et Italo Volpone. L'ombre d'un sourire dédaigneux flotta sur ses lèvres minces.

« Je crois qu'il se fout de notre gueule ! » laissa tomber Italo d'une voix neutre.

Après sa rencontre avec Don Ettore dans le parc du Dolder Grand Hôtel, Bébé Volpone avait dépêché un messager à l'appartement de Bellerive Strasse, afin de remettre la lettre d'Ines à Chimène Kloppe. Ce n'est qu'après le retour du soldat qu'il avait appris la mort de Renata. Elle changeait tous les plans qu'il avait élaborés avec Gabelotti. Ils s'étaient précipités au cimetière et avaient improvisé.

« Je vous ai posé une question ! » lança Gabelotti avec une brutalité soudaine.

Homer Kloppe secoua la tête calmement :

« Je ne sais pas de quoi vous voulez parler. »

Bébé Volpone pivota avec vivacité, attrapa le banquier par les revers et lui cracha en plein visage :

« Ecoute-moi bien, stronzo[1] ! Il y a au moins

1. Stronzo : connard.

une chose que tu vas savoir ! C'est ce qui va t'arriver, à toi, à ta banque et à ta femme ! »

Dès l'instant où il avait senti que Kirpatrick fermait sa grande gueule, Blesh était devenu moins agressif. Pendant près d'une heure, il avait soutiré à ses collègues étrangers un grand nombre d'informations, répondant de son côté d'assez bonne grâce aux questions qu'ils lui posaient. Peu à peu, les morceaux du puzzle s'assemblaient...

Blesh avait levé la séance pour se rendre chez Kloppe. Dempsey, Kirpatrick et Finnegan étaient partis pour leur hôtel. Au Sordi's, ils avaient déposé leurs bagages et fait un brin de toilette. De nouveau, tous étaient réunis dans le bureau de Belsh. Sujet : la disparition de Patrick Mahonney.

« J'ai bien une hypothèse, dit Blesh. Mais vraiment, elle ne repose sur pas grand-chose...

— Dites, l'encouragea Kirpatrick.

— Si, comme vous semblez le penser, votre inspecteur a été liquidé, il se peut que je sache comment... Il y a trois jours, il y a eu une bagarre dans les sous-sols du Commodore.

— Entre qui et qui ?

— Je ne sais pas. Personne n'a rien vu ni entendu. Des employés ont été alertés par un nuage de vapeur qui s'échappait de la salle des machines. Les canalisations d'eau chaude avaient été crevées par balles dans la chaufferie. Mes hommes ont relevé des traces de sang et plusieurs douilles de projectiles. Je me suis rendu sur place moi-même. Je suis à peu près certain que le corps d'un homme a été traîné sur le sol et balancé dans la chaudière de l'hôtel.

— Vous n'avez pas vérifié ? » s'étonna Kirpatrick.

Blesh lui jeta un regard agacé.

« Non, capitaine. Impossible. La cuve centrale, qui alimente les six cents chambres du Commodore, est un cylindre souterrain de deux cents mètres cubes de mazout en flammes où sont également incinérées les ordures. Tout matériau plongé dans cette fournaise se consume en moins de dix minutes sans laisser la moindre trace. Or, refroidir la chaudière aurait demandé trois jours. L'enfer, capitaine, l'enfer...

— Qu'est-ce qui vous fait croire que Mahonney ?...

— Deux hommes ont disparu de Zurich ces jours derniers. L'inspecteur Mahonney et un certain Rico Gatto, un punk de la Côte Ouest.

— Comment savez-vous que ce Gatto a disparu ?

— Il est entré en Suisse. Il n'est pas ressorti de Suisse. Il n'a pas réglé sa note d'hôtel, dit Blesh avec froideur. A mon avis, il y a une chance sur deux que la victime du Commodore soit Rico Gatto ou Patrick Mahonney. Je n'ai aucun moyen de savoir qui a péri tant que l'un des deux corps ne sera pas retrouvé et identifié.

— Et si on n'en retrouve aucun ? » demanda Finnegan.

Blesh écarta les mains en signe d'impuissance. Bien que cela ne vous regarde en rien, sachez que s'il y a eu transaction de capitaux, elle s'est déroulée entre les hommes que vous surveillez et la Trade Zurich Bank. La fille du propriétaire de la banque, Renata Kloppe, s'est tuée voici deux jours dans un accident de la route, un quart d'heure après son mariage. On l'enterre en ce moment même. Savez-vous à qui appartenait la voiture dans laquelle elle a trouvé la mort ? A un certain Orlando Baretto, d'origine sicilienne. Et savez-vous qui avait payé la voiture à Baretto ? »

Il observa un instant de silence, ravi de les voir griller, sages comme des élèves attentifs.

« Genco Volpone, laissa-t-il tomber.

— Où est Baretto ? grinça Kirpatrick.

— En ville, lança Blesh avec nonchalance.

— Comment ! Vous ne l'avez pas coffré ?

— Si je devais coffrer tous ceux qui viennent déclarer un vol de voiture...

— Lieutenant, intervint Finnegan, vous avez actuellement la possiblité de réussir un coup de filet fantastique, une occasion qui ne se représentera jamais ! Pourquoi ne pas tous les arrêter sous un prétexte quelconque ? »

Blesh le dévisagea avec une expression choquée.

« Quel prétexte ? L'ordre public a-t-il été troublé ? Y a-t-il eu la moindre plainte ? »

Finnegan et Kirpatrick échangèrent un regard exaspéré.

« Puis-je me permettre une question ? dit Scott Dempsey en rigolant. Kloppe vous a-t-il dit s'il avait reçu des menaces ? »

Woldemar Blesh pinça les lèvres.

« Monsieur Dempsey, chez nous, la banque est un Etat dans l'Etat. Les consortiums financiers sont parfaitement autonomes. Ils engagent leurs gardes, leurs enquêteurs, leurs experts, et font eux-mêmes leur propre police. Croyez-vous qu'un grand banquier soit assez infantile pour mélanger les affaires d'argent et les services de la police officielle ?

— Kloppe ne sait pas à qui il a affaire ! ricana Kirpatrick. Le Syndicat est assez puissant pour mettre la Suisse à genoux ! »

Blesh le toisa avec une infinie commisération.

« Nul n'y a jamais réussi, capitaine. Savez-vous pourquoi ? Parce que, dans notre pays, aucun citoyen n'est corruptible ! »

Sous-entendu : en Amérique, vous êtes tous des pourris. Voyant que Kirpatrick s'empourprait, il ne lui laissa pas le temps de répondre.

« Capitaine, pensez-vous que Volpone ou Gabelotti soit assez fou pour s'en prendre à une banque en plein centre de Zurich ?

— Pourquoi pas ? cracha Kirpatrick avec hargne. S'ils estiment qu'ils sont dans leur droit... »

Scott Dempsey apprécia la finesse du trait et gloussa de rire.

« Ce serait trop beau, grommela le lieutenant Blesh.

— Si je comprends bien, s'indigna Kirpatrick, vous attendez que ces crapules mettent Zurich à feu et à sang pour intervenir. »

Blesh le coupa sèchement.

« Je sais ce que j'ai à faire !

— Ah ! lieutenant, soupira rêveusement Scott Dempsey. Quand je pense qu'on pourrait décapiter le Syndicat !... Vous n'auriez même pas à bouger... Il suffirait par exemple que j'aie un chiffre, un tout petit chiffre... Le montant des capitaux frauduleusement sortis des Etats-Unis... Un mot de votre banquier, un seul, et je les coince tous ! »

A l'expression menaçante de Blesh, Dempsey sut qu'il avait dépassé de très loin les bornes de la décence. Prudemment, il détourna les yeux et contempla le plafond.

« Ecoutez, lieutenant, plaida Kirpatrick, loin de moi l'idée de vous donner des conseils... Mais tout de même, étant donné les circonstances, vous pourriez peut-être utiliser une table d'écoute... »

Malgré son ton humble et innocent, Blesh le foudroya.

« Laissons Watergate à Washington, capitaine ! Vous êtes à Zurich ! De tels procédés nous répugnent ! »

Kirpatrick serra les poings et ravala sa rage. Ce petit fonctionnaire prétentieux et arrogant allait lui laisser filer sous le nez les capi des deux plus puissantes familles du Syndicat ! Sous l'effet de la concentration de ses muscles faciaux, son visage prit une superbe coloration aubergine.

Blesh s'en aperçut. Il voulut atténuer la dureté de sa réplique et rassurer Kirpatrick. Il se planta devant lui.

« Vous n'avez pas lieu de vous inquiéter, capitaine ! J'ai fait l'essentiel : deux de mes hommes protègent la banque ! »

L'endroit où se situait le plateau herbeux se nichait dans une enclave protégée par les flancs en dure de collines boisées de sapins. Tout autre qu'Amédéo Morobbia aurait écrasé son appareil à l'atterrisage. Un peu comme si on devait se poser au fond d'un bol. Mais Morobbia avait l'habitude. Trois ans déjà que fonctionnait la combine de l'aéro-club. Il suffisait que les membres du Syndicat, ou leurs protégés, aient une carte de club en règle pour pouvoir franchir sans encombre les portes grillagées de l'aéroport de Milan. Ils étaient alors classés comme « élèves pilotes » et pouvaient évoluer en liberté sur la partie du terrain réservée aux clubs et aux avions-taxis.

En trois ans, Amédéo avait fait plus de cent fois le voyage Milan-Suisse dans les deux sens. Vols de jour de préférence. En rasant la crête des montagnes, suivant leur contour qui lui faisait escalader leur cime ou plonger dans les vallées, il évitait d'être repéré par les radars. Malgré son aspect délabré, son MD 315 ne l'avait jamais trahi jusqu'à présent répondant sans rechigner à la moindre sollicitation des commandes, se payant même le luxe d'atterrir sur des distances nettement inférieures à trois cents mètres. Habituellement, ses passagers sautaient de l'appareil et couraient jusqu'à un sentier forestier où les attendait une voiture. Morobbia, la conscience tranquille, reprenait alors le chemin du retour et rendait compte à Ottavio Giacomassi par un simple coup de fil.

« Je suis de retour. Tout s'est bien passé. »

Aujourd'hui, léger changement de programme. Il devait poser son avion-école dans le champ, le faire rouler jusqu'à la lisière des premiers arbres bordant la prairie, le mettre à couvert autant que possible et attendre.

« Combien de temps ?

— Je ne sais pas, avait répondu Ottavio.

— Si je ne rentre pas, on risque de s'inquiéter à Milan ?

— Tu peux être en panne et avoir été forcé à l'atterrissage.

— Certes, mais il faut que je les prévienne.

— O.K. ! Je m'en chargerai. Si au lever du jour tu n'as vu personne, reviens.

— D'accord. »

Il avait laissé Glarus sur sa droite depuis quelques minutes. Il repéra la colline qu'il cherchait, la gravit en rase-mottes, atteignit son faîte et se laissa tomber dans la cuvette comme une pierre, redressant son appareil parallèlement à la pente qui se stabilisait à l'horizontale après avoir formé un angle aigu au pied de la colline. Les roues eurent un premier contact brutal avec l'herbe à vaches trouée de fondrières. Les volets de freinage hérissèrent les ailes du MD pendant que le vent de ses hélices traçait un sillon dans les herbages de la prairie. Morobbia continua à rouler jusqu'à l'amorce de la pente opposée de la cuvette. Il coupa le contact.

Giancarlo Ferrero avait déjà bondi à l'arrière pour aider leurs dix passagers à se libérer de leur ceinture de sécurité.

« Grouillez, les gars ! Grouillez !... On vous attend derrière le talus !...

Ils sautèrent de l'avion. Tous étaient jeunes, vêtus de façon correcte, en cravate et en veston. La plupart étaient munis d'une serviette d'homme d'affaires et d'un imperméable jeté négligemment sur le bras. A leur façon d'escalader le raidillon au pas de course, on voyait qu'il s'agissait d'athlètes entraînés. Bientôt, ils disparurent, absorbés par des massifs de feuillage. Les voitures stationnaient un peu plus loin. Par des routes séparées, et par petits groupes, elles allaient les déposer à Zurich où ils n'auraient plus qu'à tuer le temps avant d'entrer en action.

« Qu'est-ce qu'on fait maintenant ? demanda Ferrero.

— On poireaute, maugréa Morobbia.

— Longtemps ?

— Ça mon pote, si je le savais... » dit Morobbia avec fatalisme.

Il se cala contre son siège, l'air rêveur, et alluma une cigarette.

« Mon ami Italo Volpone et moi-même, en plein accord, avons pris un certain nombre de décisions. C'est pour vous en faire part que nous vous avons réunis. »

Ettore Gabelotti promena sur les visages attentifs de ses auditeurs un regard paterne et bienveillant. La conférence avait lieu dans la bibliothèque de la villa louée par Volpone. Mais les membres influents des deux familles ne s'étaient pas mélangés pour autant. Les hommes de chaque clan s'étaient regroupés de part et d'autre de la vaste table rectangulaire recouverte de cuir noir. D'un côté, Volpone, encadré par Moshe Yudelman, son consigliere, et par Vittorio Pizzu, son sottocapo, flanqué par ses trois capiregime, Aldo Amalfi, Vicente Bruttore, Joseph Dotto. Leur faisant face, les consigliere Carmine Crimello et Angelo Barba, respectivement à la droite et à la gauche de Don Ettore, Thomas Merta, le sottocapo, Carlo Badaletto et Frankie Sabatini, ses capiregime.

En bout de table, Luciano Zullino, le correspondant pour l'Europe du Sud d'Ettore Gabelotti. Derrière la porte fermée, montant la garde, Simeone Ferro.

Gabelotti prit une expression peinée.

« Ni Bébé Volpone ni moi-même ne sommes pour la violence. Mais vous comprendrez facilement qu'à travers nos intérêts personnels, c'est le prestige du Syndicat tout entier qui est en cause. Que se passerait-il si un petit banquier pouvait défier impunément l'Organisation ? Aussi, mon associé et moi sommes d'avis de ne pas laisser passer l'affront. »

Il tendit la main vers Volpone.

« Italo, explique à nos amis ce que nous attendons d'eux... »

Don Ettore se rassit et s'épongea le front. Italo se mit debout. Même pas deux semaines plus tôt, il avait vécu à Nassau une situation analogue. Devant les notables réunis des deux familles, il avait lu les trois lettres composant le télégramme de son frère : « OUT ». Il ne pouvait pas imaginer alors qu'il pût être autre chose que le remplaçant momentané de Don Genco, le petit frère de son frère, le joueur que nul ne prenait vraiment au sérieux. Mais la mort de Genco et les brutales responsabilités qui en avaient découlé avaient produit dans sa conscience un déclic libérateur, laissant entrevoir des possibilités si bien enfouies en lui qu'il n'avait même pas soupçonné leur existence jusqu'alors. Le pouvoir était un beau fruit, au goût tout neuf, dont la saveur lui serait désormais indispensable. Ni Gabelotti ni personne ne pourrait l'empêcher de s'en nourrir. Un à un, il dévisagea rapidement les hommes assis autour de la table.

« Nous avons un double but, dit-il. Récupération et représailles. Impossible de supprimer le banquier sans risquer de trancher le fil qui nous relie à notre argent. En revanche, par une succession de pressions, nous pouvons l'amener à mettre les pouces. Homer Kloppe est entre nos mains, mais nous ne sommes restés que trop longtemps à Zurich. Il faut faire vite, frapper, prendre et disparaître ! Cette nuit, nous allons détruire sa banque. Il faut que Kloppe comprenne que nous sommes prêts à aller jusqu'au bout s'il ne nous rend pas ce qui est à nous ! En Suisse, ce genre de vol légal s'est toujours réglé par avocats interposés. Pas avec nous ! On ne vole pas le Syndicat !

— Si tu nous disais plutôt comment tu veux t'y prendre ? » le coupa Carlo Badaletto avec désinvolture.

Depuis le jour où ses incisives supérieures s'étaient fichées dans le crâne d'Italo, Badaletto ne ratait pas une occasion de lui manifester une insolence dédaigneuse. Les mains de Volpone se crispèrent légèrement sur la table. Il baissa la tête et laissa tomber sans hausser la voix :

« Ta gueule ! Je parle. »

A son ton, Moshe Yudelman comprit que la paix fragile qu'il avait instaurée avec tant de mal allait prendre fin avant même d'avoir porté ses fruits. Don Ettore perçut lui aussi le changement de climat. Il avait fait assez d'efforts de conciliation pour ne laisser quiconque gâcher son pacte de non-agression provisoire avec Volpone. Les yeux brillants de colère, il rabroua son caporegime avec méchanceté :

« Tu la fermes ou c'est moi qui te sors ! »

Carlo apprit ainsi que quelque chose était changé dans l'ordre des rapports des deux clans. En temps normal, Don Ettore aurait plutôt encouragé ses sarcasmes envers Volpone. Avec gêne, il détourna les yeux. Ne sachant trop où les poser, il se mit à regarder fixement ses mains dans un silence de mort. Italo, figé, prit une longue inspiration, comme si aucun incident n'avait émaillé le fil de son discours. Moshe lui vota mentalement des félicitations ardentes.

« J'ai fait venir dix torpilles d'Italie. Vous allez prendre ces hommes sous vos ordres et casser la banque. »

Thomas Merta leva poliment le doigt pour demander la parole.

« J'ai vu la banque, dit-il. C'est un bâtiment de pierre de cinq étages. A moins de laisser tomber une bombe de deux tonnes sur le toit, nous ne pourrons l'endommager que superficiellement.

— Pas si tu t'y prends de la façon que je vais t'indiquer, rétorqua Volpone. Tout le succès de l'entreprise tient à notre rapidité d'exécution. Si vous pouvez agir en quatre minutes, la banque sera détruite, c'est gagné ! Don Ettore et moi-même avons tenu à ce que les capiregime de nos deux familles participent à l'entreprise. Vittorio et Thomas dirigeront l'opération. Aldo, Vicente, Joseph, Badaletto, Frankie et Simeone encadreront les torpilles. En clair, vous serez dix-huit à pénétrer dans la banque. Trois par étage, trois dans le hall central. Vous faites tout péter et vous foutez le feu ! Vous aurez des grenades incendiaires et des lance-flammes de l'armée américaine.

— Padrone, objecta Pizzu, on ne forcera pas les portes de la chambre forte à la grenade !

— On se fiche de la chambre forte ! dit Gabelotti avec amabilité. N'oublie pas que nous opérerons à découvert, dans un boucan terrible. Notre but est de provoquer le maximum de dégâts avant de nous replier. En moins de quatre minutes, il faut que tous les dossiers aient brûlé. Ce qu'on veut, ce n'est pas le fric, mais la merde, le scandale, le bordel ! »

Thomas Merta s'adressa à Italo Volpone.

« Vous avez dit que nous serons dix-huit à pénétrer dans la banque. Par quel moyen pensez-vous pouvoir y entrer ?

— Mais par la porte, tout simplement...

— Vous avez les clefs ? »

Italo esquissa un petit sourire dur.

« A minuit précis, la grande porte centrale volera en morceaux. Un de mes collaborateurs s'est laissé enfermer dans la banque avec un pain de dynamite.

— Quels sont les ordres, pour les flics ? s'enquit Vicente Bruttore.

— Tu ne les verras pas ! le coupa Volpone. Entre le moment où se déclencheront les signaux d'alarme et celui où ils se pointeront sur les lieux, huit minutes se seront écoulées. Vous serez loin !

— Loin, où ça ? demanda Frankie Sabatini. Après un pareil feu d'artifice, comment sortir du pays en quatre minutes ?

— Te fais pas de mourron ! Demain matin, tu boiras un espresso en Italie. »

Le repli des soldats avait été le gros problème d'Italo. Comme la plupart des troupes qui montaient en ligne étaient les siennes, Don Ettore s'était abstenu jusqu'à présent de poser la question fondamentale de la retraite. Peu lui importait que les pertes en hommes soient pour la famille Volpone. Au contraire, cet affaiblissement du clan ne pouvait que servir ses projets ultérieurs. Malheureusement, Italo ne lui laissait plus la possibilité de tirer seul les marrons du feu. Quelques instants plus tôt, Volpone avait précisé : « Don Ettore et moi-même avons tenu à ce que les capiregime de nos deux familles participent à l'entreprise. » Or, Ettore n'avait rien décidé du tout. Il n'avait marqué aucun étonnement en entendant la phrase, mais son cerveau vigilant avait tourné un peu plus vite pour en dégager le sens probablement piégé. Que Volpone, dans son zèle de néophyte, voulût organiser l'opération à ses frais, soit. Mais qu'il souhaitât inclure ses propres lieutenants dans le commando kamikaze, non ! En tout cas, pas sans garanties. Comme s'il était lui-même au courant de la réponse, il dit à Italo d'une voix mielleuse :

« Explique à ces garçons comment ils seront évacués... Je les sens inquiets... »

Volpone n'attendait que cette sortie pour prendre, en public, un nouvel avantage. Il sourit gentiment à Gabelotti.

« J'y ai pensé, Don Ettore, j'y ai pensé... »

Sachant très bien qu'en s'exprimant à la première personne, il retirait d'emblée à Gabelotti le mérite d'avoir participé à la découverte de la solution. En fait, elle lui avait été fournie par Ottavio Giacomassi, qui avait tout réglé depuis Milan. Mais qui l'obligeait à le dire ?

« Quand vous quitterez les ruines de la banque, six voitures vous attendront. Elles se disperseront immédiatement dans des directions différentes, sur un parcours prévu pour ne pas croiser les voitures de police.

— Qui conduira les voitures ? demanda Carmine Crimello.

— Des amis. Ils connaissent la ville comme leur poche. Par des rues différentes, vous regagnerez tous le même point des environs de Zurich.

— Un quart après l'explosion, toutes les routes seront barrées, dit Thomas Merta. Qu'est-ce qu'on fait, on reste en planque dans ce pays à vaches ? »

Italo le regarda d'un œil réprobateur.

« Je croyais t'avoir dit que tu prendrais ton petit déjeuner en Italie demain matin ?

— Comment on passe la frontière ?

— Dans du lait », dit tranquillement Volpone. Il les laissa flotter une seconde avant de daigner s'expliquer.

« Mon frère Genco avait quelques intérêts dans une laiterie de Zurich. Tous les soirs, des milliers de bidons sont collectés dans la région et transportés à notre laiterie. Trois fois par semaine, les quatorze camions-citernes de l'entreprise de mon frère se trimbalent jusqu'à Milan, pour que les gentils bébés italiens boivent du bon lait suisse frais. Chaque citerne contient cinquante mille litres. Remarque, Thomas, si tu détestes les vaches à ce point-là... »

Quelques rires détendirent l'atmosphère. Volpone les arrêta d'un geste.

« Depuis six ans, les douaniers voient passer les

camions. Dans huit d'entre eux, mon frère avait fait aménager une cache dans la citerne. Trois ou quatre hommes y tiennent facilement à l'aise. Vous arriverez à Milan en moins de cinq heures. On vous y attendra. Vu ? »

Angelo Barba risqua la question qui lui brûlait les lèvres.

« Et nous ? Si les choses tournaient mal ?

— Pourquoi tourneraient-elles mal ? s'étonna Italo. Peux-tu me dire quel rapport existe entre toi, un honnête commerçant américain de passage à Zurich, et des anarchistes qui brûlent une banque pour le plaisir, sans même y faucher un rond ?

— Suppose quand même, insista Barba, buté. Comment on sortirait de Suisse ? »

Volpone eut une expression de reproche indulgent.

« Comment peux-tu croire que je n'y ai pas pensé, Angelo ?... »

22

Folco Mori embrassa la pièce du regard.

« Ça devrait aller, dit-il. Qu'est-ce qui tu en penses ? »

Pietro Bellinzona fit la grimace.

« Je ne sais pas.

— Quoi ? Il manque quelque chose ? »

Folco porta un œil aigu sur le cadavre d'Orlando Baretto. Durant son séjour dans la cave de la villa, le corps de Lando était devenu tout raide. Après que Volpone leur eut donné l'ordre de le ramener chez lui, ils avaient essayé en vain de le faire entrer dans le coffre de la voiture. Mais Baretto, dans la mort, s'était montré moins malléable que de son vivant. Il leur avait été impossible de plier le corps. Le temps pressait. Ils avaient pris le risque de le coucher au pied des sièges arrière de la voiture, camouflé sous un plaid écossais.

Folco conduisait, mâchoires serrées, respectant scrupuleusement la signalisation, cédant le passage aux autres véhicules, attentif à ne rien faire qui puisse attirer l'attention. A ses côtés, Pietro semblait amorphe, dépourvu de nerfs. La mort de Lando l'avait soulagé dans un premier temps, ainsi que la certitude qu'on ne l'accuserait jamais de l'avoir descendu. Restait maintenant à vivre en tête-à-tête avec lui-même, à éviter de penser à l'humiliation qu'il avait subie. Il n'était pas assez bête pour ne pas se rendre compte qu'on l'avait toujours traité dans le clan Volpone comme l'idiot de la famille. Il aurait aimé revendiquer son assassinat avec orgueil, afin de leur montrer comment sa mise en scène les avait tous bernés. Il était condamné à se taire...

Dans l'appartement de Lando, ils avaient reconstitué un scénario analogue. Quand la police ou les voisins, alertés par la puanteur du cadavre, découvriraient le corps, il y aurait de fortes chances pour qu'on penche vers la thèse de l'accident. Le sol de la salle de séjour était en marbre, le barreau d'une chaise avait été cassé, une pile de serviettes propres gisait à terre en désordre, comme elles étaient tombées du haut de l'armoire à linge d'où Folco, grimpé sur un tabouret de cuisine, les avait poussées.

« De toute façon, dit Folco, on s'en fout ! Quand on le trouvera, on sera loin !

— Je l'aimais bien... dit Pietro avec sincérité.

— Moi aussi, répondit Folco. C'est vraiment pas de chance...

— Non, dit Bellinzona. Pas de chance. »

Ils jetèrent un dernier regard sur la dépouille raidie de leur camarade allongée face contre terre et sortirent discrètement de l'appartement. Italo Volpone leur avait demandé d'être de retour à la villa le plus vite possible.

Hans Bregenz en avait sa claque d'arpenter Stampfenbachstrasse. Depuis deux heures qu'il était là, il aurait pu réciter par cœur le contenu de toutes les vitrines dans un rayon de cinquante mètres autour de l'entrée principale de la Trade Zurich Bank. Le vent léger commençait à lui picoter la peau. Il releva le col de son trench-coat et regarda sa montre : dix heures. Il traversa la rue, entra dans un passage et gravit quelques marches qui l'amenèrent dans une galerie marchande ouverte au public, en entresol.

« Paul ! J'en ai ras le bol ! A quelle heure on nous relève ?

— Minuit, dit Romanshorn.

— Je boirais bien quelque chose...

— Rien de neuf ?

— Qu'est-ce que tu veux qu'il y ait de neuf ? Blesh ne nous a même pas dit pourquoi on planquait devant cette foutue banque ! Ils ont des vigiles pour ça, non ? Quelle peau de vache ! »

Romanshorn haussa les épaules. Comme ceux de Dieu, les desseins du lieutenant Blesh étaient impénétrables. Discipline-discipline... Il ne disait jamais à ses hommes que le strict nécessaire, ne jugeant pas utile de leur expliquer la raison des missions qu'il leur confiait.

« Signalez-moi tout ce qui vous paraîtra suspect ou insolite dans le périmètre de la banque... »

« Et rompez !... » avait ajouté mentalement Bregenz. Il prit le talkie-walkie des mains de Romanshorn.

« Va faire le trottoir fillette... Je vais en griller une ici...

— D'accord », dit Romanshorn.

Il traversa la galerie dont l'une des baies vitrées donnait directement sur l'entrée de la banque, ce qui en faisait un poste d'observation aussi efficace que discret. Il se mit à marcher dans la rue en pente, que dévalaient de temps en temps des voitures.

Presque pas de passants. A Zurich, on se lève et on se couche très tôt. Romanshorn s'interrogea sur le sens de sa mission. Les banques étaient sacrées. A sa connaissance, nul n'avait jamais osé y commettre la moindre effraction. A croire que la raison sociale qui s'étalait en discrètes lettres d'or sur le fronton de leur façade suffisait à les protéger des iconoclastes en tout genre. Encore deux heures à tuer avant qu'on vienne les remplacer...

Dans la galerie, Bregenz tripota les boutons du talkie-walkie. Il fut immédiatement en ligne avec le commissariat central. Il reconnut la voix du sergent Dorner qui était de permanence de nuit.

« Rien de neuf ? demanda Dorner.

— Si papa, dit Bregenz. Je me les gèle et je m'emmerde ! »

Homer Kloppe mit ses mains en coupe et se désaltéra au robinet du lavabo. Il n'avait rien mangé depuis le matin. Avant les obsèques de Renata, il avait bu un café sans sucre. Il n'avait pas faim. Volpone et Gabelotti ne s'étaient livrés à aucune voie de fait sur sa personne. Ils s'étaient contentés de le menacer et de lui décrire en détail le sort qui l'attendait s'il ne faisait pas transiter les fonds dont il était le dépositaire. Il aurait souhaité pouvoir s'en débarrasser, n'eût-ce été son sens très strict de l'éthique déontologique. Mais il était impensable qu'il pût rendre à Paul ce que Pierre lui avait confié. Le sens de sa mission professionnelle résidait dans le secret absolu. Il avait eu plusieurs heures de solitude pour reconsidérer ce problème tant de fois envisagé. Ce nouvel examen ne lui avait rien apporté de nouveau, sinon la conviction absolue qu'il ne remplissait que son devoir en protégeant par son silence, comme l'auraient fait avant lui son père ou son grand-père, les valeurs dont il avait la garde. Son obstination lui avait déjà coûté ses dents. Volpone lui avait juré qu'il s'en prendrait à sa femme, à sa banque, à sa personne.

Quand Volpone lui aboyait au visage, il avait eu envie de pouvoir l'aider, de lui dire qu'il possédait effectivement cet argent, mais qu'il ne pouvait le lui remettre que si les conditions légales de sa restitution étaient respectées. Gabelotti s'était montré plus doucereux, plus perfide, alternant les menaces, les promesses, les regrets...

« Je suis confus, monsieur Kloppe, d'être contraint d'agir de la sorte envers vous... Avouez que vous ne nous laissez guère le choix... Vous allez nous obliger à vous ruiner et à vous détruire. »

Détruit, il l'était déjà. La mort de Renata, la réalité de sa mort, s'insinuait doucement en lui. Ruiné — à supposer que cela fût vraisemblable — il n'en avait cure. La seule chose qui lui importait désormais était de tenir bon, de ne pas céder.

Il retourna s'asseoir sur le lit de fer, le torse raide, les mains sur les genoux, dans une attitude qui lui était familière. Il entendit quelque chose bouger derrière la porte métallique de sa prison. Il reconnut le bruit mou des pneus qu'on déplace. Une clef tourna dans la serrure. Ettore Gabelotti entra le premier, suivi par Italo Volpone qui referma la porte et glissa la clef dans sa poche. Homer ne fit aucun mouvement. Gabelotti attaqua.

« Nous nous sommes permis, monsieur Kloppe, de vous faire une dernière visite avant que des événements irréversibles et déplaisants ne se produisent. Très franchement, je vais vous dire ce qui va se passer, pour vous aider à prendre une décision. »

Volpone, très pâle, était assis sur un tabouret, les yeux fixés sur un point du mur crépi à la chaux. Son corps était immobile, mais son pied droit tressaillait, frappant le sol à une cadence rapide.

« Il est onze heures, monsieur Kloppe. Dans une heure, la Trade Zurich Bank va sauter. Un commando d'hommes est dans la ville. Ils vont tout incendier. Il ne restera rien de votre établissement, rien ! A supposer que cet incident ne soit pas suffisant pour vous faire réfléchir, demain matin, nous enlèverons votre femme. Je n'aurai pas le mauvais goût de vous dévoiler ce qu'elle aura à subir avant de trouver le repos de la mort. Mais si vous le saviez, monsieur Kloppe, vous vous maudiriez d'avoir laissé permettre une horreur pareille. Sitôt après l'avoir enlevée, nous la torturerons et brûlerons votre maison. Après quoi, nous vous livrerons à des brutes qui, je vous le jure, sauront vous faire parler. Vous êtes un homme raisonnable, monsieur Kloppe, un chrétien... Vous savez que nous ne bluffons pas. Aussi, je vous en supplie, réfléchissez vite... Il en est encore temps ! Rendez-nous ce qui nous appartient, nous vous donnons notre parole que nous vous relâcherons aussitôt. Vous en savez assez sur nous maintenant pour ignorer à qui vous avez affaire. Nous allons toujours jusqu'au bout de nos actes ! Je vous félicite pour le courage dont vous avez fait preuve jusqu'à présent. Mais il y a une limite à tout. Votre entêtement devient criminel. Vous n'êtes plus seul en cause, il y va de la vie de votre femme. »

Gabelotti s'arrêta de parler. Sur le sol en béton

le pied de Volpone continua sa sarabande de plus en plus nerveusement. Don Ettore s'arracha un sourire encourageant.

« Nous avons un point commun, monsieur Kloppe. Vous avez entendu parler de l'omerta ? C'est la loi du silence. Nous l'observons aussi farouchement que vous. A cette différence près : nos motivations sont nobles, parce qu'elles concernent notre honneur. Dans votre cas, il ne s'agit pas d'honneur, monsieur Kloppe, mais d'argent. Et qui plus est, d'un argent qui nous appartient, comme vous le savez. Alors, je vous le demande, à quoi bon ? Voulez-vous, oui ou non, donner l'ordre de le débloquer ? »

Le pied de Volpone s'arrêta brusquement de tambouriner. Un silence total s'établit dans la pièce misérable, que troubla seulement la lourde respiration d'asthmatique de Gabelotti. Alors, Homer Kloppe tourna lentement la tête vers Don Ettore et le dévisagea avec attention. Cet homme avait déployé toutes les séductions d'un discours faisant appel à des sentiments humains, à l'intelligence, à la raison. Mais derrière ce paravent des mots, il y avait le but à atteindre, des fonds à s'approprier dont rien ne prouvait qu'il en soit le propriétaire, comme il le prétendait. Il y avait surtout son visage. Sous le masque plaqué de la compréhension bonhomme, Homer devinait la cruauté, une avidité implacable, une absence totale de pitié, quelque chose de glacé qui évoquait les yeux fuyants d'un animal sauvage. Pour atteindre le pouvoir qui était le sien, cet homme avait tué, humilié, torturé.

Pendant les quelques secondes où leurs regards restèrent rivés l'un à l'autre, Gabelotti espéra furtivement qu'il avait gagné, que le banquier allait parler. Il crut même voir ses lèvres s'entrouvrir. Mais il ne sut jamais pour quelles paroles. Italo avait bondi et se jetait sur Kloppe.

« Tu vas parler, salaud de voleur ! Tu vas parler ! »

Kloppe n'esquissa aucun geste pour se défendre. Il roula sur le lit sous le poids de Volpone qui lui étreignait la gorge. Un instant, il espéra qu'il allait mourir. Mais Gabelotti saisit Italo par la taille, le souleva et le maintint contre lui de toutes ses forces.

« Italo ! Italo !...

— Ta gueule ! » écuma Volpone.

Il se dégagea avec la vivacité d'un fauve et braqua une arme sur Gabelotti. Le visage de Don Ettore arbora une expression peinée qu'il adressa, non à Volpone qui le menaçait, mais à Homer.

« Croyez bien que je regrette profondément votre attitude, monsieur Kloppe. Il y a au moins une chose que vous n'aurez pas volée : le deuil et les malheurs qui vont s'abattre sur vous. »

Il se tourna vers Italo, le prit familièrement par le bras, comme s'il n'avait toujours pas remarqué le Mauser qu'il tenait en main.

« Viens, Italo, viens... Andiamo... »

Volpone se laissa entraîner, rangea son arme, prit la clef dans sa poche et fourragea dans la serrure. Quand la porte se referma sur Kloppe avec un bruit métallique, Don Ettore essaya de se souvenir si un seul des hommes qui l'avaient menacé au cours de sa vie, avait eu assez de chance pour survivre à l'irréparable insulte.

Non. Aucun.

« Hans... Tu trouves pas ça bizarre ?

— Quoi ? dit Bregenz.

— Ça fait la troisième bagnole qui s'arrête dans la rue...

— Et alors ?

— Personne n'est descendu des voitures...

— Si on peut plus se faire faire une pipe tranquille, ironisa Bregenz.

— Regarde ! jeta Romanshorn. Une autre ! »

Bregenz vit une Opel se ranger dans un créneau, tous feux éteints, à trente mètres de l'entrée de la Trade Zurich Bank.

« Ça fait quatre », murmura Romanshorn.

Il avait le visage tendu. A vingt secondes d'intervalle, deux autres véhicules stoppèrent un peu plus bas. Bregenz, intrigué, fronça les sourcils.

« Qu'est-ce que ça a d'inquiétant ?

— Tu sais ce qu'a dit Blesh ? dit Romanshorn sans quitter du regard la Stampfenbachstrasse... Signalez-moi tout ce qui vous paraîtra insolite... Une pipe, je veux bien, mais six, en même temps, dans la même rue !... Passe-moi le bidule ! »

Il arracha le walkie-talkie des mains de Bregenz.

« Dorner ?... Romanshorn ! Où est Blesh ?

— Qu'est-ce qu'il y a ?

— Six voitures stationnent dans Stampfenbachstrasse... Personne n'en est descendu...

— Je le contacte », dit Dorner.

Romanshorn coupa la communication.

« Qu'est-ce qu'on fait ? » demanda Bregenz.

A sa montre, il était 11 h 56.

« Rien... On attend... »

La force de l'habitude... Bregnez vérifia la présence de son Colt dans la poche de son imperméable. Jusqu'alors, il n'avait eu à s'en servir qu'au stand, les jours d'entraînement. Par la baie vitrée de la galerie, il regarda attentivement les voitures rangées le long du trottoir. C'était assez angoissant, de ne voir personne en descendre...

L'histoire est pleine d'événements infimes qui en changent le cours. A une seconde près, le lieutenant Blesh faillit ne pas recevoir l'appel du sergent Dorner. Blesh se prélassait dans son appartement de célibataire où tout était organisé pour le plaisir de l'œil et de l'oreille. Enveloppé d'une robe de chambre pourpre, un verre de bourbon à la main, il était allongé sur son canapé de daim fauve, marquant du doigt une mystérieuse mesure perceptible pour lui seul. Sur sa tête, un casque d'écoute relié à la chaîne stéréo dernier cri qui lui avait coûté — en discount ! — trois mois de ses émoluments. Pour Blesh, qui camouflait sa vocation d'esthète derrière son âme de flic, le suprême délassement, après des journées pénibles vécues dans la promiscuité vulgaire de fonctionnaires analphabètes, était de se mettre à l'écoute de son dieu, Wolfgang Amadeus Mozart.

Malgré l'extase dans laquelle le plongeait *Cosi fan tutte*, son opéra favori, il ne put éviter d'entendre, ouaté par l'éblouissante envolée des cuivres, l'odieuse sonnerie de son téléphone. Il décida de ne pas répondre. La sonnerie continua, inlassable, gâchant la musique. Woldemar Blesh posa son verre et consulta d'un regard exaspéré la pendule en bronze du XVIIIe, pièce maîtresse des objets précieux dont il avait su s'entourer : 23 h 56 mn 37 s. Il décrocha, jeté à bas des rêves voluptueux où le faisait planer le génie de Wolfgang Amadeus.

« Oui !

— Sergent Dorner à l'appareil, lieutenant !

— Qu'est-ce que vous voulez ?

— Bregenz et Romanshorn viennent de m'appeler. Six voitures se sont garées devant la Trade Zurich Bank. Personne n'en est descendu.

— Et alors ? aboya Blesh encore étourdi par la brume délicate de la musique.

— Rien, lieutenant... Excusez-moi... Vous m'aviez demandé...

— Nom de dieu ! jura Blesh. Envoyez immédiatement deux cars ! Bouchez les deux extrémités de Stampfenbachstrasse ! Vite ! Je rejoins sur place ! »

Sans même raccrocher, il bondit dans la salle de bain, se débarrassa de sa robe de chambre, enfila un col roulé, un pantalon, des chaussures, sans prendre le temps de passer un slip ou des chaussettes. Il rafla au passage son Police Python 357 Magnum, le fourra dans la poche de son imperméable et se lança comme un obus dans l'escalier qu'il dégringola quatre à quatre.

L'ultime rendez-vous avant l'attaque avait été fixé à la laiterie. Elle était située au nord-est de la ville, au-delà de Schwamendingen, dans un terrain légèrement en retrait de la route conduisant à Basserdof. Un mur d'enceinte haut de trois mètres clôturait entièrement l'ensemble des bâtiments et des hangars. Un énorme portail de bois donnait accès à la cour centrale où stationnaient les quatorze camions-citernes de l'entreprise, la Zwiss Milk and Butter. Au fond de la cour, une ouverture en arche donnait accès à l'usine où se fabriquaient le beurre et le fromage. Malgré la propreté rigoureuse de l'endroit, on était agressé par l'odeur sure du laitage en fermentation sitôt franchi le seuil de l'arche. Un peu à gauche, sur mille mètres carrés environ, des cuves géantes de fermentation creusées dans le sol, vastes comme des piscines.

En entrant dans cette partie de l'usine où les avaient convoqués Volpone et Gabelotti pour un dernier briefing, Vittorio Pizzu avait été stupéfait par ces millions de litres de lait affleurant la surface des cuves. Un système de pompes déversait le lait frais directement dans les camions-citernes quand on les chargeait. Aussi loin que remontait sa mémoire, Vittorio ne se souvenait pas d'avoir jamais absorbé une goutte de lait. Pourtant, son père lui avait un jour affirmé en riant que lorsqu'il était bébé, sa mère, pour l'empêcher de gueuler, lui versait quelques gouttes de whisky dans son biberon. Ce qui laissait supposer qu'il avait dû boire du lait, comme tout le monde, mais n'en retenir que l'odeur et le goût du whisky...

Il était entré dans un bureau du premier étage avec ses trois capiregime, Aldo Amalfi, Vicente Bruttore et Joseph Dotto. S'y trouvaient déjà Italo Volpone, Ettore Gabelotti, Moshe Yudelman — dont l'air sombre l'avait frappé — ainsi que les deux consiglieri de Don Ettore, Carmine Crimello et Angelo Barba. Au fond de la pièce, son homologue Thomas Merta, sotto-capo de Don Ettore, entouré de ses trois lieutenants, Carlo Badaletto, Frankie Sabatini, Simeone Ferro. Il n'arrivait pas à s'habituer à la présence permanente des membres de la famille Gabelotti. Ce voisinage du clan haï devenu soi-disant allié, lui paraissait incongru. Trop d'années de guerre et trop de morts séparaient les familles Volpone et Gabelotti pour que Pizzu pût imaginer qu'une trêve prolongée fût possible entre eux.

En passant dans la cour, il avait adressé un clin d'œil à Pietro Bellinzona et à Folco Mori. Mori, en signe de plaisanterie, s'était bouché le nez en désignant les locaux.

« Vos dix hommes viennent d'arriver d'Italie, avait déclaré Volpone sans préambule. Ne les lâchez plus ! A partir de tout de suite, vous les prenez en main et vous leur expliquez ce que j'attends d'eux. A onze heures un quart, vous partirez d'ici pour la banque. Six voitures vous conduiront. Les chauffeurs connaissent parfaitement l'itinéraire. Dès que vous aurez nettoyé la banque, vous serez ramenés ici. Vous monterez immédiatement dans les caches des citernes. Vous serez à Milan avant l'aube. Nous ne nous reverrons qu'à New York. »

Don Ettore avait un geste qui, chez un prélat, aurait pu passer pour une bénédiction. Pizzu l'avait vu prendre son sourire de faux jeton et lancer à la cantonade :

« Merda a tutti ! »

Vittorio regarda sa montre. Minuit moins une. La voiture dans laquelle il avait pris place s'était garée dans Stampfenbachstrasse quatre minutes plus tôt. Il en sortirait dans trente secondes, donnant ainsi le signal convenu pour que tous les hommes se regroupent de part et d'autre de la porte centrale de la banque, à l'abri de l'explosion. Si ce Piombino était un homme sérieux, le feu d'artifice aurait lieu très exactement dans trente-huit secondes.

Vittorio actionna la poignée de la portière et posa le pied sur le trottoir. Simultanément, ceux du commando jaillirent des autres voitures échelonnées dans la rue. En silence, tous convergèrent vers le même point : la banque.

A minuit moins dix, Cesare Piombino sortit du placard à balais où il avait trouvé refuge. Il s'y était tenu acagnardé pendant plus de sept heures, luttant contre les crampes qui mordaient ses membres. Sur le cadran lumineux de sa montre, il il avait suivi la progression du temps, enregistrant tous les bruits étouffés de la banque en pleine activité juste avant la fermeture. Puis, la rumeur s'était tue. Il avait résisté à la tentation de s'extraire du placard pour dégourdir son corps ankylosé. Mais il ne devait prendre aucun risque. Quand il s'était engagé dans l'escalier de service, il avait cherché en vain dans les étages supérieurs un endroit où se cacher. Il n'en avait trouvé aucun. Chaque seconde qui s'écoulait pouvait le faire tomber sur un employé curieux. C'est en redescendant au rez-de-chaussée qu'il avait découvert le seul endroit susceptible de lui fournir un abri. Sous la cage de l'escalier, il y avait une espèce de réduit bourré d'encaustique, d'objets et de produits de nettoyage, fermé par une porte dont la clef était sur la serrure. Piombino s'y était faufilé à grand mal, ayant à peine la place de s'accroupir. Il avait eu l'idée de refermer la porte à clef de l'intérieur. Deux heures plus tard, alors qu'il croquait quelques morceaux de sucre tirés de sa serviette, un bruit de pas l'avait fait tressaillir et retenir sa respiration. Des pas lourds et lents, dans la banque vide, désertée. Les pas s'étaient arrêtés devant la porte. On avait essayé de l'ouvrir. Puis les pas s'étaient éloignés, au même rythme cadencé et tranquille. Inondé de sueur, Cesare Piombino avait fait un signe de croix pour remercier la Madone de l'avoir protégé... Après cette alerte, il avait laissé passer le temps, mâchouillant parfois un morceau de chocolat que la chaleur avait fait fondre, buvant une gorgée d'eau tiède à la bouteille de plastique dont il s'était muni en prévision de la longue attente...

Il s'engagea dans le hall central avec méfiance, l'œil aux aguets dans la semi-obscurité. Il ignorait de quel système de sécurité bénéficiait la banque. Une sirène d'alarme pouvait retentir à tout moment. Il arriva près de l'énorme porte en fer forgé qui séparait le hall de la Stampfenbach-strasse.

Il s'assit par terre, ouvrit calmement sa serviette et sortit son matériel. Il lui restait quatre minutes pour que tout explose. Il sortit le pain de dynamite, le caressa avec douceur et déroula le cordon Bickford. Sa propre survie résidait en son talent d'évaluer la longueur de la mèche. Il avait besoin qu'elle brûle en cinquante-cinq secondes, le temps de bondir à l'abri derrière l'un des énormes piliers en marbre soutenant le fond du hall. Sitôt la porte volée en éclats, il se précipiterait dans la rue et rejoindrait sa voiture, garée à deux pas dans une transversale, Haldeneggstrasse.

Il s'empara d'une paire de ciseaux et coupa la mèche. Il remit dans sa serviette tout ce qu'il en avait extrait. Il alluma son vieux Zippo à essence d'un coup de pouce et enflamma le bout de la mèche. Quand il vit qu'elle commençait à se consumer, il sprinta jusqu'au pilier de marbre et s'allongea, la tête contre sa serviette, les oreilles bouchées par la paume de ses mains. Il entreprit de compter. Quand il arriva à vingt-huit, une fantastique lueur embrasa le hall, suivie d'une déflagration qui secoua le bâtiment. Un souffle brûlant roula en onde puissante jusqu'à lui pendant que des débris de bois, de pierre et d'acier voltigeaient dans le hall ravagé de la banque.

Cesare Piombino se redressa et prit son élan pour se projeter dans la rue. Là où était la porte massive, il n'y avait plus qu'une brèche béante.

L'inquiétant miracle s'accomplit sous les yeux incrédules de Romanshorn et de Bregenz : Stampfenbachstrasse, totalement déserte un instant plus tôt, venait de se peupler en moins de trois secondes d'une troupe nombreuse et silencieuse, avançant par petits groupes séparés vers la Trade Zurich Bank.

« Merde ! dit Bregenz d'une voix rauque. Dix-sept !...

— Non, dix-huit, lui souffla Romanshorn.

— Paul... Qu'est-ce qu'on fait ?...

— On s'écrase... On attend les copains... »

Tous deux tenaient en main leur pistolet réglementaire de la police cantonale, des Colt Cobra 38 Spécial. Bregenz n'avait plus froid brusquement. Au contraire, en passant machinalement les doigts entre le col de sa chemise et son cou, il constata avec surprise qu'il transpirait.

« Regarde ! » dit Romanshorn.

En bas, les hommes s'étaient arrêtés dans un rayon de quinze mètres de part et d'autre de la porte de la banque. Bregenz les vit se plaquer derrière les colonnades qui en soutenaient le portique, dos au mur. Il comprenait de moins en moins ce qui se passait. Il allait poser une questinon à Romanshorn quand il s'envola dans une grande flamme rouge et une tornade de débris de verre provenant de la baie vitrée contre laquelle il s'appuyait. Assourdi par l'explosion, sonné par sa chute, il n'entendit pas ce que lui hurlait Romanshorn. Il voyait seulement son bras se détendre et cracher sporadiquement une courte étincelle pourpre. Il se mit péniblement à quatre pattes, chercha à tâtons son Colt qui lui avait échappé, le trouva à deux mètres de l'endroit où il avait atterri et rampa vers son camarade.

Par un réflexe animal, Romanshorn avait baissé la tête lorsque l'avait aveuglé l'éblouissante gerbe de feu de la déflagration. Il en perçut le souffle au moment où la baie vitrée de la galerie, fracassée en mille morceaux, se volatilisait au-dessus de lui en une pluie d'éclats meurtriers. Abrité par la base du mur où la baie avait pris appui, il hasarda un œil dans Stampfenbachstrasse, une seconde à peine après la détonation. Il n'y avait plus de porte centrale. A la place, un trou noirci auquel s'accrochaient des débris de fer forgé rivés dans le mur. Il vit avec stupéfaction un homme bouler hors de la banque, une serviette à la main, tandis que s'y précipitaient les hommes qui s'étaient plaqués contre les colonnes.

Celui qui sortait ne prêta aucune attention à ceux qui se ruaient à l'intérieur. Quant à ces derniers, ils ne semblèrent même pas voir le petit homme détaler comme un fou. Estimant qu'il y avait mieux à faire qu'à comprendre, et que les explications viendraient toujours bien assez tôt, Romanshorn fit feu dans le tas, à cadence rapide. Dans la rue, un homme tomba, aussitôt soutenu par un de ses camarades. Parmi ceux qui ne s'étaient pas encore engouffrés dans la brèche béante, il y eut un certain flottement. Une lueur rouge embrasa l'intérieur du hall de la banque pendant qu'éclataient les détonations rageuses de grenades.

« Tire ! » s'égosilla Romanshorn à l'adresse de Bregenz qui l'avait rejoint derrière le parapet.

Une cascade de balles s'écrasa tout près de leur visage, sur la façade qui les protégeait. En bas, on les avait repérés. Retentirent les sirènes des cars de police.

Les débris de l'explosion n'étaient même pas tous retombés que Vittorio Pizzu et Thomas Merta, les deux sotto-capi des familles rivales s'élançaient de front dans la banque. Par punks interposés, ils s'étaient affrontés pendant des années. Maintenant, aucun des deux ne voulait céder le pas à l'autre. Vittorio dégoupilla deux grenades qu'il balança au fond du hall, derrière les guichets. Merta arrosa au lance-flammes la rangée de classeurs située sur sa gauche. A leur suite, une demi-douzaine de soldats fonça dans des directions différentes, sous les ordres des capiregime de Gabelotti et de Volpone. Vicente Bruttore, Joseph Dotto, Carlo Badaletto, Frankie Sabatini et Simeone Ferro devaient détruire un étage chacun avec deux hommes. Ils allaient s'engager vers les escaliers quand un hurlement d'Aldo Amalfi les arrêta net.

« Les flics ! Barrez-vous tous !

— En haut ! ordonna Merta.

— Tu es cinglé ! vociféra Amalfi. Ils sont planqués en face et nous tirent dessus ! Un homme est touché ! Deux cars barrent la rue ! »

La présence de Vittorio Pizzu poussa Thomas Merta à s'entêter.

« Tous en haut ! Brûlez tout !

— Vittorio ! rugit Aldo. Fais quelque chose pour arrêter ce con ! »

Thomas Merta braqua instantanément son lance-flammes sur Aldo Amalfi.

« Répète ?

— Bouge pas ! » tonna Pizzu en dirigeant vers lui le canon de son Smith and Wesson Parabellum 39.

Pendant une seconde, ils s'affrontèrent du

regard, au bord de cette limite mystérieuse où le plus infime mouvement peut déclencher la tuerie.

Des détonations leur parvinrent de l'extérieur.

« Repliez-vous ! beugla un soldat d'Ottavio Giacomassi. Ça grouille de flics ! Vite ! »

La voix de Vicente Bruttore couvrit soudain tous les autres bruits.

« Arrêtez vos conneries, nom de Dieu ! C'est râpé ! Barrons-nous ! »

En un instant, ils se retrouvèrent tous dans la rue, s'abritant derrière les colonnes. Vittorio Pizzu embrassa la situation d'un coup d'œil : elle se présentait mal. Des bourriques flanquées au premier étage de l'immeuble d'en face les tenaient sous le tir de leurs automatiques. Vittorio dégoupilla une grenade et la balança dans l'encadrement de la baie vitrée pulvérisée. En haut et en bas de la rue, deux cars de police, sirènes hurlantes et phares allumés, s'étaient placés en travers de la route. Leurs occupants, camouflés derrière la carrosserie, tiraillaient sur les chauffeurs des voitures ayant transporté le commando.

« Aux bagnoles ! » hurla Pizzu.

Les hommes s'élancèrent en zigzaguant, pliés en deux, couverts par Thomas Merta qui lâcha deux giclées pourpres de son lance-flammes sur les cars bloquant les deux extrémités de Stampfenbachstrasse.

« Où veux-tu aller, connard ! brailla-t-il à Pizzu. Tu vois pas que c'est bouché ! »

Vittorio jeta une nouvelle grenade en direction du car le plus proche. Dans la gerbe de feu qu'elle souleva en explosant, il vit nettement deux agents en uniforme lever leurs mains vers leur visage et s'écrouler alors que s'enflammait le réservoir à essence du car.

« T'occupe pas ! Fonce ! »

Ils n'avaient pas une chance sur mille de s'en sortir. Mais n'en eût-il eu qu'une sur un million, Pizzu l'aurait tentée. Il se jeta dans la Ford qui l'avait amené. Le chauffeur avait déjà décollé du trottoir quand Vittorio ferma la porte à la volée.

« Fonce dans le car du bas ! » cria-t-il au type qui tenait le volant.

La Ford prit de la vitesse. Pizzu jeta un regard derrière lui : les autres suivaient. Pour aller où ? Trente mètres plus bas, dans le sens de la pente, le car barrait Stampfenbachstrasse dans toute sa largeur. Même en grimpant sur le trottoir, la Ford n'avait aucune chance de bousculer le lourd véhicule.

« On est cuits ! » jeta Amalfi qui avait pris place près de Vittorio.

Pizzu, sans répondre, dégoupilla une grenade. Il fut alors projeté violemment contre Amalfi. Les pneus de la voiture hurlèrent, elle se cabra à angle droit et tomba dans le vide, secouée par des cahots infernaux.

« Ta grenade ! s'époumona Amalfi. Lâche ta grenade ! »

Se cramponnant où il pouvait, Pizzu l'avait gardée dans la main, dégoupillée. Il la projeta désespérément à travers la vitre baissée. Elle explosa avant même d'avoir touché terre.

Quand on descend Stampfenbachstrasse dans le sens de la pente, une trouée étroite s'ouvre entre deux blocs d'immeubles. Elle débouche sur un escalier qui dégringole vingt mètres plus bas sur les quais de la Limmat. Pizzu comprit que son chauffeur faisait dévaler les marches à la Ford. Quand la voiture eut atteint le quai, elle vira à gauche sur les chapeaux de roue, puis à droite, pour traverser à toute allure le pont enjambant la rivière.

Pizzu constata avec stupéfaction que les cinq autres voitures du commando étaient toujours dans leur sillage après avoir emprunté le même chemin !

« On sera à la laiterie dans cinq minutes », dit le chauffeur avec calme.

D'un seul coup d'œil, le lieutenant Blesh embrassa l'étendue du désastre. Un car de police flambait en travers de la rue, des agents en uniforme l'aspergeaient de leurs extincteurs tandis que trois autres policiers étaient penchés sur deux formes allongées sur le sol. Il freina à mort devant le car en flammes et sauta de son Opel.

« Vous ! »

Un des flics se retourna.

« Je suis le lieutenant Blesh ! Racontez, vite !

— Nous avons deux hommes gravement blessés, mon lieutenant ! Des grenades !

— Plus tard ! trépigna Blesh. Où sont les salauds !

— Regardez ! dit l'agent en montrant l'amorce de l'escalier où disparaissait la dernière voiture du commando.

— Montez !

— Mais mon lieutenant...

— Montez ! »

Il l'envoya dinguer d'une bourrade contre la carrosserie de l'Opel et s'installa au volant. L'agent grimpa en voltige à ses côtés. Blesh fit une marche arrière, lança l'Opel en marche avant et se faufila sur le trottoir dans le créneau impossible situé entre l'arrière du car et l'immeuble bordant la rue.

« Comment vous appelez-vous ? demanda-t-il à

l'agent pendant qu'il s'engageait à fond de train dans la descente de l'escalier.

— Schindler... mon lieutenant... bégaya le flic que la manœuvre épouvantait.

— Prenez la radio ! Appel à toutes les voitures de poiice !... Appel au P.C... »

Docilement, Schindler répéta les ordres reçus dans le micro décroché du tableau de bord.

« Appel à toutes les voitures de police... Appel au P.C.

— Ici, Blesh ! dit Blesh.

— Ici le P.C. répondit une voix nasillarde.

— Tenez-moi ce foutu micro devant la bouche ! » jeta Blesh.

Schindler brandit le micro.

« Attentat contre la Trade Zurich Bank.. dit Blesh. Restez en contact permanent et dirigez des renforts sur l'itinéraire que je vous indique !...

— Compris, lieutenant...

— Combien de voitures ont pu filer ? demanda Blesh à Schindler.

— Quelques-unes... Pas mal... Je ne sais pas, mon lieutenant.

— Crétin ! Combien d'hommes ?

— Dix ?... Vingt ?...

— Crétin !

— Pardon, mon lieutenant ? nasilla la voix.

— Je ne vous parle pas ! rugit Blesh. Restez là !... J'en vois une !... Schindler, nom de Dieu ! Le micro ! Je suis dans la Museumstrasse... Je passe devant Hauptbannhof...

— Ils ont des lance-flammes ! dit Schindler.

— J'enfile Limmat Strasse !... cracha Blesh. Voiture poursuivie... B.M.W. noire... ou bleu foncé...

— Renforts prévenus, mon lieutenant !

— Trois ? Vingt ? Cent ? Alors Schindler, quoi, merde ! Réveillez-vous ! Combien de voitures ?

— Cinq ou six, mon lieutenant.

— Parfait ! La B.M. va nous conduire où sont parties les autres... »

Il éteignit ses phares et ralentit légèrement pour ne pas se faire repérer par les occupants de la B.M.W.

« Vous êtes armé, Schindler ?

— Oui.

— Oui, mon lieutenant ! aboya Blesh. Munitions ?

— Douze balles, mon lieutenant. »

La B.M.W. parvint à Limmat Platz et vira à droite.

« Schindler ! Micro !... Véhicule poursuivi prend la direction Kornhauss Strasse... Des grenades, hein ?...

— Oui, mon lieutenant... et un lance-flammes...

— Ordures ! Ordures ! Micro... Je m'engage dans Schaffhauser Strasse...

— Bien reçu, mon lieutenant... Quatre cars sont sur vos traces... Vingt-quatre hommes à bord...

— Armement ?

— Fusils d'assaut Mauser, mitraillettes Sten...

— Je vire dans Hirschwiesen...

— Compris, mon lieutenant... Je signale...

— Racontez, Schindler !

— Quand on est arrivés, ça flambait dans la banque... Les types sont sortis et nous ont bombardés au lance-flammes...

— Et vous, pendant ce temps, vous jouiez aux billes ?

— Nous en avons touché un, mon lieutenant.

— J'arrive dans Winterthurer Strasse... Direction générale, Nord-Est... Schwamendingen... »

Cinq minutes plus tard, la B.M.W. fonçait sur la route de Basserdorf. A un moment, elle vira à gauche et Blesh la perdit de vue. Quand il eut franchi le coude à son tour, Blesh se retrouva sur une route privée conduisant à une masse de bâtiments clos de hauts murs. La B.M. sembla s'y fondre, absorbée par le mur. Blesh freina, s'engagea sur le talus à droite et se mit à couvert sous un bouquet d'arbrisseaux.

« On les tient, Schindler ! Qu'est-ce que c'est que cette saloperie d'usine ?

— La Zwiss Milk and Butter, mon lieutenant... Ils fabriquent aussi du fromage. Ma belle-sœur y travaillait.

— Micro !... Ordre à toutes voitures de police d'encercler la Zwiss Milk and Butter, route Basserdorf, à gauche en sortant de Zurich !

— Bien reçu, mon lieutenant. Les cars sont sur vos talons... Je répercute immédiatement.

— Grouillez-vous, nom de Dieu ! Je vais pas faire le siège tout seul ! »

Il jeta le micro et sauta hors de la voiture.

« Schindler, avec moi ! »

Schindler dégaina son arme et courut dans l'herbe humide derrière le lieutenant. Ils arrivèrent devant le mur. Leur parvint le grondement de poids lourds qu'on mettait en marche. Blesh sprinta jusqu'au massif portail de bois. Il était fermé.

« Aidez-moi ! »

Schindler fit la courte échelle à Blesh qui passa la tête avec précaution au-dessus du portail. Ce qu'il vit le sidéra...

C'est à Vittorio Pizzu et à Thomas Merta qu'avait incombé l'entière responsabilité de l'opération. Le ratage était flagrant. Les deux sotto-capi le savaient. A l'heure des comptes, il faudrait bien établir lequel des deux avait commis une maladresse. Pour l'instant, l'urgence de la situation primait tout. Pour brouiller les pistes, les six voitures étaient rentrées à la laiterie par des routes différentes. D'après les dires de leurs occupants, aucune n'avait été repérée. Vittorio et Thomas bondirent dans le bureau du premier pour prévenir Volpone et Gabelotti de leur échec. Pendant qu'il composait un numéro de téléphone, Pizzu grommela :

« Après tout, puisqu'ils ne cherchaient que le scandale, ils sont tout de même servis !

— Ah ! tu crois ? se révolta Merta. On a à peine égratigné la banque ! On devait tout détruire jusqu'au plafond ! On a seulement mis un peu de désordre dans le hall d'entrée ! Si tu m'avais écouté, tout brûlerait !

— Si je t'avais écouté, on serait crevés, ou coffrés ! »

Dans sa sagesse, Moshe Yudelman avait conseillé aux deux Don de ne plus remettre les pieds de la nuit à la villa ou à l'hôtel, tant qu'ils ne connaîtraient pas les résultats et les conséquences de l'attaque.

« Les choses peuvent tourner mal, Italo... On ne sait jamais... Ne sous-estimons pas la police locale ! »

Entre-temps, Moshe avait contacté Ottavio à Milan, pour lui demander de préparer leur fuite si quelque chose foirait. Le sol suisse pouvait devenir brusquement brûlant. Ils devraient alors ne plus réapparaître au grand jour et quitter le pays au plus vite. Ottavio avait indiqué sur-le-champ ce qu'il convenait de faire — il y avait pensé avant Moshe.

C'est également sur le conseil de Yudelman que les capi, leur brain-trust et leurs gardes du corps, avaient trouvé refuge dans l'appartement d'une certaine Ines dont Vittorio n'avait jamais entendu parler. Chez cette Ines, se trouvaient donc Bébé Volpone, Ettore Gabelotti, Moshe Yudelman, Carmine Crimello, Angelo Barba, ainsi que Folco Mori et Pietro Bellinzona qui veillaient sur leur sécurité.

On décrocha.

« Pizzu ! dit Pizzu.

— Je vous passe Don Volpone », répondit courtoisement la voix de Barba.

Vittorio nota le « Don » décerné par le consigliere d'une famille rivale. Le spectre de Genco passait entre les mains d'Italo, et Vittorio fut fier, confusément, que son jeune « capo » eût été reconnu aussi vite.

« Vittorio ?

— Ça va mal, Padrone ! Les flics nous attendaient ! Il y a eu de la casse !

— Où es-tu ?

— Au bercail.

— Votre objectif ?

— Euh... En partie ! La ville va être passée au peigne fin à partir de tout de suite ! Filez, Padrone, ça chauffe !

— Madonaccia ! s'étrangla Thomas Merta ! Les flics sont en bas ! »

Le bruit d'un feu nourri parvint aux oreilles de Vittorio.

« Porco Dio !... Andate Via Padrone ! Subito ! On a les poulets au cul !

— Vittorio ! » hurla Volpone.

Pizzu raccrocha et se rua vers la fenêtre. Le moteur des camions-citernes grondait dans un vacarme effroyable. Des soldats jaillissaient de leurs flancs qui dissimulaient les caches où ils s'étaient déjà faufilés. Désormais, toute sortie en force devenait impossible : une demi-douzaine de cars de police s'abritaient derrière le mur d'enceinte. Par-dessus la crête du mur, Vittorio aperçut le haut de leur toit surmonté des phares pivotants.

« Police ! brailla une voix amplifiée par un mégaphone. Sortez tous les mains en l'air... Vous êtes cernés. »

Pizzu ouvrit la fenêtre, dégoupilla une grenade, prit son élan et la lança de toutes ses forces de l'autre côté du mur. Son explosion couvrit le bruit des rafales des armes automatiques. Dans la cour, les soldats de Giacomassi, auxquels prêtaient main-forte les lieutenants de Volpone et de Gabelotti, mitraillaient le mur d'enceinte au sommet duquel, parfois, apparaissait la tête d'un flic protégée par un casque.

Pizzu vit l'une des voitures blindées de la police manœuvrer pour venir se placer face à l'entrée de la laiterie. Elle recula ensuite sur une centaine de mètres : les flics allaient l'utiliser comme un bélier pour enfoncer le portail.

Sur les talons de Thomas Merta, Vittorio se rua dans l'escalier. Au point où en était arrivée la bagarre, il n'était pas question de se laisser prendre. La moindre des condamnations, dans le meilleur des cas, serait la prison à vie.

« Par ici ! » cria Aldo Amalfi.

Il gesticulait dans la fumée des grenades lacrymogènes qui envahissait la cour, dans les puanteurs entremêlées du laitage et de la cordite. Le portail explosa sous l'impact du car de police qui percuta immédiatement l'un des camions-citernes mis en travers de l'entrée. Le car se tranforma en torche après avoir crevé la citerne d'où s'échappa un flot de lait qui recouvrit en partie les corps des soldats blessés gisant dans la boue de la cour.

Instinctivement, les hommes des familles Gabelotti et Volpone se regroupèrent derrière le porche où s'érigeaient les entrepôts de lait, de beurre et de fromage. Haletants, Pizzu, Bruttore, Merta, Ferro, Badaletto et Sabatini, entourèrent Aldo Amalfi qui vociférait quelque chose à l'un des types de l'usine.

« Vite ! Il sait où passer ! Suivez-le ! »

Tous se replièrent dans l'immense hangar où étaient creusés les bassins contenant des milliers d'hectolitres de lait. Tous les dix ou quinze mètres, certains d'entre eux s'arrêtaient, tirant des rafales pour ralentir l'avance des policiers qui les talonnaient. Aldo Amalfi et Simeone Ferro, les derniers à se replier, furent soudain coupés du gros de la troupe par un tireur embusqué à l'extérieur, sous le faîte du toit.

« Via ! Via ! » hurla Amalfi à Pizzu qui hésitait à franchir la petite porte métallique par où ses compagnons, guidés par l'employé, venaient de s'engouffrer.

Pizzu dégoupilla sa dernière grenade et la jeta derrière la cuve de lait en fermentation où plusieurs assaillants s'abritaient du tir de Simeone et d'Aldo. La grenade embrasa les murs du hangar. Trois hommes en uniforme, blessés par ses éclats, dégringolèrent dans la cuve. Vittorio actionna une manette dont il avait appris l'emploi dans la journée. Se produisit dans la cuve où se noyaient les agents une espèce de bouillonnement intense. Prenant rapidement de la vitesse, des pales géantes se mirent à tourner, entraînant dans leur mouvement de cauchemar les flics blessés, brassés comme des mouches dans la monstrueuse baratte.

Sauvagement, Bruttore empoigna Vittorio Pizzu qui ne se résignait pas à abandonner son caporegime. Il le poussa dans le couloir en pente, le propulsant entre les parois de béton qu'ils dévalèrent.

Au bout de cinquante mètres, le sol redevint horizontal. Ils virent la première voiture.

L'employé était au volant. A ses côtés, Thomas Merta qui leur fit de grands signes et cria une phrase qu'ils n'entendirent pas. A l'arrière, Carlo Badaletto et Frankie Sabatini. Dans l'autre, moteur rugissant, Joseph Dotto, les yeux lui sortant de la tête. Vittorio et Vicente s'y précipitèrent.

Les deux voitures s'arrachèrent, s'élançant à tombeau ouvert dans le boyau de pierre. Au bout de trois cents mètres, elles débouchèrent devant une plaque métallique formant cul-de-sac.

L'employé freina à mort, bondit contre la plaque et appuya sur un commutateur fixé dans le mur. La plaque pivota de bas en haut, ouvrant le passage.

« Eteignez vos phares ! » hurla-t-il.

Il se remit aux commandes et traversa en première un hangar désert dont les poutrelles d'acier supportaient un toit vitré laissant pénétrer la vague lueur diffuse de la nuit.

De nouveau, il descendit pour ouvrir précautionneusement la porte du hangar. Amorti par la distance, lui parvint le bruit des combats qui faisaient toujours rage dans la laiterie entre les survivants des soldats d'Ottavio et les forces de la police cantonale. Des lueurs d'incendie montaient en une gerbe rouge vers le ciel noir.

L'employé, qui se nommait Enzo Cerignola, était un Sicilien, ami personnel de Don Genco Volpone. C'est sur son insistance que Genco avait consenti, cinq années plus tôt, à faire creuser ce tunnel souterrain qui leur avait rendu d'énormes services. Derrière la façade honorable et connue de la Zwiss Milk and Butter, s'étaient opérés discrètement les fructueux trafics illicites du Syndicat. Enzo Cerignola était le seul à posséder la clef livrant l'accès du boyau de béton. Il se pencha vers Joseph Dotto.

« Tu me suis. Ne touche à tes phares que si j'allume les miens ! Si Dieu le veut, nous arriverons dans la montagne. Ottavio saura nous faire passer la frontière. »

Il remonta dans sa voiture et embraya. Roulant tous feux éteints, les deux véhicules s'évanouirent rapidement dans la nuit.

« Fonce ! hurla Simeone Ferro à Aldo Amalfi. Je te couvre ! »

Aldo courut à toute vitesse, cassé en deux, zigzaguant avec des bonds de lièvre. Instantanément, le flic camouflé sous le faîte du toit lui lâcha une rafale de sa Stein. Amalfi boula, roula sur lui-même et se retrouva accroupi devant la porte par laquelle avaient disparu Vittorio, Merta et les autres. Avec désespoir, il constata que la surface lisse du métal était dépourvue de poignée. Machinalement, il se retourna vers le policier qui lui avait tiré dessus. L'homme n'avait plus de visage. Une espèce de boule informe et sanglante lui en tenait lieu. La balle de Simeone lui avait fait éclater la tête. Curieusement, elle s'appuyait contre un morceau de vitre miraculeusement intact, barbouillé d'une purée pourpre. Aldo chercha Simeone du regard. Il était allongé sur le dos, bras en croix, jambes écartées. A dix centimètres de sa poitrine, le Herstal qui lui avait échappé des mains quand la mort l'avait foudroyé. Alors, Amalfi comprit qu'il était seul contre tous, et que lui aussi allait mourir.

Il rampa derrière le parapet entourant la cuve de lait. Pour toute protection, il ne lui offrait que sa saillie en relief d'une vingtaine de centimètres de hauteur. Des balles sifflèrent à ses oreilles. Certaines frappèrent la pierre, d'autres ricochèrent sur la surface du lait avec un miaulement aigu pour aller s'écraser dans un claquement sourd contre le mur du fond dans lequel s'encastrait la porte interdite. Les flics avaient progressé d'une quinzaine de mètres équivalant à la longueur d'une cuve. Aldo aperçut parmi eux un homme blond, qui n'était pas en uniforme. Il lui tira dessus. L'homme se jeta à terre et rampa dans sa direction, protégé par le parapet de l'avant-dernière cuve.

« Relevez-vous et sortez les mains en l'air ! cria-t-il. Je suis le lieutenant Blesh ! Il ne vous sera fait aucun mal. »

Aldo lâcha trois balles dans sa direction. Elles firent sauter des fragments de béton du parapet. Il se demanda dans quelle saloperie il était allongé. Son ventre et sa poitrine étaient tout mouillés. Il passa la main sous lui sans cesser de perdre Blesh du regard. Quand il la ramena, elle était poisseuse de sang. Il comprit qu'il s'agissait de son propre sang, qu'il était gravement blessé. Il n'osa pas tâter du doigt l'endroit de son corps où l'avait déchiré la balle.

Parce qu'il avait peur de cette blessure innommable, il se déploya soudain avec la brutalité d'un ressort et vida furieusement son chargeur sur l'homme en civil. Il fut cueilli en plein vol par une grêle de balles qui le coupèrent presque en deux. Il plongea tête la première dans la cuve, soulevant dans sa chute une gerbe de lait frais.

« Stop ! » hurla Blesh en levant la main en direction de ses hommes.

Il s'approcha de la cuve. Depuis qu'il était enfant, on lui avait seriné la vieille antienne des poètes, à propos de ce fameux mélange de lis et de roses.

Le lait et le sang avaient la même couleur que le lis et la rose. Pourtant, de sa vie, le lieutenant Blesh n'avait jamais rien vu d'aussi dégueulasse.

Quand il arriva au sommet du talus herbeux, Don Ettore fut pris de vertige. L'obscurité était totale. Il se savait seulement perché sur une hauteur mais ne voyait rien, ni devant ni derrière lui. Pour gravir la pente, il avait saisi le bras d'Angelo Barba. Dans son dos, Folco Mori, un soldat de Bébé Volpone, à l'allure sournoise et glaciale. Un instant, l'idée le traversa que Volpone l'avait amené là pour le descendre. Il glissa la main dans sa poche et étreignit la crosse de son Lüger, l'index sur la détente. La voix d'Italo lui parvint.

« Moshe, qu'est-ce que tu attends ? »

Le pinceau d'une torche électrique troua la nuit. Presque aussitôt, une lueur jaillit en avant de leur groupe, à cent ou deux cents mètres sur la droite : on répondait à leur signal.

« Andiamo ! » dit Volpone.

A sa suite, Don Ettore, Moshe Yudelman, Folco Mori, Pietro Bellinzona, Carmine Crimello et Angelo Barba reprirent leur marche dans le noir. De temps en temps, Moshe lançait un coup de torche à ses pieds, pour éviter les inégalités du terrain et les fondrières... Après l'appel de Vittorio Pizzu, Volpone et Gabelotti avaient eu une brève conversation. Très froide. Au cours des derniers jours, à de brefs intervalles, l'espoir les avait rapprochés. L'échec de leur effort commun les séparait de nouveau, définitivement.

« Je peux te prendre avec moi, avait dit Volpone. Si on part tout de suite. »

Gabelotti avait hésité. Moshe Yudelman avait

prêté renfort aux deux consiglieri de Don Ettore, Barba et Crimello, pour le convaincre qu'une retraite provisoire était la solution la plus sage. Mais cette fuite dans la nuit ne le tentait guère. Finalement, ils s'étaient tous entassés dans la grosse Mercedes 600 que Mori avait pilotée sur les indications d'un soldat qui connaissait l'itinéraire. Le soldat, envoyé par Ottavio, était venu prendre les capi dans l'appartement d'Ines, dont l'exiguïté avait encore ajouté à l'aigreur de leurs rapports. Juste avant de partir, Volpone avait téléphoné à Enzo Priano, le gérant de la station-service où Homer Kloppe était gardé en otage.

« Enzo ! Ne le lâche pas ! Attends mes ordres ! »

Volpone, rendu amer par leur fiasco, n'avait pas desserré les lèvres pendant que la Mercedes se dirigeait du côté du Zugs, vers le plateau où les attendait Amédéo Morobbia, le pilote du MD 315, et Giancarlo Ferrero, son radio-mécanicien.

Une voix étouffée s'éleva dans l'obscurité.

« Moshe ?

— Ici ! répondit Yudelman.

— Combien êtes-vous ? demanda Morobbia.

— Sept.

— O.K. Montez ! »

D'un mouvement bref de sa lampe électrique, Morobbia désigna l'entrée de l'appareil. Don Ettore se cabra devant les plaques de rouille rongeant le tas de ferraille sur les flancs duquel, il lut en un éclair, « avion-école ».

Volpone, Yudelman, Barba et Mori s'engouffrèrent dans le MD. Crimello pressenti le drame que vivait Gabelotti et le poussa discrètement.

« Où est la piste ? demanda Don Ettore d'une voix blanche.

— Montez, Padrone, montez », l'encouragea respectueusement Carmine.

Pietro Bellinzona, immobile au bas des marches de la passerelle, attendit qu'ils se décident.

« J'ai oublié de prévenir le docteur Mellon ! Il faut que je retourne...

— Don Ettore... », insista Crimello.

Apparut Giancarlo Ferrero.

« S'il vous plaît, dépêchez-vous ! »

Discrètement, Carmine tapota l'épaule de Pietro. Bellinzona comprit. Il poussa Don Ettore en avant, aidé par le consigliere. Ferrero, qui avait dû deviner lui aussi, saisit la main de Gabelotti et le hissa à l'intérieur.

« Ici... Par ici... »

Il le guida le long de la paroi de l'avion et le força à s'asseoir.

« Evidemment, vous devez être habitué aux premières des 747, dit-il en riant. Ça change ! »

Il boucla la ceinture de sécurité autour des reins de Gabelotti.

« Ne vous inquiétez pas... Ça vole ! En moins d'une heure, vous serez à Milan. L'autre appareil vous attend, un Boeing. On l'a loué pour vous... Vous redécollerez sitôt arrivé. »

Ferrero retourna vers la porte qu'il referma et dont il manœuvra les verrous de sécurité.

« Amédéo ! Andiamo ! »

Explosa le vacarme d'un moteur. Gabelotti se tassa sur lui-même, épouvanté, devant faire appel à toutes ses ressources pour ne pas hurler sa terreur viscérale. Il enfonça furieusement ses ongles dans la chair de ses cuisses. L'avion frémit de toute sa carcasse et pivota pour se placer face au vent. Personne ne prononça un mot pendant qu'il accélérait dans un noir total. Puis ses roues quittèrent le sol et il s'envola lourdement, direction sud-sud-ouest.

23

POUR la première fois depuis que la barbe lui avait poussé, Woldemar Blesh n'était pas rasé à huit heures du matin. En fait, il ne s'était pas couché non plus. Après l'assaut donné à la Zwiss Milk and Butter, il avait fallu s'occuper des blessés. On les avait évacués sur l'hôpital cantonal de Zurich. Les morts avaient été conduits à la morgue. Les pertes étaient lourdes des deux côtés. Deux inspecteurs d'avenir, Hans Bregenz et Paul Romanshorn, avaient été pulvérisés, Stampfenbachstrasse, par l'explosion d'une grenade. Deux agents en uniforme étaient brûlés au troisième degré. Trois blessés par balles dans la laiterie, et trois morts, dont l'agent Schindler, que son courage avait poussé à grimper sous le faîte du toit pour couper la route aux fuyards. Schindler avait eu la tête broyée par la balle dum-dum d'un Herstal.

Quant aux assiégés, neuf d'entre eux avaient été tués. Dans leur poche, on n'avait retrouvé aucun papier d'identité. Trois autres avaient été pris vivants, immobilisés par des blessures ouvertes.

Une hanche fracassée pour l'un — que les ambulanciers avaient immédiatement placés sous transfusion — deux balles dans la poitrine pour l'autre. Les médecins de l'hôpital avaient refusé à Blesh le droit de les questionner tant que leur état serait critique. S'ils étaient aussi bavards que le troisième, le seul qui n'ait pas été trop amoché, les interroger serait aussi vain que les barrages placés sur les routes pour arrêter ceux qui avaient réussi à fuir. Comme les autres, il était dépourvu de papiers d'identité. Malgré la balle qui lui avait labouré la cuisse, Blesh avait exigé des internes qu'on le lui rendît après un pansement sommaire. Malgré ses ruses, ses menaces et ses colères, le lieutenant n'était pas parvenu à lui arracher un mot. Rien... Comme s'il arrivait d'une planète étrangère.

Il avait refusé en bloc les cigarettes, le verre de bière et le sandwich qui lui avaient été proposés. A sept heures du matin, Blesh s'apprêtait à partir quand il avait vu débarquer dans son bureau le trio qui lui avait paru brusquement insupportable: le capitaine Kirpatrick, le lieutenant Finnegan et Scott Dempsey, l'homme de la Securities and Exchange Commission. Hors de lui, Blesh les avait flanqués à la porte après un échange de propos très vifs et discourtois. Avant même que Blesh eût compris quoi que ce soit aux événements qui avaient transformé sa ville en étal de boucherie, Kirpatrick s'était cru permis de lui donner des leçons.

« Je vous avais prévenu, lieutenant ! »

Blesh avait dû avoir recours à deux plantons musclés et placides pour le virer de son bureau en lui souhaitant un bon retour aux Etats-Unis.

Bien entendu, tout Zurich était au courant du carnage. La ville s'était réveillée vers minuit sur une musique et des illuminations inconnues d'elle, les éclatements de grenade, le staccato des armes automatiques, la lueur des lance-flammes et l'embrasement des incendies. Pas de chance pour Blesh : il fallait que la proverbiale neutralité suisse eût été rompue sous son règne.

A huit heures, écœuré par le silence de son prisonnier, dont la pâleur devenait inquiétante, Blesh, ivre de rancune et de fatigue, avait passé lourdement son trench-coat pour regagner ses pénates. Il constatait alors que ses pieds étaient nus dans ses chaussures.

La communication lui était parvenue à ce moment-là : Chimène Kloppe voulait le voir d'urgence. Maugréant, mais fou de curiosité, il s'était rendu chez elle, Bellerive Strasse.

« Mon mari a été enlevé, lieutenant, j'en suis certaine. »

Elle lui avait montré la lettre d'Ines.

« Je l'ai reçue hier. J'ai attendu, attendu, avant de vous prévenir. J'espérais que Homer allait rentrer.

— Etes-vous au courant, madame, de ce qui s'est passé la nuit dernière ?

— Quoi donc, lieutenant ?

— Vous n'avez rien entendu ?

— Mais non !

— La fusillade ?

— Mais de quoi parlez-vous ?

— Un commando d'hommes armés a attaqué la Trade Zurich Bank. »

La réaction de Chimène le décontenança.

« Ils lui ont cassé sa banque ! »

Sur le ton dont elle aurait dit : « On lui a brisé sa poupée ! »

« Il faut que vous m'aidiez, madame. Qui ça « ils » ?

— Mais c'est à vous de me l'apprendre, lieutenant ! Comment voulez-vous que je le sache !

— Est-ce que votre mari vous avait paru soucieux ces temps derniers, abattu ? »

Il se mordit la langue pendant que Chimène lui jetait un regard de reproche et que les larmes montaient à ses yeux : la gaffe ! On avait enterré leur fille la veille.

« Ne m'en veuillez pas, madame Kloppe, je suis à bout de nerfs, harassé de fatigue...

— Moi aussi, lieutenant !

— Vous pourriez peut-être me mettre sur la piste... La lettre que je viens de lire est visiblement un moyen d'intoxication destiné à vous empêcher de me prévenir...

— Que voulez-vous savoir ?

— Votre mari vous tenait-il au courant de ses affaires ? La banque, je veux dire ? »

A l'expression choquée et incrédule de Chimène, il comprit qu'il venait de proférer une seconde incongruité.

« Vous n'avez reçu aucune demande de rançon ?

— Rançon ?... Mais pour quoi faire ?

— Rien, madame, rien... Je me demandais seulement... C'était une possibilité... Puis-je vous prier de me contacter si quelque chose d'insolite survenait ? Ne vous inquiétez pas ! Je me mets immédiatement en chasse, j'alerte toutes les brigades, je fais fouiller la ville et je vous tiens au courant... »

Il salua pour prendre congé. Elle dit :

« Lieutenant...

— Madame ?

— Mon mari est un homme bon, très bon... Pourquoi s'acharne-t-on sur lui ? Pourquoi veut-on lui faire du mal ? »

« Je suis au regret de vous annoncer que la Commissione vient de me demander des explications », dit Gabelotti.

Il se tut, le visage buté, glacial. Personne ne pipa. Don Ettore laissa passer plusieurs secondes chargées de menace. Sans regarder personne en particulier, il reprit :

« Aucune des familles du Syndicat ne doit courir des risques pour les erreurs commises par certains membres d'une autre famille. »

Les mâchoires serrées, l'œil dur, Italo Volpone s'agita légèrement sur sa chaise mais réussit à se contenir. Moshe lui avait fait jurer de ne répondre à aucune provocation, de garder son sang-froid. Malheureusement, il connaissait ses limites et n'était pas d'humeur à supporter longtemps les insinuations doucereuses de Gabelotti. Pendant le voyage de retour à New York, ils ne s'étaient pas adressé la parole, bloqués l'un et l'autre dans un silence hostile. A peine Italo était-il rentré chez lui qu'il se jetait dans les bras d'Angela et l'entraînait dans sa chambre, dont il fermait la porte à clef, sans se soucier de la présence dans le salon de Yudelman, Folco Mori et Pietro Bellinzona qui lui avaient fait escorte. Au bout d'une heure, Moshe avait frappé.

« Bébé, c'est important...

— Merde !

— Angela, demandez-lui de sortir ! Il y va de sa sécurité !

— Italo... » avait murmuré Angela à son oreille.

Il n'avait pas pris le temps de la déshabiller, l'enlaçant sauvagement, la faisant tourbillonner dans un élan animal, ròulant sur elle dans le lit, sur les tapis du parquet, la relevant, la clouant brutalement contre le mur tandis qu'elle s'accrochait à ses épaules musclées en gémissant, comme une épave bienheureuse. Il ne l'avait lâchée qu'après avoir hurlé lui-même de plaisir pour la troisième fois consécutive. Elle gisait sur le sol, le souffle court, les bras en croix, comblée, morte. La tête contre sa poitrine, il lui léchait les seins doucement. Moshe encore...

« Italo !

— Tu me laisseras prendre une douche, oui !

— Vite, Italo ! Prego !... »

Il avait passé ses bras sous le corps de sa femme, l'avait soulevée de terre et emportée jusqu'à la salle de bain, rivée à lui, les cuisses d'Angela autour de ses hanches, la tête d'Angela nichée dans le creux de son cou, ballottante. Il avait ouvert en grand le robinet. Et là encore, inondé par la pluie douce et tiède qui ruisselait sur leurs corps, il était entré en elle.

« Don Ettore nous attend, Italo !

— S'il veut me voir, qu'il se dérange ! »

Moshe n'avait pu le faire revenir sur sa décision. Il avait rappelé Angelo Barba pour le prier de trouver un lieu de rendez-vous en terrain neutre. Rapidement, ils s'étaient mis d'accord pour une boîte de nuit de la 6e Avenue, « The Bowl », vide à cette heure, dont le propriétaire prenait ses ordres du Syndicat.

Les deux Don y étaient arrivés en même temps. Gabelotti était flanqué de ses deux consiglieri, Carmine Crimello et Angelo Barba, et de deux gardes du corps, Giuliano Matarella et Nitto Crisafulli.

Matarella, Crisafulli, Folco Mori et Pietro Bellinzona étaient restés en faction dans l'entrée de la boîte, tandis que Gabelotti, Volpone, Crimello, Barba et Yudelman s'installaient dans la pénombre autour d'une table en bordure de la piste de danse. Moshe était très inquiet. Depuis leur fuite précipitée de Zurich, il était sans nouvelles de Vittorio Pizzu et de ses capiregime, Aldo Amalfi, Vicente Bruttore, Joseph Dotto. La prise d'assaut de la laiterie par la police cantonale allait provoquer des remous fâcheux dont les retombées ne tarderaient pas à atteindre New York. La Commissione détestait tout ce qui pouvait troubler l'ordre établi. Le Syndicat avait pour habitude de régler discrètement ses affaires intérieures en faisant le moins de vagues possible. Or, ce qui s'était passé à Zurich relevait d'une déclaration de guerre d'Etat à Etat.

« La Commissione, dit Gabelotti, m'a fait savoir qu'elle n'admettait pas que des initiatives personnelles puissent mettre gravement en danger la sécurité de l'ensemble des familles. »

Voyant qu'Italo était sur le point d'ouvrir la bouche, Moshe jeta précipitamment :

« Qu'avez-vous répondu à la Commissione, Don Ettore ? »

Gabelotti, qui jusque-là, avait feint de ne s'adresser à personne en particulier, posa son regard lourd et réprobateur sur le consigliere.

« La vérité, Moshe... La vérité... Je leur ai raconté que j'avais été contraint de me rendre en Suisse pour réparer des maladresses qui n'étaient pas de mon fait.

— Puis-je te demander de qui elles étaient le fait ? » s'enquit Volpone d'une voix froide et neutre.

Négligeant son intervention, Gabelotti continua de regarder Yudelman.

« La Commissione m'a reproché ma légèreté, Moshe. Et j'ai dû reconnaître que j'étais coupable.

— De quoi, Don Ettore ? » s'informa poliment Moshe dont le cœur battait de plus en plus vite.

Gabelotti laissa tomber avec douceur :

« D'avoir laissé agir un irresponsable. »

Volpone bondit.

« Stronzo ! L'irresponsable, c'est toi ! »

Gabelotti sembla découvrir la présence d'Italo.

« Il y a des paroles qu'on ne devrait jamais prononcer, quand on veut vivre vieux... »

Italo, gonflé de haine, cracha :

« Le plus vieux, c'est celui qui meurt le premier ! Tâche de t'en souvenir ! »

Plus rien désormais n'était possible : les choses étaient allées trop loin. Figés, Carmine Crimello et Angelo Barba retinrent leur respiration.

« Messieurs ! Messieurs ! lança Yudelman. Je vous en conjure ! Oublions les différends personnels ! L'enjeu est trop important ! Nous avons deux milliards de dollars à récupérer ! »

Ettore Gabelotti se mit debout, le visage tordu de colère, livide. Il pointa un doigt accusateur sur Volpone.

« Tu n'es rien du tout ! Tu as fait connerie sur connerie ! Tu as usurpé les pouvoirs de Don Genco ! Ne te mêle plus de cette affaire ! Quand je l'aurai réglée, les héritiers de ta famille toucheront leur part ! Tu comprends ?... »

Volpone se dressa, le corps tendu en avant, fou de rage.

« Tu oses me menacer ! Après ce que tu as fait à mon frère !

— Je n'ai rien fait à ton frère ! aboya Gabelotti en frappant du poing sur la table. Espèce de petit salaud ! Tu as fait descendre O'Broin !

— Non ! hurla Volpone. Pas fait descendre ! C'est moi qui l'ai tué de ma main, ton ordure de voleur de consigliere de merde !

— Cornuto ! rugit Don Ettore. S'il était en vie, nous aurions le numéro ! Tu paieras pour ça !

— Messieurs ! Messieurs ! s'étrangla Moshe... Si

vous restez unis, rien n'est perdu ! Homer Kloppe est toujours entre nos mains ! »

Yudelman s'interrompit soudain, son visage se décomposa et il bégaya, comme frappé par la foudre :

« Nom de Dieu ! »

Personne ne l'avait jamais entendu jurer. Mais quelque chose de plus évident mit les autres en alerte, son ton. Tous les regards se braquèrent sur lui. Alors, d'une voix qui n'était pas la sienne, il dit :

« Je sais qui a le numéro ! »

Il faisait un temps de chien à New York. Le capitaine Kirpatrick enfila son imperméable et dit à Scott Dempsey d'un air écœuré :

« Et voilà !... »

Le grand hall de Kennedy Airport grouillait de monde. Ils avaient atterri un quart d'heure plus tôt. Le voyage n'avait pas été gai. Kirpatrick, Finnegan et Dempsey revenaient de Zurich bredouilles. Pire : ils avaient été humiliés par un petit flic pète-sec dont les œillères et le manque de coopération les avaient sidérés.

« Quand je pense qu'il les tenait tous ! » dit rêveusement Kirpatrick.

Il n'avait cessé de remâcher sa rancune. Dempsey eut pitié de lui.

« Je vais faire vérifier de nouveau tous les comptes d'exploitation des casinos de la Côte Ouest. On finira bien par les coincer !

— Franchement, Scott, vous y croyez ?

— Souvenez-vous d'Al Capone. Lui aussi pensait qu'il était intouchable...

— Je voudrais les avoir, vous comprenez ! Je sais bien que ça ne rendra pas la vie à Cavanaugh ou à Mahonney, mais ça me ferait tellement de bien ! Scott !... Voulez-vous que je vous dise ce que je pense de la Suisse ?

— Allez-y, vieux, allez-y !... »

Finnegan arriva en courant.

« Capitaine, j'ai un taxi !

— Je vous dépose ? demanda Kirpatrick à Dempsey.

— Non, merci. Ma femme doit passer me prendre.

— Faisons vite, capitaine, insista Finnegan. Ils sont pris d'assaut ! On va nous le faucher !

— J'arrive, j'arrive !... Scott, vous passez demain ?

— Je ne sais pas... En tout cas, je vous téléphone... »

Ils se firent un petit signe amical de la main. Un congrès de dames écologistes, porteuses de badges, les sépara. Tandis que Dempsey consultait sa montre, Kirpatrick et Finnegan se hâtèrent vers la sortie.

Axel Green siffla ce qui restait de son whisky en faisant la grimace. La glace avait fondu, donnant au breuvage le vague goût écœurant du thé. Il rangea quelques papiers sur son bureau et regarda sa montre. Elle lui indiqua que sa journée était finie. Il resserra son nœud de cravate, enfila sa veste légère et jeta un coup d'œil par la fenêtre.

Bay Street présentait la cohue habituelle de ses flâneurs en chapeau de paille, s'écoulant en un flot ininterrompu et bariolé qui léchait les vitrines. Deux ans plus tôt, Green était retourné à Londres pour une affaire de famille. Au bout de trois jours, il en avait assez de la ville, de sa pluie fine et froide, de son ciel gris. Bien qu'Anglais grand teint, il ne pouvait plus supporter l'Angleterre. Il était arrivé à Nassau dix-sept ans auparavant, pour un stage de trois mois à la Bahamian Credit Bank. Il y était toujours.

Malgré son nom couleur locale, la Bahamian était une banque d'affaires britannique dont la maison mère, solidement implantée à Londres, étendait ses tentacules, sous forme de succursales, dans les principaux pays à vocation de paradis fiscaux. Pour certaines opérations discrètes et d'intérêt national, le gouvernement travailliste — qui ne s'en vantait pas — avait lui-même parfois recours à ses services.

Axel Green, qui avait débuté jadis comme simple commis, dirigeait aujourd'hui la « Foreign Branch » de l'établissement, le service des comptes étrangers. Autant dire que ses responsabilités étaient immenses dans une île où transitaient d'énormes capitaux dont l'origine n'était pas toujours très claire, mais qui avaient ceci en commun : tous, précisément, étaient étrangers.

Paradise Island était à deux pas, monstrueux piège à fric édifié par la maffia à l'usage des gogos, bourré de casinos, de machines à sous, de clubs privés, de palaces. L'argent venait également d'Europe, pour y retourner après de brefs séjours purificateurs dans les innombrables banques de Nassau. Tout le monde y trouvait son compte. Green y avait trouvé davantage : une certaine forme de bonheur, de nonchalance heureuse que n'avaient pas ses collègues européens, harcelés par le fisc, en porte à faux perpétuel entre leurs comptes et les contrôles dont ils étaient submergés. A Nassau, il avait épousé une Américaine qui lui avait donné trois enfants, dont l'aîné, John-John, était en classe terminale de son collège. En sortant du bureau, quelques pas à faire seulement pour se retrouver à la plage, et en prime, toujours, le soleil et la mer, éternellement tiède.

Il sortit dans la rue et se mêla à la coulée des touristes, se demandant s'il passerait chez lui avant d'aller nager.

« Monsieur Axel Green ?

— Oui ?

— Voulez-vous monter ? lui dit le grand type en désignant une Vauxhall vert bouteille.

— Pardon ? »

Un autre homme ouvrit la portière arrière et le poussa à l'intérieur avant qu'il ait pu comprendre ce qui se passait. Ç'avait été si rapide qu'il n'avait même pas eu le temps de s'étonner, de protester ou d'avoir peur. Un troisième homme, qui était au volant, démarra sèchement. Green, qui lisait les journaux, craignit un instant d'être victime d'un enlèvement à l'italienne. Dans ce cas, il était fichu. Malgré les services qu'il avait rendus à la Bahamian, les pontifes de Londres ne lâcheraient pas un penny pour sa libération. Ses fonctions, bien qu'élevées, ne représentaient pas un rouage indispensable pour la maison mère, il n'en était pas actionnaire.

« J'étais sur le point d'aller me baigner, dit-il à tout hasard.

— Vous irez plus tard. Nous n'allons pas très loin.

— Ah ? Où donc ?

— Au Beach Hotel. Certaines personnes désirent vous voir.

— Me voir ? Pour quoi faire ?

— Elles vous le diront elles-mêmes, monsieur Green. »

Plus un mot ne fut prononcé jusqu'au Beach. Quand la voiture s'arrêta, le grand type crut bon de préciser :

« Nous sommes deux à vous accompagner, monsieur Green. »

Il exhiba discrètement la crosse d'un pistolet et ajouta sans une ombre d'humour :

« Trois, même, devrais-je dire. Je pense qu'il vaut mieux pour vous que vous ne fassiez pas d'histoires. Vu ?

— Je ne ferai pas d'histoires, dit Green.

— Parfait, monsieur Green. Allons-y... »

Encadré par les deux hommes, il traversa le hall de l'hôtel où il fut salué par plusieurs personnes de sa connaissance. Il lui sembla incroyable d'être enlevé sous les yeux de cent témoins, sans que personne pût s'en douter. Ils prirent l'ascenseur jusqu'au dernier étage. Là, tout était luxe, calme, quiétude.

Le plus petit des deux hommes sonna à la porte de l'appartement d'angle 1029. Un homme vint leur ouvrir.

« Par ici, monsieur Green. Ces messieurs vous attendent. »

Green se retrouva dans un immense salon tout en baies vitrées. La vue était belle à couper le souffle. Mais cela n'intéressait pas les cinq inconnus qui lui faisaient face. Celui qui avait ouvert la porte la referma derrière lui. Les cinq hommes se levèrent. L'un d'eux s'approcha.

« Croyez bien que je suis navré de la façon un peu péremptoire, dont nous vous avons invité. Mais l'urgence de la situation... Permettez-moi tout d'abord de me présenter... Moshe Yudelman. »

Un déclic s'alluma dans la tête d'Axel Green : il savait qui était Yudelman.

« Et voici M. Ettore Gabelotti. »

Le gros homme au visage lourd salua d'un mouvement du menton.

« M. Italo Volpone, enchaîna Yudelman.

MM. Angelo Barba et Carmine Crimello, conseillers financiers de M. Gabelotti... »

Green fut abasourdi par cette séance de présentations. En général, les « capi » du Syndicat n'opéraient jamais à visage découvert.

« Voulez-vous boire quelque chose, monsieur Green ?

— Ma foi, avec plaisir, dit Green.

— Sec ou à l'eau ? demanda Barba en versant du scotch dans un verre.

— Sur un cube de glace, je vous prie, dit Green.

— Asseyez-vous, monsieur Green, asseyez-vous... »

Green s'assit. En dehors de Yudelman et de Barba, aucun autre n'avait encore ouvert la bouche.

« A votre santé, monsieur Green, dit Yudelman en levant son verre. Et à l'affaire que nous allons conclure !

— Nous allons conclure une affaire ? s'informa Green sur un ton de courtoisie exquise.

— Exactement, dit Yudelman. Une très bonne affaire pour vous. Vous allez devenir riche, monsieur Green.

— J'en suis ravi, dit Green.

— Vous pouvez, approuva Yudelman avec gravité. Deux cent mille dollars représentent pas mal d'argent. »

Green avala une gorgée de son whisky.

« Que dois-je faire pour gagner deux cent mille dollars, monsieur Yudelman ?

— Peu de chose. Nous communiquer un renseignement que nous avions en notre possession et que nous avons malheureusement égaré. Il s'agit d'un numéro de compte que vous avez transféré en Suisse sur la demande d'un client, M. Genco Volpone. Deux milliards de dollars, monsieur Green, que vous avez envoyés à Zurich, à la

Trade Zurich Bank, le 22 avril, et dont le directeur de la banque, M. Homer Kloppe, vous a accusé réception. Pouvez-vous me fournir le numéro de ce compte, monsieur Green ?

— C'est une demande très embarrassante, monsieur Yudelman...

— Vous savez qui nous sommes ? demanda Moshe aimablement.

— Oui », dit Green.

Yudelman écarta les bras du corps en un geste fataliste.

« Je crains que vous n'ayez pas le choix, monsieur Green. Toutefois, pour apaiser vos légitimes scrupules, je vous dirai ce que vous savez déjà, puisque vous avez vous-même effectué le transfert sur notre ordre. Cet argent nous appartient, il n'y a aucun doute sur ce point. Les deux personnes qui en détenaient la clef, M. Genco Volpone, frère de M. Volpone ici présent, et Mortimer O'Broin, fondé de pouvoir de M. Gabelotti, ont trouvé la mort dans des circonstances tragiques, avant d'avoir pu nous communiquer le numéro sous lequel il était enregistré. En nous le donnant, vous ne faites rien de malhonnête. Au contraire, vous n'accomplissez qu'un acte de justice, et vous nous rendez un service que nous ne serons pas près d'oublier. »

Axel Green se racla la gorge.

« Supposez que je refuse ?

— Après les confidences que je viens de vous faire, cela me semble difficile », dit Yudelman.

Green hocha la tête.

« Oui... dit-il... Oui...

— Voulez-vous bien accepter les deux cent mille dollars que nous vous offrons en signe d'amitié et de reconnaissance ? »

Green se passa une main sur le visage et s'absorba dans la contemplation du ciel limpide traversé par la flèche des mouettes, rapides comme des jets de pierre. Il savait que tout ce que lui avait dit Yudelman était vrai. Quand l'avis de virement des deux milliards de dollars lui était parvenu, Genco Volpone — qui passait aux yeux de certains pour le chef suprême du Syndicat, le « capo dei capi » — avait lui-même choisi le numéro sous lequel devait être adressé le montant du transfert à la Trade Zurich Bank. Green, qui avait une mémoire fabuleuse des nombres, l'avait toujours à l'esprit. Il avait réduit instantanément les chiffres fournis par Genco Volpone, 828384, en éléments simples d'une série arithmétique sans mystère : 82, 83, 84. Un jeu d'enfant...

Il essaya d'imaginer comment se seraient comportés à sa place des hommes qu'il respectait et admirait, des héros. Les héros auraient peut-être refusé de parler. Mais les héros seraient morts. Axel Green avait envie de vivre. Il résidait depuis trop longtemps à Nassau pour ignorer qu'un refus de sa part au Syndicat équivaudrait à une condamnation à mort sans appel pour lui et les siens.

« Nous savons que les études de John-John vous coûtent cher, reprit Yudelman avec une expression sérieuse. N'oubliez pas que vous avez deux autres enfants derrière, le petit Paul et la petite Christine, dont votre femme veut faire une danseuse. Rien n'est aussi beau qu'une famille, monsieur Green, mais une éducation correcte entraîne de gros frais.

— Considérables, dit Green.

— Mes amis et moi sommes d'avis que vos immenses mérites ne sont pas rétribués à leur juste valeur à la Bahamian. Nous le déplorons, monsieur Green. C'est pour cette raison que nous avons décidé de vous octroyer une somme aussi importante pour le service rendu. Deux cent mille dollars. Croyez bien que nous ne nous serions pas montrés aussi généreux avec quelqu'un de moins respectable et sympathique que vous.

— J'apprécie, dit Green.

— Dans ces conditions, je me permets de vous reposer la question : quel est le numéro de votre compte ?

— 828384, dit Green avec un profond soupir. Ou si vous préférez, 82-83-84.

— Merci, monsieur Green, vous êtes un homme plein de sagesse. Les deux cent mille dollars seront déposés en liquide à votre domicile, demain soir, en fin de journée. »

De petits détails lui gâchaient son immense détresse, et le harcelaient, alors qu'il aurait souhaité un recueillement absolu.

Depuis son enlèvement à la sortie du cimetière, Homer Kloppe n'avait pas changé de linge. Ses aisselles, privées de déodorant, commençaient à dégager une odeur pénétrante et sournoise. Pas de brosse à dents, non plus, bien que ses dents ne fussent plus les siennes. Sa chemise lui collait à la peau malgré les toilettes effectuées à pleines mains sous le robinet d'eau glacée du lavabo.

La mort de Renata l'avait coupé de la vie. Quarante-huit heures passées dans la lumière artificielle de sa prison, en lui enlevant la notion du temps, l'avaient coupé du monde. Chimène avait dû alerter le lieutenant Blesh de sa disparition. La police devait quadriller le pays pour le retrouver.

Une clef tourna dans la serrure. Il s'assit précipitamment sur le lit, passant machinalement les doigts sur la râpe de sa barbe : Dieu avait voulu qu'il mourût sale ! Il savait parfaitement que sa propre mort serait la réponse de ses bourreaux à son ultime refus.

L'inconnu qui entra dans la pièce, jeta un bandeau noir sur le lit.

« Collez-vous ça sur les yeux. »

Kloppe refusa d'un mouvement de tête. Mourir pour mourir, autant voir la mort en face.

« Alors, qu'est-ce que vous attendez ? Grouillez-vous, merde, quoi, on vous libère ! »

Comme il ne bougeait toujours pas, l'homme passa derrière lui et lui noua le morceau d'étoffe sur le visage.

« Je vous préviens qu'à partir de maintenant, si vous l'enlevez, je vous colle un pruneau dans le crâne ! »

Kloppe entendit le bruit caractéristique d'un chien qu'on arme.

« Allez, debout ! »

L'odeur d'essence lui frappa les narines, mélangée à un flot d'air frais. Il gonfla les poumons. On lui fit grimper une marche. Le bruit d'une porte métallique refermée à grand fracas lui apprit qu'il était dans une camionnette. Le moteur ronfla. Ce furent les bruits de la ville, d'abord, puis le grondement d'autres voitures croisées, enfin, le silence de la campagne. Le coup de frein le projeta en avant. Celui qui se tenait à ses côtés l'empêcha de tomber.

« Descends... Mon copain va démarrer. Moi, je reste avec toi. Compte à voix haute jusqu'à deux cents. Après, fais ce qui te plaît. Vas-y, compte !

— Un, deux, trois, quatre, cinq...

— Plus fort !

— Six, sept, huit...

— C'est bien, continue ! »

Le vacarme du véhicule qui s'éloignait...

« Trente-deux, trente-trois, trente-quatre... »

Kloppe se tut. Rien ne se passa. Il enleva son bandeau. A l'est, le soleil se levait, et ce fut comme s'il le voyait pour la première fois. Il respira avec volupté l'odeur des arbres, et pour se repérer, avança sur un sentier forestier recouvert d'herbe neuve et fragile, qui descendait en pente douce vers la route d'où lui parvenait le grondement des poids lourds lancés à toute allure. Sans pouvoir arriver à le situer avec exactitude, l'endroit où il se trouvait lui était vaguement familier. Il se campa sur le talus et se mit à faire des signes aux voitures qui passaient. Aucune ne s'arrêta. D'après la durée de son voyage, il devait être à une quinzaine de kilomètres de Zurich. Les conducteurs se comportaient d'une façon bizarre, feignant de ne pas le voir, accélérant au contraire lorsqu'ils passaient à sa hauteur. La première borne qu'il rencontra lui apprit qu'il était dans la bonne direction : « ZURICH-11 KM. » Pour la vingtième fois, il leva le bras. Au volant de la Mercedes, en un éclair, il aperçut l'homme qui détournait les yeux. Un homme élégamment vêtu, un peu gras... Un homme qui lui ressemblait comme un frère. Et qui passait son chemin avec indifférence.

Comme il l'aurait fait lui-même en des circonstances analogues, autrefois... Il se jura de s'arrêter désormais pour prendre à bord les auto-stoppeurs. Un bruit de freins lui fit tourner la tête.

« Alors, papa, on fait son footing matinal ? »

Ils étaient trois, deux garçons, une fille, dans une Jeep fatiguée recouverte d'inscriptions du style : « Ne riez pas, votre fille est peut-être dedans ! » Ils avaient vingt ans. Elle ressemblait à Renata.

« Pouvez-vous m'emmener jusqu'à Zurich ?

— Monte ! Plus on est de fous, plus on rit ! »

Quand il arriva à Bellerive Strasse, il trouva Chimène dans le salon. Elle laissa tomber sa tasse de thé et se jeta dans ses bras en pleurant.

« Homer !... Homer !... J'ai eu si peur !... Tu n'as pas de mal, au moins ?... »

Il lui caressa doucement les cheveux, le regard absent.

« Non, non... Tout va bien... Simplement besoin d'un bain...

— Dieu soit loué ! Dieu soit loué !... »

Elle portait un peignoir sur sa chemise de nuit. Elle sentait bon. Enfouissant le visage contre son épaule, elle dit avec gêne :

« Homer, il faut que tu saches... On a mis le feu à ta banque... »

La révélation du numéro par Axel Green ne détendit ni Gabelotti ni Volpone. Depuis la veille, ils ne s'étaient plus adressé la parole que par consigliere interposés. Les insultes et les menaces échangées quelques heures plus tôt à New York avaient creusé entre eux un abîme que seule, tôt ou tard, comblerait la mort de l'un ou de l'autre. Après le départ de Green, Moshe fit une tentative de conciliation désespérée :

« Messieurs, messieurs ! Nous touchons au but ! Rien ne peut plus s'opposer à ce que nous rentrions en possession de notre argent ! »

Don Ettore s'empara du téléphone. Ostensiblement, il le brancha sur un amplificateur, de façon que chacun pût entendre ce qu'il allait dire. Il composa le numéro de son avocat suisse, Phillip Diego. Quand l'avocat répondit « Oui ?... », tout le monde entendit sa voix comme s'il s'était trouvé dans la pièce.

« J'ai le numéro qui nous intéresse, dit Gabelotti. Voulez-vous le noter ?

— Certainement. Depuis votre départ, il s'est passé des choses regrettables à Zurich. L'un de nos plus éminents banquiers, M. Homer Kloppe, a disparu.

— Je le déplore », dit Gabelotti.

Crimello, Barba et Yudelman avaient les yeux rivés sur lui. Seul, Italo Volpone faisait mine de regarder le panorama, comme s'il se désintéressait de la question.

« Nous ne comprenons pas ce qui se passe, enchaîna Phillip Diego. La banque de Homer Kloppe a été attaquée. Toute la police est en alerte. Il y a des morts...

— Je ne vois pas en quoi ces événements locaux nous concernent ! s'impatienta Don Ettore. Voulez-vous noter ce numéro et prendre des dispositions pour le transfert ?

— Ce type n'ira pas à la banque seul ! jeta Volpone à Yudelman. Notre représentant l'accompagnera ! Préviens immédiatement Karl Deutsch ! »

Gabelotti fronça les sourcils en entendant la phrase qui lui était adressée par ricochet.

« Je crains de m'être mal fait comprendre, enchaîna Phillip Diego. Toutes les opérations sont suspendues... Je vous répète que le banquier a disparu ! »

Volpone et Don Ettore étaient bien placés pour savoir où se trouvait Homer Kloppe : dans le réduit de béton de la station-service, sous le parking d'Eschwiesen Strasse. Gardé par Enzo Priano. La police pouvait toujours fouiller Zurich !

« J'ai très bien compris ! aboya Gabelotti à l'intention de Phillip Diego. Qui vous dit que ce banquier ne va pas rentrer chez lui d'un moment à l'autre ? Dans ce cas, qu'est-ce qui s'opposerait à notre opération ?

— Rien sans doute, rien... Si vous avez le numéro et le nom de code... »

Gabelotti roula des yeux furibonds vers Angelo Barba et Carmine Crimello. Moshe Yudelman et Italo Volpone se figèrent.

« Le quoi ? rugit Don Ettore.

— Les fonds ont nécessairement été enregistrés sous un nom d'emprunt, un nom de code. L'avez-vous ?

— J'ai le numéro ! Ça suffit ! cracha Gabelotti.

— Je crains que non... dit Diego en marquant une hésitation. A supposer que le banquier réapparaisse, le léger... euh... différend... que nous avons eu avec lui ne l'inclinera pas à faciliter ma démarche. Il s'en tiendra à la stricte lettre de la loi.

— Qu'est-ce que vous racontez ? » s'emporta Gabelotti.

C'était trop bête : ils touchaient au but, et au moment où il allait se concrétiser, il s'éloignait de nouveau !

Moshe fit un signe à Don Ettore.

« Dites à maître Diego que vous allez le rappeler, murmura-t-il.

— Ne bougez pas de chez vous, je vous rappelle ! » hurla Gabelotti.

Il raccrocha. Plus personne n'osa regarder personne.

Angelo Barba rompit le silence tendu qui s'était établi.

« Moshe, voyez-vous un inconvénient à ce que nous conférions séparément pendant un quart d'heure ?

— J'allais vous le proposer », dit Yudelman.

Barba, Crimello et Gabelotti quittèrent le salon pour s'isoler dans l'une des nombreuses pièces de la suite. Moshe et Italo Volpone en firent autant de leur côté. Quand ils furent seuls, Yudelman secoua la tête d'un air navré.

« C'est râpé, Italo. Seuls, Genco et O'Broin connaissaient le nom de code. Ni l'un ni l'autre ne sont plus là pour nous le confier. Je t'avoue que je ne sais plus que faire... »

Volpone envoya un coup de poing rageur dans une tenture.

« Saloperie d'O'Broin ! Je l'ai pas fait crever assez lentement ! Il avait la tête sous la scie !... Au lieu de parler, ce connard appelait sa mère ! Mamma !... Mamma !... »

Moshe fut traversé par une décharge électrique.

« Répète ! Répète ! Qu'est-ce que tu as dit ? »

Italo le dévisagea avec attention.

« Moshe ! Qu'est-ce que tu as ?

— Qu'est-ce qu'il disait, O'Broin, sous la scie ?

— Mamma, dit Volpone. Et alors ? L'ordure crevait de peur ! Il savait ce que j'allais lui faire, il le savait ! Au lieu de me répondre, il pleurnichait, il réclamait sa pute de mère. »

Les lèvres de Yudelman se mirent à trembler. Il laissa tomber d'une voix atonale :

« O'Broin était irlandais, Italo, irlandais ! Tu comprends ce que ça veut dire ? »

Volpone le regarda comme s'il était devenu fou.

« Qu'est-ce que tu racontes ?

— O'Broin t'a répondu, Italo ! Un homme qui va mourir parle dans sa langue natale ! Un Irlandais n'appelle pas sa mère en italien, mais en anglais ! « Mamma », c'est le nom du code ! »

Stampfenbachstrasse, trois policiers en uniforme arpentaient le trottoir devant la Trade Zurich Bank. Homer reçut un coup à l'estomac en voyant le hall central dévasté par l'incendie et les explosions. Les piliers de marbre, écornés, témoignaient de la violence de la bataille.

Des ouvriers s'activaient parmi les gravats. Impassible, l'huissier était à son poste, debout derrière une table de fortune.

« Victor », murmura Kloppe.

L'huissier le salua respectueusement.

« Monsieur Kloppe... »

Malgré son chagrin, le cœur de Homer se gonfla d'orgueil. Il appartenait à une race solide, entêtée, travailleuse. Toutes les catastrophes pouvaient s'abattre sur le pays, mais envers et contre tous, la banque continuait !

A partir du premier étage, tout était intact. Dans les couloirs, la même activité sereine que d'habitude. Marjorie, prévenue de son arrivée, l'attendait dans l'antichambre de son bureau. Elle s'adressa à lui comme si rien, absolument rien, ne s'était passé depuis qu'ils s'étaient vus pour la dernière fois. Efficace, impersonnelle, froide.

« Il y a eu de nombreux appels pour vous, monsieur... Je les ai notés. Les voulez-vous ?

— Plus tard, dit Kloppe.

— Dois-je vous passer les communications ?

— Celles qui vous paraîtront importantes. »

Il tirait la bouteille de Waterman de son tiroir quand Marjorie annonça sur l'interphone :

« M. Schmeelbling est en ligne. Vous le prenez ?

— Passez-le-moi... »

Homer se versa deux gouttes de whisky. La voix de Schmeelbling lui parvint.

« Homer ! Bon sang ! Je me suis fait un sang d'encre ! Qu'est-ce qui s'est passé ?

— L'enquête est en cours.

— Où allons-nous ? Mais où allons-nous !... On ne respecte plus rien !

— Eh oui, soupira Kloppe, oui... oui... »

C'est à Eugène Schmeelbling, le « banquier des banquiers », qu'il avait confié les deux milliards de dollars que lui avaient remis Genco Volpone et Mortimer O'Broin. Très exactement huit jours plus tôt. Les chiffres dansèrent dans sa tête. Entre l'intérêt qu'il devait verser et celui que lui servait Schmeelbling, il se trouvait actuellement à la tête de huit fois 109 588 dollars, soit, 876 704 dollars de bénéfice. Même en refaisant à sa banque une façade plus belle encore, Homer s'y retrouverait ! D'ailleurs, il n'aurait même pas à la payer, les assurances étaient faites pour ça...

« Dites-moi, Homer... A propos de ce que vous m'avez confié, vous vous souvenez ?...

— Oui.

— Qu'est-ce que je fais ?

— Vous continuez, Eugène... Vous continuez jusqu'à nouvel ordre...

— Eh bien, c'est parfait, mon cher ami, je voulais vous l'entendre dire... Ne manquez pas de présenter mes hommages à Madame votre épouse.

— J'y penserai, Eugène. A bientôt...

— A bientôt !... »

Marjorie se faufila dans le saint des saints et referma la porte derrière elle.

« C'est ce policier, monsieur, le lieutenant Blesh. Il est déjà venu plusieurs fois.

— Dites-lui d'entrer. »

Homer rangea la bouteille de Waterman dans son tiroir et se leva pour accueillir Blesh.

« Ah ! monsieur Kloppe, je suis si heureux de vous revoir sain et sauf !

— Merci, lieutenant, merci...

— Votre femme m'a prévenu de votre retour. J'ai fait arrêter immédiatement les recherches.

— Croyez bien que je suis désolé de vous avoir

occasionné autant de tracas... Je suis impardonnable. J'aurais dû prévenir. »

Le visage de Blesh se ferma. Il dit :

« Je ne comprends pas, monsieur Kloppe...

— Voyez-vous, lieutenant, j'étais si bouleversé... Je suis parti sans prévenir personne. Je voulais méditer...

— Puis-je vous demander où, monsieur Kloppe ? »

Le banquier toisa son visiteur avec une nuance d'étonnement.

« Je ne pense pas que cela représente un intérêt quelconque pour vous, lieutenant.

— Détrompez-vous, monsieur. Deux de mes hommes sont morts. Quatre autres sont grièvement blessés. Nous avons été en guerre pendant deux heures. Pour protéger vos biens et votre personne !

— C'est pour cela que les citoyens de la Confédération entretiennent une police, lieutenant ! Vous semblez surpris d'avoir fait votre devoir ?

— Non, monsieur. C'est votre réponse qui me surprend. Votre femme m'a dit qu'on vous avait enlevé. »

Kloppe laissa tomber sombrement :

« Après les épreuves que nous venons de traverser, il n'est pas surprenant que ma femme soit nerveuse. C'était à vous de vérifier ses dires avant de vous lancer en campagne. »

Blesh avala sa salive avec difficulté.

« Connaissez-vous Italo Volpone et Ettore Gabelotti ? »

Le visage de Kloppe se ferma encore plus.

« Non, lieutenant.

— Même pas leurs noms ?

— C'est la première fois que je les entends.

— Votre fille a trouvé la mort dans une Beauty

Ghost P9 appartenant à un certain Orlando Baretto. Baretto était-il une relation de votre fille ?

— Renata n'est plus là pour répondre, lieutenant. Permettez-moi de vous dire que je vous ai reçu ici en ami. J'avoue que je ne m'attendais ni à un tel ton, ni à cette interrogatoire.

— J'enquête, monsieur Kloppe. Je veux savoir la vérité !

— Moi aussi, lieutenant ! Je vous prie de m'excuser, j'ai beaucoup à faire. »

Blesh ravala la rage qu'il sentait monter en lui. Kloppe avait des relations puissantes. Il était lui-même une puissance. Il représentait l'establishment de Zurich et planait très haut, protégé par sa fortune, par ses fonctions sacerdotales de banquier. S'il avait envie de se taire, nul ne pourrait le contraindre à sortir de son silence. Au contraire, ses pairs l'approuveraient en secret. Momentanément, Blesh décida de courber l'échine.

« Je vous prie de m'excuser si je vous ai paru un peu agressif.

— J'en prends bonne note, lieutenant. Vous comprendrez qu'il m'est difficile de tolérer qu'on me traite en coupable, alors que je suis la victime. »

Il se leva pour montrer que l'entretien était terminé. Blesh l'imita.

« Le moindre renseignement me serait précieux, monsieur Kloppe. D'après vous, qui a attaqué votre banque ? »

Kloppe le dévisagea longuement.

« J'aimerais le savoir, lieutenant. Mais si j'étais policier, il me semble que je chercherais du côté de certains éléments troubles que vos services laissent proliférer à Zurich.

— De qui voulez-vous parler ?

— Des gauchistes, lieutenant. »

Kloppe fit trois pas vers la porte, l'ouvrit et la maintint ouverte.

« N'hésitez pas à revenir me voir si votre enquête avance. Je suis à votre entière disposition.»

Blesh salua et sortit. Dans l'antichambre il reconnut deux avocats d'affaires les plus réputés de la ville, Phillip Diego et Karl Deutsch.

« Ils n'ont pas de rendez-vous, mais ils insistent, précisa Marjorie. Voulez-vous les recevoir ?

— Oui », dit Kloppe.

Phillip Diego attaqua le premier.

« Nous avons appris... C'est scandaleux !

— Inimaginable ! » renchérit Deutsch.

Kloppe, rigide, immobile, les considéra avec attention, ses mains bien à plat sur son bureau.

« Je suis très occupé, dit-il d'une voix glaciale. Pouvez-vous m'informer du but de votre visite ?

— Voilà ,dit Phillip Diego. Mon confrère Karl Deutsch et moi-même représentons les intérêts d'un client qui possède un compte numéroté dans votre établissement. Ce client nous a mandaté pour que ses fonds soient transférés aujourd'hui même à la Chemical Inter Trust de Panama.

— Sous quel nom votre client a-t-il enregistré son compte ?

— Mamma.

— Le numéro du compte ?

— 828384.

— Le montant du dépôt ?

— Deux milliards de dollars américains. »

Kloppe décrocha le téléphone.

« Marjorie, demandez à Garnheim de vous monter le dossier « Mamma ». »

Pendant près de cinq minutes, les trois hommes ne firent aucun mouvement, ne prononcèrent aucune parole. Le silence absolu...

Marjorie déposa le dossier sur le bureau de Kloppe. Homer l'ouvrit, le feuilleta et en tira un document qu'il tendit à Diego.

« Signez en bas et à droite, je vous prie. »

Phillip Diego signa.

« Vous aussi », dit Kloppe à Deutsch.

Karl Deutsch signa à son tour. Aussitôt, Kloppe se mit debout. Phillip Diego se hasarda à lui tendre la main, Kloppe sembla ne pas la voir. Il dit avec froideur :

« Le nécessaire sera fait avant la fin de la soirée. »

Quand les avocats furent partis, il s'approcha de la fenêtre et colla pensivement son front au carreau. Cette fois, le printemps éclatait dans toute sa gloire, le plus beau printemps qui eût jamais illuminé Zurich.

Homer Kloppe lui tourna le dos, s'assit lourdement derrière son bureau et s'empara de sa bouteille de Waterman.

EPILOGUE

ENTRE Lausanne et Morges, la voie ferrée troue la montagne sur une longueur de deux kilomètres. Côté Ouest, la sortie du tunnel débouche sur un paysage sauvage de sapins immenses escaladant les flancs d'une vallée escarpée au fond de laquelle coule un torrent d'eau glacée.

C'est au bord de ce torrent qu'était venue pique-niquer la famille Hummler. Le père, Franz Hummler, avait prétexté le beau temps et son congé du samedi pour emmener en excursion sa femme et leurs deux enfants. Jean-François avait onze ans, Michel, un peu plus de neuf.

« Maman, dit Michel... On peut aller jouer ?

— Où ? dit Hans.

— On veut grimper sur la colline.

— Tu n'as pas fini ton gâteau.

— J'en veux plus. »

Birghitt enveloppait soigneusement les reliefs de leurs repas dans un sac en plastique. Au moment du départ, elle placerait le sac dans le coffre de la voiture pour le ramener à Morges et le jeter dans le vide-ordures. Quand elle en aurait terminé, pas une miette ni le moindre papier ne souilleraient l'herbe. N'eût-elle craint le ridicule, elle aurait poussé son obsession de la propreté jusqu'à lisser l'herbe à l'endroit où ils s'étaient assis.

« Ne vous éloignez pas trop... Jean-François, veille sur ton frère ! »

Michel haussa les épaules avec dédain.

« Je suis aussi grand que lui !

— Ne vous salissez pas ! » conclut leur mère.

Les enfants s'éloignèrent en poussant des cris d'Indiens.

« Franz, tu m'ouvres le coffre ? »

Franz s'approcha de la Volvo grenat flambant neuve, s'agenouilla, mouilla son doigt de salive et entreprit de frotter avec douceur une minuscule tache de boue sur le bas de caisse de la carrosserie.

« Tu m'ouvres ? répéta Birghitt en se retenant de rire.

— Pourquoi ris-tu ?

— Tu es comme un gosse !

— Elle est belle, non ?

— Superbe...

— Et si on roulait un peu, au lieu de rester ici ?

— Franz, on est si bien... Tu auras tellement l'occasion de l'essayer... »

Elle déposa le sac et voulut refermer le coffre. Il s'interposa avec vivacité.

« Attends, ne touche pas ! Il ne faut pas le claquer ! Juste pousser, doucement...

— Viens ! pouffa Birghitt... Allons rejoindre les monstres ! »

Elle lui prit la main et l'entraîna. Ils avaient vidé une bouteille de vin d'Alsace, qu'ils avaient mise à rafraîchir dans le torrent. L'air était doux, très pur, léger, translucide. Ils gravirent la pente, louvoyant entre les sapins, glissant parfois sur leur tapis d'aiguilles.

« Tu les vois ? » demanda Birghitt.

Franz parcourut des yeux la pente abrupte qui

marquait un temps d'arrêt le long de la ligne sinueuse du chemin de fer. Très près de la voie, en contrebas, il aperçut les taches rouges et bleues des vêtements de ses enfants. Ils étaient immobiles, minuscules dans un cirque de sapins.

« Jean-François ! Michel ! » hurla Franz.

Les gosses leur firent de grands signes pour les inviter à les rejoindre. Le sapin sous lequel ils se tenaient, et lui seul, était curieusement survolé par un vol de corbeaux. A son sommet, une plaque de neige que le soleil déjà vif pour la saison, n'avait pas réussi à faire fondre.

« Viens ! » dit Franz.

Ils reprirent leur ascension. Quand ils arrivèrent à portée de voix, Jean-François et Michel leur crièrent :

« Papa ! Maman ! Venez voir !... Les oiseaux !

— Je croyais vous avoir dit de ne pas vous éloigner ! reprocha Birghitt avec sévérité.

— Papa, Jean-François dit que ce sont des corbeaux !

— Oui, dit l'aîné, des corbeaux ! Pas vrai, papa ? »

Essoufflé, Franz leva la tête. Les corbeaux semblaient se disputer quelque chose, dans un grand froissement d'ailes et d'éclats de neige durcie dont leur bagarre provoquait la chute.

« Qu'est-ce qu'ils font, papa ?

— Ils mangent, répondit Franz machinalement.

— Qu'est-ce qu'ils mangent, papa ? Ils mangent l'arbre ? »

Franz se déplaça de quelques mètres. Il était juste sous la voie, à la sortie du tunnel dont le sommet du sapin affleurait le niveau. Il regarda avec plus d'attention. Dans une trouée, coincé entre deux branches, il vit le corps d'un homme, face contre ciel. Deux corbeaux fouaillaient du bec son visage, à l'emplacement des orbites. D'autres voletaient sur son corps, attendant de prendre la place.

« Redescendez à la voiture, articula Franz avec la voix de quelqu'un qui a de l'étoupe plein la bouche.

— Qu'est-ce que tu vois, papa ? demanda Jean-François en s'approchant.

— Tu vas filer, oui ! » s'emporta-t-il.

Il fit un signe impérieux à sa femme.

« Birghitt, emmène-les ! »

A son ton, elle comprit que Franz était le témoin d'une chose atroce. Elle ne voulut pas savoir quoi. Elle prit les deux enfants par la main.

« Allez, hop ! On fait la course ! »

Franz les vit dévaler entre les arbres.

L'homme — ce qu'il en restait — était vêtu très élégamment d'un costume sombre. Sa montre-bracelet renvoyait les rayons du soleil en une multitude de flèches d'or fines. Même à cinq ou six mètres, on distinguait parfaitement que la chaussure de sa jambe gauche était taillée dans un cuir coûteux. Le cadavre n'avait pas de jambe droite. A la hauteur de l'aine, là où elle avait été sectionnée, la chair s'était recouverte d'une croûte de sang noirâtre coagulé.

Franz frissonna et se mit à courir vers le torrent.

TABLE

DU MÊME AUTEUR

Chez le même éditeur :

LE GREC.
LA VEUVE.
PALM BEACH.

Composition réalisée par COMPOFAC - PARIS

IMPRIMÉ EN FRANCE PAR BRODARD ET TAUPIN
7, bd Romain-Rolland - Montrouge - Usine de La Flèche.
LE LIVRE DE POCHE - 12, rue François 1er - Paris.
ISBN : 2 - 253 - 02032 - X